ハヤカワ・ミステリ文庫
〈HM104-26〉

カウンター・ポイント

サラ・パレツキー
山本やよい訳

早川書房

7899

BRUSH BACK
by
Sara Paretsky

Translated by
Yayoi Yamamoto
First published 2016 in Japan by
HAYAKAWA PUBLISHING, INC.
This book is published in Japan by
arrangement with
SARA AND TWO C-DOGS, INC.
c/o DOMINICK ABEL LITERARY AGENCY, INC.
through THE ENGLISH AGENCY (JAPAN) LTD.

彼の銭箱には黄金《こがね》はあまりなさそうだ。
友達から借りた金はことごとく
書物や学問に使った。
……よく学び、よく教えることを楽しんだ。

——チョーサー
（西脇順三郎訳）

謝辞

本書の四十四章にV・Iがヴィラード家にこっそり入る場面があるが、その侵入経路については、レヴェル夫妻（ビルとエリナー）に教えてもらった。給料を担保にする〝ペイデイ・ローン〟という小口融資の業者の実態については、フェイ・クレイトンから豊富なアドバイスを受けた。シカゴに石油コークスという残滓の山が存在することをわたしが初めて知ったのは、パブリック・ラジオの依頼を受けたチェリル・コーリーと、公共放送網の依頼を受けたエリザベス・ブラケットがそれぞれにおこなった、サウス・サイドの石油コークスに関する取材のおかげだった。トリシア・ランボルツがわたしを車に乗せて現場へ出かけ、一般見学者に近づけるぎりぎりの場所まで案内してくれた。キャスリン・リンデスは最後の推敲を終えようとするわたしに手を差しのべ、急場を救ってくれた。

本書にはいささか時代遅れのシーンが含まれている。リグレー球場の地下で騒ぎが起きる筋書きだが、現実には二〇一四年秋から球場の解体・改築が進められている。ブライアン・ベルナルドーニからリグレー球場の地下スペースのことを初めて聞いたとき、わたしはミステリの舞台にうってつけだと思った。自分の目でそのスペースを見たくて、一年以上にわたってカブスへ電話やメールで依頼を続けたが、返事がもらえなかったので、そのシーンの描写については自分の想像力を羽ばたかせることにした。

いとこのブーム＝ブームと二人でよく外野席の外壁をよじのぼってスタンドに侵入したものだ――V・Iがそう語っているが、これはわたしが何年も前に広報関係の仕事をしていたころ、クライアントの一人から聞いた話で、その男性は大恐慌の時代に青春を送り、試合のチケットを買うお金がなかったため、そうやって忍びこんでいたそうだ。また、リグレー球場までの電車賃を節約するため、鉄道の高架橋をよじのぼる常習犯でもあったそうだ。

ベルナディンヌ・フシャールのカレッジ入学の手続きについても、ある程度、わたしの自由な解釈を入れることにした。

ネットバンキングの口座に侵入するのがいかに簡単なことかを説明してくれたカール・フォーゲルに感謝したい。

エメ・ラベルジュはケベックで使われている正確なフランス語のイディオムを教えてくれた。とくに、〝このいかれた女《オスティ・ドゥ・フォル》〟という侮辱の言葉を。これが正確な言いまわしであることをヘザー・ワトキンズが確認してくれた。

ブーム＝ブームが〈バーサ・クループニク〉号のスクリューに巻きこまれて命を落とした経緯について知りたい方は、『レイクサイド・ストーリー』をお読みください。

カウンター・ポイント

登場人物

V・I・ウォーショースキー……私立探偵
ブーム＝ブーム・
　　ウォーショースキー…………V・Iのいとこ
ベルナディンヌ（バーニー）・
　　フシャール……………………ブーム＝ブームの親友ピエールの娘
ステラ・グッツォ…………………元受刑者
フランク・グッツォ………………ステラの息子。V・Iの元恋人
アニー………………………………ステラの娘
ベティ………………………………フランクの妻
ジョエル・プレヴィン……………〈プレヴィン&プレヴィン法律事務所〉
　　　　　　　　　　　　　　　　弁護士
アイラ
ユーニス　}……………………………ジョエルの両親
ウンベルト・カルデナル…………聖エロイ教会神父
ニーナ・クォールズ………………弁護士
セルマ・カルヴィン………………ニーナのスタッフ
ローリー・スキャンロン…………保険代理店経営者
ヴィンス・バグビー………………運送会社社長
エルジン・グリグズビー…………元判事
コナー（スパイク）・
　　ハーリヘイ……………………イリノイ州議会議長
スタン・ヴィラード………………シカゴ・カブス元広報部長
ラファエル（レイフ）・
　　ズーコス………………………美術品コレクター
ケンジ（ケン）・アオヤマ…………芸術家
ジェリー・フーガー………………便利屋
セバスチャン・メザライン
ヴァイオラ・メザライン　}……双子の兄妹。ジェリーの親戚
シド・ガーバー……………………シカゴ市警巡査部長
コンラッド・ローリングズ………同警部補
ボビー・マロリー…………………同警部
マリ・ライアスン…………………記者
ジェイク・ティボー………………V・Iの恋人。音楽家
ロティ・ハーシェル………………V・Iの友人。医師
ミスタ・コントレーラス…………V・Iの隣人

1　遊撃手

　その男が誰なのか、最初はわからなかった。いきなりわたしの事務所に入ってきた。二重顎で、生え際が後退し、カールした黒っぽい髪を額に垂らした男。太陽にあたりすぎたせいで肌がレンガ色になっている。いやいや、ジーンズの両脇にはみでた贅肉からすると、たぶん、ビールの飲みすぎだろう。男が腕を動かすと、色褪せたコーデュロイのジャケットの縫い目がひきつれた。ビジネス用の装いをすることはめったにないに違いない。

「よう、元気でやってるか」

　やけに馴れ馴れしい態度に唖然《あぜん》とし、困惑して、わたしは男を凝視した。

「トリ・ウォーショースキー、覚えてねえのかよ？　アカの大学へ行ったせいで、スノッブになっちまったみたいだな」

　トリ。わたしをそう呼んだのは父といとこのブーム＝ブームだけ。二人ともとうに亡くなっている。そうそう、ブーム＝ブームの若いころの仲間もわたしをトリと呼んでいた。シカゴ大学を左翼のアジトだといまだに思いこんでいるのも、その連中ぐらいのものだろう。

「ひょっとして、フランク・グッツォ？」わたしはようやく言った。わたしが三十年前に知っていた彼はいまより四十ポンドほど軽くて、赤みがかった豊かな金髪の持ち主だったが、目元と口元に昔の面影が残っていた。

「まさにそのご当人さ」フランクは腹を軽く叩いてみせた。「元気そうだな、トリ。よかった、よかった。ヨガに凝るとか、菜食にのめりこむってことはなかったのかい？」

「まるっきり。バスケットを少しやってるけど、湖畔を走るほうが多いかな。そっちはいまも野球を？」

「この腹でか？　ときたま、年寄りチームでスローピッチのソフトボールをやるぐらいだ。だが、うちの息子のフランキー・ジュニアには、トリ、親の欲目かもしれんが、本物の才能があると思う」

「いくつなの？」関心を持ったというより、社交辞令として尋ねた。フランクは昔から、誰かが、または、何かが本物の才能を発揮して自分を大金持ちにしてくれると思っていた。

「いま十五だ。一年生なのに、聖エロイですでにレギュラーだ。強肩だぞ。第二のブーム＝ブームになるかもしれん」

つまり、その子もブーム＝ブームのようにあの界隈から抜けだしてアメリカンドリームを実現できるかもしれない、という意味だ。サウス・サイドの重力圏から脱出できた者はほとんどいないため、あの界隈の人々はいまもわたしたちの名前をよく覚えている。

わたしは母の願いに支えられ、シカゴ大学の奨学金のおかげで脱出できた。いとこのブーム＝ブームはスポーツの力で脱出した。アイスホッケー・チームのブラックホークスで七年にわたって華々しく活躍したが、やがてくるぶしに大怪我を負い、手術をしたものの、氷上で滑ることはできなくなった。そして、殺害された。シカゴ港の埠頭から突き落とされ、〈バーサ・クループニク〉号のスクリューに巻きこまれたのだ。

フランクもブーム＝ブームと友達づきあいをしていたころは、野球界での成功を夢見ていた。周囲のみんなも期待していた。この街のカトリック・リーグで最高と言われたショートだった。しかし、わたしがロースクールに入るころには、フランクはバグビー運送でトラック運転手をしていた。どういう事情があったのかは知らない。わたしはその前からすでに、フランクとは没交渉になっていた。

もしかしたら、フランクもいいところまで行ったのかもしれない。サウス・サイドで前途有望ともてはやされ、その後だめになった子供はフランク一人ではない。羽ばたきはじめ、やがて地上に墜落する。自分の知っている世界を離れるのはむずかしい。生まれ育った土地にいれば、ときに辛い思いをすることがあっても、なんとか暮らしていける。マディスン通りから北の世界はテレビで見ればすてきだが、秘密の罠がたくさん隠されていて、田舎者は屈辱的なミスを犯すことになりかねない。

フランキー・ジュニアには第二のブーム＝ブームになれるだけの意欲と才能があり、指導者に恵まれるかもしれない。フランクには、期待どおりになるといいわね、と言うにとどめておいた。「あれからずっとサウス・サイドに？」とつけくわえた。

「イースト・サイドへ越したんだ。女房が――あの、ベティが――あの――」フランクは言葉に詰まり、顔のレンガ色がさらに濃くなった。

高校のとき、フランクはわたしを捨ててベティ・ポコーニーとつきあいはじめた。ベティの父親は当時、〈デイ&ナイト・バー&グリル〉という店をやっていた。工場が三交代制だったあのころは、人々が何時に勤務を終えようと、何時から勤務につこうと、その店でウィスキーのビール割りを飲みながら、ステーキと目玉焼きが食べられたものだった。

高校の廊下でベティから得意げな笑みを向けられて、わたしは何週間か落ちこんだが、父がこう言ってくれた――フランクはおまえにふさわしい男ではない。母さんが二、三ヵ月前に亡くなったばかりだから、おまえはろくでもない男に愛を求めただけさ。たしかに父の言うとおりだった。何年ものあいだ、フランクやベティのことなどすっかり忘れていた。

この午前中、身体に合わないジャケットをはおり、そわそわと身じろぎばかりしているフランクを見て、満たされない人生を送っている無力な男という印象を受けた。でも、彼には、ベティの名前を聞いてわたしの胸がズキンと痛んだと思わせておこう。

「ベティの実家の人たちは元気?」

「母親は二、三年前に死んだが、父親はまだまだ元気だ。バーはなくなったが。閉店するしかなかったこと、知ってるかい?」

「誰かから聞いたわ」〈デイ&ナイト〉も工場と同じ運命をたどって消滅したのだが、わたしは当時サウス・サイドから遠く離れていたので、人の不幸を喜ぶ気持ちはなかった。フランクを少々気の毒に思っただけだった。

「父親はいまも忙しくしてる。大工仕事が得意だから、いろんなものを作ったり、家が倒れるのを食い止めたりしてる。おれたちがあの家に越したことは、あんた、たぶん知らないだろうな。いつ越したかと言うと、そのう――」

たぶん、二人が結婚したときだろう。いや、もしかしたら、彼の母親のステラが刑務所に入ったときか。「バッファロー・アヴェニューの家はどうしたの？」

「おふくろが住んでる。おやじの保険金のおかげで、ローガンの刑務所に入ってたあいだもローンの支払いが続けられたんだ。週に一度、おれがのぞきに行って、水漏れも火事も起きてないことを確かめ、ネズミや非行グループが入りこむのを防いでた。おふくろの話だと、ローンもすでに完済したそうだ」

「出所したの？」わたしは思わず訊いた。

「ああ。二カ月前に」フランクのたくましい肩ががっくり落ち、ジャケットの縫い目がさらにひきつれた。

フランクの妹のアニー・グッツォはわたしより三歳年下で、アニーが亡くなったとき、わたしは大学の二年目を終えようとするところだった。頭のなかで暗算してみた。あれから二十五年になる。

サウス・サイドでは暴力が日常茶飯事だ。ステラ・グッツォ自身も貧しい家で育ったため、わめきちらすのと人を殴りつけるのが主な行動パターンだった。ステラが実の娘を殴っていることは誰もが知っていたが、みんなを愕然とさせたのは、アニーを殴り殺し、そのあとで聖エロイ教会へビンゴをしに出かけたことだった。ステラといちばん親しくしていたわたしの叔母、つまりブーム＝ブームの母親のマリーでさえ、彼女を庇おうとはしなかった。

「娘にあんな傷をつけたのはあたしじゃありません」裁判のときに、ステラは主張した。

「みんな、嘘ついてんです。あたしがアニーに人生の現実を教えようとしたもんだから、あたしを悪者にしようと思って。アニーは身分不相応な夢を見てた。自分は大学へ行くんだから、掃除も洗濯もしなくていいなんて思ってた。けど、家族の一員だってことをわからせてやる必要があった。誰だって家族のなかで自分の役目を果たさなきゃならない。あの子には兄がいて、将来のある兄だから大事にしなきゃいけないけど、あたし一人で何から何まで世話するのは無理ですよ。なにしろ父親も死んじまったし。けどね、あたしが家を出たとき、アニーはちゃんと元気にしてました」

聖エロイ教会のギエルチョフスキー神父がステラのために証言した。善良な女性で、献身的な母親です。躾《しつけ》はきびしかったが、だからこそ、母親として合格だったのです。最近は子供を甘やかしてわがままにしてしまう母親が多いが、この人は子供のわがままをぜったいに許しませんでした。

聖職者というのはふつう、シカゴの陪審に好印象を与えるものだが、この裁判ではだめだった。ステラは頑丈な身体つきで、太ってはいないがとにかく大柄、バイキング船の船首像のようなイメージだ。フランクはこの母親の体型を受け継いだが、アニーは父親に似て小柄だった。州検事が無残に殴打されたアニーの顔写真と、家族で撮った写真を見せた。たくましい肩をした五フィート十インチの母親の横に立つアニーは、浅黒い肌をした小さな妖精のように見える。

州検事は過失致死のかわりに第二級殺人を主張し、その主張が認められた。わたしの裁判の記憶は定かではないが、たしか、陪審が評決を出すのに半日もかからなかったと思う。ステラに言い渡された判決は懲役二十年、法廷で反抗的だったことから、刑期が少々上乗せされた。

わたしがステラの支持者になることはありえないが、老朽化したサウス・サイドのバンガローで暮らす彼女の孤独な姿を想像すると胸が痛んだ。「一人暮らしなの？」フランクに訊いた。「外の世界から長く離れていると、なかなかうまくやっていけないでしょ。おまけに、最近のサウス・サイドは交戦地帯みたいなものだし。〈キングズ〉に、〈狂気のドラゴン〉に、そのほか五つほどの大きなギャング団が抗争を続けてるもの」

フランクはわたしのデスクにのっているクロム製のペーパーウェイトを指で弄んだ。

「安全じゃないっておふくろに言ったけどさ、ほかにどこへ行けばいい？　ベティは同居なんかいやだと言った。ムショで苦労してきた実の母親を邪険に扱うのはおれも辛かったが、おふくろとつきあってくのはとにかく大変なんだ。おふくろは、邪魔にされりゃわかるさと言った。どうしても昔の家に帰ると言いはった。あたしの家なんだ、落ち着ける場所はあそこしかない、ってね。

近所が地獄みたいでも、おふくろは気にしなかった。いや、気にしてるとしても、昔の知りあいはみんな、さらに南へ越したり、介護ホームに入ったりしちまった。どっちにしろ、おふくろのほうはつきあう気もないだろうが。いつまでも陰で悪口言われるだろうから」

フランクの手からペーパーウェイトが落ちた。床でバウンドして、床板にへこみができた。ペーパーウェイトが作業台の下へころがっていくのを、わたしたちは見守った。

「そんなことを言うために、今日ここまできたわけじゃないでしょ、フランク。ステラのお守りを頼もうなんて思わないでよ」

フランクはホッチキスを手にとり、カチカチと開閉を始めた。針がデスクと床に落ちた。わたしはフランクからホッチキスをとりあげて、彼の手の届かない場所に置いた。

「用件はなんなの？」

フランクはドアまで歩いた。帰るためではなく、言うべきことを整理しているだけだった。円を描いてから戻ってきた。

「トリ、怒らないで聞いてくれ。おふくろが思うには――言うには――思うには――言うには――」

フランクがしどろもどろで言葉を並べるあいだ、わたしは黙って待った。

「ハメられたって言うんだ」

「なるほど、驚くようなことでもないわね」

「おふくろの無実をわかってくれるのか？」フランクの顔が明るくなった。

「いいえ、違うの、フランク。お母さんは自分の人生の物語を書き換えたがってるのよ。昔から、自分こそサウス・サイドでいちばん品行方正で敬虔な人間だと自負してきたでしょ。ところが、服役し、かつて見下していた女性たちに合わせる顔がなくなった。だから、当然、過去を書き換えて、自分は悪人じゃない、殉教者だって言おうとしてるんだわ」

フランクは不満そうに自分の腿を叩いた。「ハメられた可能性もある。おふくろがアニーを殴りつけて大怪我させたなんて、おれはぜったい信じなかった」

「お母さんの無実を証明するために時間とエネルギーを注ぎこむ気は、わたしにはないわ」

わたしは唇を真一文字に結んだ。

「おれがそんなこと頼んだか？　ええ？　違うんだ」フランクは大きく息を吸った。「おふくろには弁護士を雇う金がない。本物の弁護士を。公選弁護人じゃだめなんだ。そこで――」

「そこで、わたしを思いだしたの？」わたしはカッとして思わず立ちあがった。「サウス・サイドでどんな噂が流れてるか知らないけど、わたし、あそこを離れてビル・ゲイツになったわけじゃないのよ。それに、もしなってたとしても、どうしてあなたのお母さんに力を貸さなきゃいけないの？　あなたのお母さんは昔からずっと、ガブリエラのことを娼婦だと思ってた。わたしの母があなたのお父さんをたぶらかし、つぎにアニーを奪ったと思いこんでた。わたしのことは、腐った木のそばに落ちた腐ったリンゴだとか、そんなような言い方をするのが好きだった」

「おれも――まあ、知ってるよ――おふくろがそういうことを言ってたのは。いや、おふくろの弁護を頼んでるんじゃない。けど、あんたは人に質問できる。探偵だし、誰もがあんたを知ってて、サツは信用しなくても、あんたのことなら信用する」

フランクの顔はすでに真っ赤だった。この場で脳出血でも起こすのではないかと心配になった。

「わたしにその気があったとしても――ほんとはないけど――あの界隈のことはもう何もわからないわ。あそこを離れてずいぶんになるもの。ステラが刑務所に入ってた年月より長いくらい」

「こないだ、こっちにきてたじゃないか」フランクが文句を言った。「〈スライガ〉のバーで聞いたぞ。あんたが高校とか、あちこちまわってたって」

この程度のことで驚いてはいられない。サウス・サイドとイースト・サイドは小さな田舎町のようなものだ。あなたが九十丁目でくしゃみをすれば、エスカバーナ・アヴェニューで人々がハンカチをとりだすだろう。

週末に、わたしはブーム＝ブームの名づけ子のベルナディンヌ・フシャールを連れて、彼にゆかりの場所をまわったのだ。まず、デッド・スティック・ポンドの近くへ案内した。冬になるとブーム＝ブームがそこでスケートの練習をし、アイスホッケーのパックがそばの湿生植物の茂みに入りこんだときは、わたしも捜すのを手伝ったものだった。つぎはカリュメット・ハーバーの防波堤へ案内。その昔、ブーム＝ブームとわたしは貨物船が通るのも気にせず、いつもここから飛びこんで泳いでいた。それから、公立高校へも案内した。わたしは州の強豪だったここのバスケット部に入り、コマーシャル・アヴェニューにある〈エステッラの店〉でタコスを食べたものだった。〈スライガ〉のバーへは行っていないが、たぶん、高校の誰かがウィスキーのビール割りを飲みながら、わたしたちの噂をしたのだろう。

「観光してまわっただけよ、フランク。あなたのお母さんの力にはなれないわ」

フランクがそばに来てわたしの腕をつかんだ。「トリ、頼む。おふくろが弁護士のとこへ行ったんだが、なんの証拠もないと言われた」

わたしは彼の手をふりはらった。「あるわけないでしょ。アニーが亡くなった時点で何か証拠があったのなら、お母さんが裁判のときに主張できたはずだわ」

「トリ、頼むよ。あんたにも想像がつくだろ。法廷ってのは人を混乱させるものだ。おふくろは一度も罪を認めてないのに、あの弁護士が未熟なやつでさ、裁判をどう進めればいいかもわかってなかった」

たしかにフランクの言うとおりだ。未熟な弁護士なら、裁判でおろおろしてしまうだろう。わたしはステラが好きではないが、彼女が法廷でどれだけ不安だったかは想像がつく。法廷に出るのは生まれて初めて。それまでは交通違反で呼びだされたこともなかったのだ。証拠がどのように提示されるか、被告席での証言や裁判前の供述がどのように切り刻まれ、思いもよらぬ形で復元されるかについて、ステラ自身は何ひとつ知らなかっただろう。

「それでも、ステラの身から出た錆なんだから、そんなことにわたしの時間とエネルギーを浪費するのはお断わりよ」

「昔の恨みはそろそろ忘れたらどうなんだ？　おふくろは苦労の連続だった。おやじが工場で死んで、労災保険をもらうのに会社とさんざん揉めた。それから、アニーが死んで――」

「フランク、よく聞いて。お母さんがアニーを殺したのよ。それから、労災保険のことで会社と揉めたのは、お父さんは自殺だったって噂を、お葬式でお母さん自身が広めたせいだった。それから、ガブリエラのお葬式のとき、お母さんが何をしたか覚えてない？　式の最中にずかずか入ってきて、アニーをひきずりだした。〝ガブリエラは娼婦だった〟とわめきながら。お母さんに同情する気はないわ。これからもぜったい同情できない」

フランクはわたしの両手を握った。「トリ、だから、おれは思ったんだ――期待したんだ――覚えてないか、あの夜のこと――おふくろがアニーをひきずって帰ってきたとき、アニーは半狂乱だった。妹のあんな姿、初めて見たよ——あの葬式のあとで、おふくろかアニーのどちらかがもう一方を殺すだろうと誰かに言われたら、おれは間違いなくアニーが殺す側だと思っただろうな。けど——覚えてないかい？」

母の葬儀のことは、わたしの記憶のなかでぼやけている。喪服を着て窮屈な思いをしていた父とわたし。棺を運んだ人たち——叔父のバーニー、警察で父といちばん親しかったボビー・マロリー、その他の警官たち。みんな礼装だった。警察所属の司祭。無宗教だった母にはラビの知りあいがいなかったからだ。亡くなったときのガブリエラは痩せ細っていた。棺を運ぶのに、六人もの屈強な男は必要なかった。

母の発声のコーチだったミスタ・フォルティエリは涙をこらえ、絹のハンカチを何度もねじっていたが、アイリーン・マロリーは人目もかまわず泣き崩れていた。わたしは喉の奥がふたたびこわばるのを感じた。葬儀の前に、ぜったい泣かないと誓っていた。何があってもマリー叔母の前では泣かないつもりだった。アニー・グッツォの号泣に腹が立った。なんの権利があってガブリエラのために泣くわけ？

式の最中に激怒したステラが飛びこんできた。口元に白い唾が点々と飛んでいた。いや、それはわたしが勝手に加えた想像だろうか。その夜、わたしは屋根裏部屋の暗がりに一人ですわり、動くこともできないまま、通りを見つめていた。酔っぱらいのエレナ叔母、つぎつぎと弔問にやってくる近所の人々、警察の人々、母のピアノや声楽の生徒たちの相手はすべて、父に押しつけたままだった。

やがて、急な階段のてっぺんにフランクが現われた。わたしに悔やみを述べるために、そして、母親の仕打ちを詫びるためにやってきたのだった。暗がりに身を置いて、母を亡くした悲しみに沈み、階下の大人の世界にうんざりしていたわたしは、フランクの抱擁に安らぎを見いだした。十代の子供どうし、自分たちが何をしているのかもわからないまま、衣服と身体をまさぐりあったおかげで、ガブリエラの死後の辛かった何週間かを乗り切ることができた。

わたしはフランクの指を握りしめてから、そっと手をひっこめた。「覚えてるわ。あなたはとても優しくしてくれた」

「だったら、この頼みを聞いてくれないか、トリ。もう一度サウス・サイドへ出かけて、訊いてまわってほしいんだ。裁判のときに表に出なかったことが何かないかどうか」

フランクの顔に浮かんだ見るに堪えないむきだしの懇願の奥に、十七歳のときの面影が垣間見えた。ほっそりしたアスリートで、赤みがかった金髪が額に垂れていた。あのとき、目にかかった彼の髪をわたしがどけると、額にこぶとすり傷があった。セカンドにすべりこんだときにすりむいたんだ――フランクはあわてて言うと、屈辱で顔を真っ赤にして、わたしの手を押しのけた。

わたしの唇がゆがんだ。「一時間分サービスするわ、フランク。一時間だけ質問してまわってみる。そのあとは――ほかの依頼人と同じように料金を払ってちょうだい」

2　ホームベース

わたしはその夜、ジェイクと食事をしながら、サウス・サイドでの調査をひきうけた理由を説明しようとしたが、それは不可能に近かった。

「その女性――なんて名前だっけ？　〝メディア〟とか？――電話一本かける値打ちもなさそうな相手だな」ジェイクはきっぱり言った。「有罪であることは間違いない。不快な人物であることも間違いない。なぜそんな女に近づこうとする？」

「べつに彼女のためじゃないわ」

「だったら――そのフランクって男か――青春時代の夢をとりもどしたいとか？」

「ジェイク！　安っぽいオセロみたいなセリフはよして！　第二幕で嫉妬に狂って、第三幕でステージを走りまわり、銃で自殺するつもり？」

ジェイクはわたしに渋い顔を向けた。「銃は大嫌いだ。最後のシーンでは、コントラバスの弓をわが身に突き刺すとしよう。そのほうが劇的だし、観客の涙を誘うことができる。まずは第一幕において、由緒ある古い弓を不吉な感じで登場させておくんだ。ところで、その男とつきあってたのは事実じゃないか」

「わたしが十六歳で、彼がハンサムな野球選手だった時代に」

「いまもハンサム？」

「ある意味では」

「どんな意味？」

わたしは黙りこみ、ジェイクの唇がひきつるのを見て喜んだ。ジェイクが日々を共に過ごしているのは、ストレートな髪を長く伸ばし、音楽に真剣に打ちこんでいる二十代のバイオリニストたちだ。嫉妬しないよう心がけてはいるが、ジェイクのほうが嫉妬に疼くのを見て、なんだか楽しくなった。

「そうね、寒い冬の朝、大きな羽根枕に顔を埋めるのが好きなら……」

ジェイクはパンチをよこす真似をした。「だったらなぜひきうけた？　さっきの説明からすると、きみはその男にもメディアにも借りはないんだろ？　それに、サウス・サイドにはもうなんのしがらみもないはずだ」

「あなたはあの界隈で育った人じゃないものね。あなたがほかの子と遊ぶのは、ママどうしで子供を遊ばせる約束をしたときだけだったでしょ？　しかも、十一歳のときから、天才少年としてコンサートツアーに出てたわけだし。でも、サウス・サイドでは、みんながペットショップの子犬みたいに重なりあって暮らしてて、わたしもそういう一人だったの。昔の知りあいに呼ばれると、まるで――」

わたしは言葉を切り、複雑な感情を言葉にしようとあがいた。「三十年前に六週間だけつきあった男の子のことであなたに嫉妬されるより、こっちのほうが芝居じみてるわ。ホラー映画って感じかしら。血管にチップが埋めこまれてて、モンスターの親玉がボタンを押すと、わたしは否応なしに渦に吸いこまれてしまう」

ジェイクはパスタの皿越しにわたしをひっぱりよせた。「そんなことはさせない。ぼくがコントラバスの弦をつないで、きみのウェストに結びつけておこう。ひきもどすことができるように」

わが家の玄関ドアの閉まる音が聞こえた。しばらくすると、ベルナディンヌ・フシャールがばたばたと入ってきた。小柄な子なのに、足音が大きいのにはいつも驚かされる。身をかがめてわたしにキスしてから、「すっごくおいしそうな匂い」と言って、自分の皿に料理をよそうため台所へ行った。

ベルナディンヌ、英語風に略すとバーニー。父親とよく似ている。同じ微笑。笑みが浮かぶと、稲妻に照らされたかのように顔全体が明るくなる。同じ柔らかな色合いの茶色の目。無謀なまでの自信も同じだ。ベルナディンヌという名前は、父親ピエール・フシャールのブラックホークス時代の親友だったわがいとこ、ブーム＝ブームからとったもの。ブーム＝ブームの本名はバーナード。でも、そう呼んでいたのは彼の母親だけだった。

一カ月前にピエールがわたしに電話をくれて、バーニーがシカゴ旅行を計画していると言った。「娘はスケートの天才でね、ヴィクトリア、氷の上ではまさに水を得た魚のようだ。NHL（ナショナル・ホッケーリーグ）が性差別主義者の集団でなかったら、いまごろはきっと、ファームでプレイしていただろう！　ブーム＝ブームも誇りに思ってくれただろう。学費の高い大学のひとつから——じつはノースウェスタンなんだが——ぜひそちらのチームにと声がかかっている。好成績を残せば、学費は全額免除だそうだ。もう決まったようなものだな。言うまでもない」

そのあとで頼みごと。

「多くの大学から勧誘がきているが、わたしとブーム＝ブームがブラックホークスでプレイしていたという理由から、あの子の第一希望はシカゴなんだ。ただ、シカゴの街を見たり、大学を訪ねたり、そういったことをしてから決めたいと言っている。ところが、わたしはカナディアンズのスカウトをやっていて、ちょうど忙しい時期だし、アルレットはあいにくスキーで脚を骨折したため、できれば――」

わたしはピエールの言葉をさえぎり、もちろん喜んでバーニーを預かるし、市内観光にも連れていくと約束した。高校の授業は実質的にもう終わっているので、あとは卒業試験に帰省すればいいだけだが、両親が高校と交渉して最終論文の早めの提出を認めてもらった。夏にはホッケーの集中トレーニングキャンプが入っているので、せめて二、三カ月は自由に遊ばせてやりたいという親心からだった。バーニーがこちらで何週間か過ごしたのちにノースウェスタンを蹴った場合は、シラキュース大学とイサカ大学が喜んで勧誘に乗りだすつもりでいるらしい。

一週間前にわたしがオヘア空港までバーニーを迎えに行った。十七歳の子が相手では心配や迷惑をかけられそうで憂鬱だったが、ピエールが言ったとおり、バーニーはしごくまともな子だった。喜んで街を探検してまわり、わたしの犬の散歩につきあい、階下に住むわが隣人、ミスタ・コントレーラスを喜ばせてくれた。この隣人はわたしのいとこのペトラがエルサルバドルの平和部隊に参加して以来、見捨てられたような気分だったのだ。わたしの日常でひとつだけ大きく変わったのは、ジェイク・ティボーと寝る夜は彼の部屋を使うようになったことだった。

シカゴに来て五日目、バーニーは少女ホッケーリーグでボランティアのコーチをすることになった。少女たちを指導するのが楽しくてたまらないらしく、何かアルバイトが見つかったら春の残りをこの街で過ごしたいと言うようになっていた。

この子の生き方は自信にあふれていて、無謀と紙一重と言ってもいいほどだ。ブーム＝ブームを見ているような気がする。いや、十代のわたし自身かもしれない。当時のわたしには、夢から遠く離れた人生を歩む人々の苦悩など理解できなかった。

フランクを気の毒には思ったものの、依頼人との標準の契約書にサインをもらった。一時間分の調査料をサービスし、あとの分についても割引料金を提示したが、フランクは文句たらたらだった。

「ブーム＝ブームが見たら、あんたを恥ずかしく思うだろうよ。一緒に育った仲間に料金を請求するなんて」

「あなたが料金を踏み倒そうとしてるのを知ったら、ブーム＝ブームはきっとスティックで妨害に出て、嘲笑するでしょうね」

フランクはさらにぼやいたが、ようやく二枚の契約書にサインをした。事務所を出るきっかけがつかめず、困っている様子だったが、わたしのほうから〝依頼人との約束がある〟と言って問題を解決してあげた。「電話会議が二つ入ってて、あなたがきたのはちょうどその合間だったのよ、フランク。でも、そろそろ仕事に戻らなきゃ」

「ああ」フランクは契約書のコピーをいじりまわし、これ以上は無理というぐらい小さな四角にたたんでいた。「おれもだ。運転ルートからはずれた時間の分だけ、給料から差っぴかれるからな。さてと、同じく仕事に戻ったほうがよさそうだ」

わたしは彼のために、そして自分のために悲しい笑みを浮かべ、片手を伸ばして、彼の頭の薄くなった部分を囲む黒っぽい癖毛に触れた。フランクを哀れに思う気持ちからつい譲歩してしまった自分が腹立たしかったので、時間を見つけてステラの裁判記録に目を通したのは、午後も終わりかけたころだった。

ステラ・グッツォの裁判はマイナーなものだった。上訴はなかった。つまり、記録を見ても最小限の情報しか出ていないということだ。起訴状、陪審の氏名、判決。ステラの弁護士が写しを要求して保管していないかぎり、ステラの証言の記録に目を通すことはできないわけだ。

ずいぶん昔の事件なので、警察にもおそらく事件の記録は残っていないだろうが、念のため、サウス・サイドの所轄である第四管区に問いあわせてみた。シフト責任者のコンラッド・ローリングズは不在だったが、電話をとった内勤の巡査部長がわたしの質問に喜んで答えてくれた。〝二十五年前の殺人事件？　ご冗談を。そんな昔の記録はとっくに倉庫行きです〟

翌朝、わたしが起きたときも、バーニーは居間の折りたたみ式ベッドで睡眠をむさぼっていた。じつを言うと、これがバーニーとの同居でひとつだけ困った点だ。まだ十代だから朝寝坊が大好きで、しかも、わが家のパブリックスペースを占領している。この先二カ月ほどバーニーがシカゴに滞在する気なら、どこかよそに彼女の住まいを見つけたほうがよさそうだ。

犬二匹を車に押しこんで、何も考えずにとにかく南へ向かった。サウス・サイドへの往復だけで一時間近くかかる。ステラに無料奉仕するなんてまっぴらだが、ドライブに要する時間の料金と経費は請求しないことにした。

いまは早春、シカゴの街が世界でいちばん美しく見える季節だ。ミシガン湖のさざ波に陽光がきらめき、空は絵にしたくなるような澄んだ柔らかなブルーに染まっている。〝勝利《ヴィットーリア》だ、勝利《ヴィットーリア》だ、わたしの心《ミオ・コーレ》よ〟と歌いながら、グラント・パークを通りすぎてサウス・サイドへ向かった。愛の歌ではあるが、旋律とリズムが勇ましい。わたしもきっと勝利してみせる。ヴィクトリア、悪を退治する者。

七十四丁目で脇道に入り、犬を走らせてやろうと思ってレインボー・ビーチまで行った。子供のころ、家からいちばん近いビーチだったので、夏になるとよくここにきたものだった。両親とわたしと何人かの友達で日曜のピクニックを楽しんだり、ブーム＝ブームと二人で自転車に乗って出かけたりした。いつもひどい混雑だったが、今日のビーチは二匹の犬とわたしだけのものだった。

ほかには女性が二人いるだけで、短いアフロヘアのアフリカ系アメリカ人女性と、グレイの髪をした白人女性が、サイクリングロードの向こう側で夢中になって話しこんでいた。わたしが子供だったころなら、異人種間のカップルは襲撃の的にされただろう。変化がすべて悪とはかぎらない。

休憩をとったのが間違いだった。犬にテニスボールを投げてやるあいだに、ステラのことを考え、どんな会話になるかを予想する時間ができた。ステラは刑期を短縮してもらえなかった。年老いた女性には珍しいことだ。すぐにカッとなる反抗的な受刑者だったに違いない。出所したいま、性格が大きく変わったとは思えない。

犬にリードをつけ、重い足をひきずって二匹と一緒に車に戻った。信号が三回変わるまでぐずぐずしてから、ふたたび南へ向かって走りだした。あまりののろのろ運転に、背後の車が警笛を鳴らし、追い越していく車の窓から罵声が飛んできた。

「はいはい」わたしはつぶやいた。「みなさん、怒り狂ってるのね。でも、わたしの行く手に待ち受けてるものに比べたら、あなたたちの怒りなんて可愛いものだわ」

3　スラッガー

子供のころに比べるとランドマークにも変化があって、わが国最大の鉄鋼メーカーUSXの巨大な工場は解体され、いまはここにハイウェイ41号線が延びている。変わらないのは大気汚染だ。かつては工場から排出される硫黄分で大気が黄色を帯びていた。いまはそれが黒ずんでいる。カリュメット川沿いの石油コークス《ペットコーク》の山から粉塵が飛んでくるせいだ。九十丁目まできたとたん、くしゃみが出た。ペットコークなどというと、コカ・コーラのボトルがペットみたいについてくる光景を想像しそうだが、じつは重質油を熱分解処理したときの残滓で、産業用燃料として再利用されている。川沿いで野ざらしのまま保管することは、インディアナ州では許可されていないが、イリノイ州のほうは何につけてもいい加減だ。このあたりまでくると、世界でいちばん美しい街の一部とは思えなくなる。

車をターンさせてコマーシャル・アヴェニューに入った。この界隈でいちばんのショッピング街だ。わたしの子供時代はいつも混雑していた。店舗が立ち並び、その中心的存在がシカゴを代表するデパートのひとつ、ゴールドブラットだった。古典的装飾様式の壮麗な建物には、ソックスから冷蔵庫まであらゆる品がそろっていた。建物はいまもそのまま残っているが、三つの階の窓すべてに板が打ちつけてある。一階は分割され、狭くみすぼらしい店舗になっていた。

わが家のかかりつけの医者や歯医者が診療をおこなっていたナヴラル・ビルも姿を消し、雑草とひび割れたアスファルトに変わっていた。化粧品のディスカウント店、けばけばしい色に染まったかつらでいっぱいのウィッグ専門店が、バーやテイクアウト料理の店と軒を並べている。シャッターを閉ざした商店がずいぶんあるし、営業中のわずかな雑貨店はガレージセールをやっているかのよう。不揃いのキッチンチェアや、埃っぽい衣類を並べたラックが表の歩道を占領し、そのとなりには、ケース入りDVDや靴をのせたラックが置いてある。小さな男の子が黒いハイヒールの細く高いかかとをいじっていた。もう少しでひきちぎりそうになったとき、シャツの品定めをしていた母親がその子をひっぱたいた。

子供の泣きわめく声は、わたしの横を走っていた車のサラウンド・サウンドにかき消されてしまった。車体を揺らすほどの大音量だった。だが、そのおかげで車のスピードを上げ、線路を越えて、グッツォ一家が暮らしていたバッファロー・アヴェニューへ急ぐことができた。コマーシャル・アヴェニューと同じく、バッファローにも荒廃したビルや空き家が並んでいた。市ではドラッグの密売所を減らすべく、空き家をブルドーザーで壊している。緑のスペースができて、この界隈にどことなく田舎っぽい不思議な雰囲気が生まれている。

陥没で生じた穴や、酔っぱらいや、ヤク中や、ゴミをべつにすれば、サウス・サイドのうらぶれた通りにもひとつだけ便利な点があった。楽に駐車できることだ。パーキングメーターなし、どこでも好きな場所に止められる。ステラが住むバンガローのすぐ前に車をつけた。

時刻はもうじき十一時。仕事を持つわずかな人々はとっくに出勤している。ギャング団のマークをひけらかし、タトゥーを自慢しあう少年たちが隅のほうに集まっていた。歩道を通ってステラの家の玄関に向かうわたしを、その子たちがじっと見ていたが、誰も邪魔しようとはしなかった。

ステラが住む平屋と、となりのヨキッシュ家は双子のようにそっくりで、木の窓枠のペンキがはがれているのまで一緒だった。老朽化と手入れの悪さのせいで、おたがいのほうへ傾き、まるで老夫婦がもたれあって立っているかのようだ。

ステラの家の玄関は頑丈なスチール製で、のぞき穴がついていた。呼鈴を鳴らした。家のなかでチャイムが響いた。反応なし。もう一度呼鈴を鳴らしたあとで立ち去ろうとしたが、そのとき、重い足音が玄関に近づいてくるのが聞こえた。ステラがのぞき穴からわたしを見ていたらしく、しばらくしてから、錠がつぎつぎとはずされた。

ステラがドアを細めにあけた。「誰だい？　なんの用？」

「V・I・ウォーショースキーよ。答えがほしくて」

ステラはわたしをじっと見た。顔をしかめて、青春時代のわたしの顔と結びつけようとしていた。「あの売女の娘か」

「お久しぶりね、ステラ」わたしは言った。そうか、フランクにはわたしがくることを母親に告げるだけの勇気がなかったわけだ。

癇癪《かんしゃく》を起こさないようにしなくては。言葉を呑みこむしかないとしても。少なくとも、ステラの前でカッとなることだけは慎もう。ステラにそれ以上ひねくれた喜びを与えるものはないのだから。

「わたしと話をするあいだ、玄関の錠はかけておいたほうがいいわね。外に共産主義者がたくさんいるから」わたしはステラを押しのけて家に入った。

「なんのことだい？」ステラは歩道のほうへ目をやった。「メキシコのガキどもじゃないか。あたしが家を空けてたあいだに、この近所にやたらとガキが増えたんだ。よくまあ、ころころと生まれるもんだ」

「そう言えば、アイルランド人も同じことを言われてたわね」ステラの旧姓はギャレッティだ。「おたく、九人きょうだいじゃなかった？」

「八人だよ」ステラはつっけんどんに言った。「それに、うちは全員がせっせと働いた。とくにあたしは働き者だった。母さんが死んだあと、父さんと兄と弟のために家事を全部ひきうけた。あんなメキシコの連中とは違う。あいつらときたら、ビール瓶から仕事が飛びだしてきて鼻先で給料の小切手をふりまわしたって、気がつきゃしないさ」

「工場が稼働してたころは、働き口も楽に見つかったものだった。いまは一万八千人分の働き口が消えてしまって、それっきり」

ステラはわたしをにらみつけたが、わたしほどの体格の女を自分一人でつまみだすのは無理だと悟ったようだった。乱暴に玄関を閉め、三個のデッドボルトのうち一個をかけた。

「あたしの責任じゃないからね。あの子たちに働く気があるなら――」

「そうよね。ゴールドブラットで電化製品を売ることだって、ナヴラル・ビルの診療所のどこかで働くことだってできるはずだわ」

「どっちもなくなっちまったよ、口の減らないお嬢さん」

「ええ、それがわたしの長所なのよ、ステラ」

玄関ホールが狭すぎるため、おたがいの身体がいまにも触れそうだった。わたしは居間に入った。無意識の動きだった。この家によく出入りしていたからではなく――フランクとつきあっていたころでさえ、会うのはいつも外だった――わたしの子供時代の家と間取りがまったく同じだからだ。

外観に比べると、家のなかはそうみすぼらしくもなかった。近所の家々もたいていそうだろう。極貧のふりをしていれば、泥棒に入られる心配がない。床はきれいに磨かれ、薄型テレビは新品で、テレビと向かいあって置かれた二脚のアームチェアも新品だった。

「なんの用？」ステラが耳ざわりな声で訊いた。

貧しい食生活と運動不足の暮らしを続けてきたステラなのに、背の高さは昔のままだった。髪は鉄灰色に変わっていた。人の表情を険しく見せる色だ。いや、ステラの場合は〝ものすごく険しく〟と言うべきか。しかし、目はいまも鮮やかなブルーのまま。わたしが南へ車を走らせてきたときに湖の上に広がっていた空と同じ色だ。腕の筋肉はまったく衰えていない。若いころはアスリートのような魅力にあふれていたに違いない。時代が違えば、ステラ自身がスポーツ界のスターになっていただろう。

「フランクに頼まれたの――おふくろの話を聞いてほしいって」

「嘘ばっかり」

「きのう、フランクがうちの事務所にきて――」

「へーえ、いまじゃ事務所を持つご身分かい、偉そうなお嬢さん。フランクはトラックを運転してるのに、あんたは事務所を持ってる。フランクだって事務所ぐらい持てたはずだ。あんたがあの子のチャンスをつぶさなきゃ」

「わたしが？　よしてよ。三十年前、フランクがわたしと交際してたのを、あなたが強引にひきはがしたくせに。それでフランクが落ちこんで、人生で成功を収めようとする意欲をなくしてしまったなんて、言わないでもらいたいわ」

「ウォーショースキーの人間との縁が切れて落ちこむ者なんか、どこにもいやしないさ。けど、あんたの一家はうちに災いをもたらすために生きてたんだ。売女の母親はあたしの結婚をぶちこわし――」

「ミスタ・グッツォは亡くなるまでずっと、あなたと夫婦だったと思ってたけど」わたしは反論した。「離婚したの？　だから、USXは労災保険の支払いを拒否したの？」

ステラは片腕をひいた。反射的にわたしを殴ろうとしたのだ。わたしは彼女の手首をつかんだ。手荒なまねは慎みつつも、がっしりと。

「人を殴りつけたことが、そもそもあなたの災いのもとだったのよ。わたしを殴ろうとしても無理なんだから、ステラ、頭を冷やしてちょうだい」

「何をしろとか、するなとか、指図するのはやめとくれ。看守や、ヤクをこっそり流してる女どもから長年いじめられたあげく、せっかく家に帰ってきたのに、今度はウォーショースキーにいびられたんじゃ、やってられないね」

なるほど、一理ある。わたしはアームチェアの肘掛けに腰をのせた。「ガブリエラとマテオの話はやめましょう。二人とも、何年も前に亡くなってて、なんの弁明もできないんだから。わたしがどんなふうにフランクのチャンスをつぶしたのか言ってちょうだい」

「あんただけじゃない。あんたの一家全員だ」ステラの唇がこわばった。だが、わたしは彼女の目のほうが気になった。虹彩をとりまく白目の部分が広がりすぎている。「あんたらウォーショースキーの連中はいつだって自分らが一番でないといやなもんだから、フランクがバーナードと同じチャンスをつかみかけたのを見て、つぶしちまったんだ」

「えっ？」わたしはまごつくばかりだった。「うちの叔父には特別なチャンスなんか一度もなくて、生涯、ドックで働きつづけたのよ。フランクがいまの仕事のかわりに、ドックで就職したかったのなら――」

「お黙り、このとんま」ステラがどなった。「息子のバーナードのほうだよ。あんたたちが意地悪して――」

「なんだ、ブーム＝ブームのこと？　フランクはホッケーはやらなかったけど、もしやってれば、ブーム＝ブームはフランクを弟みたいに歓迎したでしょうね」

「フランクがホッケーなんかやるわけないだろ」

ステラの肌が怒りのあまり赤いまだら模様になっていた。アニーを殺した夜も、たぶんこんな感じだったのだろう。わたしは身体の重心を前に置いた。こうしておけば、ステラが怒りにわれを忘れたとき、機敏に飛びのくことができる。

「野球だよ。あの子はチャンスをつかむはずだった。みんなが約束してくれた。リグレー球場でテストを受けて、カブスの球団幹部がそれを見てくれる約束だったのに、だめになっちまった。あんたらウォーショースキーの連中がつぶしたんだ。あたしはここで暮らしてたあいだ、あんたの一家にさんざん苦しめられた。あんたの母親はうちの夫を誘惑した。あんたのいとこはフランクが自分と同じように成功を収めるのをいやがった。あんたの父親は——」ステラは〝父親〟という言葉に嫌味ったらしく皮肉な抑揚をつけた。「あたしを助けられたはずなのに、指一本上げようとしなかった。小さなアニーのことを聖女か何かみたいに思ってたから、あたしに復讐する気だったんだろうね」

「違う、ステラ。あなたの妄想だわ。なんの証拠もない。陰謀もない。あなたがうちの母を毛嫌いして、自分の不幸をすべて母のせいにしようとしただけ」

いきなりステラが飛びかかってきたので、わたしは身をかわした拍子にアームチェアからころげ落ちてしまった。ステラはわたしを蹴ろうとして、かわりに椅子に足をぶつけた。わたしは尻餅をついたままあとずさり、ステラがふたたび飛びかかってくるのと同時に立ちあがった。

アームチェアを押してステラの行く手をふさいだ。「やめて、ステラ。殴っちゃだめだって言ったでしょ。フランクに聞いたけど、あなた、無実の罪を晴らしたいそうね。弁護士にこう言うつもり?——フランクが野球選手になれたはずのチャンスをブーム＝ブームがつぶしたから、ものすごく腹が立ってアニーを殺してしまった、って」

「あたしは殺してない」ステラはあえぎながら言った。「誰かが忍びこんだんだ。あたしがビンゴをやりに家を出たとき、アニーは生きてた。誰もがアニーを優しい子だと思ってたけど、あの子の言ったことをみんなに聞かせてやりたかったよ。あんな言葉を口にして死んでったのなら、地獄で業火に焼かれてることだろうよ」

アームチェアを隔てていても、ステラの汗の臭いが鼻を突いた。浴用石鹸とタルカムパウダーに、彼女の全身を蝕む憎悪の腐臭が混ざりあったもの。

「どうして裁判のときにそう言わなかったの？」

「あたしの弁護をひきうけることになった役立たずの坊やに言ったさ。侵入者のしわざだって。ところが、法律をよく知らない坊やはそれをどう使えばいいのかわからなかった。いや、もしかしたらブーム＝ブームに買収されたのかも。ブーム＝ブームのやつ、腐るほど金を持ってたからね。CMにいっぱい出てたし、女はみんなブーム＝ブームの前で仰向けに寝ころがったもんだった。たぶん、アニーもそうだったんだろう。ウォーショースキーの母親みたいになるよってアニーを叱りつけたら、あの子、生意気にも、それこそ望むところだと言った！　あたしに殴られても当然だろ！　誰だって殴りたくなるさ。けど、あたしは殺しちゃいない。誰かほかのやつだ。たぶん、あんたのいとこだね。だから、あんたの父親が証拠を握りつぶしたんだ。あたしが教会へ出かけて、アニーの魂を救ってもらうために祈ってたあいだに、あんたのいとこが家にきてアニーを殺したんだ」

わたしは椅子のへりをゆっくりとまわり、部屋を出ようとした。「そんなことを信じてるのなら、あなたに必要なのは精神科医だわ。無実の罪を晴らすための弁護士じゃなくて。そんなこと、人前で二度と言わないで。あなたが唾を吐くより早く、わたしのほうで訴訟を起こすわよ」

ステラが飛びかかってきてパンチをよこした。とっさにしゃがんだおかげで、パンチは喉ではなく肩に当たり、わたしは玄関へ走った。デッドボルトをはずし、ステラに追いつかれる何分の一秒か前に外へ出ることができた。

ステラが玄関先に立ってわめいた。「これまでずっと世間の連中にばかにされ、笑いものにされてきたけど、そんな理不尽なことはもうたくさんだ。あんたも気をつけな。足元に気をつけるんだね」

歩道の縁にたむろしていた不良どもが口をあんぐりあけて、こちらを凝視していた。〈狂気のドラゴン〉の縄張りの真ん中でステラが無事に暮らしているのは、なんの不思議もないことだ。

4 出塁

車に戻ったときには全身が震えていた。ジェイクの言葉に耳を貸して、ここには近寄らないようにすべきだった。犬たちが飛びあがり、キューンと鳴きながら鼻をすり寄せ、わたしの悲しみを癒そうとしてくれたが、いまは母が恋しくてならなかった。母は長年のあいだ、ステラの家と路地をはさんで暮らしていたが、暴言に傷ついた様子を見せたことは一度もなかった。母が気にかけていたのはわたしと父のことだけで、不満たらたらの非常識な女が何を言おうと、何を考えようと、一顧《いっこ》だにしなかった。

グッツォ家の居間でカーテンが揺れるのが見えた。わたしが動揺しているなどとステラに思わせてはならない。

北へ戻る途中、聖エロイ教会の前を通りかかった。ステラや、わたしの叔母のマリーや、何百人もの製鋼所の労働者が礼拝に通った教会だ。聖エロイは金属関係の仕事をする者たちの守護聖人とされている。わたしは衝動的に歩道の縁に車を寄せて外に出た。

子供のころ、ここで何度も葬儀に出たものだった。みんなが吸っていた汚れた空気、すべての男性と大部分の女性の喫煙、容赦なき重機類のせいで、多くの子供が親を亡くしていた。アニーとフランクの父親マテオ・グッツォが亡くなったのは圧延機のせいだった。足をすべらせたか、機械のギアが故障したか、はたまた、ステラに支配される人生にマテオが耐えきれなくなったのか。マテオの死をめぐって、近所では何通りものゴシップが流れた。噂を耳にした会社は自殺説をとった。未亡人に労災補償をする必要がないからだ。組合が抗議して、ある程度の妥協案に漕ぎつけたが、ステラの記憶のなかでは、わたしの一家が補償金の支払いを阻止したことになっている。

かつての司祭だったギエルチョフスキー神父は鉄の掟で教区を支配していた。忌まわしき自警団を組織した人物でもある。これはローラーという聖職者がサウス・サイドの教区を白人だけにするためにスタートさせたものだ。ギエルチョフスキーとわたしの母は何度も派手に衝突をくりかえし、なかでもひどかったのが、神父がわたしに洗礼を施そうとしたときだった。子供の洗礼を拒むユダヤ人が親失格のレッテルを貼られる国で大きくなったガブリエラは、神父に辛辣な言葉を投げつけた。

「神がわたしの娘の人格よりも額につけるわずかな水のほうを大事になさるなら、娘が永遠のときを共に過ごすにふさわしい神だとは思えません」

執務室のドアまで歩いていく途中、わたしは聖エロイの像の前で足を止めた。製鋼所で働く人々がスクラップを使って制作したものなので、大胆な前衛彫刻のように見える。事務所の倉庫を共同で借りている友人に見せようと思い、写真を撮った。その友人は金属の大きなかたまりを叩きつぶして巨大な抽象的彫刻を作りだす芸術家だ。

「あなたの成績ってあまりよくないわよ、聖エロイさま」わたしは彫像に向かって言った。「マテオは死んだ。その娘も。それから、製鋼所も。教会の建物までが崩壊しつつある。それに関して何かご意見は？」

金属製の目がまばたきもせずにわたしを見つめていた。わたしの周囲の人々と同じく、この聖人もわたしには理解できないなんらかの秘密を握っているらしい。

ここには、教会、牧師館、学校、修道会など、ヴィクトリア朝様式の重苦しいレンガの建物が集まっている。学校が存続していることは、わたしにもわかった。息子が高校の野球部に入っていることをフランクから前に聞いていたし、校舎の向こう側の運動場から子供たちの声がかすかに流れてくる。

聖エロイ教会の横手のドアまで行く途中、ギエルチョフスキー神父にどう話せばいいかと悩んだが、よく考えたら、神父はとっくに司祭の職を退いている。教会の執務室にいた男性はもっと若くて、肌が浅黒く、筋肉質だった。

いつもカソック姿で近辺をうろついていたギエルチョフスキーと違い、この男性はジーンズとTシャツ姿で梯子《はしご》にのぼって、天井にあいた穴を速乾性の補修剤で修理していた。室内で修理の必要な箇所は天井の穴だけではなかったが、ここの損傷がいちばんひどくて、窓付近の下地がむきだしになり、クモの巣状に亀裂が走っていくつもの大きなひび割れになっていた。この補修剤で一カ月ぐらいは、もしくは、つぎの嵐で水漏れが始まるまでは、どうにか持ちこたえるだろう。本当なら、修理しようとする前に、この部屋を、いや、建物全体を解体し、給排水設備と電気配線を新しくすべきだが、サウス・サイドの教区が大教区の予算リストの上位にきているとは思えない。

窓と向かいあった壁にギエルチョフスキー神父の写真が飾られ、その横に歴代の神父の写真も並んでいた。ドイツ系、ポーランド系、セルビア系、イタリア系などの名前から、工場で働くためにサウス・サイドに大量の移民が流入してきたことが推測できる。現在の神父の名前はウンベルト・カルデナル。この人物が大司教区のトップになった暁には、カルデナル大司教《カーディナル》と呼ぶことになるわけ？

カルデナル神父が作業をしている窓のそばに、壁に劣らず傷だらけのデスクが置いてあった。わたしは来客用の椅子を部屋の反対側へ持っていった。神父が充塡剤で穴を補修するよりも速く漆喰の破片が落ちてくるからだった。

ようやく梯子から下りた神父は、汗まみれの顔に灰色の汚れが貼りつき、なんの用かとわたしに尋ねた声はとうてい丁重とは言えなかった。

「手と顔を洗ってきたければ、待つのはいっこうにかまいません」わたしは言った。「よかったら梯子を片づけておきましょうか。どこから持ってきたのか教えてくれれば」

神父の口元の線が和らいだ。「そんなにひどい顔かな？」クロゼットのドアを開いて、内側にかかっている小さな鏡で自分の顔を見た。「なるほど、この顔なら、〈死霊のえじき〉に出演できそうだが、教会の仕事にはたぶん向いていないだろう。梯子は教区の集会室のとなりに道具置場があるから、そこに入れておいてください」

わたしは神父と一緒に廊下に出たが、神父は左に向かって曖昧に腕をふっただけで、牧師館のほうへ去ってしまった。ドアをいくつかあけてみたものの、集会室も道具置場も見つからなかった。いつのまにか教会の横の通路に出ていた。若い女性がいて、ずんぐりした小柄な男性の腕をつかんでいた。男性は俳優のダニー・デヴィートによく似ていて、ハゲ頭から左右に突きでた髪に至るまでそっくりだったので、思わずじっと見てしまった。

「ジェリーおじさん、お願い！　これ以上はもう無理だわ」

男性は彼女を乱暴に払いのけた。「最初によく考えるべきだったな――」わたしの姿に気づいた。「誰だ？　なんの用だ？」ハスキーな声までがデヴィートに似ていた。

「道具置場を捜してるの。この梯子が置いてあったところ」

「念のために言っとくと、ここは教会だ。道具置場じゃない」男性は姪に視線を戻した。

「おれを面倒に巻きこむ前に、さっさと帰れ」

「大丈夫？」わたしは姪のほうに尋ねた。

「大丈夫だよ。この子が帰るのはな、昼休みに社を抜けだしてきてて、クビになったら困るからだ」

姪は袖で涙を拭くと、正面入口へ向かって通路を歩きはじめた。

わたしはあとを追った。「わたしで何か力になれない？」

姪はふりむいておじのほうを見てから、わたしに向かって首を横にふり、そのまま歩きつづけた。わたしは梯子をその場に残して追いついたが、彼女に払いのけられた。

「ほっといて。もう無理なの――間違いだった――ちょっと考えただけ――いえ、いいの」

わたしは名刺を差しだした。「気が変わったら電話して。あの男から危害を加えられてるのなら、安全な場所へ案内するわ」

女性はふたたび首を横にふったが、とりあえず名刺だけはポケットに入れた。わたしが梯子をとりに戻ったときには、ジェリーおじさんの姿はすでになかった。建物のあちこちにある通用口のどれかを通って消えたのだろう。古い電圧計が置き忘れられていた。デジタル以前の時代のものだ。ちょっと意地悪な気分になって、それを拾いあげた。ようやく道具置場が見つかったので、梯子を戻し、その奥の棚に電圧計をのせた。ジェリーおじさんがこれを捜して一、二時間無駄にすればいい気味だ。

教会の執務室に戻ると、カルデナルが清潔なTシャツに着替え、顔をきれいに洗って、デスクについていた。パソコンを使っていたが、わたしが来客用の椅子をもとの場所に運んでいくと手を止めた。

「いったいどんな重要な要件です？ 教会の備品をひきずって歩くのも厭《いと》わないとは」

わたしは思わず微笑した。「ここの教区民の一人を助けようとしてるの」

「だが、あなたはうちの教区民ではない。年に二回以上ミサにやってくる信者の顔ならたいてい覚えているが、あなたを見かけた記憶はない」

「そりゃそうでしょう。わたしはずっと昔にこの界隈を離れた人間ですもの」自分が誰なのかを説明した。

「フランク・グッツォから、母親のために調べてほしいことがあるって頼まれたの」そうつけくわえた。「あの母親は昔からカッとなりやすい人だったけど、いまはさらにひどくなってるみたい。でも——長いあいだ刑務所に入ってたことはご存じでしょう？ 実の娘を殺した罪で」

「二カ月前にミセス・グッツォがミサに姿を見せて以来、ゴシップが流れています」カルデナルは認めた。

「いま三十分ほどステラに会ってきたけど、それだけでぐったり疲れて、頭が混乱してしまったわ。無実の罪を晴らしたいと言いつつ、本心では、娘の死をうちの一家の責任にしたがってるの」

カルデナルは片方の眉を上げた。「おたくの一家はミセス・グッツォと敵対関係に？」

わたしは悲しい笑みを浮かべた。「ステラはいつも、うちの母が自分の夫を誘惑したと近所で言いふらしていたの。やがて、夫が娘のアニーを母のところによこしてピアノのレッスンを受けさせるようになると、ステラはわたしの母がアニーに自分の悪口を吹きこんでると思いこみ、嫉妬で激怒したわ。さっきステラに会ったら、いまもその妄想にとりつかれたままなので、もうびっくり。しかも、わたしのいとこのブーム＝ブームまで妄想に加えてるの。ブーム＝ブーム・ウォーショースキー。すでに故人だけど、かつてブラックホークスでプレイしてたのよ。そのブーム＝ブームがプロ野球選手になろうとしたフランクのチャンスをつぶし、アニーを誘惑し、そののちに殺したんだ、とわたしに向かってわめきちらしたの」

カルデナルは考えこんだ。「おたくの一家もグッツォの一家も知らないわたしには、どちらが正義でどちらが悪なのか、あるいは、正義と悪があるのかどうかさえ、判断がつきません。わたしにどんな協力をお求めなのでしょう？」

わたしは返事をためらった。「刑務所暮らしは辛いものよ。しかも、ステラは長いあいだ服役していた。失われた証拠があって、それが自分の無実を証明してくれると、ステラが本気で思っているのか、それとも、服役中に事実をねじ曲げてうちの一家に責任を転嫁したのか、わたしにはわかりません。ステラがじっさいのところどう考えているのか、何かご存じじゃありません？」

カルデナルは顎の下の肉をひっぱった。「わたしはここにきて二年になるが、東欧出身の老婦人たちにはいまだに信用してもらえません。〝メキシコ人に本当に聖餐式ができるの？〟と言われている。ポーランド語のミサに出るため、バスに乗ってはるばる聖フロリアン教会まで出かけていく人々もいるほどです。ミセス・グッツォはとりあえずここのミサにきてくれるが、わたしに告解をしたことは一度もない。あったとしても、極秘事項だから、もちろんここで話すわけにはいかないが」カルデナルはあわててつけくわえた。

「当然です」わたしは同意した。「極秘扱いでない事柄についてはどうでしょう？ ステラが実の娘を殺した夜、ビンゴをするため教会にきたとき、どんな話をしてたかを知りたいの。あるいは、ギエルチョフスキー神父が裁判でステラのために証言しようと考えた理由についても。あの神父さまがいまもシカゴ市内に住んでるかどうか、ご存じありません？」

カルデナルは首をふった。「認知症がひどくなったと噂に聞いている。ポーランド系のご婦人たちがときどき見舞いに行き、悲しそうな顔で帰ってくる。誰の顔ももうわからなくなってるみたいで」

ギエルチョフスキーが認知症。人を傷つけてばかりだった神父だが、なんと恐ろしい罰だろう。「メモのようなものが残ってないかしら。ステラの裁判で証言したときの下書きとか、そういった感じのものが」

「ギエルチョフスキー神父が裁判の証言のためにメモをとったとしたら、個人的な日記帳にでも書かれていて、ここにはないと思う」わたしが質問しようとすると、カルデナルは片手を上げて制した。「いや、神父が日記をつけていたかどうかも、つけていた場合、現在誰がそれを保管しているかも、わたしは知らない。教区の記録に載っているのは、金銭と集会関係のことだけだから」

「アニー・グッツォが死亡した夜の集会の記録を見せてもらえません?」

カルデナルは渋い顔をした。「わたしが漆喰の粉だらけだったときに、そう頼んでくれればよかったのに。だが、いいとも。たぶん見つかるだろう」

記録類が保管されているのは冷え冷えとした部屋で、ここもやはり天井にひびが入り、窓が汚れていた。カルデナルは段ボール箱が積まれた部屋にわたし一人を残して立ち去った。箱が積まれた順番にはなんの規則性もなく、しかも、この教区では五年前に創立百二十五周年を祝っている。ギエルチョフスキーがここの司祭を務めた四十二年間のうち二十七年間は、聖エロイ教会の歴史のなかでもっとも活気のある時代だった。洗礼と婚礼の記録を読むうちに目がしょぼしょぼしてきた。多少なりとも参考になりそうなのは、アニーが死んだ水曜の夜に開催されたビンゴゲームの記録だけだった。参加者百九十二名、最高賞金二百五十ドルを獲得したのはリュドミラ・ヴォイチェク、そして、参加費と軽食の売上代金が計三百十八ドル五十セント。

記録をもとの箱に戻し、シャツとジーンズについた汚れをできるだけ払い落とした。暇《いとま》を告げるためにカルデナル神父の執務室に寄ったが、神父の姿はなかったので、短い感謝のメモを書くことにした。修繕費の足しにしてくださいとのメッセージを添えて、二十ドル札を一枚置いていった。

5　カーブで三振

事務所に戻り、現在の自分の人生に戻ったわたしはモーツァルトの〈レクイエム〉をかけた。ソプラノはエマ・カークビー。ガブリエラとよく似た透明な歌声だ。暗く物悲しいいまの気分にぴったりの曲だった。

フランクのために一時間を無料提供して、さらに何時間か使ったが、調査を切りあげる気にはなれなかった。フランクがわたしを訪ねてきたのは、母親の身に何が起きているのか心配でたまらないから、もしくは、少なくとも気がかりだからだ。

フランクとのやりとり、ステラとのやりとりから、思いだせるかぎりのことをメモした。聖歌隊が永遠の光を求める祈りを終えるあたりでようやく、フランクとステラのそれぞれの発言を比較する作業が完了した。自分で作ったチャートをじっくり見てから、フランクの携帯に電話をした。

フランクが電話に出たとき、背後に車の騒音が聞こえた。運転中の通話は危険よ――そうたしなめようかとも思ったが、正直に言うと、一刻も早く会話を終わらせたかった。

「フランク、午前中にお母さんに会ってきたわ。誰の頭がいちばん混乱してるのかわからない。お母さんか、わたしか、あなたか」

「おふくろに会ってきただと？」フランクはオウム返しに言った。憤慨していた。「なんでそんなことを？　アニーの死を調べてくれると思ってたのに」

「とっかかりが必要だったし、妹さんの死に関していちばん詳しいのはお母さんでしょ。わたしがお母さんのところへ行くとは思わなかったなんて言わせないわよ」

「まず警察に問いあわせてくれればよかったのに」

「やったわよ。あの事件のファイルはとっくに倉庫行きになってた」依頼人というのは、自分が雇った探偵より、自分の立てた行動計画のほうがすぐれていると思いがちだ。自分の母親が探偵の母親の葬儀をめちゃめちゃにしたときに、その探偵を慰めようとした男であっても。

「おふくろがあんたを家に入れたのか。なんでまた――おふくろ、なんて言ってた？」

「あれやこれやと。うちの母とおたくのお父さんに関して昔と同じことを。つぎは、ブーム＝ブームとアニーに関して新しいことを。それから、あなたに関してわたしが知らなかったことを。カブスの入団テストのこと」

「おふくろが話したのか」

「ええ。いつだったの？」

電話の向こうから警笛とブレーキの音が聞こえた。フランクが誰かほかのドライバーに悪態をつき、電話を切った。こちらからもう一度かけると、車の音にかわってBGMが流れ、注文をがなりたてる人々の声が聞こえてきた。

「道路から離れて休憩をとることにした。十五分ほどある」

「カブスのことを話して」

「昔のことだ。いまさら話してなんになる？」

「いいから聞かせて」

「アニーが死んだ年の前の秋だった」フランクの声に疲れがにじんでいた。昔のことを思いだすのに予想外のエネルギーが必要であるかのように。だが、話は続けてくれた。「おれはすでにバグビー運送に入ってたが、野球は続けてた。ソフトボールとかじゃなくて、本物の野球だ。で、電話があった。おれたちのチームに。カブスが入団テストをすることになり、チームの何人かが推薦されたんで、二イニングほどプレイしてほしいってね。スカウト連中が見にくる予定だとか、まあ、そんなような内容だった」

「すごいじゃない。誰が話をつけてくれたの？」

「知らん。聖エロイ教会の誰かだって噂を聞いたような気がする。カブスの誰かを知ってる誰か。世の中、そうやって動いていくのはわかるだろ」

世の中がそういうものだというのは、わたしも承知している。誰かを知っている誰かがつねに必要だ。ブーム＝ブームだって、十区選出の市会議員がある人物を知っていて、その人物がある女性と交際中で、その女性がブラックホークスの中枢部にいる男性と知りあいだったという偶然がなければ、ホッケーの殿堂入りは実現しなかっただろう。

「どうだった？」

「リグレー球場のダグアウトにすわったときの気分？　芝の上を走った感触？　おれが天国へ行ったら、まさにそんな感じだろうな」

わたしは思わず笑いだした。「だといいわね、フランク。でも、わたしが訊きたかったのは、入団テストはどうだったかってこと」

「いまのおれはトラックを運転してる」フランクはぶっきらぼうに言った。「クーパーズタウンの野球殿堂で自分の像に見とれてるわけではない」

「何があったの？」

電話の向こうからため息が聞こえた。風船の空気が洩れるような音。

「筋肉は弱くなるもんだ。まあ、おれは力が強くて、トラックを運転してて、その点では有利だった。だが、野球に必要な筋肉とか、動体視力とか、タイミングとかが全部だめになってた。

ブーム＝ブームがおれをコーチしてくれた。野球のコーチじゃないぜ。あいつに野球は無理だ。だが、プロのアスリートだから、体調を維持するには何が必要かを知っていた。バグビー運送の社長が休みをくれた。いまの社長のヴィンスじゃなくて、そのおやじさん。みんなが応援してくれた。入団テストを受けるメンバーのうち五人がバグビーの従業員だったんだ。で、ブーム＝ブームとおれは毎朝二人でワークアウトをした。あいつが街にいるあいだずっと。やがて、ホッケーのプレシーズンが始まったが、おれは一人になってもワークアウトを続けた。毎朝二時間ずつ。ブーム＝ブームが教えてくれたトレーニング用のダイエットメニューにも従った」

ぜんぜん知らなかった。ブーム＝ブームのことだから、男どうしの友情についてわざわざ話す必要などないと思ったのだろう。

「おかげで、おれのコンディションは上々だった。百ヤードを十五秒で走ることもできた」

「すごいじゃない」

「アメフトに転向して、ベアーズの入団テストを受けたほうがよかったかもな」苦い口調でフランクは言った。「速く走れて、トラック運転手の筋肉を備えた男なら、向こうも歓迎してくれただろう」

わたしはじっと待った。これは辛い思い出だ。わたしが何か言えば、向こうは口を閉ざしてしまうかもしれない。フランクが話に戻ったときには、ひどく早口になっていて、しかもほとんど聞きとれないような低い声だった。

「メジャーリーグの投手のボールは、おれには打てなかった」

わたしは沈黙を続けた。誰にメジャーリーグの投手のボールが打てるというの？　最高のプロ選手だって、ヒットを打つのは三回に一回ぐらいだ。しかし、プロ野球チームでプレイするかわりにトラックを運転している男にそう言ったところで、慰めにはならない。

「おふくろは――おふくろはブーム＝ブームのせいだと言った。おれがおふくろに黙っておけばよかったんだが、何か話題がほしかったんで、入団テストのチャンスがあるって噂を聞いたとき、つい話しちまったんだ。おふくろは大興奮さ。おふくろのあんな姿を見たのは初めてだった。あたしはこのときを待ってた、おまえが大きなチャンスをつかむのを待ってたんだ、グッツォだってウォーショースキーに負けないってことを世間に示しておやり――何度もそう言いつづけた。そのあとは当然ながら、入団テストの結果をおふくろに報告するしかなかった」

わたしは自分がステラにぶつけられた悪口雑言《あっこうぞうごん》をメモしたものに目を通した。「お母さんに言わせると、ブーム＝ブームがあなたのチャンスをつぶしたとか」

「それは違う。いくらおふくろでも、そりゃひどすぎる。けど、あのときはおれも落ちこんでてさ。物事がうまく運ばないと落ちこむもんだろ」

わたしは椅子にすわりなおした。「ブーム＝ブームのことをお母さんにどう言ったの？」

「なあ、トリ、ブーム＝ブームが姿を見せればどうなるか、あんたにもわかるだろ。少なくとも、スポーツ好きの連中が集まってる場所ならどこででも。あいつ、ダグアウトにすわっておれを応援してくれた。ただ、ブーム＝ブーム・ウォーショースキーがきてることに気づいて、その場にいたみんなが大騒ぎになった。ブーム＝ブームはサインをねだられ、カブスのブラスバンドの連中までがサインをもらいにきた」

怒りと悲しみ——フランクはいまもそこから抜けだせずにいる。プロ選手になれるかもしれない唯一のチャンスだったのに、注目を集めたのはブーム＝ブームだった。

「残念だわ」わたしはぎこちなく言った。

「ああ。おれのほうがもっと残念だったけどな」フランクは大きな笑い声を上げた。「ブーム＝ブームがエドモントンへ行ってても、おれにはたぶんカーブが打てなかっただろう。あいつ、おれとリグレー球場に来るために、ウェイン・グレツキーとの試合を抜けたんだぜ！けど、あいつがきてなきゃ、打てなくたって、あんなバツの悪い思いはせずにすんだはずだ。三振するのをブーム＝ブームに見られるなんて、ギエルチョフスキーのじいさんにパンツを下ろせと言われたときより恥ずかしかった。おふくろもくやしがってた。ウォーショースキ一族にまたしても意地悪されたって思いしかなかったんだろうな。あとになって、おれが刑務所へ面会に行ったときも、そのことでブツブツ言ってた」

「お母さんの言葉なんか信じてないわよね、フランク。あなたの一家の不幸を願った者なんて、うちの家族には誰もいないわ。母はアニーを可愛がってたし、あなたのお父さんはすばらしい人だった。それに、ほら、わたしがあなたに恋してた時期も何ヵ月間かあったし」

「あのとき別れといてよかったな」フランクはからかうように言った。「おふくろのことだから、結婚式のとき、あんたのシャンパンにヒ素を入れたかもしれん」

冗談を言おうとする彼の努力に、わたしはお義理で笑ってみせた。「いまでもやりかねないわね。わたしの肩にすごいパンチが飛んできたもの。お母さんが毒薬か銃を手に入れたら、わたしはもうおしまいだわ」

「おふくろに殴られただと？　あんたはもっとタフだと思ってたが」

「そんなにタフじゃないし、機敏でもないわ」わたしは息を吸った。「わたしに調査を頼んできたとき、ブーム＝ブームがアニーを殺したんだってお母さんが言ってるのを知ってた？」

長い沈黙があった。サンドイッチやマフィンを注文する人々の声が聞こえてくる。そいつにもっとクリーム入れてくれよ、姉ちゃん。

「おふくろはとんでもないことばかり言ってる」フランクがようやく言った。「ブーム＝ブームのことだけじゃなくて、ほかにも非常識なことをいろいろと。汚名をそそぐために何を言うつもりか、何をするつもりか、おれにはわからんが、おふくろが完全におかしくなったとしても、フランキーには——あ、うちの息子のフランク・ジュニアのことだが——おれがつかめなかったチャンスを与えてやりたいんだ」

「お母さんにその夢をこわされるのが心配なの？　大丈夫よ、フランク。年をとっても、あいかわらずカッとなりやすい人だけど」——わたしはステラに殴られた肩をさすった——

「もうパワー不足よ。残っているのは、あなたの人生に干渉するパワーだけ」

「よくもそんな……。おふくろが頭にきたら何をするかわからないことぐらい、あんたもよく知ってるだろ」

「ええ。だから、妹さんの死について調べたところで何も出てこないと思うの。お母さんは長い服役生活のあとで、ますます怒りっぽくなって、怒りをぶつける相手を探してるだけなのよ。無実の証拠ではなしに」

フランクは、警察に頼んでアニーの事件のファイルを倉庫から出してもらう、という言葉をわたしからひきだそうとしたが、その口調は説得力に欠けていた。彼の哀れな声を聞いて、わたしは不愛想になった。思わず同情しそうになる自分がいやだった。聖エロイ教会の日程表を送ってほしい、スカウトがくる日におたくの坊やのプレイを見たいから、と言って電話を切った。

いまのやりとりをメモしはじめたが、なかなか進まなかった。話の相手がわたしでなかったなら、フランクはたぶん、ブーム＝ブームの悪口を並べていただろう。ブーム＝ブームが入団テストの場にこなかったら、フランクのバットに球が当たっていたかもしれない。ホッケーのスター選手にみんなの注目が集まったせいで、フランクの肩に力が入りすぎ、緊張して球を打ちそこねたのかもしれない。

「ああ、ブーム＝ブーム」思わずつぶやいた。「善意でやったことなのにね。オイラーズ戦に出なかったせいで、ブラックホークスに罰金をとられたでしょ？　入団テストは誰の得にもならなかったわね」

フランクがふと口にした、ギエルチョフスキーにパンツを下ろすよう命じられたという話――おぞましい。哀れで、痛ましくて、ぞっとする話だ。ひょっとすると、神父は少年たちを鞭打って悪徳を叩きだそうとしていたのだろうか。悪徳という言葉からわたしが連想するのは、給料を担保にするペイデイ・ローン、銀行の隠し口座、最低賃金すら払おうとしない雇用者、貧しい地区には低レベルの学校で充分という意見などだ。セックスを連想したことは一度もなかった。

ステラと過ごした午前中、そして、今度はこれ――自分がひどく汚れたような気がしたので、友人のスタジオの裏にあるシャワールームに入った。鋼鉄と格闘している友人は、長い一日が終わったときに身体の汚れを落とす場所を必要としている。マッサージ効果のあるシャワーヘッドがとりつけてあるので、針のような湯が脳まで入りこんで汚れを徹底的に落としてくれることを願いつつ、たっぷり十分間、シャワーの下に立ちつづけた。全身をごしごし洗ってから清潔なTシャツに着替えたが、気分はまだすっきりしなかった。

6　フォースプレイ

いまは野球シーズン開幕から二週目、この短い期間だけ、カブスファンは不満たらたらだった十一カ月間の逆境を忘れて、ニューヨークやセントルイスの栄光が今年こそ自分たちのものになることを夢に見る。チームは遠征中で、シンシナティで試合をしているが、球団のフロントオフィスにはスタッフが詰めているはずだ。

球場はわたしのアパートメントから歩いていける距離にある。まともな服に着替えようと思って、自宅の前に車を止めた。靴はラリオのブーツにしよう。あれをはくと、いつも贅沢な気分になれる。着替えをすませてアパートメントの前の歩道をひきかえそうとしたとき、バーニーが帰ってきた。

「わあ、すてき、ヴィク、どこ行くの？」

「リグレー球場――一緒にくる？」

「なんだ、野球か。せっかくだけど、《メルシー、ノン、》行かない。《トロ。》めんどくさいもん。《パンニュイアン》ヴィクが留守なら、ゆっくりお風呂に入れる」一時間もの入浴が清潔さを保つために本当に必要かどうかをめぐって、バーニーとわたしは激論を戦わせてきた。「あ、ご心配なく、お風呂から出るとき、浴槽の髪の毛はちゃんと拾っておくから」これもまた口論の種だ。

チームの遠征中も、野球シーズンの終了後も、クラーク通りとアディスン通りの交差点の扉はガイドツアー客のためにあいている。わたしは二十五ドル払ってツアーに参加した。名解説者ハリー・キャリーがかつてファンをリードして〈わたしを野球に連れてって〉の大合唱をした場所に、みんながうっとり見とれているあいだに、こっそりその場を離れて、〝広報〟と記されたドアを見つけた。

電話中の女性がいた。愛想のいい笑みを浮かべて、エンリケ・ベラスケスの左膝故障という噂についての問い合わせに答えていた。電話を切ると、さらに愛想のいい笑みをわたしに向けた。

「V・I・ウォーショースキーという者です。ミスタ・ウィル・ドレッチェンにお目にかかりたいんですが」アパートメントを出る前に、フロントオフィスのスタッフの氏名を調べておいた。ドレッチェンは広報の副部長。

微笑が申しわけなさそうな表情に変わった。「ウィルは席をはずしておりますが、わたしはウィルのアシスタントをしているナタリー・クレメンツと申します。ご用件を伺ってもよろしいでしょうか」

「漠然とした話ですけど……。目下、ブーム＝ブーム・ウォーショースキーの伝記を書いています」

「わたし、球団に入ったばかりなんです」ナタリーはすまなそうに言った。「昔の選手の名前がまだ覚えきれなくて」

わたしは首を横にふった。「ブーム＝ブームはブラックホークスでプレイしてたの。一九九〇年、最多ゴール記録でグレツキーに並んだ選手なの。でね、ちょうどその年に、午後からこのリグレー球場にきたことがあったんです。入団テストのときに。無理なお願いなのはわかってるけど、そのときに立ち会った方を見つけたいんです。写真があれば助かるわ。でも、わたしがいちばん知りたいのはその日の状況と雰囲気なの。ブーム＝ブームはけっこう目立ちたがり屋だったかもしれない。ヒットを打とうとしたり、守備についたり、いろいろやったんじゃないかしら」

ナタリーが指を一本立ててみせ、電話に出た。電話はさらに二回かかってきたので、わたしは窓辺まで行って外をのぞいた。フランクの言ったとおりだ。春の空の下に広がる青々とした芝生を見れば、たしかに天国にきたような気分になる。

ナタリーが電話を終え、ふたたび謝った。会議中のミスタ・ドレッチェンのためにわたしからの伝言を細かくメモし、そこでわたしの名字に気づいた。ええ、親戚なの——わたしはiPadをとりだして、ブーム＝ブームとわたしがスタンレー・カップと一緒に写っている写真を見せた。あの日、ブーム＝ブームがチームを代表してカップを受けとったのだ。二人でコンヴァーティブルをレンタルして、シカゴの街を走りまわった。運転はわたし、ブーム＝ブームはカップを抱えて車のトランクに腰かけていた。

「わあ、わたしがその日のプレス担当になりたかったわ」ナタリーは言った。「最高の写真が撮れたでしょうね。あなたのいとこがカップをリグレー球場に持ってきたくなったら、いつでも——」

わたしはブーム＝ブームがすでに亡くなったことを伝えたが、ブラックホークスは宣伝の機会をつねに歓迎していると言い添えた。伝記の執筆が終わったら、宣伝の方法を何か相談しましょう。

果たしてカブスから連絡があるだろうか。それにしても、わたしはなぜ球場にやってきたのだろう? フランクが入団テストに失敗したのはブーム＝ブームのせいではなかったことを証明したかったのかもしれない。

帰宅したとき、バーニーはまだお風呂のなかだった。時刻は午後の半ばになったばかり。収入になる仕事をする時間は残っている。事務所へ車を走らせ、グッツォ家関係のメモを未決のファイルボックスに入れてから、常連の依頼人たちから解決を求められている火急の案件にとりくんだ。その夜はジェイクに誘われて、彼の仲間が生演奏をしている〈ホット・ロココ〉へ踊りに出かけた。路地でちんぴらにパンチを見舞うのはジェイクには無理かもしれないが、ダンスフロアでわたしを空気よりも軽やかな気分にさせてくれる相手は、彼のほかには誰もいない。

ジェイクはジェイクで悩みを抱えていた。連邦政府の予算案を議会が毎年のように却下するため、道路から軍備まであらゆるものの予算が削減されている。芸術関係の予算など骨ぎりぎりまで削られている。いや、骨の髄までと言うべきか。すでに何度も削られてきたのだから。彼のグループ〈ハイ・プレーンソング〉も解散するしかないかもしれない。マネージャーにやめてもらい、無料でリハーサルできる場所を必死に探している。

ジェイクの仲間の演奏が終わってから、みんなでピザを食べに出かけた。音楽家たちは不満を並べ、飢えた芸術家を主人公にしてオペラを作ろうと言いだした。

「〈ラ・ボエーム〉に似た作品にしよう。ひとつだけ違うのは、議会がミミとロドルフォを監視して陰で大笑いすることだ」ドラム奏者が説明した。「栄養失調のミミが最後の幕で息をひきとるとき、議員たちのコーラスが流れ、生気にあふれたフィナーレを飾る。〝死んでゆくのは自業自得。金持ちの家に生まれなかったせいだ〟」

みんなが笑いだしたが、笑い声の陰には苦い響きがあった。必死に働き、生演奏の仕事をいくつもこなしているが、彼らの存在の核をなす音楽が脇へ追いやられている。

翌週はうれしいことに、グッツォ家の面々も本来の居場所である暗黒のサウス・サイドに姿を消してくれた。やがて、マックスとロティとジェイクを招いてスズキのヴェネツィア風という料理をふるまう午後がやってきた。バーニーはホッケーのコーチをしていて仲良くなった女の子二人と出かけていた。ミスタ・コントレーラスは機械工時代の引退した仲間たちといつものようにポーカーをしに行っている。

泡立てた卵白で魚を包み、塩を敷きつめた皿にのせていたとき、iPhoneがわたしに向かって吠えた。メールの着信を知らせる合図だ。

画面を見た。〝六時のローカルニュースでブーム＝ブームの件をやる。何かコメントは？

M・R〟

マリ・ライアスン。《ヘラルド＝スター》の優秀な新聞記者だったが、やがて〈グローバル・エンターテインメント〉が新聞社を買収し、記者の数が三分の一に減らされたため、マリはケーブルニュースのキー局でくだらない仕事をさせられるようになった。

手を洗ってマリに電話した。「ブーム＝ブームの件ってなんのこと？」

「おお、V・I、この電話できみへの忠誠心がよみがえった。彼女はこの事実を何年ものあいだ隠しつづけ、真実と正義を求めて戦ってきた親しい同志にも打ち明けてくれなかったのだろうか。そんなことはないとおれは思った。だが、そのあとで、きみが殺人事件の調査のためにおれをパーティの場に置き去りにし、電話もくれなかったことを思いだした。ハンボルト・ケミカルのCEOの悪事を暴いたときも電話してくれなかったことを思いだし、やはり少女探偵に裏切られたのだと思った。だが、ここはひとつ、疑わしきは罰せずの精神で——」

「マリ、何が言いたいの？　それとも、自分はテレビに出てるから周囲の者がみんなうっとり耳を傾けてくれる、とでも思ってるの？」

「きみの気分を明るくしようとしただけなのに」マリはぼやいた。「ブーム＝ブームがアニー・グッツォを殺害し、その母親に罪をなすりつけて二十五年も服役させたのかい？」

「なんですって？」怒りが湧きあがった。怒りを抑えよう、マリの言葉の意味を理解しようとあがいた。「〈グローバル〉で制作中の荒唐無稽なTV映画か何かなの？」

「ほんとに知らなかったのか。いまからテレビでバンバン流れるぞ。ネットでも」

「〈グローバル〉って、裏づけ調査もせずに、証拠もなしに、そういうのを流すわけ？」

「とんでもない」マリは言った。「事実確認をするよう、おれが命じられた。だから、きみにメールしてコメントを求めたんだ。ところが、みんながもう、どんどんツイートしてる。

今日の午後、ネットでいっきに拡散したんだ。だから、〈グローバル〉としては、取材競争をリードしてるように見せなきゃならん。ブーム＝ブームが亡くなったのは遠い昔のことだが、彼の名前はいまもこの街の大きな話題だ。さあ、何を話してくれる？」

「あなたがその汚水槽に関わってるなら、今後、わたしの協力は得られないものと思ってちょうだい。二度と」わたしは電話を切った。

ノートパソコンに覆いかぶさるようにして、〈グローバル〉のツイッターに目を通していたとき、マックスとロティがやってきた。わたしは二人をおざなりに抱きしめて、何が起きているかを説明した。ジェイクはまだ帰ってこない。さっき携帯メールが届き、リハーサルが予定より遅れていると言ってきた。

魚は塩のベッドに寝かせたままにしておき、〈グローバル〉の最新ニュースを見るためにテレビをつけた。ブーム＝ブームがトップニュースだった。まず、セントルイス・ブルースのネットぎわに立つ彼の姿、勝利のゴールを決めてスティックを高々とかざす姿が映しだされ、そこからアニー・グッツォが殺された事件へ移っていった。取材スタッフが高校の卒業アルバムを見つけだしていた。アニーは笑顔ではなかったが、ひたむきな熱意が表情に出ていた。昔から自分の目的をはっきり持った子だった。

カメラがニュースデスクのベス・ブラックシンに切り替わった。「ミズ・グッツォは弁護士を通じて、〝娘が亡くなる何カ月か前につけていた日記が見つかった〟とコメントしています。その日記によると、シカゴを離れて自立した人生を送りたいというアニー・グッツォさんに対して、〝ブーム＝ブーム〟ことバーナード・ウォーショースキー氏の嫉妬がひどくなっていたとのこと。日記の現物を目にする機会は、チャンネル13としてはまだありませんが、その部分のタイプ原稿がミズ・グッツォの弁護士のほうからメディアに配布されています」

　ブラックシンがその紙をかざしてみせたが、現物ではないのだから、なんの意味もない。

「ミズ・グッツォの主張によると、ブーム＝ブーム・ウォーショースキーが嫉妬に駆られてアニーさんを殺害し、伯父にあたるトニー・ウォーショースキー巡査の協力を得て、ミズ・グッツォに殺人の罪をかぶせたとのことです。また、いまは亡き夫マテオ・グッツォ氏がウォーショースキー巡査の妻ガブリエラさんの性的な誘惑をはねつけて以来、ウォーショースキー家の人々はミズ・グッツォに対して嫌がらせを続けてきたそうです」

　礼装用の制服を着た父の写真が画面に映しだされた。その横に母がいる。ベス・ブラックシンはさらに説明を続けて、トニーがシカゴ在住の私立探偵V・I・ウォーショースキーの父親であることを補足した。

　視界がぼやけるほど激しい怒りがわたしの頭に渦巻いた。ふと気がつくと、寝室のクロゼットの奥にある金庫の前にいて、銃をとりだし、クリップをチェックしていた。どうやってそこまで行ったのか、まったく記憶になかった。

「ヴィクトリア！　やめなさい！」背後にロティが姿を見せた。

「あの女、またしてもうちの母を攻撃したのよ」その耳ざわりな声は自分のものとは思えなかった。

　ロティに頬をひっぱたかれた。「そんなことしちゃだめ、ヴィクトリア！」

　わたしはあえぎ、ロティをにらみつけたが、銃は下ろした。クリップをきつく握りしめたため、てのひらが切れた。血が噴きだした。

「ヴィク、見た？　ブーム＝ブームおじさんのことでとんでもない嘘を言ってる」

それはバーニーだった。ロティを押しのけてわたしのそばにきた。「ホッケークラブの女の子たちと出かけてて、その子たちがテレビをつけたの。ひどすぎる。パパに電話したら、カナディアンズに頼んで休暇をとるって言ってくれた。どうすればいいか相談して——あっ、銃を出したのね。よかった。パパもヴィクが黙ってるわけないって言ってた」

「ヴィクトリアは誰も撃ったりしないわ」ロティが言った。きびしい表情になっていた。

「でも——ロティ先生——テレビのコメント、聞いた？　ブーム＝ブームおじさんがずっと昔にどっかの女の子を殺したっていうのよ。その理由ときたら、誰も信じないようなくだらないこと」

ロティがわたしに腕をまわして、寝室から居間へ連れていき、大きなアームチェアにすわらせてくれた。台所から濡れ布巾をとってきて、てのひらの血を拭きとってくれたが、それが終わってもわたしの手を放そうとしなかった。

「ヴィクトリア、あなたはいとこを愛している。ご両親を愛している。その人たちを貶《おとし》める嘘は許せないでしょうけど、よく聞いて、親しい人をすべて失った者にとっては、残された人々がとても大切なの。わたしはあなたを失うわけにいかない。でも、あなたがさっきみたいに怒りに押し流されたら、そうなりかねないのよ。わたしは——お願い、大切なヴィクトリア、あんな表情は二度と見せないで」

「わかった」わたしは笑みを浮かべようとしたが、顔がパテでできているかのようで、こわばったままだった。「母もきっといやがると思う」

バーニーが少し離れたところをうろついていた。渋い顔だった。「けど、あんな嘘はつぶさなきゃ！」

「ええ、同感よ。でも、今夜はその方法を考える気力がないの。朝になったら作戦を立てましょう」

「何があったんだ？　どうした、ヴィク？」オルヴィエートのボトルを手にして、ジェイクが入ってきた。魚料理に合うワインを買ってくるようジェイクに頼んだことを、わたしはすっかり忘れていた。

「一時的に錯乱しただけ。もう大丈夫よ」わたしはステラの怒りに負けたのだ。実の娘を殴り殺す原因となった怒り。くる日もくる日もステラの頭を占めていた怒り。模範囚として懲役期間短縮とはならなかったのも当然か。

マックスがニュースの概略をジェイクに伝えた。

ジェイクはうなずいた。「まるでギリシャ神話に出てくる魔女メディアだね。神話だと思っていたが、現実にもいるわけだ。エウリピデスは人間性というものをよく理解していたようだ」

「メディアは最終的に罰を免れる。アポロの戦車で去っていくんですもの。ステラもたぶん、そのつもりね」

「ケルビーニの〈メデア〉では、自分の手で殺した子供たちと一緒に神殿で焼死する」ジェイクが言った。「ぼくはそっちのほうが好きだな」

「あきれた」バーニーが言った。「ふざけてばかりで、何も手を打とうとしない。ブーム＝

ブームおじさんを大切に思ってたんじゃないの？」

わたしは無理に椅子から立ちあがった。「バーニー、わたしが街を走りまわって銃をぶっぱなしたところで、なんの解決にもならないのよ。殺されるか、逮捕されるのがおちだわ。誰を撃てばいいのかもわからないし」

「あの恐ろしいおばあさん、あのメディア！」

「違うわ。ふつうじゃないし、妄想がひどいかもしれないけど、撃っていいという理由にはならない。あるいは、わたしたちには想像もつかない理由から、ほかの誰かがステラを陰で操ってるのかもしれない。その日記が本物なのか、もしくは、ステラの憎悪をかきたてるために誰かがこっそり置いたものなのか、わたしたちにはわからないのよ」

バーニーは下唇を突きだしてわたしをにらんだ。「どうするつもり？」

「事実を見つけなくては。でも、明日の朝まで待ってね。朝になれば、わたしの頭もすっきりするから。このスズキ《ブランツィーノ》をヴェネツィアで習ったやり方で料理するあいだに、テーブルの支度を手伝ってちょうだい」

7　群衆のざわめき

食事のあいだ、自宅の固定電話が鳴りっぱなしだった。マックスが出てくれた。北米のあらゆるテレビ局がブーム＝ブームの件でわたしのコメントをほしがっていた。マックスは電話してきた連中に告げた――何かの間違いだ。こんな悪質な内容でなければ、くだらないのひと言で片づけていただろう。質問があればウォーショースキーの弁護士のほうへ連絡してほしい、と。マックスの名刺ファイルにフリーマン・カーターの名前と電話番号が入っていたのも驚くにはあたらない。誰とでも面識があり、紹介の労をとるのが得意な人だもの。

ディナーがすんだところで、わたしからフリーマンに携帯で電話をかけ、これまでの事情を説明した。「ステラや話をでっちあげた人物を訴えたくても、たぶん無理よね」

「ロースクールで勉強したんじゃなかったのか、ヴィク」フリーマンは言った。「今回の件は腹立たしいことときわまりないが、死んだ人間には名誉毀損の訴えを起こすことができない。怒れる身内にもできない。世間はすぐに忘れてしまうさ。食ってかかったところで、騒ぎを長引かせるだけだ」

わたしはフリーマンに不満の声をぶつけたが、彼が正しいことはわかっていた。電話を切ってから、居間のとなりのウォークインクロゼットに入った。思い出の品でいっぱいのトランクがそこにしまってある。ベルベットと薄絹で仕立てた母のコンサートドレスを丁寧に脇へどけてから、書類の束をとりだし、ガブリエラが亡くなったときにアニー・グッツォが父とわたしに送ってくれた悔やみ状を捜した。

ようやく見つかったので、ふたたびフリーマンに電話した。「アニーの筆跡のサンプルが手に入ったわ。あなたからステラの弁護士に連絡をとって――」

フリーマンはわたしの言葉をさえぎった。「たったいま、ステラの弁護士から電話があった。判事を説得して、きみに対して緊急に接近禁止命令をとったそうだ」

あまりの衝撃に、わたしは怒ることも忘れた。「どんなもっともらしい理由をつけたの？」

「ステラが言うには、きみが家に押しかけてきて暴力をふるったとか」

「冗談じゃないわ、フリーマン。向こうがわたしの喉をめがけてパンチをよこしたのよ。命中してたら、わたしの命はなかったわ。それでも、肩にひどい打撲傷を負ったけど」

「ヴィク、きみの言葉を疑う気はない――しかし、判事がどちらを信じると思う？　八十歳の老婆か、それとも、運動神経抜群の年下の探偵か。この問題に法廷で決着がつくまでは、ステラから五十ヤード以内にはぜったい近づかないでくれ」

わたしの首の筋がこわばって、ジェイクの演奏に使ってもらえそうなぐらい硬くなったが、冷静な声を崩さないようにした。「ステラの弁護士って誰なの？　殺人事件の裁判のときの弁護士と同じ人？」

フリーマンは考えこんだ。「わたしが教えなくても、きみのことだから簡単に突き止めるだろう。アナトール・シャカクスだ。電話なんかするんじゃないぞ。話をするときは、きみの弁護士を、つまり、わたしを通してくれ」

「今回の証拠品が裁判のときに持ちだされなかった理由について、その人、何か言ってた？ステラはどうして上訴しなかったの？」

「二十五年前の弁護士もシャカクスだったのかどうか、わたしにはわからない。それに、どちらでもいいことだ、ヴィク。きみの裁判ではない。きみの問題ではない。よけいなことに巻きこまれないようにしろ」

わたしは先週ステラに会いに行ったことをフリーマンに話した。「そのときは、日記のことなんてひと言も出なかったわ。だから、どう考えても――」

「やめるんだ」フリーマンがわたしに命じた。「考えようとも思うな。ステラに近づくな。頼む。きみ自身のためでなくとも、ロティのために、あの女に近づいてはだめだ。いいな？」

「わかった。でも、どうかしてるわ。ブーム＝ブームはアニーとデートしたこともないのよ。そんな姿は見たこともないし、噂に聞いたこともない。たとえあったとしても、ブーム＝ブームは嫉妬したり脅したりするタイプじゃなかったわ」

「きみの知るかぎりではね。きみの目の届かないところでブーム＝ブームが何をしてたかはわからないだろ。たとえブーム＝ブームがアニー・グッツォと恋仲で、結婚する気でいたとしても、この件には関わらないようにしてくれ」フリーマンはふたたび言った。

「その日記なるものを見た人はいるの？　ニュースには出てなかったけど。タイプ原稿のコピーがちらっと映っただけ。アニー・グッツォの筆跡のサンプルはとりあえず金庫に入れておく。日記の現物を見る機会があれば、筆跡鑑定の専門家に頼んで――」

「関係ない」フリーマンは言った。「ステラがあくまでも無実を主張する気なら、それは彼女と州のあいだで争うことだ。ブーム＝ブームはスケート靴をはいたチワワだった、きみのお父さんがブーム＝ブームのチーム写真に修整を加えた――ステラがそう言いたいなら、勝手に言わせておけ。無視、無視、無視。できるね？」

「たぶん」わたしは不愛想に答えた。

「具体的にはっきり言うんだ、ウォーショースキー。きみは油断も隙もないからな」

「ステラには声をかけない、ステラの家へは行かない、いとこや両親に対する中傷には耳を貸さない――以上、約束します」

「きみに対する中傷もだ」フリーマンがつけたした。

「ううん、わたしのことだったら、ステラに何を言われようと気にしない」わたしはフリーマンに断言した。ほぼ真実だ。

ロティはマックスと一緒に帰っていく前に、銃を金庫に戻して施錠するよう、わたしにきつく命じた。「できれば処分してほしいぐらいよ、ヴィクトリア。わたしがこういう武器を好きじゃないことは知ってるでしょ。子供の身体から弾丸を摘出した経験がいやになるほどあるから、大人たちに不用意に銃を持ち歩いてほしくないの」

わたしはロティにキスをした。「ロティ、不用意に使うようなことはしないと約束する。金庫に保管しておいて、とりだすのは射撃練習場へ行くときだけにするわ。あるいは、本当に命の危険にさらされたときだけ。なんとなく身の危険を感じるって程度じゃなくて」

それでもロティは不満だった。マックスに促されてしぶしぶうなずいたが、マックスのあとから玄関へ向かうロティの足どりは重かった。

アジアのメディアからも連絡が入りはじめたため、家の電話は鳴りどおしだった。応答メッセージを変更して、フリーマンの事務所へかけなおしてもらうようにし、留守録機能をオフにしてから、ジェイクの部屋へ泊まりに行った。

「〈ハイ・プレーンソング〉もこれぐらい注目を浴びられればいいんだが」ジェイクが言った。「ぼくが殺人でもすれば、新たな収入源が見つかるかもしれないな」

「誘惑しないで、愛しい人《カロ》。銃と住所をメモした紙を持たせて、あなたを送りだしたくなってしまう」

二人で愛しあったが、ジェイクはふたたび起きて、彼のグループが演奏を頼まれている曲の難解な部分の練習にとりかかった。神経質になったり、落ちこんだりすると、ジェイクは何時間も演奏に没頭する。わたしの場合は、人を撃ちたくなる。居間から流れてくるコントラバスの心和む低い音を聞きながら、わたしは眠りに落ちていった。

夢のなかで、母とステラがケルビーニの〈メデア〉を一緒に歌っていた。そこはオペラの舞台ではなく、昔のスタジアムのホッケーリンク。観客席の最前列にブーム＝ブームがわたしと並んですわっている。夢にありがちなことだが、どこからともなくアニーが現われた。ステラが彼女をナイフで刺すのを、ブーム＝ブームとわたしは麻痺したように見守っていた。ガブリエラがアニーをステラからひき離そうとすると、アニーの腕がはずれた。観客から歓声が湧きあがった。ホッケーのファンは血を見るのが大好きだ。ステラとわたしの叔母のマリーがガブリエラに非難の指を突きつけ、その一方、二人の前ではアニーが出血多量で死んでいった。

ハッと目をさますと、心臓が激しく打ち、Tシャツが汗で濡れていた。ようやく落ち着くころには、完全に目が冴えてしまった。となりでジェイクが熟睡している。時刻は五時十五分。自分の住まいに戻って一日をスタートさせたほうがよさそうだ。

エスプレッソ・マシンが温まるのを待つあいだにノートパソコンの電源を入れ、応答サービスの伝言をチェックした。メディアからの問い合わせがひと晩で四十七件も入っていて、そのうち四件はマリからだった。応答サービスのほうへメールを送り、〝コメントすることは何もない。取材の電話に応じるつもりはない〟と全員に伝えてくれるよう頼んだ。

わたし宛てのメールをチェックすると、何百件も届いていた。七件がマリからで、最初は喧嘩腰だったが、徐々に懇願口調に変わっていった。〝おい、ウォーショースキー、業界のルールはわかってるだろうな。おれの前でこんなふざけたまねはやめろ……頼むよ、ヴィク、長年の友達じゃないか、おれに八つ当たりしないでくれ〟。たしかにマリの言うとおりだ。でも、寛大な気分にはまだなれない。

この街のニュース番組名がいくつか見つかったが、その他多くはアドレスに国のコードが入っていた。セルビア、ロシア、カザフスタン――ホッケー界で自分の名声が生きつづけているのを知ったら、ブーム＝ブームも喜んでくれるだろう。ピエール・フシャールからもメールが届いていた。

〝きみが電話を弁護士のほうへ転送していることはわかったが、ブーム＝ブームに関してこんな中傷が広まってるとはどういうことだ？　ベルナディンヌと話してみたが、あの子は何も知らない。電話をくれ、ヴィクトリア。ここからシカゴへは二時間で行ける。これがきわめて悪質な嘘だということぐらい、ブーム＝ブームのホッケー仲間はみんなわかっている。だから、何が必要か言ってくれ。腕力？　愛？　金？　なんでも用意する〟

カナディアンズのフロントオフィスへ電話して、ピエールにつないでもらった。

「ヴィクトリア！　悪党《クラピュール》どもはいったい何が目的なんだ？」

「知らない。あの母親は殺人罪で長期刑に服してたのよ。だから、なぜいまごろブーム＝ブームの犯行だなんて言いだしたのか、どうにも理解できないの。殺人事件が起きた当時、ブーム＝ブームがそのことで何か言ってなかった？」

「ゆうべ初めてニュースを見てからずっと、それを思いだそうとしてるんだ。ブーム＝ブームは大きなショックを受けていた。当然だよな。子供のころから知ってる女の子が殺されたんだから。たしか兄がいて、ブーム＝ブームはその兄と友達じゃなかったっけ？　細かいことは覚えてないが、ブーム＝ブームが〝ピエール、ぼくは女の子を殺してしまった〟と言ったとすれば、わたしだって忘れるわけがない」

「それもそうね」わたしは冷静に同意した。「母親のステラが娘の日記を見つけたと主張してるの。その日記に、ブーム＝ブームがすごく嫉妬深いから怖くてたまらない、と書かれてるそうよ」

ピエールは笑った。「どう考えても想像できないな。きみがブーム＝ブームから青髭を連想するなら――いや、仲良しだったきみがそんな連想をするわけはないか。いいか、ブーム＝ブームと試合をするときは、四方八方からの攻撃に備えて防御しなきゃならない。女関係となると――かなりの数だったし、どの女ともいい関係だった。ブーム＝ブームに怯えて泣きながら逃げてった女は一人もいない。もちろん、きみにわざわざ言う必要もないことだが。その少女と日記に関しては、わたしには何ひとつわからない。だが、本当にそう書いてあるなら、たぶん少女の妄想から出たことだろう。母親のせいで、その鬼のような女のせいで、世の中の男すべてを怖がるようになったんじゃないかな」

鋭い洞察だ。セックスがステラの強迫観念になっていることを考えると、可能性充分だが、わたしにはそれを証明する手段がない。バーニーのことに話題を移し、どんなにがんばっているか、一緒にいてどんなに楽しい子かといったことを話した。

「うん、あの子はシカゴが大好きなんだ」ピエールは同意した。「来月、あの子が帰国するとき、ぜひ一緒にきてくれ。ローレンシア高原で一週間過ごせば、こんな厄介《トラカッスリ》ごとなんか忘れてしまえるさ」

電話を切ったときには、きのうの午後マリからメールが届いたあとに比べると気分が軽くなっていた。エスプレッソを手にして裏のポーチに出た。ステラや彼女の自宅や現在の弁護士には近づかない、とフリーマンに約束した。でも、かつての弁護士なら近づいてもかまわない？　ステラの裁判のときに、ブーム＝ブームとアニーの関係を持ちだすこともなかった役立たずの坊や。

先週、ステラの裁判記録に目を通したときには、その坊やの名前は出ていなかった。郡庁舎まで調べに行かなくてはならない。もっと詳しい記録がマイクロフィルムで保管されているはずだ。

シャワーと着替えのために浴室へ行こうとしたとき、呼鈴が鳴った。バーニーはぐっすり眠っている。カウチのうしろにまわって通りをのぞいてみた。舌打ちした。ラシーヌ・アヴェニューにテレビ局のバン三台が違法駐車している。餌をつかまえようと待っている早起きの小鳥たち。ハゲタカも鳥類だ。

バーニーを揺すって起こそうとした。容易なことではなかった。ようやく起きたので、メディアに包囲されていることを説明した。「出かけるときは裏口を使って。でないと、テレビ界の狼の群れに襲われるから。わかった？」

バーニーの目が輝いた。ついにブーム＝ブームの敵に対して行動を起こすときがきた。

「おもしろそう」

「だめよ、バーニー。甘すぎる。ズタズタにされてしまうわ。こういうことに詳しいわたしが言ってるんだから信じなさい。信じる気がないなら、少なくとも、あの連中のそばへは行かないと約束して。いいわね？」

バーニーはしぶしぶ承諾したが、それでもなお、ゆうべの議論を蒸しかえそうとした。

「行動に出るべきよ。図書館に閉じこもってリサーチしてる場合じゃないわ」

「バーニー、例の日記をこっそり置いていった人物の正体がわかったとしても、あなたには教えない。あなたがトラブルに頭から突っこんでいく危険はないと確信できないかぎり」

「わかった、わかった。二日間はヴィクの言うとおりにする。ヴィクが何もつかめなくて、行動に出ることにしたら――」

「カナダに帰りなさい。逮捕されて強制送還になる前に」バーニーをどなりつけたいのを我慢するのがひと苦労だった。いま初めて気がついた――ブーム＝ブームとわたしが後先も考えずに飛びだしていくたびに、母はどれほど胸を痛めていたことだろう。「もしわたしがあなたの試合に顔を出して、どうプレイするかを指示したら、あなたはどうする？」

「ホッケーをよく知らないヴィクには、指示なんて無理だわ」

「そのとおり。そして、あなたは法律のことも、証拠のことも、秘密を探りだす方法も知らないんだから、わたしに指示するのは無理なのよ」

生気に満ちたバーニーの小さな顔がゆがんでガーゴイルのようなしかめっ面になったが、ついにしぶしぶうなずき、言われたとおりにすると仕方なく約束した。

わたしは裏階段を駆けおりた。ミスタ・コントレーラスの台所の明かりがついていた。この老人と話をすると短時間では終わらないが、いまの状況を報告しておくことにした。老人はもちろんニュースを見ていて、当然ながら憤慨していた。

「バーニーがめちゃめちゃ頭にきて、わたしと二人で銃をぶっぱなしに出かけるか、少なくとも、人を殴ってまわるべきだと思ってるの。サウス・サイドなんかへ行かれたら大変だわ。ギャングの縄張りだし、あの子はそんな世界に対処するすべを知らないもの。知ってるのは氷の上の世界だけ。あの子が出ていこうとしたら呼び止めて、犬の世話でも庭仕事でもいいから押しつけて、危険なまねをしないよう見ててくれる？」

「あんたが危険なまねをするときは、わしがいくら止めても無駄だがな、嬢ちゃん」老人は辛辣に言った。「何を言おうと、何をしようと無駄。庭のトマトに話しかけたほうがまだましだ」

頬がカッと熱くなったが、仰せのとおりだとおとなしく答えた。「でも、あの子はまだ十七で、わたしが世話を頼まれてるのよ」

「で、あんた、いまから何をする気だね？」老人が詰問した。

「バーニーに話したとおりのこと、ロティとわたしの弁護士に約束したとおりのことを。情報を捜すの。腕力の必要なことは何もしない。約束する」

老人の頬にキスをし、今夜帰ったら湖へ泳ぎに連れていってあげると犬たちに言い、背後からマスタングに近づくために駆け足で路地を抜けた。目端のきくリポーターの一人がマスタングを見つけだしていた。わたしのアパートメントのほうを向いて立っていたので、わたしがロックをはずして車に飛び乗った瞬間、ギョッとしたようだ。必死にドアにしがみついたが、わたしが駐車スペースから巧みに車を出したため、手を放すしかなくなった。

早起き鳥から首尾よく逃げだした虫のように得意になったが、その褒美は朝のラッシュだった。この時間帯のレイク・ショア・ドライブは駐車場とほとんど変わらない。傍らに広がるミシガン湖で太陽の光を受けた波が踊り、きらめき、世界でもっとも美しい駐車場と言ってもいいだろうが、それでもやはりのろのろ運転が続き、退屈でたまらなかった。

まだ早い時間だったので、郡庁舎から三ブロック先に路上駐車できる場所が見つかった。階段をのぼって庁舎の上階の記録保管室へ行き、マイクロフィルムを見るチャンスを得るために二十ドル支払った。公判記録は含まれていなかった。そちらは料金が高い。コピーを請求できるのは裁判に関わった弁護士だけなので、ステラの弁護士に頼んで請求してもらわないかぎり、わたしがコピーを見ることはできない。だが、裁判で提出された証拠品リストと、州検事と被告側弁護人の氏名を見つけることができた。ステラの弁護人を務めたのはジョエル・プレヴィンという弁護士だった。

8　タイムを宣告

プレヴィンはよくある名字だと思われがちだ。たぶん、指揮者のアンドレ・プレヴィンと元の妻ドリーの印象が強いせいだろうが、じつを言うと、この姓を持つ者はあまりいない。わたしがシカゴで知っているのはたった一人、アイラという人物だけだ。

アイラ・プレヴィンは現在九十歳ぐらいで、地元の噂だと、いまも月に一、二回は法廷に出ているそうだ。わたしの子供のころは、労働問題と人権問題が専門の弁護士として伝説的な存在で、サウス・サイドの事務所を根城とし、権力者デイリー市長と戦いつづけた人だった。人種差別問題では製鋼所の労働者の側に立ち、賃金差別をめぐってファストフード産業の非を追及し、市庁舎で働く女性とアフリカ系アメリカ人清掃員のために同一賃金を主張した。多くの闘争に敗れたものの、英雄であることに変わりはなかった。少なくとも、わたしにとってはそうだった。

ジョエルのことを調べてみた。案の定、アイラの息子だった。わたしと同年代。スワスモア・カレッジを卒業後、ケント・マーシャル・ロースクールで学ぶ。結婚歴なし。住所はジャクソン・パーク・ハイランズのアパートメント、父親の住まいも同じ建物のなかだ。勤務先は父親の法律事務所。きっと家族の結びつきが強いのだろう。ジョエルがステラの弁護を担当したのは、弁護士になりたてのときだったと思われる。駆けだしのころの事件ならよく覚えているはずだ。

郡庁舎での調べものを終えるころには、道路の渋滞も解消していた。バッキンガム噴水から七十一丁目まで十二分で着くことができた。途中でサウス・ショア文化センターの前を通った。いまは公園管理局の管轄になっていて、本館の維持管理にも四苦八苦の状態だが、わたしが子供だったころ、ここはサウス・ショア・クラブという高級カントリークラブだった。門のところに守衛がいて、プライベートビーチのそばの厩舎では馬が飼われていた。活気あふれるユダヤ人社会の真ん中に位置していたが、ユダヤ人の入会はアフリカ系アメリカ人ともども認められていなかった。

ユダヤ人社会と隣接してやっていくことにはどうにか対処できたサウス・ショア・クラブだが、アフリカ系アメリカ人の流入はメンバー全員にとって耐えがたいことだった。黒人の隣人に恐怖の目を向けた白人のシカゴっ子たちは、ライオンの匂いを嗅ぎつけたジャッカルの群れのごとく郊外へ逃げだした。カトリック教徒は西へ逃げ、ユダヤ教徒は北へ逃げた。アイラだけが踏みとどまった。

プレヴィンの事務所はジェフリー通りにあり、ビルの雰囲気は、わたしの子供時代にファンシーショップが入っていた建物とよく似ていた。一階に小さな店舗がいくつか、二階と三階はアパートメント。最初は入口がどこにあるのかわからなくて、バー二軒、〈フローのブティック、ドレス十ドル均一かそれ以下〉という洋装店、貸店舗五軒を通りすぎてしまい、そのあとでようやく、フライドフィッシュのチェーン店とウィッグ専門店にはさまれた入口に気がついた。

空き瓶も、ファストフードの残骸も、プレヴィンの事務所の手前で止まっていて、まるでプレヴィンが独自に清掃チームを雇っているかのようだった。窓にかかった〝プレヴィン&プレヴィン法律事務所〟という看板も塗装しなおしたばかりのようだ。下のほうに電話番号とウェブサイトのアドレスが出ていた。

プレヴィンの事務所はこの界隈の危険に無頓着なわけではなかった。窓に白い円が見えるところからすると、警報システムがついているのだろう。ドアには防犯カメラがとりつけてあった。呼鈴を押すと、カメラの赤い目がわたしをとらえた。ずいぶん待たされたあとでブザーが鳴った。学校の火災報知器みたいな古風な響きだった。ドアをあけた。

狭い部屋には、八十から九十歳ぐらいに見えるアフリカ系アメリカ人の女性が一人ですわっていた。天井から低く垂れた蛍光灯の光のなかに、顔に縦横に走るしわが見てとれた。まるで古代オリエントの花瓶を覆うひび割れのようだ。かっちり仕立てたスーツを着ている。フランス製かもしれない。〈フローのブティック〉の品ではありえない。耳を飾る真珠は本物のようだ。

「どういったご用件でしょう?」老齢のせいで声がかすかに震えていたが、こちらの色褪せたジーンズから高価なブーツまでを見てとり、わたしを値踏みしようとしてよこした視線は鋭かった。

「V・I・ウォーショースキーと申します。私立探偵をしておりまして、ジョエル・プレヴィン氏がずっと以前に弁護なさった女性の件で、氏にお話を伺いたくてお邪魔しました」

「約束はおありかしら。早朝のミーティングがあって出かけておりますが」

わたしは腕時計を見た。九時半。三十分なら待てると女性に告げた。

「さあ――いつごろ戻るかわかりませんが。ご用件をおっしゃってください。当事務所で扱っている事件については、たいていわかっていますから」

「ステラ・グッツォのことで。じつは――」

「ああ、なるほど」女性の顔に名状しがたい表情が浮かんだ。悲しみだろうか。それとも、警戒か。「実の娘さんを殺した人ね。よく覚えています」

「ふむ。ステラ・グッツォか。きみは彼女とどういう関係なんだ？」

わたしはビクッとしてふりむいた。わたしの背後のドアからアイラ・プレヴィンが入ってきていた。寄る年波で身体が縮んでいた。何インチか低くなった分が腹部へ移動して、象を呑みこんだ大蛇の胴体みたいに膨らんでいた。顔も手も黒ずんだ老人斑に覆われているが、声はいまなお深みがあり、貫禄たっぷりだった。

わたしはもう一度名前を名乗った。

「ふむ。ウォーショースキーか。ホッケー選手の親戚かな？」

「いとこです。彼が十歳でまだリンクに入れなかったころ、わたしがゴールキーパーを務めました。彼が亡くなったときは、遺言執行者になりました」

「ユーニス、この人の身分証を見せてもらったかね？」

わたしは財布をとりだして、探偵許可証と運転免許証を二人に見せた。アイラはそれを見て、何やらブツブツ言うと、部屋の奥にあるデスクまで行こうとした。足どりがぎくしゃくしていた。右脚を動かすのが辛いようだが、ユーニスが彼女のデスクに立てかけてあった杖に手を伸ばそうとすると顔をしかめた。回転椅子に腰を下ろしたあとは、落ち着くまでにゆっくり時間をかけた。ハンカチで額を拭き、たたんで胸ポケットに戻し、リーガルパッドの横に置かれた鉛筆をきちんと並べた。これは法廷で彼がとっていた戦略だ。時間稼ぎをして相手方を困惑させようとするのだが、いまではたぶん、第二の天性になっているのだろう。

「きみのいとこのプレイを何度か見たことがある。昔のスタジアムで。歓声で鼓膜か破れそうになったものだった。そうか、きみがゴールキーパーになっていたのか。そして今度は、彼の死後に飛んできたショットをブロックしなくてはと思っているわけだね」

その比喩に、わたしは思わず微笑した。「まあ、そんなところです」

「で、どのような手を打つつもりかな？」

「ステラ・グッツォの裁判に関してどんな情報が得られるかによります。いとこに対する中傷はおそらく、ステラが服役中に妄想したことだと思いますが、裁判の詳しい記録に目を通すことができれば、逮捕時にすでにそう思っていたかどうかを示唆する箇所が見つかるかもしれません」

服役《ドゥ・タイム》、なんて奇妙な表現だろう。あなたと牢獄での時間。あなたは時間のなかで宙ぶらりんになる。あるいは、時間をやりすごす。あなたが時間を操るのではなく、時間があなたを操る。

ユーニスとアイラが視線を交わした。戦ってきたのだ。ユーニスが言った。「業務上の過失でジョエルを訴えるおつもりだとしても、出訴期限法というものがあって――」

「いえ、違います!」訴えようなどとは思いもしなかったが、たしかに、未知の人物が事件を嗅ぎまわるとしたら、理由はひとつしか考えられない。「ステラ・グッツォがなぜあんな非常識なことを言いだしたのか、その理由を知りたいんです。ステラは娘のアニーが日記をつけていて、ついにそれが見つかったと主張しています。殺人事件から何十年もたっているというのに。日記が本物だとは思えませんが、あの当時、ステラがジョエル・プレヴィン氏に何か打ち明けていないだろうかと思ったんです。アニーとわたしのいとこについて。もしくは、アニーと日記について。もしくは、犯人は別にいるといったようなことについて」

「あなたのいとこはじっさいにその娘さんと交際していたの?」

「わたしの知るかぎりではノーです」

「ステラ・グッツォが証拠を握っているか、もしくは、悪意から出たことか」アイラが言った。「どちらだろう?」

わたしは肩をすくめた。「両方ということも考えられますが、悪意があることはたしかですね。アニーはうちの母を崇拝していました。ほとんどの人がそうでしたが、アニーにとって、うちの母はたぶん健全な心の象徴だったのでしょう。また、広い世界に向かって開いた窓でもあった。ステラ・グッツォは娘が親を馬鹿にするようになったのはうちの母のせいだと思いこみ、腹いせに卑劣なことを言ったものでした。だから、わたし、ステラにはどうしてもいい感情が持てません」

ガブリエラがユダヤ女の秘伝の性的テクニックを使って、自分の夫マテオを誘惑した――

ステラはそう言ったのだ。ブーム＝ブームの母親のマリー叔母がステラの親友の一人で、わが家にきてはその悪口をことこまかに披露したものだった。マリー叔母は不和の種をまくのが大好きで、ガブリエラとは喧嘩ばかりしていた。ユダヤの血をひくイタリア人でオペラ歌手だったガブリエラは、サウス・サイドの硫黄に汚染された大気のなかでは異国的すぎた。マリー叔母は夫のバーナードと二人で日曜の晩餐のためわが家にくるたびに、ステラの侮辱の言葉をうれしそうに報告したものだ。

〝ユダヤの売女にたぶらかされたりしなきゃ、マテオだって娘に音楽を習わせようなんて思わなかったはずだ。あたしなんか六年間も同じワンピースでミサに出てるってのに、ユダヤの女が大きな目を潤ませるだけで、うちの亭主はなけなしの金をはたいて、娘に音楽を習うふりなんかさせてんだからね。女房のあたしのことは考えてもくれない。もちろん、フランクのことも。わが家で将来に期待できるのはフランクだけなのに。大リーグでプレイできる子なんだよ。ミスタ・スキャンロンがそう言ってくれた。けど、あの売女が狙ってるのは、うちの生活費をマテオから絞りとることだけだ。イタリア製のおしゃれな靴を買いたいもんだから〟

〝ママはおしゃれな靴なんか買ってない〟ある食事の席でわたしは言いかけたが、ガブリエラにイタリア語で止められた。

〝いい子だから黙ってて。叔母さんは二つの方向へ水を流すパイプみたいなものなの。こちら側から水を入れるのはやめましょう。意地悪な言葉でうちの一家が傷ついたことを知って、シニョーラ・グッツォがほくそ笑むだけですもの〟

ステラ・グッツォが激怒していた本当の原因は、音楽のような軽薄なものに無駄金を使うことではなく、アニーが何かにつけてうちの母の言葉を引き合いに出すようになったことだった。

〝ミセス・ウォーショースキーが言うには、空はわたしたちがサウス・サイドで見てるよりずっと広いし、わたしたち女の子は夜空の星が見えるとこへ行くべきなんだって。ミセス・ウォーショースキーがヴィクトリアに言うには、勉強をさぼって成績が悪くなるのは嘘をつくより悪いことなんだって。さぼり癖がつくと嘘をつくようになるから。ミセス・ウォーショースキーが言うには、喫煙は心臓を傷めるけど、不正直は心臓を殺すそうよ。ミセス・ウォーショースキーが言うには――〟

ついにはステラがアニーをひっぱたき、あと一度でもガブリエラ・ウォーショースキーの名前を出したら、そのあとどうなっても知らないからね、と言うのがつねだった。

「ミズ・グッツォがひどい癇癪持ちなのは誰もが知っていました」わたしはアイラとユーニスに言った。「ずいぶん昔の事件なのに、彼女のことも、事件のことも、お二人の記憶に残っている。ひょっとして、裁判で何か特別なことでもあったのでしょうか」

アイラとユーニスはふたたび視線を交わした。〝この女を信用していいものだろうか〟

アイラは苛立たしげなしぐさを見せたが、こう答えた。「ジョエルに事件を担当させるのは、われわれとしては気が進まなかった。充分な経験を積んでいるとは思えなかったから。刑法関係はとくに。あの子にとって辛い体験となり、そこから人生が狂ってしまった」

「じゃ、どうして息子さんに？　ご自身で弁護なされればよかったのに」わたしは尋ねた。

ユーニスが首をふった。「そのころ、ジョエルはこの事務所じゃなかったの——見聞を広めたほうがいいとわたしたちが考えたので。ここにいたら、ついアイラを頼るようになってしまうでしょ。〈マンデル&マクレランド〉という事務所で弁護士としてスタートを切り、一般法関係の仕事をしていたわ。あのアニー・グッツォという子はそこで事務のアルバイトをしていた。わたしの記憶が正確なら、たしか、カレッジ進学の費用を貯めるためだったと思う。アニーが殺されたとき、ミスタ・マンデルは責任を感じ、自分たちで何かしなくてはと考えたの」

「で、その何かというのが、被告の母親を弁護することだったんですか」信じられないとまではいかなくとも、わたしは困惑していた。しかし、礼儀正しい問いかけの口調を崩さないよう気をつけた。

「地域の絆が強いから。とにかく、昔はそうだったわ。あなたもおわかりのはずよ。こちらで育った人なら」

「はあ、でも——」

「ミスタ・マクレランドはグッツォ家と同じ教会に通っていたの」ユーニスは言った。「あの殺人を地元でとりくむべき問題だと思ったんじゃないかしら。母親の弁護も含めて。少なくともわたしはそう信じてるわ。ミズ・グッツォには弁護士を頼む経済的余裕がなかったから、ミスタ・マクレランドはたぶん、ジョエルのような経験不足の人間でも、仕事が多すぎて裁判の準備もろくにできない公選弁護人よりはましだと思ったのでしょう」

ユーニスが話していたとき、錠のはずれる音がした。話が終わる前にジョエル・プレヴィンが入ってきた。

「そして、もちろん、マクレランドの見通しがどんなに甘かったかは、われわれ全員が知っている」ジョエルは言った。「なぜぼくのひよっこ時代の失敗を蒸しかえそうとするんだ？　もっと最近の失敗だってたくさんあるだろ。片っ端から挙げていけばいいのに」

9　マイナーリーグ

ジョエル・プレヴィンは父親より長身だったが、肉厚の頬がよく似ていた。アイラはその肉が垂れ下がり、カンガルーの頬袋みたいに見えるが、ジョエルのほうはいまもハリがあって視界を邪魔しそうなほどで、そのせいか目つきが悪い。父親に驚くほどよく似ているが、母親似でもある。丸みを帯びた高い額、短い低めの鼻、ビスケット色の肌。どちらにも似ていないのは顔全体に浮いた不健康そうな汗の粒だけだ。事務所の外でのミーティングというのは、酒のボトルつきだったのだろう。

わたしは彼の前まで行き、片手を差しだして自己紹介をした。ジョエルはわたしの手を無視した。自分がひどく間抜けに思えた。こういうときは仕方がない。

「ステラ・グッツォが釈放されたことはご存じでした？」わたしは尋ねた。

ジョエルはユーニスからアイラへ視線を移した。両親のように無言の合図を送りあったのではなく、指示を求めるかのように。アイラに依存するのを防ごうとして両親がジョエルをよその法律事務所へ入れたのなら、その作戦は失敗に終わったわけだ。

「ああ、もちろん」ジョエルは答えた。「保護観察官から連絡をもらった。ステラが法律面のアドバイスを必要としたときのために」

「何かアドバイスを求められました？」

「ぼくには何も。当然だろ。そもそも、無罪を勝ちとれなかったんだから」父親と同じバリトンの声だが、ジョエルの場合はその底に哀れな響きがあった。

「では、ステラが冤罪を晴らそうと考えていることを知ったら驚きます？」

「まるで証人尋問だな。ご存じでしたか。驚きますか。気にしますか。ノー、ノー、ノー」

「何年も前のことだというのは承知していますが、ミスタ・プレヴィン、裁判の期間中、弁護の助けになりそうなことをステラが何か言わなかったでしょうか」

「手に負えない女だった」ジョエルは叫んだ。「ぼくみたいな弁護士じゃだめだったんだ。うちの母が言ったように、ぼくは弁護士としてのキャリアが浅いうえに、ああいう女を担当した経験がまったくなかった。娘のアニーは母親とは大違いだった。ミスタ・マクレランドとミスタ・マンデルから弁護を担当するよう言われたとき、正直言って気が進まなかった。アニーはすばらしい子で、事務所全体を明るくしてくれてたから、アニーを殺した犯人を弁護する気にはなれなかった。だが、母親がアニーとあんなに違うタイプだとは想像もしなかった」

「わたしはアニーと一緒に育ちました。アニーがサウス・サイドからも、家庭内のゴタゴタからも逃げだしたがっていたことを知っています。また、ステラがいつも子供に暴力をふるっていたことも知っています。でも、あなたが裁判に備えてステラから話を聞いていたとき、アニーを殺した犯人がほかにいるようなことを言っていなかったでしょうか」

「侵入者のしわざに違いないと言っていたが、あの晩、アニーを殴りつけたことも認めていた。自分の身を守るためだったというんだ。信じられるか？　アニーがナイフで切りつけてきたと言ったが、ぼくには信じられない。華奢《きゃしゃ》なアニーがナイフで人に襲いかかるだろうか。ステラのほうが二倍ぐらいの体格なのに。ぼくは精一杯努力したが、ステラがすでに相手かまわず言いふらしていた──自分の身を守るためにアニーを殴りつけるしかなかった。ただ、ビンゴに出かけたとき、アニーはまだ生きていた、だから自分が聖エロイ教会にいるあいだに誰かが家にきたに違いない、と」

「無理に押し入った形跡はありましたか」

「ずいぶん昔のことだからな」ジョエルは言った。「ぼくも警察から提示された証拠をすべて記憶してるわけじゃない。父が担当したのなら、もちろん、全部覚えてるだろうが。連邦関係の大きな訴訟で身動きのとれない状況でなかったなら、法廷にきて、ぼくがまともに質問できるよう指示してくれただろう。いや、立ちあがって自分で質問を始めていたかもしれない」

「ジョエル、やめなさい」ユーニスが言った。「いまになって蒸しかえすのはやめて。無理難題だったことはわかってる。断わるべきだった──」

「そんなこと言って、いまさらどうなるんだよ？　ミスタ・マンデルと父さんが──二人そろってユダヤ教会堂《シナゴーグ》で舌打ちしたわけだ。ミスタ・マンデルとミスタ・マクレランドの二人の意見では──いや、二人の意見なんかもうどうでもいい。結局、よそへ移ったほうがぼくのためだということで全員の意見が一致した。ミスタ・マンデルに言われて、ダウンタウンの法律事務所へアソシエートとして移ったが、数年すると、さらによそへ移ったほうがよさそうだという意見に全員が賛成した。いまではアイラも同じように感じているが、ぼくが移れるような事務所はもうどこにもない」

アイラが片手を上げた。息子を黙らせるためではなく、言葉の棘を撃退しようとしたのだった。

「裁判の記録は保存されていますか」わたしは尋ねた。

「いや。〈マンデル&マクレランド〉をやめたとき、ぼくのファイルはすべて置いてきた」ジョエルはユーニスを見た。「誰かが二〇六号室を借りたいと言ってる。だから、賃貸契約書をとりにきた」

「その誰かって、〈黄金の壺〉で会った人？　まずわたしから話をしてもいい？」ユーニスの目は息子に癇癪を起こさないでと懇願していたが、ジョエルはファイルキャビネットまで行くと書類を二通とりだし、知的障害者みたいな扱いを受けるのはもうたくさんだと言いながら、事務所のドアを乱暴にあけて出ていった。

わたしは急いであとを追った。母親の顔に浮かんだ苦悶を見るのに耐えられなかった。ジョエルは通りの半ブロック先にあるパブに姿を消すところだった。

〈黄金の壺〉は狭い店で、細長いカウンターが端から端まで延び、小さなテーブルが二つ壁に押しつけられ、店の中央の誰からも見える場所に必需品のテレビがとりつけられていた。この午前中は、ノートルダム大学の昔のアメフト試合の再放送をやっていた。

わたしが入っていくと、ジョエルはスツールにすわろうとしているところだった。店内には彼のほかに三人いた。カウンターで働いているがっしりした女性一人と、奥のほうのスッールに並んですわっている男性二人。いずれも年配で、たまに一人が何か言うと、もう一方が相槌を打ち、それから二人ともまた黙りこむ。

わたしがジョエルの横にすわると、彼が顔を上げたが、歓迎の表情ではなかった。「うちの母親に伝えてくれ。賃貸契約書を見せる前に部屋を貸す見込みは消えた、資産を守ろうとする必要はもうない、ってね」

「そんなことには興味ないわ。わたしが知りたいのは、ステラが裁判のときにどんな態度だったかってこと」

「遠い昔の話だ。覚えてない」ジョエルががっしりした女性に合図をすると、女性はウォッカのボトルを持ってきた。問いかけるようにこちらを見たが、わたしは首を横にふった。

「ステラというのは、学校で習う不安定な化学反応みたいな人でしょ。防弾ガラスで囲んでおかなきゃならない。爆発が起きたとき、酸がこっちの目に飛んでくると困るから」わたしは言った。「少なくとも、わたしの子供のころはそんな感じだったわ。先週会ったときも、向こうから殴りかかってきた。もう八十だけど、パンチが命中したら、こっちの命はなかったでしょうね。カッとなってアニーを殴り殺したことは充分に信じられるわ。心神喪失を申し立てようとは思わなかったの?」

「思ったさ。ところが、神父とミスタ・マクレランドに踏みつぶされた。まるで、浴室の床を這うゴキブリだね。裁判が始まると、あの女が勝手なことばかりわめくものだから、グリグズビー判事にぼくが絶えず警告される始末だった。もっとも、それがぼくの人生に襲いかかった最悪の災いではなく、そのひとつに過ぎなかったが。判事に言われたよ——法廷で依頼人をおとなしくさせておけないのなら、ぼくにも罰金を科す、と」

「いくら依頼人が非常識でも、判事にそう訴えることはできないわよね」わたしはうなずいた。「どう対処したの？」

「ミスタ・マンデルとミスタ・マクレランドに相談したら、ミスタ・マクレランドが聖エロイ教会の神父に頼んでステラを諭してもらった。不愉快な年寄りだったが、ステラはその神父なら水の上を歩くこともできると思っていた。おとなしくなったのはそのおかげだろう」

「どういうわけでステラの弁護をひきうけたの？」

「あの場にいなきゃ理解できないだろうな。事務所のパートナーたちが決めたんだ。たぶん、負けるとわかってたから、落ちこぼれに押しつけることにしたんだろう。将来有望な人材ではなくて」

「将来有望な人材って誰のこと？」わたしは訊いた。興味を持ったからではなく、自虐的になっているジョエルの気分を軽くしようと思ったからだ。

「当時、コナー・ハーリヘイも事務所にいた」

「スパイク・ハーリヘイのこと？」わたしは目を丸くした。

「そう。イースト・サイド出身で、ミスタ・マクレランドのお気に入りだった。あいつは上昇し、ぼくは下降した」

コナー・〝スパイク〟・ハーリヘイ。イリノイ州議会の議長。〝リンカーンの国〟という俗称を持つイリノイ州の最高権力者と言っていいだろう。もっとも、イリノイ州の毒蛇の群れがうごめき威嚇する穴倉を覗いて、どの蛇がトップかを判断するのはむずかしい。ハーリヘイが南のほうの出身であることは知っていたが、てっきりフロスムーアかオリンピア・フィールズあたりの郊外だろうと思っていた。わが家とカリュメット川をはさんだところで育っているとは思いもしなかった。

「ハーリへイとは幼なじみだったの？」

ジョエルは酒を飲みほし、バーテンダーのほうへグラスをかざした。

「ハーリへイのほうが三つ年上だった。ぼくが五年生で、あいつが八年生のとき、廊下でよくパンツをひっぱりあげられ、股間を締めつけられたものだった。教師は知らん顔だし、生徒は笑うだけだった。なにしろ、あいつは人気のあるいじめっ子で、ぼくは異質なものを排除しようとする界隈に住む混血児だったから。転校させてほしいと両親に頼みこみ、九年生のときにようやく転校できたが、おたがいに相手のことはけっして忘れていない。

ぼくが〈マンデル＆マクレランド〉に入ると、あいつはアニーにあれこれ吹きこむようになった。ぼくがアニーに憧れてるのを知って、それをアニーに伝えようとするふりをしていたが、じっさいにはぼくをからかう材料にしてただけだった」

学校時代のいじめっ子がCEOや政治家として成功する例の多さを見ると、気が滅入るものだ。「アニーは熱意に燃える子だったわ。あなたが惹かれたのもよくわかる」

「熱意か。まさにそうだった。意欲的で、サウス・サイドを離れたがっていたが、優しい子でもあった。学校時代の成績はトップだったし、事務所でもたぶんいちばん優秀だったと思うが、弁護士の一人が終業まぎわにコピーの必要な書類の束をどっさり押しつけても、文句ひとつ言わなかった。ゼロックスの前に立ち、歴史の本を棚に立てかけて、コピーをとりなから読んでいたものだった。あのころは、ぼくも自分のことを意欲的だと思っていた」

「アニーがナイフで襲いかかってきたというステラの言葉を、あなたは信じた？」

ジョエルはグラスをいじった。「夜に一度、あの家へ行ったことがあった。アニーを映画に誘おうかと思って。ところが、アニーは母親とどなりあってて、二人とも呼鈴の音に気づきもしなかった」

「たしかに、喧嘩やどなりあいの多い家だったわ。ステラの兄弟が奥さんと子供を連れて遊びにきたときなんか、うちの父はラジオで試合を聴くこともできなかった。二軒の家のあいだに路地があったというのに。近所のヨキッシュっていう家でお婆さんが最期を迎えようとしてたときは、グッツォ家の騒ぎを止めるために、家族が警官を呼ばなきゃいけなかったぐらいよ」

ステラはうちの父が署に電話したものと思いこんでいて、誰がどう言おうと、その思いこみは変わらなかった。トニーが裁判のときに証拠を握りつぶしたなどと、ステラがいまになって騒ぎはじめたのは、たぶんそのときの恨みのせいだろう。ステラが恨みを忘れることはけっしてなく、やがては恨みが独自の生命を帯びて、一人で歩きだしてしまう。

わたしはジョエルの前のカウンターに名刺を置いた。「五十になっても、ほかの道を選んで方向転換することはできるわ。あなたはご両親の所有物じゃないのよ」

「励ましの言葉はやめてくれ。うんざりするほど聞かされてるから、頭痛がしてくる」

「それも考えられるけど、きっと、ランチの前にウォッカを飲みすぎたせいね」

歩いて車に戻ると、フロントウィンドーのワイパーに派手なオレンジ色の封筒がはさんであった。一週間で二度目。フランクには請求できない。請求しようとすれば、フリーマンから警告されたラインを越えてしまうことになる。

〝有料駐車区域〟の標識を見落としていたのだ。財政難のこの街では、市内の荒廃した地区であろうと、駐車違反の罰金は六十五ドルと決まっている。この不況の時代でも、違反チケットをワイパーにはさむ仕事にありつけた人がいるわけだ。しかし、そう考えても元気は出なかった。

〈マンデル&マクレランド〉がアニーを殺した犯人の弁護士として事務所の誰かをつけることをなぜ承知したのか、そして、なぜ、若くて未熟で被害者に好意を持っていたと思われるジョエルが選ばれたのか、わたしにはどうしても理解できなかった。ステラの弁護は公選弁護人に委ねればよかったのだ。わたしもかつては公選弁護人を務め、仕事に追われていた。クック郡の公選弁護人すべてと同じく、事件をどっさり抱えていたが、それでも依頼人一人一人と真摯に向きあった。長時間労働という手段を使って。おかげで、一年二カ月の結婚生活のあいだ、夫は渋い顔で文句の言いどおしだった。

ステラが公選弁護人を頼んでいた場合、グリグズビー判事に警告を受けることになったのはわたしだったかもしれないとふと思った。わたしが弁護士としてついた場合のステラの狼狽を想像して、笑いがこみあげた。

依頼人の側から考えてみても疑問が生じる。ステラはなぜジョエルの弁護を受け入れたのだろう？　凡庸な人間を黙って受け入れる人ではない。未熟な若造をズタズタにしたことだろう。いや、アニーの死と自分の逮捕のショックで何も言えなかったのかもしれない。

いかなる説もピンとこない。もしかしたら、マンデルかマクレランドがいまも生きていて、当時どういう考えだったかを思いだしてくれるかもしれない。

ミスタ・マンデルのことはよく覚えている。中学のころ、卒業式で来賓祝辞を述べたのはいつもこの人だった。貧しい移民としてこの国にやってきて、ウィスコンシン・スティールで夕方から深夜まで働きながらロースクールを卒業した、アメリカだからこそ実現できたことだ、という同じ自慢話を毎年のようにだらだらと聞かされた。わたしの横には母がすわり、祝辞に興味がなくとも視線だけはステージに向けておくよう、わたしをいつも諭したものだった。

iPadをとりだして〈マンデル&マクレランド〉を検索した。事務所はかつてナヴラル・ビルにあったが、そのビルはもう存在しない。マンデルの死亡記事が見つかった。七年ほど前のことだ。遺族は娘一人、孫四人、ひ孫三人。このなかの誰かが弁護士になったとしたら、どこかよそで仕事についているのだろう。〈マンデル&マクレランド法律事務所〉ももはや存在しない。ただ、マクレランドの引退や死去を報じる記事は見つからなかった。ビルも事務所も消えてしまったとすると、依頼人関係のファイルはどこにあるのだろう?

渋い顔になり、ふたたびアイラ・プレヴィンの事務所を訪ねた。ユーニスがブザーを押してくれたので事務所に入ると、彼女とアイラは書類の上にかがみこんでいたが、それを中断して、期待に満ちた顔をこちらに向けた。マンデルが事務所を売却したかどうかを尋ねると、二人の顔が失望に変わった。わたしがジョエルを追って〈黄金の壺〉へ行くのを見て、なんらかの奇跡を期待していたに違いない。

「きみがなぜこんなことを嗅ぎまわっているのか、わたしには理解できない、ミズ・ウォーショースキー」アイラが低く響く声で言った。「グッツォの婆さんにきみのいとこを傷つけることはもうできないし、何かを証明するのも無理だ。それに、ジョエルを傷つけるのも無理だと思う」

「でも、誰が事務所を購入したかはご存じなんでしょう？」

ユーニスが言った。「この件に関わる覚悟でいるのなら、せめてジョエルだけはひきずりこまないと約束して。あの子は――ステラ・グッツォの裁判でつぶされてしまったの」

わたしは力なくユーニスを見た。「ステラと裁判のせいでつぶされてしまったのなら、息子さんもすでに関わっていることになります。わたしに約束できるのは、やむを得ぬ事情がないかぎり息子さんをひきずりこまないようにする、ということだけです」

ユーニスがアイラを見た。アイラがゆっくりうなずいた。その拍子に、袋のように膨らんだ彼の頰が震えた。

「立派なお言葉ね。でも――」

「ユーニス、この人ならほかにも探りだす手段を見つけるだろう。とりあえず、教えてあげなさい」

「ニーナ・クォールズよ」ユーニスの唇がこわばっていたため、ほとんど聞きとれないほどだった。

10 ボーク

ニーナ・クォールズという弁護士の事務所はコマーシャル・アヴェニューにあった。アイラの事務所からわずか二マイルの距離だ。八十九丁目の角にある改装された三階建てのビルで、この通りでは珍しいことに、すべての部屋が埋まっているようだった。最上階はサウス・サイドの若者の地位向上をめざす財団〈セイ、イエス！〉の本部。一階はローリー・スキャンロンの保険代理店。自動車保険、住宅所有者保険、生命保険、医療保険、年金保険。二階はニーナ・クォールズの法律事務所。弁護士三名と保釈保証人一名。

子供のころは、大人はすべて年寄りで時間のなかに固定されているように見えるものだ。だから、ローリー・スキャンロンがいまも生きているのか、それとも、代替わりしたのか、わたしにはわからなかった。どちらにしても、代理店が繁盛しているのは明らかだった。通りの窓からのぞいてみると、パソコンはどれも新品だし、デスクも上等だった。五人のスタッフがマイクつきヘッドホンに向かって笑顔で何か言っていた。電話の相手にこちらの熱意を伝え、保険に入る気にさせるための笑顔だ。

うちの両親は〈パトロール警官組合〉の保険に入っていたので、わたしはスキャンロンの保険代理店へ行ったことがなかったが、スキャンロンはこの界隈の誰もが知っている名士だった。地域の顔役で、立ち退きを迫られたりガスを止められたりした人々の相談に乗っていた。地元のイベントに顔を出し、フランク・グッツォも入っていたリトルリーグのチームに資金提供をしていた。ブラックホークスに入団したブーム＝ブームがホームゲームでデビューしたときは、スキャンロンがシカゴ交通局にかけあってバスを出させ、九十丁目とコマーシャル・アヴェニューが交差する界隈に住む人々をかつてのスタジアムへ送りこんだものだった。

わたしの父は自分の車で出かけた。珍しいことに警官の特権を行使して、わたしとバーニー叔父を乗せた車の屋根のライトを点滅させながら通りを走り抜け、正面入口のすぐそばに駐車した。試合後、スキャンロンの主催で開かれた〈ラフターズ〉でのパーティにも、父は行かなかった。

「酔っぱらいの仲間になるには、父さんは年をとりすぎたよ、トリ。それに、おまえは勉強しなきゃいけないだろ？」

そう言われて、わたしは驚いた。いつもなら、わたしが勉強しすぎると言って心配する父なのに。また、わたしを一人にするのも心配だと言った。そんな心配は一度もしたことがなかったのに。少なくとも、口にしたことはなかった。

「ブーム＝ブームは荒っぽい人生を選んだが、おまえには、そんな人生は歩んでほしくない。母さんもそれは望まないと思うよ」

わたしが選ぶ道の多くを、母はたぶん喜ばなかっただろう。もし母が生きていれば、わたしも命知らずの危険を冒すようなことはなかっただろう。短い結婚生活がこわれたのは、わたしが無謀だったせいかもしれない。あるいは、リチャード・ヤーボローがお金にこだわる退屈な男だったせいか。

スキャンロンのビルに入り、急な階段を見あげた。スペイン語と英語で、階段の裏にエレベーターがあると書いてあった。吹き抜け部分の壁の上のほうに、急いでいる泥棒は気づかないような最新式の小型防犯カメラが設置されていた。ニーナ・クォールズの事務所入口の上部にもやはり防犯カメラ。わたしが近づくと赤く光った。たぶん、わたしの写真を撮ったのだろう。誠実で真面目そうに見えたに違いない。おかげで、呼鈴を押す前にドアのロックがカチッとはずれた。

もともとはアパートメントだったようだが、壁がとりはらわれ、コマーシャル・アヴェニューに面した窓から裏路地まで続く長い部屋になっていた。間仕切りはないが、デスクとデスクの間隔が充分にあるので、声を低くすれば、誰にも聞かれずに用談を進めることができる。北側の壁面のドアが二つあいていて、個人の専用オフィスがちらっと見えた。かつてはたぶん寝室として使われていたのだろう。三つ目のドアはスタッフ用の洗面所だった。

スキャンロンの保険代理店と同じく、ここのスタッフも電話の応対に追われていた。その大部分が中年で、がっしり体型、しわが少し刻まれ、髪に白いものが交じりはじめている。ワークアウトにとりつかれた細身の若者たちではないので、近くの隅でしわだらけのスーツ姿の男性に何やら相談中の老夫婦も、気詰まりな思いをせずにすんでいるようだ。

あたりを見まわしたが、ニーナ・クォールズらしき姿はなかった。個人の専用オフィスのほうかと思い、そちらへ向かおうとしたところ、女性が背後にきてなんの用かと尋ねた。年はわたしと同じぐらい、背が高く、痩せていて、ベージュのパンツの上に型崩れしたカーディガンをはおっている。スパイクヒールのおかげで、わたしより三インチほど背が高い。

「V・I・ウォーショースキーという者です」わたしは片手を差しだした。

痩せた女性の目が丸くなった。「ウォーショースキー？　けさのニュースで、ブーム＝ブーム・ウォーショースキーのことを何か言ってたわね」

「ええ、わたし、ブーム＝ブームのいとこです」

女性の返事はよくあるものだった。わたしはイースト・サイドで育ったのよ。ブーム＝ブームの大ファンだった。あの死は痛ましい悲劇だったわね。立て板に水の返事の途中で、ようやく彼女の名前を聞きだすことができた。セルマ・カルヴィン。

「それで、ご用件は？」セルマが訊いた。

「ニュースをしっかりお聞きになったかどうかわかりませんが、いとこがニュースになったのは、誰かがいとこをアニー・グッツォの死に結びつけようとしてるからなんです」

セルマは首をふった。「聞いたこともない名前ね。悪いけど、お役に立てそうもないわ」

「何年も前に、ステラ・グッツォという女性が実の娘のアニーを殺した事件で有罪判決を受けました。そのときステラの弁護をしたのが〈マンデル＆マクレランド〉という法律事務所で、その事務所をミズ・ニーナ・クォールズが買いとったのです。〈マンデル＆マクレランド〉が扱った昔の事件のファイルをミズ・クォールズのほうで保管なさっているなら、ステラの裁判記録を見せてもらえないでしょうか」

セルマは首をふった。「ニーナはここでは仕事をしてないの。うちの事務所はビジネスや不動産がらみの事件が中心でね――サブプライム・ショックで、この界隈も大きな打撃を受けたから。刑事弁護士も一人いるけど、ここには古い事件のファイルを保管するスペースがないから、インディアナ州のほうの倉庫に置いてあるの。いずれにしても、ニーナがあなたに機密ファイルを見せてくれることはないでしょう」

「機密ではありません」わたしは苛立ちが声に出ないよう気をつけた。「入手困難というだけで。わたしが知りたいのは、ステラ・グッツォが裁判のとき、娘の死に対してわたしのいとこに責任があるというような発言をしたかどうかなんです。それから、〈マンデル&マクレランド〉が弁護をひきうけた理由も知りたいのです。アニー・グッツォはそこでアルバイトをしていました。彼女を殺した犯人の弁護を、どうして事務所がひきうけたりするのでしょう？　いくら犯人がアニーの母親だとしても」

セルマは「ミスタ・ザパテカが二時にお待ちしています」と言いはじめた。わたしはギョッとしたが、つぎの瞬間、小型マイクに向かって言っているのだと気づいた。耳に小さなクリップをつけていて、まるでカブトムシが耳のなかへもぐりこもうとしているみたいに見える。

そちらとの話が終わったところで、セルマは、お役に立てることは何もありません、自分は当時〈マンデル&マクレランド〉にはいなかったので、と言った――そこでふたたびカブトムシ登場。今度はルードとかいう人の保釈審理についてだった――そんな昔のことは誰も覚えていないし、わたしからニーナ・クォールズに尋ねることもできないわ――「あ、すみません、あなたに申しあげたんじゃなくて、ミセス・ビアーロ、事務所にきている人と話してたんです。少々お待ちいただけますか」――だって、ニーナはいまパリだから。

この時点で、セルマの注意は完全にカブトムシのほうへ向いた。わたしは彼女の耳からそれをもぎとりたい衝動を抑えこみ、事務所をあとにした。ひどく当惑していた。結局、本心では何を期待していたの？

しわだらけのスーツ姿の男性と相談中だった老夫婦も、ちょうど帰ろうとするところだった。わたしは二人のためにドアを押さえ、不機嫌を脇へどけて、階段を下りるのに手を貸そうと申しでた。女性の背筋はしゃんと伸びているが、男性のほうは前かがみで、歩くのも辛そうだ。

「エレベーターもありますよ」手助けはいらないと言いはる二人にいちおう言ってみた。

「故障中なの。でも、階段をのぼるのは健康にいいっていうし」女性は明るく答えた。

「人に頼るわけにはいかんのだよ、お嬢さん」男性が言った。「保険料の支払いなどに加えて、弁護士の費用も払わなきゃならんからね。あんた、受付デスクのご婦人を動揺させてたようだが……」

「理由がさっぱりわからなくて」わたしは言った。「いくつか質問しただけなのに。保険契約もこちらで？」

「うん、そうだ。弁護士が一階の保険代理店を紹介してくれて、法律事務所の客には代理店が特別の保険料率を適用してくれる。逆に、弁護士が必要な場合は、代理店の人間がここを紹介してくれる。今日はそれで弁護士に会いにきた。予定外の出費があるんで、生命保険の貸付制度を利用できないかと思ってね。だが、契約には細則ってものがあって、いつもそれに邪魔される。そうだろう？」

老夫婦の気が変わって助けを必要としたときのために、わたしは二人の前に立ってゆっくりと階段を下りた。二人は何やらひそひそ言いあっていた。ビルの正面入口まで行くと、二人は〈スキャンロン保険〉のドアの横で足を止めた。

「たまたま耳に入ったんだけど、ステラ・グッツォのことを尋ねてらしたでしょ」女性が言った。

「ステラをご存じなんですか」わたしはさりげない声で返した。

「いいえ」女性は階段の上のほうへ目を向けた。人に見られていないか、たしかめている。わたしは入口の天井にも防犯カメラがあるのに気づき、二人を促して外に出た。

「女の子のほうを知ってたんだ」夫が言った。「アニー。法律事務所で事務員をしてて、明るくて可愛い子だった。あの子が殺された事件のことはいまも覚えている。子供がギャングがらみの暴力で殺される事件はよくあるが、実の母親に殺されるとは――酷い話だ、酷すぎる！」

女性が夫の手を握った。「そんなに興奮しちゃだめよ、ハロルド。ずっと昔の事件なんだから。でも、ソル・マンデルはアニーの仕事ぶりを高く買ってたのよ。だから、母親の弁護をアイラ・プレヴィンの息子に一任したことが、わたしたちには意外だったわ」

「わたしも意外に思いました。なぜそうなったのか、ご存じでしょうか」

「ソルが何か説明してたな」ハロルドが言った。「あの事件は自分にも責任があると言っていた。女の子が母親に内緒で大学に入ろうと計画してたんで、ソルがあの子を諭し、一人前の大人として母親にきちんと話をするようにと言ったそうだ。納得のいく理由ではないように思うが、とにかくソルの話ではそうだった」

「どうしてそんなに詳しいんですか」わたしは訊いた。

「だって、みんなが同じシナゴーグに通っていたから。当時はこちらにもハル・ハシェムというシナゴーグがあったのよ」女性が言った。「気の毒なジョエル」

「どういう意味だ？　〝気の毒なジョエル〟とは」ハロルドが鼻を鳴らした。「気の毒なのはアイラのほうだ」

「気の毒なジョエル」女性はふたたび言った。「アイラの名声にふさわしい跡継ぎにはどうしてもなれなかった。法律の道に進んだのがそもそも間違いだったのよ。でも、ジョエルはアイラにかまってほしくて、認めてもらいたくて必死だった。アイラにはそれがわからなかった。アイラの情熱はすべて法廷に向けられ、残りはユーニスに捧げられていた。世間でずいぶん陰口を叩かれてたから、自分がユーニスを守らなきゃと思ってたんでしょうね」

「シナゴーグでも」ハロルドが嘆かわしげに言った。「同胞の人々の心が狭いことに、わたしはがっかりしたものだった」

「そうね。二人が結婚したときは大騒動だったのよ。ユーニスがユダヤ人じゃなくて、おまけに黒人だというので。いまはアフリカ系アメリカ人って言わなきゃいけないけど。あら、ハロルド！　時計を見て。ずいぶん話しこんでしまった。家に帰る前に支払いの件を確認しておかなきゃ」

　わたしは彼女に名刺を渡して、ほかに何か思いついたことがあれば電話してほしいと頼んだ。「ついでに、電話番号を教えてもらえません？　わたし、探偵なんです。生まれつき詮索好きで、ほかにもお尋ねしたいことが出てくるかもしれないので」

　夫が猛反対した。世間にはペテン師があふれている。こっちの名前を教えるのはやめろ。しかし、妻は彼の腕をなだめるように軽く叩いて、ゆっくりした口調で名前を教えてくれた。ハロルドとメルバ、名字はミンスキー。現在はオリンピア・フィールズに住んでいるが、法律関係の事柄は昔からマンデルに頼んでいたので、彼が亡くなってマクレランド氏がニーナ・クォールズに事務所を売却したのちも、法律事務所を変える気にはなれなかったという。

「もっとも、このサウス・サイドではもう、たいした業務もやってないのよ。大きな事件はすべて、ソル・マンデルのダウンタウンの事務所を購入した弁護士さんたちのほうへ送られるの。こちらでは、小さなことでアドバイスが必要になったときに、相談に乗ってくれるのよ。と言っても、いまはもうあまり力になってくれないけど」

「きっと、ずいぶん大きな事件を扱ってるんでしょうね。ニーナ・クォールズがパリへ出張するぐらいですもの」

　メルバは笑った。紙がカサカサいうような笑い声だった。「ニーナが法廷に出たことは一度もないんじゃないかしら。出たとすれば、交通違反を揉み消してもらいたいときぐらいね。パリへ出かけるのは服を買うためよ。でも、セルマ・カルヴィンは事務の責任者として一流だし、わたしたちの相談に乗ってくれる男性は有能だから、わたしたちはそれでかまわないけど」

　メルバは、夫がいらだたしげに舌打ちしながらスキャンロンの保険代理店のドアを押しひらくまで待った。「ラビ・ズーコスの息子さんに話を聞いたらどうかしら。ラビは信徒がハイランド・パークのほうへ移ったあとで亡くなったけど、息子さんのラファエルはバル・ミツバーのクラスでジョエル・プレヴィンと一緒だったのよ。幸運を祈ってるわ」

11　ライオンの群れから逃げる

時刻は午後二時をまわっていた。けさはわが家に押しかけてきたテレビの取材陣に激怒して朝食どころではなかったため、急にひどくおなかがすいてきた。通りに立って、あたりにどんなレストランがあるだろうと見ていたとき、すぐうしろで車の警笛が鳴った。飛びあがり、あわてて歩道に戻った。いままでわたしが立っていた場所に銀色の最新型SUV車が止まった。

男性二人がロビーという名前の誰かのことで笑いながら降りてきた。運転していたほうが言った。「先に入っててくれ、ウォリー、あとからすぐ行く」

男性はわたしのそばまできた。白髪で、赤いチェックのシャツを着て、革のボマージャケットを肩にかけている。

「保険料の支払いは完了してるかね、お若いレディ」

わたしの驚いた表情を見て、男性は笑った。「交通量の多い通りの真ん中に立つのなら、家族が保険金を受けとれるよう配慮したほうがいい。で、なんの用かな？」

「ミスタ・スキャンロン？」わたしは尋ねた。

「仰せのとおり。おたくは？」

「V・I・ウォーショースキー」

スキャンロンはこれまでずっと笑顔だった。頬を膨らませ、輝く目を細めて、サンタを演じる稽古をしているかのように。ところが、わたしの名前を聞いたとたん、輝きが消えて冷たいブルーの目になった。

「かつて、同じ名字のホッケー選手を知っていた。先日からふたたびニュースになっているようだが」

「ええ、そのとおりです。あなたがバスをチャーターして、スタジアムでのデビュー戦を見るために近所の人々を連れていってくれた夜のことは、いまも覚えています。それとも、あれはあなたのお父さんでした？」

わたしが覚えていたことに気をよくして、スキャンロンは笑ったが、それでも目の冷たさは変わらなかった。「わたしだ。とても若かったころのわたし。当時は大きなパーティを開いて、人々を集め、みんなが楽しく騒ぐのを見ているのが大好きだった。いまでも楽しいパーティは好きだが、昔のような元気はなくなった。ところで、ウォーショースキーはたしか結婚しなかったはずだが。すると――妹さん？」

「いとこです」

この女は何者なのか、女のデータが自分のファイルのどこに入っているのか――めまぐるしくそう考える様子が、スキャンロンの表情に見てとれるような気がした。

「お父さんは警官だった。そうだね？　賄賂の効かない人だと言われていた。そうだね？　正義のまかり通らぬ世の中に存在する正義の柱の一つだった」

「父のそういう面を世間の人々に知ってもらえてよかったと思います」わたしは改まった口調で言った。スキャンロンの声の奥には侮蔑に近い響きが潜んでいた。

「そして、きみはサウス・サイドを離れて、どこかの学校へ行ったんだったな」

「仰せのとおりです」わたしはスキャンロンの言葉をまねた。

「では、なぜふたたびこちらに？」

「ステラ・グッツォの件で」そこでいったん黙り、あとはスキャンロンに推測させることにした。

「そうか、ニュースで見た。ステラは娘がウォーショースキーを怖がっていたと主張している。そこで、きみはいとこの汚名をそそぐため、こちらに飛んできた。この地域のいい点はそこにある。家族の絆が強い。われわれにどんな協力を求めるつもりだったのかね？」

「おたくではなく、ニーナ・クォールズの事務所へ行ってきました。そちらが〈マンデル＆マクレランド〉の業務をひきついだと聞いたものですから」それはスキャンロンも知っているはずだ。「裁判のときの記録が保管されていないかと思って」

「ほう？　で、見つかった？」

「誰も持っていないようです。かわいそうなアニー――その死を悼んで詳細な記録を残してくれた人が誰もいないなんて」

「頭のいい子だったのに。あんな最期を迎えたのが痛ましいかぎりだ」

「あんな最期を迎えた？　母親に殺されたのが運命だったように聞こえますけど」

「まあ、サウス・サイドで暮らすアイルランド系の家族というのは、声が大きくて、すぐカッとなり、狭い家で口論ばかりしている。わたしはあの一家をよく知っている。わたし自身、似たような家庭で育ったからね」

スキャンロンはドアをあけようとしたが、どうしてアニー・グッツォを知っているのかとわたしが訊くと手を止めた。

いらだたしげに肩をすくめた。「誰もが知りあいだからね。アニーはうちの顧問弁護士の事務所でアルバイトをしていた頭のいい子だった。うちではソル・マンデルに法律関係のことを任せていた。いまはニーナに頼んでいる。すべて近所で助けあっていくべし――わたしはみんなにそう言ってるんだ」

「ミスタ・マンデルがジョエル・プレヴィンにステラの弁護を押しつけた理由について、ご当人から何かお聞きになりませんでした？　不思議でならないんです。自分のところの若い事務員を殺した犯人を弁護するなんて」

「ジョエルをなんとかして気骨のある人間にしたいというのが、みんなの願いだった。この界隈の住人には手の届かないチャンスに恵まれていたのに、ジョエルは泣きごとばかり言う弱虫だった。気をひきしめ、一人前の男として行動できるかどうか、ソルは見てみようとしたのだが、残念ながら、期待はずれだった。さて、ウォーショースキーのいとこと話ができて楽しかった。だが、通りで立ち止まるのはやめたまえ。みんな、運転が荒いからな」

スキャンロンはふたたび笑い、わたしの肩を叩いてから保険代理店に入っていった。わたしはその姿を見送りながら考えこみ、いまの会話はなんだったのかと首をひねった。ここで出会ったこと自体も気になった――偶然の出会いかもしれないが、向こうがわざわざ足を止めて話しかけてきたのが変だ。セルマ・カルヴィンから〝オフィスに探偵、ステラ・グッツォのことで質問中〟というような連絡が行ったとか？　それとも、グッツォがらみの騒ぎでわたしの神経がまいっていて、何を見ても陰謀を妄想してしまうのだろうか。

ひとつだけ確かなことがあった。いまだに空腹だった。通りの先にタコスの屋台を見つけた。歩道にスツールがいくつか置かれ、客がすわれるようになっている。何時間もサウス・サイドを歩きまわったおかげで、ブーム＝ブームへの誹謗中傷に対する怒りは薄れたが、ステラに関しては納得できないことばかりなので、このまま知らん顔はできなくなった。

マンデルがジョエル・プレヴィンにステラの弁護を頼んだ理由については、スキャンロンの推測どおりなのかもしれない。愛の鞭。気骨とか、度胸とか、そういったものをジョエルに持たせようとしたのかもしれない。だが、〈マンデル＆マクレランド〉の事務所にいじめの風潮があったのも事実だ。その先頭に立っていたのが、いまでは州議会の議長となっているスパイク・ハーリヘイ。パートナーたちもいじめに加わり、ジョエルに恥をかかせるためだけにステラの弁護をさせたのだろうか。

先週、わたしがステラを訪ねたとき、ステラはなんと言っていたか。アニーが母親にあんなことを言って死んでいったのなら、地獄で業火に焼かれてるだろうとか、そういったことだった。もしかしたら、ソル・マンデルもアニーの意地悪な一面に気づき、ステラにひそかに同情していたのかもしれない。

その情景を思い描こうとしたが、どうしても想像できなかった。わたしの知っているアニーは仕事熱心だが、けっして意地悪ではなかった。子供のころのわたしはときどきアニーに嫉妬を覚えた。アニーがうちの母を慕っていたからだ。母の愛を独占したかったわたしは、アニーがわたしより熱心にピアノの稽古をするのを見て、ずいぶん目立ちたがり屋だと思ったものだった。わたし自身、二度ほど意地悪なことをした覚えがあって、いま思うと恥ずかしくなるが、アニーにはそういうところはなかった。それでも、アニーがステラと格闘したことを知っても、わたしは驚かない。暴力的な家庭で育てば、自分も殴りかえすようになるものだ。

アニーが日記をつけていたのなら、この目で見てみたい。「ごめん、フリーマン」わたしはつぶやいた。「グッツォ家に近づくなって、あなたに言われたのはわかってるけど、やっぱりフランクに電話してみるわ」

わたしの声を聞いてもフランクは喜んでくれなかったので、ご機嫌をとるため、思いきり愛想よく話しかけた。

「フランク！　どのニュースを見ても、おたくのママが出てる。それから、ブーム＝ブームも。わたしのとこには激励の言葉まできてるのよ。すごくクール――わたしを訪ねてきたのはそのためだったの？　わたしを有名人にする手伝いをするため？」

「いま運転中なんだ。用件は？」

「アニーの日記。突然ああやって日記が見つかるなんて奇跡だわ。これまでどこにしまってあったの？」

「おれが知るわけないだろ。おふくろが言うには、アニーの部屋のドレッサーを片づけてたら日記が出てきたらしい。アニーが死んだあと、誰も片づけなんかしなかったから、古い服が入ったままだった。二十五年間ずっとそのまんまだったんだ」

「あなたとベティは一度も部屋に入らなかったの？」

フランクは答えなかった。ベティはほかの誰かの持ち物が新たな所有者を待っているとなれば、何もせずにじっとしているタイプには見えない。フランクの長い沈黙がそれを裏づけていた。

「つまり、ステラが刑務所に入ったあとで、ベティがアニーの持ち物をひっかきまわし、ほしいものだけとって残りは放っておいたということね」電話の向こうから聞こえてくる憤慨のつぶやきを無視して、わたしは言った。「ベティにはその日記なるものを見た記憶があるのかしら」

「おいおい、トリ、ずっと昔の話だぞ。見たにしろ、見てないにしろ、ベティは覚えてなんかいない」

「そりゃそうよね」わたしはなだめすかす口調になった。「でも、あなたはどう？——テレビに映った日記を見たとき、その文字に見覚えはあった？　アニーの最後の言葉を目にして、心臓が止まりそうにならなかった？　可愛い妹を怯えさせたブーム＝ブームを恨んだりしなかった？」

ふたたびフランクが沈黙したので、さらにしつこく訊いた。「お母さんから日記を見せてもらってない？」

フランクは何も言わずに電話を切ってしまった。わたしは食べていたトスターダをじっと見た。日記を見ていないか、日記を見てアニーの字ではないと気づいたかのどちらかだ。法廷に持ちこめるような証拠ではないが、わたしにはこれで充分だった。

わたしが屋台にすわっているあいだに、スキャンロンのところからメルバとハロルドが出てきた。ゆっくりした足どりで鉄道駅のほうへ向かう二人を、わたしは見守った。メルバはハンドバッグを脇でしっかり抱え、ハロルドは杖にすがって歩いていった。

ラファエル・ズーコス、ラビの息子。この男と話すよう、メルバが言ってくれた。

トスターダを食べおえたとき、アイラ・プレヴィンの事務所を訪ねるために着てきた小麦色のジャケットに緑色のしみができているのに気づいて焦った。

炭酸水でナプキンを湿らせて、しみの部分を叩いてみたが、襟に濡れたしみが広がり、毛玉ができただけだった。ドジ。

指を拭いて、iPadでラファエル・ズーコスを検索した。たいした情報は得られず、わかったのは、日本の美術品のコレクターで、とくに江戸時代中期の作品が中心ということぐらいだった。《ヘラルド＝スター》の記事に、ズーコスが日本総領事に贈ったという、通りを渡る芸者を描いた十八世紀の浮世絵のことが出ていた。

その記事にはまた、父親のラビ、ラリー・ズーコスのことも出ていた。四十年のあいだ、ハル・ハシェムで司祭を務めた人だ。最初はサウス・サイドで、そののち、ハイランド・パークへ移転してから七年にわたって。ラファエルのほうは、スピリチュアルな生活への召命を受けなかったようだ。少なくとも、伝統的な意味での聖職者になることはなかった。電話番号は出ていなかったが、登録している検索エンジンで調べたところ、ロジャーズ・パークの住所が見つかった。シカゴの北東端にあたる地区だ。外で働いている様子はなかった。予告なしに押しかけても大丈夫だろう。

曲がりくねった道路を北へ向かいながら、ズーコスに招き入れてもらうためには、どう話を持っていけばいいかを考えた。真実を話すのがいちばん簡単だ。シェリダン・ロードに駐車スペースが見つかった。ジャケットは車に置いていくことにした。服についた食べもののしみぐらい、専門職の人間にふさわしくないものはない。

ミシガン湖からわずか半ブロックのところにある狭い通りに着いて、ズーコスの住む建物を見ると、建物全体が改装され、二階と三階の外壁はレンガの大部分がガラスに変わっていた。三階はガラスドアの外に広いバルコニーがあった。ズーコスがそこに立って湖の景色を楽しむのだろう。

人目につかない場所にあるので、プライバシーが守りやすく、ついでに泥棒も入りやすいが、セキュリティは万全だった。防犯カメラ、レーザーセンサーつきのゲート、電子錠に加えて手で操作する錠も完備。ズーコスの日本美術のコレクションが価値あるものなら、とても賢明なことだ。

「あの……なんの用？」

バルコニーから男性が声をかけてきた。わたしは目を細めてそちらを見たが、逆光のせいで顔が見えなかった。

「V・I・ウォーショースキーといいます。ラファエル・ズーコスさん？　あなたと話をするよう、メルバ・ミンスキーに言われてきたの」

「レイフ（『ラファエル』の愛称）！」男性がうしろの誰かを呼んだ。

数分が過ぎた。わたしは音階練習を始めた。まだ声量不足ではあるが、横隔膜の使い方がうまくなってきている。

建物の角から男性が現われた。背が低くてがっしり体型、カーキ色のパンツの上に日本っぽい雰囲気の上着をはおっている。

「ぼくがレイフ・ズーコス。きみの名前がケンはよく聞きとれなかったようだ」

「V・I・ウォーショースキーよ。あなたと話をするよう、メルバ・ミンスキーに勧められたの」

「メルバか」彼が低くつぶやいた。「もう何年も音信不通だった。まだ生きてるとは知らなかった。ハロルドは？」

「弱ってるけど、自分の脚で歩いてるわ。わたし、二人と親しいわけじゃないのよ。今日の午前中にサウス・サイドで初めて会ったの」

「すると、みんなが新しい居住地へ逃げだしたあとも、二人は南に残ったわけか。ラビより勇気のある人たちだったからな」

「ご自分のお父さんのことを臆病者だと言いたいの？」

「帝政ロシアでユダヤ人大虐殺がおこなわれた時代にも、ユダヤ人はミンスクやスロニムにとどまった。だが、黒人一家がとなりの家を買ったとしたら？たぶん、コサック兵の一連隊が襲撃してきたように感じるだろう。ラビ・ズーコスはあまり勇敢なタイプではなかったが、それを言うならぼくも同じだ。メルバがきみをここに送りこんだのはなぜだ？」

わたしは事情を話した。真実を。ただ、すべての真実ではなく、フランクとわたしの過去については省略したが、アニー殺し、わたしのいとこ、遠い昔の刑事法廷での出来事をわたしが突き止めようとしていることを話した。

「ミスタ・マンデルがジョエルに弁護を担当させた理由を、あなたなら知ってるかもしれないってメルバに言われたの」わたしは話を締めくくった。「裁判に関して、ジョエルがあなたに何か話したんじゃないかって言うの」

レイフは二、三歩あとずさった。「メルバが？　そりゃ誤解だ。きみがどんな収穫を期待してここまでやってきたのか、ぼくにはわからない」

ケン、上のバルコニーからわたしに声をかけてきた男性。自分は臆病者だったというレイフの思い。数々の古い話、古いドラマ、もううんざり。わたしは大きな石に腰を下ろし、単調につぶやいた。

「あなたとジョエルは恋仲だった。少なくとも、お父さんのシナゴーグに通う人々はそう思っていた。あなたからお父さんにじかに告白することはできなかった。だから、あなたは自分のことを臆病者だと思っている。そうでしょ？」

「なぜ知っている？」レイフは険悪な口調になった。

「わたしはそれで生計を立ててるのよ、ミスタ・ズーコス。話の断片を寄せ集めて、筋の通った説を作りあげる。つねに正解とは限らないけど、とにかく、調査の手がかりにできる説が必要なの。嘘、秘密、沈黙。人はみな、こうしたものを胸に抱えこんでいる。束縛され、恐怖を抱くことに価値があるかのように」

「説教はやめてくれ。あの界隈で育つのがどういうことか、何も知らないくせに。偽善、恐怖、誰がどのグループに入ってるのかも、放課後誰にぶちのめされるのかもわからない。ユダヤ人とか、黒人とか、日本美術が好きな変人とかいうだけで、いじめられるんだぞ」

わたしは顔を上げた。「わたしは九十丁目とコマーシャル・アヴェニューの交差点の近くで育ったのよ、ミスタ・ズーコス。あの界隈で送る子供時代のことをあなたがあれこれ話してくれても、わたしの知らないことはほとんどないわ。わたし、ミドルネームがイフィゲネイアっていうの。わたしを大学までやるのが母の夢だったから、悪ガキどもがわたしのまわりで踊っては、〝危ない天才《イッフィ・ジーニャス》〟とはやしたてたものだった」

「ほかのガキ連中から、ゲイだの、めめしいだのと思われて、ぶちのめされるのとは違うだろ」レイフの声は低かったが、激情で震えていた。

「まあね。でも、わたし、人にからかわれたときは、毅然とした態度をとって相手を無視するようにという母のアドバイスには従わず、すぐさま反撃に出て、思いきり相手を痛めつけたものだった。母自身はムッソリーニ時代のイタリアでさんざん暴力に苦しめられた人だったわ。誰もが過酷な過去を胸に秘めてるものよ。わたしは今日のところ、あなたの私生活にも、あなたがジョエルと何かしたか、何をしなかったかにも興味はないわ。あなた自身はいい人生を築いてきたようね」わたしは彼の住む建物のほうへ片腕をふった。「ジョエルのほうは惨めよ。狭い瓶のなかで暮らしてる。プライベートなアートギャラリーではなくて」

「ジョエルか」レイフの唇がこわばり、苦々しく一直線に結ばれた。「ジョエルには、自分がどういう人間なのか、何を望んでいるのか、まったくわかっていなかった。ぼくとああいうことになったのは、自分に自信が持てなくて、何かしてみたかったからかもしれない。もっとも、ぼくの見た感じでは、父親と母親にショックを与えようとしたんじゃないかな。ジョエルはアフリカ系アメリカ人の手本となるべき立場に置かれていて、ユーニスの陰口をたたくシナゴーグの信者たちに、〝やはり自分たちが正しかった。黒人は礼儀知らずだ、汚い、犯罪者だ〟などと言う根拠を与えないよう、気をつけていなくてはならなかった。また、黒人の世界で模範的なユダヤ人になる義務を負っていた。〝ユダヤ人は嘘つきだ、金のことしか頭にない〟などと異教徒に言わせないように」

「重荷ね」

「ジョエルが何を望んでいるのか、ぼくにはどうしてもわからなかった。本人もたぶん、わかっていなかっただろう。現在のジョエルがどんな外見か知らないが、昔はぶよぶよに太っていた。頭はよかったが、いまの子供ならジョエルを〝オタク〟と呼ぶだろう。女の子からは相手にされなかった。ぼくが相手になったのは――もう何年も前のことだが――ぼくにも誰かが必要だったから。ラビの模範的な息子でいることに嫌気がさしていた。ジョエルの気持ちがよくわかった。アイラ・プレヴィンの名声に恥じない息子にならなきゃいけないことを、あいつはすごくいやがってた」

「でも、あなたのような生き方はできなかった。サウス・サイドから抜けだすことができなかった。ロースクールを出ると〈マンデル&マクレランド〉に入り、いまもあの界隈に残って父親の法律事務所で仕事をしている。でも、どうしてステラ・グッツォの弁護をひきうけたのかしら」

湖の沖合から風が吹いてきた。レイフは裸の胸の前でシルクの上着をかきあわせた。「ジョエルはマンデルからステラの弁護を押しつけられたのを、性的マイノリティーである自分への嫌がらせだと思っていた。だが、ぼくの推測ではたぶん、ジョエルがアニーにのぼせあがり、マンデルがアニーを独占しようとしたせいだと思うんだ」

わたしは驚きのあまり、腰かけていた大きな石の上でバランスを崩し、歩道にすべりおちた。「アニーがソル・マンデルと男女関係にあったというの？」

レイフは肩をすくめた。「知らない。ジョエルはそう思ってた。というか、マンデルが女好きで、アニーを誘惑する気でいると思ってた」

「あなたの一家はたしか、アニーが殺される何年も前にノース・ショアへ越したでしょ？裁判のときにジョエルから聞いたの？」わたしは歩道から起きあがって、ジーンズのお尻の汚れを払った。

「ジョエルと連絡をとりあってたんだ。しばらくのあいだ。習慣の力だね」レイフの口調はゆっくりで、横隔膜から言葉を絞りだしているかのようだった。「バル・ミッバーのクラスで一緒だったし、二人とも、親が近所の学校じゃなくてシカゴ大の付属校に入れてくれたし、スワスモア・カレッジへ進学したのまで一緒だった。卒業後、ぼくは学芸員をめざしてシカゴのアート・インスティテュートで修士課程をとり、ジョエルはロースクールで学びはじめた。よく食事を一緒にしたが、あいつは法律の勉強が大嫌いで、いつも泣き言ばかりだった」

風が強くなってきた。手品師のトリックみたいに、雲が出てきた。アイラ・プレヴィンの事務所を訪ねたときは抜けるように青かった空が灰色に変わった。

「レイフ！」ケンがふたたびバルコニーから身を乗りだしていた。「入ってくる気はあるのか。それとも、セーターを持ってってやろうか」

レイフは震えながら空を見上げ、わたしを見た。湖の沖合から風が吹きつけてくる。「うちにきてコレクションを見てくれ」思いがけない誘いだった。

12　筆　致

わたしはレイフについて建物の湖側へまわり、正面入口まで行った。ドアをあけると、すぐリビングエリアになっていた。美術館のような雰囲気で、一方の壁を金色の着物が占領し、もう一方の壁には飛び立つ雁の群れを描いた掛け軸がかかり、そのあいだに並んだ台座には漆器や陶芸品が飾られている。

家具は完全に現代風で、美術品によく調和していた。イームズの設計した椅子が目に留まった。アームと脚の部分にクロム製のパイプを使った淡い色のなめし革のソファも、おそらくは有名デザイナーの作品だろう。これだけのものをそろえるお金をラビの息子はどうやって手に入れたのだろう？

わたしの心を読んだかのように、レイフが言った。「ケンが芸術家なんだ。上の階でケンの作品を見せてあげよう。ぼくは学芸員で、コレクターで、芸術家志望だった。だが、他人の才能を見抜く才能しか備わっていないことを認めるのは辛いことだった。それはともかく、フィールド自然史博物館に勤務していたころ、芸術としてのカリグラフィーの歴史をテーマにした特別展が開催され、ケンの作品二点も展示されることになった。また、信じられない幸運にも恵まれた。あるガレージセールで本物の樂茶碗を見つけたんだ。十七世紀の品で、きわめて稀少なものだった」わたしのきょとんとした顔を見て、レイフは説明した。「ぼくはそれを一ドルで買ったが、売ったときには——まあ、この建物を購入して、美術品の収集と売買を始められるぐらいの金になった、とだけ言っておこう」

わたしはほかの誰かが熱っぽく語る事柄に関してなんの知識もない者がよくやるように、曖昧な声で答えておいた。レイフはわたしを広い木製の階段のほうへ連れていき、いくつもの壁龕《へきがん》に飾ってある漆器を指さした。階段のてっぺんのドアをあけると、そこがケンのアトリエで、ジーンズとスウェットシャツのケンがバルコニーに通じる大きなガラスドアを閉めようとするところだった。レイフがそばまで行って手伝い、紹介してくれた——ケンジ・アオヤマ。

レイフが部屋の隅にひっこみ、炭を置いた炉でお茶の用意を始めたので、残されたケンとわたしはガラス窓から湖の景色を眺めた。湖面がうねり、白波が立ちはじめていた。

「湖がこんなふうになると、大波が描かれた北斎の版画を思いだす——見たことある？　世界を呑みこんでしまいそうな巨大な波なんだ」

「あなたも波を描こうとしてるの？　芸術家がどうやって波の動きをとらえるのか、わたしには想像もつかない」

「こうやるんだ」ケンは奥まった場所に置いてあるイーゼルのほうを向いた。筆をインクの壺に浸し、二、三度軽くすべらせると、紙の上で波が命を帯びた。

ケンの筆さばきに心を奪われ、レイフからマンデルとアニーのことを聞いて以来心にひっかかっていた疑問が、しばらくのあいだ消え去った。

「気に入ってくれた？」ケンが言った。

「感動的だった」わたしは答えた。「でも、知的な返事ができるようなふりはやめておくわ。こんな描き方を見たのは生まれて初めてよ」

ケンは笑いだし、手を打ちあわせた。

「新しい弟子を連れてきてくれたんだな、レイフ」大声で言った。「さあ、すわって——きみをどう呼べばいい？　ヴィク？　レイフがどうやら、部屋をお茶の香りで満たしおえたようだ。抹茶——ぼくは大嫌いだけどね。子供のころ、何かイベントがあるたびに無理やり飲まされてたからだろう。父親が日本の外交関係の仕事をしてたんだ。だけど、レイフがお茶を点《た》てるのはたぶん、ぼくに日本人だってことを思いださせようという策略だろうな。いや、レイフ自身が日本人になりたいのかも」

ケンはふたたび笑いだし、「レイフがきみと長々と話しこんでいたところを見ると、〈エホバの証人〉の人ではなさそうだね」と言った。

「その人はべつの種類の証人のことで訪ねてきたんだ」レイフが言った。「つまり、法律とか裁判関係の証人」

ケンはレイフに向かって首をかしげた。「きみが誰かに訴えられたとか？　きみの持ってる美術品をすべて、ぼくの作品ってことにしたほうがいい？」

レイフはおざなりに微笑してみせた。「その人は探偵さんだ。ものすごく古い事件を調べている。その事件に関わった弁護士の苦悩を、ぼくがかつて目にしたというわけだ」

「ジョエルのこと？」ケンは訊いた。

レイフはケンにもわたしにも目を向けずに、茶碗をまわしていた。「ぼくは死者をして死者を葬らしむべきだと信じているが、ヴィクはそれを掘り起こそうとしている。かつて父のシナゴーグにきていた誰かが、ジョエルとぼくに関する古いゴシップを明るみに出そうとして、この人をよこしたとばかり思っていたが、どうやらべつのゴシップが目的らしい。いったい何を知りたいんだ？」

「あの古い裁判のことを」わたしは言った。「ただ、何が望みなのかよくわからなくなってきた。ニュースを見てれば、たぶんご存じだと思うけど、娘のつけてた日記が見つかったとステラ・グッツォが言いだして、わたしのいとこに殺人の罪を押しつけようとしてるの」

「レイフはニュースを見ないんだ。俗悪だと思ってる」ケンが言った。「でも、ぼくは見てるから、きみが何を言いたいのかよくわかる。いとこって、たしか、ホッケー界のスターだった人だよね？」

ケンの英語は訛りがなく、とても自然な感じだった。たぶん、日本総領事館の官舎で子供時代を送ったからだろう。

「そうなの」お茶をひと口飲んだわたしは、ケンと同じく、好きになれそうもないと思った。「ステラ・グッツォはうちの一家と昔からゴタゴタしてて、おかげでわたしもずいぶんいやな思いをさせられたわ。二十五年前の法廷では何も言わなかったステラが、なぜいまになって無実を証明しようとするのか、どうにも理解できなくて、裁判記録のコピーをぜひとも見つけたいと思うようになったの。ステラがビンゴをしに出かけた留守にわたしのいとこがきてアニーに襲いかかった、というような発言をステラかジョエルがしていないかどうか、確認したいの」

「裁判記録ならどこかに保管されてるはずだ」レイフはいらだたしげに言った。

わたしはそこで、特別に金を支払う者がいないかぎり、完璧な記録が保管されることはないということを説明した。「ジョエルのかつての事務所に記録が残ってないかと期待したんだけど、その事務所自体がなくなってしまってる。裁判が続いてた時期に、あなた、ジョエルと話をしたわけでしょ。ジョエルがどんなことを言ったか覚えてない？　泣き言以外にって意味だけど」

〝泣き言〟というレイフの言葉をくりかえしたわたしに、彼はいやな顔をした。「ずっと昔のことだし、身を入れて聴いてたわけじゃないしな。好きでもない法律の世界になぜ入ったんだと何度も尋ねたが、あいつには得意分野がなかったから、たぶん、アイラとユーニスの希望に従うのがいちばん楽だったんだろう」

レイフは両手の指を尖塔のように合わせ、指先に顎をのせた。「ジョエルは怯えてた。両親にどう思われるか、何を要求されるか、といったことではない。誰かに脅迫されてたみたいだ。当時のぼくはくわしく聞く気になれなかった。なぜって――十代のころ、そうだな、十六か十七のころ、ぼくたちは性的関係にあった。長続きはしなかったけど、そのことでジョエルが脅迫されてて、こっちまでとばっちりを受けるんじゃないかと思ったからだ。いまでは考えにくいことだが、二十五年前は、そういうことが公《おおやけ》になっただけでキャリアが抹殺されかねない時代だった。ぼくのキャリアという意味だ。だから、ジョエルの話を聞くのをやめた。前にも言ったように、ぼくは臆病者だった」

「いいえ」わたしは言った。「生き延びるために苦闘する人間に臆病者のレッテルを貼ることは誰にもできない。あなた自身にさえ。あなたの頭のなかだけのことにしても」

ケンがわたしの肩をポンと叩いた。「この〈エホバの証人〉、気に入ったぞ」

わたしはうわの空で微笑したが、話はレイフに向けた。「あなたは二人の関係が明るみに出るのを恐れていた。だから、ジョエルが何かべつのことへの恐怖を口にしたとしても、そのときはあなたの記憶に残らなかった。もう一度思いだしてみて。ジョエルは何を言ったの？　怯えているという印象をあなたが受けたのはなぜ？」

レイフは長いあいだ考えこんだが、やがて首を横にふった。「すまない。あのころのニュアンスや言葉を思いだすのは無理だ。そんな印象だったとしか言えない」

「では、アニーがミスタ・マンデルと寝ていた可能性については？　ステラの話だと、アニーから破廉恥なことを聞かされたために、ついカッとなって殴りつけたというの。それって――ええと――」わたしは頭をすっきりさせようとして首をふった。

「アニーはうちの母にピアノを習ってた生徒の一人だった。上昇志向が強かったけど、まだ若くて未熟だった。もしかしたら、あなたの言うように、マンデルがアニーを弄んだのかもしれない。よくある話でしょ。権力の座にある年上の男と、無力な若い女。でも、女のほうから近づいたのだとしたら？　この点だけはステラの言葉が正しかったとしたら？」

「それで実の娘を殺したことが正当化されるの？」ケンは軽蔑の口調だった。

「もちろん、されないわ」わたしはいらいらと答えた。「どんな事情があろうと、正当化はできない。たとえ、アニーが襲いかかってきたというステラの主張が事実だとしても。ああ、うまく説明できない——わたしの子供時代にいろいろ面倒なことがあったの。母の思い出、いとこの思い出——」

言葉にできなくて、わたしは黙りこんだ。初対面の二人の前でこんなことを口走った自分が少々恥ずかしくなった。

「ステラが見つけたと主張している日記を、どうしても見てみたいの」ようやく言った。

「わたしがステラに会いに行ったすぐあとで日記が出てきたなんて、話がうますぎる。裁判のときにステラが日記のことを知ってたのなら、ジョエルはどうして弁護材料として使わなかったの？」

「そりゃそうだけど、ヴィク、アニーがジョエルのことを日記に書いてたとしたら？」ケンが鋭い指摘をした。「事務所のボスや判事やなんかに日記を読まれるのを、ジョエルは避けたかっただろう」

「たしかにそうね。日記を証拠品として提出すれば、公の記録に残される。シカゴの人々に知られてしまう——何を？ ジョエルがアニーにつきまとっていたことを？ アニーにばかにされてたことを？ 日記にそういう不都合なことが書いてあれば、病的に神経質なジョエルのことだから、人前で恥をかかされることに耐えられなかったでしょうね。もしかして、怯えてたっていうのはそのことじゃない？ 何かピンとくることはない？」

レイフは困惑して両手を上げた。「あのころジョエルが口にした何かから、やつが日記のことを知ってたかどうか推測できないかっていうのかい？ 思いだせと言われても無理だよ。だが、やつが神経質すぎたため、個人的な感情を公にされるような証拠品を使う気にならなかった？　そう、それなら信じられる」

つまり、裁判の前にステラが日記を見つけていたとしても、グッツォ家の内輪の事情を公にすれば被告側に不利になると言って、ジョエルがステラを説得し、日記を秘密にしておいた可能性もあるわけだ。だったら納得できる。

「それに、わたしのいとこが日記に書かれているようなたちの悪い男だなんて、ぜったいに思えない。向こう見ずで、魅力的で、女性関係も派手だったけど、ステラが日記で読んだと言ってるような脅し文句を女にぶつける人ではなかったわ」

「日記が偽物だというのか」ケンが言った。

「ええ。あなたの指摘も説得力があるとは思うけど。それにしても、あの裁判に関しては理解に苦しむことばかり。〈マンデル＆マクレランド〉がジョエルに弁護を担当させたことも、ステラが刑期を務めあげたあげくに無実を主張してることも。レイフが正しいのかもしれない。わたしは紙でできた巨大な白鯨を追うエイハブ船長みたいなものかしら。そろそろあきらめたほうがいいのかもしれないわね」

辞去しようとして椅子から立つと、ケンがふたたびイーゼルの前に戻った。さらに何度か筆を走らせると、波間に小冊子が浮かんでいるような絵になった。ページが開いていて、クジラが大きく口をあけている光景が連想される。

わたしは笑いだしたが、明日の午前中にふたたびジェフリー・アヴェニューまで出かけ、ジョエル・プレヴィンともう一度話をしようと決意した。早めの時間に。ジョエルが〈黄金の壺〉へ吸いよせられる前に。

13 ピーナツを買って

あとでわかったことだが、ジョエルは次の日、延々とウォッカを飲みつづけていたようだ。レイフとケンのところを出たあと、車で事務所へまわったわたしは、ブーム＝ブームがアニー・グッツォと関係していたという噂に対してメディアの関心がまだ薄れていないことを知った。事務所の横にある駐車場のわたしの区画に一台の車が入っていた。つまり、わたしはお金を払って通りのパーキングメーターを使うしかないわけだ。運転席の男に文句を言おうと思って近づくと、男は小型マイクとビデオカメラを持って飛びだしてきた。通りの向かいのコーヒーバーからべつの取材班が現われた。

わたしの駐車スペースにいた男が鼻先にマイクを突きつけてきた。「〈グローバル〉のレス・フィオーロです、ヴィク。今回の非難をどう思われますか」

わたしはあとずさった。「あら、なんの非難かしら」

第二のマイクが現われた――コーヒーバーから出てきた連中がレスのインタビューに便乗しようとしている。

「あなたのいとこでしたよね？」第二のマイクのほうから声がした。

「わたしのいとこ？　誰のこと？」

「ニュースを見てないんですか。ステラ・グッツォがあなたのいとこに娘を殺されたと言っていますが」レスが言った。

わたしは首をふった。「わたしのいとこが死んでから十年以上になるのよ。ゾンビになって戻ってきて、誰かを殺すなんて考えられない」

レスの怒りが募ってきた。「亡くなる前の話です」

「ああ、だったら納得できるわ」

「でしたら、それについてどう思われます？」第二のマイクの人物が尋ねた。

「なんの話だか、まだよくわからないんだけど」

わたしは入口のドアまで行って暗証番号を打ちこんだが、レスはそう易々《やすやす》と撃退される男ではなかった。背後にきて、アニー殺しとステラの主張について話しはじめた。わたしはブリーフケースを落とし、拾って身体を起こすついでにレスの手からマイクをはたき落とした。

「あら、失礼」笑顔で言った。「こんな近くに立ってらしたなんて知らなかった。マイクがこわれてないといいけど」

第二のマイクが通りのほうへ去った。わたしはもううんざりで、こんな連中とこれ以上関わりあう気になれなかった。暗証番号を打ちこみなおし、歩道のほうへころがっていったマイクをレスが追いかけているあいだに、なかに入った。

ドアを数インチあけたまま、その場に立った。「ミスタ・フィオーロ、いまからすぐレッカー車の業者に電話するわ。テナント専用と書かれたスペースにあなたの車が入ってるから。罰金を払うのがいやなら、車をどけてちょうだい」

事務所に入ってから、ジャケットについたアボカドのしみを落とそうとがんばったが、小麦色の麻の襟はいまや全体が薄い緑に染まっていた。自分に言い聞かせた――悪いほうへ行くに決まってるんだから、すでに起きた惨事に悪態をつくのはやめなさい。少なくとも、トスターダは軽くてパリッとしていたし、野菜は新鮮だったし、豆は自家製だった。

ステラのファイルを開き、今日わかったことを打ちこもうとした。収穫はたいしてなかった。裁判記録を見ることはできなかった。ステラが法廷でブーム＝ブームを糾弾する気だったのかどうかを知る者は誰もいなかった。ブーム＝ブームがまだ生きていたころなら、名誉毀損の訴えを起こすこともできただろうに。ソル・マンデルが無能なジョエルにステラの弁護を押しつけた理由も誰一人知らなかった。

情報を集めてくるとバーニーに約束したが、これまでのところ、ステラ十点、V・I零点だ。いや、一点かも。新事実がひとつわかった。ミスタ・マンデルのファーストネームはソル。そうそう、もうひとつわかったことがある。いや、ほぼ確信できたと言うべきか。二十五年前、グッツォの家に日記はなかった。

この目で日記を見てみたい。その思いが強くなるあまり、ステラの家に忍びこんで日記を見る方法を考えはじめた。くだらない思いつき。V・I、やめなさい。

ステラを撃ち殺してやりたい思いに変わりはないが、いまはまず行動を起こすときだ。だが、メールサーバーにログインすると、メディアからの問い合わせに混じって、依頼人からの不機嫌なメッセージがいくつも入っていた。わたしのいとこが殺人事件に関係していたのか。わたしが隠蔽していたのか。これが共通テーマのようだった。もっとも、好奇心ではちきれそうなメールも何通かあり、申しわけ程度の心配そうな言葉でその好奇心をごまかそうとしていた――何か力になれることはないだろうか。本当のところ、ブーム＝ブームは何をしたんだ？　われわれはきみの味方だからね。

わたしは大きな笑みを浮かべて返信作業にとりかかった――はい、わたしは仕事に前向きにとりくみ、問題を解決するプロですから、ご依頼の件には責任をもって対処します。わたしの身辺に殺人犯はおりません。

緊急を要するメールのほとんどに返信を終えてから、〈レクシス＝ネクシス〉にログインし、〈マンデル＆マクレランド〉を買いとってオーナーとなったニーナ・クォールズの経歴を調べてみた。事務所が荒廃した地区にあり、顧客層の平均年収がゼロに近いにもかかわらず、クォールズはこれを絶好の投資物件とみなしたようだ。ここで扱うのは、メルバとハロルドのような人々から依頼される遺言書や不動産関係の案件や、わたしのような人間に対する接近禁止命令の申請といったものがほとんどだ。いえ、〝わたしのような〟というのは冗談――大部分が家庭内暴力をふるうパートナーに対する接近禁止命令だ。また、個人的に弁護士を雇えるだけの経済力を持つ人々のために、刑事裁判の弁護をひきうけることもある。

このような業務から、ニーナ・クォールズみたいな女性の旅行やショッピングを支えるだけの収益が生まれるとは信じられなかったが、私生活のプロフィールを見て、ほかに収入源のあることがわかった。イースト・サイド育ち、フェリシア・バーズルとノーマン・クォールズ夫妻の一人娘。父親は鉄道貨車のブレーキを製造する優良企業のオーナーだった人物。両親ともすでに亡くなっていて、ニーナのために遺された信託財産だけでも、この先二、三百年はジバンシーやアルマーニを買うことができる。たとえ、毎日のように新しい服を買ったとしても。彼女が事務所を買いとった説明にはならないが、もしかしたら、マクレランドが信託財産の手続きを担当してくれたため、恩義を感じていたのかもしれない。わたしは肩をすくめてパソコンの電源を切った。

　明かりを消そうとしたとき、カブスの広報部のナタリー・クレメンツから電話があった。若々しい声に活気があふれていた。「ミズ・ウォーショースキー？　ご連絡が遅くなって申しわけありません。ブーム＝ブーム・ウォーショースキーがリグレー球場にいらしたときの写真が何枚か見つかりました。副部長のドレッチェンから、ご都合のいいときにいらしてくださいとの伝言です。ただし、試合のない日にお願いします」

　フランクの入団テストの話について再確認するためカブスへ出向く件を、わたしはすっかり忘れていた。わざわざ出かける価値があるのかどうか、いまは疑問に思えてきたが、こころよく協力してくれそうなのはカブスの広報部のスタッフだけのようだ。興味が失せたなどと言うのは恩知らずのやることだ。明日の朝いちばんに顔を出すと答えておいた。

　翌朝、わたしが出かけるとき、バーニーはまだ寝ていた。ゆうべ帰ってきたときに、バックタウンのコーヒーバーで仕事を見つけたと言っていた。早番でなければいいけど。

　建物の正面ドアから用心深く外をのぞいてみたが、誰にも煩わされずにすんだ。ゆうべは依然として建物の外をうろついていたメディア界のハゲタカどもも、ついにうんざりしたようだ。

　リグレー球場に着くと、明日に迫ったホームグラウンドでの試合の準備にスタッフがおおわらわだった。備品の搬入から拡声装置のテストまで、ありとあらゆる作業を進めていた。クラーク通りに食品関係の業者のトラックが並び、大きなドアから商品を運びこんでいた。そのうしろにはビールを積んだトラックの一隊。わたしは体調のいいときでも、ビールを好んで飲むことはない。早朝から大量のビールを目にして胃の調子がおかしくなった。

フランク・グッツォの勤務先であるバグビー運送のトラックもアディスン通りに止まっていた。サウス・サイドのはずれで細々と営業しているローカルな会社だと思っていたが、カブスの関係者の誰かと契約を結んでいるなら、わたしの想像より明らかに手広くやっているようだ。自分がプレイすることを夢見ていた球場へ、フランクがピーナッツやクラッカー・ジャック（キャラメルがけのポップコーン）を運んできたのなら、まるで残酷な罰ゲームだ。首を伸ばして運転席に誰がいるか見ようとしたが、トラックは無人だった。

正門のセキュリティ・スタッフに、ナタリー・クレメンツがわたしのための通行証を預けてくれていた。広報部のあるフロアに続くスロープをのぼっていく途中、ずらりと並んだ販売ブースの背後の穴倉みたいな倉庫に食べものや記念グッズを運びこむ一団とすれちがった。

リグレー球場の地下部分はあまりきれいではない。低く傾斜する天井に作業用の照明がとりつけてある。コンクリートに小さなひびが入り、スタジアムに電力を供給する太いケーブルが建物を支える柱の側面にとりつけられ、床と壁を這っている――コンクリートに溝を掘ってケーブルを埋設するのは、費用がかかりすぎて無理だったのだろう。

ナタリー・クレメンツのオフィスへ行く前に、スタンドへ続くドアまで行ってみた。清掃チームがシートをホースで洗い流し、前回のホームゲームのあとで拾いそこねたゴミを集めていた。グラウンドキーパーのチームは夜明けと同時に作業にかかっていたようだが、いまはピッチャーズマウンドの周囲に集まり、明日の先発投手の好みに合わせて傾斜の調整をおこなっていた。

一週間前に比べると、芝の緑が濃くなっていた。球場の外壁に分厚くからみついた蔦《つた》も緑色になってきている。わたしがいま向かいあっているのは外野席、昔はブーム＝ブームと二人でその背後の壁をよじのぼり、シートにころがりこんだものだった。しかも、球場までくるときは、鉄道の高架橋をよじのぼって無賃乗車をした。二人とも小遣いなどもらえなかったからだが、それでも、悪事に走る口実にはならない。わたしはいまだに詐欺や犯罪と縁が切れない。なにしろ、いとこの伝記を執筆中だなどとナタリー・クレメンツに思いこませているのだから。

スロープをのぼり、広報部のオフィスが並ぶセクションに出た。狭いオフィスばかりだ。球場というのは、収益を上げるために、ほんのわずかな空間でも活用しなくてはならない。ナタリー・クレメンツがボスのウィル・ドレッチェンに紹介してくれた。ドレッチェンの話だと、まさかあの日の写真が保管されていようとは、最初は思いもしなかったそうだ。

「ゆうべ、昔のボスを訪ねたときに、たまたまおたくの伝記の件を話しましてね。ボスはずっと昔にリタイアした人だが、おたくのいとこの大ファンだった。古いファイルを調べて、これを見つけてくれました」

ドレッチェンは写真をテーブルに並べた。そのなかの一枚に、球場の打席に立つブーム＝ブームが写っていた。ミッチ・ウィリアムズの球を遊び半分で打とうとする場面だった。ウィリアムズはワイルドピッチで知られる投手で、ファンにとっても、対戦チームにとっても、同じように恐ろしい存在だった。ブーム＝ブームの顔は興奮に輝いていた。わたしが千回ぐらい見てきた表情で、危険に挑むときのブーム＝ブームはいつもこんな感じだった。あまりに鮮明な写真なので、ふりむいたらうしろにブーム＝ブームが立っていそうな気がしたほどだ。

ナタリーが言った。「ミスタ・ヴィラードの話では――あ、その人のところに写真があったんです。地元向けの広報を担当していて――ブーム＝ブームはミッチ・ウィリアムズの球がバットにかすりもしなかったものだから、こう言ったんですって。三振したのは、ホッケー試合のときにスティックを野球のバットと同じ高さにかざすと、ペナルティボックス入りになってしまうからだ、と」

「ブーム＝ブームらしいわ」わたしはうなずいた。

不意にこみあげてきた悲しみを隠すため、残りの写真を見るのに忙しいふりをした。生きしたブーム＝ブームの顔を目にし、ブーム＝ブームの言葉を聞かされたため、彼を亡くしたのが十年も前ではなく、最近のことのように感じられた。

ダグアウトのなかから撮った写真が三枚あった。フランクがベンチのなかほどにすわり、アンドレ・ドーソンの向こう側に少しだけ顔がのぞいていた。偉大なるこの右翼手は身を乗りだして、向こう端にすわったブーム＝ブームに話しかけている。かわいそうなフランク。苦々しい思いをしたのも無理はない。カーブを打てなかったのも無理はない。

わたしは言った。「ブーム＝ブームが注目の的になってしまって、入団テストにきた人たちはおもしろくなかったでしょうね。このなかに合格した選手が誰かいたかどうか、ご存じありません?」

ドレッチェンはグループ写真の上にかがみこんだ。誰もが当時プレイしていたそれぞれのアマチュアチームのユニホームを着ている。フランクのウォームアップ・ジャケットの胸に、バグビー運送の〝Ba〟が見えた。フランクは顔を上げ、肩をひいているが、表情がこわばっている——涙をこらえている男の顔だ。全員のテストが終わったあとで撮った写真に違いない。

ドレッチェンが言った。「ここにいる男」二列目の男性の顔を軽く叩いた。「ナッシュヴィルでワンシーズンだけプレイしたが、プロの水準には届かなかった。翌年はトレーニング施設へ送ったが、シーズン途中でやめてしまった。あとの連中は、残念ながら不合格だった。入団テストとはそういうものだ。たまにダイヤの原石が見つかることもあるが、うちが入団テストをやるのは主として地元と良好な関係を保っていくためだ。わが球団を心から応援してくれるファンのために、われわれはここで人々を歓迎したいと願っている」

「入団テストに女性が応募してくることはありますか」わたしは尋ねた。

「けっこうある」ドレッチェンは言った。「おたくもやってみるかね?」

「わたしのいとこが現役のピーク時でも大リーグのピッチャーの球を打てなかったんだから、このわたしに打てるなんて、間違ってもうぬぼれたりはしません。でも、あの芝に立てるチャンスがあるなら——このつぎ入団テストを実施するとき、連絡してもらえます?」

ドレッチェンは笑って、ブーム＝ブームの伝記を書いているそうだね、と言った。写真を使う許可をわたしのためにとってくれるという。

「ブーム＝ブームがミッチ・ウィリアムズと一緒に写ってるのがあるでしょ。できたら、そのコピーをわたし用に一枚いただけないでしょうか。あとの写真については、執筆が進んでからご連絡します」

わたしは感謝の言葉を山ほど並べて、出版社名や刊行期日をドレッチェンかナタリーから尋ねられる前にオフィスを出た。出口へ向かう途中で足を止め、壁にならんだ写真をじっくり見ていった。カブスの歴史における輝かしき瞬間の数々が写しだされていた。象がフィールドに連れてこられたときの写真や、一九四〇年代にリグレー球場で全米女子プロ野球リーグの試合がおこなわれたときの写真など。

ゆっくりとスロープを下りて地上に向かったわたしは、頭上のパイプのところでフォークリフトに乗って何やら作業中のスタッフのそばを横歩きで通り抜け、ビールの樽を運搬してきたモーター付きのカートに危うくひかれそうになった。ようやく外に出ると、じっとり湿ったパイプやビールの臭いから解放されて、広々とした空の下で安堵の息をついた。

クラーク通りとアディスン通りの交差点まで行ったとき、名前を呼ばれているのに気付いた。広報部のナタリー・クレメンツだった。階段を駆け下りてきて、息切れしていた。

ナタリーはわたしにフォルダーを差しだした。「よかった、追いつけて。いとこの方の写真をコピーしておいたわ。それと、ウィルがこれをあなたにって。来週のニューヨーク・メッツとの試合のチケットよ」

わたしがお礼を言うあいだに、ナタリーは球場内へ駆けもどっていった。ハイヒールで転倒もせずに走れるなんてオリンピック級だ。わたしはいとこの写真に視線を落としたまま歩きはじめ、誰かに衝突した。

「すみません！」顔を上げて笑顔で謝った。

相手の男は顔をしかめ、スラブ系の訛りの強い言葉でどなってきた。「よく見て歩け！」わたしの口元から微笑が消えたのは、硬い表情と冷酷な目をした男の顔のせいではなく、その連れのせいだった。小柄で横幅のある、ダニー・デヴィートに瓜二つの男。

「ジェリーおじさん」思わず叫んでしまった。

「誰におれの名前を聞いた？」ジェリーおじさんは硬い表情をした男のほうへ反射的に視線を走らせた。

「誰ってわけじゃないわ。教会で会ったとき、一緒にいた女性があなたをそう呼んでたから」

「教会なんか行ってない」ジェリーおじさんはまたしても、連れをちらっと見た。連れの男の目がさらに冷酷になったように思われた。

わたしは人が恐怖に怯える姿を見るのが好きではない。たとえ礼儀知らずの不愛想な相手であっても。「ほかの誰かと勘違いしたみたい」相手に合わせておいた。

「どこの教会にいたんだ、ジェリーは？」硬い表情の男が尋ねた。スラブ系言語の語順だが、とにかく耳ざわりな訛りだ。

「いま言ったでしょ。ほかの誰かと勘違いしたんだって。気にしないで」

「一緒にいた女性というのは？」

「知らないわよ」わたしは言った。「あなたのことも、その人のことも知らないのに、前をよく見ていなかったという単純ミスのせいで、こんなふうに尋問されるいわれはないわ」

「あんたはこいつの名前がジェリーだと知っている。どこで会ったんだ？」

「じゃ、こうしましょう」わたしは提案した。「まずそちらから名前を名乗って、なぜそんなことを知りたいのか説明して。そしたら、質問に答えてあげる」

「おれに質問されたら、返事をよこせ。生意気女のふざけた言葉はいらん。わかったな？」

男はわたしに詰め寄り、こちらのシャツにガーリック臭い息を吐きかけた。ジェリーおじさんの額に汗が噴きだし、わたし自身も喉がこわばって、首を絞められているような気がした。クラーク通りを渡ろうとしたが、男の鋼鉄のごとき手で肩をつかまれた。男の無防備な向こう脛《ずね》を思いきり蹴とばしてから、クラーク通りへ飛びだした。強面《こわもて》男が追ってこようとしたが、何台もの車が警笛を鳴らし、わたしをよけて通りすぎた。

通りにはタクシーが何台も走っていた。わたしがその一台の窓を叩くと止まってくれた。

「球場の向こう側へまわって」わたしは言った。「あの二人の悪党がどっちへ行くか確認したいの」

「まさか、撃ってくる気じゃ……？」上着の内側に手を入れる〈強面〉を見て、運転手が言った。

「自分が交通量の多い通りの真ん中にいて、まわりには警官がたくさんいるってことに気づくはずよ」

運転手はアクセルを踏み、北行きの車の流れを縫って左折した。角を曲がったとき、警官が〈強面〉に向かって猛烈な勢いで笛を鳴らし、強引に歩道へ押し戻しているのが見えた。

〈強面〉は両手を腰にあて、わたしの乗ったタクシーをじっと見ていた。

タクシーがシェフィールド・アヴェニューに曲がると、男の姿は見えなくなった。運転手は次の角を左折してウェイヴランド・アヴェニューに出た。その角で止まってもらい、三ドルの料金に対して十ドル払ってから、べつの会社のタクシーを拾って、ついさっきあとにしたばかりの角までひきかえした。〈強面〉とジェリーおじさんがバグビー運送のトラックに乗りこむところだった。わたしは走るタクシーのなかから必死に写真を撮ったが、〈強面〉の殺気やジェリーおじさんの恐怖を写真にとらえることはとうていできなかった。

14 退場

アイラの事務所を訪ねると、ジョエルがデスクについて旧式モデルのデルのキーボードを叩いていた。常習的な大酒飲みにもひとつだけ美点がある。ふつうの者が飲みすぎて昏睡状態に陥りそうなときでも、連中は意識をはっきり保ち、仕事までやってのける。アイラの姿はなかったが、ユーニスが同年代のアフリカ系アメリカ人の女性と話をしていた。二人で分厚い書類の束に目を通し、古いカレンダーと照らしあわせていた。

ブザーを鳴らしてわたしを事務所に入れてくれたのはユーニスだが、その顔は非難でこわばっていた。ジョエルのほうも、わたしに会えてうれしそうではなかった。

「ステラのことでまた文句を言いにきたのか。ぼくの弁護は失敗だったと、きのう、きみに言ったはずだ。これ以上話すことはない」

ジョエルが喧嘩腰でわめいたため、ユーニスが自分の会話の途中で凍りついた。

「ジョエル、ミズ・ウォーショースキーをオフィスのほうへご案内して。ミセス・エルドリッジの案件がややこしいので、集中するには静かな場所が必要なの」

ジョエルは、自分はもう子供じゃない、あれこれ命令されるのはうんざりだ、と小声でつぶやいたが、椅子から立ちあがり、奥の小さな部屋のほうへ重い足どりで向かった。わたしがついてくるかどうか見ようともしなかった。

「それで?」ジョエルはドアを一歩入ったところで腕組みをして立った。肉付きのいい頬の縁が赤く染まっている。

「きのう、メルバ・ミンスキーと話をしたら、ラファエル・ズーコスに会いに行くように言われたわ」

赤い色が顔全体に広がった。「メルバ・ミンスキーか。昔からお節介屋《バティンスキー》だった。ミンスキー・バティンスキー。天才少年レイフの驚嘆すべきサクセス・ストーリーを聞かせてくれた? それとも、猥褻なゴシップできみの頭をいっぱいにしたのかな」

「どちらもノーよ」ジョエルに邪魔されて来客用の椅子には近づけなかった。ジョエルの脇を通ってデスクの向こうの椅子にすわり、彼と向かいあった。彼の父親もこんなふうにしていたに違いない。「メルバから聞いたのは、あなたとレイフがバル・ミツバーのクラスで一緒だったということだけ。あとのことは――レイフが話してくれたわ」

ジョエルはふりむいて母親のほうを見た。母親はときたまこちらを向いて、苦悩に満ちた視線をよこさずにはいられないようだ。ジョエルはドアを閉めて来客用の椅子にどさっとすわりこんだ。

「ここにきたのは、そういうことをユーニスとアイラに話すと言って脅迫するためか」

わたしは首をふった。「ミスタ・プレヴィン、あなたの個人的な事柄にわたしはなんの関心もないわ。ご両親のことにも、ほかの人々のことにも。ただ、あなたの個人的な事柄のなかに、ステラの裁判における証拠隠蔽が含まれるなら、それだけはぜひ知っておきたい」

汗でジョエルの顔がじっとり濡れていた。まるでグラスの水をかけられたかのようだ。ウォッカ、恐怖。それらが心臓をドクドク動かしている。早く生活を改めないと、父親より先に死んでしまうだろう。

ジョエルが沈黙しているので、わたしのほうから言った。「アニー・グッツォの日記だけど、初めて知ったのはいつのこと?」

「二日前の晩のニュースで」ジョエルの声は重苦しかった。恐怖のしるし? それとも、嘘のしるし? テレビドラマだと、誰かが嘘をつけば、FBIや詐欺師は相手のボディランゲージや目の動きなどで見破ることができるが、現実はそんな単純なものではない。

「あなたが裁判の準備をしてたとき、ステラからその話が出なかった?」

「なんのことだ?」

「その日記。本物なの?」

「なんでぼくにわかる?」ジョエルは不機嫌に言った。「ステラが日記を捏造できるほど利口な人間だと思ってるのか。頭がいいなんて、ぼくにはどうしても思えなかった。心証を悪くすると言って、ぼくやミスタ・マンデルや判事が何度も注意したのに、法廷ではずっとあいう態度だった」

「怒りっぽくて、すぐカッとなるけど、頭は悪くないわ。あなた、アニー・グッツォに恋をしてたでしょ」

「真っ赤な嘘だ! 誰がそんなことを? ミンスキー・バティンスキー?」

「あなたを見ててピンときたの。きのう、アニーのことを話したときの様子で。理解に苦しむのは、アニーを殺した犯人の弁護をなぜひきうけたのかってこと。ソル・マンデルに押しつけられたそうだけど、ずいぶん脅されたんじゃない？　あなたが怯えてることに気づいたってレイフが言ってたわ。ただ、その原因はわからなかったそうよ。あなたとレイフの少年時代の関係を誰かが暴露しようとしてて、あなたがそれに怯えてたんじゃないかっていうのがレイフの推測。でも、その推測は間違ってた。そうでしょ？」

ジョエルはわたしをにらみつけた。母親に向けたのと同じ表情だ。怒り、無力さ。

「あなたは日記を見た。すると、あなたを愚弄するアニーの言葉が並んでいた。ステラに知ステラに知られたらどうなるかとあなたは怯えて——」

「違う！　ぼくは日記なんか見ていない。アニーに愚弄されてもいない。アニーは知っていた。ぼくが彼女に憧れてることを。彼女を傷つけるはずなどないことを。ほかの誰かと違って」

「アニーを傷つけた人間が事務所のなかに誰かいたの？」わたしは尋ねた。「ミスタ・マンデル？」

「ふん、マンデルなんか！」ジョエルは否定のしぐさを見せた。「老いぼれヤギのくせに、まだまだ若い種馬みたいにふるまおうとするのをアニーも知ってたから、キス程度は許してマンデルから金を巻きあげ、進学費用を貯める足しにしていた。アニーにとってはゲームだったんだ」

「マンデルを脅迫してたの？」

「アニーは犯罪者ではなかった」ジョエルは叫んだ。「そういう汚い言い方はやめてくれ。

事実じゃないのに」

「犯罪者だなんて言ってないわ。大きな夢を持ちながらお金に恵まれていない若い女性だった。できる範囲で援助を得ていた。マンデルからいくらもらってたのかしら」

「知らない。ある晩、残業してたときに、アニーがマンデルのオフィスにいて、ぼくはやつがアニーにキスするのを見てしまった。そのあとでトイレへ行こうとしたら、マンデルがコピー機に何かすべりこませていた。戻るときに見てみた。百ドル札の束だった。その一分後、アニーが何かコピーしにやってきて、金を財布にすべりこませた。ぼくはアニーに何も言わずにおいたが、アニーがゲーム感覚でそうしてることはぼくにもわかった」

つまり、日記なるものが世間の目にさらされるのを恐れていた者がいるとすれば、それはジョエルではなく、マンデルだったということだ。しかし、裁判のあいだ、ジョエルは怯えていた。少なくとも、レイフの話ではそうだった。

きのうの会話の記憶をたどった。「スパイク・ハーリヘイ？　裁判のとき、あなたはハーリヘイのことを怖がってたの？　秘密にしておきたいことがあったのに、それを知られてしまったの？」

「何もない」ジョエルはつぶやいた。「何も。知られて困るようなことは何もない」

「レイフとのことをしゃべられたら困ると思ってたんじゃない？」

「ぼくとレイフのことなんかスパイクは知らなかった。ぼくらはユニヴァーシティ高校に通ってたし、スパイクは聖エロイ高校だったから。ぼくがステラの弁護をひきうけたのは、マンデルとミスタ・マクレランドに命じられたからだ」

「変だと思わなかった?」

ジョエルの仏頂面がひどくなった。「アニーに金を渡してたことをマンデルが恥じたんだろうと思った。恐れてたのかもしれない——ステラにいろいろ質問されたり、アニーの、そのう、行動を話題にされたりすることを。ステラは何よりもセックスを毛嫌いしてて、男にもてるアニーを見ると怒りが収まらなかったみたいだ。その話になると、ぼくの力ではステラを黙らせることができなくて、だから弁護するのが大変だったんだ」

「あなたの言うことはすべて、ステラの裁判のときにマンデルが神経質になってた理由を説明している。でも、あなたが怯えてた理由や、弁護をひきうけた理由の説明にはなっていない」

「きみの話を聞いてると、きみとメルバ・ミンスキーの気が合ったのも納得できる。だが、きみにはぼくに質問する権利などないし、ぼくも答えるつもりはない」

言葉だけは威勢がよかったが、その口調は愚痴っぽく、自信に欠けていた。ジョエルは無意識に周囲に目をやった。母親を求めているのではなく、立ち聞きを警戒しているかのようだった。

「そりゃそうでしょうね。でも、〈マンデル&マクレランド〉でどんな目にあったにしろ、あなたはその辛い記憶にずっとつきまとわれている。わたしに話してくれれば、気持ちが軽くなるかもしれないわよ。あなたが犯罪行為を隠しているのでないかぎり」

ジョエルはふたたび頬を赤くして、よろよろと立ちあがった。「何をほのめかしてるつもりか知らないが、ずいぶん図々しい人だな。帰ってくれ。アイラのデスクから離れて、自分のことだけ考えてろ」

わたしはアイラのデスクから離れた。メインルームに戻って外に出ようとすると、ユーニスがミセス・エルドリッジの相手を終えようとするところだった。待ってほしい、とわたしに合図をよこした。依頼人にコートを着せかけ、ドアまで送って、「いつでも喜んでお力になりますからね。今回の件があなたにとって荷の重すぎることは、わたしにもよくわかっています。わたしとアイラはそのためにここにいるのです。あなたと一緒に荷を負うために」

わたしのところに戻ってきたときのユーニスにはもう、愛想のかけらもなかった。「ジョエルの言葉遣いにはわたしも我慢がならないけど、あの子の気持ちはよくわかるわ。アニー・グッツォは何年も前に亡くなったのよ。あなたのいとこも。二人を安らかに眠らせてあげて、ステラ・グッツォにかまうのはもうやめなさい。ステラにはあなたに害をなす力などないんだから。いくらここに押しかけてきても無駄よ」

「たぶん、おっしゃるとおりでしょう」わたしも同意した。「でも、ジョエルが何に怯えてステラの弁護を承知したのか、ご存じありませんか」

「いますぐ帰ってちょうだい、ミズ・ウォーショースキー」

わたしが出ていくまで、ユーニスは執拗にこちらをにらんでいた。

15　三遊間にヒット

ジョエルに圧力をかけてステラ以上に彼を怯えさせたのは、いったい誰だったのだろう？スパイク・ハーリヘイではないよう願いたい。イリノイ州議会の議長のまわりには分厚い防御の壁が築かれていて、わたしの力では突き崩せそうもない。

ユーニスにはわかっているに違いない。少なくとも、見当はついているはずだ。わたしを追い払うのに必死だった。ジョエルはユーニスにとって頭痛と失望の種かもしれないが、それでもやはり血を分けた息子、いまなおその子を守ろうとしている。正直に打ち明けるようユーニスを説得するより、スパイク・ハーリヘイを破滅させるほうが簡単そうだ。

ジョエルの正体不明の罪状についてあれこれ考えているあいだに、ジョエルが事務所から出てきた。わたしには気づかないまま、まっすぐ〈黄金の壺〉へ向かった。わたしの胃が締めつけられた。わたしに脅されたジョエルは、信頼できる酒に、高級ウォッカのグレイ・グースに慰めを求めている。

レイフ・ズーコスのリビングで見た、飛び立つ雁の群れが描かれた掛け軸を思いだした。ジョエルはレイフのことを、苦々しい口調で天才少年と呼んだ。レイフは雁が飛び立つように、サウス・サイドの不幸な少年時代を捨てて遠くへ逃げた。しかし、ジョエルのほうは、親の威光と彼自身の事情が不幸にからみあったため、地上にひきもどされた。ステラ・グッツォの裁判もからんでいたのかもしれない。

ジョエルは自分とレイフの性的関係をスパイクは知らなかったはずだと断言した。しかし、いじめの好きな人間は相手の秘密をつかむのが、もしくは、少なくとも弱みを握るのが得意なものだ。レイフがきのう言っていたように、二十五年前なら、ゲイという噂が流れただけで弁護士のキャリアは潰《つい》えてしまっただろう。スパイクがそれをちらつかせてジョエルをいじめた可能性はある。しかし、二十五年前は、スパイク自身もまだ若い弁護士だった。法律事務所の実権を握っていたのはスパイクではなく、マンデルとマクレランドだったから、スパイクがどんなにひどいいじめっ子だったとしても、事務所がどの事件をひきうけるか、誰にそれを担当させるかを決める権限は彼にはなかったはずだ。

わたしはまるで、ビデオゲーム中毒からなんとか抜けだそうとしている人間のようだった。あと一回だけやって、それできっぱりやめにしよう。あと一回だけ話をして、それでグッツォ一家とは縁を切ろう。わたしがこれまでに話をした相手は、ステラが現在通っている教会の神父、裁判のときの弁護士、マンデルの業務をひきついだ法律事務所の事務責任者。そして、ステラの息子。でも、ベティとはまだ話をしていない。高校のとき、フランクがわたしを捨てて乗り換えた相手がベティだった。接近禁止命令書はまだ見ていないが、グッツォ家の嫁までが含まれているとは思えない。

フランクとベティ夫婦がベティの父親と同居しているイースト・サイドへ向かう途中、聖エロイ教会の西側を通った。そちらに付属校と運動場がある。少年たちが野球をしていた。

わたしは車を止めて眺めた。高校チームの対戦だった。聖エロイ校は銀色のユニホーム、遠征チームの聖ジェローム校は真紅。

スタンドは二つの学校の生徒と親で満員だった。グラウンドのプレイに見入っているのは親だけで、子供たちは試合も見ずにスマホやｉＰｏｄで音楽を聴くのに夢中だった。最前列にカルデナル神父がいて、熱心に拍手を送っていた。

聖ジェローム校が三回表の攻撃に入っていた。最初のバッターがヒットで塁に出た。二人目は右翼へ犠牲フライ。しかし、三人目が左翼へライナーを飛ばすと、聖エロイ校のショートが三遊間に飛びこんできて、地面とほぼ水平の姿勢でボールをキャッチし、二塁走者をダブルプレイでアウトにした。

聖エロイ校チームが小走りでベンチに戻る途中、ショートを守っていた子の背中を仲間たちが叩き、その拍子に帽子が脱げた。赤みがかった金髪を見るまでもなく、フランクの息子だとわかった。同じ年齢だったころの父親を思わせる笑顔だけでなく、流れるような身のこなしもそっくりだった。

フランクも十六歳のころは、あんなふうに三遊間を守ったものだった。わたしの胃がよじれた。フランクが世をすね、それでも夢を捨てきれず、息子を通じて夢を追いつづけているのも無理はない。息子がいいコーチにつき、スカウトの目に留まり、怪我をせず、選手として成長を続けていけば――要するに、運と才能という不確定要素のすべてに恵まれたら、フランクの言うとおり、サウス・サイドから抜けだすチケットを手にできるだろう。大学の野球部で活躍できるのは間違いない。プロへの道だって開けるかもしれない。

神父が席を立ち、まず生徒たちとグータッチをしてからスタンドの階段をのぼりはじめた。わたしも神父の一秒後ぐらいにマリワナの甘い刺激臭に気づき、スタンドの最上段にかたまって煙草を吸っている子たちを目にした。コメディを見守った。吸いさしの煙草を必死に消す子たち、名前の聞きとり、罰として居残り。神父はスタンドの最上段に陣どって、少年たちのデイパックの中身を調べはじめ、そのあいだに聖エロイ校の攻撃が始まった。あたりを見まわした神父がわたしに気づいた。

「おや、探偵さん、ここにきてすわってくれ」

マリワナをやっている子たちの前でわたしを探偵と呼ぶなんてぜったいまずいと思ったが、とりあえず生徒と親の列をかき分けて最上段まで行った。

「わが校の敷地内で煙草を吸ってたこの子たちを、どうすればいいだろう？」神父はそう言いながら、生徒の一人の襟をふざけ半分につかんだ。「銀行口座を調べて、誰から買い、誰に売っているかを突き止めるべきだろうか」

「わたしをFBIと間違えてらっしゃるようね、神父さま。わたしには、人のお金を勝手に調べる権利はないのよ」

「だが、金の流れを追うことはできるだろう？」神父は生徒たちの肩を叩いた。「みんな、油断するんじゃないぞ。この人は敏腕探偵なんだ。この人がノース・サイドに出没するか、それともサウス・サイドに出没するか、誰にも予測できないから、みんな、両方向に気をつけてなきゃだめだぞ」

わたしは何も言わないことにした。神父の脅しに協力する気はなかった。神父は少年たちにしばらく冷や汗をかかせておいて、それから言った。「では、探偵さん、一緒にきてくれ。ノース・サイドの捜査について話してもらおうか」

神父について階段を下りていき、神父が途中で足を止めて親や子供としゃべっているあいだ、試合の様子を眺めた。わたしがここにいるうちにフランキー・ジュニアがバッターボックスに立ってくれるよう願ったが、聖エロイ校はすでにワンアウトだし、フランキーはまだダグアウトのなかだった。

愛想をふりまくのを終えたカルデナルが、わたしを連れてスタンドから少し離れたところへ行った。「こっちに遠征してくる本当の目的は何なんだ、探偵さん」

わたしは彼に揺るぎなき視線を向けた。「真実の切れ端を手に入れたくて」

「どんな切れ端だ？　それをどうするつもりだ？」

「高校の子たちを脅すのに使うようなことはぜったいしない。その子たちがドラッグを売買する非行グループのメンバーだったら、警察の担当だわ。未来の夢もなく退屈している無気力な子供だったら、わたしなんかより、神父さまのほうがずっと力になれるはずよ」

「ああ――上にいた少年たちのことか。そうだな、たしかに頭の痛い問題だ。退屈していて無気力なら、いずれ非行グループに入るのは目に見えている。校庭でマリワナを吸おうとも、わたしが退学処分にしない理由はそこにある。連中の非行化を後押しするようなことはしたくない。きみが連中をひきうけてくれるとも思えないし。それより、わたしが知りたいのは、きみがなぜうちの教会の人間に探りを入れ、つぎにリグレー球場でも探りを入れているかということだ」

わたしは目を丸くした。「誰から——ああ、ジェリーおじさんね。神父さまに愚痴をこぼしたの？」

「ジェリーおじさん？」カルデナルはオウム返しに言った。「きみと親戚だなんて、当人は言っていなかったが」

「本名は知らないのよ。初めて顔を合わせたとき、向こうは若い女性を叱りつけてる最中で、その女性が〝ジェリーおじさん〟って呼んでたから。今日の午前中、ばったりぶつかったの。文字どおりの意味で。ほんの五、六時間前のことなのに、神父さまのところに駆けつけたなんて妙ねえ。なんて言ってました？」

「教会にいたことをあなたに嘲笑されたと」

「嘲笑？」わたしは呆気にとられた。「聖エロイ教会で会ったことがあるって言っただけよ。神父さまの梯子を片づけようとしたときに、道具置場が見つからなくて、梯子をひきずってあちこちうろついてるうちに、教会のほうへ迷いこんでしまったの。ジェリーが若い女性と口論してた。なのに、今日の午前中、ジェリーは教会へは行ったこともないって言いはったの。一緒にいた男のことを怖がってる様子だったから、聖エロイ教会なんか知らないとジェリーが言うのを聞いて、わたしも調子を合わせておいたのよ」

電話をとりだし、わたしが撮ったジェリーと〈強面〉の写真を見せた。「これがジェリーおじさん？」

カルデナルは画面をのぞきこんだ。「そう、ジェリーだ。もう一人のほうは知らない。何者だ？」

わたしは首を横にふった。「見当もつかないわ。ジェリーってどういう人なの?」

カルデナルは答える前に考えこんだ。告解の守秘義務に背くことになるかどうかを判断しようとしているかに見えた。「ジェリー・フーガーといって、ときどき教会の電気関係の仕事を頼んでいる。便利屋というところかな。定職はないようだが、いつも満足のいく仕事をしてくれる。工夫の才はあまりないが、コツコツと地道にやるタイプだ。もしかしたら、バグビーに雇われて、トラックの配線の保守点検を担当してるのかもしれない」

「なんの用でリグレー球場へ行ったのかしら」

「わたしは訊かなかった」咎めるような口調で、カルデナルは言った。「きみが探偵だってことをジェリーに話したら、ジェリーは激怒して、きみを雇ってストーカー行為をさせているのは誰なんだと言いだした。さあ、わたしがなぜきみの本当の狙いを知りたがっているのか、これでわかっただろう? 先週ここの教会にきたのはジェリーを捜すためだったのかね?」

「パラノイアに伝染性があるとは思わなかったけど、ジェリーの症状が神父さまにうつったようね。わたし、ジェリー・フーガーにはなんの関心もないわ。こちらにお邪魔したのは仕事のためよ。わたしの仕事。わたしのいとこのことを覚えてます? ステラ・グッツォがいとこに対する誹謗中傷をシカゴじゅうに広めてるの。そこで神父さまにお尋ねしたいんだけど、問題の日記をステラから預かってません?」

「もしそうだとしても、きみには関係ないことだ」

「その日記をご覧になりました?」わたしはせっかちに尋ねた。「二十五年前の古いものに見えたかどうか、どうしても知りたいの」

「どういう意味だ？」

「法科学の専門家に紙の年代を鑑定してもらう必要があるけど、簡単に見分けられる方法もいくつかあるわ。例えば、〈シュレック〉に登場するフィオナ姫のキャラクターノートが使われてれば、百パーセント偽物ね」

教師がやってきてカルデナルに耳打ちした。スタンドの裏で、聖エロイ校の生徒二人と聖ジェローム校のグループが喧嘩を始めたという。わたしはバックネットのところで立ち止まり、最後にもう一度グラウンドを見た。聖エロイ校がツーアウトでまだ攻撃中だった。フランキーがネクストバッターズサークルに入っていた。打者がピッチャーズマウンドのほうへぼてぼてのゴロを打った。ふつうならアウトに決まっているが、ここはやはり高校だ。ピッチャーがキャッチしそこねたため、どちらの走者もセーフとなった。

フランキーがバッターボックスに立つと、聖エロイ校の生徒も親も活気づいて、歓声を上げ、足を踏み鳴らし、声援を送った。ひときわ大きな歓声は、聖エロイ校の帽子とウォームアップ・ジャケット姿で最前列に陣どっている、でっぷりした女性のものだった。

女性は「どいてよ」とわたしをどなりつけた。「この野球場が自分一人のもんだと思ってんの？　あんたのでかい頭のおかげで、誰も何も見えやしない」

わたしはあとずさってスタンドの端まで行った。フランキーがワンストライクをとられ、観客からいっせいにうめき声が上がった。

女性は叫びつづけていた。「落ち着いて、フランキー、絶好球を待つんだよ。そのピッチャーには腕なんかついてなくて、肩に古いソックスが縫いつけてあるだけなんだから」

両側の女たちが笑いだし、その女性を応援した。「どんどん言ってやって、ベティ！　フランキー、ママの言うことをよく聞いて、ヒットを打つのよ！」

ベティ・ポコーニー？　わたしは呆然とその女性を見た。高校のころに比べると三十ポンドか四十ポンドほど太っているが、大きく変わったのはその顔だった。わたしが知っていた当時のベティはふっくらと柔らかな頬をしていて、淡い茶色の巻毛がそれを縁どっていた。いつからか髪を金色に染めるようになったらしく、いまでは薄い色のロープみたいな髪が肩に垂れている。口のまわりと額には深いしわ。苦労のしすぎ、煙草の吸いすぎ、それから、たぶんビールの飲みすぎ。

わたしがベティに目を奪われているあいだに、フランキーが凡フライを打った。ベティのそばにいた一人が彼女を小突き、こちらを指さした。

「何見てんのよ？」ベティが大声で言った。「あんたんちの息子のほうがうちの息子よりヒット打ってるって言いたいの？」

わたしは首をふり、両手を差しだした。平和を求める普遍的なしぐさ。トラブルはごめんだ。ところが、両脇の女二人がベティをそそのかしていた。聖ジェロームの母親に息子をばかにされて黙ってちゃだめだよ、などと。

ベティは立ちあがろうとした。こぶしを握りしめている。

わたしはそばまで行った。「ベティ、V・I・ウォーショースキーよ。フランキーのプレイを見たくて寄ってみたの――すごい選手ね――」

こちらが最後まで言う前に、ベティが平手打ちをよこした。「あんた!」金切り声を上げた。「わかってたよ。フランクをとられた恨みをあんたがずっと忘れてないことはわかってた。何年ものあいだノース・サイドで暮らして、仕返しを――」

「やめなさい!」わたしはどなった。

ベティは金切り声をひっこめたが、その場に立ったまま、指を握ったり開いたりしていた。友人二人が心配そうにベティを見ていた。どなりあいは好きだが、殴りあいは望んでいないのだ。

ほかの親がわたしたちに罵声を浴びせはじめた。「ここにきたのは、おばさん二人の争いを見るためじゃないからね」「わが子のプレイを見にきたのよ」「黙ってよ!」「あっち行って」

わたしはベティの腕をつかんで大急ぎでスタンドを離れ、裏へまわった。喧嘩の仲裁のためにそちらへ呼ばれていたカルデナル神父が後片づけをしていた。

16　ブラッシュボール

「フランクを奪われた恨みをまだ忘れてなかったんだね」ベティはふたたび言ったが、自信のなさそうな口調だった。本気でそう思っているわけではないのだろう。

「おかげで失恋してしまったけど」わたしはベティに調子を合わせた。「傷は癒えたわ。息子さんのプレイが見たくて寄っただけなの。きっと一流になれるってフランクから聞いて――」

「へーえ、わたしに隠れてフランクとこそこそ会ってたんだ！」

わたしが怒りに押し流されずにすんだのは、ベティが疲れた顔をしていたからだ。子供のころ、同級生の母親たちの顔に刻まれていた深いしわ。ベティはわたしの同情などほしくないだろうが、貧困は容赦なく人を蝕んでいくものだ。

「フランクから聞いてないの？　無実を主張するステラを助けるため、フランクがわたしを雇ったのよ。その結果、ブーム＝ブームを中傷され、わたしは接近禁止命令を受けることになったけど」

「なんの相談もなしにフランクがあんたを雇った？　なのに、わたしはフランクがバグビーから持ち帰る給料だけで請求書の支払いをして、子育てしなきゃならないわけ？　どこにそんなお金があるってのよ？　ステラの言ったとおりだ——あんたも、あんたの母親も、うちの暮らしをぶちこわすのが生き甲斐なんだね」

「あなたのことなんてずっと忘れてたわ、ベティ。二週間前にフランクが訪ねてきて、そのとき初めて思いだしたのよ。ところで、ステラとはずいぶん仲がいいようね。意外だったわ。ステラが出所したとき、あなた、同居をいやがったんじゃなかった？」

「うちの父親や、子供たちや、フランクの世話だけでも大変なのに、ステラまで押しつけられちゃたまんないわよ。けど、自分の信念のために立ちあがったステラを、わたしだって尊敬してないわけじゃないからね」

「どんな信念？」わたしは訊いた。「ステラにはわたしの知らない道徳律でもあるというの？」

「そりゃ、あんたは知らないだろうよ」ベティは嘲るように言った。「ピルを呑んだり、相手かまわず寝たりするよう、アニーをそそのかしたのはあんただもんね。アニーがあんたやあんたの母親にくっついたりしなきゃ、あんな生き方は選ばなかったはずだ」

「あんな生き方って？」

「あんたと一緒さ。男と見れば誰でも追っかける。そりゃ、ステラもやりすぎだったとは思うけど、うちの娘たちがピルを呑んでて、わたしがそれを知ったら、やっぱりステラと同じぐらい怒り狂うだろうね」

「あなたもわが子を殺すっていうの？　殺しておけば、子供が危険なセックスに走る心配はなくなるものね。興味深いやり方だわ。ステラがアニーを殺したのは正しいことだと思ってるの?」

ベティは赤くなった。「人の言葉をねじ曲げないでよ! 思うわけないだろ。わたしが言いたいのは、アニーはあんたや母親が思ってたような小さな聖女じゃなかったってこと」

カルデナル神父がこちらを見ているのが、わたしの目の端に映った。話に割りこまれては困ると思ったが、さきほど神父が叱りつけた生徒の一人の母親が大声で呼んだため、神父はふたたび喧嘩の場に戻っていった。

「アニーがピルを呑んでたことをどうして知ったの? 本人から聞いたの?」

「ああ、そうさ。フランクとわたしが結婚して、ルーシーが二歳になって、ケリーがおなかにいたときだった。フランキー・ジュニアは三番目の子で、いまはその下に女の子がもう二人いる。ま、とにかく、買物に行くあいだ、アニーにルーシーを見ててもらった。あんた、妊娠したことないだろ? 身体の線が崩れてないもんね。けど、赤んぼができると大変でさ、わたしも背中が痛いって愚痴ったんだ。すると、アニーったらつんとすまして、〝バース・コントロールって聞いたことないの?〟と言いながら、小さな箱を見せびらかした。こんなふうに」

ベティは小枝を拾い、親指と人差し指でつまんでぶら下げた。

「ひっぱたいてやりたかったよ。やけに気どって、得意そうな顔だったからね。〝そんな錠剤呑むのは地獄堕ちの大罪だってこと、知らないのかい?〟わたしはそう言ってやった。箱をとりあげようとしたけど、アニーは笑ってバッグに押しこんじまった。

あたしはフィラデルフィアの大学へ行くのよ〟ってアニーは言った。〝赤ちゃんや夫に縛〟

られる人生なんてまっぴら。地獄堕ちの大罪も、炭塵も、父さんの年金と同じで、なんの役にも立たないわ〟って。製鋼所がつぶれたときに、マテオ・グッツォの年金もほかのみんなと同じく消えちまったんだ」

「誰と寝てるか、アニーから聞いてない?」わたしは息を止めた。ジョエルか、ソル・マンデルか、あるいは、スパイク・ハーリヘイという答えが返ってくるのを期待した。

「その幸運な男の子は誰かってアニーに訊いたら、あの子、すました表情になった。ほら、《コスモポリタン》のセックス相談の回答者みたいな感じで。〝男の子なんてメじゃないわ。子供すぎて、女の扱い方も知らないもん〟と言った。だから、わたしはピンときた。相手はブーム＝ブームだってね。あの子がなついてた年上の男っていうと、ブーム＝ブームしかいなかったじゃないか」

わたしは口を開いたが、何も言わずにそのまま閉じた。アニーはうちの父にも、ソル・マンデルにもなついていた。たぶん、法律事務所のもう一人のパートナーにもなついていただろう。しかし、ベティの頭に詰まったくだらない考えに新たな要素を加えるようなことはしたくなかった。

ベティはまだわめきつづけていた。「もちろん、フランクに相談して、ステラに言っとかなきゃってことになった。だって、アニーはまだ十八にもなってなくて、誕生日は一カ月も先だったんだから!」

わたしの背後でグラウンドとスタンドがちらちら光っているような気がした。フランクったら、わたしを訪ねてきたとき、そのやりとりについては黙ってたわけ? 最悪。フランク、ステラ、事件のすべてが。

「あなたからステラに話した。それがきっかけになって、ステラとアニーが最後の大喧嘩をしたの？　そのせいでアニーは殺されてしまったの？」

ベティは顎を突きだし、メジャーリーグ級の渋い顔をした。「そういう言い方はやめてほしいね！　ステラが逆上したとしても、わたしの責任じゃないんだから。ステラには知る権利があると思った。母親としての権利が。ステラがアニーのドレッサーを調べたら、ピルのほかに、二千ドルも入った封筒が出てきた！」

「ブーム＝ブームがアニーと寝たのとひきかえにそのお金を渡したなんて、あなたたち二人が想像しないでくれるといいんだけど。ブーム＝ブームはね、北米じゅうのホテルのロビーでホッケーのスティックをふりまわして、女たちを撃退してたのよ」

ベティは唇を尖らせた。「金はステラがとりあげた。マテオの年金が消えちまったから、家のローンを払ってくのが大変だったのに、アニーときたら、こっそり金を貯めたりして！　フランクとわたしはうちの親と同居しながら、少しでも節約しようとがんばってたけど、赤んぼがいて、またもう一人生まれるとなると、そんなことはできっこない。アニーは家族のみんなより自分のほうがずっと上等だと思ってて、東海岸にあるどっかの大学へ行こうとしてた。あんたにそっくりだ。相手かまわず寝て、学歴をひけらかして」

どちらがベティの本当の癪の種なのか、わたしにはわからなかった。セックスか。それとも学歴か。両方かもしれない。「どうやって得たお金か、アニーは言わなかった？」

「ステラが問い詰めた。知る権利があるからね。そしたら、アニーはミスタ・マンデルがくれたと答えた。大学へ行く金の足しにするんだとさ。そこで、ステラが尋ねた。アニーの進学を援助する見返りに、ミスタ・マンデルからどんな特別な頼みごとをされたのか、と。アニーはステラをひっぱたいた。信じられる？　実の母親をひっぱたくなんて。ステラもやり返すしかなかった。ずっとそれが続いてた。毎晩のように。とっくみあい。どなりあい。ヨキッシュ家の連中が警察を呼んだこともあったほどだ。やがて、あの夜がやってきた。アニーが死んだ夜」

「あなた、わからないの？　アニーにお金をくれたのがマンデルだったら、マンデルこそがアニーの相手となった年上の男でしょ。ブーム＝ブームじゃないわ」

「ああいうふしだらな子だったからね、何人の男の前でパンティを脱いだかわかりゃしない」ベティは吐き捨てるように言った。

ベティの怒りとアニーの性生活への病的な興味がブヨの群れのごとく渦巻いているように思われた。苛立たしいが、わたしにはどうしても理解できない。

「アニーがステラをひっぱたいたことは誰に聞いたの？」かわりにそう尋ねた。

「ステラに決まってるだろ。アニーは自分が悪いことをしたなんて、ただの一度も認めようとしなかった。アニーが死んだあの夜は、ほんとに包丁を持ってステラに向かっていったんだから」

「ステラがそう言ってるだけでしょ」わたしはそっけなく返した。「ステラがピルを見つけようとしてアニーの持ち物を調べたのなら、二千ドルが見つかったときに、どうして日記も一緒に出てこなかったの？　裁判のあとであなたがアニーの衣類を調べたとき、日記を見なかった？」

「何が言いたいのよ？　調べただなんて」ベティの顔がひきつった。

わたしが言いたかったのは、現金の詰まった封筒がほかにも出てくることをベティがたぶん期待していただろう、ということだ。「思い出の品を見つけるために」あわてて答えた。

「気は合わなかったにしても、自分の夫の妹ですもの。形見の品がほしいと思うのは自然なことだと思うわ」

ベティはあいかわらず疑り深い表情だったが、こう言った。「日記を捜してたわけじゃない。べつに何を捜そうって気はなくて、教会のチャリティバザーに出せるような服はないかと思ってね。あの子、給料の半分を〈ヴィクトリアズ・シークレット〉に注ぎこんでたに違いない。あんな下着を持ってるのはアニーみたいな子だけだよ。ピルは捨てた。ステラが出所してきたとき、またあんなものを目にしたら気の毒だしね。けど、引出しをかきまわしたりはしてない。日記は見てない。そんなことするわけないだろ」

「じゃ、日記は見てないのね」わたしはしつこく尋ねた。

「先週、日記が出てきたときに、ステラが連絡をくれた。背表紙を下にして、引出しのいちばん奥に押しこんであったそうだ。引出しを丸ごと抜かなきゃわからないような場所に。わたしが衣類を整理したときは、そこまでやらなかったから」

「ステラに日記を見せてもらった？」

「誰かに預けてあるそうだ。だから、その汚いウォーショースキー家の指で日記にさわろうったって無理だからね。あんたが日記を狙ってるのはステラも承知さ」

わたしはウォーショースキー家の指を調べてみた。それほど汚いとは思えなかった。

「カルデナル神父？」訊いてみた。

「誰に預けようと関係ないだろ。あんたの知ったこっちゃない」

「ステラの服役中、どうして空き家のままにしておいたの？　フランクのほうで売却して、ステラが出てきたら、そのお金で小さなアパートメントでも買ってあげればよかったのに」

「あんなに長くなるとは思わなかったんだ。弁護士たちも、ミスタ・スキャンロンも、口をそろえて言ってくれた。警察の厄介になったことは一度もないし、日曜ごとにミサに出て、第一金曜日のミサにはかならず献金をするような善良な女性だから、三年もしないうちに家に帰れるだろうって」

「ミスタ・マンデルがそう言ったの？」

「みんながそう言ってた」ベティは渋い顔になった。

「三年以内という具体的な数字を挙げたのは誰だったの？」

「そんな話が出ただけだよ。ギエルチョフスキー神父とか、ミスタ・スキャンロンとか、ステラを知ってる人はみんな、アニーを殺す気なんかなかったのを承知してた。ただの事故なんだから、刑務所に長く放りこまれるはずはない。それがみんなの意見だった。判事が軽い判決にしてくれると誰もが言った。けど、だめだった」

「スキャンロンはステラの裁判とどう関係してるの？」

「ミスタ・スキャンロンはこの界隈の住人全員のことを気にかけてる。日曜ごとに教会にくるし、ビンゴの賞品の費用も出してくれる。うちの父さんの店がフェライト・ワーカーズ貯蓄貸付組合から差し押さえを受けそうになったとき、誰が再融資の話をまとめてくれたと思う？　フランキーがいまのレベルのままでいけば、この夏は、ミスタ・スキャンロンがちゃんとした野球の合宿に参加させてくれるそうだ。本物のスカウトがやってきて子供たちのプレイを見るんだって」

「サンタクロースみたいな人ね」スキャンロンは袋から何をとりだしたのだろうと思いながら、わたしはそっけなく言った。ギエルチョフスキー神父の件をフランクから唐突に告白されていたため、数年前に明るみに出たペンシルヴェニア州立大学のスキャンダルが思いだされた。どれだけのスポーツプログラムが、スポーツ合宿が、大人が少年に性的虐待をするさいの隠れ蓑として使われているのだろう？

　この思いはわたし一人の胸にしまっておくべきだったのに、迂闊にも、野球界での未来に関して大人がどれほど多くの約束をしてくれようと身体だけはぜったいにさわらせないよう、フランキー・ジュニアに言って聞かせたことはあるのか、とベティに尋ねてしまった。

「なんてこと言うのよ！」ベティの目が危険な光を帯びた。「ミスタ・スキャンロンのことでエロ話をでっちあげて、フランキーのせっかくのチャンスをつぶそうってつもり？　ブーム＝ブームがフランクを傷つけたように、あんたもあの子を傷つける気なら、うちの母親の墓に誓って、生まれてきたことをあんたに後悔させてやるからね」

　カルデナル神父がうしろで心配そうにうろうろしていた。「何か問題でも？」

「わたしが言ったことを覚えておきな、利口ぶったお嬢さん。アニーに何があったか覚えておきな。アニーは家族のみんなより自分のほうが偉いと思ってた」

ベティは向きを変えて立ち去ろうとしたが、わたしはその腕をつかんでこちらを向かせた。

「ベティ、殺害の脅迫と自白の中間みたいな発言ね。あなたがアニーを殺したの？　だから、ステラがいまになって無実を訴えてるの？　フランクと孫のために罪をかぶったけど、やっぱり――」

ベティが腕をひいて殴りかかってきたが、わたしは土壇場で身をかがめた。勢いあまってベティは転倒した。

カルデナル神父がベティを助けおこし、聖エロイ校のウォームアップ・ジャケットの汚れを払ってやった。「スタンドまで送っていこう、ベティ。フランキーが大活躍してるぞ。喧嘩なんかして息子の晴れの日を台無しにしてはだめだ」

神父はベティに腕をまわしてスタンドのほうへ連れていった。わたしはあとに残った。フランキーのプレイが見られなくても、もうかまわなかった。車に戻ろうとすると、神父がうしろから走ってきた。

「ずいぶんひどい言いがかりをつけたものだな。ベティが怒ったのも無理はない」

「向こうが殴りかかってきたのよ。義理の妹の死に関してひどく物騒なことを言ったあとで。わたしから攻撃したわけじゃないわ」

神父は言った。「かもしれないが、きみにも責任はある。わたしが信徒を守ろうとしているのに、きみのせいで、みんな、これまでになく動揺している」

「よく聞いて、神父さま。わたしはフランク・グッツォから母親のことでいい加減な話を聞かされて、しぶしぶこちらに出かけてきたのよ。フランクがわたしに何を期待してたのかわからないけど、そのとき頼んできたことじゃないのはたしかね。信徒のみなさんがわたしを見て動揺してるのは、自分たちのお尻の下にある火口から離れれば、秘密の詰まった火山が爆発する危険があるからで、わたしが火山の斜面をのぼったせいじゃないわ。ジェリー・フーガーというのが何者なのか、探偵に追われていると思いこんで彼が狼狽したのはなぜなのかはさっぱりわからないけど、グッツォ家の連中が隠してる秘密については、どうもいやな予感がするの」

背後から大きな歓声が聞こえた。誰かが点を入れたようだ。聖エロイ校か遠征チームかはわからない。

「グッツォ家の人々は苦労ばかり重ねてきた。たぶん、これ以上辛い思いをせずにすむよう、身を守っているのだろう」神父が言った。

「神父さまの人生はどうだったか知らないけど、わたしの人生も水晶の階段ではなかったわ。だからって、人を殴ってもいい、殺害の脅迫をしてもいいということにはならない。ところで、神父さまが本気で信じているのかどうか、雄弁術を駆使せずに答えてほしいんだけど――もしベティ・グッツォがアニーを殺して、姑《しゅうとめ》がその罪をかぶったんだとしたら、家族全員でその秘密を守るべきだと思います？」

「きみの話は推測ばかりだ」神父が反論した。「おかげで、みんなが不愉快な思いをしている。きみが証明しようのない話をでっちあげるから」

「探偵の仕事ってそういうものよ。幾通りもの推測をして、どれがいちばん多くの事実に合うかを見ていく。すでにわかっている事実を並べてみましょうか――フランク・グッツォは母親に何かを暴露されるのを恐れている。ステラはわたしが質問しに行ったあとすぐに、わたしのいとこが殺人犯だと言いだした。ステラもベティもアニーの男関係に異常な関心を持っている。ステラが息子の結婚生活を守るために刑務所に二十五年も入っていたのなら、わたしに秘密を暴かれるのは当然歓迎しないはず。そこで、あわてて日記をでっちあげ、有名人の第三者に罪をなすりつけようとした。わたしはこの筋書きが気に入ってるの。とりあえず仮説ではあるけど」

わたしはそのまま車に向かった。神父が追ってきて、説教を続けようとした。無視してやった。つぎの瞬間、子供たちがどっと押しかけてきて神父をとりかこんだ。

「神父さま、いまの見てほしかったなあ。フランクがホームスチールをやって点を入れたんだ。うちのチームが勝ったんだよ」

わたしが車で走り去るあいだ、興奮の叫びが通りにこだましていた。

17　トラックの運転を続けよう

　バッファロー・アヴェニューまで車を走らせ、グッツォ家の住まいを憂鬱な思いで見つめた。何人かの子供が、未来の夢もなく退屈している無気力な少年たちが、わたしをじっと見ていた。たぶん、古いマスタングに乗った見慣れない白人女が覆面捜査官なのか、それとも、襲う価値のあるターゲットなのかを見定めようというのだろう。その子たちに獰猛な笑顔を向けてやった。向こうは覆面捜査官だと判断したらしく、ふんぞりかえった歩き方で数軒先へ移動した。おまえなんか怖くないぞと言っているのだ。

　二日前の夜の怒りがふたたび燃えあがったが、いまステラの家に押し入ったところで、こちらが刑務所送りになるだけだ。たぶん、探偵許可証を失うことになるだろう。

　ストレス軽減法としてつねに推奨される深呼吸を何度かくりかえした。冷静になって考えれば、たいてい、第二の方法が見つかるものだ。車のギアを入れようとしたそのとき、フランクから電話が入った。ときには、第二の方法のほうからやってくることもある。

「何を企んでるんだ、ウォーショースキー？」

「フランク、ちょうどあなたと話したいと思ってたの。さっき、息子さんの試合を見に寄ったのよ。すばらしい選手ね」

「くだらんお世辞はやめろ。ベティから聞いたぞ。フランキーが野球合宿に参加するチャンスを、あんたがつぶしたがってると」

「おたくの一家って、どうしていつもすぐヒステリーを起こすの？　大学のスカウトが見学にくる一流の合宿にフランキーが参加できるなんて、すごいと思ってるのに」

「嘘つけ。おれたちに嫌がらせしたくて、あんたがローリー・スキャンロンの悪口を言いふらす気でいる、とベティが言ってたぞ」

　グッツォ家の正面の窓でブラインドが揺れた。たぶん、ステラが通りを見張っていたのだろうが、わたしの車に気づいたらしく、二枚の羽根板を分けて二十秒か三十秒じっと見ていた。わたしは車を何軒か先まで移動させた。接近禁止命令で定められている半径五十ヤードの枠の外へ。

「違うわ、フランク。わたしは、スキャンロンが第二のジェリー・サンダスキー（ペンシルヴェニア州立大学フットボール部の元コーチ。少年への性的虐待行為の常習犯として逮捕された）ではないことを、ベティとあなたが確信してるかどうか質問しただけなのよ」

「何を根拠に？　スキャンロンみたいに善良な人格者に対して、なぜまた――」

「根拠はないわ。でも、ギエルチョフスキー神父のときだって、まさかあんな立派な聖職者が――」

「あの神父のことを誰から聞いた？」フランクが険悪な口調になった。

「あなたよ。先週、うっかり口をすべらせたじゃない。だからつい考えたの。それだけのこと。でも、わたしの妄想だったのなら――スキャンロンが自宅に少年たちを泊めたことはない、あるいは、少年の誰かと二人だけで合宿に出かけたこともないというなら――」

わたしは語尾を濁した。

フランクは電話の向こうで鼻息を荒らげた。「スキャンロンが少年たちの面倒をみてるのは、スポーツを通じて子供の非行化を防ぐ手伝いをしたいからに過ぎない。子供が悩みを抱えてれば、その子と一対一で出かけることもある。それが犯罪だというのか」

「一対一で出かけたときに何をするかによるわ。スポーツ界での成功に、性的虐待という高い代償がついてくる」

「ふざけんな、ウォーショースキー。卑しいことばかり考えるのはやめろ。なんでセックスのことが頭から離れないんだ？」

「わたしが？」わたしは思わず早口になった。「アニーの男関係にこだわってるのは、あなたのお母さんと奥さんのほうだわ。男関係が派手だったアニーは殺されても仕方がなかったって、ベティは思ってるようよ」

「でたらめだ。ベティはそんなこと言ってない」

「ピルを呑んでたアニーをお母さんが殴ったのは、道徳的に見て立派なことだったとベティは言ったわ。それから、アニーがブーム＝ブームと寝てたことを、夫と自分の口からお母さんに報告する義務があったとも言っていた。なんの証拠もなかったでしょうに。それとも、ブーム＝ブームが〈ラフターズ〉であなたのテーブルにきて、ウィスキーのビール割りを飲みながら洗いざらい白状したのかしら」

フランクはすぐには答えず、考えをまとめようとした。「そういうわけではない。ただ、そんな気がしたんだ——アニーの口調から——だが、とにかく、おれたちの勘は正しかったわけだ。ブーム＝ブームのことが怖い、とアニーが日記に書いてたからな」

「ああ、なるほど。例の日記ね。噂を耳にするだけで誰も見たことがないという伝説の品のひとつ」

「おふくろがアニーの日記を見つけたんだ。作り話ではない」

通りの先へ移動していた少年たちが、そろそろとこちらに戻ってきた。「フランク、あなたがわたしの事務所に現われた日から、本当の魂胆は何なのかと、わたしはずっと首をひねってたのよ。無実を訴える母親の力になってほしいというあなたの話が荒唐無稽すぎて、わたしは混乱のあまり、思わずひきうけてしまった。でも、いま考えてみれば、奥さんを守るための偽装工作にわたしを利用したのね」

「何から守るんだ？」

「冤罪防止にとりくんでるイノセント・プロジェクトみたいな団体がステラの主張をとりあげたら、秘密が明るみに出るかもしれないでしょ。ベティがアニーの死に関わってることを示す証拠があれば——」

フランクは悪態をつき、電話を切ってしまった。

わたしは通りをぼんやり見つめた。アニーが殺されたのは当然の報いだとベティが口走るまで、ステラが犯人であることをわたしは一秒たりとも疑っていなかったが、本当はベティの犯行だったとしたら？　ステラはアニーが死んだ夜に自分が殴りつけたことを認めているが、もしかしたら、死んだのはそのせいではないと本気で信じていたのかもしれない。自分がビンゴに出かけた留守に誰かが入りこんでアニーを殺した——本当にそう信じていたのかもしれない。

ブーム＝ブームがアニーの死に関係しているとステラが二十五年前に思ったなら、声をかぎりにそう主張したことだろう。嫁を守ろうとすることは、たぶんなかっただろう。ステラ・グッツォの血管に母性愛が流れているとは言いがたいが、フランクを助けることになると思ったからこそ、罪をかぶったのかもしれない。

いや、ステラが殺したことは間違いないが、最悪の結末からは逃れられると思っていた——そう考えるほうが自然かもしれない。ベティの話だと、ステラは軽い刑ですむと約束されていたそうだ。べつの犯人を示す証拠を誰かが出すはずだったのに、失敗に終わったのだろうか。それとも、人助けの得意なローリー・スキャンロンがステラのために賄賂を使ったが効果がなかったのか、もしくは、ステラのことで機嫌を損じて賄賂を使うのをやめたのか。

ローリー・スキャンロンがステラの弁護費用の負担や減刑嘆願に関わっていたとすると、どうすればわたしと話をする気にさせられるだろう？　いまはまだ何も思いつけない。神話のような日記に近づく方法はない。でも、現金の流れを追うことができれば……。

ステラの裁判を担当した判事を調べ、シカゴ市とクック郡の法廷でＦＢＩの昔の秘密作戦、〝グレイロード作戦〟に協力した経歴があるかどうか見てみようと思って、タブレットをとりだした。しかし、ここでｉＰａｄを見せびらかすのは、ロットワイラー犬に向かって生のＴボーンステーキをふって見せるようにものだ。あたりをうろついていた少年たちが車のまわりに集まってきた。わたしは死神のような笑顔を見せて、バックで車を急発進させた。少年たちがあわてて飛びのいた。わたしはUターンをしてバッファロー・アヴェニューを走り去った。少年の一人が銃をとりだすのがバックミラーに映ったが、幸い、発砲には至らなかった。非行グループの連中は射撃の下手さで定評がある。仲間の弾丸で怪我をする子が出たりしたら、わたしも寝ざめが悪い。

二ブロックほど走ったところで、まだ話をしていなかった相手が一人いることに気づいた。バグビー運送の現在のオーナーだ。フランクはオーナーのことをどう呼んでたっけ？　ヴィンスだ。道路脇へ車を寄せて、ふたたびiPadをとりだした。バグビー運送の本社があるのは百三丁目だった。古いゴミ埋立地の周囲に陰鬱な風景が広がっている一帯。バグビー運送のライトバンのあとを追って深いわだちのついた道を進み、駐車場に入ると、十台あまりのトラックが止まっていた。本社というのは、メカ関係の作業をおこなう大きな車庫と、オフィス用のトレイラーハウスから成っていた。

オフィスの入口のできるだけ近くに車を止めたが、それでも、泥だらけのくぼみをいくつか横切らなくてはならなかった。せめてもの救いは、午前中にリグレー球場で人と会うために頑丈な靴をはいてきたことだ。

トレイラーハウスのドアをあけると、なかはワンルームになっていて、実用一点張りのスペースだった。壁に並んだファイルキャビネット。スチールデスクが四つ。鉄格子で区切られたエリアがあり、金庫とデスクが置いてある。たぶん、給料日に使うのだろう。四つのデスクのひとつで、わたしぐらいの年齢の男性二人が仕事もせずに無駄話をしていた。ボッティチェリの絵のような巻毛が背中に流れ落ちている若い女性は、わたしが入っていくとあわててパソコンの画面を切り替え、書類の束と格闘を始めた。わたしの顔を見て緊張を和らげた――お偉方がきたとでも思ったのだろうか。

「迷子になったのかい？」男性の一人が訊いた。

「ここがバグビー運送なら、迷子にはなってないわ。ヴィンス・バグビーに尋ねたいことがあるの」

「いまはいないが、かわりにデルフィナ・バグビーがいる。髪にだまされちゃだめだぞ。あんたが午後から荷物の運送を頼みたいと言うなら、デルフィナが大型トレーラーを運転してくれる」

デルフィナは赤くなったが、椅子にすわりなおし、こちらの用件を尋ねた。

「わたしはV・I・ウォーショースキー。この午前中にリグレー球場の外でジェリー・フーガーと顔を合わせたの」

「きっと配送に出かけたのね」デルフィナがそう言ったとたん、男性の一人が口をはさんだ。

「フーガー……うちの従業員名簿にフーガーって男は載ってないが」

デルフィナはさらに赤くなった。「ごめんなさい。何か聞き間違えたみたい」

わたしは彼女の発言ミスに気づかなかったふりをした。「たぶん、わたしの勘違いね。球場にいたとき、バグビー運送のトラックに彼が乗りこんだものだから」電話をひっぱりだして、さっき撮った写真をデルフィナに見せた。

デルフィナは画面を見て、つぎに男性二人に目を向けた。従業員名簿にフーガーの名前はないと言った男性がわたしの電話を手にした。

「たしかにうちのトラックだ。あんたがさっき言った名前、なんだっけ？　ジェリー？　ダニー・デヴィートにそっくりだな」

「デヴィートのクローン人間のほうがジェリーだってことは知ってるのね。じゃ、一緒にいる男のことは？」

男性二人は何分の一秒か凍りつき、やがて、電話を手にしたほうが落ち着きのない笑みを浮かべた。「まぐれで当たっただけさ。どっちの男も知らないが、背の高いほうはおれなら関わりあいたくないタイプだな。トビー、調べてみてくれ。うちの運転手の誰かが勝手にトラックを貸してないか」

二人目が不機嫌な声でわたしに言った。「ここにいるデルフィナに写真を転送してくれ。そしたら、おれが調べてみる。ナンバープレートがはっきり写ってるから、突き止めるのは簡単だ。誰がやったにしろ、そいつに銀行預金があるよう願いたいね。こういうふざけた真似をヴィンスが許すわけはないからな。トラックを自分の目の届かないとこへやった運転手はクビだ。無断で人に貸したとなれば、もうおしまいだ」

わたしがデルフィナのほうへ写真の転送を終えたとき、トビーがふと気づいて質問をよこした。「そのジェリーって男が何者かは知らないが、そいつを追ってはるばるここまで出かけてきたのはなぜだい？

「ジェリーがここの従業員じゃないのなら、これ以上ご迷惑をかけるのはやめておくわ」わたしははぐらかそうとした。

「迷惑なもんか」最初の男性が言った。「ヴィンスか、もしくは、このトビーが——トビーはここの配車係なんだ――そいつを見つけてくれるさ。伝言があれば伝えてやるぜ。もちろん、〝バグビーのトラックを勝手に借りるな〟って伝言のほかに」

わたしは微笑した。「トラックのことはべつにいいの。ジェリーがもう一人の男を怖がってる様子だったから、もっと楽に話ができる場所で会えればいいと思っただけ。お仕事の邪魔をしてごめんなさい」

出ていく途中、デルフィナのデスクのところで足を止めた。「パソコンの画面がスタンドのシェードに映ってるわよ。ソリティアで遊んでるところをお父さんに見られたくなかったら、スタンドをもう少し奥へやったほうがいいわね」

男性二人が顔を見合わせた。「鋭い観察力だな。名前、なんて言ったっけ？　シャーロック・ホームズ？」

「V・I・ウォーショースキーよ。でも、ホームズとは同業者なの」

ふたたび、電流が瞬間的に止まったかのような短い沈黙があり、やがて最初の男性が言った。「要するに、探偵さん？」

「ええ」わたしはうなずいた。

男性二人はたちまち笑いだし、駐車場には尖った破片やワイヤが散乱していて乗用車には危険だから気をつけるよう、わたしに言った。社長の娘とも行きずりの私立探偵とも笑って話ができる陽気な二人組だ。警戒されたようなあの一瞬は、たぶん、わたしの勝手な想像だったのだろう。

哀れな古い車をバウンドさせ、揺らしながら、百三丁目に戻った。わたしがテレビドラマの登場人物だったら、あのオフィスに盗聴器を仕掛けてきただろう。そして、その頼もしい電子機器がトビーとデルフィナともう一人の男性の会話を伝えてくれたことだろう。〈強面〉の本名も、ジェリーおじさんとの関係も明らかになったことだろう。ジェリーおじさんのことは極秘事項らしく、バグビー運送の連中は名前を聞いたこともないふりをしていたが。残念ながら、わたしはそういう電子機器を持っていない。

ジェリーおじさんをめぐる事柄をわたしが探りだす必要はないのだと、自分に言い聞かせた。わたしが好奇心を掻き立てられたのは、ジェリーおじさんがわたしのことを神父に訴えたからだ。ひどく違法なことか、ひどく危険なことか、もしくはその両方に手を染めているせいで、私立探偵の出現に怯えたのではないだろうか。彼を警戒させたのが私立探偵全般なのか、それとも、わたしという特定の探偵なのかを、ぜひとも知りたいものだ。

18 球場での雑談

北へ向かう途中で〈黄金の壺〉に寄った。誰かが早めの釈放をステラに約束したことをジョエルも知っていたのかどうか、彼に尋ねてみたかった。だが、ジョエルはいなかった。優秀なバーテンダーは上得意客の居所を洩らしたりしないものだ。カウンターの奥にいた男は無表情にわたしを見て、ジョエル・プレヴィンに関することは何も知らないと言った。サウス・ループにあるわが行きつけのバー〈ゴールデン・グロー〉のオーナーも、わたしのプライバシーを同じように守ってくれている。そう思ったので、バルボ・ドライブのところでレイク・ショア・ドライブを離れ、シカゴの金融街へ向かった。いやなことがあるたびにアルコールに頼るジョエル・プレヴィンのような人間にはなりたくないが、いまはどうしてもウィスキーを飲みたい気分だった。

時刻は夕方の六時半、サル・バーテルの有名な馬蹄形のカウンターに陣どっているのは、ひと握りの筋金入りの酒飲みだけだった。客のあいだにサルの頭が見えた。サルはストッキングだけだと身長五フィート十一インチ。四インチのヒールが好みで、それで転倒せずに歩けるのは、わたしの知人のなかでは彼女しかいない。サルがわたしの姿に気づいた。これも優秀なバーテンダーに共通の才能で、つねに店内に視線を走らせて、常連客に心地よく飲んでもらい、厄介な客がいれば癇癪を起こす前にやんわり追い払うことを心がけているものだ。

わたしがチーフバーテンダーのエリカと雑談を始めて五分ほどたつと、サルが常連のトレーダーに愛想をふりまいてから、こちらにやってきた。わたしはジョニーウォーカーを飲みながら、船と靴と封蠟を話題にしてサルと話しこんだ。サルは常連客のあいだをまわる合間に、マホガニー製の大きなU字形カウンターの端にすわったわたしのところに戻ってきた。エリカが二杯目を注いでくれるころには、店内はほぼ無人になっていた。

「至るところにセックスが出てくるんだね」わたしがこの一週間の出来事を話すと、サルは言った。「ジョエルと、ジョエルが一時期寝てた相手の男。ジョエルと、殺された女の子にジョエルが寄せてた恋心。法律事務所の老パートナーと、そいつが女の子に渡した金。そして、その母親！　六十年間セックスのことしか頭になかったようだね。そういうタイプの女なら、あたしも知ってる――セックスを汚らわしいと思ってて、いくらセックスを罵倒しても満足できない女。あたしが子供時代を送ったアパートメントにもそんな女がいた。実の娘を殺すとこまでは行かなかったけど、いつ顔を合わせても、セックスのいやらしさを訴えようとして目と唇をぎらぎらさせてた。そんな汚物の山にそれ以上のぼったら、あんたまでひどく汚れちまうよ」

わたしは憂鬱な顔でうなずいた。「ステラがアニーを殴り殺したのは、ピルを呑んでることをアニーが自慢したからだと思うの。ただ、今日ベティに言われたことがひどく妙に思えて仕方がないのよね」

「そのベティって女のすべてがあたしには妙に思えるけど、とくに妙な点は何なんだい？」

サルはエリカにうなずきを送り、隅のほうを示した。ティファニー・ランプの下で手を握りあっていたカップルが、勘定書きを持ってくるよう三十秒前から合図していた。これが四十五秒まで延びたら店の印象が悪くなる。

「誰かがステラと取引をしたみたい。なんらかの取引を。服役期間があんなに長くなるとは誰も思わなかったってベティが言うのよ。〝三年もしないうちに家に帰れるって話だったのに〟って。誰がそう言ったのか、わたしがしつこく訊いたら、ベティは殺しの脅迫みたいな言葉を返してきたわ」

「ベティが亭主の妹を殺したんだと、あんた、本気で思ってるのかい?」サルは美しく整えられた眉の片方を上げた。「行動に出ないで愚痴ばかり言ってるタイプのような気がするけどね」

「ええ、たぶん口先だけだと思う。可能性が高そうなのは、賄賂を使ったけどうまくいかなかったという線ね。ステラの裁判が始まったころ、賄賂の一掃をめざしたグレイロード作戦が功を奏して、最初の起訴がおこなわれることになったでしょ。もしかしたら、ステラかフランクがあらかじめ賄賂を渡しておいたのに、判事が怖気づいたのかもしれない」

クック郡にはかつて、多額の賄賂によってほぼ誰もが罪を逃れることのできる時代があった。そこには殺人の罪さえも含まれていたが、グレイロード作戦によって、約五十名の判事、ほかに約五十名の弁護士、保安官助手、さまざまな雑魚《ざこ》連中が逮捕された。殺人の罪で有罪判決を受けて控訴したという男の話を、わたしも聞いたことがある。罪を軽くしてほしくて判事に二万ドルも払ったのに約束を守ってくれなかったと男が主張し、第七巡回区控訴裁判所の判事たちはおなかを抱えて大笑いしたそうだ。

「そのステラってのが、クック郡の判事を買収できるほど金持ちなら、なんでいまもサウス・サイドでくすぶってんの？」サルが訊いた。

「そこなのよ」わたしもうなずいた。「お金が今回の件の中心にある大きな疑問なの。ステラはローガンで服役するあいだも、家のローンの返済を続けてた。フランクの話だと、夫の保険金を返済にあててたそうよ。製鋼所がつぶれたとき、マテオ・グッツォの年金は消えてしまったから。判事に賄賂を渡す方法は、マンデルか、マクレランドか、ローリー・スキャンロンが知ってたでしょうね」

「アニーがランジェリーの引出しに二千ドル以上隠してたのかもしれないよ」サルが言った。彼女の注意は店内に向いていた。観劇に出かける前の客が増えはじめていた。ダブルの何かを飲んでおかないことには、第一幕を乗り切ることのできない人々。「あんたになんの関係があるのか、あたしにはどうもよくわからないね」

長い羽根のイヤリングを歩調に合わせて揺らしながら、サルは離れていった。わたしは二杯目の残りをカウンターに戻した。いくら疲れているといっても、これ以上ウィスキーを飲んだら、完全な酔っぱらい運転になってしまう。

家に帰ると、ジェイクからも似たようなことを言われた。ウィスキーではなく、探偵仕事に関して。「ベティがアニーを殺し、ステラを脅すか泣きつくかして罪をかぶってもらったとしても、どうしてきみが調べてまわらなきゃいけないんだ？」わたしたちはわが家の裏のポーチにすわり、トルジアーノを飲みながら、下の庭にいるミスタ・コントレーラスと犬たちを眺めているところだった。

「でも、いいニュースだわ」バーニーが反論した。初日のアルバイトを終えてかなりの興奮状態で戻ってきたので、わたしが犬と一緒にランニングに送りだしたのだが、四十分後に犬を連れて帰ってきたときも、バーニーはエネルギーにあふれていた。「何もしてくれないと思ってたけど、ヴィク、ほんとは大奮闘だったのね。そのジェリーおじさんって人なんか、ヴィクのことをすごく怖がって神父のところに駆けこんだぐらいだもん」

バーニーはステラがつぎにどんな行動に出るか、こちらがどう反撃すればいいかを、大張り切りでしばらく推測してから、裏階段を駆けおりてミスタ・コントレーラスと犬のところへ行った。

「ぼくだってきみが怖い、V・I」ジェイクがぼやいた。「神父のところに駆けこめば大丈夫だと思ったら、いますぐ教会へ飛んでいきたいぐらいだ。グッツォ家の連中のことは忘れてくれ。探偵料ももらってないんだし、そいつらがきみの夢に出てきたときにパンチを食らうのはこのぼくだぞ」

「ミッチをベッドに呼んで二人のあいだに寝かせればいいわ。わたしと格闘できるぐらいタフな犬よ」

ミッチは自分の噂をされていると気づいたようだ。大きな黒い頭を上げて、階段の下からわたしに笑顔をよこした。

「やるがいい、ウォーショースキー。あっというまにコントラバスの弦を首に巻きつけられて、きみは驚愕することだろう」

いの?」

「あの弦、たしか六百ドルぐらいするでしょ? そんな高いものでわたしの首を絞めてもい

「うん、それもそうだな。素手でやるほうがよさそうだ」

その件は棚上げにして、ジェイクの友人のオーボエ奏者が出演しているショーを見に出かけた。あれこれと盛りあがり、最後は真夜中すぎまで〈ホット・ロココ〉で踊ることになった。

グッツォ一家が夢に出てきた。ジェイクにパンチを見舞うには至らなかったが、朝の六時ごろ目がさめてしまった。二度寝はできそうにないと悟り、羨望の目でジェイクを見た。熟睡している。黒髪が額にかかり、長い指が枕の端を握っている。彼の肩をなでると、筋肉がぴくっと動いたが、起きる気配はなかった。

あきらめて自分の住まいに戻ったところ、当然のことだが、バーニーが居間でぐっすり眠っていた。わたしがノートパソコンを出そうと思ってバッグのなかをがさごそ探っても、身じろぎもしない。

エスプレッソマシンが温まるのを待つあいだに、ステラの裁判をふたたび検索してみた。きのうは不良っぽい少年たちに邪魔されたため、あらためて判事のことを調べるのを忘れてしまった。裁判を担当したのはエルジン・グリグズビーという判事。わたしは面識がないが、クック郡の判事の数は五百人ぐらいにのぼる。

グリグズビーはグレイロード・スキャンダルのなかを無傷で生き延び、四年前に判事の職を退いた。現在はダウンタウンの法律事務所の顧問をしている。判事になる前にその事務所

で弁護士としてスタートを切ったのだ。冬のあいだアリゾナへ行っていたが、二、三週間前にシカゴのコンドミニアムに戻ってきている。住所を見たとき、思わず目をみはった。判事が住んでいるのはウォバッシュ・アヴェニューのプルトニー・ビル。かつてわたしの事務所があったビルだ。

わたしがプルトニーで事務所を借りていたころは、エレベーターは二回に一回ぐらいしか動かなかったし、電気系統の配線が古すぎるため、パソコンを使うにはバッテリー式の特別なインターフェースが必要だった。女子トイレの修理代としてたとえ最低賃金でも請求できたなら、悠々自適の引退生活を送ることができただろう。

ビルのオーナーは賃貸料だけしっかりとっておきながら、電気や水道を止めてしまって、わたしやその他の頑固なテナントを強引に追いだし、そのあとでビルを改装して高級コンドミニアムに変えていた。

今日は土曜日。アポイントなしに訪問セールスをする日ではない。週末は仕事を忘れることにした。月曜の朝になってから、高架鉄道でループへ出かけた。ブロックの中央に鉄製の高架橋が延びているため、ウォバッシュ・アヴェニューのこの界隈はやはり安っぽく見える。角にある〈アーニーのステーキ店〉はいまもネオンを光らせているし、通りをはさんだ向いでは、かつてわたしが何か悪い病気をもらいそうな気分にさせられたバーが、いまも営業を続けている。

そのせいもあって、プルトニー・ビルに入ったとき、改装ずみのロビーがやたらと立派に見えた。モザイクの床にこびりついた何十年分もの汚れを落としたら、いったいどんな模様が出てくるのかと、かつてよく思ったものだった。ファラオ、伸びをした猫、ナイル川に浮かぶ船。そう言えば、プルトニー・ビルが誕生したのは一九二〇年代、ツタンカーメンの墓の発見で世間がエジプトブームに沸いていたころだった。

グリグズビー判事は法律関係のこまごました仕事のほかに、シカゴ建築財団でガイドの仕事もしている。さきほど判事の家に電話したら、今日のシフトは十時からだと夫人に言われた。ツアー開始に合わせてミシガン・アヴェニューまでゆっくり歩いていく前に、四十五分ほど時間を空けてくれるとのことだった。

ドアマンはエレベーターの真鍮のドアをあけるときにアールデコ様式の小像に汚れをつけないようにするため、白手袋をはめていて、上の階へ電話してアポイントがあるかどうかを確認した。白手袋、磨かれた真鍮、ロビーにはチェーン店ではないコーヒーバーまである。かつて、このビルは十五年間もわたしから賃貸料を巻きあげながら、電気設備の修理もしてくれなかったというのに。くやしい思いが顔に出ないよう気をつけて、エレベーターで十七階まで上がった。

あらかじめ、誰にもいっさい問い合わせをせずに、自分にできる範囲でグリグズビーのことを調べておいた。いまは引退の身であっても、クック郡判事に恩のある人間はたくさんいるだろうから、こちらで問い合わせをしていることをグリグズビーに知られるのは避けたかった。イリノイ州法曹協会では判事を〝優秀、適格、不適格〟の三ランクで評価していて、グリグズビーの評価は〝適格〟、選挙で何度も選ばれている。BまたはCランクの学生みたいなものだ。妻のマージョリーと結婚して来月で四十七年になる。子供五人、孫七人。判事の年金のほかに優良株をあれこれ持っていて、その配当だけで四十万ドル近い年収があり、おかげでスコッツデールとシカゴのコンドミニアムを維持していくことができる。

ネットで検索したところ、共和党のさまざまな集まりに出ているグリグズビーの写真が何枚も見つかった。イリノイ州議会議長のスパイク・ハーリヘイの資金集めパーティ。市会議員、市の街路&下水局の局長――利益供与の時代は終わったとされているが、票集めには不可欠――上院議員、下院議員、企業経営者といった人々のパーティにも。あるスナップには、わが事務所のいちばん大切な依頼人ダロウ・グレアムまでが写っていた。ダロウはたしか民主党支持のはずだが、ビジネスの世界でやっていこうとする者は共和党関係の集まりにも顔を出すものだ。

グリグズビーの住まいは南東の角部屋だった。玄関ドアがすでにあいていて、開襟シャツと柔らかなスポーツジャケット姿の判事がリビングのほうへわたしを呼んだ。判事はシカゴ美術館の向こうに見えるミシガン湖沿いの並木を眺めていた。南側に見えるのは高架鉄道。かつてはわが事務所の窓の外を電車が走っていた。事務所は四階にあったので、電車がガタガタ通りすぎるとき、通勤客の顔までも見ることができた。

「ミズ・ウォーショースキー？　シカゴの住人にふさわしい名前だ。ここから街を眺めているると、けっして飽きることがない。わたしはバック・オブ・ザ・ヤーズとゲイジ・パークで大きくなったが、あのころは、ダウンタウンに越してシャルドネ好きの隣人を持つことになろうとは思いもしなかった。きみはどうだね？」

「サウス・サイドでした」わたしは答えた。「そして、いまもシャルドネ好きの隣人を持つには至っていません」

おたがいのキャリアをかいつまんで披露しあった。わたしは《シカゴ大学ロー・レヴュー》の編集、第七巡回区控訴裁判所の判事の下で事務仕事、公選弁護士として刑事事件を担当（「《ロー・レヴュー》の編集に携わった学生が身を落としたわけだね」と判事が言った）。グリグズビーのほうはデポール大学法学部卒、州検事補、ダウンタウンの大手法律事務所のパートナー、その後三十五年にわたって判事職。検事は上昇、弁護士は下降。ジャングルの掟だ。

わたしはこのビルで過ごした十年間のことをグリグズビーに話し、改装されてこんな立派な建物になったのが羨ましいと言った。グリグズビーは頭をのけぞらせて笑った。わたしには手の届かないものを持っていることを得意がっている様子だった。まあ、驚くほどのことでもない。昔のストックヤードの裏で育ったのなら、血と煙の靄《もや》を透かして射しこむわずかな日光を必死に浴びようとしたことだろう。

グリグズビーはコーヒーを飲んでいたが、わたしには勧めてくれなかった。パワープレイか、地位の誇示か、健忘症か。もしかしたら、三つ全部かも。

「判事さん、お忙しいことはわかっていますし、ご迷惑かもしれませんが、サウス・サイドで起きた昔の殺人事件がこのところ世間を騒がせているので、その件でお邪魔しました。事件の審理を担当されたのが判事さんでした」

グリグズビーはカップの縁越しにうなずいた。「ステラ・グッツォだな。ニュースを見て思いだした――ブーム＝ブーム・ウォーレ――そうか。きみの身内かね？　いとこ？　なるほど、それできみが事件を嗅ぎまわっているわけか」

わたしは判事に目をやって考えこんだ。「嗅ぎまわってるなんて、誰からお聞きになったんでしょう?」

「極秘事項ではないからな。きみが話をした何人かの弁護士は、わたしが何十年来親しくしている者たちだ」

「ニーナ・クォールズはフランスを旅行中なので、わたしは話をしていない。ソル・マンデルは亡くなったし、パートナーは引退の身。すると、アイラ・プレヴィンが判事さんに会いにきたのかしら」

「わざわざ訪ねてきたわけではないが、プレヴィンが早い時間に法廷に出る日は、わたしと同じレストランで朝食をとる。きみに昔のことを掘りかえされ、息子が傷つくことになるのではないかと、プレヴィンは心配していた」

わたしはダン・ライアン線の電車がウォバッシュ・アヴェニューを走り、反対方向からきたレイヴンズウッド線の電車とすれ違うのを見守った。二台の轟音で通りの音は消されてしまった。ペーパーウェイトのなかの小さな電車を見ているような気がした。

「わたしがどんな質問をしたところで、ジョエルがこれまで以上に傷つくとは思えません。当時のジョエルの知りあいから聞いた話ですが、ジョエルは怯えていたそうです。裁判で何が起きるかではなく、ステラ・グッツォの弁護を断わったら自分の身に何が起きるかということに。裁判はどんなふうに進んだんですか」

「ジョエルが怯えていたなどと、誰がきみに?」

「今週、ずいぶん多くの人と話をしました。誰もがそう感じていたようです」

「そんなこと、アイラはひと言も言っていなかった」グリグズビーの声が険悪になった。

「気づいていなかったのかもしれませんね。法廷でのジョエルのミスに気をとられてしまって。ジョエルはどれぐらい不手際だったんでしょう？」

「二十年以上も前の裁判の詳細を思いだせと言うのかね？」グリグズビーの声は尖っていた。〝異議あり〟と言いたいのだろう。

「判事さんの法廷での記憶力には定評がありましたよね」わたしは愛想よく微笑して、公選弁護人時代に武器にしていた、相手におもねる口調を使った。あのころの判事たちは、彼らの権力に挑戦しようとする女性弁護士をこころよく思っていなかった。わたしが闘犬のような本能を抑えるには不断の努力が必要だったが、それだけの値打ちはけっこうあった。「わたしが公選弁護士会に所属していたころ、判事さんは〝狼の罠のグリグズビー〟と呼ばれてましたよね。狼を罠にかけるときのように、事件に関する事実を頭に刻みつけてらしたから」

グリグズビーは意外そうな顔をした。そりゃそうだ。だって、わたしがこの場ででっちあげたんだもの。しかし、グリグズビーは得意げな表情になり、自分が担当した法廷に弁護士として立ったことはあるのかと訊いてきた。ご機嫌とりはこれで充分と判断したわたしは、ステラの裁判におけるジョエルの弁護ぶりについて質問をくりかえした。

「厄介な依頼人だった。非協力的でね。四十七丁目とアシュランド・アヴェニューが交差するあたりで育ったわたしは、そういう女を何十人も見てきた。わが子に食べさせるパンを手に入れようとして大変な苦労をしている、たくましい女たち。いまは亡きわたしの母もその一人だった。しかし、ジョエルはステラ・グッツォが陪審に好印象を与えるように仕向けることができず、彼女を法廷でおとなしくさせておくこともできなかった。わたしも一度ならず、ジョエルを叱責しなくてはならなかった。ジョエルが何かに怯えていたとしたら、それはステラ・グッツォだ。あの裁判以来、ジョエルはたぶん、彼女の悪夢にうなされつづけていることだろう」

「アイラはなぜジョエルに事件を担当させたのでしょう？　ジョエルはどう見てもアニー・グッツォに恋をしていた。少なくとものぼせあがっていたのは事実です。ついでに言うなら、〈マンデル＆マクレランド〉はなぜ、アニーを殺した犯人の弁護をジョエルに押しつけたのでしょう？　マンデルはアニーを高く買っていて、大学進学の費用まで援助してたんですよ」

グリグズビーは身をこわばらせた。「進学の費用を援助？　どういう意味だ？」

「伝聞ですけどね、判事さん、失礼。母親がアニーのランジェリーの引出しから、何千ドルものお金を見つけて、それが諍《いさか》いの原因のひとつになったんです。大学進学を援助するためにソル・マンデルがお金をくれたんだと、アニーが母親に言ったそうです」

「きみが不穏当なことをほのめかしているのでなければいいが。ソル・マンデルはすばらしい弁護士だった。ハーバーサイドでよくゴルフを一緒にやったものだ。何度も」

「誰も礼を失したことなど言ってはおりません、判事さん。わたしの母はアニー・グッツォにピアノを教えていました。ソル・マンデルもたぶん、わたしの母と同じく、アニーの才能を見てとったのでしょう。アニーは野心的で、勤勉で、サウス・サイドから遠く離れた場所で人生を送るチャンスを求めていました。あの界隈も昔のバック・オブ・ザ・ヤーズと同じく、評判の悪いところですが、子供たちの力になろうとするまともな人間もたくさんいます。例えば、ローリー・スキャンロン。ブーム＝ブームがプロで活躍しはじめたころ、スキャンロンはわたしのいとこに強力なコネを紹介してくれました。噂によると、いまも子供たちの力になっているそうです」

「スキャンロンはいまも健在なのか」さりげない問いかけだったが、グリグズビーはふたたびコーヒーカップを盾にして、わたしをじっと見た。

「子供たちとスポーツのために尽力しているようですよ」

「きみは探偵だ。そうだろう？　誰かから金をもらって、この古い事件を嗅ぎまわっているのかね？」

この質問を思いつくのにこんなに長くかかったのなら、グリグズビーは出来の悪い生徒だったに決まっている。わたしはふたたび微笑した。「ずいぶん奇妙な事件なので、疑問を持つ人が多いみたいです。ジョエルが法廷で〝ステラはハメられたのです〟と主張したことはなかったですか」

「どの刑事弁護士も〝被告はハメられた〟と主張するものだ。きみも郡の刑事弁護士会に所属していたなら、知っているはずだ」

わたしは笑った。判事と同意見だと思ってもらえるように。「クック郡の人口は五百万ですが、犯罪者が口にする意見は三つだけですね。〝おれはその現場にはいなかった〟、〝ハメられたんだ〟、〝〈ヴァイス・ロード〉の連中のしわざだ〟。ところが、ステラはブーム＝ブームに非難の指を突きつけている。裁判のときにステラがそのような発言をしたなら、判事さんもきっと覚えておいてでしょうね。当時のブーム＝ブームは人気選手でしたもの」

「ステラ・グッツォは凶悪犯罪を犯し、有罪判決を受けた」グリグズビーは判事時代を思わせるきびしい声で言った。「刑期を務めあげた。わたしからきみへの最良のアドバイスは、〝裁判のことは忘れろ〟だ。こんなに長い年月のあとで古傷をかきむしったところで、何もいいことはない」

「異議を唱えるつもりはありません、判事さん。でも、さっきも言ったように、人々が奇妙な疑問を抱えてわたしを訪ねてくるのです。きのうも、ある人物から、ステラは長い懲役刑を言いわたされたけど早めに釈放してもらえるはずだった、と聞かされたばかりです。どうしてそんな約束がなされたのでしょう？」

「ずーーー図々しくもーーーわたしが裁判で不正を働いたと言いたいのか？」グリグズビーの顔が怒りで膨らみはじめた。

わたしは好奇心に駆られて彼を見た。「そのような提案ができるのは、判事ではなく州検事だと思っていましたが」

「わが法廷での審理について、誰がきみにそのようなことを言ったのだ？」

「あの界隈に住む人物です」わたしは曖昧にごまかした。「さっきも言ったように、わたしもあそこで育ったので、知りあいがたくさんいます。多くの人が噂をしています」

19　わが最後の公爵夫人

　グリグズビーが何か言う前に、アパートメントの奥のスイングドアが開いて女性が入ってきた。マージョリー・グリグズビー。ふっくらした小柄な女性で、グレイの豊かな髪がカールを描いている。丹念に昼用の化粧をしているが、微笑は温かさと誠意に満ちていた。

「エルジン、建築財団のほうへ出かける時間でしょ」

　わたしにも同じ温かな微笑を向けてくれた。「お話の途中なのにお邪魔してごめんなさいね。でも、夫は長年の判事生活のなかで、腕時計をはめるのをやめてしまったの。スケジュールどおりに動けるよう、いつも事務官が気遣ってくれてたから。で、いまはわたしの役目なの」

　判事はさらに得意げな顔になった。批判ではなく、自分の地位への賛辞だと思ったようだ。マージョリーは夫の襟のゆがみを直し、コーヒーカップをとりあげて、行ってらっしゃいと言った。

「もっとも、この人は楽しんでやってるのよ」わたしのほうを向いてつけくわえた。「建築ツアーのガイドをしていると、二十六丁目とカリフォルニア・アヴェニューの角にある裁判所でやっていたように、偉そうに命令するチャンスができるでしょ。ただし、いまでは全市に命令しなきゃいけないけど」

その声の響きだけでは、夫をからかっているのか、褒めているのか、よくわからなかった。彼女は爪先立ちになって夫の頬にキスしてから、わたしたちのために玄関ドアをあけて支えてくれた。

判事とわたしはエレベーターがくるまでこわばった沈黙のなかで立ちつくした。彫刻つきの真鍮のドアがすっと開いた。一階まで下りるあいだも、エレベーターの滑車はうめいたりしなかった。昔のようなガチャンという大きな音ではない。ひそやかなささやき程度の音。判事はわたしの存在を無視して、ドアのすぐそばに立っていた。九階でエレベーターが止まり、ぶちのグレートデン二匹を連れた女性が乗ってきた。ランニングに出かける格好で、アームスリーブに電話を突っこみ、イヤホンから音楽がカシャカシャ洩れていた。

「犬は業務用エレベーターに乗せる決まりですぞ、お嬢さん」グリグズビーはきびしい声で言った。

女性はとりあおうともせず、二匹の犬の肩を軽く叩いておすわりさせた。グリグズビーが女性のイヤホンをひき抜いて、業務用エレベーターを使うべきだとどなった。犬たちが唇をめくりあげた。いい徴候ではない。

「うちの犬は他人がわたしのパーソナルスペースに入ってくるのをいやがるの」女性は言った。「業務用エレベーターを使わないのは、わたしも犬も路地側に出るのが好きじゃないから。大目に見てね」

わたしは犬とグリグズビーのあいだに割って入り、彼をケージの隅へ押しやった。ロビー階に着くまで、犬二匹はこちらをにらんでいた。グリグズビーは女性のイヤホンを床に投げつけると、ドアマンにつかつかと近づいた。女性と犬を指さし、身振りを交えて何やら言いはじめたが、そのあいだに、女性は犬を左右に従えてすべるような足どりで正面玄関から出ていった。

わたしはコーヒーバーにこっそり入って、ドアマンがグリグズビーをなだめるのを見守った。判事というのは、法廷で目の前の者たちに絶大な権力をふるうことができる。不遜な傍聴者や弁護士に罰金を科し、侮辱罪で退廷を命じ、相手に不利な裁定を下すことができる。グリグズビーもきっと、彼の裁定に誰もが恭《うやうや》しく従うことを当然とみなし、日常生活にまでそれを持ちこむようになったのだろう。でも、そもそもわたしがグリグズビーを苛立たせていなかったら、犬のことで果たしてあそこまで激怒していただろうか。

ロビーのコーヒーバーにはシモネッリ社のぴかぴかのエスプレッソマシンが備えつけられ、少量生産の有機豆使用という宣伝文句が添えてあった。たぶん手摘みだろう。ところが、バリスタは手際が悪いし、エスプレッソは酸味を帯びていた。抽出時間が足りないからだ。淹れなおしを要求しようとしたが、そのとき、ロビーにマージョリー・グリグズビーの姿が見えた。四月の大気の冷たさに備えて、ライラック色のトレンチコートを着ている。ドアマンとしばらく立ち話をし、夫やわたしに向けたのと同じ笑顔をドアマンにも向けた。

わたしはエスプレッソのカップをカウンターに戻してマージョリーのあとを追い、美術館の前で追いついた。夫が観光客相手に建物のことを偉そうに説明するあいだ、美術館でボランティアでもしているのだろうかと思ったが、マージョリーは手を上げてタクシーを止めようとしていた。

わたしに気づいて手を下ろした。「わたしを捜してらしたの？」

「事務所に戻るのに、タクシーを拾おうとしてたんです」

「事務所は北のほう？　だったら、ディヴィジョン通りまでご一緒にどうぞ」

タクシーが止まったので、彼女がうしろに乗りこむのに手を貸した。

「エルジンがあなたをどなりつけてるのが聞こえたわ。なぜ？」

わたしが返事をためらっていると、マージョリーはわたしの手を軽く叩いた。「夫は神経質だけど、わたしは大丈夫よ。先週ニュースでやっていた、ウォーショースキーというホッケー選手に関係したことなの？」

「ご明察です」わたしはグッツォ家をめぐる昼メロみたいな話を短くまとめて伝えた。「金曜日にわかったことですが、ステラ・グッツォは誰かから、刑期を最後まで務める必要はない、三年もたてば出られる、と言われたらしいんです。で、その約束をしたのがご主人だったのではないかと思いまして」

怒りの爆発を予期して身構えたが、マージョリーはこう言っただけだった。「なるほど、誰かが判決を覆してもらおうとしてエルジンにお金を払ったかどうかを、あなたは知りたいわけね。夫が現金のぎっしり詰まった靴箱をケイマン諸島に預けているとは思えないわ——もちろん、自宅に隠してあれば、わたしがすぐに見つけるでしょうし」

「たしかにそうですね」

イリノイ州の伝説的な州務長官（ポール・パウエルのこと）はスプリングフィールドの安ホテルを住ま

いにしていたが、亡くなったときは、現金の詰まった靴箱がクロゼットにぎっしり並んでいたそうだ。誰かが頼みごとをしにくると、両手をすりあわせ、〝肉の焼ける匂いがする〟と叫んだと伝えられている。

「イリノイ州で判事としてやっていくのは、生易しいことじゃないわ」マージョリーはため息をついた。「資金集めパーティにはもれなく顔を出さなきゃいけない。相手も自分のパーティにきてくれることを期待して。事務官たちは、本当だったら判例法を調べていなきゃいけないときに、議長や、知事や、とにかく、そのときどきの権力者が主催するイベントのチケットを売るのに追われる。おかげで、予備選挙のシーズンになると、わたしが友人たちに電話しても誰も出てくれないのよ」マージョリーは陽気な笑い声を上げた。

シカゴ美術館からラサール通りとディヴィジョン通りの交差点まではそれほど長い距離ではない。タクシーはすでに川を渡り、オンタリオ通りへ左折するのを待っていた。わたしは「判事さんが退職なさったとき、大量の株をお持ちではなかったですか」以外に何か言うことはないか、必死に頭を働かせた。

大量の株からの連想で、グリグズビーがわが事務所のもっとも大切な依頼人と一緒に写っている写真を見たことを思いだした。ダロウ・グレアムは大量の株を持っていて、その方面のことに関心があれば、ケイマン諸島を独占することもできる。「判事さんはダロウ・グレアムとお知りあいのようですね。わたしについて何か疑念をお持ちでしたら、ミスタ・グレアムがわたしのことをよくご存じですので」

「まあ、そうなの？」マージョリーは考えこんだ。「でも、エルジンに伝えていいものかどうか……。ミスタ・グレアムとはどうも気が合わないみたいなの。それはもちろん、バック・オブ・ザ・ヤーズの貧しい暮らしからのしあがってきたことに、夫が引け目を感じてるせいでしょうね。ダロウ・グレアムに見下されてるような気がしてたみたい。もっとも、わたしは昔から、ミスタ・グレアムのことを気の毒なぐらい内気な人だと思ってましたけど」

わたしは同意の言葉をつぶやいた。冬のように冷たいダロウの態度の奥に黄金のハートが隠れているとは言いがたいが、大金持ちの家に生まれたかわいそうな少年だったことはたしかだ。

タクシーは女性専門のヘルス・クリニックの前で止まった。わたしの驚いた表情を見て、マージョリーはふたたび笑った。

「ここでボランティアをしてるのよ。若い世代の女性はこういう問題を自分たちの独占物だと思いがちだけど、わたしだって、あなたが幼稚園に通ってたころから、この方面で活動してました。エルジンが判事に任命されたため、やめるしかなかったけど。判事の妻がこういう問題に関していずれかの側に立つのはまずいでしょ。だから、夫が判事の職を退こうと決めたときは、さまざまな理由から歓迎したわ」

マージョリーは運転手に二十ドル札を渡し、わたしの希望する場所まで行ってほしいと指示した。事務所まで送ってもらった。けさはまず、車に犬二匹を乗せて事務所に連れてきたのだ。走らせてやる時間がなかったし、バーニーは仕事のシフトが始まる一秒前まで寝ていそうな様子だったので。

二匹がキュンキュン鳴きながら事務所のなかをうろついていた。車でミシガン湖へ連れていった。水は骨の髄まで痺れそうに冷たかった。少なくともわたしにとっては。この冬はシカゴの例年の水準からしても過酷だった。三月中旬になっても氷点下の日が続いていた。いまは四月、太陽が照っていても、暖かさが続くことは誰も期待していない。年老いた探偵が暮らせる街ではない。

犬がトラブルに巻きこまれては大変なので、あまり遠くへやらないようにしたが、二匹とも楽しそうに泳いだり走ったりしていた。風がふたたび強くなるなかで砂浜に立っていたため、わたしの身体は冷えきってしまった。

「どう思う、きみたち」駐車場に戻る道々、二匹に訊いてみた。「マージョリーはわたしに何か伝えたかったのかしら。表現が曖昧すぎてよくわからなかったけど」

ミッチはリスを追いかけて飛んでいったが、ペピーのほうは金色の額にしわを寄せ、その質問について真剣に考えている様子だった。

「グリグズビーが選挙運動を支援してくれた人たちのために便宜を図ったことを、マージョリーが遠回しにほのめかしてたんだと思う？　ステラかフランクが謝礼を渡す約束をしたけど、何も渡せなかったから、便宜を図ってもらえなかったのかもね」

ペピーが大きくワンと吠えた。

「やっぱりそうか。鋭い推測。でも、ステラがローン返済のお金をどこから手に入れてたかが、依然としてわからない。そろそろお金の流れを追ったほうがいいかもね。本業を少し片づけてお金を稼いだあとで」

金曜日にベティに会ったとき、彼女の話にフェライト・ワーカーズ貯蓄貸付組合のことが出てきた。子供のころ、近所の家はたいていこの金融機関を利用していた。グッツォ家の住宅ローンを扱っているのもここに違いない。

もちろん、フェライトはもう存在しない。あの界隈にあった貯蓄貸付組合の多くと同じ運命をたどり、一九八〇年代に起きた貯蓄貸付組合破綻問題のせいで廃業に追いやられたが、顧客の口座はフォート・ディアボーン信託銀行がひきついだ。そして、製鋼所で働いていた顧客がひきつづき利用してくれることを願って、銀行のドアにフェライトの名前を残すことにした。

調査料を払ってくれる依頼人たちの仕事を三時間ほどまじめにこなしたあとで、犬の散歩に出かけ、ミルウォーキー・アヴェニューを歩いて最寄りのフォート・ディアボーンの支店まで行き、口座を作った。帰り道でファラフェル・サンドの店に寄って、事務所に持ち帰って食べながら、作ったばかりの口座でネットバンキングの登録をした。

セキュリティのための質問——母親の誕生日、子供のころの住所、小学一年生のときの担任の名前。フランク・グッツォの口座をのぞくのなら、三つの質問すべてに答えられるが、母親の口座となるとそうはいかない。探索を続けるために、どこまで卑怯な手を使うことが許されるのだろう？　ストリーター兄弟のところに電話した。わたしの手に余る仕事を抱えこんだときは、この兄弟に助っ人を頼むことにしている。

「おや、V・I」電話に出たのは、兄弟のなかでわたしがほとんど顔を合わせたことのないキンボール・ストリーターだった。「ニュースでまたあんたの顔を見たぜ」

またしても、ブーム＝ブームとアニー殺しをめぐる会話が始まるのかと思い、わたしは歯をギリッと噛みしめた。

「いや、違うって。あんたがブーム＝ブームの伝記を書いてるって、ニュースで言ってたしさ。そろそろ誰かが書くべきだと思ってたが、まさか、あんたにそんな才能があるとは思わなかった」

「わたしも」わたしは力なく同意した。「完成させられるかどうかもわからない」

電話で話を続けながら、ニュース欄で自分の名前をチェックした。カブスの広報を担当している女性、ナタリー・クレメンツがわたしの企画に惚れこんで、プレスリリースを出していた。ミッチ・ウィリアムズと一緒にマウンドに立つブーム＝ブームの写真も添えてあった。〝この街の探偵、新たな事件に着手。スポーツ界のレジェンドの生涯を調査中〟。これが《ヘラルド＝スター》の見出しだった。写真を提供してくれた元広報部長のヴィラード氏のコメントも出ていた。〝シカゴは偉大なるスポーツの街です。ブーム＝ブームの伝記を執筆中の女性とブラックホークスにカブスは喜んで協力するでしょう〟

《ヘラルド＝スター》はまた、入団テストの日の古いエピソードを社内で掘りおこしていた。ブーム＝ブームはその日、部外者立入禁止となっている球場内のあらゆる場所に入りこもうとして、取材の連中とカブスの公式カメラマンの両方を陽気にひきずりまわしていたそうだ。

ブーム＝ブーム・ウォーショースキーは取材陣やチームメイトをからかうのが大好きだったが、このときはカブスのほうから、写真の掲載を見合わせてほしいとの依頼があった。リグレー球場の立入禁止区域に侵入する方法を子供たちやファンに知られては困るというのだ。当社《ヘラルド＝スター》は新しいメディアへ移行したさいに、古くから保管されてきた多数の写真を廃棄した。入団テストの日の写真もデジタル化されなかったため、ブーム＝ブームのこの日の行動をここでお見せすることはできないが、伝記が出版されれば、ブーム＝ブーム＝ブームがいたずら好きだっただけでなく、この街にどれほどの栄光をもたらしてくれたかを、ファンのみなさんに思いだしていただけることだろう。ブーム＝ブームはスタンレー・カップを三回持ち帰り、さらには、この街の慈善団体に無限の善意を示してくれた。

わたしの頬がカッと熱くなった。これだけ宣伝された以上は、伝記を書くしかなさそうだ。キンボール・ストリーターと会話らしきものを続けながらも、話の内容がまったく頭に入っていなかったことに気づいた。電話をかけた理由に心をひきもどさなくてはならなかった。ステラ・グッツォの銀行口座にハッキングするのがわたしの目的。ただし、キンボールには伏せておいた。

キンボールはアイルランド家系図協会の研究員になりすまし、わたしがメールで送る質問への回答をひきだすことを承知してくれた。

四十分後にキンボールから電話があった。ステラにはそっけなく電話を切られたが、ベティはひどく口の軽い女だった。姑のステラが小学一年生だったときの担任の名前は知らなかったが、ステラの母親の誕生日は知っていた。三月二十九日。その日は家族全員でステラの母親グレース・オローク・ギャレッティの墓まで出かけ、ロザリオの祈りを上げなくてはならないそうだ。

「ステラが出所したため、今年はまたレザレクション墓地へ出かけることになり、おかげでベティは不機嫌だった。地面にまだ雪が残っているのに、祈りを上げるあいだ、膝を突いてなきゃいけないからな。そうそう、ステラが子供時代を送ったのはオグルズビーだ」

キンボール・ストリーターが電話を切ったとたん、今度はマリがかけてきた。わたしがマリに無断で伝記の執筆を始めたというので激怒していた。

「ウォーショースキー、きみが書き方を知ってるのは事件の調査報告書だけだ。会話や、ストーリーの進め方や、サスペンスの盛り上げ方については何ひとつ知らない。ゴーストライターは見つかったのか」

「人を侮辱するのはやめて。やめないと、わたしの卒論を読ませるわよ。社会科学系の学部でトップの成績だったんだから」

「ごめん、悪かった」マリはあわてて言った。「おれのことで頭にきてるのは知ってるけどさ、ウォーショースキー、正直言って、こういうことを自分のところの新聞で知らされるなんて酷だぜ。おれときみがどんなに仲良しか、みんなが知ってるのに」

わたしはため息をついた。「マリ、オフレコで話してあげるから、誰にも言わないでくれる？　約束を破ったら、あなたのフェイスブックにあなたのみっともない写真を投稿してあげる」

マリは約束したが、わたしの話を聞いたとたん、大いに張り切った。「ぜひやらせてくれ、V・I——例の日記に対する完璧な反論になる。それに、とにかく、街の連中はいまもブーム＝ブームの大ファンなんだし」

「たぶんね、マリ。まずはグッツォ一家から解放されたいの」

電話を切ったとき、右手の壁にかかったウフィツィ美術館の銅版画に目が向いた。これは母の形見。フォート・ディアボーン銀行のネット専用相談窓口へ電話をかけるあいだ、母のきびしい非難を肌で感じた。

「あのう、うちの姑が詐欺グループにデビットカードを盗まれたんです。八十八という高齢で、ショックのあまり、口座番号が思いだせないみたいで。なんとかなりませんか？　いえ、姑の社会保障番号は知りません。でも、バッファロー・アヴェニューの現住所と、姑の子供時代の住所と、姑の母親の誕生日ならわかります」

そののちに三回クリックすると、ステラの口座が画面に出た。二十五年前の取引内容までは見られないので、グリグズビー判事を抱きこむだけの現金をステラが持っていたかどうかは不明だったが、二年前までならさかのぼることができた。家のローンはその少し前に完済されていたようで、毎月の出費は電気・水道・ガスの自動引き落としだけ。それと、年に二回ずつ、固定資産税五百四十六ドル五十セントと住宅所有者保険が支払われていた。

四半期ごとに、こうしたものを払えるだけの金額がGA《グローバル・アメリカン》銀行の口座から振り込まれていた。ステラが釈放される三カ月前に送金が停止した。出所したステラはふたたび社会保障の遺族給付金をもらえるようになった。その金額は、親切な誰かが彼女の口座に送金してくれていた金額をややうわまわっていた。

画面を印刷したが、さらに深く掘り下げるにはどうすればいいのか、まったくわからなかった。それにはプロのハッカーと多くの資金を使い、すでにわたしを悩ませている良心の咎めを捨てなくてはならない。

「でも、収穫はあったのよ」わたしは二匹に言って聞かせた。「何者かがステラの光熱費や税金を払っていたことがわかった。ステラはお金なんか持っていなかった。マテオ・グッツォの年金は鉄鋼業の衰退で消えてしまったし、実家のギャレッティ家の兄弟も一文無しだった。誰が支払いをしてくれたのかしら」

ミッチが耳を伏せた。「ステラが誰かを脅迫していた。それがきみの推理？　ありうるわね。それとも、誰かに大きな恩を売ったのかしら。ステラが出所すると入金はストップした。だから、ステラは無実を主張しようと決めたの？　姿の見えない天使が金貨を投げてくれなくなったから？」

パソコンを切ろうとしたとき、フリーマンから電話があった。「ヴィク、きみが何をする気か知らないが、グッツォ家の連中や、ステラの家や、ステラの孫に近づくのは禁止だぞ」

「フリーマン、わたしは少年野球を見に寄っただけなのよ。それが犯罪だというの？」

「犯罪だ。きみが母親の一人に襲いかかったのだから」

「ばかばかしくて話にならない。向こうがわたしを殴ろうとしたのよ」

「関係ない。きみが今後もわたしに弁護人でいてほしいなら、あの家族には近づかないことだ」

フリーマンに電話を切られ、わたしはむしゃくしゃした気分で家路をたどった。

20　ドッグ・デイズ

踊り場で吠えはじめた犬たちに起こされた。わたしはベッドから飛びおりて、ジーンズをはき、Tシャツを着た。ジェイクが何やらつぶやいて寝返りを打った。

ジェイクのところの玄関ドアを細めにあけると、ミッチを押さえるのに必死のミスタ・コントレーラスの姿が見えた。ミッチはわたしの住まいの外にいる制服警官二人に飛びかかろうとしている。ペピーが見張り役を務め、しきりに短く吠えて警告を送っている。警官の一人が拳銃を抜いた。下の階に住んでいるロシェルが廊下に出てこなかったら、たぶん発砲していただろう。

「さっさと撃ってよ！」ロシェルがわめいていた。「まったく迷惑な犬。朝の七時なんていうクソ早い時間なのに、ここに住む全員が叩き起こされちゃったじゃない」

「言葉に気をつけろ」飛びだそうとするミッチを押さえようとして息を切らしながら、ミスタ・コントレーラスが言った。

警官が警告の言葉をわめいていた。下の階でスン家の赤ん坊が泣きはじめた。一階のミスタ・コントレーラスの向かいに住んでいる男性二人が、くそいまいましい犬を黙らせろと階段の下からどなっていた。

わたしはミスタ・コントレーラスが着ている深紅のガウンのサッシュベルトを奪い、それをリードがわりに使って階段の手すりにミッチをつないだ。ミッチがおすわりをすると、ペピーも吠えるのをやめた。ただし、うなじの毛を逆立たせ、喉の奥でうなりつづけていた。

「どういうことか説明してくれない?」わたしは警官たちに言った。

「ヴィクトリア・イフィゲネイア・ウォーショースキー?」〝イフィゲネイア〟の発音が〝イップジン〟になっていた。ま、いいか。

ドアの奥から、わたしの名前を呼ぶバーニーの声が聞こえた。恐怖でうわずっている。

「そこにいるの、ヴィク? 誰かが押し入ろうとしてる! いま、九一一に電話したわ」

「大丈夫、わたしはここよ。電話してくれて助かった。警察がくるまで、わたしがここでがんばってるからね」

「われわれが警察だ」制服警官の片方が言った。

「うちに泊まってる子には、そんなことわからないわ」わたしは警官のバッジに目をやった。「バースティン巡査。その子はあなたのことを強盗だと思ってる。警官が到着したら、あなたからそちらに説明してちょうだい」

「ローリングズ警部補からおたくに話があるそうだ」

「まあ、光栄ですこと。でも、警部補はわたしの電話番号を知ってるはずよ。わたしをつかまえるために、武装したエスコート役を街の反対側からはるばる送りこむ必要なんてないのに」

「その人を逮捕してくれないの?」ロシェルが言った。

「逮捕状は持っていない」もう一人の警官が言った。「しかし——」

「危険な女よ」ロシェルが言った。「よそへ越してもらいたいわ。犬は危険だし、それに——」

「そういう話は地元の署のほうへしてくれ」バースティン巡査が言った。「犬が暴れたり、人を咬んだりした場合は——」

「人を咬むような犬ではない」ミスタ・コントレーラスが憤慨した。「犬のことで頭にきておるようだが、お嬢さん、あんたが四六時中音楽をかけとるのがわしの部屋まで聞こえてくるんだぞ。それから、警察を呼ぶつもりなら、朝の三時にあんたの家から出ていく男どものことはどうする気だ？　あんたの部屋を調べるよう、わしが警察に頼んだら、ありとあらゆるクスリが見つかるに決まっとる」

ロシェルの顔が真っ赤になった。「この薄汚いジジイ、よくも——」

ミスタ・スンが現われた。素足。ジーンズとTシャツ。「どうか、どうか、みなさん、お静かに。赤んぼが泣きやんでくれるように。階段の吹き抜けは議論をする場じゃないぞ」

「おっしゃるとおりよ、ミスタ・スン」わたしは言った。「おまわりさん、わたしはいまから犬を連れて家に入り、うちに泊まってる子を安心させてくるから、ついてこないと約束してちょうだい」

「われわれは命令を受けていて——」

「ええ、わかってる。コンラッドと話をするために、警察まで一緒に行くわ。でも、着替えをして、ティーンエイジャーの女の子を安心させて、この二匹を人間に咬まれる心配のない場所に置いてくるための時間が必要なの」

最後の部分を聞いて、ロシェルがまたしても罵倒の言葉を並べ立てた。

「この女がわたしの恐怖を冗談にしてるのが、おまわりさんにもわかるでしょ。犬は射殺するか、檻に入れるかすべきだわ」

ミスタ・コントレーラスがミッチとペピーを連れて現われた瞬間から事態に対処しきれなくなっていた警官たちは、その服装のままでいいからすぐ一緒にくるようにと、わたしに言おうとしたが、ロシェルの態度にムッとしたのか、こちらの言い分に耳を貸す気になってくれた。バースティン巡査は私立探偵にも犬にも甘くないところを見せるために、第四管区に電話を入れて指示を求めた。コンラッドか、部下の誰かが、着替えをしてから出てきて銃をぶっぱなすような女ではないから信用して大丈夫だ、と言ってくれた。

「バーニー、まともな恰好になった?」わたしはドア越しに声をかけた。「サルおじさんに入ってもらうからね」

警官が約束を守るとは思えなかったので、ミスタ・コントレーラスがわが家に入るまで、わたしがミッチとペピーと一緒に玄関先で番をした。それから、わたしもなかに入り、ペピーのふわふわした長い尻尾の端が隙間を通り抜けた瞬間にドアを閉めた。

デッドボルトをかけたとき、地元署から駆けつけてきた警官隊が階下の呼鈴を鳴らしていた。わたしはブザーを押して警官隊を建物に入れたが、彼らの相手はバースティン巡査とその相棒に任せることにした。

バーニーはソファベッドにすわっていた。両脚を身体の下に折りこみ、濃い色の目が恐怖で黒ずんでいた。「どういうことなの、ヴィク」

「さっぱりわからない。でも、サウス・サイドから警官がやってきたの。テレビをつけてみて。ステラ・グッツォのニュースが何か流れてるかもしれない」

ミスタ・コントレーラスがバーニーに片腕をまわし、安心させるように肩を叩いた。「何も心配しなくていいぞ、バーニーちゃん。犬とわしがバイト先まで送ってって、仕事が終わる時間に迎えに行く。ミッチとわしが目を光らせておれば、誰もあんたに危害を加えることはできん。いいな？」

バーニーは震えおののきながら微笑してうなずき、ベッドの端にミスタ・コントレーラスの場所を作るため、お尻をずらした。二人がテレビのチャンネルを変えてローカルニュースを探しているあいだに、わたしは出かける準備をするため奥へ行った。ゆっくり時間をかけて、エスプレッソマシンを温め、シャワーを浴び、おまわりさんの国で長い一日を過ごすことになる場合の用心に、楽な服を着た。チーズにキュウリとホウレン草を添えてサンドイッチを作った。これなら、パトカーのうしろのシートで食べられるし、中身をこぼしたり、しみを作ったりせずにすむ。

支度をしている最中に、ジェイクが裏のドアから入ってきた。

「起きたのね」

「あの騒々しさじゃ、はるか彼方のミルウォーキーでもたぶん、人々が起きて動きまわってることだろう」ジェイクはわたしを片腕で抱きよせ、わたしのエスプレッソを飲んだ。「何か厄介なことに？」

「警察は令状を持たずにきてるから、たぶん大丈夫だと思う。きっと、わたしがきのう話をした相手の誰かが警察に苦情を持ちこんだのね。グリグズビー判事なのか、ベティ・グッツォなのかは、サウス・サイドへ行ってみないとわからないけど」

「ニュースが見つかったぞ、嬢ちゃん」ミスタ・コントレーラスが呼んだ。「あのライアスンってやつが出ておる」

ジェイクがわたしと一緒に居間に入ると、ちょうど、シカゴ港の炭塵の山の前に立つマリが画面に映っていた。

「サウス・サイドの石油コークスの山は有毒か。ここしばらく、この問題をめぐって、塵粒を吸いこむのは健康に有害だと主張するシカゴ市南東部の住民と、なんの証拠もないと言う州の汚染防止局とのあいだで激論が戦わされています。しかしながら、けさ早く水先案内人のジーノ・スメルドローによって死体で発見された男性にとっては、この石油コークスの山が間違いなく健康に有害だったことになります」

警官たちがまたしてもわが家の玄関ドアを叩き、わたしの同行を求めていた。

「亡くなった男性の身元について、警察からはまだ発表がありませんが、わたしどものテレビ局はシカゴ港にあるガイザー社の係船場の近くで、ジーノ・スメルドローに話を聞くことができました」

水先案内人へのマリのインタビューは面白味のない凡庸なものだった。操舵室の船員みたいな服装のマリが紺のスカーフを赤い髪のまわりにはためかせて、スメルドローから身の毛のよだつ詳細を聞きだしていった。早朝、〈ルーセラ・ウィーザー〉号の水先案内を終え、カリュメット川を港に向かって戻る途中、石油コークスの山から腕が突きでているのを目にしたそうだ。

「ときたま川で水死体を発見することはあるが」スメルドローは言った。「石油コークスの山に死体？　目を疑ったよ」

わたしが出かけようとすると、ジェイク、バーニー、ミスタ・コントレーラス、犬二匹がそろって玄関まで送ってくれた。ギロチン台へ向かうような気がしてきた。ミスタ・コントレーラスが警官に向かって、何か不都合なことが生じたときのためにバッジ番号を書きとめておいたと言った。しかし、バースティン巡査も、仲間のドプチェクという巡査も、わたしに手荒なまねはしなかった。腕を乱暴につかむことも、わたしのブリーフケースを奪いとることもなかった。

バーニーのSOSを受けてタウン・ホール署からやってきた警官たちにどう対処したのかとドプチェク巡査に尋ねると、向こうは不機嫌な声で答えた。「われわれの出る幕はなかった。おたくの下の階に住む女がカッカしながらしゃしゃりでてきて、犬をなんとかしろと詰め寄ったもんだから、向こうはその女が苦情の電話をかけてきたんだと思いこんだ。あんた、気をつけたほうがいいぞ。二匹をちゃんと登録してるかどうか確認して、さっきみたいに廊下を走りまわるのはやめさせないと。危険だぞ。同じ建物に小さな子供たちもいるんだから」

わたしがサウス・サイドへ連れていかれる理由については、二人とも言葉を濁すだけだった。ガイザー社の石油コークスの山から死体が出てきたことを朝のニュースで見た、とわたしが言ってからもずっと。理由は警部補から説明するとのことだった。

パトカーのうしろはすわり心地の悪い場所だ。身長が五フィート三インチ以上の者にとってはとくに。膝が格子にぶつかるし、シートはセメントのブロックみたいに硬い。臭いも食欲をそそるものではない。正体不明の悪臭を帯びた連中が、数えきれないぐらいこのシートにすわってきたのだ。サンドイッチを食べる気が失せてしまった。

かわりにiPhoneでニュースを見た。石油コークスのなかから発見された死体に誰もが興奮していたが、名前を知っている者は一人もいなかった。

マリに愛想よくするのは癪だが、ついにメールを送った。

タグボートに乗った姿、サマになってたわよ。もうじき転職？（VIW）

女王が平民に声をかけるのか？　何かほしいものがあるに違いない（Mライアスン）

愛と承認。人はみんなそう。被害者の名前がわかったかどうか気になって（VIW）

メディアが駆けつける前に、警察がシートで覆って運び去った。きみが身元を知ってるのにおれに教えようとしないのなら、二人の関係は本当にもう終わりだ（Mライアスン）

わたしはしばらく考えこんだ——マリのことではまだ頭にきていた——しかし、ようやくメールを送り、第四管区に呼びだされたので最新情報がほしかったのだと告げた。とたんにマリは興奮して、長いメールを送ってきた。要点をまとめると、わたしがマリだけに被害者の名前を教えれば、トレフォイル・ホテルでディナーを奢ってくれるらしい。

〝爆笑〟というメールを返して、依頼人からのメールチェックにとりかかった。

ラッシュアワーのせいでダン・ライアン高速を走るのにずいぶん時間がかかり、ようやく署に着くと、わがエスコート役はわたしを受付に残してコンラッドに知らせに行った。

わたしが北へ越したあとで署の建物は改装されたが、受付にいる巡査部長は年老いていて、頬に深いしわが刻まれ、スレート色の髪はいいかげん散髪したほうがよさそうな感じだった。酒好きな喫煙者らしく声がしわがれ、そのバリトンの声で椅子を勧めてくれたが、わたしは相手のバッジに目を凝らした。

「シド？　シド・ガーバー？」

「そうだが……おたく、誰だね？」

「V・Iよ——ヴィク・ウォーショースキー。トニーの娘」

巡査部長はわたしをじっと見て、やがて笑顔になり、頬のしわが耳のほうへ押しやられた。

「ま、まさか、トニーの娘だなんて。どういうことだ？」

カウンターの端で書類の記入をしていた若い警官がこちらを向いた。しかし、トニーが何者かは知らないがその娘には興味が持てない、と判断したらしく、クリップボードに視線を戻した。来客用ベンチで待っていた女性が、警察が違法に車を押収した件につき、いつになったら誰かと話ができるのかと大声で尋ねた。

「奥さん、その車から固形状のコカイン五キロが見つかったんですよ。とにかく――」

「どこかのちんぴらが置いてったのよ。なのに、警察はそのちんぴらを見つけようともせず、うちの息子を留置場に放りこんだりして」

「かもしれませんが、車が証拠品であることには変わりがないので」巡査部長はその女性に背を向けた。「ヴィク、何年ぶりだろう？」

「どうしてここに、シド？」わたしは訊いた。「こんな危険なところに身を置くような人じゃないと思ってた」

「もう現場に出ろとは言われないし、インディアナ州のシラーヴィルの近くに週末用の家が買ってある」シドは片目をつぶってみせた。つまり、じっさいはインディアナ州に住んでいるのだろう。シカゴ市から給料をもらう身として、やってはならないことだ。

シドは父が最後に組んだパートナーの一人だった。警官の地獄と呼ばれる地区から父が救いだされたあとのことだった。父はウェスト・エングルウッドへ異動させられたのだが、その理由についてはけっして語ろうとしなかった。

父の警察勤務の日々が終わりに近づくころには、かつて父が目をかけていたボビー・マロリーが署内で権力を持つようになっていた。ボビーは父を六十三丁目とスループ通りの角から救いだし、オヘア空港近くにある勤務の楽な管区のひとつへ送りこんだ。父はそこでシドと出会ったのだった。シドは辛い仕事を避ける方法を生まれながらに知っている連中の一人だったが、父はシドの好きにさせておいた。以前の父からは考えられないことだった。シドは話し上手で、退屈な勤務時間を乗り切るには署のコーヒーよりおもしろい話のほうが役に立つ──父はそう言っていた。父が障害年金で暮らさなくてはならなくなったとき、ひんぱんに見舞いにきてくれた一人がシドだった。

電話が鳴り、ベンチの女性がわめき、警官が出勤し、退出するあいだも、シドは古き良き日々の思い出話を続けた。わたしは石油コークスの山から見つかった死体について何か知らないかとシドに尋ねた。

「酷い話だ」シドは声をひそめた。「投げこまれたときはまだ息があったらしい」

「誰だったの？ 身元はまだ不明だってニュースで言ってたけど」

シドはおおげさに肩をすくめた。「わたしよりも孫たちのほうが先に、フェイスブックで名前を見ることだろう」

シドの携帯が鳴った。コンラッドと会えることになった。右へ曲がって留置場の入口にいる女性にこちらの名前を言えば、その女性が警部補のところへ案内してくれるそうだ。

わたしが奥へ行くあいだに、連行してきた男を留置場へぶちこむようパトロール警官がシドをせっつき、車を没収された女性がカウンターにやってきてシドの前でわめきちらしていた。

21　審判《アンパイア》の逆襲

案内役の女性がわたしを連れてパーティションの向こうへまわると、そこがシフト責任者専用の狭いオフィスだった。壁面はホワイトボードに占領され、そこに一週間の勤務表が出ている。それと向かいあった壁ぎわにデスクが押しつけられていた。デスクの前には椅子が二脚、どちらにも報告書がどっさりのっていた。

コンラッド・ローリングズは左手でスマホを耳に当て、右手でパソコンのキーボードをさみだれ式に打っていた。わたしに気づくと、キーを打つ手で椅子の片方を示した。

「椅子にのってるものは床に下ろしてくれ。こっちもすぐ終わるから」

わたしが報告書をすべて床に移したとき、コンラッドも電話を終えていた。

「あんたはラインの上でふらつくタイプだ、ウォーショースキー。ついにそのラインを越えたようだな」

「なんのラインなの、警部補さん」

コンラッドがわたしに優しい気持ちを抱いたときは、〝ミズ・W〟と呼ぶ。いまは優しい気持ちではなさそうだ。わたしはブリーフケースからサンドイッチをとりだして食べはじめた。彼の優しさがさらに低下した。

「しまってくれ。ここはレストランではない」

「あなたの部下がけさの七時にわたしを叩き起こしたのよ。ついでに、同じ建物に住む全員を。食事ぐらいさせてよ。わたしがラインを越えたとか言ったわね。なんの話？」ステラ・グッツォの銀行口座を違法にのぞいたことが、コンラッドにばれてしまったのだろうか。

「国じゅうの者が従っている法律にも自分だけは縛られていないと、あんたは思っているようだ。自分の都合に合わせて勝手に規則を作ることができると思っている。あんたがそうするのを、おれは何度も見てきた」

わたしはサンドイッチを置いた。「この会話、録音されてるの、警部補さん？　名誉毀損で訴えようかな」

コンラッドはデスクの表面をにらみつけた。出だしでつまずいたことを悟ったようだ。

「こっちにきてくれ。見てもらいたい写真がある」

わたしはデスクのへりをまわってコンラッドのそばへ行った。コンラッドがパソコンのほうを向いて二行か三行打ちこむと、ガイザー社の係船場にある石油コークスの山が画面に映しだされた。厳密に言うと山ではなく、炭塵がいびつな形に積み重なり、約五百フィートにわたって延びている。中心からずれたところに高さ五十フィートほどの頂上があり、そこから傾斜して、地上十五フィートぐらいの平坦な部分へ続いている。

最初の画像は少し離れた場所から写したもので、山の全景がはっきりわかる。向こう端にブルドーザー。ヘルメットの男たちが頂上を見あげている。コンラッドは画像をつぎつぎと映しだし、二、三枚おきに停止させては、かかってきた電話に出た。画像は少しずつ山に近づいていき、警察船のデッキに据えつけられた移動クレーンのバケット部分に防護服姿の一団が立っているのが見えてきた。船が炭塵の山に横づけされて、バケット部分が山の上へ伸び、防護服の男たちが掘削作業にとりかかれるようになった。

コンラッドがわたしをここに呼んだのは、わたしと死体のあいだに何か関連があることを知っているからだ。疑惑の表情でちらちらと視線をよこし、わたしの反応を見ようとしている。自然な呼吸を続けるには意識的な努力が必要だった。ジェイクと歌のレッスンをしながらあらためて練習している腹式呼吸がここで役に立った。

作業を進めていたチームが死体を地面まで運び、埠頭の細長いコンクリート部分に横たえた。鑑識のエキスパートが繊細な刷毛で顔の炭塵を払い落とした。

わたしはフランク・グッツォを予想していた。ところが、それはジェリーおじさんの顔だった。わたしがとっさに思ったのは、炭塵で黒くなった締まりのない死に顔はダニー・デヴィートにそれほど似ていないという、じつにくだらないことだった。

「知りあいだな」コンラッドが言った。質問ではなかった。

「名前は知ってる。でも、知りあいじゃないわ。いえ、なかったわ」

「オーケイ。なんて名前だ？」

「ジェリー・フーガー。人から聞いただけよ。正式に紹介されたわけじゃないわ」

「では、どういう状況で名前を聞いたんだ？」

わたしは椅子に戻り、サンドイッチを食べおえた。

「質問してるんだぞ」コンラッドがぶっきらぼうに言った。

「わたしはいま警察署にいて、ここには立会人も法的代理人もいない。爆弾と棘が埋めこまれた質問には答えられないわ」

「単純な質問だ」コンラッドは両手を大きく広げた。「あんたが爆弾と棘などと言いだすのは、心に疚《やま》しいことがある証拠だ」

わたしはジーンズのパン屑を払って立ちあがった。「わたしを家まで送るよう、部下に命じてちょうだい」

「話はまだ終わっていない」

「始まってもいないわ。あなたは死んだ男について質問するため、理由も言わずにわたしをここにひきずってきた。わたしが知ってるのは男の名前だけ。それも本名かどうかはわからないし、綴りも知らない。これ以上わたしと話しても無駄よ。ほかに何も知らないんだもの」

「令状をとって、重要参考人として警察に留め置くこともできる」

「だったら弁護士を呼ぶことにするわ」わたしはジーンズのポケットから電話をとりだし、フリーマン・カーターの短縮ダイヤルにタッチした。

秘書が出たので、コンラッドが「冷静になってくれ。弁護士が出てきたらよけいややこしくなって困る」と言っているあいだに、わたしはいまいる場所と状況を説明した。

「三十分以内にこちらから電話がなかったら、取調べを受けてて電話を使わせてもらえないんだと思ってちょうだい」フリーマンの秘書に言った。

電話を切ってから、コンラッドに向かってつけくわえた。「アメリカ人は弁護士をやたらと中傷するのが好きよね。あなたに言わせれば、弁護士は事態をややこしくする連中。でも、わたしに言わせれば、一般市民を自白の強要から守ってくれるのは弁護士だけよ。刑事ドラマでわたしがいちばん嫌いなのは、弁護士に頼ろうとする容疑者を刑事が冷笑する場面。その冷笑は、逮捕した相手に手荒なまねができないことへの苛立ちを隠すためなんだわ」

「あんたは逮捕されたわけではない。もっとも、いまこの瞬間、できるものなら逮捕してやりたいが。被害者とどうやって知りあったのか話してくれ」

「さっきも言ったでしょ、警部補さん。べつに知りあいでは――」

「わかった。だが、あんたは被害者の名前を知っている。警察にもわからなかったのに。捜査の進展に協力してもらえて、警察は感謝している。ろくに睡眠もとれないこの公僕に、お願いだから、亡くなった男の名前を知るに至った経緯を話してもらえないだろうか」

友好的にやっていきたいわけね。

「この二週間のうちに、二回顔を合わせたの。どちらも偶然の出会いだった。一回目は聖エロイ教会へわたしが司祭に会いに行ったとき。二回目は先週の金曜日、リグレー球場の外で」

「正式な紹介はされていないと言ったな。なぜ名前がわかった？」

「教会で出会ったとき、彼は若い女性と激しいやりとりをしている最中で、その女性が〝ジェリーおじさん〟って呼んだの」わたしはコンラッドをじっと見て、正直に答えたのは間違いではなかったかと考えこんだ。

「こっちにいる昔の友達が、高校生の息子のことを、将来プロ野球のスターになれる逸材だって自慢してるの。先日、聖エロイ教会に寄ったら、たまたまその子の試合を見ることになってね。そこの司祭が――カルデナル神父っていうんだけど――そばにきて、ジェリーおじさんがわたしの名前を尋ねてたって言ったの。で、名前を教えたんですって。だったら、わたしも当然、向こうの名前を教えてもらっていいわけでしょ。カルデナル神父は気に入らない様子だったけど、しぶしぶ教えてくれたわ」

「そもそも、なんの用があって教会へ行ったんだ？」コンラッドが訊いた。「被害者が女と口論していたという、その最初のときのことだ」

「これだから警官に話をするのはいやなのよね。警官はいつだって、気の向くままにどんな質問でもしていいと思ってる。警察にそんな権利はないのよ。わたしは市民の義務として協力してるだけ。話はこれでおしまい」

「クリスチャンでもないあんたがなんで教会へ行くんだ？」

わたしは電話をとりだし、メールチェックを始めた。

「おれを怒らせる気なら、大成功だ。ジェリーおじさんを見るために、おれは五時にベッドからひきずりだされた。おれに必要なのは助けだ。睡眠だ。口答えではない」

わたしはメールの作成を終えて時刻を見た。「いまから五分以内にわたしがフリーマン・カーターに電話をしなければ、向こうは行動に移ってわたしを見つけだし、保釈の手続きや何かを始めることになるわ」

「あんたは逮捕されたわけでも、勾留されているわけでもない」コンラッドは言った。唇をきつく結んだ。「じゃ、お願いだから、教会へ行った理由を話してくれないか」

「家族関係の用事があったからよ。ジェリー・フーガーとわたしをどうやって結びつけたのか話してちょうだい」

コンラッドも警官の例に洩れず、情報をよこすのを渋ったが、ようやく言った。「ズボンのポケットにあんたの名前が入ってた。くしゃくしゃのクリネックスに包んであった。身元を示すものはすべてはぎとられ、服のタグまではずしてあった。べつに高価なブランドものではないけどな。犯人は汚いクリネックスを見落としたんだろう。だが、もしかしたら、あんたに嫌疑がかかるように細工したのかもしれん」

「わたしの名前？　メモしてあったの？」

「あんたの名刺だ」

「渡してないけど」じっくり考えてみた。「そうだ、彼の姪に一枚渡したわ。そこからフーガーの手に渡ったのかもしれない」

「誰が殺したのか、動機は何か――それに関して、あんたの説は？」

「説なんかないわ。だって、フーガーについて何も知らないんだもの。死んだことだってさっき聞かされたばかりよ。ただ、犯人が誰にしろ、ガイザー社の係船場に近づける人間でしょう。フーガーは炭塵の山のてっぺんに遺棄されていた。ブルドーザーで運びあげるしかなさそうね。それとも、誰かが移動クレーンつきの船で運んできたのかしら。軽量級の男じゃなかったし、そもそも、炭塵の山なんてそう簡単によじのぼれるものではないし」

「そうだな、ホームズ、われわれもそう推理した」

「カルデナル神父の話だと、フーガーはあの界隈で便利屋をやってたそうよ。教会の電気系統の仕事もひきうけてたみたい。ひょっとすると、ガイザー兄弟が住んでるパーム・スプリングスの大邸宅の配線を間違えたものだから、ほかの電気工事業者への見せしめとして、石油コークスの山に埋められたのかもしれない」

わたしの電話が鳴った。フリーマンの秘書からで、こちらの様子を確認するためだった。

「わたしはジェリー・フーガー殺しの重要参考人ではないと、警部補さんが判断したようよ。でも、状況が変わったらメールするわ」

コンラッドがわたしをにらみつけたが、挑発に乗るようなことはなかった。「教会にいた女とは？　あんたが初めてフーガーを見かけたとき、口論していたという女のことだ」

わたしは首を横にふった。「知らないわよ。照明がひどく暗くて、顔もよく見えなかった。でも、三十歳ぐらいじゃないかしら。白人女性、身長は五フィート六インチぐらい、髪はたぶん濃いブロンド。詳しいことはカルデナル神父に訊いてみて」

「あんたにも一緒に行ってもらう」

「あのね、わたしには生活があって、仕事もあって、警部補さんの都合に合わせて動くことはできないの」

コンラッドはニヤッと笑って金色の前歯を見せた。「このところ、おれの縄張りに入りこんでたじゃないか、ウォーショースキー。おれはイースター・バニーの存在を信じてないし、あんたが高校生の野球試合を見るためだけに、カブスの国からはるばるこっちまできたなんてことも信じない。何かに首を突っこんでるはずだ。だったら、やはり一緒にきてもらわないとな。あんたと善良なる神父とのやりとりを見守るとしよう」

22 リアルすぎる事柄

カルデナル神父との話を終えてから、コンラッドはわたしを通勤電車の駅で降ろした。わたしは憤慨した。部下をよこしてはるばる南まで呼びつけておきながら、帰りは送ってくれないなんて。公共交通機関を使うと、帰るのに二時間近くかかる。でも、コンラッドはわたしに対して温かいときと冷たいときがある。いえ、冷たいときと生温かいときかも。わたしに捜査を妨害されたと思っているのだ。その仕返しに、わたしを途中で放りだして一人で帰らせるなんて了見の狭いこと。警官の給料はけっして高くないが、一般人は手にできない権力という余禄がある。

コンラッドのことで頭にきていなければ、わたしが駅を離れることはなかったかもしれない。もしくは、もうじき電車が到着することになっていれば。しかし、この時間帯は一時間に一本しか走っていなくて、しかも、ひと足違いで乗り遅れたところだった。

駅はガイザー社の係船場からそれほど離れていない。コンラッドの車が南のほうへ曲がると、わたしはすぐさまホームの階段を下り、九十三丁目を波止場に向かって歩きはじめた。カリュメット川に近づくにつれて道路が迷路のようになってくるので、方向感覚を失わないようにするのが大変だった。スマホの地図アプリも役に立たなかった。川に沿って、倉庫、屑鉄置場、商品の積み下ろし場、閉鎖された製鋼所などが続いているため、何度か遠回りになり、時間を無駄にしてしまった。

迷路のような道が午前中のわが会話を象徴しているかに思われた。まずコンラッド。つぎはカルデナル神父。

さきほど、天井が崩れかけている執務室で神父と話をした。二週間前にわたしがその修理を見守った、充塡剤で補修してある箇所はどうにか無事だったが、ギエルチョフスキー神父の写真の上に新たな穴があいていた。

カルデナルはジェリー・フーガーの死がいかに衝撃だったかを語り、わたしが何か関わっているのではないかと尋ねた。そのとたん、当然ながら、脛の骨に飛びつくミッチみたいにコンラッドがわたしに食ってかかったため、もともと和やかとは言えなかった会話がよけい険悪になった。

サウス・サイドで起きる犯罪すべてをこっちのせいにされたのでは協力する気になれないとわたしが言って、ようやく二人の男性を納得させたとき、コンラッドが若い女のことを思いだした。その女性がフーガーと話しているところを、わたしが目にしたのだ。いや、コンラッドに言わせれば、若い女がフーガーと話しているのを、わたしが〝見たと主張している〟だけだそうだが。

わたしは女性の外見について、コンラッドに言ったのと同じことをカルデナルにも言った。

「それだけじゃ、どこの誰とも断定できないな」疑いの目でこちらを見て、神父は言った。

「平均的な白人女性、髪は濃いブロンドで肩までの長さ、三十歳ぐらい」わたしは言った。

「フーガーのことを〝ジェリーおじさん〟と呼んでたわ。身内かしら」

「うちで雇っていたわけではないから、正規の雇用者に必要な書類の作成はしていない。賃金は現金払いだったし、自宅の住所も知らない」カルデナルは言った。

こう言われても、ゴールド・コーストと違って、サウス・サイドではさほど奇異な感じはしない。人々がおたがいに便宜を図り、こっそり金のやりとりをしている地区なのだ。「フーガーの仕事量はどれぐらいだったの？」

「うーん、はっきりとは言えない。毎週月曜日に仕事にくるとか、そういう感じではなかった」カルデナルは言った。「仕事のリストを作っておいて、ジェリーがきたときに渡すことにしていた。古い建物の配線の修理は得意だったが、金が必要なときしか出てこなかった」

「わたしが姿を見かけたのは二週間前だったけど、あのときも教会で作業中だったの？」

カルデナルは両手を上げた。「そんな前のことは覚えていないが、ひょっとするとそうかもしれない」

カルデナルはデスクに置かれた書類をかきまわし、一枚の紙を手にとった。「聖書台の上の照明。三週間前に報告があったが、いまも明滅が続いている。オルガンの上のブレーカー。すぐに落ちてしまう。新しい配電盤を買う余裕がないので、ジェリーに配線のやり直しを頼んでおいたが、どちらもまだやっていない」

「すると、わたしがここで二人を見かけた日は、フーガーが教会を待ちあわせ場所に選んだのかもしれない。もしくは、女性のほうが選んだのかも。教区民や学校の教職員のなかに〝フーガー〟という名字の人はいない？」

カルデナルは首を横にふった。「珍しい名字だから、いれば記憶に残っているはずだ」

「フーガーは金が必要になると教会にきたという話だが」コンラッドが言った。「麻薬とか？　酒とか？」

「わたしの気づいたかぎりではありませんが、ほかに何か悪癖があったかもしれません。ギャンブル好きとか、金遣いが荒いとか。あるいは、家族を養っていたとか。例えば、ミズ・ウォーショースキーが目にしたという女性などを。もっとも、あの男に家族がいるようには見えなかったが。九十一丁目の商店街で問いあわせてみてはどうでしょう？　本人の話では、あそこでけっこう仕事を頼まれていたようです。ミスタ・バグビーにも話を聞いてみてください。ジェリーがバグビー運送のトラックに乗っているのを、ミズ・ウォーショースキーが見ていますから」

「なんだと？」コンラッドの声が鞭のように鋭く響いた。「あんた、被害者がバグビーのトラックに乗っているのを目撃しながら、おれに報告する価値はないと思ったのか」

「重大なことなの？　バグビーが関係してるの？」運送業はマフィアにとって格好の隠れ蓑になる。どこへでも行けるし、なんでも運べる。死体を石油コークスの山まで運ぶことだってできる。

「おれの知るかぎりでは、バグビーはあんたと違って模範的市民だ」コンラッドが言った。

わたしは以前に撮ったフーガーと〈強面〉の写真をコンラッドに見せるつもりで、iPhoneをひっぱりだしていたが、必要もない皮肉を言われたので、見せるのはやめにした。でも、やはり見せるべきだったかもしれない。傷痕とあばただらけの顔に〝殺し屋〟とでかでかと書いてある人間がいるとすれば、この〈強面〉こそ、まさにそうだもの。

「でもやっぱり、フーガーがバグビー運送の雑用をひきうけてなかったかどうか、訊いてみたらどうかしら。配車係は見たことのない男だとわたしに言ったけど」

コンラッドはますます機嫌を損ねた。「あんた、バグビーに会いに行ったのか」

「ヴィンス・バグビーには会えなかったけど、駐車場に車を止めて、事務所でフーガーのことを訊いてみたの。配車係がなぜあんなに神経質になったのかわからないけど、フーガーのことは知らないって言いはってた」

「で、あんた、おれの縄張りに足を踏み入れたのは家族関係の用事があったからだと言うのか」コンラッドが詰め寄った。「いくらあんたでも、やりすぎだぜ」

「失礼ですけど、警部補さん、わたしたちはどの時点でロシアかイランに転送されたのかしら。市民が企業を訪ねて質問するさいには警察の許可をとらなきゃいけないような国に。配車係がわたしに嘘をついた可能性はあるわ。警部補さんなら、バッジと銃をひけらかし、なんだったら鞭もふりまわして配車係を魅了して、本当のことを聞きだせるかもしれない」

「ヴィンス・バグビーはわが教会の青年奨学基金に多額の寄付をしてくれている」カルデナル神父が横から言った。「われわれが尽力に感謝していないなどとバグビーに思わせるようなことは、お願いだから言わないでほしい」

「ローリー・スキャンロンはどうなの？」わたしは訊いた。「フランク・グッツォの息子が野球合宿に参加できるよう、援助してくれるみたいよ。教会の青年部の力にもなってくれてるの？」

「ミスタ・スキャンロンも教会のためにずいぶん尽くしてくれる人だ。きみが帰ったあとで、わたしはベティ・グッツォから話を聞いた。ベティはきみのことを怖がっている。あの日、きみが試合を見にきたのは、スキャンロンがフランキーに与えてくれたチャンスをつぶすためだというんだ」カルデナルは言った。

「グッツォ家の人は全員、接着剤か何かを吸いこんで脳みそが腐ってしまったようね。わたしはステラがブーム＝ブームを誹謗するのをやめさせたいだけなの。フランキーには大きなチャンスをつかんでほしいと思ってる。でも、まだ十五でしょ。十九でどうなるかは未知数よ」

「脅しのつもりか」カルデナルが言った。

「神父さまはベティの妄言をまともに受けとってるの？　もちろん、脅しじゃないわ。わたしのいとこが十五だったとき、同じように有望視されてた子がほかにもたくさんいたわ。みんな、いとこと同じように、いえ、それ以上に練習に励んだけど、十五歳ですでにピークを迎えてしまってた。スキャンロンがどんな見返りを期待してるのか、わたしにはわからない。まあ、地域社会に恩を売っておけば、選挙のときに十区の票を集めることができるでしょうけど。でも、スキャンロンの力でフランキーがレベルの高い野球合宿に参加できれば、今後の成長に大きなプラスになるわね」

「地域社会のことを気にかける者がいれば、それだけで地域社会全体に善意が広がるんじゃないのか」コンラッドが詰問した。「あんたはどうしていつも、裏に何か魂胆があるんじゃないかと疑うんだ？」

「コンラッド。親切で世間知らずの親愛なるローリングズ警部補さん。ここはシカゴなのよ。スキャンロンは民主党の集票マシンに欠かせない人物なのよ。そもそも、十区の選挙対策委員長で――」

「スキャンロンはこの地区に欠かせない人物だ」コンラッドが口をはさんだ。「警察の〈寡婦&孤児基金〉に寄付してくれるし、警察が推進する暴力団撲滅運動に協力してくれている。スキャンロンが見返りに望んでいるのはわずかな保険商売だけだ。組合の規定より多額の保険金を希望する警官とスキャンロンが保険契約を結ぶのを、うちの署では黙認している。地域社会にずいぶん尽くしてる人だから、それぐらい当然だ」

「フランク・グッツォが言ってたわよ。特別のカウンセリングが必要な子がいると、スキャンロンはその子を連れて二人だけで旅行に出るんだって。戻ってきたとき、子供に何か変化があったのを見たことはない？」

この意味深な言葉を聞いて、コンラッドもカルデナルも怒りを爆発させた。しかし、わたしは安堵するどころか不安になった。二人ともわたしが聞いたのと同じ警鐘を耳にしながら、スキャンロンの援助がほしくて、認めるのを躊躇している――そんな印象だった。わたしがそう言うと、二人はよけい激怒した。それからほどなくコンラッドとわたしは教会をあとにし、よそ者の扇動者が地域社会に入りこんで住民を怒らせ、不快にさせるのは許せないと言って、コンラッドがわたしを痛烈に批判した。

「公民権運動をしていた労働者にも同じ言葉が投げつけられたのを覚えてるわ」

「あんたとエラ・ベイカーを混同する者はどこにもいない。だから、思いあがるのはよせ。

こっちに出向いてくる本当の理由は何なんだ？　あんたの家族がどうのというたわごとをおれが信じると思うなよ。こっちにはもう親戚もいないはずだ」

「家族っていうのはね、その生死にかかわらず、いつも胸のなかに存在しているものよ。じつは、わたし、フランク・グッツォに頼まれて、その母親と話をするためこっちにきたの。すると母親は例の日記なるものを出してきた。あとはあなたもご存じのとおりよ」

「あんたのいとこの名前を新聞で見たあと、おれはアニー・グッツォ殺しの古い事件ファイルに目を通してみた。現場写真は目を覆いたくなる凄惨さだった。ステラは前後の見境もなくなってたに違いない。はるか昔のことなのに、あんたがどういうつもりで事件をつついてるのか、おれには理解できん」

わたしはいやな顔をした。「わたしも。ただ、万華鏡が回転するのをしばらく見たあとで、フランクがわたしの注意をそらすのに必死のような気がしてきたの。ステラが無実を訴える決心をしたために、フランクか、その妻か、あるいは、母親にまつわる何かが明るみに出ようとしている。フランクはそれを嗅ぎつけられるのが怖くて、わたしの注意をそらそうとしたんだわ」

「何が明るみに出るんだ？」コンラッドが訊いた。

「知らない。金曜日にわたしがこちらで少年野球を見に寄ったとき、フランクの奥さんのベティが変なことを言ってたわ。アニー・グッツォの死に自分が関わったことを認めたような言い方だった」

「こっちではギャングがらみの殺しが山ほど起きてて、おれは退職するまでその捜査で大忙しだし、必死にがんばっても成果はないと思う。刑期を終えた老女のことなどかまってる暇はないんだ。ローガンにいる知人に話を聞いてみたところ、ステラ・グッツォは手に負えない受刑者の一人だったと言っていた。人格者にはほど遠い女だ。嫁の罪をかぶるなんて、ぜったいありえない。あんた、まさか、二人が愛人関係にあったと思ってるんじゃあるまいな?」

わたしは呆気にとられてコンラッドを見た。「それだけの想像力があるのなら、煽情的なロマンス小説を書くべきだわ、コンラッド」

「ついさっき、ローリー・スキャンロンのことを小児性愛者だと言って中傷しといて、今度はムッとするわけか。笑い飛ばせばいいのに、できないんだな」コンラッドは車のギアを入れると、四ブロック走ってメトラ(シカゴと郊外を結ぶ通勤鉄道会社)の駅まで行った。「車で送るのはここまでだ、ウォーショースキー。ステラ・グッツォがあんたのいとこに罪をなすりつけようとしてて、あんたも気の毒ではあるが、ノミのたかった犬は泥のなかで寝かせておけばいいじゃないか。司祭や地元の篤志家を泥沼にひきずりこむようなことはせずに」

「ちょっと、ふざけないでよ、コンラッド。わたしは誰もどこにもひきずりこんでないわ。そっちがわたしをここまでひきずってきたのよ。車もなしに。だから、ループまでちゃんと送ってちょうだい」

「一人で帰れるだろ、ウォーショースキー、いい大人なんだから」

わたしはとぼとぼ歩きながら、コンラッドとの会話を頭のなかで再生するのをやめようとした。怒りは判断力を狂わせる。でも、一方では怒りのおかげで、泥だらけの穴ぼこや瓶の破片のあいだを足早に歩くことができた。

途中でマリのことを思いだした。ブーム＝ブームの件で、マリへの腹立ちはまだ収まっていなかったが、長年の同僚のようなものだし、メディアの人間を敵にまわすよりは友達でいたほうがいい。フーガーの名前をマリにメールしていたとき、鉄筋につまずいて砂利道に倒れ、前腕をすりむいてしまった。電話を尻ポケットにしまった。うわの空で歩けるような場所ではない。

石油コークスの山が見えてくる前から、咳とくしゃみが出はじめた。つぎの角を曲がると、施錠されたゲートが目の前にあった。その向こうがガイザー社の係船場だ。入口に警備員の詰所があったが、警備員はわたしと口を利こうともせず、シッシッというように手をふっただけだった。

警備員の視界に入らないところまで退却し、川と線路ぎわに続くフェンスに沿って進んだ。フェンスのところどころに、この区域が厳重に警備されていることを示す掲示が出ていたが、すべての係船場に詰所があるわけではない。どうにかもぐりこめるだけの隙間のあるゲートが見つかった。赤いニットのスカートに錆がついてしまったが、労なくして得るものなし。少なくともわたしの人生はそうだ。

地面の穴ぼこがゆうべの雨で水たまりになっていた。水面が紫っぽい緑色を帯びている。トランスミッション・オイルが洩れて道路に広がったときと同じ色だ。オイル混じりの泥のなかを歩きながら、衝動的な自分を呪った。ケーブルテレビのマリの番組でこの光景を見ておけばよかった。それに、いまごろはもうダウンタウンに着いていたはずだ。ループ行きのつぎの電車は、わたしがガイザー社の係船場のゲートから追い払われていたあいだに発車してしまった。

石油コークスの山に裏側から近づいた。鑑識チームを乗せてきた警察のバンがその縁に止まっていて、防護服の一団が山のてっぺんをかき分けている様子だった。わたしは川のほうへまわった。何を見つける気でいるのか、自分でもよくわからなかった。鑑識がこの一帯を丹念に調べたあとだというのに。しかし、フーガーの死体がここに運ばれた方法を想像してみようとした。

岸壁から川をのぞきこんだ。瓶と缶、〈マクドナルド〉と〈ポパイ〉の包み紙、タンポンとパンパースといった、水辺でよく見かけるゴミのほかに、石膏ボードの破片、ツーバイフォーの材木、車のフェンダー、発泡スチロールのカップなどが浮いていた。フーガー殺しの手がかりをつかもうとして誰かがこのゴミを調べたとしても、それが完了するより、カブスのワールドシリーズ進出のほうが早く実現するだろう。

石油コークスの山と川にはさまれた狭いスペースをゆっくり進みながら、ニットのセーターをひっぱりあげて鼻と口を覆った。それでもなお、炭塵のせいで涙が出てきた。大きなくしゃみをしたとき、誰かの手で肩を乱暴につかまれた。

「何者だ？　どうやってここに入りこんだ？　くそったれの新聞記者か」ヘルメットに安全ベスト、戸外で働く時間が多いせいか、なめし革のような肌をした男性が、わたしの背後にいた。

「いいえ。くそったれの探偵よ。そちらは警察？」

「ガイザー社の者だ。うちの係船場によそ者が入りこむのにうんざりしている。バッジを見せてくれ」

わたしはラミネート加工をした探偵許可証のコピーをとりだした。「私立探偵なの」

「だったら、ここに入る権利はないはずだ。通行証もヘルメットもなしに、どうやって正門を通り抜けたんだ？」

「運がよかったのね、たぶん」

男に追い立てられて山の正面側にまわると、同僚らしき連中がころがった樽に腰かけたり、土木機械にもたれたりして、鑑識チームの作業を見守っていた。

銀色のジープ・パトリオットがそばで止まり、わたしのジーンズに泥をはねかけた。海兵隊ふうの髪型をした五十歳ぐらいの男性が運転席の窓を下げた。

「ジャーヴィス、この波止場を死体の捨て場所にするとはどういうつもりだ？　どんどんふえて隠しきれなくなったのか」

男性が大きな微笑を浮かべているので、ガイザー社の男も笑みを返したが、おざなりなものだった。「バグビー――ニュースを見たのか――こっちにとっては――」

「災難だな。よくわかる」バグビーは相手の言葉をさえぎった。「冗談にして悪かった。死体の身元はわかったのか」

「警察が突き止めたばかりだ。ジェリー・フーガーという男。近所の雑用をあれこれひきうけてたそうだが、この波止場へ何しにきたのかは誰にもわからない」

「いま調べようとしてたところだ。通行証もなしに入りこんでたんでね。正門で番をしてるキップルのそばをどうやって通りすぎたのか理解できないが、話を聞いてみて――」

「小道を歩いてきたようだな」泥だらけの服に気づいたバグビーがわたしに言った。「なんの用だか知らないが、かなり重大なことらしい。われわれで何かお役に立てるだろうか、ミズ――ええと？」

「ウォーショースキーよ」

「ホッケー選手の？」バグビーが訊いた。

「リタイアしたわ。最近は探偵をやってるの」

バグビーは驚いた様子だったが、やがて頭をのけぞらせて大笑いした。「わかったぞ。ブーム＝ブーム・ウォーショースキーの親戚だね？」

「いとこよ」わたしは微笑した。とりあえず愛想よくしておこう。「警察でジェリー・フーガーの身元確認をしたのがわたしなの。おたくの従業員だったの？」

バグビーは首を横にふった。「名前を聞くのも初めてだ」

わたしはiPhoneをとりだして、〈強面〉と一緒にバグビー運送のトラックに乗りこもうとしているフーガーの写真を見せた。

バグビーはわたしの手からiPhoneをとり、眉をひそめて写真を見た。「ぼやけてて顔がよくわからないが、ちびの太ったほうはダニー・デヴィートにそっくりだな。だが、トラックのほうはわかる。くそっ。今日一日が終わる前に、誰かが失業手当の手続きをすることになる。うちのトラックを外部の者に貸した罰だ。万が一事故でも起きたら、社が莫大な補償を請求されるからな。写真をわたしに送ってくれ。いいね？　ナンバープレートをこっちで確認する。その午前中に誰が運転することになってたのか、プレートから突き止めることができる」

「この写真なら、金曜日におたくのお嬢さんに渡したわよ。まだあなたに見せてなかったなんて驚きだわ」

バグビーは首をふった。わざとらしく、悲しそうな顔をして。「デルフィナのやつ！　ダニー・デヴィートじゃなくて、ジョニー・デップみたいな男だったら、いまごろは、すっかり忘れてしまうかわりに、そいつを追っかけまわしていただろう」

わたしは微笑した。わざとらしく、理解できるわという顔で。「配車係まで写真のことを忘れてしまうなんて、お嬢さんに合わせたのかしら」

バグビーはまたしても値踏みするような視線をよこしたが、その話題から離れ、表の道路まで車で送ろうとわたしに言った。「とぼとぼ歩いていく手間が省ける」

「ここに残るわ。警察が何を掘りだすか見てみたいの」

「残らせるわけにはいかない」ガイザー社の男性がバグビーに言った。「通行証もヘルメットもないし、市の職員でもない。追いだしてくれ」

追いだす？　それじゃまるで、わたしが豚にとりついた悪魔みたい。

「わかった。気の毒だが、ミズ・ウォーショースキー、ジャーヴィスの言うとおりだ。通行証なし、ヘルメットなし、ここにくる資格なし」

わたしは精一杯の威厳をかき集めて譲歩し、並んだパトカーのところで足を止めて、見知った顔がないか確認した。運に恵まれなかった。うしろからついてきたジャーヴィスがわたしの不法侵入について説教し、途中でくしゃみを始めた。わたしはセーターでずっと鼻を覆っていた。

バグビーが警笛を鳴らした。「ウォーショースキー！　列車が出るぞ」

わたしはジープの助手席に乗りこんで、自分の服装に嘆きの目を向けた。ランニングシューズは泥だらけだし、ソックスはぐしょ濡れ、ほぼ新品だったジーンズは片側に長い裂け目。フェンスを通り抜けたとき、有刺鉄線にひっかかったに違いない。

「埋葬場所を見ようとして服を台無しにしてしまったのなら、フーガーというのはよほど重要な人物に違いない。どういう知りあいだね？　探偵としてそいつのことを調査中だったとか？」バグビーが訊いた。

「ずいぶん気になるようだけど、その理由は……？」

バグビーはニッと笑ったが、視線は道路に据えたままで、大きな陥没部分を避けて通った。

「会話がとぎれないようにと思って。だが、そいつがわが社のトラックを運転していたのなら、何に関わっていたかを調べたほうがよさそうだ。荷物が行方不明になることがけっこうあるのでね」

「フランク・グッツォをご存じ？」わたしは訊いた。

「落とし穴のある質問かね？　知ってるとも。ずっとうちで働いている。まさか、グッツォがガイザー社のあの係船場にいたなどと推理してるんじゃないだろうな」

「会話がとぎれないようにと思って」わたしはすまして言った。「フランクがカブスの入団テストを受けることになったとき、コンディションを整えられるようにって、バグビーが休暇をくれたそうね」

「うちのおやじだ。もう亡くなったが。七年前に心臓発作で」わたしたちは正門まできていて、パトリオットを通すためにゲートが開いた。バグビーが窓から顔を出して警備員に声をかけた。

「キップル、このレディが道に迷って、ガイザー社の係船場に入りこんでしまった。警備部のほうへ話をしてフェンスを調べたほうがいい。穴があいてないか確認するんだ。暗くなってから誰かがここに入りこんで、炭塵のなかで死んだりしたら困るだろう？」

「フーガーが石油コークスのなかで死んだことを知ってるの？」わたしは訊いた。「たしか解剖もまだ始まってないけど」

「言葉のあやだよ」バグビーは尖った声で言った。「きみはいつもそうやって、人の言葉を額面どおりにとるのかね？」

「ええ、たいてい。人は思ったことをストレートに表現しがちだから。第四管区のコンラッド・ローリングズから――彼のことはご存じでしょ？――二時間ほど前に聞いたんだけど、石油コークスの山に放りこまれたとき、フーガーはまだ生きていたと、警察では見ているそうよ」

バグビーはふたたび微笑して、善人のマスクをかぶりなおした。「ならば、ローリングズに確認するとしよう。ここまでくれば、あとは一人で帰れるね？」

わたしはチャンドラーかバニヤンをまねて、〝ここがわたしの家〟とか〝この世にわたしの家はない〟といったキザなセリフを返そうかと思ったが、「ええ、大丈夫よ」としか言えなかった。そして、長い家路についた。

23　芝居こそ絶妙の機会

ところが、駅に着いたら、またしても電車が出たあとだった。わたしは空腹と、喉の渇きと、苛立ちと、くしゃみに悩まされていた。また、照明の薄暗い駅のトイレで鏡を見てわかったように、汗と汚れにまみれていた。

重い足どりで歩きまわった一日、コンラッドや神父や波止場の連中とやりあって過ごした一日の最後に、食べものに慰めを見いだした。BLTサンドとポテト。食べながら、登録しているデータベースでフーガーのことを調べてみた。

情報はほとんどなかった。現金商売をしている人間には珍しくもないことだ。イースト・サイド育ち。父親はノーマン・フーガー、母親はウィルマ。二人ともすでに亡くなっている。聖フランシス・デ・セイルズ高校を卒業後、地元のコミュニティ・カレッジでビジネスコースを受講。

データベースでわかったかぎりでは、一度も結婚していないし、子供の養育費を払っている様子もない。また、兄弟もいないようだから、蜂蜜色の髪をしたあの女性にとって血のつながったおじではないことになる。となると、女性を捜しだすのはむずかしい。もっとも、捜すべき理由があるわけではなく、コンラッドに話したことが事実だと証明したいだけだった。

　聖エロイ教会の電気系統の修理ができるだけの技術をフーガーがどこで身につけたのかは、はっきりしなかった。税金も払っていなかったようなので、職歴をたどるのは不可能だった。フーガーの最後の住所はランシング、シカゴの東南の端とインディアナ州の境界線にはさまれた小さな町だ。地図アプリで調べてみると、その住所はバンガローの裏手にあるガレージだった。そちらへ出かけるのは、車が使えるようになるまで待つしかない。十二時二十分発ダウンタウン行きの電車に間に合うように駅まで戻らなかったら、さらにお預けだ。iPadの画面についたマヨネーズを拭きとり、急ぎ足で駅に戻った。

　ループに着くと、タクシー三台に乗車拒否をされたあとでようやく、家までこころよく送ってくれるタクシーを見つけた。ラジオからニュースが流れていた。警察は石油コークスのなかで死亡していた男性の身元について、血縁者が見つかるまで伏せておくつもりらしく、男性の名前はジェリー・フーガーだという〈グローバル・エンターテインメント〉の報道を認めようとしない。わたしはひそかに微笑した。マリは男性の名前を伏せておけなかったわけだ。コンラッドがメディアに出し抜かれていい気味だわ。

　ジェイクは生徒を教える日なのですでに出かけていた。ミスタ・コントレーラスのところに寄って、手錠もかけられず、わずかな打撲傷だけで帰宅できたことを知らせた。バーニーはたぶん、ヤッピーの客に酒を運んでいるころだろう。つまり、わたしは一人でゆっくりお風呂に入る贅沢に浸れるわけだ。

　服に泥と炭塵がこびりついていたので、玄関に入るとすぐにすべて脱ぎ捨て、そこに置き去りにした。ランニングシューズとジーンズは工業用油にまみれているため、救えるかどうかわからないが、ニットのセーターはクリーニングに出せばきれいになるかもしれない。

髪と毛穴から石油コークスをすべて流し去るまでに、浴槽の湯を三回替えなくてはならなかった。翌日はくしゃみや咳をするたびに、クリネックスに灰色の汚れがついた。炭塵が人体の健康に及ぼすリスクは証明されていない、という汚染防止局の断言に感謝。黒肺塵症や上皮癌の心配はしなくていいわけだ。

最初の予定では、事務所へ出かけて依頼人への報告書作りに専念し、ローリー・スキャンロンと話をするための作戦を練るつもりだったが、清潔な下着をつけたところで、もう一分たりとも動けなくなった。睡眠の専門家は口をそろえて、昼寝は不要、眠気が強まれば夜になって八時間ぐっすり眠れる、なんの問題もない、と言う。もちろん、そんなことを言う睡眠の専門家は、朝早く警察に叩き起こされることも、グッツォ一家のことを考えて頭を悩ませることもない。横になって一秒もしないうちに、わたしは眠りに落ちていた。

ジェリー・フーガーがスタジアムの氷を煤で覆っていた。ブーム＝ブームが横のほうからすべってきてフーガーを突き飛ばした。ブザーが鳴り、試合は終わったが、ブーム＝ブームがフーガーを煤のなかにころがし、ブザーが鳴りつづけていた。わたしは目覚まし時計を止めようとして手を伸ばした。でも、鳴っていたのは電話だった。

「ヴィク？　一人なの？」バーニーの声。

わたしはぼうっとしたまま身を起こした。「どこから電話してるの？　大丈夫？」

「うん、うん、あたしは大丈夫。でも、ヴィクと話したいって人がきてるの。入っていい？」

「だめ。誰なの？」

電話で話を続けながら、バーニーがわたしの寝室のドアをあけた。「誰だかわかんないけど、ヴィクと話がしたいっていう女の人。あたし、玄関を入ってすぐのとこにヴィクの服が落ちてるのを見て、たぶん、ジェイクと――」

「はいはい。さあ、出てって。着替えるから」

ジーンズとスウェットシャツに着替えると、寝室のドアの外でバーニーが待っていた。訪問客のことをひどく気にしている。わたしは日中に深い眠りから叩き起こされたときの、あのぼうっとした状態だった。バーニーに向かって首をふり、エスプレッソを淹れるために台所へ行った。マシンが温まるのを待つあいだに、水道の蛇口から頭に冷たい水をかけた。

バーニーがわたしにくっついてきた。「その女の人も警官だったらどうする？　それとか、殺し屋だったら？　早く会ったほうがいいわ」

「知らない人間を建物に入れちゃだめよ、バーニー。警官か殺し屋だったら困るでしょ。その人に何を言われて、なかに入れる気になったの？」

バーニーは居心地が悪そうにもぞもぞした。「仕事から帰ってきて正面入口のドアをあけようとしたら、その女の人がそばにきたの。ヴィクのこと知ってるかって訊かれたから、ええ、もちろん、だって一緒に住んでるもんって答えたら、あたしについて入ってきたの」

わたしはうめき声を上げた。「バーニー――その人を帰したあとで、人に声をかけられたときの答え方について少し講義してあげる。いまはとりあえず、裏階段を下りてサルおじさんのとこへ行きなさい。その人が斧殺人鬼だったりするといけないから」

バーニーを台所のドアの外へ押しだしてから、エスプレッソのダブルを二杯作った。一杯目はいっきに飲み、二杯目を持って廊下に出た。訪問者が暴力をふるおうとしたら、相手の顔めがけて投げつけてやればいい。

その女性は暴力をふるうどころか、彼女自身が襲われるのを恐れているかのように、神経質にあたりを見ながら、廊下をうろうろしていた。蜂蜜色の髪は、わたしが二週間前に聖エロイ教会で会ったときと同じく、ひっつめてうしろでまとめてあった。

「あ――あの、探偵さんですよね？」

「ええ。あなた、ジェリー・フーガーの姪御さん？」

「あの――ほかに誰もいません？　さっきの女の子は誰？」

「声をかけられてあなたを建物に入れた若い女性はここに住んでる子だから、ここにいる権利があるの。だから、彼女のことは忘れて、あなたが誰なのか、なんの用なのかに話を移しましょう」わたしは女性の横を通って居間に入り、アームチェアの上であぐらをかいて、朝から歩きまわったせいで疼いているふくらはぎをさすった。

女性はピアノのベンチの端に腰かけた。「わたしのおじとはどういう知りあい？」

「いいえ、知りあいじゃないわ。教会であなたが〝おじさん〟と呼んでるのを耳にしたの。ほら、あなたに名刺を渡したあの日。でも、ジェリー・フーガーには兄弟も姉妹もいない。だから、あなたが誰なのか、なぜここにきたのかを話してちょうだい」

「姉がいたわ」

エスプレッソの助けがあっても、彼女の話についていくのは大変だった。「警察から何か聞いてる?」

「まさか! 警察はわたしのことを知らないわ。知られたら困るし」

フーガーの姪がここにいることをマリが知ったら、〈フィリグリー〉で一カ月間ディナーを奢ってくれるだろう。

「オーケイ。おじさんのことに話を戻しましょう。おじさんはなぜ身内の存在を内緒にしてたの?」

「故意に内緒にしてたんじゃなくて、そもそも、わたしたちの存在を知らなかったの。わたしの母がジェリーおじの姉にあたるんだけど、二人の母親が、つまりわたしの祖母が生まれたばかりのおじをよその家へやり、そこの養子になったわけ。で、兄とわたしが十六のときに、死を前にして――あ、わたしの母が――おじのことを教えてくれたから、会いに行ったの。向こうはあまりうれしそうじゃなかったし、母のお葬式にもきてくれなかったけど、わたしたち、ほかに身内もいなかったから、親戚づきあいを続けようとしたの。どうにかこうにかね」

女性はティッシュを指に巻きつけていた。

「あなたの名前は?」

「誰にも言わないって約束して。ぜったいに。警察にも、新聞記者にも、誰にも!」

わたしは不審な思いで彼女を見た。「何か罪を犯したのなら、あなたを警察から庇うわけにはいかないわ」

「罪なんか犯してない。でも、おじがどうなったか見てよ！」

「あなたの名前は誰にもぜったい言わないけど、名前も教えてもらえないまま、この会話を続けることはできないわ」

女性はふたたび周囲に目をやった。「ヴァイオラよ。ヴァイオラ・メザライン。あなたはどこでおじを見たの？　ほんとに死んだの？」

「遺体はモルグへ運ばれたけど、ガイザー社のドックにある石油コークスのところで撮影された写真を警察が見せてくれたわ。遺体と対面したいなら、あるいは、埋葬のためにひきとりたいなら、警察に話をして、近親者であることを告げなくては」

ヴァイオラはピアノのベンチからあわてて立ちあがった。「だめ！——お願い！　わたしのことは警察に言わないで」

「ミズ・メザライン、落ち着いて。わたしに話があるのなら、ちゃんとすわって話してちょうだい。でも、わたしが信用できないなら、このまま帰って」頭がもう少しはっきりすることを願いつつ、わたしは二杯目のコーヒーを飲みおえた。

ヴァイオラはふたたびすわったが、ベンチに腰を一インチほどのせた程度だった。わたしに会いにこようと決めたとき、話をする覚悟はできていたはずだが、なかなか本題に入れない様子だった。ひんぱんに話を中断して、わたしにも黙るように言い、階段の足音に耳をそばだてた。

ヴァイオラがここにきたのは、双子の兄セバスチャンのことを相談するためだった。

「母は准看護師だったけど、向上心のある人で、いつも夜間学校のクラスをとってたの。妊娠したときにシェイクスピアを受講してたから、シェイクスピア作品に出てくる名前を自分の子供たちにつけたわけ。もちろん、わたしたちの学校の友達はシェイクスピアのことなんて知らなかったわ。もし知ってたら、気どってるとか言っていじめられたでしょうね。それでも、わたしはいつも〝ヴァイオリン〟とか〝暴力《ヴァイオレンス》〟って呼ばれたものだった」

ヴァイオラは前よりも深くベンチに腰かけた。「わたしたちを大学へやるのが母の昔からの夢だったから、わたしはデポール大学に入ったの。セバスチャンは成績優秀で、奨学金をもらって、イリノイ工科大学でエンジニアリングを学ぶことになった」

「どんな分野の？　電気関係？」もしかして、ジェリーおじさんはセバスチャンから配線技術を教わったのだろうか。

「電気関係？　どうして？　兄の専門は建設工学よ。でも、正式な就職ができなくて、いまのところ、ブレントバックでアルバイトみたいなことをしてるの」

ブレントバックというのは建設請負業者で、市内の大規模建設現場の仮囲いにはかならずこの名前が出ている。「いい足がかりをつかんだのね」

「ええ、わたしもそう思う。ただ、兄が姿を消してしまって、それで困ってるの。何があったのか、おじなら知ってる――いえ、〝知ってた〟――はずなのに、何も言ってくれない。いえ、言ってくれなかった」

わたしは息を吸いこんだ。「セバスチャンが姿を消したのはいつのこと？」

「一週間ほど前かしら」

「で、ジェリーおじさんはどうしてそれを知ったの？」

「セバスチャンが大学に通ってたころ、うちにはぜんぜんお金がなかった」ヴァイオラは床を見つめて消え入りそうな声で言った。「セバスチャンは大学の経理部でアルバイトをして――生活費の足しにするため、大学の口座からお金を借りたの」

「退学処分になったの？」ヴァイオラが完全に黙りこんだので、わたしは尋ねた。

「すぐ見つかってしまって。自分が何をしてるのか、兄にはよくわかってなくて、だから、ごまかす方法も知らなかったのね」

「横領を隠すのはむずかしいわ。初心者だとくに」

「横領じゃないわよ」ヴァイオラは不満そうだった。「借りただけ。いずれ返すつもりだったのに、見つかるのが早すぎたの」

「どうやって返す気だったの？」わたしは苛立ちが声に出ないよう気をつけた。「誰かほかの人からお金を借りて？」

「ううん、兄の計画では――ネットのポーカーで大儲けした人と知りあいだったから、その人が使った方法を教えてもらったの。ところが負けてしまった。二十分で三万ドルぐらい負けたかしら。わたしもそばで見てたけど、ハラハラしどおしだった。いまに運がめぐってくるって兄は期待しつづけた。やっとやめてくれたのは、わたしがパソコンを切ったから。兄もわたしもどうすればいいのかわからなくて、おじに相談に行ったの」

「おじさんはお金を持ってたの？」

「〝金は用意するが、かならず返済してほしい〟と言われて、もちろん、わたしたちは承知したわ。でも知らなかった――あんなに高くつくことになるなんて！　二人で働いても金利を払うだけで精一杯。わたしはデートもできなくなった。だって、交際を申しこまれても、お金のことを説明するのがいやで、断わるしかないから。まともな休暇もとれなかった。お金はすべて、おじへの返済で消えてしまうから」

これがいかに強力な殺しの動機になるか、ヴァイオラはわかっているのだろうかと、わたしは訝《いぶか》しんだが、それを口にするのはやめておいた。「その状態がどれぐらい続いてたの？」

「七年になるわ。ええと――セバスチャンがポーカーで負けた分が三万ドル、大学の口座から借りた分が一万二千ドル。その三倍ものお金をすでに返済したのに、ジェリーおじへの支払いはまだまだ続いてた」

おじさんはうまい汁を吸いつづけたわけだ。「お兄さんは大学を卒業できたの？」

「ええ、ありがたいことに、兄が借りたお金の返済を大学のほうで認めてくれたから。卒業前の二年間は保護観察の身だったけど、成績証明書に不利な記載はされずにすんだわ。ただ、ジェリーおじへの返済額が大幅に膨らむ原因がそこにあったの。セバスチャンの在学中はわずかな額しか返済できなくて、しかも、兄もわたしも銀行でお金を借りることはできないから、金利が高くても我慢しろってジェリーおじに言われたの。返済額の多さを知って、わたしはすぐさまフルタイムで働きはじめた。昔の母のように夜間クラスをとったけど、結局、卒業はできなかった。セバスチャンが正式に就職できたら、わたしは仕事をやめて大学に戻るつもりよ。でも、最近の建設業界は不況だし」

「いい妹さんね」わたしは言った。

ヴァイオラは赤くなった。「二人きりの兄妹ですもの」

「おじさんを説得して返済を打ち切りにすることはできなかったの？　すでに充分な額を返したわけでしょ？　ええと、十二万ドルほど？　払いすぎたぐらいだわ」

「兄とわたしはおじに何度もそう言ったのよ。あなたがわたしたちを見かけたあの日、教会で口論してたのもそのことだったの。セバスチャンはいまの職場をクビになって、返済が続けられなくなるのを恐れてる。ジェリーおじの反応はあなたも見たでしょ。でも、あの二、三日後におじが訪ねてきて、セバスチャンが頼みを聞いてくれたら借金を帳消しにしてもいいって言いだしたの」

「で、その頼みとは？」

ヴァイオラは暗い大きな目でわたしを見た。「知らない。セバスチャンは何も言わなかったけど、気が進まない様子なのはわたしにもわかったわ。ジェリーおじと口論してるのが聞こえてきたから。つかまったら二度とエンジニアとして働けなくなるってセバスチャンが言うと、ジェリーおじは、借金生活から抜けだす気があるのかないのか、どっちなんだと言いだした。おじが帰ったあとで、わたし、事情を話してほしいってセバスチャンに頼んだけど、兄は〝おまえは何も知らないほうがいい。ぼくが起こした問題だから、ぼくが解決する〟って言うだけだった。そして、出かけていき、それが兄の姿を見た最後だった」

「一緒に住んでるの？」

ヴァイオラはうなずいた。「節約になるでしょ。別々に家賃を払わなくてすむから」

「どうしてここにきたの？」

ヴァイオラがティッシュをきつくねじったため、ティッシュはずたずたになり、彼女のジーンズと床に紙吹雪が舞った。「あなたはシカゴで最高の探偵の一人だってテレビで言ってたから。あなたに頼めばセバスチャンを見つけてもらえると思って」

「警察へ行ったほうがいいわ。人手もあるし――」

「だめ、だめ、だめ！　さっきから言ってるでしょ。警察はだめ。いまここで話したようなことを警察に言ったら、セバスチャンが犯罪者だと思われて逮捕されてしまう」

「横領罪の出訴期限はもう過ぎてるから、逮捕の心配はないわ。ただ、おじさんに頼まれたことが犯罪に関係してたら、そうもいかないけど。お兄さんが何を頼まれたのか、ほんとに知らないの？」

「知らない」ヴァイオラは半べそだった。「でも、ほら、おまえは何も知らないほうがいいって言ったセバスチャンのあの口調……」

「おじさんは誰の仕事をしてたのかしら。セバスチャンを救うためのお金をおじさんに用立てた人物に、あなた、会ったことはある？」

「おじはわたしたちを近づけようとしなかったわ。おじがランシングに住んでることは、わたしたちも知ってたけど、家に呼んでくれたことは一度もなかった。月に一度、返済のために聖エロイ教会で会ってたの。おじがあそこでボランティアをしてるから。いえ、してたから」

ジェリーは教会から手間賃をもらっていたが、それは言わないことにして、ｉＰｈｏｎｅをとりだし、わたしが撮った写真をヴァイオラに見せた。

ヴァイオラは〈強面〉の顔には見覚えがないと言った。「さっきから言ってるように、ジェリーおじに会うことはめったになかったの。おじは人前でわたしと話すのをいやがり、誰かにあとをつけられるのを警戒してたけど、わたし、セバスチャンのことが心配でたまらなくておじに何度も電話したわ。でも、おじは電話をとろうとしなかった。ディスプレイにわたしの名前が出たんでしょうね。そして、いま、おじは死んでしまった。その犯人がセバスチャンを追っていたら、どうすればいいの？　兄を見つけなきゃ。見つけてくれる？　兄にもしものことがあったら――もし誰かに――兄がいなくなったら、わたしは生きていけない」

こんなことには関わりたくなかった。ぜったいに。フーガーが姪のために高利のローンを設定したのなら、シカゴでもっとも物騒な連中とつながりがあったと見ていいだろう。あの殺され方からすると、とんでもない連中を敵にまわしたことになる。セバスチャンのほうも、ジェリーおじさんの頼みごとをひきうけたあとで姿を消して一週間近くになる。やはり死んでいると見てほぼ間違いないだろう。ドラッグ撲滅をめざしたナンシー・レーガンの言葉を思いだそう。〝ノーと言いなさい〟

「わたしの料金は一時間百ドルよ」それなのに、気がついたらそう言っていた。

ヴァイオラは愕然とした表情でわたしを見た。「言ったでしょ。うちにはぜんぜんお金がないの」

「おじさんが亡くなったから、これまでより楽になるはずよ」わたしは心を鬼にして言った。

「とにかく、契約書にサインして料金に同意するか、握手をして別れるか、どっちかにして」

ちょうだい」

24　ショートリリーフ

階段に騎兵連隊のような足音が響いて、二人とも凍りついた。ヴァイオラは誰がくるのかと怯えて。わたしは誰がくるかを知っていたから。ヴァイオラは小走りで廊下の先の台所へ逃げた。わたしは椅子にすわったままでいた。バーニーが飛びこんできた。二匹の犬がその横を追い越して、わたしのところに駆けてきた。十時間ほど離れていただけなのに、騒々しい再会で、二匹ともはしゃいでいた。そのうしろから、九十歳になるミスタ・コントレーラスがゆっくりやってきた。

「嬢ちゃん、みんなであんたのことを心配しとったんだぞ。バーニーの話だと、知らない女をなかに入れちまって、けど部屋のなかからは返事がなくて――で、玄関を入ったとこにあんたの服が脱ぎ捨ててあって――」

バーニーは十七歳。服を脱ぐのは抑えきれない情熱の結果だと誤解した。ミスタ・コントレーラスはわたしが誰かに拉致されたのだと思いこんだ。

「依頼人になるかもしれない人なの。ヴァイオラ」彼女を呼んだ。「戻ってきて。この人たちはわたしの隣人よ」

ヴァイオラは居間に戻ってきて、ミスタ・コントレーラスと犬たちに疑いの目を向けた。

最初に彼女をなかに入れてくれたバーニーにまで。

「わたしを探偵として雇いたいのなら、この家じゃなくて事務所にきてちょうだい。そこで契約書を作り、前金を払ってもらうわ。今日はもう帰って。時間切れよ」

ヴァイオラは正面から出ていくのをいやがった。ジェリーおじさんを殺した犯人に尾行されているのではと怯えているのだ。そう言うからには、犯人の正体を知っているに違いない。だが、ヴァイオラは強硬に否定して、またしても泣きだした。わたしの忍耐心はすでに擦り切れていた。バーニーに、裏階段から門を通って路地までヴァイオラを案内するよう言った。

「いまの女、あんたに何を頼みにきたんだね」ミスタ・コントレーラスが訊いた。

老人に一部始終を話したところ、マフィアがらみの仕事など受けるべきではないと説教された。

「反論の余地なしね」わたしも同意した。「兄捜しがマフィアとの衝突につながらないことを願うのみだわ」

「マロリー警部にまかせりゃいいのに。こいつは警察の仕事だぞ」

「警察の仕事って?」錠のかかっていない玄関からジェイクが入ってきた。「V・I、泥レスリングに出場? なのに、ぼくのチケットは用意してくれなかったのかい?」

「汚れた服でインスタレーション・アートを制作するつもりよ」わたしは言った。「見にきた人にアンケート用紙を配って、服から何を連想するかを書いてもらい、それをもとに、人々の年齢、性別、性的な夢想を推測する。例えば、最初に泥レスリングを連想する人もいるわ。ほかには、ええと、何があるか知らないけど――」

「ワニとレスリングとか」

「そのほうがはるかにセクシーね」わたしはうなずいた。

「二十分で出かけられる？　泥やワニ皮のついていない服を着て」

ジェイクの教え子の一人がループのはずれにある小さなホールでコンサートに出演することになっている。ヴァイオラを路地まで案内して戻ってきたバーニーが、出かける前に着替えをしようとするわたしのあとから寝室までついてきた。ティーンエイジャーと暮らすというのは、プライバシーのすべてに別れのキスをすることだ。

「ステラって女の人がブーム＝ブームおじさんを攻撃した件について、何かわかった？」

わたしは銀色のセーターを頭からかぶる途中だった。おかげで考えをまとめる時間ができた。あの一家に関係することを調べるうちに身動きがとれなくなり、しかも、何ひとつ解明できていない、などと言おうものなら、バーニーから質問が雨あられと飛んでくるだろうから、それだけは避けたかった。

「日記はたぶん、何かをごまかすための手段でしょうね」袖の形を整え、スカーフを肩にかけたところで、わたしは言った。「理解できないのは、そもそもグッツォ家の人たちがどうしてわたしをドラマにひきずりこもうとしたかってこと」

「じゃ、ブーム＝ブームおじさんが攻撃されても、ヴィクは黙ってひっこむつもり？」

「そんなことは言ってないわ、バーニー。攻撃も煙幕だと思う。そこでわたしは自分に問いかける。それを突き止めようとするのが、時間とエネルギーの有効活用と言えるだろうか。この二つはわたしにいちばん不足しているものなのに」

「証明するのをあきらめるっていうの？　その日記がセ・ドゥ・ラ・スクラップ……」バーニーは両手をふりまわし、英語の単語を思いだそうとした。「でたらめだってことを」

「目下、日記を目にしたと主張しているのはステラ一人だけ。息子夫婦は一度も見ていないと言っている。テレビ局は弁護士からタイプ原稿を渡されただけ。日記の現物を見た者は誰もいない。もし存在しないのなら、そんなものを追うのは無理だわ」

「神父さまに訊いてみた？　ステラが神父さまに渡したって、ヴィクから聞いたような気がするけど」

「日記が本当に存在するのなら、渡しているかもしれない。わたしが初めて神父と話をしたとき、自分がメキシコ人だからステラに信用してもらえないって神父は言った。ところが、いまではわたしに胡散臭い目を向けるようになっている。そのせいで、日記は神父のところかもしれない、少なくとも目にしたんじゃないか、って気がしてきたの」

「じゃ、教会に忍びこんで捜そうよ！」バーニーがせっついた。「ヴィクならできる。その気になればこそ泥もできる人だって、パパが言ってたわ。それとも、年をとって動きが鈍くなった？」

「わ、ばれてしまった。年をとると動きが鈍くなるのよ」

「ねえ、ブーム＝ブームおじさんのことをほっといて、あのヴァイオラって女の人に頼まれた仕事をするつもり？　あの人、シカゴでいちばん暗い人間って感じよ」

雨あられと飛んでくる質問を避けるのはもう無理だ。「ほっとくつもりはないわ。でも、わたしは生活費を稼ぐために働かなきゃいけないの。利子所得で暮らして優雅に調査を進めていけるようなアマチュア探偵じゃないのよ。だから、わたしにつっかかるのはやめなさい。いいわね？　あなた、今夜の予定は？」

バーニーはコーヒーショップで知りあった子たちと出かけるというようなことを、ぼそぼそと言った。うん、わかってる――バーニーはムッとした口調になった――何かあったらヴィクの携帯に電話する。うん、真夜中までには帰るけど、ヴィクはここであたしの帰りを見張るつもり？

「いいえ。でも、サルおじさんが見張るでしょうね。あなたが帰ってくるまでは寝ないと思うわ。あなたのことが心配でたまらないんだもの。でね、心配になったらわたしに電話をよこし、わたしはドクター・スースのお話に出てくる猫みたいに、長い熊手と赤いバットを持ってあなたを追いかけなきゃいけない」

生気にあふれていたバーニーの顔が渋面に変わったが、もともと、すねるような性格ではない。出かける前のわたしのハグを受け入れ、門限を守ることを約束した。帰宅するのに車が必要になったら、わたしに電話することも約束した。わたしが不安を覚えたのは、こちらが「じゃあね」と言ったとき、バーニーの目にいたずらっぽい小さな光が浮かんだことだった。

ジェイクの教え子が入っているグループは現代音楽の数々をみごとに演奏し、ネッド・ローレム作曲のレクイエムで最後を締めくくった。これが抜群にすばらしかった。演奏後、シカゴのレストラン街と言われるランドルフ通りで楽しく食事をしたが、わたしはやはりバーニーのことが心配で、ちゃんと帰ってくるかどうか確認するため、早めに切りあげることにした。

「きみが過保護なヘリコプターママならぬヘリコプターおばさんになるなんて予想外だった、V・I」ジェイクが言った。

「じゃ、わたしに関して新たな発見が二つあったわね。ワニとのレスリングとヘリコプター。教会に忍びこもうと言って、バーニーがわたしをせっつくのよ。生まれたときから、ピエールに――父親に――ブーム＝ブームの活躍ぶりと、ついでにわたしのことも聞かされてきた子だしね。自分で聖エロイ教会に忍びこんで、わたしの鼻を明かしてやろうと思ったとしても、不思議じゃないわ」

しかし、わたしが帰宅した数分後にバーニーも帰ってきたので、この子の目に浮かんでいたいたずらっぽい光は気のせいだったのだと思うことにした。その夜はわたしも自宅で寝たが、翌朝わたしが起きたとき、バーニーはまだ居間で眠っていた。

朝食後、犬をランニングに連れていき、バーニーをコーヒーバーの前で降ろしてから、車で事務所へ行き、猛烈な勢いで仕事にとりかかった。このところ、豊かな資産に恵まれて探偵仕事はあくまでも趣味という、アマチュア探偵みたいなことばかりやってきた。報告書を三通仕上げ、商品が消えている書店のために警備システムの検討をおこなった。

請求書を作成した。フランク・グッツォ宛てのものもあり、請求金額は経費込みで千五百六十七ドル十八セントになっていた。フランクのサイン入り契約書のコピーと一緒に弁護士のフリーマンに送り、フランク・グッツォに届けてくれるよう頼んだ。接近禁止命令が出ているため、わたしから直接郵送することはできない。払ってもらえるとは思えないが、こうしておけば、調査をさぼっているなどと言われずにすむ。

ようやく朝刊を読む時間ができたのはランチのために休憩したときだった。ブーム＝ブームの噂の伝記をめぐる騒ぎは、ありがたいことに消えていたが、先週わたしが見せてもらった写真の提供者であるヴィラード氏のことが短い記事になっていた。ゆうべ、氏が友人たちと市内へ食事に出かけていた留守に、エヴァンストンの屋敷に泥棒が入ったという。

あとの記事はいつものように悲惨なものばかりだった。アフリカとシリア内戦で死亡した子供たち、シカゴとデトロイトのギャング抗争で死亡した子供たち。疫病、飢饉、黙示録の世界が現実になっている。新聞を脇へどけ、イヤホンでコンサートに耳を傾けた。

午後の半ばごろ、ヴァイオラ・メザラインがやってきた。驚いた。まさか本当に訪ねてくるとは思わなかった。ヴァイオラは身を震わせ、目が充血していた。悲しみのせいか、あるいは、ひょっとすると睡眠不足のせいか。

「怖い」ヴァイオラは言った。「セバスチャンとわたしのアパートメントに誰かが忍びこんだの」

わたしは依頼人のために用意してある小部屋に彼女を連れて入った。精神科医の診察室によく似た雰囲気――カウチ、ティッシュの箱、片隅に冷水器。依頼人があとになって前言をとりけしたときの用心に、目立たない場所にとりつけてある録音装置。

「今日、会社に出たら、ジェリーおじの話で持ちきりだったわ。だって、どのニュースでもやってたから。みんな、ホラー映画の話でもするような雰囲気なの。人の命が失われたことなんて考えてもいない。〝黙ってて。それ、わたしのおじさんなのよ〟って言うこともできないから、耐えられなくなってしまった。わかるでしょ？　で、体調が悪いから帰らせてほしいってボスに頼んだら、ボスもわたしの顔色の悪いのがわかったみたいで、早退を許可してくれた。でね、家に帰ったら、誰かが忍びこんだ形跡があったの。引出しがあけっぱなしだった。すごく怖くて――薄気味悪かった。わたしのブラジャーがひとつ床に投げだされ、セバスチャンの部屋はめちゃめちゃにされてた。DVDが残らずとりだされて、そのまま散乱していた」

「警察に電話した？」

「そんなことしたら、セバスチャンとジェリーおじさんのことで質問責めにされるでしょ？どうしてわたしを厄介な目にあわせたいの？　どうして味方してくれないの？」

「わたしは誰の味方でもないわ。何があったのかを突き止めたいだけ。平凡な空き巣狙いだった可能性は？　値打ちのある品が盗まれたりしてない？」

「パソコンとか？」ヴァイオラはしばらく黙りこんだ。「よくわからない。セバスチャンのノートパソコンがなかったけど、前も見た覚えはないし。セバスチャンが家を出るときに持っていったのかもしれない」

観察力はAクラスだ。意外に客観的な目を持っている。「ほかには？」

「テレビは旧式だから、泥棒が狙うような品じゃないわ。それから、わたしはパソコンを持ってなくて、タブレットとスマホだけ。どちらも無事に残ってたわ」

「空き巣狙いでないとしたら、犯人は何を捜してたのかしら」

「ジェリーおじに関係した品よ。そうに決まってるでしょ。セバスチャンがおじに頼まれた用件！」

「それが何なのか、やっぱり見当はつかない？」

ヴァイオラは首を横にふった。充血した目の縁に涙があふれた。「お願いだから、セバスチャン捜しにとりかかってくれない？」

わたしはデスクに戻り、標準契約書を一通プリントアウトした。「サインする前によく読んで。支払い条件がいくつか書いてあるから。法廷での争いになったとき、拘束力を持つものよ」

ヴァイオラは契約書に目を通し、経費と前金について文句を言い、自分には家族も友人もいない、頼れるのは兄一人だ、と主張した。

「やっぱり、わたしより警察に頼んだほうがいいと思うわ」わたしはそう言って、契約書をヴァイオラからとりもどした。

そのとたん、ヴァイオラは財布をとりだし、わたしにバンクカードをよこした。カードはなんの支障もなくスロットを通った。わたしは〝残金不足〟というメッセージが出ることを期待していたのだが。

25 外角高め

わたしは朝早く、ヴィレイヤス・タワーの建設現場へ出かけた。セバスチャンが姿を消した時点で関わっていたのがここの工事だと、ヴァイオラが言っていた。分厚いブーツをはき、パーカーを着込んでいった。建設現場はネイヴィ・ピアに近く、レイク・ショア・ドライブからわずかに離れているだけなので、吹きさらしの現場では、ミシガン湖を渡ってくる風が肌を冷たく刺すことだろう。

メインゲートに着いたのは七時前だったが、すでに作業員たちが現場に出ていた。わたしはヘルメットをかぶり、プロジェクト・マネージャーのところへ案内してくれるよう、ゲートにいた警備員に頼んだ。

ヴァイオラはわたしが建設現場へ出向くのをなんとかして思いとどまらせようとした。何かをひどく怖がっている様子だが、わたしに事情を説明することはできず、する気もないようだった。わけのわからない薄っぺらな話でわたしを説得し、探偵仕事にひきずりだした人間は、この一カ月間にヴァイオラで二人目だ。わたしの額に、あるいは、もしかしたら脳のなかに、〝いいカモ〟とか書いてあるのだろうか。

ヴァイオラと会ったせいで、なんだか憂鬱な気分だったが、ようやくその原因に気づいたのは、ゆうべジェイ[illegible]話したときだった。彼女とセバスチャンが十六のときに母親が亡くなっ[illegible]ラは話のついでにさりげなく言っていた。

「きみの前で、[illegible]を気どるつもりはないが」ジェイクはゆっくりと言った。「ガブリ[illegible]たとき、きみもその年齢じゃなかったっけ？」

「わ[illegible]〝おばかな子〟と呼んでくれればいいわ」わたしは惨めに同意した。

セバスチャンが姿を消したことと、誰かが二人のアパートメントを家捜ししたことだけは事実だ。きのう、契約書にヴァイオラのサインをもらったあとで、わたしも彼女のアパートメントへ行ってみた。

ヴァイオラとセバスチャンはシカゴのウェスト・サイドにあるウクライナ村の近くの貧しい地区で、つつましく暮らしていた。このあたりは〈ヴァイス・ロード〉の縄張りだが、修復された建物がじわじわと増えつつある。階段の吹き抜けの壁にはひびが入り、廊下には饐《す》えた臭いが充満しているにもかかわらず、双子の兄妹の部屋は掃除が行き届き、きちんと片づいていた。侵入者がさんざん荒らしていく前のことではあるが。

ベッドは両方とも寝具がはがされ、クロゼットはひっかきまわされていたが、ヴァイオラが服を拾いはじめると、クロゼットの床にはがらくた類がいっさい置かれていないのが見てとれた。わたしのアパートメントとは大違いだ。

侵入者は台所のドアから入りこんでいた。使われた道具はバール、高性能のピッキングツールではない。わたしがいつも使っている二十四時間営業の修理業者にヴァイオラが電話をかけているあいだに、わたしは隣近所の聞き込みにまわった。下の階に住む女性は、見知らぬ人間が裏階段をのぼる姿を見たように思うが、赤ん坊がぐずっていたので、そちらにはあまり注意を向けなかったと言った。

白人か黒人か、男性か女性か、はっきりとは言えないが、男性のような気がするとのこと。服装は？　ジーンズ、たぶん、グレイのフードつきパーカー。だから、髪は見ていない。ヴァイオラと同じ階にあるあと三戸の住人はみな留守だった。

「犯人は何を捜してたのかしら」わたしが戻ると、ヴァイオラはまたしても泣きだした。

「こっちが訊きたいわ。ジェリーおじさんは遺言書を作らなかった？　あるいは、あなたに何か書類を預けなかった？　おじさんが殺されたのは二日前。犯人はあなたが何か持ってると思いこんで、それを捜してたのかもしれない」

ヴァイオラは無力なしぐさを見せた。「顔を合わせたことはほとんどなかったのよ。そう言ったでしょ。おじはわたしたちのことなんて好きでもなかった。お金のためにこちらを利用してただけ。遺言書があるとしても、わたしたちは含まれてないに決まってる」

「おじさんを養子にしたフーガー夫妻だけど、住まいはどこなの？」

じ人ともとっくに亡くなったわ。サウス・サイドのどこかだと思う。だって、ジェリーお
から　このは百三丁目とＯアヴェニューが交差するあたりだし、ほかに身内はいなかった
うはな　わたしたちが連絡すれば、おじは喜んでくれるだろうと思ったの。ただ、そ
双子の兄
引出しの中身
領収書を保管するのに使っていた厚紙製のファイルキャビネットの
っれていた。その真ん中に埋もれるようにして、セバスチャ

ンがサインをした金融ローンの書類があった。現金を融通したのはスリープEZ。ペイデイ・ローン会社のひとつだ。テレビでコマーシャルを見たことがある。〝借金で夜も眠れない？　どうぞスリープEZにお越しを。当社で必要なお金をご用立てすれば、ふたたびぐっすり眠《スリープ・イージー》れるようになりますよ〟

　マフィアがやっている闇金ローンとペイデイ・ローンの違いはただひとつ、ペイデイのほうは法律に触れないという点だけだ。暴利を規制するためにいい加減に作られた現行法のもとでは、年利の上限が三百五十五パーセントと定められている。八年前にセバスチャンがこの書類にサインしたときは、上限がまだなかったはずだ。

　すでに何年もたっているため、融資契約書の文字はほとんど読めなくなっていた。わたしは懐中電灯で書類を照らし、目を細めて見てみた。ジェリーおじさんの連帯署名があった。セバスチャンが融資契約を結んだときは未成年だったからだ。双子はジェリーおじさんのほうへ返済をおこなっていた。ジェリーおじさんは長期にわたるスリープEZへの返済のあいだに、おそらくかなりの額をくすねていたのだろう。この点からしても、ヴァイオラとセバスチャンがフーガー殺しの第一容疑者となるわけだ。

「お兄さんの部屋はどう？　犯人が狙いそうなものが何かなかった？　おじさんに頼まれた用事のヒントになりそうなものとか」

「パソコンに何か入ってたかもしれない。ただ、前にも言ったように、パソコンは消えてしまったの」

　わたしが感じるのは不満と苛立ちばかり。警察に連絡するよう勧めてもヴァイオラがいやがるため、苛立ちがますますひどくなった。「ヴァイオラ、警察に話をするのをそこまで渋られると、悪い想像をしてしまうわ。おじさんを殺したのはセバスチャンじゃないって断言できる?」

それでヴァイオラの涙腺が完全に決壊した。よくもそんなひどいことが言えるわね。わたしは死ぬほど心配してるのよ。警察へ行きたくないのは、警察もあなたと同じように考えるだろうから。セバスチャンを捜してくれないのなら、わたしが自分で捜すわ。

ひょっとして、わたしの身体から、依頼人すべてをヒステリックにするサブリミナルホルモンでも出ているのではないだろうか。「だったら、お兄さんがどこで働いてたか教えてちょうだい。何も話してもらえないんじゃ、あなたが契約書にサインした意味がないわ」

ヴァイオラはしぶしぶながらわたしの意見を受け入れた。そういうわけで、わたしは翌朝、ヴィレイヤス・タワーへ出かけたのだった。

タワーが完成した暁には市のほうで道路を造るだろうが、いまのところ、建設現場まで行くには砂利道を使うしかなかった。イリノイ通りを湖へ向かって轟音とともに走るダンプカーのあとについていくうちに、この道に出たのだ。長年酷使してきたマスタングでダンプカーのあとをガタガタついていき、ゲートの外に駐車した。警備員はわたしの身分証を調べ、ヘルメットを確認してから、〝V・I・ウォーショースキー調査〟と赤で書いてある銀色のもの——を持っていることを確認してから、プロジェクト・マネージャーに会わせても大丈夫だと判断した。

そばで見ると、ビルの敷地面積は広大で、かつてシアーズという名で知られていたタワーに負けないぐらいあった。ビルに近づくにつれて、自分がどんどん小さくなっていくような気がした。エベレストに近づいていく蟻《あり》の心境だ。大梁《おおばり》の荷卸しをする平台型トラックまでが小さく見えた。

完成すれば、トランプタワーより高くなる予定だ。目下、十七階にコンクリートを流しこんでいる最中だった。昇降機の操作係が十六階へ連れていってくれた。コンクリートの乾燥が終わって作業が進められるようになっている。わたしと一緒に上がってきた作業員がフロアを横切り、エレベーターシャフト用に口をあけた穴のそばを通りすぎ、反対側のクレーンのところまで案内してくれた。そこにプロジェクト・マネージャーがいて、今日の作業に使う鋼材の搬入を指揮していた。作業を中断して探偵《ディテクティブ》と話をするのを渋った。わたしがシカゴ市警の刑事《ディテクティブ》ではなく、私立探偵だと知ると、なおさら渋い顔になった。

また、セバスチャン・メザラインが姿を消したことには関心を示さなかった。「こういう大規模事業になると、建設エンジニアを一ダース雇い入れる。彼らには早出と残業が求められる。建材を再チェックし、負荷のかかる箇所を確認し、建築家や設計エンジニアのほうで予測できなかった欠陥を見つけだすために、建設エンジニアが必要なんだ。このタワーの設計はプロジェクト・マネージャーにとってまさに悪夢だ。曲線面が多すぎるし、特殊な建材が多すぎる。だから、建設エンジニアが遅刻や無断欠勤をしたら、もう信用しないことにしている。メザラインが姿を消している期間が長くなるほど、こっちは助かる。ありがたいことに、あと十一名の男女がメザラインの穴をちゃんと埋めてくれている」

「どうして解雇しないんです？」わたしは訊いた。

「請負業者のブレントバックから押しつけられたんだ。あの男では戦力にならないと、おれが文句を言ったんだが、向こうは、やつに巨大プロジェクトを経験させる必要があると答えた。おれに子守りをしろってことだな」

「まさか、あなたの手でコンクリートの床に埋めたりしてないでしょうね」

こう言われて、マネージャーはしぶしぶながら笑った。「もっと前に思いついていれば、実行したんだが。だが、ああいう役立たずのガキじゃ、コンクリートの気泡ぐらいにしかならんだろう。ほかに何か？」

マネージャーに頼んで、十二階の仮のオフィスへ案内してもらった。五人の建設エンジニアがすでに仕事を始めていた。五人はおたがいのメモを見比べてから、セバスチャンが建設現場に最後に姿を見せた日はいつだったかについて、全員の意見が一致した。

「どうしてはっきり覚えてるかというと、その朝はセバスチャンが一番乗りだったから」髪にビーズを編みこんだアフリカ系アメリカ人の女性が言った。「わたし、新米だから、仕事の準備を整えるのも、タイラーの好きなヘドロを用意するのも、たいていわたしなの」

タイラーというのは建設エンジニアチームのチーフ、四十代の男性で、風雨にさらされたいかつい顔をしている。「コーヒーというのは芸術の一種なのに、アリアナは工学技術を駆使するような調子でコーヒーを淹れるんだ。つねに気圧と湿度を計測し、コーヒー豆の量を調整する。こういうところで一日を乗り切るには熱々の泥水が必要だってことがわかってない」

「ハーブティーにしなさいよ、タイラー」アリアナが言った。「わたし、チーフの年になったとき、チーフみたいな腸を抱えこむなんてごめんだわ」

わたしは会話をセバスチャンが現場に出てきた最後の日のことにひきもどした。

「そうそう。でね、あの朝、セバスチャンはなんだかこそこそしてたの」アリアナが言った。

「わたしに見られては困るものがあるみたいな様子だった。でも、資材を盗もうとしてるとか、そんな感じではなかったわ」

「パソコンはどう？」ずらっと並んだモニターのほうを手で示して、わたしは尋ねた。

「全部そろってるけど」

「ソフトのほうは？」わたしは言った。「セバスチャンが何かをUSBメモリに移していった可能性はない？」

エンジニアたちは顔を見合わせ、肩をすくめた。「ないとは言いきれないが」タイラーが言った。「どのパソコンにもおかしな点はない。セバスチャンがライバル会社へ資材の仕様書を渡そうと企んだんだとしても、そんなのは秘密でもなんでもないしなあ」

セバスチャンの姿を最後に見た日のことを尋ねると、終業時刻まで仕事をしていたが、いつものやる気のなさがさらに目立っていたという。「あいつの作業報告書に二回、目を通してみた」タイラーは言った。「ミスが二カ所あった。大きな損失を出しかねないミスだった。ここにいるアリアナなら、そういうミスをすれば、その日の作業内容をすべてチェックする。セバスチャンと同じくブレントバックからの派遣組だが、いまやトップクラスのエンジニアになりつつある」

アリアナは赤くなり、作業着のボタンをいじった。

「あの日の終わりに、セバスチャンにじっくり話をした。耳を傾けてくれた様子だったが、翌朝現場に出てこなかったので、きびしい説教にうんざりして逃げたのだろうと思った。ところが、ブレントバックのほうからは、セバスチャンは会社をやめていない、どこにいるかはわからない、と言われた」

ここの連中がセバスチャンについて知っているのはそこまでのようだった。セバスチャンがチーフに叱責されたあと、若いエンジニアたちは義務感から彼を飲みに誘ったが、セバスチャンはリグレー球場へナイトゲームを見に行くと答えたそうだ。わたしたち全員がスマホをとりだし、カブスのスケジュールをチェックした。四月八日、九日前。

「その日だ」タイラーが言った。「十階の床にコンクリートを流しこんだ日で、セバスチャンのやつ、生乾きのコンクリートにうっかり片足を突っこみそうになった」

ほかのエンジニアも出勤してきて、オフィスが混みあってきた。建築家たちが設計の変更案を持ってやってきた。タイラーはわたしたちから離れたが、その前に、わたしがセバスチャンのロッカーを見られるよう、アリアナにマスターキーを渡していった。

「この人がロッカーを見たらすぐ、昇降機まで案内してあげてくれ。それから、十三階で落ち合おう。最初の凹所の下端部分に問題がある」

エンジニアは全員がロッカーを与えられていて、そこにソックスやイヤーマフの予備を置いていることを、セバスチャンのロッカーをあけながらアリアナが説明してくれた。ロッカーにはジムバッグが残っていて、ランニングシューズと下着とカップが入っていた。バッグのなかを調べると、くしゃくしゃのレシートが何枚も見つかった。食べるものや洗面用品を買ったときのものだ。

「セバスチャンは節約しなきゃいけなかったの」レシートに目を向けて、アリアナが言った。「お母さんが亡くなり、妹さんは巨額の借金を抱えてたんですって。だから、みんなと飲みに行こうとしなくても、誰も驚かなかったわ。どっちにしても、飲めるほうじゃなかったし。それと、妹さんの面倒をよくみてたわね。感心な点のひとつだわ。エンジニアとしてはイマイチだけど、悪い人じゃないのよ」

〝午後十一時一三一〟と黒いフェルトペンで書いてある紙が見つかった。セバスチャンの字かどうか、アリアナには判断がつかなかった。

「連絡はすべてメールだから、手書きの文字は見たことがないし。それに、ここにあるのはわずかな数字だけだし」

一三一という数字がヴィレイヤスの建設現場の何かを指しているのかどうかも、アリアナにはわからなかった。ビルの建設には膨大な数の数字や計算が関わってくるので、どんなものでも当てはまりそうだが、すぐにピンとくるものはないとのことだった。

アリアナの電話が鳴った。チーフからのメールで、探偵との話をそろそろ終わらせるようにと言ってきた。アリアナはわたしを昇降機のゲートまで案内し、それから、十三階へ上がるために、向こう端にあるざらざらしたコンクリートの階段のほうへ走っていった。鉄鋼関係の作業員が二人、冷やかしの言葉をかけた。アリアナはビーズを編みこんだ髪をブレントバックの金色のヘルメットの下で揺らしながら、笑い声を上げ、軽い冗談を返した。

わたしがプロジェクト・マネージャーやエンジニアと話をしているあいだに、建設現場は作業員でいっぱいになっていた。十二階から見ると、まるで映画のセットを眺めているような気分だった。〈十戒〉に出てくるピラミッド建設のシーンという感じ。ミニチュア細工のような人々が現場を這いまわって、鋼材を運んだり、コンクリートミキサーを動かしたり、ダンプカーに荷物を積みこんだりしている。

あたりを眺めているあいだに、昇降機が操作係のほかに男性三人を乗せて上昇していった。昇降機の前に立つわたしを、全員がふりむいて見た。その一人に見覚えがあった。怯えた様子のジェリー・フーガーと並んでクラーク通りを歩いていった男だ。ヘルメットがわたしの顔を隠してくれて、男に気づかれるのを防いでくれていればいいのだが。

昇降機がわたしを乗せるために下りてきたとき、いましがた誰を上へ案内したのかと操作係に訊いてみた。「あれもエンジニアの人たち？」

「いや。セメント工事の請負業者だ。おたくなんか、恋人紹介サイトに登録しとけばいいのに。あの連中もおたくのことを知りたがってたぜ」

「〝エンジニアは魅力的〟ってサイトがあれば、オタク連中にぴったりね」わたしは言った。しかし、胃がこわばっていた。〈強面〉がわたしに気づいたのだ。

「いや、あいつらに会いたいのなら、〝セメントで関係強化〟あたりに登録しないと」

わたしはお義理で笑ってみせた。「セメント工事はどこが？　オジンガ？」

「さっきのはスターリージーの連中だ。ブレントバックは大規模工事になると、たいていスターリージーを下請けに使っている。探偵さんたちが利用するのはどんな紹介サイトだい？」

「知らない。〝現行犯逮捕〟なんて名前のサイトじゃ、魅力がなさそうね」

昇降機は六階で止まって新たな男性二人を乗せ、会話は天候とホワイトソックスのことに移った。

「メザラインはカブスのファンだったそうね」わたしは言った。「リグレー球場で彼を見かけた人はいるかしら」

「なるほど、カブスのファンなら納得だ」昇降機の操作係は言った。「こういう仕事に必要な肝っ玉がなかったからな」

下に着いたとき、上階へ行くグループが乗りこんでくる前に、スマホをひっぱりだして、わたしがリグレー球場で撮ったジェリー・フーガーのぼやけた写真を操作係に見せた。「スターリージーのセメント工事の作業チームがこの男と一緒にいるのを見たことはない？」

「えっ、ダニー・デヴィートと？　まさか、ナビエフが空き時間に映画を作ってるなんて言わないでくれよ。砂のなかにころがってる鯉の死骸のほうが、あの男よりまだ感情豊かってもんだ」

ナビエフ。少なくとも、〈強面〉の名前だけはわかった。「もしかしたら、ナビエフの心の奥では感情が沸騰してて、殺し屋のような外見はあくまでも外見かもしれない。深い感情を他人に知られないようにするための仮面」

「殺し屋のような外見？　あいつが骨の髄まで殺し屋だったとしても、おれは驚かないね。それが見抜けないようなら、あんた、新しい仕事を探したほうがいい」

26

ゴキブリモーテル

建設現場を横切ってゲートまで行くあいだ、ヘルメットのうしろ側に射撃の的が描かれているような気がした。マスタングに乗りこんで無事に砂利道を通り抜け、イリノイ通りに出たところで、ようやく楽に呼吸できるようになった。

事務所へ行くのはやめて、車を三十マイル走らせてランシングまで行き、前に調べたジェリー・フーガーの住所へ行ってみた。地図アプリで見たとおり、そこは木造のバンガローの裏にあるガレージだった。角に車を止め、徒歩で路地を抜けてガレージまで行った。ピッキングツールを用意しておいたが、ドアは簡単に開いた。何者かがバールを持って、わたしの先まわりをしたようだ。

ジェリー・フーガーは温かで好感の持てる男ではなかったし、このガレージも、断熱材が使われ、調理用コンロが置かれ、トイレや天窓が設置されているにもかかわらず、あくまでもガレージで、温かで好感の持てる住まいではなかった。ひどく荒らされているため、よけい殺伐たる雰囲気だった。ドアをこじあけた人物によって、引出しや、調理台の下の小型冷蔵庫や、さらにはゴミ缶までも、中身がぶちまけられていた。

ベッドにころがっていたバーベキュー用のトングを手にとり、紙やゴミをつついてみた。

オイルサーディンの缶をひっくりかえすと、ゴキブリがわたしに向かって軽蔑的に触角を震わせた。わたしがあとずさると、紙の下からさらに多くのゴキブリが出てきて、狭いキッチンの調理台の下をうろつきまわった。ふくらはぎにゾワッとした感覚が走った。わたしは虫をやたらと怖がるほうではないが、どのゴキブリも脂っぽくぎらつき、ネズミに劣らず傲慢な態度だった。

七人のメイドが七本のモップを持ち、半年ほどかけてここを掃除すれば、何か価値のあるものが見つかるかもしれないが、何を捜せばいいかもわからない状態では、捜索のしようがない。トングでひっくりかえした紙のあいだに、ネットで申しこんだ馬券リストのプリントアウトがあった。ざっと目を通してみたところ、二千七百ドルほど勝っている一方で、一万二千ドル以上も負けていた。姪と甥から借金をきびしくとりたてていたのもうなずける。

負けたときの日付を調べてみれば、たぶん、聖エロイ教会にきて電気関係の仕事で現金を稼いだ日と一致するかもしれないが、このガレージが荒らされたのはギャンブルとは無関係のような気がした。フーガーの行動の説明になっても、家捜しの理由にはなりそうもない。

路地に響く足音にわたしは身をこわばらせ、ただひとつの出入口まで後退した。ジーンズにシカゴ・ベアーズのジャケットをはおったグレイの髪の男性が姿を見せた。

「なんとまあ……。あんたがやったのか」

「違うわ。ここの持ち主の人？」

男性は木造家屋のほうへうなずいてみせた。「そうだ。フーガーに貸してる。あんた、誰だね？　ここで何をしている？」

「フーガーが亡くなったことはご存じね？　わたしは探偵《ディテクティブ》。ここを調べてるんだけど、一人じゃ手に負えないわ。いつこんなことになったのかしら」

「知らん。家賃さえきちんと払ってくれれば、よけいな干渉はしない主義だ」

「じゃ、今日はどうしてここに？」

「うちの裏に住んでる女性から電話があって、あんたがこっそり入りこむのを見たと言ってきた。ランシングのこのあたりで犯罪が起きることはあまりないが、フーガーが女を連れてきたなんて話は一度も聞いたことがなかったんでね」

「じゃ、ほかに誰を連れてきたことがあるの？　シカゴじゅうのゴキブリ以外に」わたしはスマホをとりだし、前に撮ったフーガーとナビエフの写真を見せた。「この男？　よく訪ねてこなかった？」

男性はスマホの画面を見た。「一度も見たことがない。あんた、ランシング警察の人？」

「シカゴよ。フーガーはシカゴで死亡したから。もしナビエフがここにきたら、シカゴ市警の第四管区に電話してちょうだい。捜査はそちらの担当なの」

「警察に心配してもらうようなことは、ここには何もない」男性は乱暴な足どりで庭を横切り、裏の入口から自宅に入った。いつからフーガーにガレージを貸していたのか、どういう知りあいだったのかを訊きたくて、わたしはあとを追った。男性はドアをあけるのを拒み、わたしに向かってわめいた。「失せろ！　シカゴのおまわりに話すことなんかない。おれはランシングに住んでんだ。何も知らん」

車に戻る途中で、彼の家の外にある水道のところで足を止め、ランニングシューズに水をかけた。ゴキブリの卵をわたしの車や家に持ちこむようなことはしたくない。

事務所に着いてから、メザラインの双子に関するファイルを作成した。記入することはあまりなかったが、この午前中に三つのことがわかった。セバスチャン・メザラインは仕事熱心な従業員ではない。カブスのファンである。それから、〈強面〉の名前はナビエフ。スターリージー・セメントで仕事をしている。計四つだ。

ヴィレイヤスの建設現場でセバスチャンのジムバッグから見つかった、くしゃくしゃの紙の束を広げてみた。わたしのためにロッカーをあけてくれた若きエンジニア、アリアナの言ったとおりだ。セバスチャンは倹約を心がけている。レシートはサンドイッチ、ピザのスライス、キャンディバーのもので、すべて、出来合いの食べものが安く買える食料品店やドラッグストアで買っている。CTA（シカゴ市交通局）のパス、ジムの一カ月チケットのレシートもあった。ジムの名前をファイルに打ちこんだ。そちらのロッカーにセバスチャンの私物が何か残っていないか確認すれば、何かの役に立つかもしれない。

つぎに、買物とは無関係のものが出てきた。裏に〝午後十一時一三一〟と走り書きされた紙。表側は練り歯磨きのレシートだ。買ったのは四月六日、最後に姿を目撃された日の二日前だ。誰かと会う場所をメモしたのかもしれない。わたしに推測できるのは、せいぜいそこまでだった。

ホテルの部屋番号だろうか。もしくは、アリアナには心当たりがなかったようだが、ヴィレイヤスの建設現場のどこか。最後の日、セバスチャンは早朝から現場に出ていた。パソコンを使って何かやっていた。一三一のある場所を見つけるために、仕様書データをチェックしていたのかもしれない。接続箱か、資材の荷卸しをする場所か。セバスチャンが姿を消したのは十階にコンクリートを流しこんだ日だったとプロジェクト・マネージャーが言っていた。セバスチャンはもしかしたら、そこに埋められたのかもしれない。

ナビエフが現われたら第四管区に電話するよう、さきほどジェリー・フーガーの家主に言ってきたが、わたしのほうこそ警察に電話して、リグレー球場の外でジェリーと一緒にいるナビエフを目撃したことを知らせておかなくては。だが、考えてみたら、ナビエフのファースト・ネームがわからない。

どのデータベースを調べても、ナビエフの個人情報は出ていなかった。著名なセレブだけでなく、人目につくのを避けたがる連中にもありがちなことだ。例えば、殺し屋とか。

おしゃべり好きな昇降機の操作係の口調からすると、ヴィレイヤスの建設現場の人々はみな、わたしが探偵であることを知っているようだ。わたしを見つけるのに探偵を雇う必要はない。ヴァイオラ・メザラインは二日前にわたしの自宅に押しかけてきたし、わたしの事務所はネットに広告を出している。こちらは殺し屋らしき男のことをほとんど知らないのに、向こうはわたしのことを知っているなんて、気分のいいものではない。

電子機器の入っている引出しからプリペイド携帯をとりだし、スターリージー・セメントの番号を押した。喉の奥から声を出し、耳ざわりな聞きとりにくい口調で、ネビッシュにつないでほしいと言った。

「は？　誰のことでしょう？」受付係が訊いた。

「ファースト・ネームは聞いてないけど。たしかネビッシュって名字だったわ。ヴィレイヤスの建設現場で会う約束なの」

「ナビエフのことでしょうか。それでしたら、ボリス・ナビエフです。お呼びします。そちらさまのお名前は？」

「フーガー」わたしはそう言って電話を切った。ナビエフの名前を携帯の裏側にテープで貼りつけた。こうしておけば、今度スターリージー・セメントに電話をかけるときは、違う名前を使うよう気をつけることができる。

セメント工事はトラック運送と同じく、マフィアの表向きの事業として重宝されている。大都市のなかを動きまわれるし、あなたが本当に殺し屋なら、死体を埋める場所には不自由しない。わたしが〈NCIS～ネイビー犯罪捜査班〉や〈ホワイトカラー〉といったTVドラマの主人公なら、渋る判事を強引に説得して捜索令状を出してもらい、同じく渋る上司を強引に説得して携帯エックス線機器を入手してから、セバスチャンの死体を見つけだし、逮捕に漕ぎつけるのだが。ナビエフに殺される寸前に逃げだしたあとで。ナビエフのほうが巨漢だし、銃の威力もすごいが、それでもわたしが彼を打ち負かす。あーあ、TVドラマの探偵になりたい。

でも、ここは現実の世界なので、大判の紙をとりだし、この一週間に話をした人々の名前を書きだすことにした。二列に分けた。一方はグッツォ家の調査に関係のある人々。もう一方はメザラインの調査に関係する人々。

グリグズビー判事。レイフ・ズーコス（ラビの息子）、ジョエル・プレヴィン、その両親のアイラとユーニス。〈マンデル&マクレランド〉、いまはもう存在しない法律事務所だが、ここがステラ・グッツォの弁護をひきうけた。ローリー・スキャンロン、フランキー坊やをトップクラスの野球合宿に参加させようとしている。運送業者のヴィンス・バグビー。娘のデルフィナ。ステラ・グッツォ、息子のフランク、嫁のベティ。

メザラインの双子関係はべつのリストにした。ジェリーおじさん、ボリス・ナビエフ、カルデナル神父。

その紙をデスクの横の壁に貼った。どちらのグループも聖エロイ教会とつながりを持っているのは興味深いことだ。もしかしたら、カルデナル神父が犯罪の黒幕で、教会の修繕費を捻出しようとしているのかもしれない。

仮説——ジェリー・フーガーを殺した犯人（ボリス・ナビエフ？）がセバスチャンとヴァイオラのアパートメントに侵入した。ただし、ジェリーを殺したのがセバスチャンなら、この説は成り立たない。いまここでコンラッドに話をしておかないと、この先、警官たちと面倒なことになるのはわかっている。

苛立ちのあまり、デスクの表面に手を叩きつけた。もっと能率的に動く方法を見つけなくては。足は鉛に、脳は石に変わっていて、まるでタール抗のなかを進もうとしているみたいだ。通りを渡り、値段の高いコーヒーバーへ行った。エスプレッソにミルクを加えたコルタードでも飲めば、脳のこわばりがほぐれるだろう。

コルタードを飲む合間に、ヴァイオラに電話した。「おじさんのアパートメントへ行ってきたわ。何者かに荒らされてた。たぶん、きのう、あなたのところに侵入したのと同じ人物ね。目的はなんだったのかしら」

「さあ。わたしが知るわけないでしょ。尾行されなかった？　あなたの電話が盗聴されてないって保証できる？」

「はいはい。話は変わるけど、お兄さんの仕事場に残ってたジムバッグから、〝午後十一時一三一〟と書いた紙が見つかったわ。ほかのエンジニアたちに訊いてみたけど、建設現場に関係したものではないみたい」

ヴァイオラにもわからなかった。おたがいに釈然としないまま電話を切った。

書類とiPadをブリーフケースにしまいながら、窓の外になんとなく目をやった。通りの向かいにバーニーがいて、わたしの事務所の呼鈴を鳴らしているところだった。今日はテッサも彫刻をしにきている。わたしが外に出る前に、バーニーは建物に入っていた。

小走りでミルウォーキー・アヴェニューを渡ると、バーニーはテッサのスタジオにいて、わたしの居所を教えてほしいとせがんでいた。

「バーニー！　バイトじゃなかったの？」

バーニーは両手を上げた。「やめてきた。朝の六時に出てこいって言うのよ。ボイラーを温めといてほしいんだって。そんな時間に起きられるわけないもん」

テッサが分厚いタオルで顔と腕を拭いていた。彫刻は過酷な肉体労働だ。「お二人さん、おしゃべりは廊下の向こう側でやってくれない？　わたし、シャワーを浴びたいの」

わたしは話を中断して、制作中の作品を見た。今回はスティールではなく、花崗岩を使っている。まだ形をなしていない基部から肩がのぞいている。「テーマは上昇？　それとも下降？」テッサに尋ねた。

「あなたの視点次第よ」テッサは答えた。「依頼者は地球温暖化対策にとりくんでる企業なの。希望とも絶望とも解釈できる作品にしてほしいんだって」

わたしはわがタール抗のことを思いだして憂鬱になった。バーニーを連れて廊下の向かいにあるわたしの事務所へ移動した。

「クビになるより自分からやめたほうが、履歴書の印象がよくなるわね。これからどうするつもり？　ケベックに帰る？」

「あたしがボランティアで教えてる少女ホッケーチームのコーチが、女子児童のスポーツ活動を盛んにするためのプログラムに関わってるの。そこならバイトの口があるかもしれないって。とりあえず、夏のトレーニング・キャンプが始まる七月まで」

「いい話だわ。ただし、パパとママが賛成してくれればね。あなた、この街の様子を見るために、二、三週間だけの予定でシカゴにきたんじゃなかったの？」

バーニーはいたずらっぽい笑みを浮かべた。「あのね、ノースウェスタンのキャンプ地はシカゴの近くでしょ。あたし、あの大学に入りたいの。あそこのコーチのことが大好きだし、ブーム＝ブームおじさんとパパがプレイした街で過ごしたい。だから、ケベックに帰るのはたぶん、高校の卒業式のときだけだと思う」

「パパとママが賛成してくれて、ノースウェスタンのキャンパス内にあなたの寝泊まりできる場所が見つかればね」わたしは強い口調で言った。「長期にわたってうちに居候《いそうろう》させるわけにはいかないわ」

バーニーはわたしがさきほど作成した、人名でいっぱいの紙を目にした。「ヴィクの現在の調査に関係してる人たち？」しかめっ面になった。「このいかれた女《オスティ・ドゥ・フォル》、このマダム・グッツォが出てくるのはわかるけど、あとの人たちは誰なの？　ナビエフとか、メザラインとか。ブーム＝ブームおじさんとどう関係してるの？」

「そっちはべつの事件の関係者よ」

「ねえ、ブーム＝ブームのことを見捨てるつもりはないわよね。このヴァイオラって人が、ギリシャ神話のメディアみたいなあの女を黙らせる方法を教えてくれるかもしれない」バーニーは賢人ぶった顔でうなずいた。

「もしかしたらね」わたしは同意した。「もう一度話をしなきゃならない相手がいるの。サウス・サイドまで行くから、あなたもつきあって。わたしじゃ思いつけなかったことを、あなたが何か考えてくれるかもしれない」

27 デッドボール

プレヴィンの法律事務所を訪ねたところ、そこにいたのはジョエル一人だけだった。思いもよらぬボーナスだ。ジョエルはスーパーサイズのソフトドリンクを傍らに置いて、パソコンのほうにかがみこんでいた。ブザーを押してわたしたちを入れてくれたが、挨拶は無愛想だった。

「うちの親に話があってきたのなら、アイラは法廷だし、ユーニスは美容院だ」

「ううん。わたしが捜してたのはあなたよ」

「用件は？　その女の子は誰だ？　ぼくにアニーのことを思いださせて、犯してもいない罪を白状させようという魂胆か」

バーニーがアニー・グッツォの代役？　小柄で浅黒い点をべつにすれば、たいして似ていない。でも、ジョエルがいまもアニーに未練を抱いているのなら、小柄で浅黒い若い女性を見るたびに、アニーを連想するのだろう。

「この子はベルナディンヌ・フシャール。こちらはジョエル・プレヴィンよ。ジョエルは弁護士、ベルナディンヌはホッケー選手。わたしの名づけ子なの。いとこが亡くなったあと、わたしがその代理になったの」

「へえ、ホッケーねえ」わたしがバーニーのことをトイレの掃除係だと紹介したとしても、ジョエルはこれほど軽蔑的な口調にはならなかっただろう。「そう言えば、きみのいとこもホッケー選手だったな」

「かなり有名だったわ」わたしは言った。「ところで、ベルナディンヌを見て、犯してもいないどんな罪を白状するつもり？」

ジョエルの肌がどす黒くなった。「違うよ。冗談で言っただけだ。それぐらいわかるだろう」

バーニーは眉をひそめ、わたしの反撃を期待していたが、わたしは「この前、ベティ・グッツォと話をしたわ。アニーの兄嫁にあたる人」と言っただけだった。

「ベティのことなら知ってる。アニーを憎んでいた」

「どうしてそこまで知ってるの？」

「アニーはぼくと話をするのが好きだった。スポーツと泥酔だけが人生じゃないと思ってたのは、あの事務所でぼく一人だったから」

「ベティのことをアニーはなんて言ってたの？」

「シカゴを離れるのが待ちきれない様子だった。あの兄嫁みたいな心の狭い連中と早く縁を切りたがってた。ベティとステラは仲のいい嫁姑ではなかったが、二人ともアニーをぶちのめすのが好きだった。ある日の午後、授業を終えたアニーが顔と肩に大きなあざをこしらえて事務所に出てきたことがあった。メークやスカーフであざを隠そうとする女もいるが、アニーは家族にどんな目にあわされているかを世間に知らせようとしてた」

「で、あざはベティのせいだと言ったの？」

「最初はベティ、つぎにステラ。アニーは兄嫁に避妊の話をしようとしたんだ。つぎからつぎへと赤ん坊を作る必要はないってね。すると、ベティはアニーの口元を殴りつけ、つぎにステラに電話して言いつけた。おかげで、自宅に戻ったアニーは母親からも殴られた。ベティとステラはつぎに、特別の説教をしてくれるよう神父に頼みこんだ。説教のテーマは、避妊具を使う女や、セックスをする未婚の女を待ち受けている地獄の業火。アニーは説教の途中で席を立ち、そのあと、教会から戻ってきたステラにまたしても殴られた」

「ねえ、そのアニーって人は殴りかえさなかったの？　二人を殺そうとしなかったの？」怒りに身を震わせて、横からバーニーが言った。

「母親のほうが八インチも背が高く、百ポンドも重かった」ジョエルが答えた。「暴力をふるわれた経験がきみにもあれば、殴りかえすのがどんなにむずかしいことかわかるはずだ」

「足首を狙えばいいのよ」バーニーはカッカしながら言った。「なんで知ってるかというと、あたしも小柄だから。あたしの半分程度のプレイしかできない女の子たちより小柄なの。アニーがそういうコツを知らなかったのなら、アニーと寝てたのはブーム＝ブームおじさんじゃないわね。おじさんならぜったい教えたと思う」

わたしは思わず微笑を洩らしたが、ジョエルはビスケット色の肌を醜い茶色に染めて、パソコンのほうへますます深くかがみこんだ。グラマースクール時代にいじめっ子に立ち向かわなかったことを、バーニーに非難されているように感じたのかもしれない。

「あなたの説は非の打ちどころがないわ」わたしはバーニーに言った。「でも、陪審が納得してくれるかどうかは疑問ね。全員がブラックホークスのファンであることを確認できないかぎり」

「でも、ブーム＝ブームおじさんが裁判にかけられてるわけじゃないのよ！　嘘なんかついて、裁判を受けなきゃいけないのは、あのあばずれ《サローペ》、いかれた女《オスティ・ドゥ・フォル》のほうだわ」

「たぶんね」わたしは言った。「じっさいの裁判に話を戻しましょう。裁判記録が見つからないので、あなたがどんなふうにステラを弁護したかはわからない。でも、ステラは弁護人であるあなたにどんなことを言ったの？」

「ぼくが法廷で述べたそのままのことだ」ジョエルは言った。「つきまとうのはもうやめてくれ！　過去を変えて、きみやほかの誰かが望むような形にするなんて、ぼくにはできない」

　わたしはその言葉を無視した。「ベティと話をするまで、わたしはステラの有罪を百パーセント確信してたわ。ステラは自分を高潔な人間だと思いこんでるから、逆転無罪を勝ちとる気になったのだろうと思ってた。でも、先日、ベティの息子の野球試合を見に寄ったときにベティから脅されて、そこで初めて、ステラの犯行じゃなかったのかもしれない、少なくとも単独犯ではなかったのかもしれない、という気がしてきたの。ステラがアニーを殴ったのは事実だけど、もしかしたら、ステラがビンゴに出かけたあとで、ベティがアニーの息の根を止めたのかもしれない」

「勝手な想像だ」ジョエルは不機嫌に言った。「きみがあの法廷にいたなら、ステラの迷走ぶりがわかったはずだ。他人を思いやって庇おうとするような人間ではなかった。ベティのことなど、ステラの口からはひと言も出なかった」

「ベティを庇う気はなかったとしても、フランクを庇おうとしたのかもしれない」わたしは言った。息子のために、その子供たちの母親が刑務所行きになるのを止めるために、自分が罪をかぶった《ウォア・ザ・ジャケット》可能性がなきにしもあらずだわ。自分は刑期を務めあげたし、ベティがこれ以上子供を持つことはないだろうし、いまいる孫たちはそろそろ一人前になろうとしている。フランキーが野球合宿でチャンスをつかんだら、自分の口から真犯人の名前を明かすことができる。きっとそう思ったんだわ」

「ジャケットを着た《ウォア・ザ・ジャケット》？」バーニーが言った。「誰のジャケット？」

「マフィアの業界用語よ。犯してもいない罪を白状するという意味」

「そんなことする人なんていないわ！」バーニーはさも軽蔑するように言った。

「認識不足ね。しょっちゅうあることよ。取調べを受けると、頭が混乱し、途方に暮れて、つい罪を認めてしまうの」

「ステラは自白なんかしていない」ジョエルが文句を言った。

「アニーを殺した真犯人を知ってるなんてことも言わなかったでしょ？」

「覚えてない！」ジョエルはわめいた。「二十五年も前のことだ」

ジョエルはソフトドリンクのカップを長々と傾けた。ウォッカが無臭だというのは、厳密に言うと事実ではない。スコッチやラムに比べれば目立たないだけのことだ。

「ステラが刑務所に入っていたあいだに、ベティはアニーの持ち物を調べ、何か隠してないかと探っていた。ステラがすでにアニーから二千ドルとりあげていたから、もっとあるはずだと思ったんでしょうね。それから、アニーのランジェリーもこっそり自分のものにした。罰当たりな下着だとわかってたはずなのに」

ベティの貪欲な表情が、自分を正当化しようという思いが目に見えるようだった。あの子は娼婦、わたしは清廉、このきれいなランジェリーはわたしがもらっておこう。二十五年前でも、ベティの体型にはフィットしなかっただろう。義理の妹と違って、妖精のようなタイプではなかったから。ベティがランジェリーを隠しておき、たまにとりだして身体に当ててみる光景を想像すると、肌がむずむずしてきたので、不快感を紛らすために話を始めた。

「アニーのランジェリーの引出しに日記が入ってたとすれば、ベティが目にしたはずだわ。でも、日記も、ブーム＝ブームに対する中傷も、ステラが無実を訴えるようになって初めて出てきたのよ」

ジョエルは口に持っていこうとしたカップを下ろした。「誰かがステラを黙らせようとして、偽の日記を置いていったというのか」

「ステラを黙らせることなんて誰にもできないわ。あなたも言ったじゃない。ステラが法廷で逆上したときは、さすがのグリグズビー判事の警告も効果がなかった。ステラを黙らせるためではなく、誰かがステラの無実の叫びから注意をそらそうとしたんだわ」

「そのベティって人が？」バーニーが訊いた。

「ベティには日記をでっちあげるだけの想像力が不足してる。陰で誰かが糸をひいてるのよ」わたしはジョエルを見て考えこんだ。酒に溺れてはいるが、頭のいい男だ。頭がいいから、わざと喧嘩腰で突っかかってくるのだ。「ほんとにステラから相談を受けたことはなかった?」

「何回も言ってるように、ステラはぼくを見下してた。そうだな、アイラとソル・マンデルを合わせた以上に。たとえステラが砂漠で死にかけてても、ぼくに水をもらいにくることはないだろう」その比喩が刺激になったのか、ジョエルは頭をのけぞらせてカップの中身を飲みほした。

「ミスタ・マンデルは事務所内のいじめを黙認してたようね。例えば、あなたに対するスパイク・ハーリヘイの嫌がらせなどを。ミスタ・マクレランドはどうだったの? マクレランドのことは誰も口にしないけど」

「マクレランド? あの人は政治家連中と飲み食いして、仕事をまわしてもらうのが仕事だった。貧しい地区でリッチになる方法をマンデルと二人で考えていたが、やはり大物の依頼人が、ダウンタウンの依頼人が必要だった。うちの事務所のために便宜を図ってくれる人物が。マクレランドはその方面を担当していた」

「ループのオフィス」わたしはニーナ・クォールズの法律事務所で事務の責任者をしているセルマ・カルヴィンから、その話を聞いたことを思いだした。「ダウンタウンとのコネ。ニーナ・クォールズがサウス・サイドでの業務をひきついだとき、ループのオフィスも〈マンデル&マクレランド〉から買いとったのね?」

ジョエルは肩を丸めた。「たぶん。ぼくは事務所の業務に注意を向けるのをとっくにやめていた。とにかく、マクレランドが事務所にくることはあまりなかったが、顔を出したときには、ハーリヘイとその仲間がぼくをいじめるのを見て、あとの連中と一緒に笑い、手を叩いてたものだった。アニーだけが笑わなかった。アニーだけが……」

「アニーが大学に出す願書を書いたとき、ぼくが手伝った」ジョエルはぼそっと言った。「プレップスクールを卒業した子たちと競争して、ぜったいトップに立ってみせると、アニーは決意していた。レポートを書くのもぼくが手伝い、それから、作曲も手伝った。アニーの弾くピアノは、テクニックは申し分ないんだが、残念ながら――聴く者に訴えかける情感に欠けていた。そこでぼくたちは考えた。もし作曲ができれば……」ふたたびジョエルの声が細くなって消えた。

わたしの眉が上がった。ジョエルにもスポーツと飲酒以外の趣味があったんだ。「いまも作曲を続けてるの？」

ジョエルの丸い頬が膨らんで、目が消えてしまった。「何をやってもだめな人間さ。ぼくの作曲は逃避だと、アイラに言われた」

わたしにはこの場にふさわしい返事が思いつけなかった。さすがのバーニーもたじろいでいた。ジョエルはカップからプラスチックの蓋をはずし、氷をとりだすと、騒々しく噛み砕いた。

「ローリー・スキャンロンのことを聞かせてくれる？」わたしはようやく尋ねた。「法律事務所は現在、スキャンロンのビルのなかにあるでしょ。あなたが勤務してたころもそうだったの？」

「サウス・サイドがどんなところか、きみも知ってるだろ。おたがいのコネでビジネスが進んでいく。マクレランドも、スキャンロンも、聖エロイ教会の信徒だった。ソル・マンデルとうちの両親はハル・ハシェムに通っていた。一緒に祈り、信者席を出てからビジネスの話に移る」

「おたくのお父さんも、スキャンロンやニーナ・クォールズと仕事がらみのつきあいがあるわけ?」

「クォールズは法律業務に携わっていない。儲けた金を使うだけだ。しかし、アイラがスキャンロンの保険に入っていけない理由がどこにある? スキャンロンは地元を大切にしているし、その点はアイラも同じだ。スキャンロンは何かにつけて、法律関係の仕事をアイラにまわしてくれる」

「わたしが話を聞いた人の大部分は、ミスタ・マンデルがあなたにステラを弁護させたのは嫌がらせのためだったと思ってるようよ。あなたはどう感じたの?」

わたしの横でバーニーがじれったそうに身を震わせていた。足首を狙えとか、顎にアッパーカットを見舞えとか、脇から助言したくてうずうずしているのだろう。わたしはバーニーを落ち着かせようとして、彼女の腕に手を置いた。

ジョエルはカップからふたたび氷をとった。ドアのほうへちらっと視線を向けた。このやりとりが苦痛なのだ。わたしから逃げだして〈黄金の壺〉へ行きたいのだ。わたしはジョエルをいじめるスパイク・ハーリヘイと同じ側に立ったような気がした。自分がいやになった。

「マンデル自身はどう? 誰の話を聞いても、なぜマンデルがステラの弁護をひきうけたのか、わたしにはどうしても理解できないの。アニーはマンデルに気に入られてた。事務所の全員に気に入られてた。その点だけを考えても――」

「全員がそうだったわけじゃない」ジョエルは言った。「アニーはスパイクをばかにしていて、スパイクにはそれが腹立たしかった」

「ばかにしてた？　どんなふうに？」

「スパイクは司法試験に合格したが、それは父親が十区の選挙対策委員長だったからだ。市長一家と親しくしていて、スパイクが司法試験に二回落ちたあと、スプリングフィールドの州庁舎のほうへこっそり手をまわしたわけさ。ぼくがあの事務所にいたころは、ワープロが普及しはじめたばかりで、スパイクやマンデルのような連中はキーを打つことができなかった。手紙を口述筆記させてたから、アニーはみんなの手紙や準備書面なんかをワープロで打つうちに、法律の知識を増やしていった。打った手紙をスパイクに返すときには、パラグラフを赤ペンで囲んで、その横に〝法令ではこんなこと言っていないと思います。郵送する前に、わたしのほうで直しておきましょうか〟とメモを添えるようになった」

わたしは目を丸くした。ハーリヘイの癇癪は議会の伝説になっている。アニーはよほど勇敢だったのか、無鉄砲だったのか、もしくは、マンデルが守ってくれると思いこんでいたのか。その三つすべてかもしれない。

「ハーリヘイがアニーを恨んでたから、あなたにステラの弁護を押しつけた――あなたはそう思ってるわけ？」

ジョエルは赤くなったが、何も答えなかった。

「あの当時、あなたなりに何か推測しなかったの？」

「推測するのはぼくの仕事ではなかった。いまもぼくの仕事ではない。ぼくの仕事はこの中立書を書きおえてしまうことだ。アイラが戻ってきて、父親の留守中にごく簡単な仕事を終わらせることもできなかったぼくを見て悲しげに首をふる前に！」

「わかった。そろそろ退散するわ」わたしは立ちあがった。「あの事務所で働いてた人で、スパイク・ハーリヘイ以外にいまも現役の人はいないかしら」

「セルマのほかに？」

「セルマ・カルヴィン？」わたしはオウム返しに言った。信じられない気がした。

「セルマは常勤の事務員だった。やはりアニーを嫌ってたな。ミスタ・マンデルの個人秘書みたいな立場だったのに、アニーに仕事を奪われたから。アニーは授業を終えてから一日三時間働くだけで、セルマが一週間かかって処理する量の二倍の仕事がこなせる子だった。だから、パートナーたちも当然、口述の仕事をアニーに頼むようになった。その結果、セルマにまわるのは、ぼくと、スパイクと、その他のアソシエートの仕事だけになってしまい、それでものすごく頭にきて、ぼくの書類のタイプなんかぜったいしてくれなかった。ぼくがアニーと親しいのを知ってたからね」

「先週、ここを出たあとでセルマと話をしたけど、グッツォ家のことなんて聞いた覚えもないと言ってたわ」わたしはぴしっと言った。

「どなるなよ」ジョエルは言った。「なぜセルマが嘘をついたのか、理解できないな。もっとも、あの事務所の人間は本当のことを言ったためしがないけど。あそこはスパイクが輝かしきキャリアをスタートさせるのにぴったりの場所だった。目下、スプリングフィールドの州議会でいばり散らしているが、出発点はまさにこのサウス・サイドだったんだ」

ドアへ向かおうとしたわたしの頭に、べつの質問が浮かんだ。「ボリス・ナビエフについてはどう？　あなたがマンデルの事務所にいた当時、依頼人だった？」

ジョエルは聞いたこともない名前だと不機嫌に答えた。「きみに働く必要がなくても、ぼく自身は仕事をしなきゃならないんだ」パソコンのほうに身体を戻した。広い背中が沈黙の壁となった。

28 殺戮のスポーツ

通りに出てから、バーニーがうんざりという顔をした。「キモい男。あの手、見た？ 大きくて、ぷよぷよで、筋肉ゼロ。あんな手にでさわられるのって想像できる？ 殺されたその女の子に恋をしてたんでしょ？ あたし、ほんとにその子に似てるの？ だからここに連れてきたの？ 向こうがどう反応するかを見ようとして？」

「ううん、違う。あなたを連れてきたのは、退屈して街をうろつかれたりしたら困るから。それから、あの男はたしかにアニー・グッツォに恋をしてたわ。というか、のぼせあがってた。だから、あなたを見てアニーを思いだしたのね。恋をしたことはある？ 身近な人に死なれたことは？」

「うーん、ないわね。去年、男の子とつきあったけど、はっきり言って、始まる前にもう終わってたって感じ」

「あら、足首を狙って攻撃したの？」

バーニーはむきになって反論しようとしたが、からかわれていることに気づいた。「あたしがのぼせあがってただけ。彼に恋されてると思いこんでたけど、じつを言うと、向こうの狙いは数学の宿題の答えだったの。どうして？」

「人は好きな相手の面影をあらゆる場所で目にするものよ」わたしは言った。「わたしが結婚してた男も――通りで彼を見かけたような気がするたびに、心臓がズキンとした時期があったわね。それだけじゃないわ。いまでも、母とすれ違ったような気がしてふりむくことがある。でも、相手は見ず知らずの人で、その瞬間、母を亡くした悲しみが生々しくよみがえってくるの」

バーニーは居心地が悪そうに身じろぎをした。「それはともかく、あのジョエルって男、嘘ついてたよね。けど、ヴィクったら知らん顔だった」

「どうすればよかったの？」

「ほんとのことを白状させなきゃ」

「わたしには方法がないわ。少なくとも、いまのところは」

「脅せばいいのよ。日記を見せてくれるまで、昼も夜もつきまとってやるって脅すの」

「日記はジョエルのところにはないと思う」

「本人がそう言ったから？　でも、あの男、嘘ばっかり！」

リンカーンのタウンカーがビルの前で止まった。運転手が後部ドアをあけると、杖が現われて、先端が道路に置かれ、茶色いウールのズボンが続いた。ズボンの下に機能回復訓練用の靴がのぞいている。しばらくすると、アイラの頭のてっぺんが現われた。運転手がアイラのあとから車のへりをまわって歩道まできたが、彼の腕を支えようとはしなかった。アイラは襟をまっすぐにし、ボウタイの形を整えてから、運転手に向かってうなずいた。

「では、また月曜の朝に、ミスタ・プレヴィン」運転手が言った。

わたしに気づいたとたん、アイラの肉厚の頰がこわばり、目が細められて腫れぼったい線になった。「ここで何をしている、お若い人。グリグズビー判事がきみに、あの古い事件には何もないと言ったはずだが」

九十歳から見れば、五十歳は若い世代なのだろう。「誰もがそう言ってます。でも、わたしはあの古い歌に出てくる猫のようなもので、船が何回沈もうと、ロケットが何回爆発しようと、そのたびに戻ってきます」

「まるでハラスメントだな。接近禁止命令を出してもらうこともできるんだぞ」

「ええ、いいですよ。ステラ・グッツォの仲間に加わって、防壁の陰に身を隠し、わたしの足音を聞いて震えててください」

アイラは顔をしかめた。

「ソル・マンデルがなぜステラの弁護をひきうけ、その大変な仕事をジョエルに押しつけたのか、わたしにはどうしても理解できません」わたしは言った。「ローリー・スキャンロンに言わせると、それはあなたの息子さんに根性を叩きこむためだったとか。でも、あの事務所ではいじめが横行していて――」

「ジョエルはいじめに耐えられない子だった。昔からそうだった。あれの母親もわたしも公立校で学ぶべきだと信じているが、結局は私立へ転校させるしかなかった。いじめをする連中に立ち向かう方法をあの子が知らなかったからだ。

そんな連中に屈してはならんと、わたしはことあるごとにジョエルに言って聞かせた。わたしがあの子のようにひ弱だったら、この街の権力機構に初めて立ち向かった瞬間、押しつぶされていただろう。わたしが生涯を通じて受けてきた脅迫や嫌がらせの電話に比べれば、校庭で少しばかりからかわれるぐらい、どうってことはないはずだ」

アイラの頬が昔の足踏みオルガンの空気袋みたいに膨らんだり、しぼんだりした。「母親も、わたしも、われわれが歩んできた人生をあの子に誇りに思ってもらいたかった。われわれはアラバマ州セルマの行進にも、マルケット・パークの行進にも参加した。ところが、ジョエルが望んだのは歴史を作りだす興奮ではなく、周囲に溶けこむことだけだった。あんな子が溶けこめるはずはないのに！」

わたしは軽蔑で口がゆがむのを感じ、もとに戻そうと努めた。わたしのヒーローだった人が一人息子のことをここまで侮辱するなんて……。それを聞かされるのは辛いことだった。

「息子さんにステラの弁護を押しつければ、社会正義の原則に永遠の深い敬意を寄せるようになっただろうとは、わたしには思えません。あなたご自身の仕事を手伝わせればよかったんじゃありません？　あのころはたしか、グアテマラの亡命希望者のために活動してらしたのでは？」

アイラは杖にぐったりよりかかった。「〈マンデル＆マクレランド〉ではそういう案件を扱っていなかったし、うちの事務所に入れたらジョエルはだめになるだろうという点で、ユーニスもわたしも意見が一致していた。結局は入れるしかなくなったが……。よそではもうやっていけなかったから。わたしは引退することもできない。この年齢になれば、ふつうは現役を退くものだが。なぜ引退できないかというと――」

「法廷に出て証人をさんざんやっつけ、拍手喝采を浴びることができなくなるからだ」

ジョエルが事務所から出てきたことに、わたしは気づいていなかった。アイラが言った。

「何をこそこそしている？　そんな――」

ジョエルが父親の言葉をさえぎった。どうやら、いまの会話を立ち聞きしていたらしく、わたしにこうつけくわえた。「ぼくがステラを弁護するに至った経緯をほんとに知りたいのなら、教えてやろう。マンデルとマクレランドは事務所のアソシエート連中を競わせるのが好きだった。上品ぶった殺戮のスポーツってところかな。みんなで会議室に集まってテーブルを囲み、各自が三十秒ずつ与えられて事件に対する意見を述べる。つぎに、全員がおたがいの意見に難癖をつけてズタズタにし、パートナーの前で点数稼ぎをしようとする。ぼくも人の意見をズタズタにするのは得意だったが、スパイクには敵わなかった。ミスタ・マクレランドがスパイクに目をかけて、ダウンタウンのオフィスへ移らせた。スパイクはそこで人脈を作り、やがてスプリングフィールドの州議会へ進出することになる。まあ、そういうわけで、みんなで会議室に集まりもしないうちに、ミスタ・マクレランドがスパイクに重要な事件を任せるようになった」

「羨望と自信のなさから生まれた意見のように聞こえるぞ」アイラが不機嫌に言った。「おまえの勝手な想像だ。自分に能力がないものだから――」

「ぼくには想像力が欠けている。あんたがご親切に何回も言ってくれたようにな。さて、あの事務所に大きな事件が舞いこんできた。うちで手がけたこともないような大規模なもので、地元の〈バイ＝スマート〉に勤務する女たちが起こした集団訴訟だった。ぼくは遅くまで残って訴状の文面を考えていた」ジョエルの唇がゆがんで冷笑が浮かんだ。「あんたには何も言わなかった――あんたに助けてもらわずにちゃんとした訴状が作れれば、ぼくが負け犬ではなく、弱虫でも泣き虫でもなく、酔っぱらいでもなく、とにかく、あんたがぼくによこす悪口のどれにもあてはまらないことを証明できると思ったんだ」

初老の女性が通りの向こうからやってきた。彼女自身も杖をついていた。足を止めてアイラに挨拶し、アポイントがとってあることを彼に思いださせた。

「ミズ・マーチスンを事務所にお通ししてくれ、ジョエル」アイラが苛立たしげに言った。「それから、いまのようなくだらん話はいっさい聞きたくない」

「ミズ・マーチスン、なかに入って楽にしててください。アイラがすぐ行きますから」

ジョエルが思いもよらぬ優しい口調で老女に話しかけ、その腕を支えたまま、ドアのロックをはずした。老女を事務所に入れてから、自分はドアを背中にして立ち、重い足どりで近づいてきた父親と向かいあった。バーニーは無言のまま、興味津々の顔で父親と息子を交互に見ていた。二人の口論に眉をひそめている。わたしは安心させようとしてバーニーに腕をまわした。

「くだらなくはない」ジョエルが言った。「何年ものあいだ、あんたは耳を貸そうとしなかった。だが、いまここで聞かせてやろう。あんたの友達のソルはけっして善人じゃなかった。ソルのパートナーもだ。あんたが言いたいなら好きなだけ言えばいい――サウス・サイドは過酷な土地で、弁護士が汚れと腐敗に立ち向かうにはタフになる必要がある、ってな。けど、あの二人はぼくみたいなアソシエートがいじめられるのを見て喜んでるやつらだった。自分の手はけっして汚さず、スパイクみたいな男を使って楽しいゲームをさせるのが好きだった！」

「おまえときたら——二人の善人の人生をずいぶんひねくれた目で見たものだな」アイラは憤った。「自分はろくに仕事もできないのを棚に上げて、ほかのやつに責任を押しつけようとする。自分は悪くないと言って！　子供のころからそうだった。わたしはソル・マンデルと数えきれないほどゴルフをし、二人でハル・ハシェムの理事を務め——」

「知ってるよ。マンデルは聖人だった。ぼくには悪霊がとりついてる」ジョエルは言った。「マクレランドがスパイクをえこひいきしてたなんて信じないと、あんたは言うが、いいか、ぼくがその現場を目撃したんだ。こっちに注意を向けて、直立不動でちゃんと聞け」

これはたぶん、ジョエル自身が父親から何度も聞かされた言葉なのだろう。アイラは真っ赤になったが、いちおう黙りこんだ。

「ぼくが遅くまで残って〈バイ＝スマート〉の女性たちの主張をまとめていた夜、スパイクも残業していた。何度も悪趣味な冗談をよこした。〝おまえが事件の担当になったところで、馬鹿面をさらすだけだ。デブで足元も見えないから、つんのめってころぶとか、判事に色目を使った罰に、審理無効ってことになるとか〟ってね。スパイクやマンデルやその他の連中も、あんたと同じく、ぼくのことをゲイだと思ってて、しつこく嫌味を言うのが大好きだった。やがて、マクレランドがやってきて、自分のオフィスに入った。するとスパイクも、人を小馬鹿にしたような笑みをよこして、マクレランドのあとから入っていった。マクレランドのオフィスは女子トイレと壁を接しているが、事務所の女性はアニーとセルマだけだし、二人とももう帰ったあとだったから、ぼくは女子トイレに入って壁越しに二人の会話をすべて聞いた」

「女子トイレに忍びこんだだと。まさか。いくらおまえでも、そこまで恥さらしなまねはできないはずだ」アイラは言った。

「マクレランドがスパイクに弁護方針を指示するのが聞こえてきた」ジョエルは叫んだ。「裁判になったら、ぼくも法廷に詰めて、スパイクが勝利を収める場面を目にするはずだった。ところが、マクレランドの協力があったのに、スパイクは負けてしまった。やがて、スパイクが選挙に立候補し、イリノイ州の下院議員になったあとで、ぼくは気がついた。スパイクがわざと負けたことに。〈バイ＝スマート〉から選挙資金の提供があったんだ。最初から出来レースだったんだ。

それから、ステラのときはこうだった。全員が事件について意見を述べなきゃいけなかったが、ぼくは参加を渋った。すると、こう言われた。〝きみは弱虫なのか。ゲイの弱虫、大リーグでプレイできるような大物ではないわけか。ギデオン対ウェインライト事件によって、刑事被告人に弁護人を要求する権利が認められたことを、きみは知らなかったのかね？　ステラ・グッツォは不愉快な被告人かもしれないが、弁護を受ける権利を有している。いやな事件でもひきうける。それが弁護士たる者の務めだ。だが、きみが事務所のために一人前の働きをするかわりに、片隅にすわりこんでアニーのことでいじいじしているつもりなら、ゲイのくせにアニーに恋してたってことだな！〟まあ、こんなふうに言われて、その結果、泣き虫で弱虫のぼくは当然ながら、プレッシャーに押しつぶされてしまった。あんたと違ってね。あんたなら、スパイクとマンデルとマクレランドに立ち向かっていっただろう。リッチー・デイリー市長と集票マシンから攻撃を受けたときのように。セルマで当時のアラバマ州知事ジョージ・ウォレスに立ち向かっていったように。だけど、ぼくには無理だ。さて、いまから飲みに行ってくる。あんたなんかくそくらえだ、アイラ・プレヴィン。あんたも、あんたのような連中も、みんなくそくらえだ」

29　政治は汚いゲーム

「ぞっとしたわ」車に戻ってから、バーニーが言った。

「ほんと。あんなことを聞かせてしまってごめん。それがわたしの仕事の困った点なの。何が起きたのかを突き止めようとすると、傷口のかさぶたをはがすことになり、人のいちばん醜い面を見ることになる」

「でも、誰が正しかったの？　ジョエルはあのお父さんが言うように、たしかに弱虫だわ。昔の事務所の人たちのことだって、ひがんだ目で見てたのかもね」

「ううん、それはないと思う。例えば、わたしはスパイク・ハーリヘイと個人的な知りあいではないけど、彼がイリノイ州議会の下院をどんなふうに動かしてるかはわかるわ。人々を脅し、圧力をかけ、この州でビジネスをしたがる相手には金銭を要求するの」

「お父さんが立ち向かったというマシンって、なんのこと？」

わたしはイリノイ州の政治と権力のことを簡単にまとめてバーニーに説明しようとした。

「政治はホッケーよりずっと汚いゲームなのよ」

「ホッケーは汚くないわ！」

「エンフォーサー（攻撃的なプレイを行う選手）は？」わたしはバーニーに問いかけた。「相手チームの邪魔な選手を排除するために、足首を殴りつけたりするでしょ？」

「ああ、それね——勝つためには必要よ」

「ノースウェスタンを卒業したら、あなた、アメリカ市民になるといいかもしれない。州議会にうってつけの人材だわ。それも下院のほう。人から人へお金が渡る世界だし、暴力沙汰が起きることもある。初代のデイリー市長なんか、ならず者を雇ってて、選挙運動の期間中、対立候補のポスターが車や住宅に貼ってあると、連中が窓を叩き割ってまわったものだった。殺害の脅迫をすることもあった。アイラがそういう脅迫を受けたと言ってたのも、けっして誇張じゃないと思う。でも、いちばん厄介なのが、ビジネスをしたい者や、自分に有利な法案を通してもらいたい者は、政治家に莫大なお金を差しださなきゃいけないってこと。とんでもない世界だわ。スパイク・ハーリヘイはどうやら、毒蛇のすてきな巣で訓練を積んできたようね」

「ホッケーはぜったいそこまで汚くないわ。それに、理解するのも簡単だし。弱虫坊やが言ったことのなかに、ブーム＝ブームおじさんや日記に関して嘘をついてるような証拠はなかった？」

「ジョエルの話から、ほかの誰かが嘘をついてることはわかったわ。もしくは、少なくとも真実を隠してることが。南にきたついでに、嘘をついたその女性と話をしていこうと思うけど、あなたのほうは、メトラの駅で車を降りて電車でループに戻ってもいいのよ」

バーニーはわたしの車で九十丁目とコマーシャル・アヴェニューの角まで行き、ローリー・スキャンロンのビルを訪ねるほうを選んだ。そのビルに入っている法律事務所では、パリで買物三昧のニーナ・クォールズのために、セルマ・カルヴィンが砦を守っている。

わたしたちがスキャンロンのビルの前に車を止めたのは終業時刻に近いころで、セルマ・カルヴィンに迷惑そうな顔をされた。

「そろそろ事務所を閉める時間なの。今月中にあらためてアポイントをおとりになりたいなら、なんとかして都合をつけますけど」

「そんなに時間はかからないわ」わたしは彼女のデスクの端に腰をのせた。「そうそう、この若い女性はわたしのいとこのブーム＝ブームと縁のある子で、ブーム＝ブームが誹謗中傷されたことに心を痛めてるの」

「前に言ったでしょ。わたし、ブーム＝ブームのファンではあったけど、実の娘を殺したあの女がブーム＝ブームを罵倒してることについては何も知らなかったって」

「興味深い言い方ね。〝実の娘を殺したあの女〟だなんて。ジョエル・プレヴィンにステラ・グッツォの弁護をさせることが決まったミーティングのこと、覚えてないの？　あなたは当時あの事務所に勤めてて、アニー・グッツォのせいで存在がかすんでいた。こうして何年もたっても、アニーと母親の名前は頭に刻みこまれてるものだと思うけど」

わたしはほかのデスクの人々にも聞こえるぐらい大きな声を上げた。電話中の二人をのぞく全員が仕事の手を止めてこちらを見ていた。窓のそばのデスクで男性スタッフと話をしていた若いカップルまでが。そのカップルはわたしが入っていったときは低い声で口論していたが、諍いを中断してわたしを凝視していた。

「辛い経験だったわ。辛すぎたから、名前が記憶から消えてしまったのね」セルマは言った。

「一緒に働いてた人が——」

「下手だわ」バーニーを見て、わたしは言った。「あなたもそう思うでしょ？　下手な言いわけだって」

バーニーは驚いたようだが、ぴんときてうなずいた。「ブーム＝ブームおじさんのために、上手な嘘を期待したいわ。へーえ、すごいって思えるような、レベルの高い嘘を」

「つまり、あなたはわたしに黙っておこうと決めたわけね。ステラとアニーのことも、スパイク・ハーリヘイのことも、パートナーたちがアソシエートを競わせて喜んでいたことも。ニーナ・クォールズもその習慣を続けているのかしら。あ、そうだわ。ここの仕事はしてなくて、儲かったお金を使ってるだけだったわね。ヨーロッパまで買物ツアーに出かけるほどだから、きっと、ずいぶん利益が出てることでしょう。あの当時、事務所にはほかにどんなアソシエートがいたの？」

セルマの表情ときたら、スケート靴からブレードをはがすこともできそうなほど鋭かった。「いますぐ事務所から出てって。いやなら、警察を呼んで強制的に追いだしてもらう」

「グリグズビー判事があの事務所にいたはずはない」わたしはつぶやいた。「もしいたのなら、あの事件の裁判官にはならなかっただろうし。少なくとも、わたしはそう思う。ここはイリノイ州だから、何があるかわからないけど」

セルマは事務所のスタッフと依頼人二名を見た。全員が恥ずかしげもなく耳を傾けている。セルマの味方をしそうな様子はなかった。「さっきから言ってるように、今日はもう閉めるから帰ってちょうだい。暗くなると、このあたりは物騒なの。アポイントもない人のために事務所をあけておくことはできないわ」

「それもそうね」わたしは言った。「車でお宅までお送りするわ。そうすれば、安全な場所でゆっくり話ができるから」

若いカップルが笑ったが、スタッフはフクロウのように目をみはり、どういう展開になるかと興味津々で待っていた。セルマは人差し指の先端を噛んだ。彼女はボスではない。事務責任者に過ぎない。ニーナ・クォールズにかわって日常業務をとりしきることはできても、弁護士たちに指示を出すことはできない。

セルマが動きを止めたので、わたしのほうから尋ねた。「あなたに始まってアイラ・プレヴィンやグリグズビー判事に至るまで、誰もがいまだにステラ・グッツォのことを気にかけてるのはなぜなの？　そもそも、どうしてあの事務所がステラの弁護に乗りだしたの？」

「弁護士を頼む権利は誰にでもあるわ」セルマは言った。

「まあ、興味深いこと」わたしはバーニーに言った。「ジョエルの言ったことを覚えてる？ステラの弁護を押しつけようとするパートナーたちから、彼がなんて言われたか」

バーニーは赤くなった。「彼とアニーのことで、ちょっといやらしいことを」

「それもあるけど、こうも言われたのよ。〝ギデオン対ウェインライト事件のことを覚えてないのか〟って」

「えっ、なんのことだかわかんない」バーニーは言いかえした。

「有名な裁判でね、そのときに最高裁判所が〝すべての者に弁護を受ける権利がある〟という判断を下したの。貧しくて弁護士の費用が払えない人々にもね。わたしが興味を覚えるのは、〝ギデオン〟が〈マンデル&マクレランド〉の合言葉みたいになってることなの。誰もがその言葉を口にするんですもの――わが事務所の若き事務員を殺したステラ・グッツォではあるが、われわれは彼女を弁護する。なぜなら、われわれは気高い弁護士だから。〝ギデオン〟を信じているから、と」

わたしはセルマもあとの人々もこの部屋にいないかのように、バーニーだけに向かって話を続けた。「あの事務所のパートナーたちがなぜステラの弁護に乗りだしたのかよくわからないけど、セルマのいまの話から、事務所に勤務する全員が同じ話を聞かされてたことだけはわかったわ。そこから考えるに、アニーの死に関して表には出ていない事情を、事務所の誰かがまだまだ知ってるんじゃないかしら。例えば、セルマあたりが。いまは事務責任者だけど、あのころはただの事務員で、アニーのせいで隅に押しやられていた。アニーのほうが有能で、仕事が速く、おまけに美人だった。本来それは無関係なはずだけど、シニア・パートナーの一人はそうは思わなくて――」

「あの子は有能でもなく、仕事が速くもなかった。年老いたミスタ・マンデルに媚びを売る方法を知ってただけよ!」セルマが話に割りこんだ。頬が赤くまだらに染まっていた。

「あなたはアニーを嫌ってた。ジョエルがそう言ってたけど」

「ジョエル――情けない男。アニーにのぼせあがってたから、彼女のためならなんだってやったでしょうよ。アニーは陰でジョエルをあざ笑ってたけど、馬鹿な男だから、少しも気づいていなかった」

「ジョエルがアニーのためになんでもやったとすれば、まずはステラを殺したはずじゃない？　でも、もしかしたら、アニーがジョエルをあざ笑ってることを、あなたか、スパイクか、グリグズビー判事が彼に告げ口して、それで彼が逆上してアニーを殴り殺してしまったのかもしれない」

「母親がアニーを殴ったのよ」セルマは言った。「殴ったことは当人も認めたわ。法廷で」

「ひょっとすると、ステラが家を出たとき、アニーはまだ生きてたかもしれない。そこにあなたが立ち寄り、アニーとすさまじい喧嘩になって、ついにはアニーの息の根を止めたのかもしれない。なにしろ、事務所のトップパートナーの個人秘書という大事な仕事をアニーに奪われて、頭にきてたでしょうから」

わたしの口調ときたら、出来の悪い映画のシーンに登場するエルキュール・ポアロにそっくりだったが、セルマは怒りのあまり、耳を傾けている人々の存在を忘れていた。

「アニーを殺したのはステラ・グッツォよ。でも、わたしは涙なんか流さなかった。アニーのせいで、あの事務所が、業務が破壊されそうだったんだもの。アニーは子猫みたいな女で、ミスタ・マンデルのそばで喉をゴロゴロ鳴らし、ついにはミスタ・マンデルも慎みをなくしてしまった。アニーにプレゼントを渡し、お金を渡し、あの子はいまにスターになる、東のほうにあるレベルの高い大学に入って、法曹界のまばゆい光になり、第二のサンドラ・デイ・オコナーになるんだ、とわたしに言うようになった。

アニーは高校の授業を終えて事務所にくると、ミスタ・マンデルのオフィスに入る。ミスタ・マンデルがドアをロックして、しばらくするとアニーが出てくる。喉をゴロゴロ鳴らし、ブラの紐を直しながら。そんなとき、ジョエル・プレヴィンがアニーに向ける顔といったら！　あの事務所にいると、ポルノショップで働いてるような気のすることがよくあったわ」

「仕事はできる子だったの？」

「タイプはできたわね」セルマは軽蔑の口調で言った。「でも、タイプぐらい誰だってマスターできるわよ。ピアノを習ってたから、キーを打つスピードはわたしたちより速かったのかもしれないけど」

「そんなこと言われても、パートナーたちがステラの弁護をひきうけた陰にほんとはどんな事情があったのか、さっぱりわからない」わたしは言った。「当時は予算の大幅削減によって法律扶助制度が機能しなくなる前の時代だった。ステラが望めば、まともな公選弁護人をつけてもらえたはずよ。ジョエルより腕のいい弁護士を。アニーがステラを殺したというのなら、マンデルやその他の人々がアニーを助けようと必死になるのも理解できるけど、ステラを弁護するってどういうこと？　マンデルとマクレランドに何か疚しいことでもあったんじゃない？」

「ステラが公正な裁判を受けられないかもしれないと、お二人が危惧したからよ」セルマは言った。

「偉そうな顔はやめて、真実を話してちょうだい。どういうわけで、二人はアニーを殺した犯人を守ることにしたの？」

「アニーは聖女じゃなかった」セルマはわめいた。「それがわからないの？　あの子はいつだって、スパイク・ハーリヘイやその他何人かの準備書面に手を入れて、パートナーの前で恥をかかせようとした。わたしの顔までつぶそうとしたのよ。タイプのスピードがわたしより速くて、それに、ミスタ・マンデルに――身体をさわらせてたから。べつに頭がいいわけじゃないし、書類のファイルだって、電話の応対だって、たいしたことはなかった。ただ、速く動く小さな指を持ってただけ。アニーをすばらしいと思ってたのはジョエルとミスタ・マンデルだけだったわ。あとの者はみんな、アニーがこの街を出て大学へ行く日を指折り数えて待ってたのよ」

「まだ質問の答えになってないわ。でも、あなたがステラに同情しただろうということはわかった――ステラを助けなきゃって、あなたが事務所のパートナーたちを説得したの？」

「わたしが何を言おうと、あの人たちが耳を貸すわけないわよ。スパイクが説得したのかもしれない。わたしにはわからないけど。ミスタ・マクレランドのお気に入りだったから。何年もたってからいろいろ調べたところで、なんの役に立つというの？」

「アナトール・シャカクス弁護士がステラの無実の訴えに手を貸してるの。あの弁護士はけっして安くないのよ。ステラの有罪には疑問があると考えてるに違いない」

「でも、ステラは有罪よ。アニーを殴ったことを認めてるし。解剖医の説明だと、頭に怪我をしてもまったく異常なしに見えた人が、徐々に脳内出血を起こして死に至る場合もあるんですって。ステラが有罪だっていうのは全員の認めるところよ。アナトールがなぜいまになってステラの力になろうとしてるのか、わたしにはわからない」

デスクの角がお尻に食いこんですわり心地が悪かったので、わたしはセルマのデスクから下りた。「ステラがブーム＝ブームに非難の指を向けることにした理由について、何か知らない？」

「アニーの日記にそう書いてあったからでしょ」セルマは言った。

「けど、それって嘘よ。ほんとのことじゃないわ」バーニーが叫んだ。

「だったら、アニーが日記に嘘を書いたのよ。ありうることだわ。誰にでも嘘をつく子だった。自分にだってつくでしょうよ！」セルマは肩をすくめ、怒りが収まって軽蔑に変わっていくなかで、デスクの引出しに鍵をかけはじめた。

「アニーがここでアルバイトしてたころ、ブーム＝ブームとつきあってたの？」

「二十五年前にブーム＝ブーム・ウォーショースキーがこの事務所に入ってきたら、みんな、その噂でもちきりだったでしょうよ。つきあってたとしたら、アニーが内緒にしてたのね。そりゃそうよ。ミスタ・マンデルからアニーの小さな熱い手にお金が流れてこなくなってしまうもの」

セルマは若いカップルがすわっているデスクのほうへ行った。迷惑な来客のせいでミーティングに支障をきたしたことを謝る彼女の声が聞こえてきた。今日の午後の分の料金は請求しないという約束までしていた。セルマも悪い人間ではない。鮫の泳ぐ水槽のなかで生き延びようとしているだけのことだ。

30　ゲーマーゲート

「ねえ、そのステラって人のこと、どうするつもり？」外に出てから、バーニーがきつい口調で訊いた。

「わたしにできることはたいしてないわ」

「そのステラがブーム＝ブームのことで嘘ついて、それをリポーターが世界中に広めた――今日の午後、ヴィクがジョエルにそう言ったじゃない。それから、ここの二階にいた女の人もブーム＝ブームはアニーとつきあってなかったって言ってた」

「違うわ、ベイビー。アニーがブーム＝ブームとつきあってたのなら、それを極秘にしてたんだって言ったのよ」

「ヴィクったら、セルマの話を真に受けて、何もしないつもりなのね。セルマが並べた言いわけを信じるつもりね。でも、ヴィクも二階で言ったように、下手な言いわけだわ。ヴィクは口実を見つけて何もせずにすませようと思ってる。しかも下手な口実ばかり」

わたしが十七歳だったころも、すべてがくっきりしていた。誰が正義か。誰が悪か。グレイゾーンはなかった。同情をこめてバーニーの肩を軽く叩くと、バーニーは憤慨の表情で飛びのいた。マスタングに乗りこみ、思いきり乱暴にドアを閉めた。

わたしも運転席に乗りこんだが、車をターンさせる前にしばらく時間をとって、ショートメールとeメールをチェックした。メッセージをスクロールしているあいだに、さっきの若いカップルがビルから出てきて、マフラーの交換が必要なサターンに乗った。二人の相手をしていた弁護士がメトラの駅へ向かって通りをとぼとぼ歩いていった。あと何人かのスタッフも出てきたが、セルマはまだ事務所に残っていた。たぶん、すべてがきちんと片づいているかどうか、一日の終わりに確認しているのだろう。

ビルのなかから子供が二、三人出てきて、べつの何人かが入っていった。一部の子は野球のグローブを手にしていた。今日は三階のユース・プログラムのほうで、放課後のイベントを何かやっているようだ。

依頼人と個人からメッセージがどっさり届いているなかに、マリ・ライアスンのメールも入っていた。

解剖医、フーガーの解剖完了。ひどい殴打を受けているが、直接の死因は窒息。石油コークスの山に放りこまれた時点では生きていた。

驚くほどのことではないものの、やはりショックだった。ジェリーおじさんは人好きのするタイプではなかったが、誰であろうと、そんな無残な死を迎えていいわけがない。

「どうしたの？」バーニーが心配そうに尋ねた。

答えようとしたとき、銀色のジープ・パトリオットが目の前で止まった。ヴィンス・バグビーが飛びおりてスキャンロンのビルに入っていった。安全とは言えない界隈にあり、閉店時刻を過ぎたにもかかわらず、保険代理店は忙しそうに営業を続けていたが、そちらには寄らずに法律事務所のほうのドアを通り抜けた。セルマはまだ出てきていない。となると、たぶん、彼女がヴィンスを呼んだのだろう。

「バーニー、わたしが臆病者だっていうのは事実だけど、あの男が何をするつもりか見てくるわ。あなたは車に残って、ドアをロックして待ってて。誰かにからまれそうになったら、思いきり警笛を鳴らすのよ。聞こえたら飛んでくるから」

「あの人、誰なの？」

「名前はヴィンス・バグビー。トラック運送会社のオーナー。もしかしたら、春の花みたいにピュアで善良な男かもしれないけど、石油コークスの山に埋もれて死んだ男がバグビーの会社のトラックに乗りこむところを、わたし、前に見ているの。そのとき、べつの男も一緒だったんだけど、顔を見ただけでこっちの髪が真っ白になりそうだったわ。ドアをちゃんとロックしておくのよ」

最初の階段を途中までのぼったとき、背後に足音が聞こえた。バーニーがわたしについて入ってきた。

「車のなかで待つなんていや」バーニーは言った。「なんだか――オープンすぎる感じで」

「バーニー、この午後はあなたに不愉快なものを見せすぎてしまったみたい。お願いだから――」

バーニーは首を横にふった。下唇を突きだしている。半分は頑固なため、半分は恐怖のため。仕方がないので、一緒に連れていくことにした。ひとつだけ条件をつけて。「わたしが〝逃げて〟と言ったら逃げなさい。わかった？」

バーニーはうなずき、わたしの腕を強くつかんだ。

二階の踊り場まで行ったところで、うしろに下がっているようバーニーに言い、防犯カメラを避けるために身をかがめて横歩きで進んだ。法律事務所のドアの前で聞き耳を立てたが、人の声はいっさいしなかった。それとは対照的に、三階では子供たちが笑ったり走りまわったりしていて、その騒音が階段の上から聞こえてきた。

横歩きで踊り場に戻り、バーニーを連れて三階へ上がった。〈セイ、イエス！〉のドアはロックされていなかった。なかに入ると、パーティのようなものの最中だった。片方の壁ぎわに置かれたテーブルにソフトドリンクとポテトがのっていたが、活動の中心になっているのは（これを活動と呼んでいいのなら）反対側の壁ぎわで、細長いカウンターに十台あまりのパソコンとゲーム機のＸｂｏｘが並んでいた。

そこに子供たちが群がり、そのほとんどが男の子で、すわることのできた幸運な子のうしろに貼りついていた。一台ずつに大きなタイマーがついていて、ピピッと鳴ると、パソコンやゲーム機を使っていた子は待っている子と交替しなくてはならない。タイマーが鳴ってもやめようとしない子や、割りこみをやった子に、ライムグリーンの〈セイ、イエス！〉のＴシャツを着た年上のティーンエイジャーが説教を始めた。たぶん、監督生のようなものだろう。ライムグリーンのＴシャツを着た年上の子がほかにも五人いた。周囲に目をやると、ライムグリーンの

壁はポスター大の写真に覆われていた。何枚かは〈セイ、イエス！〉のＴシャツ姿の子た

ちがどこかへ出かけたときのもの。あとはわたしも知っている時代のこの界隈の写真。当時は工場がいくつも稼働し、コマーシャル・アヴェニューは商店と買物客でにぎわっていた。

部屋の奥では野球試合のビデオ映像が流れていた。そこにヴィンス・バグビーが立ち、横にカルデナル神父がいた。光と音にわたしの目が慣れたところで、片隅に立つセルマ・カルヴィンの姿が見えた。ローリー・スキャンロンも一緒だ。

混雑のなかを抜けて野球のビデオ映像のほうへ向かった。予想どおり、バーニーに冷やかしの言葉が殺到し、ファックしようという露骨な誘いまで飛んできた。バーニーは唇をゆがめ、想像上のホッケースティックを握りしめる手つきになった。こういう注目を集めるのは、アメリカに住むティーンエイジャーの女の子たちと同じく、バーニーにとっても珍しくないことだろうが、喜んでいる様子はなかった。その結果、さらに冷やかしの言葉を浴びせられ、〝すかした女だぜ〟と嘲笑された。

卑猥な叫びにカルデナルが注意を向けた。わたしに気づいて身をこわばらせ、バグビーの腕を軽く叩いた。

「探偵さんか」バグビーはわたしに手をふり、バーニーを指さした。「こっちにどうぞ。野球のできる子を連れてきたのかね？」

「この子ならできるでしょうけど、その気はないと思う」わたしは言った。「でも、氷の上では天才よ。ホッケーの」

「ローリーが野球合宿の様子を子供たちに見せてるところなんだ。成績優秀で野球がうまかったら、合宿への参加をローリーが後押ししてくれる。そうだな、ローリー」バグビーはスキャンロンの姿を捜し、セルマと一緒にいるのを目にして、ふたたびわたしのほうを向いた。「グッツォの息子に注目するよう、きみに言うつもりだったが、すでにあの子の試合を見に行ったそうだな」

「内野の守備を見たけど、あのレベルを維持していければ、地元の輝けるスターになるでしょうね。今日はここにきてないの？」

「フランキー坊やにはすでに合宿の話をしておいた」バグビーは言った。「今日の催しは落ちこぼれ連中が対象なんだ。汗や血を流すより、やくざな人生のほうが楽しそうだと思ってる連中でね。きみ、まさか、フランキー坊やのチャンスをつぶすつもりじゃないだろうな」

「ベティから話を聞いたの？　それとも、フランクから？　わたしだって、ここにいるみんなと同じく、フランクの息子の成功を願ってるのよ。フーガーとナビエフがリグレー球場へ出かけたのもそのためだったの？　フランキーに入団テストを受けさせてくれるよう、カブスのフロントオフィスへ頼みに行ったとか？」

バグビーが大笑いしたため、スキャンロンとセルマがこちらを見た。わたしに気づいて、セルマの顔が不健康な赤紫色を帯びた。バーニーとわたしのことをスキャンロンに報告しようとして、さきほど階段を駆けあがったのだろう。

「ヴィクを紹介しようか」バグビーが二人に声をかけた。「それから――そのホッケー選手は誰だい？」

「ブーム＝ブームの姪よ」

スキャンロンは驚きの表情になった。「たしか、ブーム＝ブーム・ウォーショースキーは一人っ子だと思っていたが」

「うちの一族が喜ぶでしょう、ミスタ・スキャンロン。若い人たちにたくさん会ってらっしゃるあなたが、わたしのいとこのことを正確に覚えててくださるなんて」

「ブーム＝ブームの生涯が、このところ、ずいぶん話題になっていたのでね」スキャンロンは言った。「いろいろと思いだした。だが、もちろん、別格の選手だったから、われわれみんなの記憶に刻みこまれている。姪御さんの名前は？」

この連中にはバーニーの身元を教えたくないと思ったが、わたしが何を言う暇もないうちに、バーニーが自分から名乗っていた。

「ピエール・フシャールの娘さんか」スキャンロンが訊いた。「どうりで、きみがホッケー選手だってことをバグビーが見抜いたわけだ。きみのプレイはいつ見られるんだね？」

「大学のシーズンが始まったら、こちらにきてノースウェスタンでプレイするつもりです」バーニーは誇らしげに言った。

「わたしが面倒をみてるのは中高生だけなのが残念だ。でなければ、きみを説得して野球をやらせるのに」スキャンロンは言った。「きみのような女の子がいれば、あの連中も大いに張り切るだろう」

わたしの横でバーニーが身をこわばらせた。スキャンロンの口調にムッとしているが、どう答えればいいのかわからない様子だ。わたしはバーニーをひきよせた。二人のチーム。まわりは不愉快な連中だけど、あなたは一人じゃないのよ、わたしの妹。

「おたくのトラックを使ってジェリー・フーガーとナビエフが何をしてたか、突き止めることはできたの？」わたしはバグビーに尋ねた。

「二人に言いくるめられてトラックを貸した運転手をクビにした」バグビーは答えた。愛想のいい笑みが浮かんだかと思うと消えていく。「どっちみち、うちの配車係がそいつのことで気を揉んでたし。決められたルートをすぐにはずれるやつだった。すべてのトラックを社のほうで四六時中監視してなきゃならん。ちょっと目を離すと、ドラッグの運び屋になってしまう」

「その運転手から話を聞きたいわ」わたしは言った。

「そりゃ無理だ。会社の機密に関わることだし」

「わたしはフーガーの死の調査を依頼されてるの」

「警察の捜査だけでは不満なのかね」スキャンロンが訊いた。

「サウス・サイドがどんなところか、ご存じでしょう？　カブリーニ＝グリーン地区の再開発が始まってから、ギャング連中が新たに流れこんできて、警察は街なかの暴力沙汰を処理するだけで精一杯。フーガー殺しの捜査を進めてくれてるのは確かだけど、一対《つい》の目がよぶんにあっても悪くないでしょ」

「誰が依頼してきたんだ？」バグビーが訊いた。「フーガーに家族がいるなどとは聞いたこともないが」

「学習能力の高い人ね。二日前にわたしがガイザー社の係船場で会ったときのあなたは、フーガーが何者なのかも知らなかったのに。いまでは、家族の噂など聞いたこともないと言えるほどよくご存じなのね」

愛想のいい笑みが消えて、冷酷な、敵意に満ちたと言ってもいい表情に変わった。バーニーがさらに身をこわばらせ、カルデナル神父が進みでた。殴りあいが始まったら仲裁に入るつもりだろう。

「心配しなくていい、神父さん」バグビーが言った。「わたしはからかわれるのが嫌いなんだ。好きな者がどこにいる？ ウォーショースキー、きみはこの二週間、グッツォの母親にいとこを中傷されたため、サウス・サイドをひっかきまわしている。バグビー運送はわたしにとって単なる商売ではない。わたしの名前がついた会社だ。きみのいとこに関する噂などより、はるかに大切だ。うちのトラックを二人の男に盗まれたとなれば、そいつらのことをできるかぎり調べあげるのは当然のことだ」

「じゃ、どこへ行けばナビエフに会えるかもご存じね」

「知っている。きみは？」バグビーの顔に愛想のいい笑みが戻った。

「わたしも。けさ、見かけたわ」

野球合宿のビデオ画面にエンドロールが流れていた。スキャンロンが年上の少年の一人に合図を送り、その子が部屋の奥のライトをつけた。スキャンロンがいくつか質問すると、二人の少年の手がおずおずと上がった。

「どこで見た？」バグビーが声をひそめてわたしに訊いた。

「ナビエフがわたしを見たのと同じ場所で。本人に訊いてごらんなさい。きっと答えてくれるから。でも、わたしだったら、ナビエフの前にまず生肉のお皿を置くでしょうね。そちらに注意が向くように」

バグビーはこの冗談をおもしろがり、彼の笑い声を聞いて、スキャンロンだけでなく、ビデオゲームをやっていた子たちまでが一瞬こちらを向いた。「愉快な人だな、ウォーショースキー」バグビーはそう言ってわたしの肩を叩いた。「愉快な人だ」

わたしは部屋を出ようとして途中で足を止め、サウス・サイドの昔の写真を眺めた。一八八三年と記された写真が一枚あった。九十三丁目のイリノイ・セントラル駅が営業を開始した年だ。また、二十世紀初めの写真が何枚かあって、真新しいウィスコンシン・スティールやUSスティールの工場に入っていく男たちが写っていた。ランチボックスを握りしめ、顔は炭塵で真っ黒、空は硫黄の煙で黄色く濁っている。母とわたしは毎週窓ガラスを洗っていたが、空から降ってくる汚れから逃れることはどうしてもできなかった。

バーニーの顔が不安でこわばっていた。この午後に恐ろしい思いをしたことを、本人はけっして認めないだろうが、珍しくもわたしの腕にしがみついていた。

わたしはバーニーを庇うようにして、パソコンの順番待ちをしている子供たちのあいだを通り抜けた。通りに出たところで凍りついた。マスタングのタイヤが切り裂かれていた。車体はリムの部分に支えられていた。

「この界隈には、わたしにあまり好意を持っていない人間がいるようね」わたしはバーニーに言った。「電車で帰って、車のことは明日の朝考えましょう。大事なものを車に置いたままにしてない？　オーケイ、じゃ、行こう」

わたしたちがいまいるのは、メトラの駅から三ブロック離れたところだった。先日の午前中、ガイザー社の係船場から帰るときも、その駅から電車に乗った。十分か十五分後に電車がくるはずだ。

四月の空が暗くなってきた。バーニーをわたしの前に押しだし、ブルドーザーで店舗が撤去されてがらんとしている通りを足早に歩いていった。何者かが襲いかかってきたのはそのときだった。

思いきり蹴りかえすと、向こう脛に命中し、相手の手がゆるんでひっこむのを感じた。バーニーが地面に倒れ、図体の大きな少年が馬乗りになっていた。わたしはその子の頭に飛びついて歩道に叩きつけ、脇腹を蹴とばしてやった。ちんぴら二人がわたしをつかんだが、バーニーはどうにか自由になった。

「走って。電車に乗って！」

通行人が離れていく。ちんぴらの喧嘩に巻きこまれたい者などどこにもいない。

バーニーは通りを走り去った。わたしは蹴りを入れ、パンチをくりだし、わめき、みぞおちに強烈な一撃を食らい、頭へのパンチはどうにかかわした。相手を蹴とばし、飛びかかるうちに、息が切れてきた。疲労困憊だった。いや、倒れるまで戦いつづけろ。

スポットライトが通りを照らし、わたしたちを見つけだした。

「喧嘩はやめろ。手を上げろ」警察の拡声器。

殴り合いがやんだ。ちんぴら二人が躊躇し、つぎの瞬間、空地の向こうへ逃げていった。わたしは前かがみになって、両手を膝に突き、空気を吸いこんだ。鼻血が出ていて、腫れた左目は閉じたままだった。

パトロールチームが拳銃を構えて近づいてきた。バーニー・フシャールがその横を追い越し、わたしに抱きついた。

31　路上試験

「ヴィク、ヴィク、大丈夫？」

わたしは立ちあがり、傷の痛みにたじろぎつつバーニーを抱き寄せた。「大丈夫よ。あなたが無事とわかって元気になったわ」

「すごく怖かった。ヴィクが殺されて、あたしまで見つかって殺されるんじゃないかと思って。でも、通りを走ってく途中でパトカーを見つけたの。わ、大丈夫じゃないわよ。ヴィクの血があたしの髪にポタポタ落ちてる。感じでわかる」

わたしは鼻血も何も気にせずに、バーニーを抱きしめたままだった。警官の一人が襟のマイクに向かって連絡しはじめ、もう一人が懐中電灯で空地を照らし、つぎに、わたしに頭を攻撃されたちんぴらを照らしだした。

「何があったんだ？」警官は膝を突き、ちんぴらの首に指を当てて脈を診ていた。

「ちんぴら三人が襲いかかってきて、そいつがこの子を地面に押し倒したの。わたしはべつの男の手をふりほどいて、この子をどうにか救いだした。死んでる？」

「いや。残念ながら。〈狂気のドラゴン〉のメンバーだ。タトゥーでわかる」

懐中電灯の光のなかに、ちんぴらの腕に巻きついたドラゴンが見えた。首にもドラゴンの頭がのぞき、ちんぴらの耳のほうへ舌を伸ばしている。

「医者に診てもらう必要があるが、供述書も必要だ」警官はつけくわえた。

パトカーがさらに三台やってきて、コマーシャル・アヴェニューの半分をふさいだ。回転灯が明滅して、まるで巨大な蛍のようだ。警官三人が空地の瓦礫のなかを通り抜けた。一人が道路に立って車の誘導をおこない、パトカーをよけて進むよう指示していた。警察が駆けつけたものだから、通行人が集まりはじめ、格闘の様子を小声で語りあっていた。

二人の警官は増えるいっぽうの野次馬に目を光らせていた。仲間を倒した人間に仕返ししてやりたくてうずうずしている〈狂気のドラゴン〉の連中が、紛れこんでいないともかぎらない。

パトカーの背後でSUV車が止まり、ヴィンス・バグビーが歩道に降り立った。「なんとまあ、ウォーショースキー。第三次世界大戦に巻きこまれたのか？」

「すみません、ここは犯行現場で——ああ、ヴィンス——あんたか。ええと……この女性を知ってるのかい？」

「ブーム＝ブーム・ウォーショースキーのいとこだ、クヌート。いましがた、こちらの若いお嬢さんと一緒に〈セイ、イエス！〉の会合に顔を出してくれたんだ。フロントタイヤを切り裂かれたマスタングはきみのか、ウォーショースキー？　こりゃひどい。戻ってきて、車で送ってほしいとわたしに頼むべきだったな。暗くなると、この通りは危険なんだ。きみもよくわかってるだろうが」

ヴィンスが現われたことで、警察の動きが多少迅速になった。二分もしないうちに、バーニーとわたしはパトカーのうしろに乗せられ、第四管区の署へ向かっていた。現場に駆けつけてきた警官隊は病院へ直行しようとしたが、それが意味するものをわたしはよく知っている。自宅から遠く離れた救急救命室で長い一夜を過ごすことになる。ノース・サイドに戻ったらすぐ医者に診てもらうことを警官に約束した。

今夜は、コンラッドも、父の昔の友人シドも非番だった。おかげで、よけいな非難や雑談に煩わされずに供述をおこなうことができた。わたしの目と鼻に当てるようにと、巡査部長がアイスパックを持ってきて、早く医者へ行けという警官隊の勧めをくりかえした。これには人道的な理由のほかに、法的な観点からの理由もある。バーニーかわたしが襲撃で重傷を負っていれば、〈狂気のドラゴン〉のメンバーの罪状を重いものにできる。また、法廷で州側の主張が大きな力を持つことになる。

事情聴取が終わるまで、バグビーが署のなかをうろつき、自分の車で二人を家まで送ることにするとクヌートに言った。いやな気がした。襲撃の序曲としてわたしの車のタイヤが切り裂かれた件に、バグビーも、スキャンロンも、セルマも、カルデナルも関わっていないという確実な保証がほしかった。しかしながら、クヌートは喜んで申し出を受け入れた。サウス・シカゴの春の夜ともなれば、街の反対側の二十マイルも離れたところまでパトカーでわたしたちを送り届ける余裕などないわけだ。

バグビーがハンドルを握りながら雑談しようとしたが、わたしは電話をかけるのに忙しかった。まずロティ。いまから彼女の病院の救急救命室へ行くことを連絡するために。つぎはミスタ・コントレーラス、予想どおりおろおろしていた。ジェイクも同じ。ただし、老人ほど能弁ではなかった。最後にいちばん厄介な相手が残っていた。バーニーの両親。

「いまから荷物をまとめて、明日、あなたをケベックに送り返すことにするわ」フシャールの電話番号を押しながら、バーニーに言った。

「いやっ！　帰らない」

「わたしのせいで、今夜、あなたは命の危険にさらされたのよ——もしもし、アルレット？　シカゴのV・I・ウォーショースキーよ……あまり元気じゃないわ。ブーム＝ブームとわたしがかつて暮らしていた界隈へバーニーを連れていったんだけど、そこは危険なギャングの縄張りでね、襲撃を受けて、でも幸いなことに——」

バーニーがうしろのシートから身を乗りだして、わたしの電話を奪った。「ママン？　あたし《セ・モワ》よ」会話はフランス語になった。わたしにはしゃべれない言葉。

「好奇心から尋ねるんだが、なんの用で〈セイ、イエス！〉に？」バグビーが訊いた。

「ローリー・スキャンロンの組織能力を賞賛したくて」わたしは言った。「エネルギッシュな人ね。保険代理店を経営し、子供たちの面倒をみて、ニーナ・クォールズがパリでボロ布をあさっているあいだ、法律事務所の依頼人たちの力になるなんて」

「ぶちのめされてもユーモアのセンスは健在のようだな。敬服するよ。ローリーは善良な人だ。一度も結婚したことがなく、地域社会にすべてを捧げている」

わたしたちはライアン高速を走っていた。猛スピードで車が流れている十六車線の高速道路。バグビーは運転がうまかった。長年トラックと格闘して言うことを聞かせてきただけあって、会話を続けながら巧みに追い越しをかけて走りつづけ、しかも、会話も走りも停滞することがなかった。

わたしはヘッドレストにもたれて、警官がくれたアイスパックを顔に押しあてた。電話ではぶっきらぼうだったロティだが、病院に着いたら最優先で診てもらえることになった。〝あなた、大丈夫？ 女の子は大丈夫？ わたしとしては、それだけでも感謝すべきね〟

「スキャンロンがリタイアしたら、そのあと、代理店の経営は誰が？」わたしはバグビーに尋ねた。

「スキャンロンがやめるなど、想像もつかない」バグビーは言った。「誰が後継者になるかもまったくわからない。〈セイ、イエス！〉で育てた子たちの誰かがスキルをきちんと身につけてくれるよう、スキャンロンは願ってるんだろうな」

「そして、おたくはお嬢さんのデルフィナがバグビー運送を継ぐ予定？」

「あの子も男のことばかり考えるのはやめて、そろそろビジネスのことを考えてほしいものだ。いや、もしかしたら、トラック業界に入りたいという男のことを考えてくれるかもしれん。きみはどうなんだ？ 探偵事務所を継いでくれる子供はいるのか」

「いないわ。でも、バーニーがホッケーに飽きたら継いでくれるかもしれない。すごくタフな子だから」

「きみの折れた鼻を見て夫がショックを受けるようなことはないかな？」

「あなたが訊きたいのは、わたしが結婚してるかどうかってこと？ それとも、わたしの夫がショックを受けやすい人間かどうか？」

バグビーはふたたび笑った。「結婚してるのかい？」

「昔はしてたけど」

バーニーがわたしに電話を返してよこした。母親との話は終わったが、アルレットがわたしと話したがっているという。

「ベルナディンヌがシカゴに残りたいと言うの。だめだと言っておいたわ。なるべく早く、ピエールをシカゴへ行かせるわ。目下、フロリダでスカウト活動の真っ最中なの。でも、お願い、お願いだから、ギャングのいる地区へあの子を近づけるようなことはしないで。あの子ったら、勝手な想像をして――ええと、なんて言葉だったかしら。わたし、英語がうまくしゃべれなくて――ほかの誰かの魂が自分のなかで生きてると思いこむ場合に使う言葉――」

「霊との交信？」

「そう、それ。ベルナディンヌは自分がブーム＝ブームの霊と交信してるつもりなの。でも、わたし、あの子にはあなたやブーム＝ブームのような人生を歩ませたくない。わかってくれる？」

「ええ、賛成よ。だから、こちらに置いておきたくないの」

バーニーがうしろのシートから、あたしなら大丈夫、そんな議論はうんざり《ラ・ル・ボル》だと言った。アルレットとわたしは結局、落ち着かない思いで別れの挨拶を交わした。アルレットはわたしのことも、いまの状況も不満そうだし、わたし自身も同じ気持ちだった。

モントローズの出口までできた。ベス・イスラエル病院があるのはウィルソン・アヴェニュー。もう少し北まで行き、そこから東へ四マイルのところだ。バグビーはわたしに道を尋ねることも、GPSに頼ることもなく、病院に到着した。わたしがほめると、気さくな笑みを浮かべて、十六の年から車で市内を走りまわっていると言った。

「ロンドンのタクシー運転手より優秀だぞ、ウォーショースキー。六つの郡のなかに、わたしが見つけられない道路はひとつもない」

バグビーはベス・イスラエル病院の救急入口に車を入れ、わたしたちに手を貸してパトリオットから降ろしてくれた。ミスタ・コントレーラスが見張りに立っていて、歓声と叱責を同時に口にしながら飛んできた。

「先生から電話があってな、嬢ちゃん、ベテラン看護師が待機してて、ほかの準備もすべてオーケイだから、あんたが保険証を見せれば、列の先頭に案内してもらえる。その目、くそったれどもに何されたんだ？」

「右フックね、たぶん。向こうがブラスナックルや剃刀を持ってなくて助かったわ」

「あんたはどうだ？」ミスタ・コントレーラスは腕を伸ばしてバーニーを抱いた。「顔にひっかき傷があるが、骨折はしとらんようだな」

「ヴィクが助けてくれたのよ、サルおじさん。どうやったのかわかんない。大男がわたしを押さえつけてたけど、ヴィクがひきはがして、そして——そして——」バーニーはワッと泣きだした。この二、三時間の恐怖と無力さが、身を震わせる嗚咽となってあふれでた。

ミスタ・コントレーラスが最初の安堵の波を乗り越えるのを、ジェイクが脇のほうで待っていた。老人がバーニーを慰めているあいだに、ジェイクがわたしを抱き寄せてくれた。彼の肩に顔を圧迫されて、腫れあがった目がズキンと疼いたが、わたしは彼に抱きついた。

てささやいた。

「きみと知りあったころ、コントラバスのケースにきみを入れて建物から運びだすよう頼まれただろ。それがきみの最後の冒険譚だと思った。まさか、『ウォーショースキー版・千夜一夜物語／危機一髪』の二三七章だとは思いもしなかった」ジェイクはわたしの髪に向かってささやいた。

ジェイクがわたしに腕をまわしたまま受付へ連れていってくれたので、保険証を受付係に渡し、すぐ診察してもらう約束になっていると告げた。ロティが抜かりなく手をまわしてくれていた。バーニーとわたしは診察室へ案内され、レントゲン室へ連れていかれ、目の検査をされ、すりむいた皮膚に軟膏を塗られ、破傷風の予防注射をされ、鼻血を止めるためにわたしだけ少量のコカインを処方された。

〈狂気のドラゴン〉の男に殴られたせいで、バーニーはひどいあざをこしらえていたが、男が馬乗りになっていた時間がわりと短かったおかげで、さほど深刻な怪我をせずにすんだ。二人ともふつうでは考えられないほど運がよかったのだ。

バーニーの診察のほうがわたしより早く終わった。わたしはベス・イスラエル病院に残って、夜勤の警官と一緒に供述書に目を通したが、バーニーはミスタ・コントレーラスが連れて帰ってくれた。

今夜はわが家の居間にバーニーを寝かせる気になれなかった。鋼板で補強したドア、赤外線動作検知器などでセキュリティは万全だが、わたしが標的にされた場合に備えて、バーニーを身近に置いておくのは避けたかった。

老人がバーニーを連れて家に帰ろうとしたとき、孫息子たちが遊びにきたときに使う部屋にバーニーを泊めてもらえないかと頼んだ。老人の顔がほころんだ。一時間ほど遅れてジェイクとわたしが帰宅すると、ミスタ・コントレーラスはスープを温め、清潔なシーツをとりだし、ミッチにパトロールの命令を出しているところだった。

「ギャング連中がきみたち二人を始末するために、こっちまではるばる出かけてくるなんて、まさか思ってないよな？」ジェイクが訊いた。「ああいう連中はホームグラウンドにとどまるのが好きなはずだ」

「わたしはまだびくついてるわ。バーニーの安全を守る責任もあるし。今日あの子をサウス・サイドへ連れてったのが、そもそもの間違いだった。あの子が早起きはいやだという以外になんの理由もなくアルバイトをやめてしまったことで、ちょっと頭にきてたの。少し懲らしめなきゃと思って、街へショッピングに出かけたりできないようにしたんだけど、いまは蛆虫《うじむし》になったような気分よ」

「おお、ヴィクトリア・イフィゲネイア、きみが宇宙を司《つかさど》っているわけではない。ベルナディンヌが一人で街へ出かけたらどうなっていたか、わかったものではない。きみに災難が降りかかったとき、ベルナディンヌのそばにいて守ってやったおかげで、もっとひどい災難から彼女を救ったのかもしれないよ」

ジェイクはわたしの腫れあがった目をなでてくれた。「ぼくも向こうの警官の意見に賛成だ――きみがその男に飛びかかったとき、殺してしまわなかったのが惜しまれる。バーニーは機転も利く子だったんだね。パニックを起こすことなく手をふってパトカーを止めたんだから。行動に出たという事実、そのおかげで、トラウマに長く苦しめられることはなくなるだろう。少なくとも、ぼくが飛行機のなかで読んだ雑誌の自己修養の記事にそう書いてあった」

わたしも同じような口調で返事をし、自分を責めたい気持ちを捨てようとしたが、最近はうまくいかないことばかりだ。探偵としても、保護者としても。

32 野次

翌朝、レッカー業者に電話をして、わたしがいつも利用している修理工場へマスタングを運んでくれるよう頼んだ。車を置いてきた場所と距離からすると、莫大な料金を請求されることになりそうだ。ますます憂鬱。

ジェイクがロティの診療所まで車で送ってくれることになった。そうすれば、ロティに直接診てもらえる。出かける前にバーニーの様子を見に行った。まだぐっすり眠っていて、ミッチとミスタ・コントレーラスの両方が心配そうな目で見守っていた。

ロティの診療所で降ろしてくれたとき、ジェイクはわたしを一人で置いていくのが心配そうだったが、学生たちが待っているのでノースイースタン大学へ行かなくてはならなかった。わたしは、移動には公共の交通機関とタクシーを使えばいいし、遠くまで行くつもりはないと言って、ジェイクを安心させた。昔と違って、殴りあいのすぐあとで復活するのはもう無理だ。

待合室でうとうとしていると、ようやくロティの時間が空き、診てもらえることになった。ロティはベス・イスラエル病院から送られてきた診断書をパソコンの画面で確認し、わたしの顔を調べ、腫れがひいたというわたしの言葉に同意し、角膜にも網膜にも損傷はないと言い、コカインをしみこませたコットンを鼻からとりだし、このつぎ怪我をするまでは生き延びられるだろうと保証してくれた。

一日か二日は運転しないように、少なくとも高速道路には乗らないように、とアドバイスされた。「ねえ――用心があなたの性に合わないことは知ってるけど、ヴィクトリア――気をつけて!」

ロティはそれ以上何も言わなかった。負傷したわたしにときたま浴びせる怒りの言葉も、懸念の言葉もなかった。そのため、ロティと顔を合わせたことがなぜかよけい辛くなった。

南行きのバスに乗るため、ロティの診療所からウェスタン・アヴェニューまで歩いた。全身の筋肉がこわばり、疼いていた。半マイル歩くあいだに、ゆうべ受けた殴打のひとつひとつが意識された。わたしの事務所にいちばん近い停留所でバスがようやく止まったときには、その場で横になって眠りこみたい気分だったが、エスプレッソを飲もうと思い、向かいのコーヒーバーに入った。カフェインが鎮痛剤のかわりをしてくれるかもしれない。

二杯目のエスプレッソを事務所に持っていき、三十分ほど軽いストレッチをしてから、午前中の残りを仕事に当てて、ネットでできる作業を片づけた。小さな会社の共同経営者に横領された金の行方を突き止めるため、複雑な検索をしていた最中に、電話が鳴りだした。非通知になっていた。

「ウォーショースキーか」

ざらついた声で耳ざわりだった。

「父親のことを思いだせ、ウォーショースキー。父親がウェスト・エングルウッド署へ異動になってからどんな扱いを受けたか考えてみろ。サウス・シカゴで怒らせてはならない相手を怒らせた。あんたもだ。それ以上ひどい目にあわないうちにやめるんだな」

わたしが何を言う暇もないうちに、向こうは電話を切った。かかってきた電話はわたしのパソコンに録音される。違法だ。わかっている。説教はやめてほしい。通話を四回再生してみたが、生《なま》で聞いたとき以上のことはわからなかった。

腫れた目を指でいじった。わたしの父は市内でもっとも危険な地区のひとつへ急に異動を命じられた。理由はわたしもいっさい聞かされていない。父は経験を積んだ善良なパトロール警官で、物騒な地区でも住民と信頼関係を築くことができた。父の命を奪いそうになったのはギャング連中ではなく、警察の同僚たちだった。エングルウッド署にいた当時、父は五回も撃たれた。通信指令係はそのたびに、トニーから応援要請の無線連絡はなかったと言いはった。ロッカーにネズミの死骸を入れられたのは七回、コーヒーに小便を入れられたのは数知れず。父をいちばんぞっとさせたのは、射撃練習場に父の写真の切り抜きが貼ってあったことだった。

最初に撃たれたのは、ブーム＝ブームが地元のホッケー試合でデビューしたあとの夏だった。わたしはシカゴ大学の三年生を終えたところだった。あの夏は政治学部で事務のアルバイトをしていて、部屋代を節約するために自宅から通っていた。父は深夜勤務についていて、当時は携帯が普及する前の時代だったため、父のことが心配で自分のベッドがある屋根裏部屋へ上がる気になれず、毎晩、居間の折りたたみベッドで寝ていた。惨事を知らせる電話が鳴りだすのを薄々予期して、どうしても熟睡できなかった。

何が災いを招いたのか、どの有力者の機嫌を損ねたのか、トニーはけっして話してくれなかった。ずいぶん昔のことなのに、サウス・シカゴの何者かがそれを覚えている。そして、わたしがゆうべ襲撃を受けたことも知っている。つまり、何者かが〈狂気のドラゴン〉の連中に命じて、わたしの車のタイヤを切り裂かせ、バーニーとわたしを襲わせたのだ。もしくは、襲撃事件に便乗して脅迫電話をかけてきたとも考えられる。

左目が疼きはじめた。奥の部屋で簡易ベッドに横になり、顔に氷を当てて、これまでに出会った登場人物のうち、わたしの父を知っていた可能性があるのは誰なのか、父がハイエナの群れに投げこまれた理由を知っているのは誰なのかを考えてみた。

一時間後、iPhoneの音に起こされた。頭がぼうっとしていて、融けた氷で髪も首も濡れていた。暗い奥の部屋でようやく起きあがり、ジーンズから電話をとりだした。かけてきたのは、父の古い友人ボビー・マロリーだった。警察に入った当時はトニーに仕事を教わった一人だったが、有能な人物で、ミシガン・アヴェニューの真新しい市警本部の幹部としてキャリアを終えようとしている。

「ヴィッキー、ゆうべ何があったんだ？　わしの秘書が事件報告書にきみの名前を見つけて、こっちにまわしてきた。なんで〈狂気のドラゴン〉なんかと揉めたんだ？」

わたしをヴィッキーと呼んでいいのは、この地球上でボビーだけだ。わたしはゆうべの出来事をざっと話し、ついでにバーニーのことにも触れた――ブーム＝ブームとピエール・フシャールが一緒にホッケーをやっていたころ、ボビーは昔のスタジアムに足しげく通っていたのだ。

「ボビー、さっき脅迫電話がかかってきたの。怒らせてはならない連中を怒らせたためにトニーがどうなったかを思いだせと言われ、わたしにも同じことが起きるかもしれないと警告されたわ。何があったのか、トニーはけっして話してくれなかった。何か知ってる？」

電話の向こうで長い沈黙が続き、やがてボビーが重苦しい声で言った。「話すことはできん」

「できないの？　それとも、話す気がないの？」わたしは問いつめた。

「突っかかるのはやめろ、ヴィッキー。あれはわしが捜査の指揮をとりはじめたころだった。きみのお父さんはわしを守るために、署内のゴタゴタをこっちの耳には入れまいとしたんだ」

わたしは何も言わなかった。ボビーは何か隠している。沈黙のなかに、ぎこちなく言葉を選ぶ様子に、それが感じられた。

「わしはできるだけ早く、トニーをエングルウッドから救いだした。わかるな？」ボビーの声は叫びに近かった。

「わかってる」わたしはひどく静かな声で言った。「エングルウッド署の同僚のいじめが父の命を縮めたんだと、ずっと思ってたけど、さっきの電話が具体的に触れたのはサウス・サイドのことだった。父はローリー・スキャンロンを激怒させるようなことでもしたのかしら」

「スキャンロンはきみのいとこがホッケー選手として順調なスタートを切るのを手助けした。きみのお父さんに激怒していたなら、もしくは、お父さんのほうが激怒していたなら、スキャンロンもそこまでするわけがない」ボビーの声は険しかった。

「スキャンロンは若者の活動にずいぶん関わってるわ。スポーツをやってる十代の男の子が好きみたいよ」

「卑猥な要素を抜きにして子供たちのことを気にかける大人もいるものだ」ボビーは不機嫌に言った。

「トニーは同意しないでしょうね。わたしはやっぱり、スキャンロンにそういう趣味があるとしか思えない。わたしが話をした人々のうち、トニーのことを知ってたのはスキャンロンだけだった。ご存じのように、トニーにはサウス・シカゴでの勤務経験はなかったけど、近所の人たちはトニーを頼りにしてて、警察との非公式のパイプ役みたいに思ってた」

「わしが電話したのは、きみの無事を確認したかったからで、機会さえあればほとんどの者が逃げだすような地区にいまなお踏みとどまっている男性について、きみが悪口を並べ立てるのを聞くためではない。きみも逃げた人間の一人だったな」

「ええ、わたしはもともと裏切り者なの。みんなにそう言われてる。グリグズビー判事はどうなの？」

「グリグズビー判事？」ボビーは早口で言った。「知事のことも訊いたらどうだ？　大統領のことも。きみはなぜ非難の矛先を地元の人間にしか向けんのだ？」

ふたたび鼻血が出てきた。ロティのアドバイスを思いだして、頭をのけぞらせ、テッサと共有している廊下の冷蔵庫まで氷をとりにいった。

「あるいは、アイラ・プレヴィンとか」わたしは言った。「教会の神父とか。初めて会ったときは愛想がよかった神父も、いまではわたしのことを――どう言えばいいのかしら――マルティン・ルターの女版というような目で見てる。三日前に石油コークスのなかから死体で発見された男性は教会の雑用をひきうけ、ボリス・ナビエフという人物と出歩いてた。ナビエフというのは、見た目が――」

「ヴィッキー！　あのネズミの穴でいったい何をしてるんだ？　フーガーがナビエフと出歩いてたことをなんで知ってる？」

ボビーがフーガーの名前を知っている。これは興味深い。わたしはひと言も言っていないのに。でも、事件が世間の注目を集めたからかもしれない。あるいは、殺し方が残虐で異様だったからだろうか。

「二人が一緒にいるのを見たから」わたしは言った。

「コンラッド・ローリングズは知ってるのか」

「まだ言ってなかった……」自分の声が小さくなったことに困惑しつつ、わたしは言った。

「もう切るぞ。きみから第四管区へ電話して、ローリングズ警部補にきちんと話をしろ。ナビエフというのは、鉄のカーテンが錆びて役に立たなくなったとき、ロシア側がこっちに投げてよこしたゴミのひとつだ。尻尾をつかむことがどうしてもできんのだが、やつが犯人に違いないとわしが百パーセント確信している殺しが少なくとも七件ある。どれもみな、石油コークスの山に埋めて窒息死させるのと同じぐらい残虐な、もしくは、それ以上に残虐な殺しだ。やつに近づくんじゃないぞ。きみ自身はやつから遠く離れて、防弾チョッキを着た連中にまかせておくんだ。窮地に陥ったとき助けに駆けつけてくれる仲間が一万三千人いる警官連中にな」

ボビーは電話を切った。わたしがコンラッドに電話すると、向こうはまず、襲撃されたあとのわたしの体調を気遣う質問をよこした。ところが、わたしがナビエフのことを話し、週の初めに会ったときには黙っていたことを白状すると、「〈狂気のドラゴン〉があんたの鼻の骨をまだ折ってないのなら、おれがハンボルト・パークまで車を走らせて、この手で折ってやる」とわめきだした。

「わたしと話をするときは頭に浮かんだことをすぐ口にしてもかまわないって、あなたがなぜ思いこんでるのか、わたしにはわからないけど、相手がわたしにしろ、ほかの誰かにしろ、暴力で脅すなんて卑劣だわ。今度またそんなことを言ったら、あなたとはもう二度と口を利きませんからね。二人同時に法廷に出ないかぎりは」

コンラッドはためらった。「すまん、ヴィク、しかし——くそ！　ナビエフだぞ！　ウズベキスタンのマフィアで——」

「脅した言いわけにはならないわ」わたしはぴしっと言った。「前にあなたと話をしたときは、わたしはナビエフの名前を知らなかったし、マフィアだってことも知らなかった。マロリー警部からついさっき聞いたばかり。しかも、あなたのやり方はずいぶん失礼だった。街の反対端までわたしをひっぱりだし、非協力的な証人みたいに扱い、そのあと、車のないわたしに嫌味な言葉をかけて自宅から二十マイルも離れたところで放りだした。そういうことをされるのはもううんざり。たしか八年前だったわね。あなたがわたしの探偵仕事に敬意を払っていれば避けられたはずの銃弾を受けたのは。少しは大人になってよ」

コンラッドはこわばった声で謝った。「ナビエフがフーガーと一緒にいたことを証明できるか」

わたしはリグレー球場の外で撮った写真をメールで彼に送った。

「電話を切る前にもうひとつ。そもそも、なんでフーガーと関わりあったんだ?」

「関わってなんかいないわ。わたしはフーガーの甥を捜してるの。一週間ほど前から行方不明なの」

そして、どこかでナビエフと出会っている可能性大だ。同じ建設現場で働いていたのだから。

「何を言ってるんだ? あの男には身内なんかいないぞ」

セバスチャンのことを警察に黙っていてほしいというヴァイオラの必死の懇願を忘れて、わたしはつい口をすべらせた。「誰にだって身内はいるわ。たとえ、またまたいとこよりさらに十親等ほど離れた身内であろうとも。ところで、ベルナディンヌ・フシャールとわたしを襲撃した〈狂気のドラゴン〉のことだけど――逃げた二人は見つかった?」

「いや。それから、あんたにボコボコにされたやつは顎の骨が折れちまって、あまりしゃべっていない」

「誰があいつらを雇ったのか知りたいんだけど」

「〈ドラゴン〉の連中は人に雇われなくても、傷害や殺しをやっている」コンラッドは言った。

「わたしもゆうべはそう思ったわ。でも、三十分ほど前に誰かから電話があって、わたしの父と同じ扱いを受けたくなければ、つまり、わたしの顔を射撃練習場の的にされたくなければ、大物連中を悩ませるのはやめろと言われたの」

「電話してきたやつは、ゆうべの襲撃のことを持ちだして脅したのか」

「直接には言わなかった。でも――」

「具体的になんと言ったんだ？」

録音した音声をコンラッドのために再生した。コンラッドは録音が違法行為であることを冷たく指摘してから言った。「ナビエフではないな。やつはかなり訛りがある。きみはたしかに、大物連中を悩ませる人だ。グッツォの件と、フーガーの甥とされる人物の件以外に、どんな調査をしてるんだ？」

「わたしに仕事を頼んでくる大物はダロウ・グレアムだけだし、目下、ダロウからは扱いのむずかしい仕事は入ってないわ。でも、わたし、ゆうべは襲われる少し前に、ローリー・スキャンロンや、ヴィンス・バグビーや、スパイク・ハーリヘイが関係する法律事務所の事務責任者の女性と会ってたの。そうそう、カルデナル神父もいたわ」

「ローリー・スキャンロンが聖エロイ教会で金庫破りをする現場を見たとしても、おれはスキャンロンが犯罪者だなんて信じないね」コンラッドは言った。「もっともな理由があるはずだと思うだろう」

「犯罪者が法律を破るときは、いつだって、もっともな理由があるものよ。人の人生を破壊しておきながら、自分のほうが偉いと思いこんでるから」

「あんただって派手に破壊してるぜ、ウォーショースキー。人に泥をぶつけるときは、よく吟味して相手を選べ」コンラッドは電話を切った。

33　花束贈呈

コンラッドはフーガーの甥については質問せずに電話を切った。彼のことだからけっして忘れないだろうが、フーガーが養子に出されたことと、実の親のことを探りだして、ヴァイオラに行き着けば、セバスチャンの存在も明るみに出る。そうなれば安心だ。警察がセバスチャン捜しにとりかかったら、わたしは喜んで手をひこう。

きのう作成した関係者リストにふたたび目を向けた。わたしの父のことを知っていたのは誰なのか、脅迫電話をよこした可能性があるのは誰なのかを考える必要がある。そのなかの一人がゆうべの襲撃を計画したのだろうか。

わたしの車が走行不能になったため、バーニーとわたしが通りを歩くしかなくなったのは事実だ。とすると、襲撃とタイヤの破壊はつながっているのだろう。〈狂気のドラゴン〉の連中が自分たちで思いついたにしろ、誰かほかの人物にそそのかされたにしろ。〈マンデル&マクレランド〉が新たな事件を扱うときは、アソシエートたちを強引に競わせていた――ジョエル・プレヴィンはわたしにそう言った。また、わたしは息子に対するアイラの軽蔑を目にしている。父か息子のどちらかがわたしの質問に腹を立て、もしくは警戒心を抱くあまり、ちんぴら連中に襲撃を指示したのだろうか。

ジョエルは自分から行動に出るタイプではないから、彼がほかの者に汚れ仕事をやらせたとも考えられるが、以前、わたしの前でふと、怒りと自己嫌悪を口にしたことがあった。わたしを痛めつけようとか、殺してやろうとは、たぶん思わないだろう。

でも、ジョエルの父親のほうはどうだろう？　労働者のヒーローであり、市民的自由の擁護者であるアイラが、礼儀と野生のあいだの境界線を越えてしまったと信じるのは、とても辛いことだ。アイラは人々の敬意を集めている。サウス・サイドではとくに。だから、自分の評判を危険にさらしてまでちんぴら連中を雇うとは思えない。だが、その一方、アイラはローリー・スキャンロンと親しくしている。ステラの裁判を担当したグリグズビー判事は、アイラとのつきあいを指摘されるとわたしに食ってかかった。

〈マンデル＆マクレランド〉がアニー殺しの犯人の弁護をひきうけた理由について、納得できる説明をしてくれた者は、このなかには一人もいない。そのあたりの秘密をわたしに嗅ぎつけられることを、アイラが、もしくはグリグズビーが、もしくはスキャンロン自身が恐れているのだろうか。

考えすぎのような気もするが、とにかく、わたしには理解できないことばかりだ。ステラに対する接近禁止命令を前に受けたが、その命令書にフランクとベティと子供たちの名前まで新たに加わったことで、わたしは猛烈に頭にきている。この一家と話をすることも、フランクをがんがん叩いて真実らしきものをひきだすことも、もうできない。いや、そのほうがいいのかもしれない。今日は筋肉が弱っていて、叩く力もないから。

無駄に頭を悩ませていたとき、車の修理工から電話があった。このルーク・エドワーズに比べれば、〈くまのプーさん〉に出てくるひねくれロバのイーヨーの声だって、ドリス・デイの歌声みたいに聞こえる。

「ヴィク、あんたのマスタングがついさっき、うちの修理工場に届いた。なんで南のほうに夜通し置きっぱなしにしといたんだ？ ボンネットの蓋も、バッテリーも、タイヤも、ダッシュボードもなくなってるぞ。それから、ホースの交換が必要だし、走行距離が十三万二千マイルになってる。〝メンテナンス〟という言葉を聞いたことはないのか」

この知らせに、わたしはどっと疲れてデスクに突っ伏した。「ルーク、誰がなんと言おうと、あなたはお日さまみたいな人だわ」

「どういう意味だ？ おれはあんたの車の状態を説明してるだけなのに。もっとでかくてこわれにくい車を買ったらどうだ？ 例えば、そうだな、お役御免になった戦車とか。あんたと知りあって以来、あんたがぶっこわした車は、トランザム、オメガ、リンクス、そしてこのマスタングだ。修理をお望みなら、車の価格以上の金がかかるぞ。エンジンを長持ちさせる運転の方法を学習して――」

わたしは椅子にすわりなおした。「歩道の縁に止めておいたら、それだけの被害を受けてしまったの。たとえわたしがレーシング・ドライバーのダニカ・パトリックだったとしても、ちんぴら連中に車を裸にされるのは阻止できなかったでしょね」

ルークは、ダニカ・パトリックならちんぴらの襲撃を受けそうな場所に車を夜通し放置したりしない、とつぶやいたが、保険会社の査定担当者が修理工場へ出向くまでマスタングを預かっておくことを承知した。ときどき思うのだが、両親が彼をルークと名づけたのは〝陰《ルーグ》気な《ーブリアス》〟という言葉からの連想かもしれない。しかし、修理工としては天才的で、車の販売代理店に頼むよりも安い料金ですむ。

マスタングの走行距離が十七万五千マイルまで行くことを期待していたが、買換えを勧めるルークに査定担当者が反対して、修理代の見積もりを六、七千ドルぐらいにするかもしれない。もしくは、廃車にするよう勧めてくるか。立ちあがって事務所内を歩きまわり、ふたたび関節のこわばりをほぐそうとした。ぐるっと一周してデスクに戻ると、誰かが表のドアの呼鈴を鳴らしていた。今日はテッサが出てきていない。インターホンのところへ行った。

「V・I・ウォーショースキーさんにお花のお届けです」

大きな荷物で、花屋の包装紙がかかっていた。わたしは配達の男性に、カメラ映像で見てみたいので包装紙をはがしてほしいと言った。間違いなく、春の花々が豪華にアレンジしてあった。銃身を切り詰めたショットガンではなく、ロケットランチャーでもなかった。

廊下を急ぎながら、思わず口元がほころんだ。ジェイクがわたしを哀れに思ってくれたのだ。配達の男性にチップを渡し、花束を抱えて事務所に戻った。送り主がヴィンス・バグビーだと知って驚いた。驚くと同時に、ちょっと悲しくなった。ジェイクはいろんな形で愛情を示してくれる。でも、たまには花のプレゼントもうれしいんだけど。

ゆうべの騒ぎのせいでサウス・サイドを嫌いにならないでほしい。住民の大部分はまっとうな働き者だ。車のことは遺憾に思う。足が必要なら、うちのトラックを使ってもらってかまわないわたしはふたたび微笑したが、関係者リストに記入したバグビーの名前のところにこのカードをテープでくっつけた。その下に書きこみをした。〝ゆうべ、警察が駆けつけた直後にバグビーが姿を見せた。ナビエフとジェリー・フーガーを知っているのに、知らないふりをした。ナビエフはリグレー球場のそばでバグビー運送のトラックを運転していた。バグビーはまた、わたしの車の部品が大量に盗まれたこともすでに知っていた〟芍薬《しゃくやく》とアイリスの大きな花束をもらっても、こうした事実は消えない。

〝この人、わたしに惹かれてるの？　それとも、わたしの注意をそらそうとしてるの？〟カードの下に書いた。

34 乱闘騒ぎ

〝イリノイ州と全世界を舗装するスターリージー・セメント〟の本社は市内の北西のはずれにある。公共交通機関を使って出かけるには不便な場所だ。ルークの修理工場に寄り、わが哀れな老朽マスタングの残骸を目にして胸を痛め、代車を借りることにした。ルークはわたしの運転に対するいつもの非難の言葉つきで、スバルを貸してくれた。泥棒連中はわたしの車のハンドル、ダッシュボード、ボンネットの蓋、バッテリーに加えて、車内にあった品をほとんど持ち去っていた。残っていたのは、犬のために置いてあるタオルだけだった。ヘルメットもうしろのシートに残っていた。それらをスバルに移し、車が返ってきたときにシートが犬の毛だらけでは困るとルークに説教され、イブプロフェンを何錠か呑んでから、車で北西部へ向かった。

たとえロティの厳命がなくとも、裏道ばかりを選んで走っていただろう。左右のサイドミラーのあいだで頭を動かすだけで、またしても目が疼いてきた。スペンサーが痛みで弱音を吐いたことは一度もないわよ――自分に言い聞かせた。マーロウだって、ケイト・ファンスラーだって。シャキッとしなさい、ウォーショースキー、こんなワスプ連中にポーランド人を見下されてたまるものですか。

最後の数ブロックは、ドラム部分に特徴のあるブルーのラインが入ったスターリージー・セメントの生コン車の隊列のあとをついていくことになった。スターリージーの敷地に入ると、生コン車は左のほうへそれていった。そこでまた新たに生コンを積みこむわけだ。いっぽう、わたしは右側の案内に従ってオフィスと来客用駐車場へ向かった。

トラックのせいで深いわだちができていた。時速五マイルというのろのろした走りでも、車が派手にバウンドして、ふたたび鼻血が出てきた。来客用駐車場に入り、バックミラーで自分の顔を見てみた。顔に血がだらだら流れるとまではいかないが、上唇が赤く染まっていた。疲労と痛みでオリーブ色の肌が不健康な青白い色合いに変わっている。血があざやかな色彩を添えているが、同時に、わたしの言葉から人々の注意をそらす役にも立ちそうだ。血を拭きとり、髪に櫛を入れて、目のまわりの黒あざを指でなでた。身支度完了。

オフィスの入口まで行く途中、銀色のダッジＳＲＴ８の横を通りすぎた。スモークウィンドーから車内をのぞいてみた。ダッシュボードはｉＰａｄの画面みたいではなく、本物の計器が並んでいた。さすがマッスルカー。フランク・グッツォがたまりにたまった料金を払ってくれれば、わたしもこの車のホイールキャップぐらいは買えるだろう。

ため息をつき、オフィスのあるありふれた建物に入った。工場というのは、事務関係の設備のほうに無駄な金を使うことはしないものだ。受付係は置いてなくて、サインボードに情報テクノロジー部から営業部（個人用、産業用、商業用）まで、職務別にオフィス名が並んでいた。人事部は二階となっていたので、金属がむきだしになった階段をのぼった。

人事部に入ると、ヘルメット姿の男性が金属デスクの向こうで女性と口論していた。週の規定労働時間を満たすために二時間分水増ししてほしい、と頼んでいたが、女性は首を縦にふらなかった。「悪いけど、アーニー、わたしの一存ではどうにもならないの。わかるでしょ。管理部のほうと交渉してちょうだい」

「メイヴィス、シェップが時間を水増ししてくれれば、ここにはきやしないよ。けど、会社の保険に加入できるか、個人負担になるかの分かれ目なんだ。それぐらいわかってくれよ」

「わかるわよ。でも、あなたの勤務時間をごまかすことはできないの。ミスタ・スターリージー自身がタイムシートをチェックするし、わたしがパソコンのデータを改ざんするわけにもいかない――」女性はわたしの姿を目にして話をやめ、なんの用かと尋ねた。

ヘルメット姿の男性が脇へどいて、わたしをデスクのほうへ通してくれた。

「セバスチャン・メザラインを捜してるんですが」わたしは言った。

「うちにはそんな人いないけど」メイヴィスが言った。

「スターリージーで働く話が出てたそうです」

「聞いたこともない名前だわ。その人を社員名簿に加えるよう頼まれたこともないし」メイヴィスは腕を組み、唇を真一文字にきびしく結んだ――わたしはこの領地の女王、わたしの支配権に疑問をはさんだら許さないわよ。

「調べてもらえません？　誰かがあなたに無断で名簿に加えたかもしれない」

わたしは名前の綴りを言った。メイヴィスの鼻孔が膨らんだ。余計な指図を受けるのはいやなのだろう。しかし、わたしはデスクに身を乗りだし、できるだけ偉そうな顔をした。その顔が怖かったとみえて、メイヴィスは小声でぼやきながらメザラインという名前を打ちこんだ。

「ほら、言ったでしょ！」彼女が勝ち誇った表情で、パソコンの画面を回転させてわたしに見えるようにした。〝M・E・S・A・L・I・N・Eは見つかりませんでした。名前の綴りが正しいかどうか確認してください。または別名で検索してください〟

「どちらさまでしょう？」背後で声がした。

ふりむくと、わたしと同年代の男性が立っていた。ごつい感じの角ばった顔、白いシャツ、ネクタイ。上着なし。工場で働く管理職かエンジニアの典型的な服装だ。

「ある男性に関する情報がほしいと言って訪ねてこられたんです。ここで働いたこともない男性なのに」メイヴィスが言った。

「セバスチャン・メザライン」わたしは言った。「スターリージーに雇われているかもしれないと、ある人に言われたので」

「おたく、その男のおふくろさん？　わが子の様子を知りたくて？」男性は言った。

「いいえ。わたしは私立探偵で、ミスタ・メザラインを捜してるの」わたしは名刺をとりだした。「で、あなたは？」

男性がわたしの名刺に渋い顔を向けるあいだに、ヘルメット姿の男性が横をそっと通り抜けて廊下へ出ていった。

「自動車部品のウォーショースキーか、ホッケーか、どっちだね？」

「私立探偵のウォーショースキーよ。セバスチャン・メザラインを捜してるの」

「そこまでひどく殴られたところを見ると、きみにその男のことを話したくない連中がいるに違いない」

わたしは微笑した。「相手の男はいまごろ集中治療室のなかよ。だから、あなたが思ってるほど痛くはないわ。で、あなたは？」

男性はさらに渋い顔になった。名前を明かしたら自分の立場が弱くなるとでも思っているのだろうか。「ブライアン・スターリージー。この会社を経営している。その子がここで働いていないことはわたしが保証する」

「若い子だって誰が言ったの？」わたしは訊いた。

スターリージーはわざとらしい笑い声を上げた。「言葉のあやだよ」

「ボリス・ナビエフはどう？　ヴィレイヤス・タワーの現場で一緒に働いてたから、ナビエフならミスタ・メザラインを知ってるはずよ。彼があなたに無断でメザラインに仕事を頼んだということはないかしら」

「ナビーはうちの正社員ではない」スターリージーはそう言いながら、メイヴィスのほうへ警告の視線を送った。「ときどき、臨時でうちの仕事を頼んでるだけだ。たぶん、わたしの兄弟の誰かがナビーをヴィレイヤス・タワーへ行かせたんだろう。コンクリートを流しこむ作業の監督をしに」

メイヴィスには警告の視線は必要なかった。ナビエフの名前が出たとたん、有能な人事部スタッフの鑑と化して、キーボードの上で指がぼやけるほどのスピードでキーを叩き、椅子を回転させてファイルキャビネットの書類を調べ、それからまた顔も上げずにキーボードに戻った。

「セバスチャン・メザラインのことを若い子だと思いこんでらした点に話を戻すと、もしかして、ミスタ・ナビエフから彼のことをお聞きになってたんじゃないかしら。記憶には残ってなくても、ミスタ・ナビエフの言った何かが心に刻まれてたのかも」

スターリージーは考えこみ、答えても差し支えないだろうと判断したようだった。「そうかもしれない。ヴィレイヤスの現場に若い土木技師がいて、うちで雇ってもらえないかとナビエフに頼んできたが、ナビエフの見たところ、どうも力不足のようだった。いまきみにそう言われてみると、それがセバスチャンという子だったのかもしれない」

わたしはもっともらしくうなずいた。スターリージーが信頼できる意見を述べ、こちらがそれを信じたかのように。「セバスチャン・メザラインは一週間以上前から行方不明なの。ミスタ・ナビエフはいまこちらにいます？ ミスタ・メザラインと最後に会ったときのことを訊きたいんですけど」

「今日はいないが、きみが問い合わせにきたことはかならず伝えておこう」

わたしは親切にしてもらったかのように、スターリージーに礼を言った。本当のところは、わたしの額に大きな的を描いてくれただけだが。そうしておけば、ナビエフがわたしを追いかけるときに難なく見つけられる。

「用件が終わったのなら、こちらも工場が操業中だから、みんな仕事に戻らなきゃいけないんでね」スターリージーは言った。

わたしは丁重に別れの挨拶をしたが、オフィスを出たところで足を止め、壁に身を寄せて、スターリージーがつぎに何を言うのか聞こうとした。メイヴィスにきびしい質問が飛んでいた。あの女はほかになんて言った？　きみはどう答えた？

「あのですね、社長、息せき切って駆けこんでくるなり、セバスチャン・メザラインのことを訊くんです。でも、わたしには答えようがありません。何も知らないのに」

「今日、ナビエフはきてるのか」スターリージーが尋ねた。

「ええと——一時間ほど前に、前払いを頼みにきました。でも、たぶんもう帰ったと思います」

スターリージーはぼやいた。わたしは階段のほうへ小走りで戻り、スターリージーが廊下に出てくる前に踊り場まで下りた。外に出てから歩調を落とした。走ったせいで頭痛がぶりかえした。車のほうへのろのろと向かいながら、どれだけ収穫があったのかと疑問に思った。獰猛な牛の前でうろたえた闘牛士みたいに腕をふりまわしただけではないか。スターリージーの敷地をあとにしてハーレム・アヴェニューに出てから、道路脇に車を止めてシートにもたれ、鼻をつまんで血を止めようとした。

重厚なエンジンの響きが聞こえたので顔を上げた。銀色のSRTのハンドルを握った男が外から戻ってきた生コン車の隊列に向かって警笛を鳴らしたあと、エンジンをふかしてその横を猛スピードで走り去った。スバルではマッスルカーに太刀打ちできるはずもないが、交通量の多さと赤信号に助けられて、ハーレム・アヴェニューで必死にあとを追った。もっとも、SRTは基本的に両方とも無視していた。工場から一マイルほど南のフォスター・アヴェニューまで行くと、わたしの車はのろのろとしか進めなくなり、SRTを見失ってしまった。

ハーレム・アヴェニューのこのあたりはショッピングモールが続いている。一マイル以上車を走らせてようやく、東西に延びる通りを見つけた。眠くて仕方がないので、車の窓をあけ、冷たい空気が眠気を追い払ってくれるよう期待して運転を続けたが、そのうちに雨が降りだした。スバルのシートを濡らしたらルークからどんな説教を食らうかよくわかっていたので、窓を閉め、鼻歌で居眠りを防ごうとした。

ウィルスン・アヴェニューの近くのファイアストーン・アウトレットを通っていたとき、なんの気なしに左を見た。すぐそばのモールにあるタイ料理のバイキング・レストランの前で、SRTが止まろうとしていた。

わたしは怪我のことも忘れてつぎのモールまで行き、混雑した駐車場の真ん中あたりに車を止めた。マスタングの部品の強奪で失った多くの品のなかに、ブッシュネル社の暗視双眼鏡があった。傘もあった。幸運なことに、いまいるのは大型ドラッグストアの前だった。さらに幸運なことに、レジの横に傘が置いてあるおかげで、奥に広がるネオンの荒野へ迷いこむことなく傘が買えた。ついでに、黒あざのできた目と赤い鼻を隠すためにケイン・カウンティ・クーガーズの野球帽を買い、震えながら駐車場を通り抜けた。どしゃ降りになっていたため、傘はほとんど役に立たなかった。タイ料理レストランに着くころには、パンツの脚の部分がずぶ濡れだった。

SRTは止まったままだった。レストランの窓をのぞいてみた。モールにある店はどこもそうだが、ここも巨大で、ビュッフェ・テーブルがわたしの視野のさらに向こうまで延びていた。

店に入り、急いで見てまわることにした。シフトを終え、家に帰る前に安いお金で満腹になろうという労働者で、店内は混みあっていた。派手に彩色された神々や悪魔の小像が天井から下がっている。たぶん、洞窟のような店内の印象を和らげるための飾りだろうが、プラスチックの小像も食事客と同じく疲れはてた顔をしていた。小像に劣らず毒々しい色のついた料理を見て、わたしの食欲は失せた。料理を選んでいるふりをして、ようやく、奥のほうのテーブルにスターリージーの姿を見つけた。飲みもののグラスをまわしながら、誰かを待つ様子で入口のほうを見ている。

わたしは頭を深く垂れ、のろのろと入口へ向かった。うつむいたまま、疲れた顔をした案内係の女性に財布を忘れたとつぶやき、寒い戸外に戻った。クーガーズの野球帽の庇《ひさし》を額に深くかぶせ、傘で顔を隠した。

三十分ほどたって、ずぶ濡れになり全身が冷えきったころ、インフィニティのSUV車がSRTの横にきて止まった。車の色はガンメタル・グレイ。しかし、ボリス・ナビエフの顔のそばでは、その色でさえ温かみと活気を帯びているように見えた。

ナビエフとスターリージーの話を盗み聞きしたかったが、近くに行く方法が思いつけなかった。それに、くしゃみがひどいので、二人の会話など聞こえないかもしれない。濡れたジャケットの襟を立て、とぼとぼとスバルに戻った。

35 家族の絆

鼻水とくしゃみに悩まされどおしだったため、市内を横切ってアパートメントに帰るのに一時間近くかかった。スバルを返却する前に、除染の専門業者に車内の清掃を頼む必要がありそうだ。

熱いお風呂と、熱い飲みものと、ベッドが恋しかったが、重い足どりで路地を歩いていたらミスタ・コントレーラスに見つかってしまい、ドアまで出てきた老人はわたしの服と、涙目と、鼻水に気づいて舌打ちした。「バーニーは元気だ。乾いた服に着替えておいで」

バーニーは警戒レベルに達するほど元気だった。大きなショックを受けたあとの反動でひどく戦闘的になっていた。車でサウス・シカゴへ出かけて〈狂気のドラゴン〉狩りをしようと言った――タトゥーでわかるわ、ヴィク、ゆうべ見なかった？　みんな腕にドラゴンのタトゥーをしてた。いちばん大きなタトゥーなんて顔に彫ってあったわ！

「首よ」わたしはそっけなく言った。「バーニー、お父さんが迎えにくるそうよ。わたしたちを襲った連中の名前は、病院に運ばれたメンバーから警察が訊きだしてくれる。逮捕に漕ぎつけて法的手続きの段階へ進んだら、わたしが証言することになるわ」

「じゃ、それまでどうするつもり？」バーニーの活気に満ちた小さな顔は真っ赤だった。

「ジェイクといちゃいちゃしながら、こうつぶやくわけ？——ええ、千年か二千年待てば、法と秩序が広まるわ」

わたしは思わず笑いだし、ひどく咳きこんでしまった。「バーニー、わたしたちが敵にまわした相手はものすごく強大なのよ。そこらのちんぴらじゃなくて、ウズベキスタンのマフィア組織からやってきた人物。法と秩序が広まるスピードはカタツムリ程度かもしれないけど、あなたがわたしのせいで殺されたところで、スピードが上がるわけじゃないわ」

「ヴィクがゆうべあたしを連れて会いに行った人たち、弁護士さんとか、保険代理店の人とかって、みんなウズベキスタンのマフィアなの？」

「さあ、わからない」ペピーがやってきて、わたしの湿ったジーンズに身体をすりつけたが、ミッチはバーニーにくっついたままだった。「お風呂に入って温まってから、誰が誰とどういう関係か調べてみるわ」

「やっぱり、あたしたちがサウス・シカゴまで出かけて、〈狂気のドラゴン〉の連中や、自分の子供を殺したあの母親と対決すべきだわ。ヴィクがあたしぐらいの年だったら、ブーム＝ブームおじさんと一緒に実行したと思うけどな。年とっちゃったから、危険なことはもうやらないの？」

笑わずにはいられなかった。「わたし、ドクター・ロティとジェイクから、危険なことをやりすぎるって言われてるのよ。ま、それはともかく、ブーム＝ブームおじさんとわたしは身の毛もよだつ冒険をいくつもしたけど、マフィアや大きなギャング組織と対決したことは一度もなかったわ」

ミスタ・コントレーラスのほうを向いた。「わたしがお風呂に入ってるあいだ、お願いだから、この子をラジエーターに縛りつけといてくれない？」

ミスタ・コントレーラスはわたしと一緒に廊下まで出てきた。「あの子には何かすることが必要なんだ、嬢ちゃん。昼ごろようやく起きてきたから、あんたに言われたように、ロティ先生んとこへ連れてった。だが、いまもかなりの興奮状態だ」

「ええ、そのようね。あと一時間か二時間、あの子をおとなしくさせておけそう？　今夜はスタンレー・カップのプレイオフでしょ。バーニーも夢中で見るだろうから、わたしはそのあいだに身体を休めることにするわ。いまはもう全身が痛くって」

自分の住まいに戻るため階段をのぼるのは、車で市内を走りぬけるのに劣らぬ苦行だった。ようやく家に入ると、浴槽に身を沈め、目と鼻の痛みを和らげるためにユーカリの精油を湯に落とした。バーニーの言うとおりかもしれない。わたしは年をとり、私立探偵に必要な危険を冒す気をなくしたのかもしれない。奸智に磨きをかければその埋め合わせになるだろうが、石油コークスに埋もれて窒息死したジェリー・フーガーの最期を思うと、恐怖に駆られるばかりで、奸智どころではない。

「太陽は黄色じゃないよ、黄色はヒヨコ」歌いながら、ようやく浴槽の湯を捨てた。ウィスキーにレモンと蜂蜜と湯を加えてトディをこしらえ、去年の誕生日にジェイクからプレゼントされたふわふわの金色のローブをまとって、大きなアームチェアで丸くなった。〈レクシス＝ネクシス〉にログインして、スキャンロンの保険代理店、ニーナ・クォールズの法律事務所、スターリージー・セメントの所有権の検索を始めた。〈ジェネアロジー・プラス〉から家系図を入手した。ブライアン・スターリージー、ニーナ・クォールズ、フーガー、セバスチャン・メザライン、その妹ヴァイオラ、グッツォ一家についての個人情報も入手した。さらに、ウンベルト・カルデナル神父の個人情報も。

フリーザーにレンズ豆のスープが入っていたので解凍し、二杯目のホットトディを飲みながら食べた。それから服に着替え、パソコンのプリントアウトを手にしてダイニングルームのテーブルに陣どった。

スターリージー・セメントはファミリー企業で、いまは三代目、三人兄弟が経営にあたっている。ダライアス、ロレンゾ、そして、わたしが会った三男のブライアン。損益計算書に目を通すと、経営不振にあえいでいることが見てとれた。建設業界が不況に見舞われる少し前に、ネイヴィ・ピアの近くのビル建設に一億五千万ドルを投資している。

エイジャックス保険が保証書を発行したが、建設業界が絶望的な状況に陥ると、すべての責任がスターリージーにかかってきた。セメント会社は破産に向かってまっしぐらと思われた。ところが、そこで誰かが——天使か、もしくは悪魔が——救いの手を差しのべた。

どの報告書を見ても、スターリージーを支配するだけの株式を誰が保有しているのかはわからない。非上場企業なので、証券取引委員会への報告は必要ない。ナビエフが関係しているのは明らかだが、どう見ても用心棒だ。出資者には見えない。ウズベキスタン・マフィアは実態のつかめない組織で、〈レクシス＝ネクシス〉を調べても損益計算書は入手できない。だから、現在マフィア組織がスターリージーを所有しているとしたら、ダミー会社《シェル・カンパニー》を使っているだろうが、わたしが調べているビーチに貝殻《シェル》が打ちあげられることはなさそうだ。

怪我と風邪と二杯目のトディのせいで、脳の働きが鈍くなってきた。スターリージー関係の報告書をすべて脇へ押しやったが、そのとき、スターリージーの事業体がビル建設を予定していた住所が目につき、あわてて見直した。そのプロジェクトが中止となった跡地で、ヴィレイヤス・タワーの建設が始まったのだ。そして、ヴィレイヤスの出資者のなかに、イリノイ州議会議長、コナー・〝スパイク〟・ハーリヘイの名前があった。

ハーリヘイはウズベキスタン・マフィアとは無関係かもしれないが、マフィアのボスそっくりのやり方で州議会を牛耳っている。ナビエフのような人間を雇ってジェリー・フーガーのような人間を始末させる、という意味ではない。絶大な権力を持っているため、議長にとことん逆らおうという者が一人もいない。

議長が委員会に付託した法案とのあいだに利益相反関係がないかぎり、彼にもビル建設に出資する権利はある。わたしはふたたび〈レクシス＝ネクシス〉に戻り、ヴィレイヤス・タワー関係の特別法案がなかったかどうか調べてみた。

二年前、この建設計画が公表される少し前に、議会の採決によって、ヴィレイヤスは環境アセスメントの実施を例外的に免除されることになった。その根拠となったのが、前に予定されていたプロジェクト──すなわち、スターリージー・セメントの倒産を招きそうになった建設工事──を市が承認していたという事実だった。しかし、関係書類をじっくり見ていくうちにわかったのだが、このプロジェクトに対して土地利用の許可が下りた時点では〝環境アセスメントの報告を待って〟という条件がついていた。だが、アセスメントは結局実施されなかった。

これは問題だ。なぜなら、ネイヴィ・ピアの大観覧車のあたりからレイク・ショア・ドライブの西側の一帯は、一世紀前にはトリウムの発光体を使ったガス灯の廃棄場になっていたからだ。環境アセスメントを免除されたのなら、ヴィレイヤスの事業体は土壌のトリウム含有量をチェックする必要も、タワーの基礎工事のさいにトリウムが大気中に拡散しないよう手段を講じる必要もなかったことになる。

卑劣なやり方だが、同時に、プロジェクトの自滅を招きかねない危険もある。ヴィレイヤスの物件を購入する者も、賃貸契約を結ぶ者も、いまのわたしと同じ情報を入手し、お金を払う前に環境アセスメントの実施を要求することができる。ヴィレイヤスは住宅とオフィスの複合ビルになる予定だ。一般家庭なら、コンドミニアムの購入前に環境関係の報告書を見ようとは思わないだろうが、企業は目を通そうとするに決まっている。そう思いつつ、マリ宛てにメールを作成し、法案関係のファイルを添付して送信した。マリが記事にしてくれるかもしれない。環境汚染の問題を秘密にしておこうというスパイク・ハーリヘイの圧力に、社の上層部が屈服しなければ。

ローリー・スキャンロンの保険代理店も、ヴィンス・バグビーの運送会社も、家族経営の株式非公開会社なので、入手できる情報はほとんどなかった。現在七十代になるスキャンロンは祖父が始めた保険代理店を大恐慌の時代にひきついだ。人々が自分の葬式代にと週に何セントか貯金していた時代だった。スキャンロンの暮らしぶりはつつましく、外国の高級車や何軒もの家を購入して富を誇示するようなことはなかった。一度も結婚していないが、未婚の妹が同居している。姉妹があと三人いて、こちらは地元を離れ、いまは子供と孫に恵まれている。スキャンロンの異常な性癖だの、その他の悪癖だのを非難した者は誰もいない。だからと言って、そういう事実はないという裏づけにはならないが。

コンラッドも、ボビーも、カルデナル神父も口をそろえて言っているように、スキャンロンの人生のすべてがサウス・サイドを中心にしてまわっているようだ。聖エロイ教会のために、警察と消防署の寡婦と孤児のために、子供会のために、市民が主体となったその他の慈善団体のために、ひんぱんに資金集めパーティを開いている。また、地元の選挙運動につねに献金をおこなっている。大統領候補や上院議員候補への献金記録はいっさい見つからなかったが、十区の選挙対策委員長として、市会議員、下院議員、市長と友好関係を保つべく努めている。

ヴィンス・バグビーのプロフィールも似たようなものだった。社の事業報告書にアクセスするのは無理だったが、地域社会のために善行を積んでいることがわかった。バグビーやスキャンロンの汚点をえぐりだすのはやめるよう、コンラッド・ローリングズとカルデナル神父が口をそろえてわたしに言うのも無理はない。失業率四十パーセントの地域では、彼らのような人々が社会の安定のために貢献しているのだ。

バグビーの個人的な経歴をざっと見てみた。若くして結婚、五年前に離婚。子供はデルフィナ一人。バグビーの母親のデルフィナ・シオドラ・バーズルからもらった名前だろう。

バーズル。最近、この名前を耳にしたことがある。でも、どこで？　パソコンで検索してみると、グッツォ関係のファイルに入っていることがわかった。ニーナ・クォールズの母親がフェリシア・バーズルだ。

わたしは画面を凝視し、やがて、重くて脆い品を扱うかのように、ゆっくりとペンを置いた。ふたたび〈ジェネアロジー・プラス〉にアクセスして、ローリー・スキャンロンの完全な家系図を入手した。最初のときは一九二〇年までしか調べなかったのだ。

家系図をたどるのはひと苦労だったが、バーズル家とスキャンロン家とバグビー家の人々の氏名、生年月日、結婚の年月日をひとつ残らず丹念に書きだした。大戦の前の時代は大家族が多かったため、退屈な作業だったが、ようやくわかったのは、ヴィンス・バグビーとニーナ・クォールズがいとこどうしということだった。ヴィンスの母親とローリー・スキャンロンもいとこどうしだ。ローリーより二十歳年下のヴィンスは、スキャンロン邸から二ブロックも離れていないところで子供時代を送っている。

わたしは椅子にもたれて、八歳か九歳ぐらいのヴィンスの姿を思い浮かべた。年上の親戚の男に小走りでついていくヴィンス。近所の子供たちの面倒をみるのが好きなローリーのことだから、いとこの息子ともなれば、なおさら可愛がったことだろう。野球へ、ビーチへ、銀行へ連れていき、子供だったヴィンスのほうも、憧れのお兄さんのすることを自分でもやりたがったことだろう。

スターリージー家、プレヴィン家、グッツォ家の家系図も調べてみたが、バーズル、バグビー、スキャンロンという名字はどこにも出てこなかった。ステラ・グッツォが三つの家のどれかと親戚関係にあることを期待していたのだが。それなら〈マンデル&マクレランド〉がステラの弁護をひきうけたことも納得できる。しかし、ステラのアイルランド系の実家のことを、アメリカに渡ってきた第一世代までさかのぼって調べてみたが、スキャンロン家とも、バーズル家とも、バグビー家とも無関係だった。

メザライン家のセバスチャンとヴァイオラとも、ジェリーおじさんが養子にもらわれた先の一家とも、つながりは見いだせなかった。ボリス・ナビエフに関しては、国土安全保障省のデータベースにわずかなファイルがあった。十一年前にウズベキスタンのタシケントからシカゴにきている。グリーンカード所持。パソコンが教えてくれたのはそれだけだった。住所不詳。年齢すらわからない。

その一方で、スパイク・ハーリヘイについて調べたところ、ローリー・スキャンロンの親戚だとわかった。ハーリヘイ、スキャンロン、ニーナ・クォールズ、ヴィンス・バグビー、全員が血縁関係にあるわけだ。一人はみんなのために、みんなは一人のために。わたしの前で故意に血縁関係を伏せていたのではないかもしれないが、フェンスの向こう側で連中がうなずきとウィンクを交わしているのを、わたしはなんとなく感じとった――あの女には自分の尻尾を追いかけさせておいて、そのあいだに、われわれが台本を書くとしよう。

わたしのなかに冷たい怒りが湧きあがった。その台本をわたしの手で書き換えてやる。今夜すぐには無理かもしれないが、近いうちに。連中の秘密をひとつ知った。ほかの秘密も暴いていこう。

時間を忘れ、風邪のことも忘れていた。バーニーがアパートメントに元気よく飛びこんできたのは真夜中だった。ミッチがぴったりくっついている。スタンレー・カップのプレイオフの第一試合は、三回のオーバータイムの末にブラックホークスが負けたという。

「勝ったのはカナディアンズだから、ま、いいか。パパがあさって、こっちにくるんだって。

でも、あたしはカナダに帰らないってヴィクからパパに言ってよね。ブーム＝ブームおじさんの汚名をそそぐまではだめ。それに、どっちにしてもノースウェスタンで夏のキャンプがあるから、帰るだけ無駄だわ。七月にはまたこっちにくるんだもん」

「バーニー、お母さんとわたしの二人で決めていいのなら、あなたを箱に詰めこんで、今夜にでもケベックに向けて発送したいぐらいよ。わたしとしては、グラント公園でスタンレー・カップの祝賀会を見物するより、お父さんが飛行機から降りてくる姿を見るほうがうれしいわ。それから、今夜もミスタ・コントレーラスのところに泊めてもらうのよ。ここにいるより安全だから」

バーニーの唇がゆがんだ。反論したそうな顔をしたが、わがままばかり言ってもいられないとようやく気づいたようだ。残念そうに微笑し、いかにもフランス人っぽく、愛らしいしぐさで肩をすくめた。バーニーがベッドに持っていくぬいぐるみを二人で集め、ソファの下から携帯の充電器を見つけだし、ソファのクッションのあいだに埋もれていた歯列矯正用の保定装置を拾いあげ、すべての品を着替えと一緒にデイパックに詰めこんだ。

わたし自身も服に着替えて、ミスタ・コントレーラスの住む一階までバーニーを送っていった。老人はドアのところに立ち、建物の正面入口を見張っていた。

「食事に下りてくるかと二人で待っとったんだぞ、嬢ちゃん。だが、たぶん眠っちまったんだろうと思っておった。風邪ひいたり、いろいろあったようだから、ほんとは寝たほうがいいんだが、腹が減ってるならスパゲッティがあるぞ」

「ごめん」わたしは老人の頰にキスをした。「お風呂でゆっくりしすぎたの。でも、電話すればよかったわね」

老人の古いコートを借りて、本日最後の犬の散歩に出かけた。戻ってくると、ジェイクが正面入口から入ろうとしているところだった。彼と一緒に階段をのぼりながら、バーニーに言ったことをくりかえした。

「一人で自分の部屋に閉じこもるのは気が進まないけど、怖い人間がたくさん出てきたの。わたしの愛する人たちにまで危害が及んだら大変だわ」

ジェイクはからかうようにわたしを見た。「きみの住まいが焼夷弾で攻撃された場合、建物のほかの部分は無傷ですむと思ってるのかい？ぼくはウズベキスタンの殺し屋や〈狂気のドラゴン〉なんかより、きみの風邪をうつされるほうが怖いけどな」

「それは殺し屋を見たことがないからよ」

「細菌も見たことがない」ジェイクはコントラバスを自分の部屋へ置きに行く前に、空いたほうの腕を一瞬だけわたしにまわした。「しかし、細菌がぼくの聴覚にどう影響するかは知っている」

自分の住まいに戻ったわたしは、〈ウィーグマンズ・ホエールズ〉という店のコースターが床に落ちているのに気づいた。眉をひそめて見てみた。リグレーヴィルにあるバー。わたしは一度も行ったことがない。バーニーのぬいぐるみを拾い集めたときにソファから落ちたに違いない。でも、バーニーはなぜまたそんなバーへ？明日あらためて考えるとしよう。

クロゼットの金庫まで行き、拳銃の保管ボックスをとりだした。

タイミングの悪いことに、ジェイクがうしろから入ってきた。ジェイクは銃を毛嫌いしている。わたしが銃を所有していることも知りたくないと思っている。銃に気づいて、ジェイクはあとずさった。

「それを片づけたら電話してくれ、ヴィンス。風邪ウィルスへの恐怖を克服することはできても、銃を見ると、性欲が完全に失せてしまう」

36　チェンジアップ

九時過ぎにようやく目がさめると、鼻詰まりがひどくなり、折れた鼻はもちろんのこと、疼く目までが不快に圧迫されていた。できることなら睡眠薬を大量に呑んで、グッツォ家の面々が死に絶えるまでとはいかなくても、せめてわたしの風邪が治るまで眠りつづけたかったが、自分を叱咤して起きあがった。

洗面所の鏡に映ったわたしの顔を見れば、ピカソも喜んでくれるだろう。顔の左半分が黄色と紫と緑の混ざりあった独創的な色合いだ。ジェイクがスミス&ウェッスンをいやがって帰ってしまったのが、かえって幸いだった。ジュリエットがこんな顔でバルコニーに出ていったら、ロミオは比喩などひと言も口にせずに姿を消してしまうだろう。

エスプレッソマシンが温まるのを待つあいだ、生姜入りの湯を沸騰させて顔に当てた。それを十五分ほど続け、カフェインを摂取すると、美貌にはなんの効果もなかったが、左目がちゃんと見えるようになった。今日一日をどうにか乗り切れるだろう。

一階に下りると、ミスタ・コントレーラスが彼の朝食の定番であるおいしいフレンチトーストをこしらえ、バーニーに食べさせているところだった。バーニーはわたしと犬につきあって湖まで散歩に出かけるのを承知した。ノースウェスタンのホッケーのキャンプを話題にし、シラキュースもイサカも見学せずに決めてしまったのは間違いだったかと悩んでいた。

わたしはジーンズのウェストの内側にタックホルスターをつけ、そこに銃を入れてきた。ベルモント・アヴェニューを歩きながら、この街の住人の何割ぐらいが銃を携行しているのだろうと考えた。ジェイクが銃を嫌悪するのを非難しようとは思わない。銃を持つと、人は落ち着きをなくす。周囲の世界を危険とみなすようになる。銃を抜いて発砲する口実を求めているのかもしれない。

半ブロック歩くたびにバーニーと犬二匹を路地か建物の入口にひっぱりこんで、うしろに同じ人物がいないかどうか、いるとすれば、その人物も足を止めていないかどうかを確認した。ウズベキスタンの殺し屋を警戒するわたしに、バーニーは軽蔑の言葉をよこしたが、家に帰り着いたときには、いまからカナダへ戻るための荷造りをすると約束してくれた。

「これもあなたの？」わたしは〈ウィーグマンズ・ホエールズ〉のコースターを差しだした。

「あら！」バーニーは赤くなって、それをディパックに押しこんだ。「この前の夜、友達に連れてってもらったの。あたし、もう十八だし。いえ、まあ、あと五週間あるけど！」

「ダーリン、ケベックでは十八からお酒が飲めるかもしれないけど、このイリノイ州では二十一なのよ。冒険はもうやめて。いいわね？」

意外なことに、バーニーは文句も言わずに叱責を受け入れ、いたずらっぽい笑みを浮かべて、ミスタ・コントレーラスのところへ戻る前に浴室を使いたいと言っただけだった。「ヴィクの浴槽、すごく大きいんだもん。そこでゆったり寝そべるのが大好きなの」

日中の入浴でトラブルに見舞われることのないよう願った。わたしはいまから事務所へ行かなくてはならないからだ。今日は土曜日だが、仕事が遅れに遅れているため、バーニーと家でのんびりというわけにはいかない。

グッツォとバグビーとスキャンロンの世界を頭からきっぱりと追いだして、依頼されている仕事の遅れをとりもどすことに専念した。コーヒーでひと息入れようと思い、ミルウォーキー・アヴェニューを渡っていたとき、マリから電話が入った。やけにご機嫌だった。ハーリヘイがヴィレイヤス・タワー建設に一枚嚙んでいることを、きのうわたしがメールでマリに知らせたので、ふたたび永遠の親友に戻れたと思いこんでいるらしい。

「スパイクに関してどんな秘密情報をつかんでるんだ、ウォーショースキー？　環境アセスメントをこんなふうに免除するというのは、ヴァーモントやオレゴンに住んでれば、由々しき問題だと思うだろうけどさ」

「何もつかんでなんかいないわ、マリ。濁った水のなかを探ってるだけ」

「おいおい、ウォーショースキー、何かあるはずだ。警察の報告書に目を通したら、この前の晩、〈狂気のドラゴン〉と派手にぶつかってるじゃないか。スパイクがきみと同じ貧困地区の出身だってのは、おれも知ってる。だから、きみが生まれ育った土地で骸骨を掘りだそうというのなら、いますぐ話してくれ。おれが恩義を感じてるうちに。あまり長く秘密にされると機嫌を損ねて、テレビできみの悪口を言いふらすことになりかねないぞ」

「スパイクはわたしと同じ貧困地区の出身じゃなくて、カリュメット川を越えたイースト・サイドの人間よ。当時は、あそこが〝鋼鉄の街〟で唯一の上品な地区だったの」わたしは反論した。

コルタードを注文するあいだ、マリを電話の向こうで待たせておいた。ケーブルTVにみっともない姿をさらし、半分の年齢の女たちとデートして自分が五十歳ではないふりをしているマリのことがわたしは歯がゆくてならないが、仕事で協力しあってきた長い年月のほうが重みを持っている。

電話口に戻ると、マリはまだ待っていた。「小説は未完成よ、マリ。少なくともいまのところは。つながりのない章がいくつもあるだけ」

マリにざっと説明した。多数の氏名が出てきて、その関係が複雑すぎるため、マリはわたしが作ったリストを自分の目で見る必要があると言いだした。友情の復活を示すさらなる証として、今夜七時ごろ〈ゴールデン・グロー〉で会うことになった。

スパイクがイリノイ州議会でふるっている権力のことを考えたとたん、頭痛が復活した。わたしが生まれてからでも、四人のイリノイ州知事が汚職で刑務所へ送られている。シセロ市の市長も、クック郡の多数の判事も、シカゴの市会議員も、州議会議員も、連邦議会議員もだ。なんてひどいところだろう。ヴァーモント州かオレゴン州へ引っ越したほうがいいかもしれない。そうした州では、公共の信頼を裏切る行為があれば人々はショックを受け、それを阻止すべく行動を起こす。引っ越せばカブスから遠く離れることができる。カブスが下降線をたどるのを見ることにはもう耐えられない。

事務所に戻ると、パソコンにアラートが出ていた。そのアラートのおかげで、ピンはねの疑いがある内部監査人に関する報告書を作成し、依頼人のほうへ送る約束だったことを思いだした。社の幹部スタッフが土曜日に集まっている。監査人に内緒でミーティングを開くためだ。わたしから社のほうへ助言して、問題の監査人のパソコンにキー入力の監視と記録をおこなうソフトを入れてもらったところ、百ドルにつき一セントずつ、リヒテンシュタインの口座へ送られていることが判明した。強力な点鼻薬をさして最終報告書の仕上げにとりかかった――依頼人に送信する約束の時刻は十分後――そのとき、ステラ・グッツォから電話が入った。

信じられない思いでナンバー・ディスプレイを凝視したが、応答は留守電メッセージのほうにまかせて、最後の推敲を終えた報告書を依頼人にメールで送った。ミーティングはテレビ会議でおこなわれることになっていて、わたしも参加しなくてはいけないので、その前にステラのメッセージを再生した。

「今日の午後、サウス・シカゴまで会いにきてほしい」深みのあるステラの声のとげとげしさが、録音のせいでいっそう強調されていた。

折り返し電話しようという衝動に駆られたが、ステラとフランクから――そして、ベティから――受けた不快な仕打ちの数々が思いだされた。わたしを呼びつけておき、接近禁止命令に違反したと言って警察にわたしを逮捕させないともかぎらない。メッセージをコピーして、わが弁護士の事務所へメールで送った。

どういう魂胆なのか、突き止める方法はない？　接近禁止命令を撤回したのかしら。いまからミーティングなので、一時間後に電話します。

ミーティングのあいだ、黒あざになっていないほうの目をカメラに向けて横顔だけを見せるようにし、質問に機械的に答えながら、ステラの狙いはなんだろうと考えつづけた。べつの回答を求めて同じことばかり訊いてくる経理部長の最後の質問から解放されたところで、留守電メッセージをチェックした。

フリーマン・カーターから連絡が入っていた。接近禁止命令は撤回されていないとのこと。「向こうの弁護士も何を考えているのやら。わたしからきみへの簡潔な返事はこうだ――命令をとりけすという判事の署名入りの書類を手に入れたという連絡が、わたしからないかぎり、きみはグッツォ家に近寄ってはならない。向こうへは出向かないことを、電話かメールで約束してほしい」

ステラの家まで車を走らせ、強引に押し入って家のなかを荒らしてやりたいという衝動は強かったが、いまはステラをバラバラ死体にするよりも、とにかく眠りたかった。フリーマンに電話をかけ、彼の助言に従うことを約束した。点鼻薬と、怪我と、鎮痛剤の影響で、目をあけていることもできなかった。奥の部屋の簡易ベッドまでよろよろ歩いて、横になるかならないうちに眠りこんでいた。

一時間後、電話の音に起こされた。かけてきたのは、カブスの広報部に勤務する若い女性、ナタリー・クレメンツだった。

こちらは寝起きでぼうっとしていたが、ナタリーは陽気で、元気にあふれていて、息も継がずに一人でしゃべりつづけた。

「ゆうべ、ミスタ・ドレッチェンが昔のボスを訪ねるというから、わたしも一緒に行ったんだけど、そこであなたの名前が出たのよ。ミスタ・ヴィラードというのがそのボスで、前にお見せしたあなたのいとこの写真を持ってた紳士なの。プレスリリースを出した翌日、ミスタ・ヴィラードの家に泥棒が入って、写真がごっそり盗まれたんですって。それから、ビリー・ウィリアムズの第一号ホームランのボールとか、貴重な品もずいぶん盗られたそうよ。災難ねえ――大切な思い出の品なのに！

それはともかく、家のなかの片づけが始まってて、あ、片づけてるのは娘さんなんだけど――ミスタ・ヴィラードはよそへ移らなきゃならないんですって。ほんとにお気の毒だけど、糖尿病で――ロン・サントと同じね――歩くのも、階段をのぼるのも大変になってきたの。あなたのいとこがリグレー球場にきた日の写真にいまも興味があるだろうかって、ミスタ・ヴィラードから訊かれて、わたし、本の執筆がどこまで進んでるかわからないけど、とにかく尋ねてみます、って答えておいたわ」

「ほとんど進んでないの」わたしは正直に認めた。

ひどいガラガラ声だった。電話を持って浴室へ行き、ナタリーがしゃべっているあいだに、音を立てずにこっそりうがいをしようとした。

「あのね、娘さんが屋根裏で写真の入った箱を見つけたんだけど、そのうち何枚かが、入団テストの日にあなたのいとこがきたときのものなの。ミスタ・ヴィラードはそれをあなたに見てもらいたいんですって」

わたしはいまのところ体調がすぐれないが、週明けに喜んでミスタ・ヴィラードを訪ねたい、と答えた。

「体調の悪いときに申しわけないんだけど、今日じゅうにきてもらったほうがいいと思うわ。ミスタ・ヴィラードの野球関係のコレクションのうち、泥棒に盗まれずにすんだものを娘さんが荷造りしてるところだから。オークションにかけて、チャリティ財団のカブス・ケアへ寄付するんですって。あなたにきてもらうのが遅くなると、娘さんが写真をすべて処分してしまうんじゃないかって、ミスタ・ヴィラードが心配してるの」

この脅しでアドレナリンがどっと噴きだし、一時間以内にヴィラードの家を訪ねると約束した。アイスキューブをしばらく目に当てて鼻詰まりがとれるのを待ち、顔を洗い、お化粧をしても目のまわりの緑と紫のあざが不気味さを増すだけだと思ったので、素顔のまま北へ向かった。ナタリーから教わったエヴァンストンの住所をめざして。

車を走らせている途中、ピエール・フシャールから電話が入った。「ベルナディンヌが電話してきた。元気そうな声だったが、きみから見てどう思う?」

「立ち直りの早い子だけど、いまごろになってショック症状が出てきたみたい。カナダには戻りたくないと言ってるけど、たぶん、ケベックに帰ったほうがずっと元気になると思うわ」

「ウィ。あ、イエスという意味だよ。だが、こっちの事情も聞いてくれ、ヴィク。明日の夜、カナディアンズがボストンでブルーインズと試合の予定なんだ。その試合に同行するよう頼まれている。ブルーインズにはわたしのスカウトした選手が何人もいるから、カナディアンズのほうでは、わたしの意見を試合の参考にするつもりなんだろう。アルレットにはだめだと言われたが——あと二晩だけ、ベルナディンヌを預かってもらえないだろうか」

心が重く沈んだ。この瞬間まで、子守りの重荷から解放されるときをどれほど待ち望んでいたか、自分でも気づいていなかった。「ええ、まあ……。かまわないけど……念のために、警備の人間を頼むことにするわ」

「よかった《ビャン》。月曜の午後には間違いなくシカゴに着ける」

ピエールの電話に出るため、わたしは路地に入って車を止めていた。ギャング団の襲撃と、ステラの留守電メッセージと、父をひきあいに出した脅迫のせいで、バーニーを守る方法について珍しく頭を悩ませた。バーニーの様子を確認しようと思い、ミスタ・コントレーラスに電話した。困ったことに、コーチをしている少女ホッケーリーグの子たちに会うため、出かけていったという。

　辛辣な文句をぶつけたいのをぐっとこらえた。老人を傷つけてしまう。それに、バーニーをおとなしくさせておくのがどんなにむずかしいかは、わたしも身にしみて知っている。電話を切ってバーニーのスマホにかけた。バーニーは無事で、いらいらした口調になった。ええ、パパから電話があったわ。あたしはできるだけ長くシカゴにいたい。

「あたし、臆病な猫じゃないもん」バーニーは言った。

「そうね、臆病なのはわたし。ニャーオ、ニャーオ。一人でリンクを出ちゃだめよ。いいわね？　ちゃんと約束して、バーニー。いやなら、いますぐ車でそっちへ迎えに行くわ」

「もうっ、わかった。約束する」バーニーは電話を切った。

　わたしにはバーニーを監視する時間もエネルギーもない。応援を頼まなくては。ステラの銀行口座にアクセスするときに協力を頼んだストリーター兄弟は、ボディガードだの、家具の運搬だの、腕力が必要なことならなんでもやってくれる。全員が物静かで、頭がよく、幸いにも、わたしが一緒に仕事をする機会のいちばん多いティムが空いていた。バーニーのいるリンクへ出向き、ミスタ・コントレーラスのアパートメントまで無事に送り届けてくれることになった。そのあと午前零時まで通りを監視。午前零時から八時まではトムに交代。

ミスタ・コントレーラスに電話して詳しいことを伝えると、老人の機嫌が悪くなった。わしゃ九十を超えておるかもしれんが、どっかの若造にバーニーの面倒をみる方法を教えてもらう必要はない。バーニー本人はそれ以上に機嫌を損ねた。ヴィクって臆病者《ユヌ・ラッシュ》、時代遅れの《ブー・プ》年寄り《ラット》。すっごく年とってるから、髪の毛がクモの巣だらけになるのも当然ね。

「そうよ、大切なバーニーちゃん、クモたちはお父さんがこっちに到着するまで、ずっとあなたにくっついてる予定よ。だから、しばらくのあいだ、うっとうしいクモの巣を我慢してちょうだい」

ティムの写真をバーニーに送信し、バーニーの写真をティムに送信した。ティムがバーニーのところに着いたら、こちらに連絡をくれることになった。オンライン辞書でブー・プラットとラッシュの意味を調べた。わたしは時代遅れの年寄りで、おまけに臆病者というわけだ。車をターンさせてシェリダン・ロードに戻りながら、その非難に傷ついている自分に気がついた。わたしはいつだって危険に挑んできた。危ない橋を渡ってきた——バーニーったら、よくもまあ——やがて、むきになっている自分に思わず苦笑した。このつぎロティにうるさくお説教されたら、バーニー・フシャールに会わせることにしよう。

37　元気いっぱい

ミシガン湖を見渡す袋小路の奥に建つヴィラードの家――邸宅――を見たとき、脚の不自由な男性に引越しが必要な理由を理解した。優美な輪郭を描く石造りの古いその邸宅はミシガン湖を見下ろす崖の上にあり、三階建てで、玄関ドアまで急な外階段がついていた。大理石の階段に傾斜路がとりつけてあっても、家に入るだけでひと苦労だろう。

ヴィラードの娘――六十歳ぐらいのてきぱきした女性――がわたしを邸内に通してくれた。

「父の思い出の品を少しひきとってもらえると助かるわ。父はなんでもかんでもためこむ人で、寝室のクロゼットには母の服がいまも全部置いてあるのよ。亡くなって二十年以上になるというのに！　泥棒に入られて、父もようやく、一人でここに住むのがどれだけ不用心かを悟ったみたい。値打ちものを盗みに入った泥棒に、どうして野球関係の記念の品々を丹念に調べる忍耐心があったのか、どうにも理解できないわ！」

彼女は先に立って歩きながらこうした意見を述べ、ミシガン湖の側にある居間へ案内してくれた。ヴィラードは湖のほうを向いたイージーチェアにすわっていたが、娘の声を耳にすると立ちあがり、足をひきずりながらわたしに挨拶にきた。むくんだ足には寝室用のスリッパだが、服装のほうは、ズボンと白いシャツとスポーツジャケットで、ジャケットの襟にはカブスのロゴをデザインした大きなピンバッジがついていた。これが長年にわたる仕事着だったに違いない。

握手をするあいだ、ヴィラードはわたしの顔を見るのを遠慮していた。「きてもらってうれしいよ、ミズ・ウォーショースキー。この街に住むほかのみんなと同じく、わたしもきみのいとこの大ファンだった」

彼の娘がイージーチェアを回転させてわたしのほうに向け、父親をもとどおりにすわらせた。「お父さん、アデレードに頼んで、お父さんとお客さまに何か飲むものを運んでもらうけど、わたしはお父さんの書斎で書類の片づけに戻らなくては。お父さんが見たがってた写真はここのテーブルに全部置いてありますからね。ほかに何か用があったら、アデレードをよこしてちょうだい」

「娘が野球の世界に入ろうとしなかったのがまことに残念だ」ヴィラードは言った。「世話役として一流だから、カブスの尻を叩いて、これまでに一回か二回はワールドシリーズに送りこんでいただろう」

娘はヴィラードの頬にキスをした。「お父さん、わたしはアリゾナ・ダイヤモンドバックスの本拠地でカブスのグッズを持って球場に行き、罵倒されるだけでうんざりなの。それはともかく、お父さんの荷造りと引越しを誰かがさっさと進めなきゃいけないのよ」そう言いながらわたしを見た。「わたしの家はトゥーソンにあって、あまり長く留守にするのは無理なの。向こうの看護学校で副校長をしてるから。来週、最後の荷造りをしに、シアトルから妹がくる予定よ」

彼女は部屋を出ていった。ジーンズの立てる音から、糊のきいた古風な白い制服が連想された。数分後にべつの女性が入ってきた。アデレード。もう一人の娘かと思ったが、そうではなく、ヴィラードの介護ヘルパーだった。娘の動きがきびきびしていたのに対して、こちらはゆったりした感じ。ヴィラードの尊厳を損なうことなく、行き届いた世話のできる人だった。

ヴィラードは糖尿病のほかに関節炎も患っていて、指が腫れあがり、ねじれていた。アデレードがイージーチェアの前にぴったり置けるテーブルを運んできて、ヴィラードのために写真の箱の蓋をあけた。わたしは自分の椅子をヴィラードに近づけて、写真を出しはじめる彼を手伝った。

どれもリグレー球場で撮ったものか、選手の自宅や遠征時の気軽なスナップだった。

「うちの娘がきのう、屋根裏で見つけたんだ。わたしは正直なところ、この家を離れたくないから、どうしても片づけをする気になれない。この家で妻と四十七年も暮らしてきたからね。ここで子供たちを育てた。盛大なクリスマスパーティをよく開いたものだった――ほら、この写真を見てくれ――妻が亡くなる前の年だ――突然のことでね、すい臓癌だったんだ。空からグランドピアノが落ちてきて頭にぶつかったような衝撃だった――妻が健康だった最後の年で、すばらしく元気だった」

わたしはヴィラードの妻の写真に見とれた。年をとってもキリッと美しい人で、アンドレ・ドーソンともう一人の男性と一緒に楽しそうに笑っている。近所に住む男性だとヴィラードが言った。

アデレードがわたしにジンジャーティーを、ヴィラードにジントニックを運んできた。わたしたちはクリスマスの写真や孫たちの写真を見ていき、ついに、ブーム＝ブームとフランクがリグレー球場へ出向いた春の日の写真を見つけだした。前に球場で見た写真は、ダグアウトやグラウンドで入団希望者たちを撮ったものばかりだったが、いま見ているのは、スタンドやロッカールームでの気軽なスナップで、その多くにブーム＝ブームが写っていた。

ダグアウトで撮った公式写真はカラーだったが、こちらはモノクロだった。わたしがその一枚を窓辺へ持っていったのは、ブーム＝ブームの顔を明るいところで見たかったからではなく、そこに写っている若い女性が原因だった。ジーンズに男ものの白いシャツをはおったアニー・グッツォが、外野席のいちばん下から笑顔でブーム＝ブームを見あげている。追いかけてくるよう挑発しているかに見える。

アニーがどんな外見だったか、わたしはすっかり忘れていた。そもそも、これほど生気にあふれ、色っぽさにあふれた彼女の姿を見るのは初めてだった。ブーム＝ブームのそばにいる彼女の姿を見るのも初めてだった。もしかしたら、ブーム＝ブームはアニーに恋をしていたのかもしれない。アニーも彼に恋をしていたのかもしれない。

ブーム＝ブームと一緒に球場にきていた日、アニーは十七歳だった。そして、七カ月後に亡くなった。わたしは写真のなかに入りこみ、その日にワープして、アニーに警告したかった――だめ。そんな呑気な顔しないで。お母さんが（もしくは義理のお姉さんが？）あなたを殺そうとしてるのよ。

ヴィラードがわたしの顔を見た。「その女の子――知りあいかね？」

わたしの口が無意識にゆがんだ。「あの日、入団希望者のなかにこの子のお兄さんがいたんです。この子もきてたなんて知らなかった。誰も言ってくれなかったから。ずいぶん前に亡くなった子なので、こんなに生き生きした顔を見ると不憫でなりません。ダグアウトのスナップには写ってなかったんです」

「それはそうだ」ヴィラードは言った。「家族がダグアウトやフィールドに入ることは許されていない。その子もスタンド席で見ていたのだろう。カメラマンがその子を気に入ったようだな。いや、きみのいとこのファンだったのかもしれん。球場のなかで二人を追っかけてたみたいに見える」

アニーも写っているのが九枚、ブーム＝ブーム一人の写真がさらに三枚あり、そのうち二枚は狭い通路のようなところで背後から撮ったものだった。ヴィラードがこの二枚を手にとり、不思議そうに首をふった。

「なぜいままで気づかなかったのかわからない。たぶん、妻がこの年の春に……わたしは自分が気丈な人間で、悲しみに負けることはないと思っていたから、毎日仕事に出ていたが、やはり何も手につかなかったんだろうな。やっとそれがわかった」

頭上にパイプが走っているところを見ると、この二人は球場の立入禁止区域に入りこんだようだな。リグレー球場の地下はとうてい美しいとは言えないところだ。このスナップからもわかるように、垂れ下がったワイヤや、むきだしの水道管が多すぎる。メディアの連中が使う電子機器に合わせてワイヤがさらに増えているから、いまはもっとひどい状態だが、この当時でも充分にひどかった。きみのいとこはたぶん……しかし、うちの専属カメラマンが分別を働かせて二人を止めるべきだった」

「ブーム＝ブームが何かに夢中になったら、もう誰にも止めようがありません」わたしは言った。「でも、二人の様子からすると、アニーがブーム＝ブームをひきずりまわしてるみたいですね」

アニーがブーム＝ブームに向けている挑発的な笑みからすると、たぶん、かくれんぼをしていたのだろう。見つけられるものなら見つけて。勇気があるなら追いかけてきて。十七歳、自分の力が開花するのを感じる年ごろ。わたしのいとこのことが好きだったのか、それとも、生きることを楽しんでいただけなのか——まあ、どちらでもいいけど。

椅子にぐったりもたれて、頭がこんなにぼうっとしていなければいいのにと思った。この一週間、わたしはバーニーと口論し、噂になっている例の日記などどうでもいいと言っていたが、いまはまた重要に思えてきた。

アニーは〈マンデル＆マクレランド〉の弁護士たちに愛嬌をふりまいていた。マンデルとはたぶん、性交渉も持っていただろう。アニーがブーム＝ブームにまで女の武器を使おうとしたところで、それは罪悪でも犯罪でもないが、ブーム＝ブームはどう反応しただろう？ ほかの誰かなら——例えば、ジョエル・プレヴィンや、スパイク・ハーリヘイや、マンデル自身なら——腹を立て、昔からよくある男の不満を爆発させてアニーを威嚇したことだろう。そっちから誘ってきたくせに、よくも人を弄んでくれたな。

ブーム＝ブームは違う。相手の女が何人の男とつきあっていようと、あるいは、ほかにどんな理由があろうと、それで女を威嚇するようなことはなかったはずだ。スピードと狡猾さが求められる氷の上でさえ、ブーム＝ブームが悪質な行為に走ったことは一度もなかった。

ヴィラードが写真をじっくり見て、アニーとブーム＝ブームがどこにいるのかを突き止めようとしていた。残念そうな微笑とともに写真を下に置いた。「スタンド席の地下部分へはもう長いこと行ってないから、記憶がぼやけている。試合の前にマリワナを吸いたくて、よくあそこへ下りていく選手が何人かいた。わたしは気づかないふりで通したし、選手たちは、わたしみたいな老いぼれにはマリワナの臭いなどわかるはずもないと思いこんでいた」

「これ、家に持ち帰ってもいいでしょうか」わたしは尋ねた。「スキャンしてからお返ししますので」

ヴィラードは笑った。「持ち帰って、そちらで保管してくれ。うちの娘はわたしの思い出の品をすべて売り払ってチャリティ財団に寄付したがってるから、返却してくれても、一緒に売り払われておしまいだろう」

アデレードがわたしのためにジンジャーティーのおかわりを、ヴィラードのために二杯目のジンを運んできた。しばらくすると、廊下のほうから、父の飲酒癖を助長するのはやめてほしいと文句を言うヴィラードの娘の声が聞こえてきた。糖尿病にお酒は禁物。わたしはヴィラードとゆっくり過ごして、湖の景色を眺めながら、奥さんや、ベトナムで戦死した息子さんや、仲良くしてきた数々の野球選手の思い出話に耳を傾けた。このあとマリとの約束があるため、残念な思いで辞去することにした。

「いとこの伝記が完成したら、かならずまた訪ねてきて、その本を見せてほしい。引越し先の住所はアデレードからきみに伝えてもらおう」

こうなったら、ろくでもない伝記を書くしかなさそうだ──そう思いながら、ヴィラードにしぶしぶ別れを告げた。ヴィラードは魅力的な男性で、わたしはしばらくのあいだ、自分の怪我と悩みを忘れることができた。できればもう思いだしたくなかったが、ふたたび車に乗りこむと、バーニーと、わたし自身と、いまの状況への不安がよみがえった。

ティム・ストリーターからメールが入っていた。バーニーと無事に合流。こんなクールな人なら、友達とラッテを飲みにいくとき、一緒にきてもいいわよ、と言ってもらえたそうだ。少なくとも、わたしのほうは、バーニーのことでしばらく気を揉まずにすむ。

マリに会うため〈ゴールデン・グロー〉へ出かける前に、わたしの事務所に寄った。書類が全部そちらに置いてあるからだ。約束の時刻まで三十分、仮眠をとるには短すぎたが、メールと電話に返事をするのはやめて、アニーといとこの写真を作業テーブルに並べた。

秘密の通路にいるいとこを撮った写真のうち、二枚目の背景部分にアニーの顔がおぼろに写っている。拡大鏡を使うと、その顔が鮮明になった。妖精のような顔、カールした黒髪、ぶかぶかの白いシャツがジーンズの膝のあたりまで垂れている。

写真を一枚ずつ拡大鏡で見ていったところ、シャツに土汚れのついている写真があった。つまり、アニーがトンネルにもぐりこんだあとで撮ったものだ。なんとなく気になって、時間の順に並べてみることにした。一枚目は最初にわたしの注意を惹いた写真。ブーム＝ブームが外野スタンドのてっぺんからアニーを見おろしている。

二枚目では、アニーが真正面からカメラを見ている。カメラマンと話しているらしい。左手に黒い長方形のものを持っている。最初はクラッチバッグかと思ったが、拡大鏡で見てみると、レザーかビニールの表紙がついたノートのようだった。

わたしの周囲で部屋が揺らいだような気がした。テーブルの端をつかみ、めまいが治まるのを待った。アニーは日記をつけていたのだ。とても大事にしていて、リグレー球場のデートにまで持っていったのだ。

拡大鏡でノートを見てみたが、何もわからなかった。暗い色のレザーもしくはビニール。黒か、茶色か、または、その他の暗い色。表紙の文字はなし。〝アニー・グッツォ、ブーム＝ブーム・ウォーショースキーとソル・マンデルについてのひそかな考察〟などという浮き彫り文字が並んでいるわけではない。

残りの写真を並べる作業に戻った。前後関係のはっきりしないのが数枚あったが、アニーの白いシャツに汚れがついている写真では、彼女の手にノートはもうなかった。その顔をじっくり調べたところ、額と右の前腕部に土汚れがついていた。疚しさと歓喜の入りまじった表情。何か悪いことを企み、首尾よくやってのけたという感じだ。

そのノートが何だったにせよ、アニーが球場の地下のどこかに隠してきたのだ。家には置いておけない、リグレー球場に隠しておいていつでもとりにくればいいと思ったなんて、いったいどんなことが書いてあったんだろう？　球団関係者には知りあいなど一人もいないのに。いや、カブス入りを熱望していたフランクが入団テストに合格するものと、アニーは思いこんでいたのかもしれない。

ブーム＝ブームは日記をつけるようなタイプではなかったから、たとえアニーの行動が彼にとって何か特別な意味を持っていたとしても、その日のことを書き残しているなどという期待は持てない。ブーム＝ブームがノートに目を留めたとも思えない。彼のノートをアニーがいたずら半分に奪って逃げたのでもないかぎり。

わたしはふたたび写真に目を向け、ステラが攻撃材料にした日記ではなく、何かほかの品ではないかと考えた。何かの資料とか？　釈然としないまま、拡大鏡を下に置いた。細かい点を見分けるのは無理だった。わたしに言えるのは、一般的な形の日記やノートではないということだけだった。だから、最初はクラッチバッグだと思ったのだ。

ヴィラード邸に入った泥棒。朝から回転の鈍かったわたしの頭がいまようやく、その件とアニーを結びつけて考えた。

泥棒は野球関係の価値ある記念品をいくつか持ち去ったが、それと一緒に写真も盗んでいった。そして、それはわが偽りの伝記執筆が新聞記事になったあとのことだった。偶然かもしれない。たまたま記事を読んだ泥棒が、ヴィラードの家にカブスの価値ある記念品があることを知ったのかもしれない。でも、もしかしたら、サウス・シカゴでのさまざまな事件の陰に潜む人物が、アニーが球場へ何か持ちこんだことを知り、いまもそこに埋もれたままかどうかを確認しようとしたのかもしれない。

不意に寒くなり、ドアの内側のフックにスウェットシャツがかかっていたので、それをとって首に巻きつけた。「ブーム＝ブームったら、何に巻きこまれてしまったの？」震えながらつぶやいた。ブーム＝ブームのことはすべて知っているつもりだったのに、彼の人生には、わたしにとって完全に未知の部分があったのだ。

「アニー・グッツォを殺したのはあなたじゃない。それだけはわかる」テーブルに置いたブーム＝ブームの写真に向かって、わたしは言った。「でも、あなたと一緒にどんな秘密が葬られてしまったの？」

写真をひとつにまとめ、ゆっくり調べる時間ができるまで薄い中性紙にはさんで保管しておくことにした。奥の部屋の壁に作りつけにしてある金庫にそれをしまい、簡易ベッドに憧れの目を向けたが、義務をおろそかにしてはならないと自分に言い聞かせた。それに、マリは優秀な記者だし、いまのわたしは余分な頭脳があれば大歓迎だ。マリに会い、マリと仕事をするのが、久しぶりに楽しみになってきた。

38　スーサイド・スクイズ

パソコンを切り、バックアップ用のUSBメモリのひとつを金庫に、もうひとつをブリーフケースに入れていたとき、建物の正面入口の呼鈴が鳴った。モニター画面を見た。コンラッド・ローリングズだ。部下を連れている。時間をかけて金庫の扉を閉め、廊下をゆっくり歩いて正面入口へ向かいながら、エネルギーをかき集めようとした。警察と渡りあうときは最高のウィットと機敏さが必要だが、鼻が折れ、頭が働かないのではそうもいかない。

「ようこそ、警部補さん」堅苦しく挨拶し、通りに出てから、背後のドアを閉めた。

「話がある」コンラッドは言った。「なかで話せないだろうか」

「ヒントをもらえる？」わたしは訊いた。「こうして訪ねてきたのは、わたしに暴言を吐き、手錠をかけてやると脅すため？　それとも、情報収集のため？」

薄れゆく日の光のなかでコンラッドの表情を読むのはむずかしかったが、コンラッドは部下に車のなかで待つように言った。わたしはドアのキーパッドに暗証番号を打ちこみ、コンラッドを連れて事務所に戻った。

「ワグナーにこっぴどくやられたようだな」わたしの顔をしげしげと見て、コンラッドが言った。

「ワグナー?」わたしはオウム返しに言った。

「最近、何回ぐらい喧嘩したんだ? 忘れてしまったのなら、鏡をよく見てみろ」

「ワグナーって〈狂気のドラゴン〉のメンバーの名前? ベルナディンヌ・フシャールとわたしが供述をしたときは、身元の特定がまだできてなかったけど」

コンラッドは彼のｉＰａｄにすばやく目を通した。「たしかにそうだな。その時点では警察にもまだわかっていなかったが、けさ、やつの手術が終わったところで指紋をとった。逮捕歴がかなりあり、傷害罪でジョリエットに五年食らいこんだこともある。あんたが今日、やつに近づいたかどうかを知りたい」

わたしは驚いて思わずあとずさった。「そう訊くのには何か特別な理由でも?」

コンラッドは両手でわたしの肩をつかみ、こちらの顔を真正面から見据えた。「今日どこで何をしてたか証明できるか」その切迫した口調に、わたしのほうまで不安になった。

「いったいなんなの?」

「アルトゥーロ・ワグナーが死んだ」

わたしは椅子にどさっとすわりこんだ。ワグナーのためにバケツ一杯の涙を流す気はないが、この知らせを、自分が人の命を奪ったという知らせを受け止めるのは辛かった。「顎の骨が砕けてて、脳震盪も起こしたって話だった。でも、命の危険があるなんて誰も教えてくれなかった」

「やつが死ぬとは誰も思っていなかった。だから、あんたが今日一日どうしてたか話してもらう必要がある」

わたしはコンラッドを凝視した。「何があったのか、お願いだから教えてくれない？　いまはあなたから強烈なパンチを受けて、謎解きなんかできる状態じゃないの」

「質問に答えろ。そしたら、教えてやる」

「ねえ、この会話を録音しようと思うんだけど」

「おれは警察や州検事が首を突っこんでくるのを防ごうとしてるんだぞ、ヴィク」

「だったら、録音があれば役に立つわね」わたしはふたたびパソコンをつけ、会話に戻る前に録音ソフトを開いた。背後でｉＰｈｏｎｅがわめいた。どこにいるんだというマリからのメールだった。放っておけというコンラッドの不機嫌な声を無視して返事を送った。〝もうじき。いま目の前に警官〟

「州検事がわたしの名前を大陪審に伝えようとしてるの？」わたしはコンラッドに訊いた。

「ヴィク、頼むから信じてくれ。これはあんたのためなんだ。今日の午後どこにいたのか教えてくれ」

「ワグナーは今日の午後、誰かに殺されたの？　わたしと格闘したせいじゃなくて？」

コンラッドはうなずいた。「けさは薬で朦朧としてて、質問に答えられるような状態じゃなかったんだが、昼から刑事の一人を病院へ行かせたら、ワグナーはすでに死んでいた。病院専属の病理学者の話だと、窒息死だそうだ。聖ラルフ病院を知ってるだろう？　でかい迷路みたいな病院だ。看護師の数が不足してて、病棟に常に目を光らせておくことができない。そんなところに凶暴な犯罪者を入れておくのが心配で、やつには手錠をかけたままにしておいた。あんたにここまで打ち明けたことが州検事にばれたら大目玉だ。さて、どこにいたんだ？」

勾留中の者が入院した場合、手錠でベッドに拘束しておく決まりになっている。非人道的な扱いで、銃創や衰弱を招く怪我の回復を遅らせかねないが、アルトゥーロ・ワグナーに関しては、さほど気の毒とも思わなかった。

「一時半にテレビ会議、二時半にはエヴァンストンに向けて車を走らせてたわ。それから夕方までは、元カブスのフロントオフィスで現在はリタイアした人物と会っていた。だから、わたしがその逆方向の四十五マイル離れた地点にいたことを誰かに証明させようとしても無理。これでいい？」

安堵でコンラッドの肩から力が抜けた。「ホッとしたよ、ミズ・W。よかった、よかった。州検事のところに匿名のたれこみがあったんだ。フシャールの娘があんたのいとこを大切に思ってるから、あんたが今回のことに腹を立て、ワグナーを始末するために聖ラルフ病院へ出かけた、ってな」

わたしは一瞬絶句し、それからステラのことを思いだした。今日のランチタイムにステラから電話があり、サウス・シカゴまでくるように言われたことを、コンラッドに話した。

「行ってないよな？　信じていいんだな？」

「わたしの悪い癖なんでしょ？　何もかも放りだして衝動的に飛びだしていくというのが」

留守電メッセージをコンラッドのために再生した。

「グッツォ家の連中は何をするかわからないし、すごく怒りっぽいから、わたしが接近禁止命令に違反して逮捕されるように仕向けてるのかもしれないって思ったの。でも——いま考えてみると、わたしに殺人の罪を着せようとしたのかも。でも、誰の命令で？」

「証拠もないのに勝手な方向へ進むんじゃない、ミズ・W」コンラッドは言った。「おれがいちばん気にしてるのはあんたのアリバイだ。念のため、午後から会った相手の名前をすべて教えてくれ。なるべく早いほうがいい」

「了解、コンラッド。でも――アルトゥーロ・ワグナーが殺されたのは、きっと口封じのためよ。つまり、ベルナディンヌとわたしが襲われたのは、単なる街のちんぴらの暴力沙汰ではなかったってことね」

「理由はほかにも考えられる」コンラッドは反論した。「連中があんたをおびき寄せようとしたのは、ワグナー殺しの罪を着せて、目障りなあんたを完全に排除するためだったかもしれん」

わたしはコンラッドに笑みを向けた。「やっと意見が一致してうれしいわ、警部補さん。どうしてわたしを排除したいの？〝連中〟って誰なの？」

コンラッドには答えられなかった。

「誰かが〈狂気のドラゴン〉にお金を渡してわたしたちを襲わせた。ローリー・スキャンロン、ヴィンス・バグビー、セルマ・カルヴィン、カルデナル神父。全員がユースクラブのイベントに顔を出してたわ。たぶん、このなかの一人が――」

「やめろ、ヴィク」コンラッドが声を尖らせた。「カルデナル神父が〈狂気のドラゴン〉にあんたを襲わせたなんて、おれは信じないぞ」

「聖職者が悪いことをするはずはないなんて言わないで！　そういう考え方はもう通用しな

いのよ」

「ヴィク、勝手に非難してまわるのはよせ。とくに、サウス――」

「知ってるわ」わたしはふたたび口をはさんだ。「バグビーとスキャンロンは地元に大きな貢献をしている。二人のどちらかが凶悪犯罪で起訴されたりしたら、フランク・グッツォの住宅ローンからシカゴ・スカイウェイ有料道路まで、あらゆるものが崩壊してしまう。あちこちでそう言われたわ。つまり、この連中が何をしようと、地元の人々は見て見ぬふりを通すってことよね」

コンラッドは眉間にしわを刻み、獰猛な表情になった。「おれの縄張りで犯罪が起きても、おれが見て見ぬふりだなんて非難はやめたほうがいい。犯罪者の地位や財産はおれには関係ない」

「ううん、コンラッド。うちの父をべつにすれば、あなたがシカゴでもっとも正直で誠実な警官だってことはよくわかってる。でも、わたしはこの街で生涯を送ってきて、ここでどんなふうに物事が運んでいくかをいやというほど知ってるの。きのうの朝は誰かが電話をよこし、この件から手をひけと脅し、父が〝怒らせてはならない相手を怒らせた〟ばかりに、どんな目にあったかを考えてみろと言った。で、マロリー警部に電話したら、スキャンロンには無関係だと言ってたけど、でも……」わたしの声が途中で消えた。遠い昔、ブーム＝ブームのデビュー戦を見に行くのに、スキャンロン家の用意したバスに乗るのを父が拒否したことを思いだした。また、ウォーショースキー家の人間に対するスキャンロンの揶揄の言葉も思いだされた。ええと、なんて言われたっけ？　きみもお父さんと同じように正義を貫くつもりかね？　たしか、そんな言い方だった。

「マロリー警部の言葉だけでは納得できないのか」コンラッドが言った。「あんたのことが心配で、一対一で話そうと思ってわざわざ出向いてきたのに、あんたはいつだって万能の神、われわれ人間風情より多くを知ってるってわけだ」

「コンラッド、やめて。それは違う。わかってるくせに。でも、ボビーの判断は何十年も昔の情報に基づいたものだし、第四管区に毎日顔を出してるわけではない。あなたのほうはギャング団の抗争とドラッグとゴミにどっぷり浸かり、あの人たちをわたしと同じ目で見る理由をなくしてしまっている。わたしにもう少し理解を示してよ。わたしがこういう行動に出るのは、あなたの評判を落とすためだとか、父のいちばん信頼できる旧友をばかにするためだなんて思わないでほしいの！」

コンラッドは荒々しく息を吐くと、六つの郡の特大地図がかかっている壁まで行き、通りの名前がすべて記憶できるほど長いあいだ地図を凝視した。「ほかに誰か、あんたの視野に入ってる人物はいるのか。地元の名士たち以外に」地図に向かって言った。

「ボリス・ナビエフに出会ったわ。ジェリー・フーガーと一緒にいた男。それから、スターリージー兄弟にも会った。兄弟がやってるセメント会社にナビエフが関係してるの。いえ、関係してるのはナビエフを使ってる連中かもしれないけど。ボビーはグリグズビー判事もステラの新しい弁護士も脅迫には無関係だと断言している。わたし、ステラの新しい弁護士についでは何も知らないけど、グリグズビーは共和党の政治家たちと結びついてるみたい。選挙資金がほしくて、何年ものあいだ政治家の主催するパーティに顔を出してたもの。さぞかし多くの背中を掻いてまわらなきゃいけなかったでしょうね。しかも、みんなが顔見知りで、スキャンロンかバグビーのどちらかと結びついている。そして、スキャンロンとバグビーとニーナ・クォールズは親戚関係にある」

「ニーナ・クォールズ？」コンラッドはふりむいた。

「〈マンデル&マクレランド〉のサウス・シカゴ事務所の不在オーナーよ。それから、スパイク・ハーリヘイもスキャンロンの親戚よ」

コンラッドはうめいた。「地元の名士二人だけでは、あんたがターゲットとして満足できるはずのないことぐらい、おれも知っておくべきだった。だがな、ミズ・W、あんたがおれたち警官の癪の種ではあっても、解剖台に横たえられた姿は見たくない。あんたは北へ去った人だ。あんた自身とおれのために、頼むから、そのまま北でおとなしくしててくれ」

39　ピンチヒッター

わたしは防犯カメラのモニターでコンラッドの姿を追い、彼が建物を出て自分の車に乗りこみ、走り去るのを確認してから、ふたたびパソコンの電源を切った。事務所を出る前にティム・ストリーターに連絡をとった。北部戦線異状なし。ティムはミスタ・コントレーラスとバーニーと一緒にスパゲッティを食べているところだった。これから三人でブルーインズとカナディアンズの試合を見るという。十分後にフェースオフ。

〈ゴールデン・グロー〉に着くと、マリは二本目のホルステンを飲みながらレアのハンバーガーにかぶりつき、チーフバーテンダーのエリカを冗談半分に口説いているところだった。エリカは徹底したベジタリアンで、しかもレズビアンだが、いつもマリをからかって喜んでいる。

かつて、サルのバーでは料理をいっさい出さなかった。客層の核をなす近くの商品取引所のトレーダーたちは、何も食べずに、ウォッカやバーボンでストレスを発散させる傾向が強かった。ところが、最近では昔のサウス・ループが息を吹きかえし、一世紀前の古い工業用建物が改装されてロフト式アパートメントに生まれ変わっている。こうした建物は、全国の雑誌や電話帳などを刷るための印刷機がこの界隈に多数置かれていた時代のものだ。若い専門職の人々やリタイアした夫婦などがそこに入居している。プレッツェルをつまみにウィスキーやビールを飲むのではなく、サンセールのグラスを傾けながらポーチドサーモンを食べたいという人々だ。

バーの壁の向こう側がサウス・ループのトレンディなレストランの厨房なので、サルはそこにドアを作った。レストランの客に出す酒類をサルが提供し、レストランではバーの客のために、品数を制限したメニューから料理を用意してくれる。

昔もいまも変わらないのは、マホガニーのテーブルに置かれたティファニーのランプで、店内に柔らかな光を放っている。わたしがランプの下で書類を広げていると、サルがジョニー・ウォーカーのボトルを手にしてやってきた。

「生コン車のほうがその顔より醜悪であるよう願いたいね。何があったんだい?」

「たいしたことじゃないの。高いビルをひとっ飛びと思ったのに、最近は二回に分けて飛ばないと無理だってことを忘れてただけ」

「あたしの下着の色を透視する能力も、きっと失っちまったんだろうね」サルは言った。

「ううん、わかる。でも、それはあなたのデコルテから黒いレースがのぞいてるおかげで、透視能力がいまも健在だからではないけど」

誰もがわたしの名前を知っている場所にきたおかげで、心が安らいだ。スープを注文した。ただし、トレンディなレストランが出してくれるのはわたしの大好きな栄養たっぷりのミネストローネではなく、やけに気どったスープだけ。例えば、ハスの花のピューレにチャイブを添え、液体窒素のスプレーでさっと凍らせたものとか。

マリがレアのハンバーガーを食べおえるまで待ってから、わたしのテーブルに呼んだ。マリが書類に目を通すあいだにスープを飲んだ。気どった食材を使っているわりには、けっこういい味だと認めざるをえなかった。おいしくて二杯目を注文したほどだ。

頭に浮かんだことを片っ端からマリに話した。ヴィラード邸に泥棒が入ったことや、ブーム＝ブームの行動についてのわたしの懸念などもすべて含めて。

「ブーム＝ブーム関係の書類はすべて、トロントにあるホッケーの殿堂に保管されてるけど、そちらへ送る前にわたしが目を通したのよ。もしブーム＝ブームが信託口座を隠れ蓑にしてスキャンダルになりそうな何かを隠してたのなら、そのときにわたしが気づいたはずよ。それから、わたしの知るかぎりでは、日記はつけてなかったわ」

「なるほど。だが、秘密というのは、秘密めいた雰囲気を持たないものかもしれない」マリはエリカに手をふってビールのおかわりを頼み、ついでにバスケットに入ったポテトを注文した。もちろん、サフラワーオイルのようなつまらない油ではなく、本物の鴨脂で揚げたもの。「ブーム＝ブーム自身も、危険な秘密だなんて気づいていなかったものかもしれない。きみも知ってるように、詐欺を働く連中というのは、つねにスポーツ界のスターから金を巻きあげようとするものだ。また、古い友人たちはつねにスターの七光りの恩恵をこうむろうとする」

「フランク・グッツォもきっとそうだったのね」

「おれがトロントまで行って、ブーム＝ブームの書類を見てこようか」マリが提案した。

「いいかもね」疑問に思いつつも、わたしは同意した。「ただし、旅費は自腹よ。グッツォ家は一セントも払ってくれないし、わたしは今回のばかげた接近禁止命令を無効にするため、弁護士に料金を払って赤字になりそうなの。でも、飛行機を予約する前に、《ヘラルド＝スター》の資料室を漁ってみてくれない？　かつて《ヘラルド＝スター》でゴシップコラムを担当してたフリーダなんとかって人が、ブーム＝ブームについて何か刺激的なコラムを書いてるかもしれない」

「おれがいちばんほしいのは、スパイク・ハーリヘイに関する記事だ」マリは言った。「うちの社にも資料はたくさんあるが、どれも表現をぼかしている。フリーダの古いコラムに目を通す前に、スパイクに関してどんな記事があるか調べてみよう。初期のころの記事。いくらあいつでも、議長の小槌を握って生まれてきたわけではない。強引に人を押しのけていまの地位にのぼりつめたんだ。絶大な権力をふるうようになったから、いまじゃ、誰もハーリヘイを記事にすることはできないが、二十年前、やつがもっと小さな魚を呑みこみはじめた当時は、状況が違っていたはずだ。もちろん、社の現在のオーナーたちはハーリヘイのことが大のお気に入りだ。連中は独裁政治が好きで、ハーリヘイこそ、独裁政治の究極の擁護者だ。だから、《ヘラルド＝スター》にハーリヘイを攻撃する記事を書くことは、〈グローバル〉が許さないだろうが、《サロン》か、うまくいけば《ニューヨーク・タイムズ》あたりが興味を持つかもしれん」

「ハーリヘイの汚れたパンツを世間にさらしたりしたら、あなた、クビになるかもよ」

マリはニッと笑った。昔のマリの笑みだ。「慣れてるよ。きみはどうする気だ、ワンダーガール」

わたしはスプーンを弄び、残ったスープで皿の底に模様を描いた。「ピエール・フシャールに話を聞いてみるわ。月曜の飛行機でこっちに着くの。悲劇が起きないうちに娘を連れて帰るために。ブーム＝ブームがわたし以外の誰かに何かを打ち明けていたとすれば、それはピエールだわ」

「未知の未知数が多すぎる」マリがぼやいた。

「わたしが気になる人物はナビエフなの。はっきりさせたい未知数は、ナビエフが誰のために動いているのか、わたしが連中から邪魔者だと思われているのかどうか。ええと――例えば、ジェリー・フーガーみたいに」

「ナビエフだと！　なぜまたあんなやつと関わりあったんだ？」

「家系図を調べてたの」わたしはスターリージーのことが記されたページをひっぱりだしてマリに見せたが、セバスチャンとヴァイオラの件にはまだ触れていなかったことに気づいた。二人のことを、ヴァイオラがいかに怯えていたかも含めてマリに話すと、マリは心配そうに眉をひそめた。

「やばいぜ、V・I――誰かの母親が誰かの祖父のまたいとこのそのまた五親等離れた親戚だろうと、このさい関係ない。そのヴァイオラがナビエフを怖がってるなら、きみが彼女のそばに行くときは、かならず鎧兜《よろいかぶと》で身を固めるようにしろ。それでもなお、危ない橋を渡ることになるけどな。おれが聞いた噂では、ナビエフはフリーの殺し屋だが、ウズベキスタンのマフィアがらみの事件を扱う弁護士連中にしっかり守られてるそうだ。連中が警察を買収するのか、州検事を買収するのかは誰も知らん。もしかしたら両方かもな。ナビエフは何度も逮捕されてるが、起訴まで行ったことは一度もない。きみがまだ遺言書を作っていないのなら、つぎの行動に出る前に作っておいたほうがいい」

「ええ。わたしも冗談ではすまないと思ってる。できれば、今夜のうちにバーニーをカナダに帰したいぐらい。あの子のことを心配せずにすめば、一人でこっそり動きまわれるし」

バーニーのことがふたたび気になったので、エリカに合図して勘定書きを持ってきてもらった。早く北へ戻り、バーニーと、わたしが大切に思っているその他の人々の無事を確認したかった。マリへの善意のしるしとして、ホルステン四本がジョニー・ウォーカー一杯よりどれだけ高いかを調べもせずに半々の割り勘にした。

マリと意味もなくハグをして、明日の終わりに連絡をとりあうことを約束した。その前に何か劇的な発見があれば話はべつだが。怒りを翌日まで持ちこすようなことは二度としないなどという誓いは、どちらも口にしなかった。おたがいを知りすぎているから、誓ったところで信じる気になれない。

家に帰り着き、階段をのぼっていたとき、ジェイクの部屋から動きまわる音が聞こえてきた。バイオリニストでも連れて帰ってきたのだろうかと気になった。銃ではなく、ストラディヴァリウスを持ち運ぶ人を。スミス＆ウェッスンをベッド脇のテーブルの引出しにしまって鍵をかけ、帰宅したことを知らせるメールをジェイクに送った。

数分後、共有部分のポーチから台所に入ってきた彼が無意識にわたしのヒップに目を向けたので、わたしはパンツのウエスト部分を裏返して、何も入っていないことを示した。

ジェイクはいまだに表情が硬く、警戒している様子だったが、トルジアーノをグラスに注いで飲んだあとは、あざになったわたしの目にキスをして、ヴィラードと会ったときの様子をわたしが話すあいだ、肩をもんでくれた。今日一日の出来事のうち、ジェイクが心から喜んで耳を傾けてくれそうなのはそこだけだった。

「いとこの伝記はやっぱり書くしかなさそうだぞ、V・I。楽しみに待つ人がずいぶん増えたからな。それとも、オペラを書くとか。もちろん、この街は音楽よりスポーツに夢中だから、〈ハイ・プレーンソング〉がホッケーのオペラを上演できたら、うちの資金難も解消するだろう」

ブーム＝ブームの役はテノールではなくバリトンにすべきだ、という点で二人の意見が一致し、〝このスラップショットがあれば無敵〟と題したオペラでデビューする機会をどの歌手に与えればいいかを議論したり、ジェイクがわたしのピアノで即興の伴奏を弾いたりして、幸せな一時間を過ごした。彼の弾く低音部の響きには大きな魅力があった。

今夜は、ジェイクは自分の住まいに戻っていった。鼻詰まりと咳のひどい相手と同じベッドで寝たところで、少しも楽しくなさそうだから。でも、わたしは数週間ぶりに熟睡できた。誰かにぶちのめされる夢も、愛する人々に背中を向けられる夢も見ずにすんだ。

日曜日は、何もしない贅沢に浸った。犬を連れて湖へ散歩に出かけるわたしにバーニーもついてきた。バーニーはブーム＝ブームやアニーのことには触れず、わたしたちは映画とピザと善意あふれるひとときで一日を締めくくった。

月曜の朝には、わたしの風邪も怪我も軽くなっていた。いつものストレッチとウェイトトレーニングをやった。ふだんより長く。二日休めばもとに戻すのにその二倍の日数が必要な年齢になってきたからだ。つぎに犬二匹を公園へ連れていき、思いきり運動させてやった。わたしが出かけていたあいだ、トム・ストリーターがミスタ・コントレーラスの住まいで番をしてくれたが、二匹を返しに行ったあとは外の持ち場に戻った。わたしが仕事に出かけたとき、バーニーはまだわが隣人の客用ベッドで寝ていた。

事務所に出ると、幸せな気分が少々しぼんだ。保険会社の査定担当者から留守電メッセージが入っていたのだ。マスタングは救済不能、自己負担の割合が高いため、支払われる保険金は五百三十七ドルとのこと。わたしはルークに電話をかけ、スクラップとして売り払ってくれるよう頼んだ。ほしいパーツがあればなんでもどうぞ。そのかわり、スバルをあと何日か貸してほしいんだけど。

「あのスバルをこわしたら、ウォーショースキー、約束はすべて反古《ほご》だぞ」ルークは警告をよこした。

「了解、イーヨー」

いったいどういう意味だとルークが問いかけるのを無視して、わたしは電話を切った。わたしに必要なのは車、イタリアのウンブリア州の丘陵地帯で送るバカンス、お金持ちの後援者。でも、かわりに、ミスタ・ヴィラードから土曜日にもらった写真をスキャンした。クラウドとUSBメモリへの保存を終えると、ほかの用事にとりかかる心の余裕ができた。

ノース・アヴェニューをてくてく歩いて、GA銀行の支店を見つけ、そこで口座を作った。事務所に戻ってから、フォート・ディアボーン信託のステラの口座でやったのと同じ手順をくりかえして、GAがセキュリティのためにどんな質問を用意しているかを調べた。

GAのセキュリティを突破してフーガーの口座番号を入手しようとする前に、フーガーが住んでいたガレージの大家に電話をした。家賃が口座振込みになっていれば、大家から情報がとれる。違法なデータ集めにあくせくしなくてすむ。残念ながら、家賃は現金払いだった。また、大家がフーガーの社会保障番号を必要としたことは一度もなかったという。

わたしは無意識のうちに、ウフィッィ美術館の銅版画に目をやった。わたしの母の倫理規範を示す化身。「ごめん、ガブリエラ」小声で謝り、検索エンジンの〈ライフモニター〉にログインした。年に五千ドルの利用料を払いさえすれば、わたしが犯罪者であろうとサイト運営者は気にしない。フーガーの銀行口座を見るのに必要な情報がすべて入手できた。

それで守りを固めてGAに電話をかけ、震える声で作り話をした。今回は兄が認知症ということにした。銀行側は申しわけなさそうに、金曜日に誰かが口座を解約し、預金をすべてひきだしていったと答えた。

「そんなばかな。わたしが兄の遺言執行人なのよ」わたしは叫んだ。「詐欺師が兄の預金を奪って口座を解約したんだわ。ああ、どうしよう――介護ホームの料金を明日までに払わなきゃいけないのに」

フーガーの社会保障番号も、養母の旧姓も、彼が育った家の住所も、わたしがすべて知っていたので、銀行もようやく口座番号を教えてくれた。わたしはアトランタにある銀行のセキュリティ・センターのほうへすぐに連絡を入れると約束した。

電話を切ったとき、こんなにすらすらと嘘がつけるなんて、自分は社会病質者《ソシオパス》ではないかと心配になった。ステラの口座を確認したところ、予想どおり、彼女の服役中の支払いにあてられたのはジェリー・フーガーの口座から振り込まれたお金だった。

長いあいだパソコン画面を見つめた。フーガーとステラがつながった。しかし、誰が糸を操っていたのか。スリープEZへの返済用にヴァイオラとセバスチャンからとりあげていた現金と、競馬でたまに儲けた金のほかにも、フーガーはすべてを現金で預金していて、ときには四桁という大金にのぼることもあった。

スプレッドシートを作成して、フーガーとステラの口座内容を記載し、フーガーの金がどこから入っていたかを簡単にまとめてから、マリに送信した。ナビエフと結びつく男についてある程度のことを知っている人間を、わたし以外にも作っておきたかったのだ。

事務所のなかをうろうろしていたとき、電話が鳴った。知らない番号だった。

「探偵さん？……わたしはアリアナ・バルトーク、ヴィレイヤス・タワーの建設現場にいた者です」

ああ、髪にビーズを編みこんだ前途有望な若き女性エンジニア。「何かあったの？」

「セバスチャンの姿を最後に見た日、彼が早朝から現場で何をしてたのか、わたしたち全員が推測しようとしてたことはご存じですよね？　わかったような気がします。でも——電話では説明できないので、建設現場まできてもらえません？」

40　サウンドチェック

アリアナが昇降機のゲートのところで待っていてくれた。電話では何を質問しても答えてくれず、とにかくパソコンを見にきてほしいと言うだけだった。昇降機を待つあいだ、アリアナはビーズを編みこんだ髪の先端を神経質にいじりながら、あざになったわたしの顔を横目で見ていた。

昇降機の操作係はわたしを覚えてくれていた。「ナビエフと十ラウンドやったのかい?」陽気に訊いてきた。「ナビエフのやつ、けさ早くここにきてたが、いつもと同じ顔をしてたから、あんたのパンチは一発も当たらなかったわけだ」

「腎臓を狙ったの」わたしは言った。「わたしの顔もずいぶん派手だけど、喧嘩相手が一週間か二週間ほど足をひきずって歩くことになるのは、腎臓にパンチを食らうせいなのよ」

操作係はおおげさすぎるぐらいに爆笑して、昇降機で上へ行くあいだ喧嘩の話題に終始した。

わたしが先日ここにきたあと、さらに三階分の床にコンクリートが流しこまれていた。十二階で降りると、壁の工事がおおざっぱに完了していて、大工たちが内壁をとりつける箇所にしるしをつけていた。アリアナがわたしの先に立ってエンジニア室へ向かいながら、本当にナビエフと格闘したのかと訊いた。

「ううん。おたくの操作係って、よっぽどナビエフの話題が好きなのね。じつは街のちんぴら連中に襲われて、運よくパトカーが通りかかったおかげで殺されずにすんだの。あなた、ナビエフを知ってるの?」

「個人的なつきあいはないけど、ナビエフが現場に顔を出すと誰もがびくびくしてるわ」アリアナは建築家とエンジニアが使っている部屋のドアをノックした。ドアには〝一時的に立入禁止〟という表示が出ていた。

初めてここにきたときに見かけたエンジニアが二人、ドアのそばをうろうろしていた。チーフのタイラーがアリアナのためにドアをあけたのを見て、二人は憤慨した。

「ちょっと、チーフ、どうなってんです?」一人が尋ね、わたしたちの横を強引に通り抜けて部屋に入ろうとした。「ぼくのパソコンを使う必要があるのに。仕様書をチェックしなきゃいけない箇所が――」

「十五分後に立入禁止を解除する、クレイ。計算ならタブレットでもできるだろ?」タイラーはアリアナとわたしを部屋に入れてドアを閉め、デッドボルトで施錠した。

「何が見つかったのか、アリアナから説明があったかね?」タイラーが訊いた。

「電話では説明しきれないと思ったので……」アリアナが言った。

奥の壁ぎわを占領した作業カウンターに並んでいるパソコンの一台のところへ、アリアナがわたしを連れていった。「もちろん、一人一人が自分のノートパソコンを持ってるけど、ここにあるのは、工事中に誰もがアクセスできるマシンなの。ほかの人たちのやってることを確認するために。デザインや構造の担当者たちのあいだでファイルを共有することがけっこう多いから。パソコンは個人専用じゃなくて、誰がどのマシンを使ってもいいことになってる。でも、みんな、決まった場所にすわるのが習慣になってて、自分のコーヒーマグを置いたりしてるわ」

ずらりと並んだパソコンの奥の壁はクロス張りで、写真や漫画の切抜きに覆われていた。作業カウンターの端から端まで棚が作りつけになっていて、コーヒーマグ、鉛筆立て、アクション・フィギュアなどの私物が置いてある。アリアナが一台のパソコンの前に立つと、その奥の壁に、カブスのレジェンドとされているライン・サンドバーグの色褪せた写真がピンでとめてあった。〝セバスチャンへ〟というサインが入っている。

「ええと、これがセバスチャンの専用みたいになってたマシンなの。でね、けさ、タイラーからわたしに、ファイルを調べて、セバスチャンが手がけていた作業がすべて、そのう、正確かどうかを確認し、プロジェクトのデータベースへのアップロードがまだだったら、やっておくようにって指示があったの」

アリアナがキーを叩くと、パソコン画面が息を吹きかえした。「どこもおかしなところはないように見えたんだけど、しばらくしてから、このオーディオ・ファイルが隠されてることに気づいたの。内容を聞いてタイラーに報告したら、あなたを呼ぶように言われたわけ」

アリアナは再生のアイコンをクリックした。録音はひどい雑音混じりだった。二人の男がしゃべっているが、マイクがかなり離れているようだ。声がくぐもっていて聞きとりにくい。何回か再生してもらったが、それでも、すべて理解するのは無理だった。

〝こちらとしては〔言葉が不明瞭〕に入札するチャンスがほしいだけだ〟最初の男が言った。

〝目下、新たな〔プレイヤー?〕に話を持っていくつもりはない〟もう一人が言った。

〝〔不明瞭〕許可は〔不明瞭〕だし、この仕事にしても〔不明瞭〕障害が出てくるかもしれない。きみのために〔不明瞭〕〟

〝脅すつもりか〟

〝とんでもない。だが、ゲームをしたければ、誰もが金を出さなきゃならん。無料で何かを手に入れることは誰にもできん〟

沈黙。やがて、二人目の男が言った。〝こっちの一存では決められない。あらためて連絡させてもらう〟

ふたたび沈黙。さっきより長く続いたあとで、最初の男が言った。ひどく早口のため、さらに聞きとりにくかった。〝われわれに協力してくれれば、こっちもきみに協力しよう。協力したくないと言うなら、誰がきみに〔不明瞭――「チャンス」?〕を与えたかを思いだすんだな〟

オーディオ・ファイルはそこで終わっていた。

わたしはアリアナを見た。「セバスチャンの声?」

アリアナは首を横にふった。「どちらも知らない人だわ」

「ナビエフの声ならわかる?」

「やつは訛りがひどい。ロシアか、ウズベキスタンか、そんな感じだ」タイラーが言った。

「それに、声ももっと太い」

「どこで録音されたのかしら。おたくの建設会社では、何かの工事に入札を考えてるの？」

「どっちの男もおれは知らん」タイラーは尖った声で言った。「それから、うちの会社がこんなふうにビジネスを進めることはない。脅しに屈したりはしない。この街には建設エンジニアを必要とする現場がたくさんある。入札に失敗したら、べつの工事を狙えばいい」

「録音のオリジナル版がどこにあるのか、何か心当たりは？」わたしは訊いた。

「この部屋にはない。おそらく、USBメモリに入ってるんだろう。クラウドではなく。そうでなければ、セバスチャンがアップロードのために朝早くここにくることはなかったはずだ。しかし、アリアナから報告を受けたあと、わたしはこのオフィスを閉鎖した。アリアナと二人で室内の捜索をおこなった。彼女がきみを待っているあいだに、見つかったかぎりのUSBメモリの内容をチェックした」

タイラーはUSBメモリが三十個以上入っている段ボール箱を指さした。「わが社の建築家とエンジニアの何人かが暇を持て余していることを発見した──ビデオゲームに加えて、驚くほど大量のポルノも見つかった──だが、オーディオ・ファイルはなかった」

セバスチャンがロッカーに残していったジムバッグにも入っていなかった。とすると、誰かがこの部屋から持ち去ったか、セバスチャンが姿を消したときに身に着けていたかのどちらかだ。いや、もしかしたら、先週彼とヴァイオラのアパートメントを荒らした人物が盗んでいったのかもしれない。

フーガーはセバスチャンに、何かむずかしい頼みに応じてくれれば借金を帳消しにしようと約束した。脅しの実行役をセバスチャンに命じたわけではなさそうだが、脅しに関係した仕事を何か頼んだに違いない。そうでなければ、セバスチャンが録音するはずがないではないか。それとも、会話を録音することがセバスチャンの役目だったのだろうか。誰かが――フーガー？　ナビエフ？――それを脅迫の材料にできるように。

「背景の雑音が何なのか、よくわからないわ」録音にもう一度耳を傾けながら、わたしは言った。「セバスチャンは録音装置を部屋に持ちこんだのか。それとも、盗聴装置を仕掛けたのか。それとも、盗み聞きしていたのか」

「録音するあいだ、やつが逆立ちして頭を床につけ、ビール瓶をジャグリングしてたとしても、おれにはどうでもいいことだ」タイラーの表情は険悪だった。「最低の男だな。今日の午前中、現場へのやつの出入りを禁じる決定がなされた。やつが利口な男なら、新たな分野で仕事を探すだろう。おれが業界に手をまわして、エンジニアの仕事には二度とつけんようにしておくからな」

どんな分野であれ、セバスチャンが仕事につくことは二度とないような不吉な予感がしたが、こう言うだけにしておいた。「この二人が話題にしてるのがどこの工事なのかわかればいいのにね。おたくの会社や、セバスチャンが働いてる請負会社には関係のない工事だとしても」

タイラーは言った。「干し草のなかで針を捜すようなものだ、ウォーショースキー。シカゴ都市圏全体で進められている工事や、建築許可や、土地利用許可は、膨大な数にのぼる」

タイラーはアリアナのほうを向いた。「ウォーショースキーのためにファイルのコピーを頼む。USBメモリをもう一個、おれ用に作って、そのあとでハードディスクから消去しといてくれ。それがすんだら、ヴィレイヤスの工事費の無駄遣いはやめて、仕事に戻るとしよう」

アリアナがオーディオ・ファイルをUSBメモリ二個にアップロードするあいだに、タイラーがドアの錠をはずした。憤慨した——そして騒々しい——若き建築家とエンジニアの群れがなだれこんできた。

「落ち着くんだ、きみたち」タイラーが言った。「けさ、マシンの一台のセキュリティに問題があることをアリアナが発見した。その点を解明するため、この人にきてもらった。ようやく問題が片づいたから、仕事にとりかかるとしよう」

わたしはUSBメモリをジーンズの尻ポケットに押しこんだ。地上まで下りるあいだも、土埃のひどいあばた模様の敷地を通り抜けるあいだも、USBメモリが熱を発し、その熱がジーンズの布地を通してお尻に伝わってくるように思った。尾行されてはいないかと神経質に視線を走らせながら、事務所まで車を飛ばし、部屋に入るが早いかオーディオ・ファイルをマックにアップロードした。バックアップ用メモリとクラウドの両方に保存して、ようやく、頭を悩ませるのをやめることができた。

ゲームをしたければ金を出せ。これがイリノイ州の政治の根底にある言葉だ。オーディオ・ファイルのなかの人物は、何かの工事に対する許可をとりけすと言って脅している。音声が不明瞭だが、〝土地利用許可〟か〝建築許可〟かもしれない。

土地利用許可を出す権限は、シカゴの市会議員が握っている。市会議員の報酬はそれほど多くないが、土地利用許可や特例とひきかえに、ゼネコンから市会議員のふところに選挙のための献金が流れこむ。ローリー・スキャンロンは十区の選挙対策委員長をやってきた。つまり、その献金を十区選出の市会議員の蓄えに加えるさいには、スキャンロンが大きな役割を果たすわけだ。

ひょっとすると、ジェリー・フーガーがローリー・スキャンロンのために、サウス・サイドで汚れ仕事をやっていたのかもしれない。スキャンロンと親しい誰かが是が非でも入札しようとしている大プロジェクトが、サウス・シカゴになかったかどうか、考えてみることにした。施工主を脅すことも厭わないほど大規模なもの。かつてUSXの工場があった二千エーカーの敷地に、住宅、オフィスビル、さらにはテーマパークの建設まで予定されているという噂がずいぶん流れているが、スキャンロンが親しい誰かにこの工事を請け負わせたいと思っているなら、施工主に直接頼みこめばすむことだ。脅迫の必要はどこにもない。十区の住民のために尽くしたいと愛想よく申してればいい。

そのプロジェクトが十区以外の場所で実施されるとすれば、スキャンロンに土地利用許可や建築許可を阻む権限はいっさいない。市やよその区の実力者と結託しているのでないかぎり。スキャンロンが悪党なのか、小児性愛者なのか、その両方なのか、そのどちらでもないのか、わたしにはわからないが、いずれにしても、抜け目のない人物だから、弱点となりかねない連中と関わりあうようなことはしないはずだ。例えば、よその市会議員とか、セバスチャン・メザラインとか。

ゲームをしたければ金を出せ。州議会議長をしているスパイク・ハーリヘイはその金をふところに入れる達人だ。シカゴの建設プロジェクトを推進もしくは阻止できる立場にはない。ただし、ヴィレイヤス・タワーのときみたいな汚い手を使えば話はべつだ。特別法案を通過させて、環境アセスメントの実施を免除したのだ。しかし、ヴィレイヤスのプロジェクトにハーリヘイが脅しをかける気なら、仲介者を使う必要はない。ひとつには、彼自身が出資者の一人なので請負業者の選定に口出しする権利があるし、工事がかなり進んだいまになって新たな業者を押しこもうとしても無理がある。工事開始前のプロジェクトに的を絞るべきだ。

いまだ着手されていない大プロジェクトを探しはじめたら、二カ月ぐらいあっというまに過ぎてしまう。やはりオーディオ・ファイルの分析から始めたほうが早いかもしれない。録音されたこのやりとりに関係のある何かをすれば、借金を帳消しにしよう――ジェリー・フーガーがセバスチャンにそう約束している。

セバスチャンも同じ部屋にいて、脅迫する側の――もしくは、される側の――ために会話をひそかに録音していたのか、それとも、外の廊下に潜んで自分のために利用できそうな情報をつかもうとしていたのか、まったくわからないのが歯がゆいところだ。

使い捨てのプリペイド携帯をとりだし、ヴァイオラに電話した。向こうはわたしに会いにくるのをいやがった。まだ勤務中なのよ。早退ばかりするわけにはいかないわ。わたしは平社員で、幹部社員じゃないんですもの。クビになってしまう。

「セバスチャンがあるミーティングの様子を録音して、仕事場のパソコンにそのファイルをアップロードしていたの。けさ、職場の人がそれを知って、わたしにファイルを渡してくれたわ。あなたに聞いてもらえば、誰の声か、何を話しているか、たぶんわかると思うんだけど」

スピーカーをパソコンに接続し、ヴァイオラのためにオーディオ・ファイルを二回再生した。再生が終わったとき、彼女の返事はなく、電話はすでに切れていた。声の主をヴァイオラが知っている証拠と見ていいだろう。でも、もしかしたら、上司がそばを通りかかっただけかもしれない。わたしは怒りにまかせてスピーカーを切った。ヴァイオラもグッツォ家の連中と同じく扱いにくい依頼人だ。

41　ランド・オブ・ザ・デッド

わたしはしばらくすわったまま、ぼんやりと視線をさまよわせていた。何分かして事務所の電話が鳴ったため、呆然自失の状態からさめた。ステラ・グッツォだった。今回は留守電に応答させるのも、わたしから弁護士に連絡を入れるのもやめて、自分で電話に出た。

「娼婦の娘かい？」ステラが訊いた。

「いいえ。番号をお間違えです」わたしは電話を切った。

すぐまたかかってきた。「ウォーショースキーと話したいんだよ」

「今度は合ってます」わたしは言った。「でも、あなた、接近禁止命令をとってるでしょ。その相手に電話なんかしちゃいけないのよ」

「あたしは自分のしたいようにする。土曜日にこっちにくるよう、あんたに言っといたのに、こなかったじゃないか」

「接近禁止命令」わたしはくりかえした。「あなたに会いに行けば、わたしは逮捕されて刑務所に放りこまれ、探偵の資格を剝奪されてしまう」

「けど、どうしてもあんたに会う必要があったんだ」

ここで電話を切らなかったらフリーマンに殺されてしまうのはわかっていたが、受話器を置くかわりに、わたしは言った。「侮辱する相手が品切れになったの？」

「相手が誰だろうと、言いたいことを言わせてもらう。もし、あんたと家族が――」ステラはわめいている最中に言葉を切った。「先週、フランクがうちにきた」

「親孝行な息子さんね」わたしは感情を声に出さないようにした。

「さあ、どうだか。見た目はあたしの父親や兄弟にそっくりだけど、中身は違う。あの子の父親と同じくヤワだ」

どう返事をすればいいのか、わたしにはわからなかった。

しばらくすると、ステラは考えこむような口調で続けた。「フランクが何か悩んでる様子なのはあたしにもわかったけど、白状させるのにひと晩かかったよ。あんた、ベティのことで何言ったんだい？」

「いえ、何も」わたしは面食らった。

「嘘つくんじゃないよ！　ウォーショースキーの連中ときたら、話をするより先に嘘ばっかりつくんだから。フランクが言ってたけど、あんた、あたしがビンゴに出かけた留守にベティがアニーを殺したと思ってるそうじゃないか」

「それは違うわ。わたしはこう考えたの――あなたがアニーの頭を殴りつけて死なせたんじゃないとすると、誰かのために自分が罪をかぶったことになる。あなたがそこまでする相手はフランクしかいない。フランクの妻がアニーを殺したとあなたが思ったのなら、孫たちの母親が刑務所に入らずにすむように、真実を伏せておこうと決めたのかもしれない」

「よくお聞き。あんたは自分の父親が犯行現場から証拠品を盗みだしたのを、必死に隠しとおそうとしてる。自分でもよくわかってるくせに。うちの家族の問題にしたがってるけど、ほんとは自分の家族の問題だってことを、あんたが認めようとしないだけだ」

ステラは電話を切った。

ステラと話をするたびに、自分が百歳ぐらい老けこんだような気になる。椅子にもたれて目を閉じた。遠い昔にフランクが与えてくれた短い安らぎに対して、とてつもなく高い代償を払う結果になってしまった。

フランクに電話しかけたが、じかに会いに行こうと決めた。こんな目にあわされるのはもうたくさん。

プリペイド携帯を使ってバグビー運送にかけてみた。運のいいことに、電話をとったのがデルフィナで、しかも、わたしみたいな連中にだまされないよう彼女を指導すべき立場にいる配車係は席をはずしていた。フランク・グッツォが運転するトラックに間違った荷物を預けてしまった、というわたしのインチキ話をデルフィナはすなおに信じこみ、フランクがミッドウェイ空港のあたりにいることまで教えてくれた。

「好都合だわ」わたしは誠意のこもった声で言った。「わが社の住所は六十七丁目の五二三六番地。サンジッ・エレクトロニクス」

「うちの顧客リストには入ってないけど」デルフィナは言った。

「別名義で登録してるかもしれないわ。多数のエレクトロニクス企業と契約して、リサイクルをやってるの。グッツォに伝えてちょうだい。輸送担当者が三十分後に社の搬入口で待ってるって」

デルフィナが返事をする暇もないうちに、わたしは電話を切った。事務所のドアを閉めていたとき、プリペイド携帯が鳴りだした。とりあえず、向こうが折り返しかけてきたのだ。確認しようというのは偉い。留守電メッセージを吹きこむことまで考えなかった自分の迂闊さが悔やまれた。

わたしがデルフィナに告げた住所は、事務所から十六マイル近く南西へ行ったあたりだ。警官にスピード違反を見咎められないよう祈りつつ、三十分もしないうちに到着した。

ミッドウェイ空港の滑走路が短いため、どの飛行機も頭上近くをゆっくり降下してくる。わたしはシセロ・アヴェニューを車で走りながら、サウスウェスト航空の機体が飛行ルートに沿って木々の梢すれすれの地点を通りすぎるたびにすくみあがった。飛行機がじっさいに建物をこわした例は一度もないが、この飛行ルートには冷や汗が出る。

空港近くということで口から出まかせに告げた住所に到着すると、そこは巨大な段ボール製造工場だった。駐車場は混んでいたが、真ん中あたりに空きスペースを見つけ、搬入口まで徒歩で行った。

バグビー運送のトラックはどこにも見当たらなかった。フランクが先に到着して、帰ってしまったのかもしれない。あるいは、いたずら電話だとデルフィナが判断し、フランクに伝えるのをやめたのかもしれない。敷地を横切って道路ぎわまで行き、二十分待った。運に見放されたと思ってあきらめようとしたとき、フランクのトラックが駐車場に入ってきた。

わたしはトラックの前に立った。フランクは警笛を鳴らし、つぎに運転席のドアをあけて悪態をついた。

わたしはそちらに近づいた。「こんにちは、フランク」

「トリ！」驚きのあまり、クラッチペダルにのせていた彼の足がすべり、トラックが揺れた。

「な、なんで——それに、その目、どうしたんだ？」

「ヴィンスから聞いてないの？」わたしはにこやかに微笑した。「その現場に彼が居合わせたのよ。あなたも、わたしも、報告しなきゃいけないことがたくさんあるわね。おたがいに時間はないけど。あなたが休憩時間になるまで、車であとをついてくことにするわ」

「弁護士が言ったように——」

「ええ、弁護士がなんて言ったか、わたしたち全員が知ってる。ところが、けさ、ステラがその命令を自分で破って、わたしに電話をよこし、あなたの一家につきまとうのはよせって言ったの。わたしは接近禁止命令に縛られてるから、ステラがなんのことを言ってるのか理解できなくて」

日に焼けたフランクの顔がさらに濃い赤茶色に変わった。「たぶん、あんたがフランキーの試合を見にきたことで、ベティがおふくろに何か言ったんだろう。よけいなお節介はやめてくれ」

「やめたいわよ。ステラは楽しい話し相手ではないし、あなたの機嫌を損ねるのを承知で言えば、ベティもそうだわ。二人とも、まず暴力に訴えて、話を聞くのはそのあとだもの。ベティがあなたを殴ったりしてないよう願いたいけど、家庭内暴力の件数って——」

トラックが何台か、短い列を作って駐車場に入ろうとしていた。大きな警笛を鳴らされた。フランクは運転席のドアを乱暴に閉めてトラックを前進させた。わたしはスバルが止めてある場所まで駆け戻り、駐車中の車のあいだを縫ってスバルを進めた。フランクは入ってくるトラックの邪魔をせずにターンできるスペースを見つけるため、駐車場の奥まで行っていた。彼がラヴァーン・アヴェニューに出ようとしたところで、わたしは楽に追いついた。

フランクは数ブロック西にある倉庫でふたたび荷物を預かり、左折して〈ウェンディーズ〉の駐車場に入ろうとした。そこでようやく、バックミラーに映ったわたしに気づいた。

「さっさと頼むぜ、トリ。休憩は十五分だけ、小便まですべて監視されてんだ」

わたしはフランクの制止を無視してトラックの運転席に乗りこんだ。彼のほうは、窓からわたしを見下ろしてどなりつける気でいたのだろう。

「で、あなたのお母さんは、わたしがフランキーのチャンスをつぶそうとして何か企んでるとでも思ってるの？」

フランクが肩をがっくり落とした。「おれの惨めな人生はうまくいかないことだらけだ。おれの腕試しのチャンスも、フランキーのチャンスも――あの子がどんなチャンスをつかむかは未知数だが――すべてつぶれちまう」

「そうそう、あなたの腕試しのチャンス、それについて質問したかったの。リグレー球場の入団テストの日、ブーム＝ブームがついてきて、あなたがそれで頭にきてカーブを打ちそこねたあの日、アニーも一緒にきてたのね。なぜあの子がついてきたの？　なぜわたしに黙ってたの？」

フランクの唇が嫌悪にゆがんだ。「あんた、おれの教会の神父かよ？　おれの人生の細かい点まで、全部あんたに話さなきゃならないのか？」

わたしは冷たく微笑した。「話してほしいのは、あなたがグッツォ家のメロドラマにわたしをひきずりこんだ理由に関係したことだけよ。アニーは何かを持っていた。それを紛失した。もしくは、リグレー球場のどこかに隠した。それが本物の日記だったの？　誰かがそれを持ち去り、ステラが出所したとき、あなたの実家にこっそり戻しておいたの？」

フランクはきょとんとした。「知らん。なんの話だかさっぱりわからん。前にも話したように、日記はおふくろが誰かに預けたとか言ってたから、おれには何も答えられん。球場へ行った日、アニーがそれを持ってたというのか」

「それがわかってたら、あなたに尋ねたりしないわよ。アニーはあの日、クラッチバッグぐらいの大きさの品を手にしてたんだけど」

「ああ、おれだってそういうのを持ち歩いてる。じつによくわかる説明だな」

「四×八インチぐらいで、厚みはたぶん一インチ。古い写真で見ただけだから、何なのかはわからない。濃い色で、たぶん黒か紺、表には何も文字が入ってないみたい」

「トリ、あの日、おれの頭はもっと大事なことでいっぱいだったんだ。いまあんたに言われるまで、アニーがきてたことも覚えてなかった」

「そもそも、なぜアニーがあそこに？　たぶん、あなたの応援に行ったんでしょうけど」

「おれの応援？」フランクはせせら笑った。「そういうのはよその家族の話さ。フランキーのときは、うちの娘たちに応援に出かけてほしいもんだ。ついでに言うなら、フランキーも娘たちの応援をしてくれるといいんだが」

「アニーはあなたと一緒の車で出かけたの？」

「入団テストを受けに行くバグビー運送のチームメイト五人のために、先代社長がリムジンを用意してくれた。おれはブーム＝ブームがリムジンに乗らないよう願った。誰もがやつに群がるだろうから」

わたしは何も言えなかった。フランクに同情したからだが、わたしの沈黙を向こうは非難ととった。「そうさ、おれの嫉妬だ。これで満足したかい？　おれはブーム＝ブームのことが妬ましくてならなかった。いつだってめちゃめちゃ運のいいやつだった！　子供のころにおふくろから聞かされたお伽話を思いだすよ。たしかアイルランドの話で、妖精に育てられた少年がいて、その子の行くところはどこも青空で、黄金が降ってきた。それがあんたのいとこなんだよ」

「でも、殺されてしまった。めちゃめちゃ運がいいとは言えないわ」わたしはぴしっと言った。「アニーはブーム＝ブームと一緒に出かけたの？」

「ああ、たぶん。妹はわがままなやつだったからな。入団テストを見たかったのか、それとも、ブーム＝ブームにくっついていたかったのか、おれにはわからん。その前の晩、ブーム＝ブームがうちに寄って最後のアドバイスをしてくれたとき、アニーがそれを耳にして、一緒に行くと言いだしたんだ。まるで五歳のころに戻ったみたいだった。おれとその仲間に加わって一緒に野球をやりたがったものさ。〝なんでだめなの？　だめだと言っても行くもん。父さんに連れてってもらうもん〟ってね。ただ、入団テストのときは、おやじはもう死んでたから、ブーム＝ブームに頼んで連れてってもらったんだと思う」

「二人はつきあってたの？」

「知るか！　それがどうした？　アニーがブーム＝ブームにねだって球場へ連れてってもらい、そのあと、女の魅力でベッドに誘いこんだのかもしれん。なんで気にする？」

「あなたがわたしに会いにきた本当の理由を知りたいの。わたしをおたくの問題にひきずりこんだら、あなたにとって、あるいは、ステラにとってどんな得があるの？　これって、ステラが刑務所で何年もかけて考えた復讐なの？　ウォーショースキー一家のただ一人の生き残りを呼び戻して、人前で恥をかかせてやろうとか？」

フランクはトラックのエンジンをかけたが、ギアを入れようとはしなかった。「信じてもらえるかどうかわからんが、おれがあんたに会いに行くことは、おふくろには内緒だった。翌日あんたが訪ねてったもんだから、おふくろが癇癪を起こしたわけさ。おれの口から話す時間がなかったんだ。しかも、そのあとのおふくろの怒りようときたら！　子供のころを思いだしちまったよ。おふくろ、久しぶりにおれに殴りかかってきたが、昔みたいな腕力はもうなかった」

「でも、あなた、わたしに何をさせる気だったの？　なぜわたしをひきずりこんだの？」

フランクは右のこぶしでハンドルを軽く叩いた。「無実の訴えが理由さ。スキャンロンがフランキーの将来を気にかけて、おれにこう言った。野球の世界も昔とは違ってきて、子供だけじゃなく、家族も注目される。おふくろさんの無実の訴えが新聞に出たりしたら、誰もがアニーの事件のことを思いだし、フランキーのチャンスがつぶれてしまうことになりかねない、と。あんたの力でおふくろを止めてもらいたかったんだが、おれの惨めな人生のつねとして、やっぱり思いどおりには行かなかった。おれがあんたに会いに行ったため、おふくろは激怒し、新聞にでかでかと載ったせいでスキャンロンは弱りはてた」

フランクは両手に顔を埋めた。声がうんと低くなったため、わたしはエンジンの響きのなかで彼の言葉を聞きとろうとして、ハンドルのほうへ身を乗りださなくてはならなかった。

「この——このせいでフランキーの人生が狂っちまったら——どうすりゃいいのか、おれにはわからん」

うしろの車の運転席で女性が派手に警笛を鳴らした。フランクは許しがたい過ちを犯したことに気づいた。前の車との間隔を空けすぎてしまったのだ。ドライブスルーのマイクの前までトラックを進めてから、ダブルチーズバーガー、ポテトの特大サイズ、スーパーサイズのシェークを注文した。

「お母さんを止めるよう、スキャンロンに言われたの？」わたしは訊いた。

「そんなんじゃない。スキャンロンはこう言ったんだ——そんな昔の事件を気にする者はどこにもいない、おふくろさんが騒ぎ立てないかぎりは、ってね。おれが聖エロイでフランキーの試合を見てたときに、スキャンロンが近づいてきて、おふくろのやってることを人づてに聞いたと言った。〝親しい弁護士の一人に頼んで、おふくろさんの力になってもらおう。そうすれば、おふくろさんも家族に冷たくされたなどと思わずにすむ。しかし、きみがおふくろさんを説得して騒ぐのをやめてもらえたら、フランキーにとってはそのほうがいいと思う〟と言った。ところが、そのあと、収拾がつかなくなっちまった。おれの人生はいつだってそうなんだ」

フランクは注文した品を受けとって歩道の縁にトラックを止め、憂鬱な顔で食べはじめた。

大量につかんだポテトを口に放りこんだ。

「メディアの大騒ぎが始まったあと、スキャンロンはなんて言ってた？」

「おれはもう心配でたまらなかった。ヴィンスに打ち明けて、どうすればいいか相談したら、ヴィンスがおれのかわりにスキャンロンと話をして、おれの責任じゃないとスキャンロンが言ってるって伝えてくれた。スキャンロンはいまもフランキーを後押ししてくれてる」

わたしはシートの上で横向きになり、フランクをまっすぐに見た。「わたし、この前の晩、スキャンロンのオフィスを出たあとで、〈狂気のドラゴン〉のメンバー三人に襲撃されたの。その件に関して何か知らない？」

「いったい何が言いたいんだ？」

「バグビー、スキャンロン、セルマ・カルヴィン。わたしがスキャンロンの主催してるユース・プログラムに顔を出したとき、この三人がその場にいたわ。それから、カルデナル神父も。そのなかの誰かが何か言ってなかった？　わたしのせいで、あなたの一家に注目が集まりすぎてるとか」

「ばか言え、トリ」フランクが食べものの入った箱をダッシュボードに乱暴に置いたため、ポテトが箱からシフトレバーまで飛んだ。「そんなことで人を非難してまわるなんて、あんた、最低だな。サウス・シカゴはギャングだらけだから、通りですれ違った相手はみんな、家族のなかに少なくとも一人ぐらいはギャングになったやつがいる。あんたはまずいときにまずい場所に居合わせただけさ。スキャンロンを非難するのはよせ。あんたのおやじさんがスキャンロンとうまくいってなかったことは誰だって知ってるが、スキャンロンという人は

「知ってる」わたしはフランクの言葉をさえぎった。「サウス・シカゴに足を踏み入れるたびに、そのセリフを聞かされるから」

フランクは啞然としてわたしを見た。

「ほんの冗談よ。わたしにはサウス・シカゴのことがまったくわかってないって、ずいぶん多くの人から言われて、みなさん、シカゴ市とはべつの国に住んでるつもりなのかと思いはじめてるところなの」

「そうさ」フランクは言った。「おれたちは死者の国に住んでんだ」

そう言われて、わたしは一瞬黙りこんだ。毒のある言葉だが、同時に、彼の口からこんな言葉が出るとは意外だった。しかし、その前に聞いたコメントも放ってはおけなかった。

「ねえ、どういう意味よ？　トニーがスキャンロンとうまくいってなかったことは誰だって知ってる、というのは。先週、スキャンロンと会ったときは、うちの父のことを褒めてくれたわよ。わたしの知らないどんなことを、この界隈の全員が知ってるの？　トニーがエングルウッドへ異動になったのはスキャンロンの差し金だったの？」

「あんたときたら、小鳥の餌入れにもぐりこもうとするリスみたいだな、ウォーショースキー。誰が誰に何をしたのか、おれは知らんが、ブーム＝ブームのデビュー戦のときに、トニーがスキャンロンの用意したバスに乗るのを断わったのは、誰だって知ってることだ。当時はその噂で持ちきりだった。どんな事情があったのかなんて訊かないでくれ。おれは何も知らん」

「トニーがローリー・スキャンロンを信用してなかったのなら、スキャンロンに何か問題行動があったことになる。なんだったのかしら」

「そろそろ大人になったらどうだ？　ほかのやつはみんな、親もただの人間だ、間違いを犯す場合もある、ってことを学習するんだぞ。トニーだって聖人ではなかった。人々の善悪を嗅ぎわけることのできるモラルの猟犬でもなかった。スキャンロンのことはきっと、トニーの誤解だったんだよ」

わたしの左目が疼きはじめた。疲労と怒りで顔に大量の血液が送りこまれている。あざができたところを指先でさすった。スキャンロンがトニーに胡散臭く思われていたのは、何が原因だったのだろう？　過去を掘りかえしていくと、あちこちでセックスにぶつかる。ソル・マンデルのお気に入りだったアニー。フランクにパンツを下ろすように言った聖エロイ教会のかつての老司祭。スキャンロンの醜聞に関しては、彼の怒りを買うのが怖くて誰も触れようとしない。

わたしはトラックの運転席の興奮が静まるまでしばらく待ち、それからリグレー球場の入団テストの日のことに話を戻した。

「あの日、アニーが言ったことを何か覚えてない？　アニーが手に持ってたのが何だったのか、ヒントになりそうなことならなんでもいいわ。最初は、野球選手としてのあなたのキャリアに関係のある品かしらと思ったの。新聞の切抜きとか、そういった感じの」

フランクは唇をゆがめた。

「おれのいわゆる〝野球のキャリア〟なんて、アニーにはどうでもよかった。あんたのおふくろ、音楽、大学生活――アニーの頭にあったのはそれだけさ。たまに、あんたと、あんたのおやじさんも含まれてたかもな。ともかく、あの日のアニーはひどいハイ状態で、おれはそばにいるだけでうんざりだった。大事な場面でおれが空振りしたって、なんにも同情してくれなかった。そもそも興味がなかったんだ。アニーが球場にきてたことを、おれが記憶から消しちまったのも無理ないな。

おれはウォーショースキーの――ブーム＝ブームの――前で泣き崩れないようにするだけで精一杯だった。アニーは〝これでもう、あたしには誰も指一本触れられない〟と何度も言っていた。おふくろのせいで死んじまったことを考えると、なんとも痛ましい言葉だが、おれ自身、もう少しでアニーを殴りつけるところだった。ひとつだけプラスになったのは、自分の子供を殴りそうになるたびに、あの午後を思いだすようになったことだ。アニーとおふくろがどうなったかを思いだす。おやじみたいになれ、頭を冷やせ、と自分に言い聞かせる」

「ねえ、ブーム＝ブームはどうだった？　あなたに、あるいは、アニーに対してどんな態度だった？」

「知らねえよ！　あいつのそばにいるのも耐えられなかった！　あいつのくだらん同情なんかほしくなかった。シカゴのゴールデン・ボーイ。あんた、わからねえのか！　ブーム＝ブームはおれを車で家まで送ろうと言った。ビールを飲みに出かけようと言った。当時の自慢の種だったあのコルヴェットで。おれには耐えられなかった。

バグビーがおれたち負け犬全員を連れて帰るために車を用意してくれたが、おれはやつらからも離れたかった。こっそり抜けだして高架鉄道に乗り、サウス・サイドに戻った。おれの故郷のゴミ溜めに」

「地獄の一日だったようね、フランク。思いださせてしまってごめん……ところで、話はガラッと変わるんだけど、ある録音を聞いてもらいたいの。どちらかの声に聞き覚えがないか、教えてほしいの」

フランクが三千カロリーのランチを平らげるあいだに、わたしはiPhoneをとりだし、クラウドからオーディオ・ファイルをダウンロードした。

「へーえ、誰だ？　この胸糞悪い野郎は」聞き終えたところで、フランクは言った。「誰を脅迫しようとしてるんだ？」

「わからない。あなたなら、どちらかの声を聞けばわかるかと思ったんだけど」

「役に立ちたいけどさ、トリ。うちの郵便受けに押しこまれてたあんたの弁護士からのくそいまいましい請求書を、あんたがチャラにしてくれるかもしれないだろ」

フランクを哀れに思ったが、請求書のことは忘れようと申しでる気にはなれなかった。トラックの運転台から飛びおり、歩いてスバルのところに戻った。

42 スティックボール

憂鬱な思いで北へ車を走らせた。〝おれの惨めな人生のつねとして〟――フランクはそう言った。何ひとつ思いどおりに行かなかった。

たしかにそうかもしれないが、彼が言ったその他の言葉をどこまで信じていいだろう？入団テストの日にアニーが球場にきていたことを忘れていた。それは信じてよさそうだ。フランクの妹は支えと同情がほしかったが、ブーム＝ブームに同情されるのはごめんだった。支自分のことだけで頭がいっぱいで、兄を思いやる心のゆとりなどなかった。

多くの一人っ子と同じく、わたしは兄弟姉妹に憧れて大きくなった。話を聞いてくれる相手、一緒に遊んでくれる相手。ブーム＝ブームが兄のような存在だったが、顔を合わせるのは週に一度か二度だった。フランクとアニーの兄妹関係が早くから悪くなっていたのは悲しいことだが、ステラみたいな癇癪持ちの母親に育てられたら、そうなるのも仕方がないのかもしれない。

デイメン・アヴェニューとミルウォーキー・アヴェニューの交差点で長い信号待ちをするあいだに、いまの会話の要旨をわたしのファイルに加えるために電話に録音し、そのあとでふと思いついてフリーマンにコピーを送った。

〝接近禁止命令に違反して悪いと思ってるけど、写真のことで、どうしてもフランクに質問したかったの〟

〝何もきみが質問しなくてもよかったのに〟――フリーマンから返信があった。〝写真のことなど知ろうとする必要はない。郡刑務所で三十日間過ごしたいと思わないなら、接近禁止命令に従いたまえ〟

わたしは渋い顔をした。フリーマンの言うとおりだ。でも、周囲のみんなの意見が正しいと認めるのには、もううんざりだった。

フランクのランチの脂分がわたしの髪と肌にべっとりついていた。テッサのシャワーで洗い流してから、ダロウ・グレアムに頼まれている仕事にとりかかることにした。でも、フランクと同じく、わたしの人生も何ひとつ思いどおりに行かないときがある。事務所に着くと、テッサのスタジオの入口にヴァイオラ・メザラインが姿を見せた。

「あの録音を聞かされたあとすぐに、体調が悪いからと上司に言って、あなたに会いに飛んできたのに、あなたはいなくなっていた。アパートメントへも行ってみたけど、誰も居所を知らないって言うから、またここに戻ってきたのよ」

わたしもぼけてきたようだ。録音の件でヴァイオラに電話したことをすっかり忘れていた。

「そっちで勝手に電話を切ったんでしょ。くると言ってくれれば、ちゃんと待ってたのに」

「クビにされてしまう。仮病を使って早退をくりかえすわけにはいかないのよ。そっちから電話しておきながら、どうして消えてしまうの？」悪いことは全部わたしのせいにしようとしている。

ヴァイオラの背後にテッサが現われて手招きし、商談に使っている小部屋にわたしを連れて入った。「あの人、自分の影にまで怯えてるみたい。追い返すことができなかったけど、どうすればいいのかわからなくて。あなたに電話しても応答がないし」

フランクと話をしたときに電話の電源を切り、もとに戻すのを忘れていた。画面を見ると着信が九件あった。ほとんどが依頼人からだ。一件はヴィンス・バグビーから。探偵事務所をやっている人間がこれでは困る。

「ところで、その髪、どうしたの？」テッサは鼻にしわを寄せた。「あなたの新しいシャンプー、わたしの好みには合いそうもないわ」

「ブランド名は〝グラッソ・デ・スド・シカゴ〟、つまりシカゴ南部のグリースって意味。これをいやがるのはスノッブなヤッピー連中だけよ」わたしは重々しく答えた。「シャンプーするつもりだったけど、あの哀れな子猫ちゃんの問題を先に片づけたほうがよさそうね。けさ、あの子を叱り飛ばしてしまったから」

ヴァイオラをわたしの事務所のほうへ案内し、ヴィンスから送られてきた花束をどけて彼女の顔が見られるようにした。彼女はひどく動揺した様子で、ふたたび自分の恐怖を訴えはじめた。わたしはヴァイオラをすわらせて、深呼吸を何回かくりかえさせ、グラスに水を注いで飲ませた。

「ヴァイオラ、あの録音は誰の声？　お兄さん？」

「違う、違う、ジェリーおじさんよ。おじさんがセバスチャンにやらせようとしたことって、きっとこれだわ。でも――」

「どっちがジェリーおじさん？」

「最初に話をしてるほう」

ヴァイオラのためにもう一度オーディオ・ファイルを再生した。入札するチャンスがほしい、ゲームをしたければ、誰もが金を出さなきゃならん、と言っているのがジェリーおじさん。二人目が誰なのか、ヴァイオラにはわからなかった。

「で、これがセバスチャンとどう関係するの？」ヴァイオラは涙声だった。

「セバスチャンはこれを録音して、姿を消した当日、朝早く仕事場に出てきてパソコンにアップロードしたの。考えてちょうだい、ヴァイオラ。どこで録音されたのか」

「知らない。知るわけないでしょ。セバスチャンが関係してるって、どうして断言できるの？」

わたしはいま説明したばかりのことをくりかえした。仕事場のパソコンにセバスチャンがオーディオ・ファイルをアップロードしたことを。「お兄さんはひそかに使えるレコーダーのようなものを持ってない？」

「さあ。持ってないと思う。話を盗み聞きするような人じゃないわ。あなたはそう言いたいんでしょうけど。兄のことをまるで変質者みたいに言うのね。でも、人を傷つける気なんてこれっぽっちもない優しい人なのよ」

わたしは話題を変えた。「セバスチャンが姿を消したあと、誰かが金融ローンのことで連絡してこなかった？」

「どんな連絡？」

「なんでもいいの。例えば、スリープEZへの返済はまだ終わってないとか、ローンに関する脅迫とか、帳消しにしようという約束とか」

ヴァイオラは首を横にふった。目じりと口元の心配そうなしわが深くなった。わたしがまたひとつ、悩みの種を作ってしまったようだ。

「セバスチャンの勤めてた会社が大規模なプロジェクトに参加しようとしてたかどうか知らない？　入札のチャンスはなさそうだと思いながらも」

「前にも言ったでしょ。ジェリーおじさんに何を頼まれたのか、セバスチャンはいっさい教えてくれなかったって。わたしは知らない。知らないの！」

わたしは壁の時計を見た。時間がどんどん過ぎていくのに、わたしの脳は働いてくれない。

「ヴィレイヤス・タワーの前は、お兄さんはほかにどんな仕事をしてたの？」

ヴァイオラもなかなか集中できない様子だったが、必死に思いだした。市内の下水設備の復旧工事を部分的に手伝ったことや、公園地区にある遊園地二カ所の仕事を担当したことがあるという。

「それはサウス・シカゴで？」スキャンロンの縄張りで仕事をしていたかどうかを知りたかったのだが、ヴァイオラには思いだせなかった。

「セメント会社の仕事をしてたみたい。耐久試験っていうの？　そんなような仕事。どうして覚えてるかっていうと、そっちで働くしかないかもしれないって、セバスチャンが悩んでたから。ブレントバックをクビになるんじゃないかと心配してて、セメント会社のほうでは、仕事がほしければ提供しようって約束してくれたみたいなの。でも、セバスチャンはいやがってた。あそこでは設計の仕事なんかさせてもらえない。試験用のセメントに探針を突き刺すだけ。どんなに退屈だかわかる？　兄はちゃんと学位を持ち、エンジニアリングの仕事を愛してて、優秀なのよ」

彼がヴィレイヤスの現場に出入り禁止になったことは、いまはヴァイオラに伏せておくほうがよさそうだ。「それってスターリージー・セメントのこと？」

「ええ。どうして知ってるの？」

「あなたのおじさんがボリス・ナビエフという男と知りあいで、その男がスターリージー・セメントの関係者なの。おじさんからナビエフの話を聞いたことはない？」

「一度もないわ。その人がセバスチャンと何か関わりでも？」

「セバスチャンが誰に頼まれて録音したかを突き止めようとしてるの」わたしは忍耐心を精一杯かき集めて言った。「あなたのおじさんを二度目に見かけたとき、じつは――」

わたしは途中で不意に黙りこんだ。二度目に、そして最後にジェリー・フーガーを見かけたのはリグレー球場の外だった。ボリス・ナビエフに脅されている様子だった。

イリノイ州議会が発言権を持っている大規模プロジェクトを挙げるとすれば、それはリグレー球場の建替え工事だ。五億ドルの工事費の捻出を容易にするために、州と市によって支援策がいくつも考えられている――減税措置、州債発行、特別課徴金。スターリージーがカブスのプロジェクトに加わりたいと望んでいるのに入札から締めだされたとなれば、脅迫のために誰かを送りこんだとも考えられる。

しかし、カブスを脅すために、なぜジェリー・フーガーを送りこむのか。なぜナビエフではないのか。ナビエフこそ、脅しと強要のプロなのに。

さらに言うなら、スターリージーに契約がとれるかどうかを、なぜスパイクが気にするのだ？　彼が、もしくは、仲間のスキャンロンが、セメント会社の危機を救った謎の天使だとすれば、話は違ってくるが。

「じつは何なの？」ヴァイオラは両手をもみしぼった。「どうしたの？　その顔……何か知ってるのね。兄に何があったのか知ってるんでしょ？」

「いいえ、ヴァイオラ。でも、ようやく調査の出発点が見つかったかもしれない。そろそろ帰ってくれる？　今日はもう時間がないの。あなたはかかりつけの医者のところへ行って、上司に渡す診断書を書いてもらってちょうだい。一日か二日ぐらいわたしから連絡がなくても心配しないで」

わたしの事務所で姿を見られることへの恐怖がヴァイオラの心によみがえり、なんの用心もせずにここに駆けつけてきたことに気づいて、恐怖はさらに強くなった。セバスチャンが関わっている連中に尾行されているかもしれない。

わたしは反論を控えて、裏から強引に彼女を連れだし、タクシーに押しこんだ。

わたしがカブスで話をした相手は広報のウィル・ドレッチェンだけだ。ドレッチェンがもう一人のほうの男だとは思えないが、断定はできない。腕のいい助っ人が必要だ。

いったん倉庫の奥に戻って、髪と肌についたフライドポテトの脂分を洗い流した。洗濯済みのTシャツが事務所に常備してある。それで間に合わせよう。自宅まで着替えに戻る手間が省ける。

行く前に電話すべきだとわかっていたが、それをすると悪運を呼び寄せそうで怖かった。エヴァンストンのヴィラード邸に着いたとき、ようやく楽に呼吸できるようになった。ミスタ・ヴィラードはまだ引っ越していなかったし、応対に出たのはてきぱきした不愛想な彼の娘ではなく、思いやりのある介護ヘルパーのアデレードだった。

ええ、覚えてますとも。あなたがいらしたおかげで、ミスタ・ヴィラードはとても楽しかったようよ。お目にかかる元気がありそうか、見てきますね。アデレードはわたしを玄関ホールに残して立ち去った。ホールには荷造りの終わった段ボール箱が高く積み重ねてある。いくつかはヴィラードが入居するホーム行き、いくつかは慈善団体行き、あとはシアトルとトゥーソン行き。たぶん、娘たちのところだろう。悲しくなった。充実していた幸福な人生がいくつかの段ボール箱に集約されてしまうなんて。

悲しみの淵へさらに沈みこむ前にアデレードが戻ってきて、ミシガン湖を見渡す部屋へ案内してくれた。先週土曜日にヴィラードと会った部屋だ。彼はイージーチェアにすわっていて、椅子のアームにぴったりつけられる特注のテーブルに本と眼鏡がのっていた。

「執筆がもう終わったのかね？」身をかがめて握手をするわたしに、ヴィラードが言った。

「いまのところ、カブスの優勝と同じぐらい先のことです」わたしは残念な思いで答えた。「じつは……もうひとつお願いしたいことがありまして。録音された会話をいまから再生するので、声のどれかに聞き覚えがないか、教えていただきたいんです」

ヴィラードは喜んで協力すると言ってくれた。目前に迫った引越しから心をそらすことができる。

「聞いて楽しいものとは言えませんけど。誰かが人に脅しをかけようとしている場面を録音したものなので」

再生する前に、この録音の背後にある状況を、順を追ってヴィラードに説明した。ヴィラードもミスタ・コントレーラスと同じぐらい高齢だ。話を理解するには時間がかかる。そこで少しずつ話を進めた。ジェリー・フーガーの死について話したときには、アデレードが恐怖のあまり小さくあえいだ。

ヴィラードが状況を呑みこんだように見えたので、iPhoneをとりだし、録音されたものを彼のために再生した。耳が少々遠いようなので、iPhoneを彼の耳に近づけてくれるようアデレードに頼んだ。

最後まで聞くと、ヴィラードはきびしい顔でこちらを見た。目に苦悩がにじんでいた。

「誰の声なのか、再生する前からきみにはわかってたんだね?」

「いいえ」わたしは冷静に答えた。「最初の人物はジェリー・フーガーという男性です。フーガーは先週殺害されましたが、もう一人が誰なのか、わたしには見当もつきません。政治家ではないかと想像していましたが、もしかしたら、カブスに関係した人物かもしれません」

「わたしは年寄りだ。老人をだますのは簡単なことだ」ヴィラードはアデレードを見あげた。

「この人を信じてもいいだろうか」

「ミスタ・ヴィラードなら声の主がわかるだろうと思われたのはなぜですか」アデレードが質問した。

「ただの勝手な推測です。ただ、スターリージー・セメントがこの件に関わっているし、あの会社にはマフィアの人間が出入りしています。二週間近く前に、そのマフィアの人間を球場の外で見かけました。フロントの誰かと会ってたんじゃないでしょうか」

アデレードはわたしのしていることが気に入らない様子だったが、「この人は本当のことを言っています」とヴィラードに告げた。「たぶん」とつけくわえた。

ヴィラードはねじれた指で眼鏡をとり、深く息を吸った。「わたしは年寄りだ。耳も遠い。その録音を置いていってもらえないだろうか。はっきりした返事をする前に、相談したい相手がいる」

わたしは躊躇した。「このゲームには悪辣なプレイヤーが何人も参加しています。ジェリー・フーガーを始末した方法がその証拠です。わたしの左目の風変わりなメークもおそらく連中の差し金と思われます。あなたに危ないまねをさせるわけにはいきません」

アデレードもうなずいた。「この方のおっしゃるとおりです、ミスタ・ヴィラード。お嬢さんたちがなんて言うか、おわかりですよね」

「うちの娘か……どっちもいい子なんだが、わたしをベビー毛布でくるんで葬式のときまで怪我ひとつさせないよう気をつけるのが、自分たちの役目だと思っている」ヴィラードはかたんと音を立てて眼鏡を置いた。「わたしは九十一になる。カブスのチャリティ財団のディナーに笑顔の装飾品として参加する以外にもできることはあるのに、誰もそう思ってくれないことにつくづく嫌気がさしている。録音を貸してくれ。明日ちゃんと返すから」

わたしは電子デバイスにコピーする必要があると説明した。わたしのｉＰｈｏｎｅを置いていくことはできない。アデレードはスマホを持っていなかったが、ヴィラードの娘たちが父親に一台持たせていて、アデレードも基本的な操作法だけは知っていた。わたしからヴィラードにメールでオーディオ・ファイルを送り、アデレードの介助でヴィラードがそれを聴くことになった。

43　ディナー・パーティ

オヘア空港でピエールの飛行機を出迎えるため、バーニーを拾いに行く約束の時刻が迫っていた。スバルは頑丈な車で、スピード重視の設計ではない。市内の渋滞を考えれば、それでべつにかまわないが、マスタングのすぐれた操作性がやはり恋しかった。

家に着くと、バーニーとミスタ・コントレーラスが涙ながらに別れの挨拶をしているところだった。老人は、自分とミッチがいればバーニーが誰に狙われようと守ってみせると言って、わたしを説得しようとした。

「バーニーを家に連れて帰ろうとしてるのは実の両親なのよ」わたしは言った。「先週の襲撃のことを考えたら、やっぱり、それが正しい判断だと思うわ。さあ、行きましょう」バーニーに向かって続けた。「お父さんの飛行機の到着まであと一時間もないのよ。わたしたちが出迎えてあげなかったら、お父さん、きっとがっかりするわ」

バーニーのデイパックとスーツケースを、ホッケーのスティックともどもスバルに積みこんだ。バーニーは父親と一緒にトレフォイル・ホテルに二泊する予定だ。それからフロリダへまわり、カナディアンズのつぎのプレイオフゲームを見てから、ケベックに戻ることになっている。

ミスタ・コントレーラスが二匹の犬にも見送りをさせようと連れてきた。バーニーが歩道に膝を突いてミッチの首をなでているあいだに、わたしはこの午後の担当だったトム・ストリーターをつかまえ、ここで監視を打ち切ってもらっても大丈夫だと告げた。

「おれの見たかぎりでは、この界隈を嗅ぎまわってたやつはいないようだ、ヴィク。ただ、今日の午後、若い女があんたの家に入ろうとして――」

「知ってる。ヴァイオラ・メザライン。依頼人のようなものなの」

「ああ、ミスタ・コントレーラスに聞いた。その女を誰かが尾行してたような気がする。ハーレイに乗ったやつ。百パーセント断言はできないし、あとをつけるのもやめておいたが。バーニーの警護状況を探りだすために、そいつらが送りこまれてきたのならまずいからな」

わたしの胃袋が氷に変わった。誰かがヴァイオラを尾行していたとすると――ナビエフ？　バグビー？　スキャンロン？――その理由は？――わたしにわかるはずがない。わたしより彼女を尾行するほうが楽だから、というのではなさそうだ。わたしはここしばらく、尾行をまく工夫などしていなかった。では、ヴァイオラを尾行すれば誰かを見つけだせると思ったから？　彼女の兄？　ならば、兄はたぶん無事に生きているのだろう。

「おれたちでその女をしばらく見張ることにしようか。もう一度ハーレイが現われるかどうか確認するために」トム・ストリーターが訊いた。

ストリーター兄弟に支払う料金がいくらぐらいになるのか、考えただけでうんざりだった。この二、三週間、経費がかさむばかりで、収入はまったくないが、ヴァイオラがウズベキスタンのマフィアに狙われているのなら放っておけない。トムの申し出を承知したが、ヴァイオラがエイジャックス保険に出社している場合は、勤務時間中は張りつく必要なしと言っておいた。

「了解、ヴィク。高速道路まで警護しよう」

それもありがたい申し出だった。ケネディ高速と呼ばれる膠《にかわ》みたいな道路に入ったが最後、尾行の有無をたしかめるのはもう不可能だ。

尾行はついていない様子だった。複数の車を使って尾行しているのでないかぎり。その場合は、潤沢な資金に恵まれた保安チーム——たとえば国家安全保障局《NSA》——が、大金を投じてでもつかまえたい標的を追っていることになる。ウズベキスタン・マフィアの財源はNSAに負けないぐらい豊かだろうが、わたしはそこまで大物の標的ではない。わたし一人ぐらい、昔ながらのやり方で簡単に排除できる。腕のいい狙撃手がわたしの頭に一発撃ちこめばすむことだ。思わず額をさすった。

バーニーのほうをちらっと見たが、イヤホンをつけ、音量を上げていた。友達にメールを送っていた。無視されたわたしは、中心部がないかに思われる迷路に入りこんで無益にうろつきまわるしかなかった。

セバスチャンとカブスをこのシナリオのどこに入れればいいのだろう？　わたしがセバスチャンのオーディオ・ファイルを再生したとき、ヴィラードはほんの一瞬だが不機嫌になり、もう一人が誰なのか再生する前から知っていたのだろうと言ってわたしを非難した。わたしが球場へ出かけたときに会った誰か？　あのとき話をした相手は広報のウィル・ドレッチェンだけだが、彼の声とは違うような気がする。

「何考えてるの？」ようやく空港の出口に着いたところで、バーニーが言った。「怒ってるみたいに見える」

「怒ってるんじゃなくて、ストレスがたまってるの」

「あたしがいなくなるからホッとしてる？　あたしのことでヴィクが悩んでるって、サルおじさんに言われた」

「わたしが悩んでるのは、あなたの身を守れそうにないからよ。ノースウェスタンのホッケー合宿に参加するため、七月にあなたが戻ってくるまでに、グッツォ家にからむ騒ぎがすべて片づいてるといいんだけど。そしたら、あなたはわたしの家から湖まで自由に走れるようになるし、誰かに危害を加えられるんじゃないかって、わたしが心配する必要もなくなる」

「あたし、ブーム＝ブームおじさんの名誉を回復できずにカナダへ帰っていくのが悲しい。あ、もちろん、ヴィクに会えてとってもハッピーだったのよ」バーニーはとってつけたように言った。「それから、ワンちゃんたちとサルおじさんに会えたことも。それから、ジェイクにも。あたしが帰ってしまうんで、サルおじさん、つまんないみたい」

「そうね。あなたがサルおじさんの人生を明るくしてくれたから」

オヘア空港の駐車場に入ったわたしは、最初のほうの空きスペースをいくつか通りすぎた。後続車のなかに、執拗についてくる車がないかどうかを確認するためだった。

ピエールの飛行機は定刻どおりに到着した。アメリカ北東部とオヘア空港を結ぶルートではまさに奇跡だ。セキュリティ・チェックを終えたピエールが肩にバッグをかけて回転ドアから姿を見せ、娘を抱きあげた。

父親に会ったとたん、バーニーは元気あふれる子に戻った。父と娘のあいだにしばらくフランス語の歓声が飛びかい、やがてピエールがこちらを向いてわたしを抱きしめた。「ああ、会えてうれしいよ、ヴィクトワール、ほんとに久しぶりだね。わが家のつむじ風《トゥールヴィヨン》を親身に世話してくれて礼を言うよ」

ピエールはバーニーの額に垂れた髪をどけ、コンクリートで顔をすりむいたときの、いまは薄くなりつつある傷を見た。「よしよし、おチビさん《プティート》、おまえはリンクの上でもっとひどい怪我をしたこともある。それは間違いない。おや、V・I、そんな鼻とあざだらけの顔をしているとブーム＝ブームにそっくりじゃないか。だが、それは勇気の勲章だ。アルレットもわたしも、きみが娘の命を救ってくれたことは忘れないからね」

「その前に、この子の命を危険にさらしてしまった」わたしは無表情に答えた。

ピエールは違うと言いたげなしぐさを見せた。「ベルナディンヌには災いを招く才能があるんだ。ま、そんな話はもうやめよう。さてと――ぜひともきみをディナーに招待したい。感謝のしるしとして充分ではないが――だから、ホッケー・シーズンが終わったらすぐ――つまり、スタンレー・カップでカナディアンズがブラックホークスを破って優勝したらすぐ――ローレンシア高原に遊びにきて、一週間でも、一カ月でも、夏が終わるまでずっとでもいいから、滞在してくれ」

「カナディアンズがホークスを破るっていうの？　ブーム＝ブームの亡霊だけじゃなくて、ゴールデン・ジェット（ホッケーの名選手ボビー・ハルの愛称）の亡霊にもとりつかれるわよ、この裏切り者」

「アメリカ人ってほんとに欲張りね」バーニーが言った。「この何年間か、ブラックホークスは何回も優勝してるけど、カナディアンズの優勝は一九九三年が最後で、あたしはまだ生まれてもいなかったのよ！　ヴィクがダウンタウンまでディナーにきてくれるのなら、サルおじさんも誘っていい？　あたしがいなくなるのがすごく悲しそうだし、あたしもここを離れるのが悲しいの」

結局、ダウンタウンへ行く途中でミスタ・コントレーラスとジェイクの両方を拾っていくことになった。わたしはジーンズを脱いで、グレイの絹のパンツとお気に入りのローズピンクのトップスに着替え、五人そろって浮かれ気分でループにくりだした。ホテルのレストランのバーテンダーが、ブラックホークスの栄光の日々を飾ったピエールを覚えていて、ボトルワインをサービスしてくれ、案内係の女性はジェイクの演奏のファンで、メニューにない特別料理を用意してくれた。

一本目のワインはあっというまに消え、二本目もほぼ同じペースでなくなり、三本目を飲んでいたとき、案内係の女性が職人手作りのアルティザン・チーズをカートで運んできてプレゼントしてくれた。バーニーも一人前にけっこう飲んでいたが、父親はべつに注意もしなかった。幸い、バーニーのことはもうわたしの責任ではない。

ジェイクが梨の皮をむき、スライスし、きれいに形のそろった梨をチーズボードに並べていたとき、バーニーが不満を口にした。いや、懸念と言ったほうがいいだろうか。わたしがブーム＝ブームをないがしろにして、あの〝陰気な女の失踪中の兄〟に注意を向けすぎている、ブーム＝ブームが中傷されても知らん顔をしている、というのだった。

ジェイクが言った。わたしが何かに夢中になって、サウス・シカゴでぶちのめされたことを忘れてくれるなら、自分としてはそのほうがうれしい、と。「陰気なのはいいことだ。危険度が低い」

陰気な女の兄がウズベキスタンのマフィアとつながっているかもしれないことは、黙っておいたほうが賢明だろう。

「しかし、ブーム＝ブームの件になぜそうもこだわるんだ？」ピエールが言った。「あいつの名前がニュースに出なくなってもう十日ほどたつ。女の子がブーム＝ブームに怯えていたとかいう迷惑《トラカッスリ》な話は、すでに消えたものと思っていたが」

「消えたわよ。ある程度は」わたしは言った。「あの日記は、ステラ・グッツォか、ひょっとすると、ステラを陰で操ってる人物がでっちあげたものだと、わたしは二日前まで信じていた。ところが、ある写真を見て、日記の存在を信じてもいいような気がしてきたの」

iPhoneをとりだし、ミスタ・ヴィラードにもらった何枚かの写真をピエールに見せた。「これが殺された女の子なんだけど、この子がブーム＝ブームと一緒にいるのを見たことはない？　あるいは、ブーム＝ブームが幼馴染の男性とリグレー球場へ出かけた日のことを、彼から何か聞いてない？」

ピエールは案内係の女性に合図をして、もっと明るいスタンドを持ってきてもらった。

「ヴィク、なにしろ遠い昔の話だ。わたしがきみのいとこと話をした回数は数えきれず、とくに記憶に残ったことと言われても……。友情で結ばれてはいたが、細かいことまでは覚えていない。ブーム＝ブームの女性関係となるととくに。わたしはアルレットひと筋だったが、ブーム＝ブームのほうは、プロになりたてのころなんか三カ月か四カ月ごとに新しい子とつきあっていた」

そう言いつつも、ピエールは電話を傾け、スタンドの光がいちばんいい角度で当たるようにしながら、ゆっくり時間をかけて写真を見ていった。ピエールが電話を置くと、バーニーが横から奪いとり、自分で一枚ずつ見はじめた。

「あの男の人、ほら、ふにゃふにゃの手をした酔っぱらいの人、あたしのことをこの女の子に似てるって言ってたでしょ。でも、ぜんぜん似てないと思う」

ミスタ・コントレーラスがバーニーの肩越しに身を乗りだした。「いや、わかるような気がする、ピーナッツちゃん。二人とも生気にあふれておる。無鉄砲と言ってもいいかな」

わたしは感心してミスタ・コントレーラスを見た。たしかにそのとおりだ。ジョエル・プレヴィンはその点に反応したのだ。二人の髪や肌の色が同じとか、同年代とかいったことではない。

「で、これが自分のお母さんに殺されたっていう子なの？」バーニーが言った。「あ、ほんとだ、ブーム＝ブームおじさんとかくれんぼをしてる――場所はどこ？　球場？　それから、手に持ってるのは――何《クワ》？……ポシェットじゃない《パ・ジュ・ヌ・ポシェット》わよね。小さな本？　違う？　内緒にしてたのね、ヴィク。この女の子が日記を手にしてるのを見たのに、あたしには言ってくれなかった」

「これが日記かどうか断定できないの」わたしは言った。「写真が鮮明じゃないし――」

「何かがガーガー鳴きながらヨタヨタ歩いて、草の上に白い羽根を落としていっても、ヴィクは〝アヒルじゃない〟って言いつづけるつもり？」バーニーはｉＰｈｏｎｅをテーブルに乱暴に置き、両手を上げて皮肉を強調した。

「ベルナディンヌ！　勝手に結論に飛びついたりして、それじゃカンガルーみたいだ。ワイン《ブリュ・ドゥ・ヴァン》はもうおしまい《バイ・バイ》」ピエールは三本目のボトルをバーニーの手の届かないところへ遠ざけ、それからわたしに言った。「この哀れな女の子が――もうじき死ぬ運命だったとは、考えただけでも痛ましい。写真のなかでは、とても――とても潑剌《はつらつ》としてるのに。しかし、この子がきみのいとこと一緒にいるところは一度も見た覚えがない」

ピエールは画面をタップした。「これらの写真のなかに不安そうな様子の者がいるとすれば、それはブーム＝ブームだ。この顔を見てごらん――ふざけてる顔ではない。女の子のほうがブーム＝ブームをひきずって球場のあちこちをまわってるって感じだな」

今度はミスタ・コントレーラスとジェイクが写真を見る番だった。「何を手にしてるのか知らんが、トンネルかどこかから出てきたときには、手にはもう何もない」ミスタ・コントレーラスが言った。

バーニーがふたたび電話をつかんだ。「サルおじさんの言うとおりだわ。このアニーって子が日記を隠したのよ。で、アニーのお母さんが写真を見て、刑務所から出てくると、すぐここへ行って捜しだしたんだわ」

「日記のことが公になったあとも、こんな写真があることは誰も知らなかったのよ」わたしは反論した。「やがて――」

そこで黙りこんだ。

「何考えてるの？」バーニーが訊いた。

「ミスタ・ヴィラードの家に泥棒が入って、カブスを記念する品々の一部が持ち去られたの。泥棒はひょっとしたら、この写真を捜してたんじゃないかしら。いえ、この写真だけじゃないかもしれないけど、窃盗事件が起きたのは、ブーム＝ブームがリグレー球場へ出かけていたという記事が出て、しばらくしてからだった。まあ、違うかもしれないけど――たまたま泥棒に入られただけで、ブーム＝ブームとも、ステラの無罪の主張とも無関係かもしれない」

「この写真が日記の存在を証明してるわ！」頬を真っ赤にして、バーニーが叫んだ。

「この会話が証明してるのは、おまえがワインをグラス一杯以上飲んではいけないということだ、ベルナディンヌ」ピエールが言った。「おまえの態度ときたら、ディナーの席についてるんじゃなくて、チームメイトと騒いでるみたいだぞ。おまえとわたしは部屋に戻って、この人たちに安らぎと静けさを楽しんでもらうとしよう」ピエールはわたしの手をとって唇をつけた。「明日、ベルナディンヌとわたしはシカゴ観光をする予定だ。ブラックホークスとセントルイスの試合も見ることになっている。ぜひ一緒にきてくれ。ブーム＝ブームのいとこが観戦にきたとなれば、ブラックホークスの連中が大喜びするぞ。そちらの紳士方もどうですか」

ミスタ・コントレーラスは迷ったが、夜は自宅でくつろぐことにしようと決めた。ジェイクはリハーサルを口実にできてホッとしている様子だった。でも、わたしは喜んで招待に応じることにした。

44 内角高め

ワインと、風邪と、治りの遅い傷のせいで、帰宅して数分後にはベッドに入る準備ができた。バーニーが飛びだしていくたびに頭の隅で心配する必要もなく、ジェイクの清潔なシーツの上で身体を伸ばせるのは贅沢なことだった。

ジェイクはシカゴ交響楽団をバックに、マルティンソン作曲のコントラバス協奏曲を演奏することが先日決まったばかりで、指の動きを練習したがっていた。わたしは彼が奏でる柔らかな音色に包まれて眠りに落ち、グッツォ家にも、ギャング連中にも、タール抗にも邪魔されることなく、久しぶりに朝まで熟睡した。

目がさめると、今日もまた、春に見放されてしまったような寒い曇り空だったが、ようやく、犬と一緒に湖畔を走る元気が出てきた。筋肉のこわばりが消え、動くのが楽になり、幸せな気分だった。

フラートン・アヴェニューの先のビーチまで出かけ、犬が泳いでテニスボールを追いかけているあいだに、不在着信の何人かの相手にこちらから連絡した。ダロウ・グレアムの社の経理担当者とのやりとりを終えたとき、ヴィンス・バグビーから電話が入った。

「鼻のほうはどうだい？」

「どうにか回復して、贈ってくださった芍薬の香りがわかるようになったわ」

「きみが連れてた女の子は？」

「両親と一緒にカナダに帰国したわ。どうして？」わたしは愛想のいい声を崩さなかったが、この男を信用して本当のことを言う気にはなれなかった。

「わたしは人づきあいのいい男でね、ウォーショースキー、なごやかな会話を心がけてるんだ。二人で会えればうれしいな——今夜、食事でもどう？」

「セバスチャン・メザラインが見つかるまでは無理だわ。たとえ見つかったとしても、食事におつきあいできるかどうか……」無意識にタック・ホルスターの銃をチェックしている自分に気がついた。

「おやおや、ウォーショースキー、あんな弱虫坊やに興味を持つなんておかしいぞ」

「わたし、会ったこともないのよ。どういう点が弱虫なのか教えて」

わたしの注意がよそへそれたのを察知して、ミッチとペピーがよたよたとビーチに上がってきた。わたしは二匹に向かって鋭く口笛を吹いた。

「電話口でそういうことをしなきゃならんのか。鼓膜が破れかけたぞ」

「メザラインのどういう点が弱虫なの？」わたしは重ねて訊いた。

「世間の噂さ。きみが本人に会ったら、わたしに教えてくれ。早くそうなるよう願っている。ディナーの約束はそれまで保留だ」

わたしは電話をポケットにしまって犬を追いかけた。バグビーが電話をよこしたのはなぜ？　わたしにどこまで知られているかを探るため？　それとも、ほんとにわたしに好意を抱いたから？　両方であっていけない理由はない。当人も認めているように、人づきあいのいい男だ。ガイザー社のセキュリティ担当者に始まってわたしに至るまで、誰にでも愛想がいい。

　ミッチに追われてカナダ雁の群れがバタバタと飛び立った。わたしはミッチに「横について《ヒール》」と命じ、車まで一緒に走った。

　バグビーがセバスチャン・メザラインのことを知っているというのが興味深い。わたしからセバスチャンの名前を出したことは一度もないが、バグビーはジェリー・フーガーとナビエフとも知りあいだし、おそらく、ヴィレイヤス・タワーの建設工事に関わっているスターリージー兄弟のことも知っているだろう。さらには、セバスチャンをあの現場へ送りこんだ請負業者とも面識があるかもしれない。

「範囲が広すぎて分析しきれない」スバルのドアのロックをはずしながら、犬たちに言った。「でも、バグビーが荒っぽい連中とつるんでるのはたしかね」

二匹は同意の気持ちを示すために思いきり全身を震わせて、わたしに濡れた砂を浴びせた。いいことだ。ルークにスバルを返す前に掃除機で吸いとらなくてはならない砂が減る。

　家に帰って仕事用の服に着替え、エスプレッソを持ってジェイクのところへ行った。ジェイクはまだ寝ていたが、わたしがベッドにあぐらをかくと、布団の下から手を出して片方のカップをとった。

「マフィアと関係してるかもしれない運送会社の経営者から、食事の誘いがあったわ」わたしは言った。

ジェイクは横向きになって肘を突いた。「きみたちが食事をするあいだ、ぼくが生演奏をしてあげようか。レストランの生演奏の仕事は気が滅入るけどね。演奏がマルティンソンの百十三小節目まで進んでコントラバスが高音域に入り、チェロのような音色になるころ、九番テーブルでは、爪の内側を油で汚したトラック野郎が卑猥なジョークを飛ばしはじめ、そばにいる探偵が——ぼくのほうは最初、その探偵がぼくとぼくの音楽を理解してくれてると思い、赤いトップスの下の肌はどんな感触だろうと妄想してたんだが——とにかく、その探偵が大声で笑うものだから、演奏が誰にも聞こえなくなって——」

「まあ、ずいぶんロマンチックなお話ですこと」わたしはカップを置き、ジェイクにすり寄って丸くなった。「探偵がそんな耳ざわりな笑い方をするなんて知らなかったわ」

「心から幸せなときの探偵は、シャンパンが泡立つような声で笑うが、作り笑いのときは、例えばマフィアの卑猥な冗談に調子を合わせるときなんかは、クワックワッと下品な声になる」

ジェイクとの関係をこわさないために、拳銃はわたしの部屋に置いてきたが、電話は尻ポケットに入っていた。着信音が鳴りだしたときは無視したものの、留守電メッセージの怯えた声を聞いて、シャンパンの泡立ちだろうと、クワックワッという声であろうと、わたしは笑いを忘れてしまった。

〝アデレードです。ミスタ・ヴィラードのところの。ミスタ・ヴィラードが誰かに撃たれて、ひどいことになってて、いま娘さんたちに電話して、病院にも電話しましたけど、あなたは探偵さんでしょ。お願いだからきてください〟

ジェイクが身体を起こした。「誰から？」

「わたしがきのう会った老紳士の介護をしてる人」わたしは身体を回転させてベッドから下り、赤いトップスの裾をパンツのなかへもとどおりに押しこんだ。

ジェイクがジーンズをはき、ドアまで送ってくれた。「気をつけて、V・I。老紳士が誰なのか、その身に何が起きたのか知らないが、お願いだから、きみ自身の命を危険にさらすようなことはしないでくれ。ぼくの生演奏のあいだに客に冗談を飛ばされるより、そっちのほうがずっと辛い」

わたしはジェイクの指を握りしめてから、廊下を小走りで横切り、靴をはいて銃を身に着けた。靴紐を結ぶあいだにアデレードに電話をして、いまから行くと連絡した。留守電になっていたため、何者かがヴィラードを撃ったのなら彼女も危険な目にあったのかもしれないと不安になり、いつもの二倍のスピードで車まで走った。

ヴィラード邸があるエヴァンストンの袋小路に着くと、警察がすでに道路を封鎖していた。通り抜けるために警官と口論するのは面倒だったので、湖から離れて左折し、一ブロック向こうに通り抜けできる道路を見つけて、そこに駐車した。シェリダン・ロードまで駆け足でひきかえし、封鎖地点の片側にある住宅の庭を突っ切った。エヴァンストンのこのあたりはミシガン湖より二、三十フィート高くなっている。高い石垣が四分の一マイルほど続いているが、それは子供や犬が崖から湖へ転落するのを防ぐためで、わたしのような不心得者の侵入を阻止するためではない。

石垣のてっぺんまでよじのぼり、ヴィラード邸をめざして歩きはじめた。てっぺんの幅はわたしの片足程度しかなく、ところどころに細い鉄の手すりがついている。ヴィラード邸の隣家の敷地にさしかかると、ドアのところに女性の顔がのぞき、わたしに向かって何か叫んだ。わたしは微笑して、手をふり、その拍子によろめいて、頭上に垂れている木の枝をつかんだ。女性がドアをあけると、ハンガリー原産の猟犬が飛びだしてきて、わたしに向かってうなり、腹立たしげな甲高い声で吠えはじめた。わたしは木の枝の勢いを利用して石垣の上を飛びこえ、ヴィラード邸の庭の隅に下り立った。

「ワンちゃん、いい子ね」後肢で立って石垣の向こうから吠える犬に、わたしは言った。遊んでほしいのかも。ペットだし。でも、油断は禁物。

鬱蒼《うっそう》たる茂みと、尖った葉を持つイネ科植物のおかげで、道路から姿を見られずにすんだが、わたしのほうからは、エヴァンストン警察の何台ものパトカーと、大理石の階段の下に立つ警官の姿が見えた。犬をけしかけた女性が車寄せを横切り、見張りに立ったその警官に切迫した様子で話を始めるのを、わたしはじっと見守った。

こんなところでエヴァンストンの警察につかまったら大変だ。トネリコの巨木の陰に身を隠してアデレードにメールした。ホッとしたことに、アデレードがすぐさま裏口から出てきてくれた。スカートとシャツに血がついていた。

「何があったの？　ミスタ・ヴィラードの怪我の具合は？　あなたも撃たれたの？」

いつも冷静なアデレードの顔が不安と恐怖でゆがんでいた。「救急車がきたときはまだ息がありました。なんとか助かってもらいたい。こんなことになるなんて思いもしなかった。もしわかっていれば、ぜったい一人にしなかったのに。でも、わたしはお世話する方々の気持ちを尊重したいんです。子供みたいな扱いはすべきじゃないと思ってます。ただ、娘さんたちはわたしの言葉を信じてくれないけど」

「もちろん、尊重すべきよ」わたしはアデレードを力づけた。「それに、わたし、ミスタ・ヴィラードの世話をするあなたを見てるのよ。ミスタ・ヴィラードに言われたんでしょ？人に会うことになってて誰にも邪魔されたくないから、しばらく一人にしてほしいって」

アデレードは惨めな表情でうなずいた。

「ゆうべ、あなたがお帰りになったあと、ミスタ・ヴィラードがとても深刻なお顔だったんです。正直なところ、ミスタ・ヴィラードを狼狽させたあなたに腹が立ちました。椅子にすわったまま、野球チームの古い写真を何時間も見てらして、食事も冷めてしまったほどです。二階の寝室へ行くのに手を貸そうと思って部屋に入ったら、ちょうど電話中で、あとにしてくれと手で合図なさって、そのため、わたしが耳にした会話はほんの一部だけでした」

「それは？」

「ええと、〝もちろん、もう一方の側の話も聞いてみる〟とか。で、けさになって、人が訪ねてくるとおっしゃったんです。ポーチに出るのに手を貸してほしい、あとは一人にしてほしい、と。わたしはトレイにコーヒーと、カップと、ミスタ・ヴィラードのお好きなクッキーをのせて運びましたが、そのあと家のなかに戻りました。ただ、用があって呼ばれたときに声が聞こえるよう、ドアをあけたままにして、その陰に立っていました。そこから見えるのはミスタ・ヴィラードのうしろ姿だけ。いえ、すわってらっしゃる椅子の背だけで、車寄せは見えないし、誰かがそばにすわっていたとしても、その姿も見えませんでした」

アデレードはわたしの先に立ってキッチンを通り抜け、庭に面したガラス張りのサンポーチへ案内してくれた。彼女の言う意味がわかった。ミスタ・ヴィラードがすわっていた椅子と、錬鉄のテーブルの一部しか見えない。椅子が倒れているわけでも、コーヒーカップがころがっているわけでもなく、アデレードの服についていた血の跡もそこにはなく、平和そのものの光景だった。現場の残りの部分が見たくて、大理石の階段を下りようとしたが、警官が片手を上げ、家から出ないようにとわたしたちを制止した。

わたしは両手を何度ももみしぼっているアデレードのところに戻った。アデレードが言った。「警察ったら、まるでわたしが来客と顔見知りみたいな言い方をして、わたしの力で阻止できただろうって態度なんですよ。でも、あっというまの出来事で、顔なんか見てないし、声が聞こえただけでした」

「何人いたの?」

「二人で、どちらも男だったと思いますが、もしかしたら違うかも。とにかく、片方がミスタ・ヴィラードに何か言って、ミスタ・ヴィラードがあなたに渡された録音を再生したんです。そしたら、一人は笑おうとしましたが、もう一人が――信じられないことに――ミスタ・ヴィラードを撃って、二人とも家の正面側へ走り去りました。車の出ていく音が聞こえましたが、わたしは庭に残ってミスタ・ヴィラードを助け起こそうとし、人を呼び、あなたに電話したんです」

出番の合図を受けたかのように、私服刑事がサンポーチに入ってきた。「誰だ?」わたしに尋ねた。

「V・I・ウォーショースキー。私立探偵よ」

「身分証を見せてもらおう」

警察に協力するのは癪だったが、最近は警察がずいぶん横暴になっているので、下手に抵抗して尋問のために連行されるような目にはあいたくなかった。今日は英雄ごっこをしている暇などない。運転免許証、探偵許可証、銃の携帯許可証を見せた。

「サイレンの音を追いかけてきたのか」刑事が尋ねた。

「依頼人をつかまえようと思って車をゆっくり走らせてたのかって意味？　それは違うわ、刑事さん。ミスタ・ヴィラードはね、リグレー球場で撮った昔の写真を見せてくれた人なの」

「となりの家の石垣によじのぼった女性というのはきみか。仕事の関係者を訪ねるときはいつもそういう方法をとるのか」

「警察に道をふさがれてしまったら、依頼人のところへたどり着くのに、できるだけ効率的な方法が必要だわ」

「では、その女《ギャル》とはどういう知りあいだ？」刑事はアデレードのほうを親指でさした。

わたしは白人、だから、石垣によじのぼった女性《ウーマン》。アデレードは黒人、だから女《ギャル》。〝ガール〟よりも格が上？　それとも、下？

「この女性は専門職の介護ヘルパーで、わたしがミスタ・ヴィラードと会ったとき、この人とも話をしたの。犯人グループが運転していた車のことは調べたの？」

「近所の家をまわって聞き込みをしているところだ。その女性の交友関係も調べている」

「ミスタ・ヴィラードはこの朝、誰かとコーヒーを飲む約束をしてたそうよ。近所の人たちを質問攻めにして時間を浪費するのはやめて、電話の履歴を調べたほうがいいんじゃない？ミスタ・ヴィラードは誰に電話をかけたのか。ゆうべの——何時ごろだった？」わたしはアデレードに訊いた。

「十時ごろだったと思います。ベッドに入る支度を手伝おうと思って、わたしがミスタ・ヴィラードのところへ行く直前でしたから」

「よくできた話だ」刑事は言った。「二人でリハーサルする時間が充分にあったようだな」

わたしは刑事に返事をするかわりにマリ・ライアスンに電話した。運よくマリが電話に出てくれた。わたしはマリの皮肉たっぷりの挨拶をさえぎった。「エヴァンストンの状況を報告しておくわ。カブスで以前広報部長をしていたスタン・ヴィラードが銃撃され、病院へ搬送された。エヴァンストン警察は介護ヘルパーに罪をかぶせようとしてるけど、事情を知る者は、銃撃時にナビエフもしくはヴィンス・バグビーがどこにいたかを知りたがっている。それから、わたしのかわりにフリーマン・カーターに電話しといて。こちらで身動きがとれなくなった場合のために」

刑事がわたしから電話をとりあげた。「これで終わりだ」通話終了ボタンをタップした。

「いまの電話の相手はマリ・ライアスンといって、〈グローバル・エンターテインメント〉の記者よ。あとの詳細は、彼のほうから州検事局の知りあいに尋ねてくれると思う。それから、わたしの弁護士が力を貸してくれるわ。こちらのミズ——」アデレードの名字を知らないことに気づいた。

「トリム」アデレードは言った。

「わかった。ミズ・トリムと、わたしのために」

刑事はわたしをにらみつけたが、パトロール警官の一人に声をかけ、わたしから何人かの名前を聞きとるよう命じた。

「ここで起きていることについて、この女《ギャル》がずいぶんくわしく知ってるようだ。連絡先を聞いて、警察が追うべきだとこの女が思ってる連中の名前を控えておいてくれ。それから、トリムって女の電話帳を入手して、友人と親戚がこの午前中にどこにいたかを確認しろ」

刑事に盾ついたせいで、わたしは女性《ウーマン》から女《ギャル》に変更。興味深いことだ。

「ミスタ・ヴィラードの電話もチェックしたほうがいいわよ」警官が近づいてくるあいだに、わたしは刑事に勧めた。「ゆうべの十時ごろ、誰かに電話して会う約束をしたみたい。どこへ電話したのか調べてみて」

「私立探偵に仕事を教えてもらわなきゃならん日が、そうすぐにやってくるとは思えないな」刑事は言った。「あの警官に連絡先を伝えたら、帰ってもいいぞ。だが、遠くへは行かないように。わかったな」

刑事は面目を保とうとしているのだ。だから、わたしもこれ以上の口出しは控えることにした。警官にこちらの電話番号を告げ、警察がさらなる情報を必要としたときのためにマリの電話番号を教え、わたしが帰ったとたん警察がアデレードを逮捕しようと決めたときの用心に、フリーマン・カーターの連絡先をアデレードの電話にメールで送っておいた。

いましばらくはエヴァンストン警察もアデレードに手出しはしないだろうが、ゆうべヴィラードが見ていた写真をわたしにも見せてほしいと彼女に頼むと、刑事はわたしたちに警官をつけてよこした。ギャルを二人きりにしたら何をしでかすかわからない、というわけだ。

写真からわかったのは、ヴィラードが妻の死を悲しんでいたことと、妻がそばにいて相談相手になってくれるのを願っていたことだけだった。ヴィラードがゆうべ見ていたのは家族の写真が貼ってあるアルバムで、長年の親しいつきあいだったと思われる選手やスタッフも何人か交じっていた。プレス用にポーズをとった写真ではなく、どれもくつろいだスナップだった。

ヴィラードの娘たちとの電話がすむまでそばにいてほしい、とアデレードに頼まれた。三日後に引越し業者がくる予定になっていて、キャンセルすべきだというのがアデレードの意見だが、それはあくまでも家族が決めることだ。

「ミスタ・ヴィラードの健康が回復して幸せに過ごされるよう願ってたんですが、でも——」アデレードはあとの言葉を濁し、言わんとすることを伝えた。

娘たちとの電話は試練のひとときだった。二人ともひどく動揺していて、アデレードには答えられない質問をつぎつぎとよこし、予想どおり、会う相手が誰なのかも知らないまま父親を一人でポーチに出した彼女を責めた。わたしは娘たちと話をするアデレードに力を貸そうとしたが、向こうはわたしが父親の世界に苦悩を、もしくは、たぶん不安定な要素を持ちこんだのだと思っていた。反論するのはむずかしかった。きのう、わたしがセバスチャンのオーディオ・ファイルを持って押しかけたりしなければ、ヴィラードがこの午前中に人と会う約束をすることはなかった。

トゥーソンで看護師をしている娘は、電話を終えるころには心を和らげてくれた。わたしに対しては無理としても、少なくともアデレードに対しては。父親がとても頑固で、自分の思いどおりにしないと気のすまない人だったことも、会おうとしていた相手が父親を撃つもりだったなどとアデレードに予測できるはずのないことも、娘にはわかっていた。

「でも、あなたは探偵でしょ。それぐらい予想すべきだったわ」娘はわたしに言った。

わたしの超能力には未来の予知までは含まれてないの——わたしはそう答えそうになった。ヴィラードに警告したのは事実だが、まさか銃撃されるとは思わなかった。いまは何も言わないのがいちばんいいだろう。父親が撃たれ、娘は二千五百マイルも離れたところにいる。アデレードと電話をかわった。アデレードは自分がしばらくこの家に残ったほうがいいのかどうかについて、娘たちの希望を聞こうとしていた。

45　リードを許す

三十分ほどして、マリから折り返し電話があった。エヴァンストン病院の救急に知りあいがいて、そちらから聞いた話では、ミスタ・ヴィラードは緊急手術中だが、希望が持てそうとのことだった。

「犯人がうぬぼれ屋なのか、それとも、目撃されるのを恐れたのかは知らないが、一発しか撃たなかった。あとで判明したところによると、ヴィラードはカブスの飾りみたいなのをジャケットにつけてて、それで命拾いしたそうだ。弾丸のスピードが落ち、わずかにそれて、胸を撃たれはしたが心臓への命中は免れた。もちろん、老齢だし、撃たれたのは大きなダメージだが、容体が急変しないかぎり、カブスが最下位でがんばるのを少なくともあと一年は見られるだろう。きみが郊外の警察に逮捕されずにすんだのなら、一時間後にきみの事務所で会おう」

ヴィラードの容体についての明るい知らせに、アデレードも冷静さをとりもどし、すぐさま娘たちにそれを伝えた。わたしは屋敷を出る前に、弁護士とわたしの電話番号を彼女の短縮ダイヤルに入れ、アデレードに凄腕の弁護士をつけたことをエヴァンストン警察の刑事にはっきり伝えておいた。

「最悪の事態になったときは」警官たちにも聞こえるよう、大きな声で言った。「弁護士の同席がないかぎり、警察にはいっさい話をしないようにね。何か言えば、ねじ曲げられて、事実とかけ離れた解釈をされてしまうから、沈黙を守るのがいちばんいいの。〝黙秘権を行使する〟なんて発言も控えてちょうだい。警察はあなたの口をこじあける梃子《てこ》が手に入ったと思うでしょうから。わたしを信じて。わたし自身、何度も経験したことなの。警察はまず、〝弁護士を呼んでくれというのは罪を犯した者だけだ〟とか、〝何もしていないのなら、警察に話すのを恐れるはずはない〟って言うのよね。わかった？」

アデレードは唇を固く結んで恐怖を封じこめ、不意にわたしに抱きついた。「わかりました」小さな声で言った。

わたしは刑事に陽気な笑顔を向けた。「ナビエフがけさどこにいたかは、記者とわたしのほうで調べておくわ。それから、警察にミスタ・ヴィラードの通話記録を調べる気がないのなら、彼の携帯をこちらに渡してもらえないかしら。ミスタ・ヴィラードがきのうの夜十時に連絡をとった相手に尋ねれば、たぶん、けさこちらに誰がきたのかわかると思うの」

刑事のしかめっ面ときたら、市内にわずかに残された陥没部分のない道路にクレーターを作ることもできそうだった。

わたしが事務所に戻って一時間ほどすると、マリがやってきた。遠まわりをしてヴィラード邸に寄ってきたが、警察の道路封鎖でなかには入れなかったという。屋敷に忍びこむためにわたしがとった作戦を羨ましがり、湖の景色や、ヴィラードがゆうべ見ていた写真や、彼の食習慣や、子供について、わたしを質問攻めにした。

「マリ、ヴィラードのウェスト寸法は知らないけど、下着はたぶん、ブリーフじゃなくてボクサーショーツだと思うわ。これでいい？」わたしはマリをにらみつけた。

「ヴィラードの介護をしてたギャルの電話番号を教えてくれ。そっちに訊けば、それもわかるだろう」

「その言い方、警官にそっくりね。高齢者を親身になって介護してる人なのに、ギャルなんて言い方はおかしいわ。それから、彼女にも、一般人としてプライバシーを守る権利があるのよ。だから教えられない」

「なあ、ウォーショースキー、おれはただ――」

「まあ、落ち着いて。特ダネを提供したのはわたしよ」

「おれも錆びついてきたもんだ――しつこく食い下がる練習が必要だ。ひとつ、きみを相手にやってみるか」マリは言った。「バグビーとナビエフがこの銃撃に関係してると、きみは見てるわけか」

わたしはけさバグビーから電話があったことをマリに話した。ただし、ディナーの誘いについては除外した。「バグビーかスキャンロンを〈狂気のドラゴン〉に、もしくはマフィアに結びつける材料が何か見つかった？」

マリはノートをとりだした。

「スキャンロンとスパイク・ハーリヘイの結びつきがあれこれわかったが、そう驚くことではない。スキャンロンは長年のあいだ、スパイクにとって大きな金蔓《かねづる》だったし、スパイクが〈マンデル&マクレランド〉をやめて政界に入る決心をし、イリノイ州議会議員に初めて立候補したときは、スキャンロンが選挙資金の調達に手を貸した。イリノイ州の資金調達において、違法とされることはほとんどないから、これもべつに騒ぎ立てるほどのことではない。

親戚のニーナ・クォールズがバグビーとスキャンロンのために、表向きの代表者となっているようだ。おそらく、女性オーナーの企業というイメージを築くためだろう。保険代理店の共同経営者として彼女の名前が出ているし、運送会社のオーナーとしてバグビーの娘の受託者ともなっている。選挙人名簿に登録されたニーナ・クォールズの住所はサウス・ショアだが、じっさいに住んでいるのは、冬はパーム・ビーチ、夏はロング・アイランドのようだ。あとの季節はヨーロッパかシンガポールに何カ月も滞在している」

「いいご身分ねえ。名義を貸せばお金が入ってきて、あとはそのお金を使えばいいだけだなんて」わたしはためいきをついた。「ナビエフについては？」

「そっちの収穫のほうが大きかった。外国籍の人間が海外のペーパーカンパニーへアメリカの資金を送るのはむずかしいからな。スターリージー・セメントの危機を救ったのがウズベキスタンのマフィアかどうかは証明できないが、ナビエフの口座のひとつとウズベキスタンにつながりのあることはわかった。きみのほうは、おれの知らないどんなことを知ってるんだ？　アデレードの電話番号のほかに」

「ステラが刑務所で服役していたあいだ、請求書の支払いをするのに、ジェリー・フーガーがパイプ役になっていた。ただ、そのお金がどこからきたかはわからない。フーガーに支払いをする者は、不運な姪と甥も含めて、誰もが現金を渡していた。誰がステラのためにお金を出していたのか、その理由は何なのかも、わたしにはわからない。でも、ステラが無実を訴える決心をしたことと関係があるはずよ。だって、今回の騒ぎが始まったのは、フランク・グッツォがわたしに会いにきたあとのことだったし」

きのうのフランクとのやりとりについてマリに話した。「わたしに会いにきた理由については、本当のことを言ってたと思う。母親のことを心配してたもの。それを聞いて母親が激怒したというのも本当だと思うけど、どこかまだ納得できない気がするのよね。二十五年前にステラの弁護をしたジョエル・プレヴィンが何か知ってるようだけど、口を割らせる方法がわたしには思いつけない。けさヴィラードを撃った犯人が誰かはわからないけど、カブスと関係のある人物に違いない。でなければ、ヴィラードがその人物と二人きりで話をしようとするはずがない」

「やめてくれ、ウォーショースキー、カブスをマフィアと結びつけるなんて。マフィアの保護があれば、もっと勝ってるはずだ」

「そうね、八百長ゲームをしてるって非難はできそうもない」わたしは同意した。「苦労と猛練習のなかで負けてるんだもの。マフィアと関係があるとしたら、スキャンロンだわ。もしくは、スキャンロンを通じてスパイク・ハーリヘイか。録音のなかでジェリーおじさんが言ってるの。〝ゲームをしたければ、誰もが金を出さなきゃならん〟って。これってまさに、スパイクの人生の根本的な指針だわ」

マリとわたしが意見はだいたい出尽くしたと言っているところに、トム・ストリーターから電話があった。ヴィラードの銃撃事件のせいで、わたしはヴァイオラ・メザラインのことをすっかり忘れていた。彼女がゆうべうちの事務所を出たときに、それを尾行した可能性のあるハーレイのことも忘れていた。

「ゆうべ、彼女のアパートメントのそばでハーレイを見かけた」トムがわたしに言った。「しかし、プレートに泥がついていて、ナンバーはわからなかった。けさは自転車に乗った若い男がバス停まで彼女を尾行したようだ。おれは何をすればいい？」

「夕方、仕事の終わる時間にヴァイオラを迎えに行ってちょうだい」わたしは決めた。「街を離れたほうがいいと伝えて。あるいは、隠れ家に潜むか。あいにく、いまのわたしは隠れ家を所有してないけど」

「うちの倉庫の裏に匿《かくま》ってもいいぜ」トムがあまり自信のなさそうな口調で言った。「うちが民泊用に使ってるアパートメントみたいなのがある。そこなら彼女を警護できる。ただし、職場の警護までは無理だ」

「どうも腑に落ちない点があるの。ヴァイオラを殺すつもりなら、いくらでも機会があったわけでしょ。単に尾行を続けてるだけなら――」

「彼女のあとをつけることで、誰かに、もしくは何かにたどり着くことを期待してるんじゃないかな」わたしのかわりにトムが結論を述べた。

「連中はわたしのところにたどり着いた。でも、手は出そうとしない。少なくとも、わたしはそう思う。いえ、もしかしたら、連中が捜してるものを、わたしがまだ見つけてないのかもしれないけど。ひとつだけ考えられるのは、連中の狙いがセバスチャン・メザラインだってことね。だから、わたしがヴァイオラに会おうとするたびに、彼女、ひどく怯えるんだわ。連中はすでに彼女のところに押しかけ、脅しをかけている。でも、わたしにセバスチャン捜しを依頼したとヴァイオラに言われて、それを信じた。そのため、わたしが彼女の兄にたどり着くための案内役にされてるわけね？」

マリはわたしの側から電話のやりとりを追うしかなかったが、それでも話についていくには充分だった。わたしが電話を切ると、マリは言った。「なあ、ウォーショースキー、FBIや警察に調査の邪魔をされるのは、きみと同じくおれも歓迎できないが、ウズベキスタン・マフィアがほんとにセバスチャンの命を狙ってて、きみに張りついてればセバスチャンが見つかると思ってるなら、きみからブルーの制服のお友達連中に話をしたほうがいいぞ」

気の進まない案だが、たしかにマリの言うとおりだ。その日の残り時間の多くを使って、まずコンラッド・ローリングズとボビー・マロリーに、それから、組織犯罪課の多数の刑事に話をした。もちろん、スタン・ヴィラード銃撃事件はシカゴではなくエヴァンストンで起きたことだが、両方の街を走る道路がたくさんあるため、手がかりを、そしてときには人材さえも提供しあうのが慣例になっている。

ヴィラードがかつてカブスの人間だったため、カブスがシカゴとエヴァンストンの両方の警察にプレッシャーをかけていた。著名な市民はグッツォ家のような連中より警察の注意を惹くことができる。それが人生の現実というものだ。心地よい現実ではないが、そのおかげで、ボビーも、コンラッドも、セバスチャンのオーディオ・ファイルを隠していたわたしをどなりつけるかわりに、愛想よくしようと努めた。多少はどなったが、それは反射作用に過ぎなかった。

二人はまた、ヴァイオラから話を聞く必要があると言い、警察へ行くようわたしも彼女を説得しつづけてきたのだと言っても信じてくれなかった。

「ヴィッキー、わしらを彼女のところへ連れていくか、彼女を連れてくるか、どちらかにしろ。ごまかしたり、妙な策略を使ったりするんじゃないぞ」

わたしたちがいまいるのは、サウス・ミシガン・アヴェニューにあるシカゴ市警本部だ。わたし、コンラッド、ボビー、組織犯罪課の刑事三名、エヴァンストン警察からやってきた刑事三名。また、記録をとり、コーヒーを運んでくるために、巡査二名も同席していた。

「ハーレイでヴァイオラを尾行している男がいるわ」わたしは言った。「それから、少なくとも自転車の男が一人。ハーレイは退社後の彼女を担当してるようだけど、たぶん、徒歩の尾行もついてると思う。ヴァイオラは通勤にグリーン・ラインを使ってるから。車の尾行はいまのところ見当たらないけど、運送会社のトラックが使われていないとは言いきれない」

「われわれはナビエフの監視に努めるとしよう」組織犯罪課の刑事が言った。「だが、ナビエフはしばらく前から姿を見せなくなっている。シカゴを離れたとも考えられる。ナビエフが銃撃事件の関係者かもしれないとわかっていれば、ただちに空港で対処できたのだが」

十人の警官がそろってわたしをにらみつけた。優秀な振付師がいるようだ。

「犯行現場で指揮をとってた刑事さんにそう言ったんだけど」わたしは言った。「刑事さんはミスタ・ヴィラードの介護ヘルパーに罪を着せることに夢中になるあまり、わたしの意見には耳を貸してくれなかったの」

「ふん、そうか。われわれ能なし警官に何かを提案するとき、きみはかならず皮肉っぽい口調を使うからな。いい策略だ」ボビーが言った。「そのせいで、こっちはまじめに耳を貸そうとせず、きみはいったんひきさがって、あとで自分の帽子からウサギをとりだし、われわれをコケにするってわけだ。まったく迷惑な話だね」

「わたしのファイルに記入しといてちょうだい」思わず言ってしまった。「〝彼女がきわめて迷惑な態度をとるのは、注意を払う価値のあるものが見つかったときである〟って」

ボビーは渋い顔をした。「一度でいいから、きみが年齢相応の態度をとってくれればうれしいんだが。帰っていいぞ——あとは警察が担当する」

わたしについて廊下に出てきた。「ヴィッキー、ナビエフの姿を見るか、声を聞くか、さらには何か嗅ぎつけるかしたら、ただちに、わしかローリングズに電話しろ。一人でタックルしようなどと考えるな。どだい無理なんだから。きみのおふくろさんが天国の門のところでわしを待っていて、この人はわたしの娘が危険のなかへ突っこんでいくのを黙って見ていた人だから、天国には入れないでほしい、と聖ペテロに頼むようなことになっては困る。だが、自分は頭がいいからナビエフのような悪党とも渡りあえる、などときみが思いつづけていたら、危険のなかへまっしぐらってことになるんだぞ。わかったね？《カピッシ》」

「わかった《カピスコ》」わたしは言った。エレベーターのほうへ歩いていきながら、実年齢に十歳加わったような気分になった。

46 マッドハウスで

わたしが昔よくすわっていたのは天井近くの席で、騒音に骨の髄まで揺さぶられたものだった。一万七千人のファンが椅子を叩き、足を踏み鳴らし、歓声を上げ、口笛を吹く。そのいっぽう、スコアボードの下では、スティーブ・ラーマーかブーム＝ブームが得点するたびに、フォグホーンが鳴り響く。マディスン通りのマッドハウス——こう呼ばれていたが、まさにそのとおり。デシベル値は平均で百三十前後、お祭り騒ぎが最高潮になれば三百にも達する。天井近くから響きわたる騒音に圧倒されて、選手たちが膝を突いてしまいそうなほどだった。

負傷が原因でいとこが引退を余儀なくされたころ、かつてのスタジアムは解体された。引退して正解だったのかもしれない。ブーム＝ブームは自分の成功にゲンかつぎをするタイプで、しゃれた新しいスタジアムでのプレイは望んでいなかった。今夜、赤いビロードのシートに身を沈めたわたしは、ブーム＝ブームに同意したい気分だった。鼓膜が破れそうになるのはいやだが、選手と一緒に氷上に出ているような昔のスタジアムの雰囲気がなつかしかった。有名ブランドのカクテルからロブスターロールまで、ありとあらゆるものを運んでくるために待機している明るい笑顔の接客係を見て、ひねくれ者のわたしは昔のスタジアムの安いビールとプレッツェルが恋しくなった。ほんとはビール嫌いなのに。

わたしがスタジアムに到着したとき、チームは氷上でウォームアップの最中だった。ピエールが娘とチームの旧友何人かと試合前のディナーを予定していて、わたしにも声をかけてくれたが、残念ながら辞退するしかなかった。ヴァイオラが勤務先を出る前に話を聞こうとするコンラッドと部下の警官一人につきあって、エイジャックス保険まで出かけたのだ。正規の手順を踏んで、まず社の人事課と警備課に話を通し、ヴァイオラがストーカーに悩まされているので出社時と退社時の安全を図りたい、と説明した。

ヴァイオラの上司は協力的で、親身になってくれた。双子の兄については仕事の現場での評判がいまいちかもしれないが、ヴァイオラのほうは仕事熱心で、ユニットのメンバーともうまくやってきたようだ。少なくとも、先週か先々週に落ち着きをなくすまでは。上司は言った――ストーカーに悩んでいたのなら納得できます、社としても喜んで協力します。

ヴァイオラ自身は迷惑そうだった。信頼を裏切ったと言ってわたしを非難し、「お兄さんの居所を教えなければ報復してやる――そう脅されてたんでしょ」とわたしが言うと、電話を盗聴したと言って非難した。

コンラッドが穏やかに、このうえなく優しく説得に努めて、ようやく、彼女の知っていることを聞きだすのに成功した。と言っても、知っていることはわずかだった。脅迫電話の内容を話すよう、コンラッドが促したが、誰がかけてきたのか、ヴァイオラにはわからなかった。セバスチャンがジェリー・フーガーに頼まれて何をすることになっていたのか自分は何も知らない、居所もまったくわからない、と言いつづけた。自宅アパートメントまで警察に送ってもらうことにも抵抗した。

「わからないの？　向こうに警官の姿を見られたら、わたしが警察に駆けこんだことがばれてしまう。ヴィクを訪ねたことはすでに知られている。警察へは行くなって何度も言われたのよ。行けば殺すって。わたしが殺されるのを誰が防いでくれるの？　わたしの勤務先がどこなのか、家がどこなのか、向こうはすべて知ってるのよ」

ヴァイオラがわたしを見た。琥珀色の目にふたたび涙があふれた。彼女にクリネックスを渡すだけで、わたしは破産してしまいそうだ。

「わたしが死ねばいいと思ってるんでしょ」ヴァイオラはすすり泣いた。「ほんとはセバスチャンを捜す気なんかないんだわ。わたしが死ねば、捜さなくてもよくなるものね」

「彼女の言うことにも一理あるわ」わたしはコンラッドに言った。「週七日、二十四時間体制で警護できないかぎり、警官がいなくなったとたん、彼女の身は無防備になる」

コンラッドは苛立った様子で腿を叩いた。「きみだったら守れるのか」

しばらく議論が続いた。ようやく出た結論は面倒なもので、運任せの部分がかなりあったが、荷造りをするため、わたしがヴァイオラを車に乗せて彼女の自宅まで行くことになった。コンラッドが目立たないようについてきて、トム・ストリーターがヴァイオラを迎えにくるまで、数ブロック向こうで待機していてくれた。

二人が走り去って、わたしが車でコンラッドのところへ行くと、彼が降りてきて、「ハーレイが二、三回通りを走っていったが、こちらの監視がばれないようにしてプレートの数字を見るのは無理だった」と言った。

「くれぐれも気をつけてくれ、ミズ・W。折れた鼻はあんたを美人に見せてはくれないし、胸に銃弾を受けたらセックス・アピールが低下する。いいな？」

今日はヴィンス・バグビーのディナーへの招待で一日が始まった。いまはコンラッドがわたしのセックス・アピールを称えている。さんざんな一日だったにもかかわらず、浮き浮きした気分でユナイテッド・センターへ車を走らせた。

センターに着くと、ピエールが古い友人やファンに囲まれていた。バーニーはすわったまま音楽を聴きながらメールに夢中で、顔を上げたのは、ピエールが片方のイヤホンをひきぬいて誰かに彼女を紹介したときだけだった。バーニーはわたしにおずおずと微笑をよこしたが、勇気を出してミスタ・コントレーラスと二匹の犬のことを尋ねた。ブーム＝ブームのジャージーを着ている。ブーム＝ブームが亡くなったあとでわたしがピエールに贈ったものだが、バーニーが着ると、そのなかで身体が泳ぐほどだ。父親と祖国への忠誠心を示すため、カナディアンズのチームロゴをかたどったイヤリングを着けていた。平べったいCの文字がHを囲んだデザインで、赤とブルーのエナメル仕上げ。

試合が始まると、父親も娘も氷上でくりひろげられるプレイに夢中になった。どちらのチームもわたしには馴染みのない選手ばかりだった。ブーム＝ブームの死後、ホッケーにはあまり興味が持てなくなった。もっとも、わたしが試合を見たくなれば、ホークスはいつでも気前よくチケットを用意してくれるのだが。

試合に集中しようとしたが、第一ピリオドの中盤に入るころ、バーニーが試合よりわたしのほうに注意を向けていることに気づいた。わたしに見られていることを知ったとたん、バーニーは赤くなり、ピエールの双眼鏡をとって氷のほうを見つめた。

「どうかしたの?」ブラックホークスのテーブスとほか何人かがパックを追って向こう端まですべっていくのを見ながら、わたしはバーニーに尋ねた。

バーニーは試合に夢中でわたしの声が聞こえないふりをしたが、こわばった肩が逆のことを告げていた。

第一ピリオドが終わったところで、ピエールが娘を連れてブラックホークスのベンチまで下りていった。いまの彼はライバルチームのためにスカウトをしている身なので、ロッカールームには入れないが、わたしが見ていると、フロントオフィスの面々と話をし、バーニーを紹介していた。バーニーはあの一家の有名な微笑をふりまいている。

誰かがバーニーにスティックを渡した。バーニーはリンクの端に下りて、フォームを見せた。身振り手振りを交えた談笑がしばらく続いたあとで、誰かがバーニーをリンクの中央へ連れていった。〝シュート・ザ・パック〟というゲームに参加させるためだった。ゴールの前にボードが置かれ、ボードの底の部分にスロットが三つあいていて、観客のなかからランダムに選ばれた挑戦者たちに、パックをスロットに通すチャンスが三回ずつ与えられる。

広報部の女性がマイクを持ってそばに立ち、挑戦者がパックを打つ構えに入る前に一人一人にインタビューをした。バーニーの番がくると、こう言った。「お父さんはカナディアンズの人なのに、あなたはブーム＝ブーム・ウォーショースキーの背番号をつけてるのね」

「ブーム＝ブームはあたしの名付け親だったの」バーニーはマイクに向かって言った。「今夜はブーム＝ブームの背番号をつけて、あたしのシュートを彼の思い出に捧げます。無知な人たちがブーム＝ブームの評判を傷つけようとしてるけど、あたしはブーム＝ブームに対する信頼をみなさんの前で示すことができて誇りに思います」

辛辣なコメントを聞いて、バーニーが観客席で見せていた緊張に納得がいった。この痛烈な言葉をわたしに投げつけようと計画していたに違いない。

ブラックホークスに忠誠を誓うバーニーの言葉を聞いて、観客は大喜びだった。歓声と野次が昔のスタジアムのデシベル値に負けないぐらい高まった。バーニーは照れくさそうにあわてて手をふったが、あと三人の挑戦者がパックをシュートするあいだ、観客席ではなく自分の足元を見ていた。

バーニーがシュートする番になると、真剣そのものの表情になり、スティックの位置をゴルフクラブのように調整した。パックは誰かに糸でひっぱられたかのように、中央のスロットを通り抜けた。バーニーはこわばった小さな笑みを浮かべると、歓声を上げる観客に軽く頭を下げ、急いでリンクから上がった。ピエールが待ち受けていて娘を抱きしめた。ブラックホークスのブラスバンドの面々がバーニーの肩を叩いた。ありきたりのコメントが想像できた――NHLが女子の入団テストをしないのが残念すぎる。おれたちだったら、いますぐあんたを提携チームに入れるだろうな。

わたしは女子トイレの列に並ぶためにスタンドを離れた。席に戻ると、すでに第二ピリオドが始まっていた。ピエールとバーニーはブラックホークスのフロントの席へ誘われたようだ。二人のシートが空いていた。選手のベンチの背後に並んだ席にピエールの姿があった。彼が忘れていった双眼鏡を手にとった。バーニーはいない。トイレへでも行ったのだろう。

落ち着かない気分で三十秒ほどすわっていて、それからバーニーにメールを送った。

第二ピリオドの中盤になってもバーニーから返事がなかったので、下までおりた。一階席の入口に警備員が立っていて、そこへ入るのに必要なチケットを見せるよう要求された。わたしは反論しようと口を開きかけたが、やっても無駄だと判断し、かわりに小さく悲鳴を上げた。

「ネズミ！　ネズミがいま足の上を走ってったわ――キャー、怖い――見て――見て、あそこ！」

おおげさなしぐさで指さした。三人の警備員が思わずわたしの腕の先へ目をやったので、その隙に警備員のあいだをかいくぐってスタンドに駆けこんだ。とまどう観客とわめきちらす警備員を強引に押しのけて進み、ブラックホークスのベンチの背後の席まで行った。

「ピエール！　ピエール！」五、六回叫ばなくてはならなかったが、ファンの歓声のなかで、誰かがようやくわたしの声に気づいてくれた。警備員たちが追ってきて、わたしをひきずりだそうとしていたとき、ピエールがふりむいて警備員の腕のなかでもがいているわたしに気づいた。

ピエールはわたしのところにこようとしたが、チームと観客を隔てるガラス壁に阻まれたため、フロントスタッフの一人の腕を揺すった。すでに警備員たちがわたしをつかまえ、興奮した観客の横を通って通路にひきずりだしていた。なんとすばらしい暴力の夜。リンクの格闘技以上におもしろい。警備員と逆上したファンの争いを目の前で見られるなんて。

警備員がわたしをシカゴ警察にひきわたす前に、ようやくピエールが駆けつけてきた――

地下通路を抜けて更衣室まで行き、それから階段をのぼってわたしの背後にまわらなくてはならなかったのだ。ブラックホークスの誰かがピエールと一緒にきて、わたしがピエールの友人であることを警備員に説明していた。

「ヴィク、どうしたんだ？　ベルナディンヌの具合が悪いとか？」

「ベルナディンヌはどこ？」わたしは尋ねた。

「えっ――きみと一緒だろう？　わたしの旧友たちのことを退屈《トロ・パンニュイヤン》だと言って、試合を見たいからと――」

「ううん」わたしはきっぱりと言った。「いなくなったの」

「だが――どこに？　たぶん、トイレでは？」

「第二ピリオドが始まってからずっと消えたままよ。すでに二十分、いえ、それ以上になるわ」

「そんな――」ピエールはつぶやいた。わたしの持っていた双眼鏡をつかむと、わたしたちがすわっていたあたりを見たが、三つの席は空いたままだった。

　わたしは絶望のなかであたりを見まわした。二万一千人の観客、千人以上の警備員とプレス関係者。これだけぎっしり混みあった建物のなかを捜してまわるのは無理だ。防犯カメラもあまり役に立たないだろう。

「警備責任者を呼んで」さっきわたしをとらえた警備員たちに言った。「どうすればいいか考えなきゃ。バーニーは〝シュート・ザ・パック〟でカメラに映り、ピエールの娘だというので、誰もがあの子に注意を向けていた。あの子が建物を出ていったのなら、あるいは、誰かに連れ去られたのなら——とにかく、警備担当者全員に連絡して、あの子を捜すよう、もしくは、姿を見かけたかどうか報告するよう伝えてちょうだい。いいわね？」

ピエールと一緒にやってきたブラックホークスのフロントの男性が、警備員たちにうなずいてみせた。「すぐにとりかかってくれ、きみたち。ピエール、娘さんがここにいるのなら、かならず見つけだす」

わたしはコンラッド・ローリングズの私用の携帯に電話をした。「あの子の身に何があったのかわからないの。自分の意思で出ていったのか、それとも、ナビエフかバグビーの命令で誰かがここにもぐりこみ、あの子が一人になるチャンスを狙ってたのか」

コンラッドはわたしから聞きだしたわずかな事実をメモし、ボビーに電話をかけて警官をどれぐらい捜索に投入できるか確認すると約束してくれた。「自分を責めるんじゃないぞ、ミズ・W」とつけくわえた。「捜査の邪魔だ。最近の写真があったらメールで送ってくれ」

「ユーチューブを見て。今夜の〝シュート・ザ・パック〟」

そのあとの一時間は、半狂乱に陥ってあたふた動きまわるなかでぼうっと過ぎていった。警備スタッフがカメラに映った観客の姿を見ながら、スタンドのなかにバーニーに似た女性がいないか調べた。わたしは女性警備員と一緒に女子トイレの捜索をおこなった。頭はどんよりしていて空虚だったが、身体のほうが勝手に動いて、オルガンの音、ファンの歓声、フォグホーンの響きをバックに、階段、スロープ、人目につかないエレベーター、垂木の下の暗いスペースなどを調べてまわった。怪我をした目と鼻が疼いていた。痛みのせいで、これが現実の出来事であることを思い知らされた。夢からさめてホッとするというわけにはいかないのだ。

わたしと一緒に捜索を続けていた女性警備員のトランシーバーに連絡が入った。バーニーが出ていくのを見たと断言するゲート係が見つかったという。全員が警備部の部屋に駆けつけると、そこにはスタジアムのスタッフのほかに、シカゴ市警の面々も詰めかけていた。そのなかにコンラッドがいて、わたしに気づくと挨拶がわりにうなずいてくれた。

ゲート係は動揺していた。こんなふうにスポットライトを浴びることには慣れていないのだ。警備責任者にかわって、コンラッドが質問役をひきうけた。

「きみにはなんの責任もないからね。だが、女の子の身が危ないかもしれないから、落ち着いて考えてほしい。どこまで断言できる?」

「まず間違いないです、はい。試合のあいだ、ゲート係は暇でしてね。出ていこうとする客がいれば、再入場はできないって注意するぐらいで、あとはおれも仲間も好きなようにしてます」

「わかった」〝好きなように〟とはどういう意味だ、と警備責任者が問い詰めようとするのを止めて、コンラッドは言った。「女の子が出ていくのを見たのは何時ごろだった?」

ゲート係には正確な時刻はわからず、第二ピリオドが始まったころとしか答えられなかった。「なぜって、第三ピリオドに入ったときには、ホークスの勝ちがほぼ決まりだったから、電車が混む前にスタジアムを出ようという客がぞろぞろ帰りはじめてました」

「女の子は自分一人で出ていったのか? それとも、誰かに無理やり連れていかれる感じだった?」コンラッドは尋ねた。

ゲート係は返事をためらった。「一人で出てったのは間違いないが、その一分か二分ぐらいあとに、男が二人出ていきました。いつものように、再入場はできないって、おれが二人に注意しようとしたら、〝うるせー、黙れ〞ってどなられましたよ」

コンラッドと警備責任者がゲート係から二人の男の人相を聞きだそうとして、あれこれやってみた。ゲート係の動揺がますますひどくなった。毎晩、ものすごい数の客を見てるから、その二人のことを覚えてるだけでも奇跡だ、と言った。コンラッドは肩をがっくり落として、ついにあきらめた。

47　オリンピック予選

午前一時、わたしはユナイテッド・センターの冷たい通路にすわりこんでいた。コンラッドと警官隊はすでにひきあげ、ピエールは〈ティントレイ警備〉という大手の民間警備会社に電話をかけて、そこのスタッフと一緒に車に乗りこみ、センターの周囲の通りをあちこち走っている最中だ。

警備員たちが夜間の戸締りにとりかかっていた。警備責任者は同情してくれた。バーニーが姿を消したことに誰もが心を痛めていたが、建物のなかに彼女はいなかった。わたしは出ていくしかなかった。

立ちあがったが、脚のこわばりがひどく、バランスを崩してしまった。壁の手すりにつかまって身体を支えた。視界がぼやけて、自分が何を見ているのかよくわからなかった。シャッターを下ろした食べものの屋台、清掃チームが袋に放りこんでいるゴミ、館内の照明が消えるにつれて暗くなっていく通路のナンバー。わたしが立っているのは二〇一、それがわたしに向かってまたたいていた。内側の電球が切れかけているのだ。

「その気分、よくわかるわ」わたしはつぶやいた。

警官や〈ティントレイ警備〉のスタッフと一緒に車で市内をまわりたいという熱い衝動に

駆られた。落とした財布を捜すときと同じく、ここかもしれない、あっちは見てみた？　というふうに。しかし、警察が捜索区域を四分割して、そこから捜索を進めていったとしても、すべての建物、橋、地下通路を調べ尽くせるわけではない。ヒントか手がかりのようなものが必要だ。でも、わたしはなんの役にも立てない。

今日はミスタ・ヴィラードの銃撃事件で一日が始まった。まるで何十年も前に、エヴァンストン警察とやりあったのが遠い過去のことのように思える。こんなにくたびれていては、捜索を手助けできるどころか、妨害することになりかねない。車で家に帰った。今夜はもう寝よう。目がさめたら、いい考えが浮かぶかもしれない。

「自分を責めるんじゃないわよ」階段をのぼってわが家に向かいながら、コンラッドのアドバイスをくりかえした。「その時間はあとでいくらでもある。どっちみち、ピエールに責められてるし」

ピエールはさきほど、憎悪に近い表情をわたしに向け、犯罪者と渡りあう世界へ彼の娘をひきずりこんだわたしに二カ国語で悪態をついた。わたしは疲れがひどすぎて、恐怖と自己嫌悪に苛まれても、もう目をあけていることができなかった。熱に浮かされたような眠りに落ちていった。でも、眼球がしくしくして、浅い眠りの表面を漂うだけだった。ヴァイオラがハーレイで追いかけてきた……ナビエフがわたしの頭の上からセメントを注ぎこんでいた……ヴィンス・バグビーがディナーに誘ってくれて、つぎに、石油コークスの山の真ん中にわたしを押しこんだ。わたしは炭塵に埋もれながら、二〇一通路のライトが明滅するのを目にした。

ハッと身を起こした。完全に目がさめていた。セバスチャンのジムバッグから出てきた紙片には〝一三一〟という数字が書かれ、時刻がついていた。通路一三一。午後十一時に待つ。

わたしの頭に浮かんだのはユナイテッド・センターだった。警備責任者の電話番号を押しはじめた。だが、途中で手を止めた。姿を消した日、セバスチャンはカブスの試合を見に行こうとしていた。ブラックホークスではない。通路一三一。リグレー球場だ。真夜中のリグレー球場で誰かに会っていたのだ。

リグレーヴィルのバーからバーニーが持ち帰ったコースター。一週間前にバーニーがいたずらっぽく目を輝かせていたのは、未成年なのにお酒を飲むというスリルが原因ではなく、球場の偵察に出かけていたからだ。いや、それでは筋が通らない。一週間前、バーニーはまだ写真を見ていなかった。アニーが球場にいたなんて想像もできなかったはず。もしかしたら、ブーム＝ブームとわたしがよく球場に忍びこんだという自慢話に対抗したかっただけかもしれない。そして、写真を見たあとで、アニーが日記を隠したのはそこだと推測したのだ。

黒一色に着替えた。Tシャツ、ウォームアップ・ジャケット、ジーンズ。光が肌に反射するのを防ぐため、頬骨のあたりにマスカラをこすりつけ、黒い帽子で髪を覆った。ペンシル型の懐中電灯とピッキングツールをポケットに押しこみ、ショルダー・ホルスターを着けた。ジェイクにメモを残していったほうがいいかもしれない。どう書けばいいか、あれこれ考えたが、自分のやろうとしていることがひどく愚かに思えてくるだけだった。結局、こんな走り書きになった。

バーニー・フシャールが試合の途中で姿を消したの。わずかな可能性だけど、一人でリグレー球場へ出かけたのかもしれない。捜しに行ってくる。目がさめたらミスタ・コントレーラスに伝えておいて。それから、コンラッド・ローリングズにも。

裏口から外に出て、ジェイクの台所のドアの下からメモをすべりこませ、なるべく足音を立てないようにして裏階段を駆けおりた。それでも犬たちに気づかれてしまった。わたしとバーニーに会えなくて、二匹とも寂しがっていた。そろって吠えはじめ、一緒に連れていけとせがんだ。わたしは忍び足で裏庭を横切り、ミスタ・コントレーラスの台所に明かりがつく前に裏のゲートを開いた。路地を走りはじめたとき、老人の険悪な声が聞こえてきた――誰だ、そこにいるのは。こっちにはショットガンがあるんだぞ。近づかんほうが身のためだ。

ラシーヌ・アヴェニューに出ると、ベッドから飛びだす原動力となったアドレナリンが薄れていき、わたしは歩調をゆるめた。ユナイテッド・センターの階段を何時間ものぼりおりしたせいで脚がむくんで重く、いくらがんばっても、ジョギング程度のスピードでのろのろ走るのが精一杯だった。

夜明け前の大気は肌を刺すように冷たかった。暦の上では春だが、歩道におりた霜で路面の雲母がきらめいているのが、街灯の光のなかに見えた。手袋をはめてくればよかった。指が凍えている。柔軟にしておかなくてはいけないのに。ジャケットのポケットに両手を深く突っこみ、こぶしで親指を包みこんだ。

クラーク通りとアディスン通りが交差するあたりのバーは、どこも深夜の営業を終えていた。通りにはわたし以外にほとんど誰もいなかった。通りにころがったボトルを調べている男とすれ違った。少しでも中身の残っているボトルが見つかると、ラッパ飲みしていた。パトカーがスピードを落とし、わたしのいるほうにライトを向けた。わたしの心臓が不快な動悸を打った。顔を黒く塗り、ピッキングツールを所持した姿で呼び止められてはまずい。警官たちは通りを照らし、歩道の男にライトを当て、危険人物ではなさそうだと判断し、パトカーを南へ向けてクラーク通りに入った。

わたしは外野席の裏まで歩いた。ゲートLが近くで手招きしていたが、木製のドアは内側へ開く形になっていて、錠も内側についているため、取っ手はなく、ピッキングツールを差しこめるところもない。

外野席の下の壁まで戻った。ブーム＝ブームと二人でここをよじのぼったことは十回以上あるが、真夜中の経験は一度もない。しかも、現在は外野席が増築されたため、その部分が張りだしている。そして、無謀だった子供時代と現在のあいだのどこかで、レンガとモルタルが新しくなっている。足をかける場所がない。

懐中電灯で控えめに照らしてみた。壁はわたしの背より六フィートほど高い。てっぺんによじのぼることができたとしても、外野席の増築部分を支えている梁を乗り越えるのは無理だ。すぐ近くなのに、ひどく遠い。

スタンドの周囲に張りめぐらされたワイヤメッシュがガタガタ鳴って、わたしはすくみあがった。夜の恐怖。いいことではない。しかし、危険を承知で懐中電灯を上に向け、手早く見てみた。風にあおられた新聞紙がフェンスに張りついていた。風が吹くたびに、新聞紙の端がメッシュにぶつかる。

通りをゆっくり歩きながら、壁を調べてみた。ゲートのすぐ向こうに、シャッターの閉まったチケット売場があった。そこから忍びこむしかなさそうだ。成功するかどうか自信はないが、凍えた指と中年のくたびれた脚を脅して動かすことができれば、なんとかなるだろう。ゲートとチケット売場の配置を慎重にチェックして、距離を頭に叩きこんだ。懐中電灯は消して、感触だけで判断しなくてはならない。

ベルトにつけたケースに懐中電灯を戻し、両手をこすりあわせた。てのひらが疼いた。わたしはこの壁をよじのぼれる。わたしは機敏で、利口で、強い。この言葉を何度もくりかえし、信じているふりをしようとし、チケット売場の窓口の下の棚をつかんで、爪先を壁に押しつけた。右膝を持ちあげるために手の位置をずらそうとしたが、手がすべって歩道に落ちてしまった。

わたしは機敏で利口だが、身体が大きい。大きさがつねに有利に働くとはかぎらない。もしバーニーがわたしの前にこのルートを選んでいたなら、柔軟性のある華奢な身体で体操選手のようにするするとのぼっていったことだろう。

棚をつかみ、脚を持ちあげたが、またしても落下。肩とハムストリングが早くもこわばってきた。反対向きになり、背後の棚にてのひらをのせ、思いきり押すと同時にジャンプして、窓口のスペースにお尻を突っこみ、両脚を持ちあげた。

幅四インチの棚が八インチの太腿を支えている。危なっかしい。急いで行動に移った。平均台。そう。高校のころは、これより幅の狭い台の上で飛び跳ねたものだった。棚に膝を突き、どうにか立ちあがった。わあ、いまでもできる。三十年も昔のことなのに。

クラーク通りの街灯がかすかな光を放っているおかげで、懐中電灯がなくても、前方の様子が見てとれた。狭い出っぱりの上をそろそろと進み、外野席の下のレンガ壁のほうへ向かった。

ヘッドライトが射して、通りの向かいに見える建物のガラス壁に反射した。パトカーが巡回しているのだ。わたしは凍りついた。わたしの身体が黒いシルエットになっている。もし警官が上を見たら……でも、警官はわたしから十フィートほど離れたゲートLをライトで照らし、異常なしと判断して、パトカーで走り去った。ウォームアップ・ジャケットの下のTシャツが汗に濡れていた。冷たい風のせいで、背中に張りついたTシャツがアイスパックのようだ。さあ、動こう。筋肉を温めなおさなくては。

誰かがウェイヴランド・アヴェニューをこちらに向かって歩いてきたが、ここでやめるわけにはいかなかった。膝をスクワットのような角度に曲げながら、壁をよじのぼった。片手を伸ばして壁のてっぺんの瓦《かわら》をつかんだ。あと一歩、がんばって、ウォーショースキー、機敏で利口な探偵さん、さあ。

「そんなとこで何してんだ?」

わたしは浜に打ちあげられたクジラのごとく、瓦の上に横たわった。さっきすれ違った酔っぱらいが――いや、べつの酔っぱらいかもしれないが――下のほうに立っていた。

「オリンピックに備えて練習してるの」わたしは言った。「種目はウォール・クライミング」

「変わった場所で練習するんだな」

「ええ、ジムを借りるお金がないから」

わたしは身体を起こして手と膝を突いた。筋肉の震えがひどい。困ったものだ。これからまだまだ、球場のなかを捜しまわらなくてはならないのに。傾斜した瓦の上で右手を前に出した。続いて左膝、左手、右膝。

「落っこちたら、頭がパカッと開いちまうぜ。オリンピックに出られない。メダルなし」わが友人が言った。「インターネットに、みんなが金をくれるサイトがあるだろ。ジムに入りたいって言えば、入会金ぐらいすぐ集まるぜ」

わたしはうめいた。クラウドソーシングか。名案だ。暗いなかでリグレー球場の瓦の上を這って進むより、ジムでトレーニングするほうがずっと楽だ。

「そうそう、ついでに言っとくと、ここで練習してるやつはあんたが初めてじゃないぜ」たったいま脳細胞を刺激されて記憶がよみがえったかのように、酔っぱらいは言った。「もう一人のやつはオリンピックのことなんか言ってなかったけどな。あんたを出し抜くつもりかも。それとも、あんたはオリンピックのアスリートなんかじゃないのかも」

わたしは身を起こし、瓦のへりに膝をぶつけてしまった。「それ、いつのこと？」さりげない口調を崩さないようにした。

「ああ、今夜だった。時計持ってねえから、正確な時間はわからんが、おれが声かけたら、そいつ、あわてて行っちまった。あんたよりずっと早かった。そいつがあんたのライバルなら、あんた、もっと機敏に動けるように練習しないと」

「〝そいつ〟？　男なの？」

「身分証は見せてもらってない。小さなガキだった。十二か十三ぐらいかな。ぶかぶかのスウェットシャツを着てて、それが瓦にひっかかった。その子の動きときたら、カワセミに追っかけられて砂のなかを逃げてく蟹みたいだった。おれが思うに、ありゃ、オリンピックの練習なんかじゃなくて、忍びこもうとしてたんだな。あんた、どう思う？」

「ええ、わたしもそう思う」バーニー、胸の膨らみを隠してくれるブーム＝ブームのジャージ、小柄、敏捷、ほの暗い照明のなかでは十二歳の少年に見えるだろう。

「じゃ、あんたも忍びこむつもりかい？　ガキのあとを追ってた年上の男たちみたいに」

わたしの心臓の鼓動が一拍飛んだ。二拍。「その子のあとからのぼっていったの？」

「あんたやガキみたいにすばしこくはなかった。ガキが壁を乗り越えたのを見て、一人がもう一人の肩に乗ったが、落っこちちまって、二人で悪態つきまくって、それから、あそこのゲートLをバールでぶっこわそうとした。けど、サツが車で通りかかったもんだから、二人は逃げだした」

「ほんとのことを言うわね。わたし、オリンピック選手じゃないの。その子はうちの息子で、家を飛びだしたものだから、怪我なんかしないうちに見つけださなきゃいけないの。教えてくれてありがとう」

酔っぱらいはしゃがみこみ、わたしをじっと見た。「そうだな、オリンピックのアスリートには見えねえもんな」小声で言った。

瓦がジーンズに食いこんでも膝の激痛は無視しよう。凍えた指で瓦にしがみつこう。一インチ、また一インチと進んでいくと、やがて、階段の金属部分がすぐ横にあるのを感じた。混沌とした暗さのなかに、くっきりとその姿が見えた。右脚で弧を描くようにしてフェンスバーをまたいだところ、すべって、外野席の階段にうしろ向きに落ちてしまった。

「おい！　そこは球場のなかだぜ！」酔っぱらいが叫んだ。「入っちゃだめだ。逮捕されるぞ。罰金とられるぞ」

面倒なので返事をしなかった。

「おい、生きてんのか」酔っぱらいが叫んだ。「ビールが見つかったら、塀のてっぺんから投げてくれ。聞こえたかい？」

わたしは身体を起こし、尾骶骨《びていこつ》をさすった。どこも折れていない。楽々クリアだ。

48　挟　殺

外野席をまわってライトスタンドに入った。

「バーニー！」大声で呼んだ。「バーニー！」

風がわたしの声を運び去った。

コンラッドに電話したが、留守電になっていた。コンラッドとピエールにメールを送った。

〝午前一時ごろ、バーニーがリグレー球場の外野席の壁をよじのぼるのを目撃されてる。男二人が尾行。情報源は酔っぱらい〟

座席のあいだの通路を走っていたとき、ピエールから返信があった。〝いま行く。コンラッド、そっちで落ちあおう〟

闇に沈んだグリーンの座席とコンクリートを背景にして、通路の扉はさらに暗い穴のように見えた。いちばん近い扉からなかに入り、真っ暗で何も見えないため、ふたたび懐中電灯をつけた。ビールとポップコーンのしつこい臭いや、濡れたコンクリートの臭いが、闇のなかに充満していた。
二、三ヤードおきに足を止めてバーニーの名前を呼んだ。わたしの声がコンクリートの柱にぶつかった。帰ってくるのはこだまだけだ。

コンクリートの壁の内側に入っても、外のレンガ壁に張りついていたときに劣らぬ寒さだった。腕をふりまわし、脇腹を叩いて、腕と脚の血流を回復させようとした。凍えた指先に血を送りこむには至らなかったが、シャッターをおろした売店や、スタジアムの内部へ通じる施錠された横手の通用口の前を小走りで通りすぎた。この球場を徹底的に捜索するには、警官が百人ほど必要だ。

バーニーはどこへ消えたのだろう？　セバスチャンのジムバッグから見つかった紙片のことをわたしが話すのを、バーニーがたまたま耳にしたのだろうか。でも、そうだとしても、それが——たぶん——〝通路一三一での待ち合わせ〟を意味するなんて、バーニーにわかるはずがない。

疲労と恐怖で胃がおかしくなってきた。頭がまともに働かないため、と言うか、ほかに何も思いつけないため、座席のあいだの階段を下り、スロープを通ってフィールド・ボックスまで行ってから、通路一三一へ向かった。

スタンドへ通じる短い階段をのぼった。真っ暗闇のなかにいたあとなので、外の薄明かりのなかでもフィールドと座席の区別がついた。動きを止めた。物音はいっさいせず、動くものといえば散らかったわずかなゴミぐらいだった。

内部に戻り、セバスチャンが誰かと会ったとしたら、どんな場所が使われただろうと考えてみた。男子トイレ。消毒剤の臭いが強烈で、そのなかに小便の臭いがかすかに感じられる場所。トイレのドアを勢いよくあけてみたが、誰もいなかった。女子トイレも同じく無人だった。売店は厳重に閉まっている。シャッターを調べてみたが、細い隙間しかなく、ガリガリに痩せたストリート・チルドレンでも通り抜けられそうになかった。

横手の通用口がいくつかあるが、それも施錠されていた。あるドアの取っ手にモップが二本差しこんであった。モップを抜いてみたが、このドアも施錠されていた。たぶん、清掃スタッフがいたずら半分でやったのだろう。

バーニーはピッキングツールを持っていないし、わたしはそれを使うスキルを人に教えないよう用心している。このドアの錠がバーニー一人の力ではずせたとは思えない。

泣きたい気分だった。作戦が必要だ。追うべき手がかりが必要だ。しかし、何もない。バーニーを追っていたという男たち。何者だろう？　ほかに侵入方法を見つけて、すでにバーニーをつかまえたのだろうか。

懐中電灯でもう一度あたりを照らしてみた。何かがキラッと光った。膝を突いて調べてみると、取っ手にモップが差しこんであったドアのすぐ外のコンクリートのひび割れに、イヤリングがはさまっていた。平べったいCの文字がHを囲むデザインで、赤とブルーのエナメル仕上げ。カナディアンズのチームロゴだ。赤みがかった金の輪にそのロゴがはめこんである。

スタジアムの寒さよりひどい冷気がわたしの骨を凍らせた。動くことができなかった。考えることもできなかった。

〝怯えてるのね、わたしの大切な子、別れを告げる準備をするときは、そうなるのが当然よ〟。パニックに陥ったわたしの頭にガブリエラの言葉がよみがえった。自分の死が近いことを母がわたしに告げたときの励ましの言葉。〝勇敢な人というのは、恐怖を感じない人ではなく、恐怖のなかにあっても行動を続ける人のことよ。あなたは勇敢な心を持った子、恐怖に負けて何もできなくなるような子じゃないわ〟

わたしの勇敢な心。あのドアをあけ、めそめそするのはやめて、行動に移りなさい。

ドアの前に膝を突き、懐中電灯を口にくわえた。こうすればピッキングツールを両手で扱える。錠が精巧にできているうえに、凍えた指からすぐにピッキングツールが落ちてしまう。ようやく最後のタンブラーをはずして重いドアを押しひらくと、その奥には、建物全体に水と電気を供給するための巨大なパイプが走っていた。

奥を照らそうとしたが、わたしの懐中電灯はちっぽけで、スペースは広大だった。入口の様子がミスタ・ヴィラードの写真で見たものに似ていた。アニーが出てきた地下のトンネル。生意気な笑み、ノートのようなものはどこかに置いてきたらしく、手には何も持っていない。バーニーはなぜここにくることにしたのだろう？

懐中電灯であちこち照らしていたら、頭上で何かが動いたので、あわててそちらを見あげた。赤い目がわたしを見下ろしていたが、やがて向きを変え、パイプ伝いに少し先まで逃げていった。〝このスペースはおれたちのもの。夜はおれたちのもの。ここを離れるのは、あんたに脅されたからじゃなくて、おれたちがそうしたいからだ〟

わたしは思わず飛びのき、それから、荒い足どりで前に出た。「バーニー、なかにいるの？　出てらっしゃい、V・Iよ！　もう心配いらないわ。帰りましょう」

目を閉じて周囲の物音に耳をすませた。古くなったパイプが立てるギーッ、カタンという音。頭上のかすかな足音。これはネズミだ。パイプから聞こえてくるゴボゴボ、ガチャンという響き。老朽化した建物にありがちな音だ。

ドアの内側のフックにヘルメットがかかっていた。毛糸の帽子の上からそれをかぶり、トンネルに入っていった。

パイプはスタジアムの輪郭に沿って、わたしの前でカーブしながら先へ続いていた。最初の角を曲がると、背後でドアの閉まる音がした。まわれ右をして駆けもどり、内側のノブをいじってみた。ドアはふたたび外からロックされていた。ピッキングツールをとりだし、タンブラーと格闘してから、渾身の力でドアを押した。びくともしない。あのモップだ。取っ手にモップが差しこんであったのは、誰かを閉じこめておくためだったのだ。

ドアをガンガン叩こうとして身構えたが、そこで手を止めた。何者かがわたしを閉じこめたのだ。助けを求めたところで、時間とエネルギーの無駄遣いに終わるだけだ。

トンネルまでひきかえし、ふたたびバーニーの名前を呼んだが、聞こえてきたのは今度もまた、パイプのうなりと、パイプを伝って響く水音だけだった。

懐中電灯をベルトに差しこみ、電話をとりだした。当然、圏外になっているが、鉛筆型の懐中電灯より明るい照明として使える。それを左手に持ち、安全装置をはずしたスミス&ウェッスンを右手に持った。こまごましたことに神経を集中した。頭上のパイプ、床板、棚。頭上のパイプからはがれたアスベスト材の近くでは深く呼吸しないように心がけた。床を這うケーブルをまたぎ、柱の裏をのぞきこみ、ネズミやウズベキスタン・マフィアといった大きな問題を寄せつけないようにするため、小さなことだけに集中した。
二、三ヤードおきに立ち止まってバーニーの名前を呼んだ。ネズミが立てる物音より大きな音が聞こえたように思った。足音がトンネルを遠ざかっていく。

わたしの指は凍えて感覚を失い、寒さで額が疼いていた。自分が前へ進んでいるのか、それとも、汚れに覆われた壁が傍らを通りすぎていくのか、わからなくなってきた。時間が消滅した。わたしの人生と惑星と宇宙のすべてが圧縮されて、この小さな点に、感覚をなくしてトンネルに閉じこめられたこの肉体になっていた。

ふたたび壁が傍らを通りすぎ、壁と天井を支える鋼鉄製の巨大な梁が視界に入ってきた。その上方にさらに多くのパイプ、梁、クラッカー・ジャックの色褪せた段ボール箱。コンクリート壁を水が伝い落ち、床に広がっている。はるか前方へ光を向け、トンネルはどこまで続いているのだろうと首をひねった。先を急ぎすぎたため、足をすべらせ、汚れた床に倒れてしまった。銃と電話が手から離れてすべっていった。光が消えた。ベルトに差しこんだ懐中電灯をとろうとして手を切った。転倒した拍子に、懐中電灯のプラスチックカバーと電球が割れていた。

近くでギーッという音がした。天井のネットか、梁か、木製パネルか。いつなんどきすべてが崩れるかわからない。頭上のパイプの上にネズミの軍団が集まり、わたしの頭めがけて飛びかかろうとしているところを想像した。膝を顔にひきよせ、両腕で膝を抱えた。顔についた汚れが汗に覆われた。

臆病者《ラッシュ》――バーニーにそう言われた。夜の物音に震えあがってしまうなら、わたしは臆病者だ。わずかなネズミに怯えて支離滅裂なことを言いだす臆病者。指のこわばりをほぐし、腕を広げ、右肩に走る痛みは無視して、深くゆっくり息を吸い、吐きだし、脳を自由にしてやろう。電話と銃が手からすべり落ち、どこかへ行ってしまった。あのときの音をもう一度思い浮かべて、どちらの方向へ飛んでいったか考えよう。前方だ。いまはただ、手と膝を突いて、床を手探りしながら前へ進むだけだ。きっと見つかる。

ゆっくり息を吸い、ゆっくり吐き、汚い床を片手で軽く叩き、ヘビに触れて、思わず手をひっこめた。ヘビじゃないわ、V・I、ケーブルよ。

「勝利《ヴィットーリア》だ、勝利《ヴィットーリア》だ、勝利《ヴィットーリア》だ、わたしの心《ミオ・コーレ》よ」わたしは歌いはじめた。か細い震え声しか出せなかった。これはまずい。ガブリエラとジェイクを落胆させてしまう。二人の丹念な指導がまったく実を結んでいない。お尻をついてすわり、深く息を吸ってから、大声で歌った。〝勝利だ、わたしの心よ！　もはや涙を流すな、愛へのへりくだった奉仕は終わったのだ！〟わたしの声が壁とパイプに反響し、キンキンした木霊《こだま》になった。ふたたび手と膝を突き、片手を伸ばして、汚れた床を軽く叩いてみた。背後のどこかでドタッという音がして、苦痛の叫びが聞こえた。そんな叫びを上げるネズミはいない。

「バーニー？　そこにいるの？」

返事なし。

「生きてる？　腕と脚を動かせる？」

くぐもったうめき。わたしは音のするほうへ慎重に移動した。スチールパネルにぶつかった。音は背後から聞こえていた。あたりを手で探った。温かい柔らかな身体に触れた。バーニーだ。

「大丈夫よ。助けにきたからね」わたしは安堵のあまり吐き気に襲われ、言葉も出ないほどだった。

バーニーの身体を探ってみた。両手をうしろで縛られ、口は粘着テープでふさがれている。テープをはがした。バーニーは痛みに小さくうめき、その声を抑えこんだ。

「ヴィク？　ヴィクなの？　ああ、助けて、助けて。あの男、頭がおかしいんだわ。どこにいるの？」

「とにかく、手首の縄をほどくことを考えましょう。まずそれが先よ。〝あの男〟が誰なのか、どこにいるのか、わたしにはわからない。わたしたちをここに閉じこめたのがそいつだと思うけど、とにかく、ひとつずつ片づけていかないと」

結び目はきつかった。ほどこうとして、かじかんだ指が何度もすべった。「大丈夫よ。もう心配いらないわ」あやすように言った。ピッキングツールをとりだし、ようやく、片方の結び目の中心に突き刺すことができた。数時間が過ぎた。いや、たぶん数分だろう。じっとり冷えきった闇のなかでは、時間の感覚がなくなってしまう。しかし、ようやく縄がゆるんだ。バーニーの腕を脇に移して、血流をよくするために、彼女の前腕部と手首のマッサージにとりかかった。

「ここから脱出しなきゃ」わたしは言った。「わたしの電話と銃が見つかったら大助かりなんだけど」

バーニーは歯をガチガチいわせていた。わたしにしがみついた。饐《す》えたような甘ったるい臭い。ショック症状に陥っているしるしだ。

「あの男って誰のこと？　ここで会う約束だったの？」

「バーニー、わたしのフランス語はごく初歩なの。英語で言って」

「ノン！　ノン、あたし、馬鹿だった《ジェ・エテ・ステューピッド》――」バーニーは小さな声で言った。「ヴィクに自慢したかったのかも――でも、想像もしなかった――スタジアムがこんなに広くて、こんなに暗いなんて。でね、ドアがあいてるのが見えて、ヴィクが持って帰ってきた写真に似てたから、そこで思ったの――ヴィクが臆病者で愚かだってことを証明しちゃおう。アニーの日記はあたしが見つけてみせよう、って。そこでいきなり男が飛びかかってきたの。抵抗したけど、向こうはすごい力だった。そいつ、ここで暮らしてて、住まいにしてるこの棚にあたしを縛りつけたの。ここをのぞく者は誰もいない、パイプとバルブを点検しに毎日まわってくる連中でさえ、こんな小さなスペースがあることは知らない、おまえはここで死ぬんだ、って言うのよ」

バーニーは泣きくずれたいのをこらえて、わたしにいっそう強くしがみついた。「さっき、ヴィクの呼ぶ声が聞こえたから、縛られた手をほどこう、ヴィクに返事をしようってがんばったけど、すごく怖くて、ヴィクがあたしに気づかないでこのまま行っちゃうんじゃないかと思った。でね、もがいてるうちに、縛りつけられた棚から落ちたの」

リグレー球場の奥深くにホームレスの男？　そう奇妙なことではないかもしれない。わたし自身、エレベーター・シャフトの底や川辺の段ボールハウスで暮らすホームレスの家族に出会ったことがある。球場の地下にホームレスがいても不思議ではない。

「あなたの懐中電灯はどこ？」わたしは訊いた。

「男にとられてしまった。自分のはつかなくなった、この懐中電灯は上等だ――そう言ってたわ」

男がここをねぐらにしていたのなら、明かりにするものが何か必要だったはずだ。腕にしがみつくバーニーの手をそっとはずして、左の腕で彼女を包みこみ、右手を使って棚のがらくたのあいだを探った。何かべとべとしたもの、饐えた脂っぽい臭いのする布のかたまり。紙マッチ。そう、紙マッチだ。

マッチを一本すると、食べかけの食料、ビールのカップ、スタジアムのシートのクッション、カブスのロゴがかすかなブルーの色を見せている薄汚れた毛布などが、ごたごた置かれているのが見えた。

マッチが消えた。二本目をすった。すぐに消えてしまう炎のなかに、手作りの松明《たいまつ》がいくつか見えた。木切れにボロ布を巻きつけたものだ。ひとつをバーニーに持たせて、三本目のマッチで火をつけ、わたし用にもうひとつ火をつけた。

バーニーは身を震わせ、泣いていたが、トンネルの奥へ向かって進むわたしにおとなしくついてきた。

「そのホームレスの男がわたしたちを閉じこめて、ドアがあかないようにしてしまったの」わたしは言った。「でも、反対側に出口があるはずだわ。あなたが壁をよじのぼってスタジアムに侵入する姿を目撃されたことを、さっき、お父さんと警察にメールで連絡しておいたから、きっと捜しにきてくれる。でも、助けがくるのをじっと待つようなことはやめようね」

49 ビーンボール

油を吸わせたボロ布の炎が明滅するなかで、ようやくわたしの電話と銃が見つかった。ケーブルの下にたまった泥汚れのなかに落ちていた。さっきわたしが手探りしていた場所から二ヤードほど離れたところだ。ここでネズミと一緒に長い夜を過ごしていたのだろう。ジャケットの裾で電話を拭いた。無事に使えそうだが、バッテリーの残量が二十九パーセントになっていた。電波を探そうとして電力を無駄に消費するのを防ぐために、機内モードにした。懐中電灯はどうしても必要にならないかぎり使わないことにした。

パンティの一部を裂いて——いま身に着けている衣類のなかでいちばん清潔なのがパンティなので——銃身を掃除するのに使った。バーニーが両手を握りあわせて、早く行こうとせがんだ。「ねえ、どうしてこんなとこに立って、銃をいじったりしてるの？」

「わかってるわ、ダーリン、わかってる。でもね、最悪の事態に陥って銃を撃つしかなくなったとき、弾詰まりを起こしたり、暴発したりすると困るでしょ」

バーニーに小さな用事を言いつけた。何か集中できることを与えて、恐怖の淵からひきもどすためだ。松明で銃身を照らしてちょうだい。わたしの松明のボロ布を巻きなおしてちょうだい。あなたの靴紐をちゃんと結びなさい。靴紐を結ぶことで、人は驚くほど冷静になれるものだ。

わたしが銃身の掃除を終えるころには、バーニーも落ち着きをとりもどし、今夜の出来事のなかで記憶に残っていることをわたしに話せるようになっていた。リグレー球場へ出かけることは一週間以上前から考えていたそうだ。少女ホッケーリーグの子たちと出かけていたとバーニーが言ったあの夜、じつは球場を偵察しに行ったのではないかとわたしは疑ったが、その推測が当たっていたわけだ。

「あのときは、ブーム＝ブームおじさんとヴィクのやったことが自分にもできるかどうか、つまり、外野フェンスをよじのぼれるかどうかを調べたかっただけなの。おもしろそうだと思って。でね、そのあとで写真を見たとき、ピンときたの。アニーって子はここに日記を隠したに違いないって。あたしだったら、きっとそうするもん」

そりゃそうだろう。この子は十七歳。冒険心にあふれていて、結果がどうなるか考えもしない。

バーニーは今日、高原の別荘で使う品々を買う予定のピエールに連れられて、キャンプ用品店へ出かけたときに、高性能の小型懐中電灯を買った。真っ暗なスタジアムの内部をまわれる自信がついた。ユナイテッド・センターでピエールがホッケー試合と旧友たちとの雑談に夢中になっている隙に、こっそり抜けだし、タクシーを拾った。

「タクシーの運転手さんに訊かれたわ。ほんとにここでいいのかって。あたし、ホッケーの試合を途中で抜けてきたけど、こっちでは野球なんかやってないものね。で、ここに着いて――暗いなかで野球場がものすごく大きく見えたから、もう少しで運転手さんに〝待って！〟って言いそうになった。でも――」バーニーは黙りこみ、恥じ入った表情になった。

わたしは頭上のスチールネットから滴り落ちた汚水がたまっている場所をよけて通った。

「でも、わたしと同じ臆病者だってことは認めたくなかったのね」わたしは淡々とした口調で言った。

バーニーは惨めな顔でうなずいた。「タクシーは行ってしまった。自分のことがとても小さくて愚かに思えてきたわ。ブーム＝ブームおじさんと二人でよく外野席の裏をよじのぼったものだってヴィクに聞いてたし、先週下見にも出かけたけど、今夜は――すごく大きく見えて――ああ！　あたしったら、どうしてヴィクに見せつけようなんて思ったんだろ！」

ネズミたちが血を流している何かをめぐって隅で小競り合いをくりひろげていた。わたしはそれがバーニーの目に入らないよう、彼女に片腕をまわした。

バーニーは外野席の裏のフェンスをよじのぼったときの様子を話した。わたしと同じルートをとっている。酔っぱらいがじっと見ていたので、怖くなり、恐怖を呑みこんでフェンスをのぼったそうだ。

「でも、球場のなかに入ったあとは、どこを捜せばいいのか、何をすればいいのか、わからなくなってしまった。フェンスを乗り越えて戻ればよかったのよね。ただ、酔っぱらいがいたし、暗かったから、襲われるんじゃないかと思って」

「いまはこの場所の話だけにしようね」わたしは言った。「このトンネルをどうやって見つけたの？」

「通路のドアがあいてたから、そこからスタジアムに入ったの。ざっと見てまわって、あたしが臆病者じゃないことが証明できたら、フェンスを越えて外に戻り、タクシーでホテルに戻るつもりだった。懐中電灯であちこち照らしながら、通路を走り抜けた。ドアはひとつもあけないで。でも、そのうち、このトンネルの前まできたの。ドアが開いてて、アニーの……あの写真のドアによく似てることに気がついた。で、なかに入ったら、ホームレスの男が飛びかかってきたの。まるであたしと知りあいみたいな口調でわめきながら。あたしは何も知らないのに、何か知ってるはずだと言わんばかり」

「精神疾患を抱えた路上暮らしの人に典型的に見られる特徴だわ。自分の頭のなかの現実にしか向きあえないの。ホームレスの暮らしでそれがさらに悪化する」

「ううん！　そんなんじゃなかった。こう言ってたわ。〝策略にも、自分を信じてくれない連中にもうんざりだ。空っぽだ。ここには何もない。だが、そんなもののために死ぬつもりはない。誰かが死ぬとしたら、それはおまえだ。あとは自分だけが生き残れる〟って」

「何が空っぽなの？」わたしは尋ねようとしたが、ガチャンという大きな音に邪魔された。頭上の鉄パイプを伝ってその音が振動し、叫び声と重い足音がそれに続いた。

「あれ、パパ？」バーニーの顔が輝いた。

「わからないわ。いやな予感がする」ピエールだったらバーニーの名前を呼ぶはずだ。松明をコンクリート壁の穴に突き刺し、バーニーをひっぱって炎から離した。

「ここにいて」小声で言った。「誰がいるのか調べてくるから」

「置いてかないで」バーニーは叫んだ。「こんなとこに一人でいるのはいや。臆病者《ラッシュ》って言われてもかまわない。ここ、不気味すぎる――」

話し声が鮮明に聞こえてきた。

「きてくれたんだわ。声がする。パパ！」バーニーは歓喜の叫びを上げた。「ここよ《ジ・シュイ》。待ってたのよ《ジュ・タタン》！」

足音が響き、誰かが足をすべらせ、男たちのわめく声がした。わたしはバーニーを止めようとした。「待って、確認できるまで待って」ところが、バーニーはわたしの手をふりほどき、「パパ、パパ」と叫びながら、声のするほうへ走っていった。

あわててあとを追いかけると、悲鳴が聞こえた。角を曲がったとたん、マスクをした男の腕のなかでもがくバーニーの姿が見えた。そばにマスクの男がもう一人立ち、べつの男をつかんでいる。こちらはマスクをしていない。洗っていない脂っぽい黒髪が額に垂れて、長く伸びた顎の無精髭とひとつになりかけている。ジーンズ、スウェットシャツ。汚れた前身頃にイリノイ工科大学のロゴがかろうじて見てとれた。

「一歩でも近づけば、女の子を撃つ」二人目のマスクの男が威嚇した。

「セバスチャン！」わたしは叫んだ。「セバスチャン・メザライン。もう逃げないで。警察がこちらに向かってるわ」

「言っただろ」セバスチャンは悪漢二人に向かってわめいた。「ぼくは女の子を縛ってここに残していった。きみらがほしいのはこの女の子で、ぼくじゃない。この子が入ってきて、日記を盗んで、いまも持ってるんだ」

「いいえ」わたしは叫んだ。「持ってない。日記なんてどこにもないわ」

「嘘つくな、クソ女」大柄なほうの悪漢が言った。「おれは日記の表紙を見たんだぞ。この役立たずが――」セバスチャンをゆすぶった。「見つけたときは、なかのページが消えてたそうだ」

「ここで日記を見つけたというの？」わたしは愚かな質問をした。

「ああ。フーガーの野郎がおれたちを裏切りやがった。あいつの話だと、このめめしい甥っ子が見つけたってことだった。それとも、あんたが見つけたのか。どっちなんだ？」

誰の声なのか、わたしにはわからなかった。訛りの強いナビエフの声ではない。バグビーの軽快なバリトンでもない。

「ステラが持ってるんじゃない？」わたしは言った。

「ああ、グッツォんちのババアか。クレイジーな女だからな、何を見ても疑いを持つ。いや、おれたちが捜してるものはあの女のとこにはない。どっちがほんとのことを言ってんだ？――この男か、あんたか」

「ぼくだ」セバスチャンが哀れな声を上げた。「言っただろ。先週言っただろ。ジェリーおじに渡したときは、なかのページは消えてたって。ぼくの前に誰かがここに忍びこんだんだ。その女に決まってる」

セバスチャンは身をよじって悪漢から逃れ、出口のほうへ走った。大柄なほうの悪漢がふりむいて発砲した。わたしはジャンプして、小柄な悪漢の顎に拳銃を叩きつけた。

悪漢が苦痛のうめきを上げ、バーニーをつかんだ手をゆるめた。

「逃げて、逃げて、逃げて！」わたしはわめいた。

バーニーは華奢な身体を低くして、小柄な悪漢の腕の下をすり抜けようとした。あと一歩で成功するところだった。しかし、疲労と動揺がひどすぎて、逃げるのに必要なスピードが出せなかった。大柄な悪漢につかまってしまった。小柄な悪漢がわたしに殴りかかってきた。男の向こう脛を思いきり蹴とばしてやると、向こうは飛びすさった。わたしを狙って撃ってきたが、当たらなかった。

弾丸がすぐそばを飛んでいった瞬間、熱を感じた。身をかがめ、パイプの下をくぐってから撃ちかえしたが、弾丸は高くそれてバーニーの頭上を飛んでいった。くりかえし反響する轟音が耐えがたかった。硝煙が立ちこめ、硫黄の臭いが充満した。大柄な悪漢がふたたび発砲した。

「日記のページがどこにあるかわかるまで、その女を殺すんじゃない！」小柄な悪漢がわめいた。

「こっちのお嬢さんを連れてって、女が住んでる場所を聞きだしてから、そこを家捜しだ。クソ生意気な女どもから、この宇宙は自分たちのものだって顔をされるのには、つくづくうんざりだ」大柄な悪漢がふたたび発砲した。

涙がにじみ、咳が出て、耳がジンジンしていたが、バーニーに当たらないよう注意しながら、標的に狙いをつけた。じりじりと前に進んだ。強烈な衝撃。わたしは崖から飛びだし、岩の上をバウンドしながら落ちていき、タール抗にはまりこんだ。

50　暴投

タールが鼻に、肺に入りこんだ。わたしはタールのなかに吸いこまれ、腕を動かすこともできなかった。わたしの前で誰かが吐いた。タールと混じったヘドの臭いが強烈すぎて、わたしまで嘔吐してしまった。母にきてほしかったのに、現われたのはステラ・グッツォとマリー叔母だった。

タールが上から降ってきて、わたしは意識をなくした。気がつくと、そこは現代の世界だった。周囲が真っ暗闇だったので、一瞬、本当にタールのなかに埋められたのだと思った。表面に浮かびあがろうとして両腕を必死にふりまわした。手が金属にぶつかり、ガチャンと音がした。タールではない。トンネルだ。下水と嘔吐物の臭い。吐いたのはこのわたし。

苦労して身体を起こした。頭がパイプにぶつかり、またしても吐いてしまった。胆汁が垂れ落ち、水がほしくてたまらなかった。

脳震盪を起こしたときの検査。今日が何日かわかりますか。大統領は誰ですか。地質年代は？　あなたの名前は？　〝V・I・ウォーショースキー〟。職業は？　〝愚か者〟。

さっきまで、ベルナディンヌ・フシャールが一緒だった。やがて――マスクをした男たちが現われた。セバスチャン・メザラインも。争いになった。悪臭のこもった鼻腔を通して、いまも硝煙の臭いがツンとくる。何を吸いこんだかは考えちゃだめ。身体を起こしなさい。ゆっくり動きなさい。とにかく動くの！　ポケットに電話が入っている。ちゃんと機能している。画面を明るくした。

闇のなかにいた時間が長すぎたため、わたしはモグラになってしまい、さまざまな物の形や色に対処しきれなかった。頭が疼き、左目に涙がにじんできたが、自分を叱咤してまばたきをくりかえし、バーニーの姿を求めて目を凝らした。

わたしの連れはネズミだけだった。さっきまでわたしが倒れていた場所に集まり、生意気そうな顔をして、こちらにはなんの興味も向けずに嘔吐物を食べていた。吐いたのが幸いだった。でなければ、真っ先にわたしの鼻と頬がかじられていただろう。さっき借りたヘルメットが脱げてころがっていた。銃が近くにあったので、ネズミどもを撃ってやりたかったが、クリップが一個しかないし、すでに二発撃っている。

頭痛がひどくならないよう、のろのろと身体を起こし、スミス＆ウェッスンとヘルメットを拾った。よほどひどい勢いで倒れたに違いない。ヘルメットにへこみができている。かぶろうとして、へこみを見てみた。弾丸を受けている。ヘルメットが命を救ってくれたのだ。弾丸の衝撃で倒れたのだが、男たちはわたしが死んだものと思いこんだに違いない。

動くのよ、V・I。弱虫になっちゃだめ。ここから出なさい。トンネルを抜けて入口に戻った。ドアはやはり開かない。技巧を重視している場合ではない。錠を銃でぶち抜き、肩でドアを押した。いまいましいモップのせいで動かない。うしろに下がって蝶番を撃った。銃声が反響した。しかし、もっと利口な戦略を思いつく前に、ドアの向こうからわめき声が聞こえた。

「そんなところで何してんだ？」騒音、モップをはずす音、ドアが開いた。わたしは暗がりに立った。ドアの向こうにいるのが誰かを悟った時点で、拳銃は隠しておいた。朝の五時、デーゲームのある日だ。グラウンドクルーが出勤して、フィールドの整備を始めようとしている。

警察がわたしを逮捕しにくるのをグラウンドクルーが待つあいだに、わたしは外野フェンスのドアから抜けだした。わたしの説明がクルーには理解しきれなかった。というか、頭から信じようとしなかった。警備員に気づかれずに球場の内部に住みつくなんてことがどうしてできる？ トンネルのなかに入って、セバスチャンがスチールパネルの陰にこしらえた汚らしい巣を見ることは拒んだ。そんな与太話につきあってる暇はない。いちばんいいのは、球場に侵入して銃をぶっぱなしたこの女を逮捕してもらうことだ。

わたしは反論せず、洗面所を使わせてほしいと言うだけにしておいた。錠をはずした入口の外でクルーが見張っているあいだに、反対側のドアの錠をピッキングしてそっと抜けだし、壁に背中をつけたまま、スタジアムの壁がカーブしているところまで行った。最初に見つけた通路のドアを通り抜け、ふらつく足で観覧席を下りてからフィールドのへりに沿って進み、ようやく出口にたどり着いた。幸い、まだかなり暗かったので、フェンスを覆った蔦の下のドアをあけるまで、クルーに気づかれずにすんだ。連中のわめき声が聞こえたが、わたしは止まってふりかえろうともせずに、よろよろとクラーク通りに出た。

球場から離れるまでコンラッドへの連絡は控えたが、クルーが追ってきていないことを確認してから、今夜のことをくわしく書いたメールを送った。〝とても心配〟と、最後に書いた。〝バーニーが拉致された。どこへ連れていかれたかはわからない。スターリージー・セメントを調べて。ヴィレイヤス・タワーとバグビーのトラック置場を調べて〟

すぐにコンラッドから返信があった――あんたから最初の連絡を受けたあとすぐ、警官隊をリグレー球場へ急行させ、おれは一時間だけ仮眠をとったが、警官隊は施錠されたドアまでは調べなかった。あんた、いまどこだ？ いま挙げた三つの場所の捜索令状をとる根拠になるだけの証拠を、何かつかんでるのか。

返事を書いている最中に電話のバッテリーが切れた。パトカーがライトを点滅させて通りすぎた。たぶん、わたしを逮捕するためにリグレー球場へ向かっているのだろう。わたしはラシーヌ・アヴェニューに曲がった。脚が震え、嘔吐の波が襲ってくる。肉体がベッドに入りたがっている。

「願いは却下」最高にきびしい声で自分に言い聞かせた。「バーニーがつかまったのよ。どうしても見つけださなきゃ」

夜明けどきに犬の散歩に出てきた女性がこちらを向いて目を丸くし、犬を呼び寄せ、急いで自分の住まいに入っていった。わたしは臭いと外見に加えて声まで異常になっているようだ。

わたしの脚は棒のようだったが、心から勝手に離れて通りをとぼとぼ歩きつづけ、心のほうはラシーヌ・アヴェニューとトンネルのあいだを漂っていた。〝こっちのお嬢さんを連れてって、女が住んでる場所を聞きだそう〟悪漢の言葉が記憶によみがえった。

抵抗しちゃだめよ、バーニー。隠そうとしちゃだめよ。バーニーがわたしの住所をすぐに白状してくれているよう願ったが、いったいどんな目にあわされていることか——できれば考えたくなかった。怖くて考えられなかった。でも、怖がっていても解決にはならない。いまできることに集中して、役立たずの脚を動かさなくては。

前方にアパートメントの建物が見えてきた。表の様子を窺《うかが》っている者はいない。安心すべき？　心配すべき？　わたしにわかるわけがない。裏の路地にも誰もいなかった。わたしの住所を隠そうとしないで、バーニー。

わが家の玄関ドアには無理に押し入られた形跡はなかった。本当なら裏口も確認すべきだろうが、階段で下までおりてから、裏階段をふたたびのぼって台所側のドアまで行くことなど、考えるのもいやだった。

今日もまた、玄関に入ってすぐ服を脱ぎ、悪臭ふんぷんたる衣類を丸めてドアの外に置いてから、浴室に入って、髪と肌についた泥汚れとアスベストを大急ぎで洗い流した。早く、早く。ジーンズを二本だめにしてしまい、残るはあと一本。あまり清潔ではないが、それで我慢するしかない。ランニングシューズも二足ともだめにした。今日はワークブーツにしよう。電話をバッテリーチャージャーにつないだ。銃にクリップを再装塡し、予備の二本をウェストポーチに入れた。コーヒーマシンが温まるあいだに、階下におりて隣人を起こした。

危機を把握したとたん、ミスタ・コントレーラスはわたし自身の死体みたいな外見に大騒ぎするのをやめた。わたしを犬二匹と一緒に裏から送りだし、着替えをすませ、ほどなくぜいぜい言いながらわが家の階までのぼってきた。わたしは老人のためにいくつかのセリフをタイプし、老人はそれにじっくり目を通して何回か練習した。

ミスタ・コントレーラスの準備が整ったところで、ヴィンス・バグビーに電話をかけた。きのうの朝、バグビーからディナーの誘いの電話があったので、番号はわかっていた。四回目の呼出音でバグビーが電話に出た。

「わたしが恋しくてたまらず、叩き起こさずにはいられなかったのかな、ウォーショースキー」向こうの画面にわたしの番号が出ているわけだ。

「わしゃ、ウォーショースキーではない」ミスタ・コントレーラスは言った。「近所の者で、親しくしておる。ヴィクが事故にあってな、助かるかどうか危ぶまれている」

「いまどこに?」バグビーが訊いた。「銃で撃たれたとか?」

わたしは顔をしかめた。まぐれ当たり？　それとも、知ってたの？

「居場所は口外せんようにと警察に言われておる。向こうがふたたび狙ってくると困るのでな。だが、意識を失う寸前のヴィクから聞いたんだが、アニー・グッツォが遠い昔にリグレー球場の地下に隠した何か特別な紙を、あんた、捜しておるそうだな。バーニーって子の無事が確認できたら、わしからあんたにそれを渡そう」

「なんの紙のことだか、さっぱりわからない。バーニーなんて子も知らん」

〝それは嘘〟わたしは急いで書いた。〝わたしたちが〈ドラゴン〉の連中に襲撃されたあと、この男が車で送ってくれたの〟

「あんた、その年でもうアルツハイマーかね？」ミスタ・コントレーラスは言った。「先週、その子とヴィクがぶちのめされたときに、あんたが車で二人を送ったことを忘れちまったのかい？　バーニーがおやじさんの腕に飛びこむのを見届けたら、あの紙をあんたに渡してやろう」

「あの子がバーニーって名前だったのか。知らなかった。紙がなんのことかもわからない。人をからかうのはやめてくれ、ご老人。ヴィクがゆうべ怪我をしたという話も、はたして信じていいものかどうか……」

「わしの話の意味が、あんたにはわかっとるかもしれん。わからんのかもしれん。わしの言ったことを、あんたの友達のローリー・スキャンロンに伝えてくれ。スキャンロンならもっと真剣に受け止めるだろう。カリュメット・パークの近くに沿岸警備隊の支部があるのを知っとるかね？　あんたでも、スキャンロンでも、スターリージーの連中でもいいから、二時間後にベルナディンヌ・フシャールをそこまで連れてこい。そしたら、みんなが必死に手に入れようとしておる紙を渡してやろう」

「なぜきみがウォーショースキーの電話を持っている？」バグビーが訊いた。

「当人から渡された」

わたしが身ぶりで合図をすると、ミスタ・コントレーラスは電話を切った。

「これで効果があるといいがな、嬢ちゃん」

「効果があるといいわね」わたしは暗い顔でうなずいた。

登録しているデータベースで検索すると、ブライアン・スターリージーの携帯番号がわかったが、ローリー・スキャンロンとナビエフについてはだめだった。ミスタ・コントレーラスがいまの会話をブライアン・スターリージー相手にくりかえした。

スターリージーはバグビー以上に不愛想で、話はなかなか進まなかった。発言の合間の沈黙がやけに長かった。「そんな話は信じられん。ウォーショースキーは日記なんか存在しないと断言し、それで反感を買うことになったんだぞ」

「まあな。だが、口にしたことと、知っておること——この二つは別物だ」ミスタ・コントレーラスは不機嫌な声で言った。「あんたにチャンスをやろう。だが、あんたがバーニーを連れてこなかったら、あとは警察に任せることにする。それから、バーニーにかすり傷ひとつでも負わせたら、わしが機械工の組合支部を動かして、おふくろの腹から出てこなきゃよかったという気にさせてやるからな」

「さて、つぎはどうする？」電話を切った老人はやたらとはりきっていた。

「つぎはあなたをよそへ移す必要があるわね。ここに乱入してあなたを叩きのめそうと、向こうが考えたりしたら困るから」

老人には不満だった。たかがセメント業者なんか、年齢がわしの半分で体格が二倍あろうと、わし一人でやっつけてやれる。スターリージーの連中が聞いたこともないような戦術をあれこれ知っとるからな。わたしは虚勢を張る老人を好きにさせておき、一泊用のカバンに荷物を詰めるため、二人で老人の住まいまで下りた。ついでに彼の冷蔵庫からコークの大型ボトルをとりだした。ふだんは砂糖入り飲料を好むわたしではないが、コークが胃を落ち着かせ、糖分が一時的なエネルギーの補給になるだろう。

アパートメントの建物を出る前に、ミスタ・ヴィラードからもらったリグレー球場の写真をひとまとめにし、それから、ジェイクの様子を見に行った。ぐっすり眠っていて、剽軽《ひょうきん》な感じの大きな口がゆるんでいた。彼のベッドにもぐりこみたくなった。安全な音楽の世界に身を置いて、拉致や犯罪や詐欺や暴行とは縁を切りたいと思ったが、台所へ行き、さっきジェイクのために置いていったメモを書き直した。

バーニーが拉致された。わたしがいつ、どうやって戻れるかわからないし、連絡もとれなくなると思うけど、今日じゅうにこちらからメッセージが届くようにする。心配なら、コンラッド・ローリングズに訊けば、わたしの居所を教えてくれるはず。愛してる。

わたしの葬儀では母の歌が入ったCDを流してほしいと頼みたかったが、ジェイクのことだから、それぐらいは心得ているだろう。コンラッドの携帯番号を走り書きしてから、老人を連れだすために、ふらつく足で階下に戻った。スバルに乗るのももう危険だ。わたしのマスタングが使いものにならなくなったことは敵側に知られているし、事務所の横の駐車場に止まっているルークのスバルは、誰でも簡単に目にできただろう。隣人と二人でタクシーを拾っていちばん近いレンタカー店まで行き、隣人の名前でベージュのタウルスを借りた。わたしの電話の充電に使うため、カーチャージャーも借りた。わたし自身のチャージャーは、先週、マスタングのハンドルと一緒に消えてしまった。

アパートメントに寄って犬二匹を乗せ、南へ向かった。ジャクスン公園のボート乗場を通りすぎようとしたとき、わたしの電話が鳴りだした。非通知になっている。歩道の縁に車を寄せて、ミスタ・コントレーラスに電話を渡した。

「きみが本当のことを言っているという保証がどこにある？」電話をかけてきた人物は前置きもなしに言った。「取引の前にサンプルを見せてもらう必要がある」

〝フェイスブックに投稿すればいいのか？〟わたしは急いで書いた。隣人はうなずき、そのとおりに言った。

「サルバトーレ・コントレーラス。そうだね？」電話の相手は言った。「ウォーショースキーの隣人だね？　十分以内にサンプルを用意しろ」

ミスタ・コントレーラスが焦ってわたしを見た。わたしはいくつかの案を走り書きした。

「ふざけんじゃない」隣人はしどろもどろに言った。「紙をとってきて、コピーショップまで足を運んで、コピーだのなんだのしなきゃならん。ほぼ一日かかるだろう」

電話の相手は二時間だけ待つと言い、ミスタ・コントレーラスが文句を言っている最中に電話を切ってしまった。

わたしはコンラッドにメールを送り、ゆうベトンネルにいたのはスターリージー兄弟だとほぼ断言できる、と伝えた。コンラッドから返信があった。

〝州検事が言うには、あんたの勘だけで令状をとるのは無理だそうだ。もっと具体的なものを示してくれ〟

〝わたしの携帯を盗聴して。向こうが脅迫電話をよこすだろうから〟

〝いまどこにいる？〟

〝サウス・ショアよ。でも、移動中〟

51　八百長試合

プレヴィン家の人々は、サウス・ショアの六十七丁目の角にある優雅な古いコンドミニアムのひとつに住んでいる。車を止める場所は路上で苦もなく見つかった。大変だったのは、犬たちを車に閉じこめておくことだった。二匹とも湖の匂いを感じとり、運動したいと言って大騒ぎだった。

アイラとユーニスはペントハウスを所有していて、一方、ジョエルが住んでいるのは六階だった。とりあえず、両親とのあいだに十一階分の距離を置くことができたわけだ。

いまは朝の七時。だが、ジョエルが早起きだとは思えない。予想どおり、彼を起こすのに、アパートメントのブザーを三分間押しつづけなくてはならなかった。

「V・I・ウォーショースキーよ」わたしは防犯カメラつきのインターホンに向かって言った。「話があるの」

「失せろ」ジョエルはインターホンを切った。

ほかの住人たちが犬の散歩や出勤のために出てくる時間だった。ほんの少し待っただけで誰かが出てきて、親切にもわたしたちのためにドアを支えてくれた。高齢の男性と白人の女性。この建物の住人ではないかもしれないが、危険人物ではありえない、というわけだ。

ジョエルの玄関の呼鈴に指を当て、彼がドアをあけるまで押しつづけた。ジョエルの顔とにTシャツ。

きたら、色も質感もパテにそっくりだった。身に着けているのはシルクのパジャマのズボン

「警察を呼ぶぞ。人の家まで押しかけてきて嫌がらせはやめてくれ」

「警察を待つあいだに、いくつか質問に答えてちょうだい」わたしはジョエルを押しのけてアパートメントに入り、すぐあとにミスタ・コントレーラスが続いた。

室内は意外にも掃除が行き届き、きちんと片づいていて、真っ白な壁には有名画家のものらしき絵がかかっていた。部屋に入ると同時に、アンティークな置時計が七時十五分を告げた。部屋の一隅にグランドピアノが置いてあった。

わたしはピアノのスツールをひきだしてすわった。「わたしが午前一時から四時までどこにいたか、あなたには見当もつかないでしょうね」

ジョエルは素足でふらついていた。「小賢しい連中のゲームにつきあわされるのが、ぼくは昔から大嫌いだった。きみのゲームにつきあうのもごめんだ」

わたしはトンネルの入口に立つアニーの写真をバッグからとりだし、ジョエルのほうへ差しだした。「わたしはずっとこのトンネルのなかにいたのよ」

ジョエルの肌の色がパテから灰に変わった。「どこでこれを?」

「カブスで仕事をしていた男性からもらったの。アニーはこのトンネルに何かを隠した。でも、自分の頭の良さを誰かに自慢せずにはいられなかった。ブーム＝ブームに話した可能性もなくはないけど、わたしは違うと思う。きっと、あなたを選んだんだわ。同じ事務所にい

て、彼女に恋をしていた男。彼女の聡明さを称えてくれる男。あなたがリグレー球場へ出かけて、日記のページを抜いてきたのはいつだったの？　アニーが殺される前？　それともあと？」

ジョエルはピアノの端をつかんだ。額に汗が浮いていた。あたりに視線を走らせた。わたしからミスタ・コントレーラスへ、わたしからドアのほうへ。逃げられない。パジャマと素足では無理だ。

「殺される前ね」わたしは自信を持って言った。「リグレー球場へ出かけたあの日の夕方、アニーは得意そうに言ったそうよ。〝これでもう、あたしには誰も指一本触れられない〟って。どこに日記を隠したかをアニーに聞かされて、あなたは好奇心でうずうずしていた。球場にどんな秘密を隠したのか、探らずにはいられなくなった」

ジョエルは何も言わなかったが、肩がさらにがっくり落ちた。

「あのトンネルに入ろうと思ったら、たとえ昼間でもずいぶん勇気がいるわ」

「偉そうな言い方はやめてくれ」ジョエルは息を切らしながら言った。「ぼくはアイラみたいな男じゃない。自分の影にも怯えてしまう。そんなぼくが、きみや、あるいは――あるいはアニーみたいにトンネルに忍びこんだなんて、きみには信じられないだろうな」

ミスタ・コントレーラスが咳払いをしたが、わたしは首をふってみせた。いまはじっと待つのが唯一の効果的な作戦だ。時計の針の音を耳に入れないようにした。チクタク、バーニー、チクタク、ひどい危害――考えちゃだめ。

「ああ、そうさ、ぼくはアニーに恋をしてた」ジョエルがいきなりわめいた。「しないやつがどこにいる？　あんなにきれいで頭のいい子なんだ。ところが、そのうち、アニーがウォーショースキーとつきあってるって噂が耳に入った。ぼくには望みがないのを知った。スパイクやその仲間がぼくをあざ笑い、アニーがあいつと一緒にいるのを見たと言った。〝おまえみたいなデブの変わり者を、なんで彼女が好きになる？　しかも、もともとは女の子より男の子のほうが好きなやつだし〟スパイクにそう言われた。ほかの連中もみんな、それを真似した」

ジョエルの唇に白い泡が飛び、息が臭った。

「この人に水を持ってきて」ジョエルに視線を据えたまま、わたしはミスタ・コントレーラスに言った。

「水なんかほしくない。迎え酒がいい。それぐらい察してくれよ」ジョエルは言った。

「それで、リグレー球場へ出かけたのね」わたしは先を促した。

「ああ、出かけた。どこに隠してあるかはアニーから聞いてた。パイプに巻きつけたアスベストのテープがはがれてる場所だ。ちゃんと見つかった」

「何だったの？」わたしはすかさず訊いた。

「日記ではなく、じつは写真のアルバムで、書類が何枚かはさんであった。わけがわからなかった。支払済小切手、スキャンロン保険代理店の財務諸表、法律事務所の財務諸表、それから、スキャンロンが支援してるユースクラブの財務諸表もあった。ほら、あのクソみたいな〈セイ、イエス！〉だよ。〈マンデル＆マクレランド〉に勤務する者は全員、あそこに寄付をしなきゃならなかった」

「その書類、どうしたの？」

「つぎつぎにめくって見ていったが、困惑するばかりで、薄気味悪いトンネルを出るのも忘れていた。そしたら、誰かが入ってくる足音が聞こえたんで、アルバムをもとどおりパイプにテープで留めた。ところが、ひどく焦って、書類を泥だらけの床に落としてしまった。アイラや、スパイクや、ソル・マンデルなら、あいかわらずドジなやつだと言っただろう」

「そんなことはどうでもいいわ。で、書類を持って出たの？」

「拾い集めようとしたとき、メンテナンスの係員が入ってきて、こんなところで何をしていると訊かれた。トイレを探してるうちに迷いこんでしまったと答えたら、外へひっぱっていかれた。かろうじて持ちだせたのは銀行の取引明細書だけだった。家に帰って見てみると、紙がもう一枚貼りついてた。誰かが紙を二つに破り、テープで貼りあわせたため、そのテープが取引明細書にくっついてたんだ」

ジョエルは乾いた唇をなめた。「飲みものをとりに行ったあのじいさん、どこにいるんだ？」

水のグラスを持ってミスタ・コントレーラスが戻ってきた。「一日を乗り切るのにアルコールなんぞ必要ない。これを飲んでシャキッとしろ」

ジョエルはミスタ・コントレーラスの手を払いのけた。「うるさい。あんたもアイラとユーニスの友達で、禁酒の誓いをさせるために送りこまれてきたのか」

ジョエルは部屋を出ていった。わたしはあとを追おうとして立ちあがったが、めまいの波に襲われてふらついた。ピアノの上に倒れそうになった。やっとまっすぐ立てるようになったとき、ジョエルがグレイグースの二リットルボトルとグラスを持って戻ってきた。

「書類のことだけど」わたしはきびしい声で言った。「二つに破れた紙はなんだったの？」

「内容は――いや、待ってくれ。どこかにしまってあるはずだ」

ジョエルはウォッカとグラスをサイドテーブルに置くと、べつの部屋へ行った。引出しをあける音と、書類を探る音が聞こえてきた。破れて黄ばんだ紙を手にして戻ってきた。いちばん上に、誰かのきれいな字で〝ご参考までに、法と秩序を守る者より〟と書いてあった。本文も手書きだが、筆跡が違っていた。


〝寡婦と孤児基金〟への七千五百ドルの寄付に感謝します。おたくの少年たちはすでに無罪放免となりました。若さゆえに少々暴走したぐらいでは逮捕の理由にはならないとの意見に、州検事も同意しています。職務に熱心すぎる警官は第七管区へ異動になります。あの管区では密告者への反感が強いので、当の警官が貴殿を悩ませることはなくなるでしょう。


「これ、誰の字？」わたしの声はかすれていた。職務に熱心すぎる警官が誰のことなのか、はっきりわかっていた。

「知るか。警察の誰かだろ。アニーに訊いたら、〈セイ、イエス！〉のメンバー何人かが暴行か脅迫で逮捕されたとか言ってた。ある日、アニーが残業してたら、どうすれば告訴をとりさげてもらえるか、とスキャンロンがソル・マンデルに相談してるのが聞こえてきたそうだ。〈セイ、イエス！〉の連中が何をしたのか、アニーもはっきりしたことは知らなかったが、たぶん、スキャンロンのところの保険に入るよう、地元の商店主たちを〝説得した〟ことと関係があるんだろうと言っていた」

「アニーとその話をしたのはいつのこと？」わたしは訊いた。

「亡くなった夜」ジョエルはグラスにウォッカを注いだが、飲もうとはせず、じっと見つめるだけだった。そこに過去を見たのか、唇がゆがんで自己嫌悪の表情になった。

「アニーがリグレー球場に隠したものがなぜそんなに重要なのか、ぼくは推測しようとした。手元にあるのは銀行の取引明細書が一枚だけだったが、それを発行したのはコンチネンタル・イリノイ銀行で、フェライト・ワーカーズ貯蓄貸付組合ではなかった。マンデルも、スキャンロンの保険代理店も、ぼくらもみんな、フェライトで口座を作ってるのに。近所のよしみってやつだ。明細書には〈セイ、イエス！〉の預金残高が出ていたが、まだインターネットが普及する前のことで、支払済小切手は顧客に郵送されるという時代だった。ぼくが見つけた明細書に出ていたのは期末残高で、かなりの額だった。たしか、九万三千ドルだったと思う」

「それ、ここにはないの？」

「ない。アニーのところに置いてきた」

「なんですって？　亡くなった夜に？」

ジョエルはグラスのウォッカの半量をいっきに飲み、アルコールの熱い衝撃に身を震わせた。

「そう、アニーが亡くなった夜」低くつぶやいた。「ぼくは〈セイ、イエス！〉の取引明細書が何を示しているのか、なぜアニーがそれを重視したのかを突き止めようとした。スキャンロンが〈セイ、イエス！〉の資金をダウンタウンの銀行に、この州最大の銀行に預けているという事実と何か関係があるはずだと思い、遅くまで残業するようになった。アイラは大喜びだった。法律の仕事にぼくが生き甲斐を見いだしたと思ったんだろう。ぼくの生き甲斐はアニーなのに、アイラはそれを知らなかった。ある晩、スキャンロンがマンデルに会いにきた。ぼくがそんなに目立たない存在なのか、自分ではわからないが、スキャンロンはぼくに気づきもせずに、マンデルに向かって話を始めた。〝こちらの力を誇示できる場所にうちの基金を注ぎこむことにした。あのハーリヘイという若造を前線に送りだす準備をしてくれ、ソル。われわれの操り人形をスプリングフィールドへ送りこむんだ〟」

「すると、二人は〈セイ、イエス！〉財団のお金を選挙資金にするつもりだったの？　というか、少なくともハーリヘイの資金に？」

ジョエルは肩をすくめた。「だろうな、たぶん」

「なんで二人のことを暴露しなかったんだ？」ミスタ・コントレーラスが言った。「とんでもない悪党じゃないか」

「誰に暴露すればいい？　スキャンロンとマンデルの仲間に？」ジョエルは嘲笑した。「みんな、同じ穴のムジナなんだぞ。州検事もそうだ。たぶん、全員がグルだったんだろう。それに、ぼくになんの証拠がある？　銀行の取引明細書が一枚と、漠然たる会話だけだ。かわりに、アニーに相談しに行った」

ミスタ・コントレーラスは焦燥の表情で時計を見つめていた。わたしの腕をひっぱったが、悪漢どもにバーニーの解放を承知させるだけの材料を手に入れるためには、ジョエルからできるだけ情報をひきだす必要があった。

「アニーの母親が何曜日に聖エロイ教会へビンゴをやりに行くかは、ぼくも知っていた。ステラが出かけていくのを通りの向かいで待って、それから、玄関まで行った。アニーはステラにさんざん殴られたらしく、唇が腫れて血まみれだったし、目に黒あざができ、額には切り傷があった。

アニーのひどい姿を見て、ぼくはすっかり動転し、訪ねた理由も最初は忘れてしまったほどだった。アニーは怪我のことを笑い飛ばして、ぼくが病院へ行こうと言っても拒みつづけた。もうじきみんなと縁を切るつもりだと言った。ぼくは彼女に片腕をまわして、愚かな言葉をかけた――ぼくとは縁を切らないでくれ。きみのことを理解してるのはぼくだけだ。作曲を手伝ったじゃないか。そのおかげでブリンマー・カレッジに合格したんだろ、ってね。キスまでしようとした。アニーはぼくの顔を押しのけた。心の内を隠そうとしていたが、嫌悪の表情がはっきり出ていた」

ジョエルは頬をさすった。そこにいまもアニーの手の感触が残っているのだろう。

「〝あなたは優しい人だわ、ジョエル、助けてもらって感謝してる。でも、好きにはなれない。恋愛感情が持てないの〟」ジョエルはアニーの口調をまねて声を甲高くし、耳ざわりな裏声になった。「ぼくに恋愛感情を持ってくれた相手は一人もいない」自分自身の声に戻って、苦々しくつけくわえた。

「あのスポーツ選手と――ウォーショースキーと――つきあってるのか、とアニーに訊いた。〝きみが三十になるころには、やつのキャリアはもう終わってるぞ。しかもデブになってるぞ。ほんとだからな〟そう言ってやったが、アニーは、自分は恋愛には興味がない、誰ともつきあう気はないと答えた。〝あたしには自分だけの未来が、自分だけの人生があるのよ。どこかの男の奴隷になるつもりはないわ。たとえ相手が弁護士だろうと、ホッケー界のスターだろうと、あるいは、うちの父親みたいなただの労働者だろうと〟と言った。

ぼくはコンチネンタル銀行の取引明細書と、二つに破れた手紙をアニーに見せた。アニーは仰天した。ぼくがアニーをあんなに驚かせたのは、あとにも先にもあのときだけだった。ぼくはアニーに提案した。〝二人で組もう。ぼくらの力でマンデルとスキャンロンを破滅させよう。ぼくは自分の法律事務所をオープンする。気恥ずかしいことをいろいろ言ったが、もう思いださせないでほしい。だけど、きみの協力が必要なんだ。財団の口座に入ってる金を連中がどこから得ているのか、突き止める必要がある。依頼人の口座から流れているのか、それとも、スキャンロンが人をゆすって巻きあげてるのか。それがわかれば、やつらを破滅させられる。連邦検事のところへ行くつもりだ。腐敗した州検事なんかに頼ってちゃだめだ〟と」

ジョエルはグラスに残ったウォッカを飲みほし、おかわりをなみなみと注いだ。

「さて、ここからが、腹の皮がよじれるほど笑える話なんだ。アニーはマンデルを破滅させるつもりはないと言った。〝あたしの知ってることをあなたに話す気はないわ。マンデルを傷つけるようなことはしたくない。あたしの金蔓だもの、ジョエル。いろんな奨学金がもらえたって自慢したけど、獲得できたのはごく一部だったの。東部へ行くには足りなくて、マンデルに出してもらうことにしたのよ。誰も知らない秘密の場所に証拠の品が隠してあるってマンデルに言ったら、ブリンマー・カレッジに入れるだけのお金を渡してくれたわ。あなたがこそこそ嗅ぎまわったりしたら、あたしが告げ口したってマンデルに思われてしまうでしょ。あたしの将来は台無しだわ〟と言った。

〝これは何なんだ？〟ぼくは二つに破れた手紙をふってアニーに尋ねた。〝マンデルが書いたものじゃないだろ？〟すると、アニーは違うと答えた。きみの家に出かけてミセス・ウォーショースキーのピアノを弾いてたときに、きみのおやじさんが郵便物のなかからそれをとりだして読むのが見えた。おやじさんは動揺した。きみのおやじさんは、吐きそうな顔だったと言ってた。で、おやじさんはそれを二つに裂いて屑籠に捨てた。アニーはたしか、アニーがゴミのなかからそれを拾って持ち帰った。なぜなら、いちばん上の〝ご参考までに。法と秩序を守る者より〟の部分がスキャンロンの字だと気づいたから」

ジョエルは自分の足に視線を落としてつぶやいた。「アニーのことをこんなふうに言うのはいやだが、たぶん、それを使ってもっと多くの金を手に入れようとしたんだろう」

トニーが警官の地獄へ追いやられた裏には、この手紙に書かれたような事情があったのだ。署の誰からも応援を得られずにパトロールに出かけていった無数の夜。わたしは疲労した身体と、脳震盪を起こしてぼうっとしている脳の奥に、怒りの炎が燃えあがるのを感じた。ローリー・スキャンロンへの怒りだった。母の死に打ちのめされたところに任務のストレスが重なって、父の寿命は十年も、いや、たぶんもっと縮んでしまったのだ。ブーム＝ブームのデビュー戦のとき、スキャンロンが地元の人々のために用意したバスに父が乗ろうとしなかったのは、そういう理由からだったのだ。だから、スキャンロンはわたしに向かって、もう一人のウォーショースキーが地元の人々のために法と秩序の守護者になった、などと嫌味な言い方をしたのだ。

時計が七時四十五分を告げた。

「嬢ちゃん」ミスタ・コントレーラスは半狂乱だった。「そろそろ行かないと」

たしかにそうだ。スキャンロンとの対決はバーニーを無事に救いだしてからにしよう。わたしは立ちあがった。

「まさか、あなたがアニーを殺したんじゃないでしょうね」ジョエルに訊いた。「だからステラを弁護したなんて、そんなことないわよね？」

ジョエルはおもしろくもなさそうに笑った。「ぼくは持ってないよ。そんな——どう言えばいいのかな——行動力？　虚栄心？　アニーにふられても、ぼくの思いは消えなかった。アニーがずっと生きてたら、いずれ消えたかもしれないけどね。銀行の取引明細書はあの家に置いていったが、手紙のほうはぼくが持ち帰った。歩いてこの住まいに戻ってきた。車で出かけたことをすっかり忘れてた。何をさせてもドジな男さ。仕方がないから、車をとりに行こうと思ってバスに乗った。向こうの家に着くと、ちょうどステラが通りを歩いてくるところだった。ビンゴが終わって帰ってきたんだ。ぼくは身をかがめ、その拍子に歩道の縁でころんでしまったが、ステラはぼくに気づきもしなかった。

そして、翌朝、ぼくはアニーが死んだことを知った。で、自分に言い聞かせた——アニーにずいぶんひどいことを言われたが、向こうは本気じゃなかったんだ。ステラに殴られて脳に損傷を受けたせいで、あんなことを言ったんだ、と」

わたしはもう少しだけ居残って銀行の取引明細書について尋ねることにした。「裁判のときに、ステラはどうしてそのことを持ちださなかったの？」

ジョエルは首をふった。「ステラは何も知らなかった。アニーの部屋か居間で、法律事務所に関係のありそうな品が何か見つからなかったかと、ぼくがステラに尋ねてみたが、ステラはなんのことかさっぱり理解できない様子だった」

「どうしてステラの弁護をひきうけたの？　あなたはアニーの怪我をその目で見た。ステラの有罪はわかってたはずよ」

ジョエルはわたしに憤慨の視線をよこした。「グッツォの家の外に止めておいた車をマンデルに見られてしまったんだ。こう言われた――ステラの弁護を担当する人間が必要だ。きみに頼むか、あの現場にいたきみにはアニーを殺す機会があったことを、わたしから州検事に告げるか、どちらかにしよう、と」

時計の針がぐにゃりと曲がったような気がした。「ジョエル」わたしの声がとても低かったため、ジョエルは言葉を聞きとろうとして、酒臭い唇をこちらに近づけなくてはならなかった。「ジョエル、わからないの？　あなたが現場にいたことをマンデルが知ってたのは、つまり、彼自身もそこにいたからでしょ」

52 一発長打を狙う

ジョエルの時計が八時を告げはじめた。フェイスブックに何かをアップするための時間はあと六十分。バーニーを助けだすための時間はあと六十分。まだ無事に生きているのなら——もちろん無事に決まっている。テロリストの交渉の切り札だもの。

わたしたちは居間の中央に立ちつくすジョエルを残して出ていった。彼の片手にはグレイグースの二リットルボトル、反対の手には飲みかけのグラス。ジョエルはわたしたちをひきとめようとした。マンデルのことを話そうとした。本当にマンデルがアニーを殺したと思っているのかと訊いてきたが、わたしはそっけなくはねつけた。

「いまはベルナディンヌ・フシャールを救出することで頭がいっぱいなの。スパイクとスキャンロンのことや、マンデルがアニーを殺したのかどうかについては、あとで考えることにしましょう」

ドアを出ていこうとすると、アイラに話をしてほしいと背後からジョエルが言った。「旧友のソル・マンデルは犯罪者で人殺しだと、アイラに言ってくれ」

わたしはドアを閉め、エレベーターのボタンを何度も押した。

「自分のことしか考えられん男だな」ようやくエレベーターがやってくると、ミスタ・コントレーラスが腹立たしげに言った。「バーニーのことは気にもならんのか」

通りに戻ってから、貴重な一分間を費やしてコンラッドに電話した。スターリージーの会社の捜索令状を出してもらったが、バーニーは見つからなかったという。

「スターリージーの兄弟は？　全員そろってた？」

「二人は現場のほうだった。少なくとも配車係はそう言っていた。一人はインフルエンザにやられて家で寝ていたと言ってるが、女房の話だと具合が悪くて病院へ行ったそうだ。目下、全員の追跡調査をしているところだ」

「セバスチャンに関して何かわかった？」

「目撃情報がまったくない。妹のところへ行ってみた。なんて名前だっけ？　ヴァイオラ？　セバスチャンがどこで見つかったかを妹に告げ、潜伏しそうな場所をなんとか吐かせようとした。妹が死ぬほど怯えてるのか、本当に知らないのか、こっちには判断がつかない。部下に命じて警察に連行させたが、椅子にすわって泣くばかりだ。いい案を出してくれ、ウォーショースキー」

「スキャンロン」わたしは言った。「〈セイ、イエス！〉財団を隠れ蓑にして裏金作りをしてるわ。この件とのつながりは――」

「おれが言ったのは聡明な案ってことだ」コンラッドは電話を切った。

わたしは車をスタートさせた。思いつくことのできた案はひとつだけ。かならずしもいい案とは言えないし、聡明でもないが、ミスタ・コントレーラスに相談したところ、実行することに賛成してくれた。

いちばん近いコピー・センターがジェフリー通りにあったので、ネットでスキャンロンとソル・マンデルの写真を探しだした。無料のソフトを使って新しいウェブサイトを作り、〝アニー・グッツォ殺人事件〟というタイトルをつけた。

ステラ・グッツォは実の娘を殺害した罪で、ローガン矯正センターで二十五年間服役した。シカゴ・マフィアから流れた噂によると、誰かの身代わりに罪をかぶったとのこと。ただし、本人は認めていない。人当たりのいい策士二人の身代わりにされたことを当人は知らなかったのだ。その二人とは、ソル・マンデルとローリー・スキャンロン。

ある警官がサウス・シカゴの零細商店に対する脅しをやめさせるべく奮闘していたとき、スキャンロンが警察の寡婦と孤児のための基金に寄付をおこなって、シカゴでもっとも犯罪発生率の高い地区へその警官を追放し、警官は新たな同僚から敵視されることとなった。そのお節介な警官が追放されたとき、第四管区のかつてのシフト責任者がローリー・スキャンロンに報告をおこない、そのときの手紙がスキャンロンから警官に郵送されているので、ここでみなさんにお目にかけるとしよう。

手紙をスキャンしてサイトにアップした。それから、顧問弁護士のフリーマン・カーターにメールを送り、そこにサイトのログイン名とパスワードを添えておいた。〝わたしが行動できなくなった場合は、あとをお願いね、フリーマン。手紙のオリジナルはそちらへ郵送します〟

スキャンロンとマンデルの写真をアップし、彼らがハーリヘイを州議会へ送りこむために〈セイ、イエス！〉の資金をどう使ったかについて、わたしの推測にもとづいた説を述べ、最後に〝さらにくわしく知りたい方はこのままお待ちください〟と書いた。

八時五十六分に作業が完了した。八時五十七分、コピー・センターのパソコンの前にいるあいだに、ふたたびわたしの電話が鳴った。

「あんたのフェイスブックには何も出てないぞ」耳ざわりな声がわめいた。

「そこにはない」わが隣人は言った。「新しいウェブサイトを作ったから、そっちを見てくれ。いまから一時間は、パスワードがないとアクセスできない。バーニーを――ベルナディンヌを――渡してくれて、怪我ひとつしてないことがわしのほうで確認できたら、サイトは閉鎖する。そっちが裏切った場合は、全世界に向けてサイトを公開し、さらに詳しいことをつけくわえるつもりだ。パスワードはScumbag Yes」

電話してきた男がネットを見ているあいだ沈黙が続いた。「カリュメット・パークで会うのは断わる。人目がありすぎるし、沿岸警備隊の建物に警官を忍びこませるぐらい楽なものだからな。ストーニーで落ち合うことにしよう。あの通りは川のところで行き止まりになっている。スキャンロンが書いたとかいうその手紙を持って、三十分後にそこにこい」

「六十分待ってくれ」ミスタ・コントレーラスは言った。「こっちは十マイルも離れたところにいるんだ」

電話の向こうから声をひそめたやりとりが聞こえてきた。「四十五分。警官がくるのが見えたら、女の子は擁壁を越えてカリュメット川に転落する」

「あいつら、すでにそっちへ行ってるようね」電話を切ったミスタ・コントレーラスに、わたしは言った。「待ち伏せにはうってつけの場所だわ。一方からしか入れない」

〝寡婦と孤児基金〟の手紙のオリジナルを速達用パックに入れ、フリーマン宛てに発送した。

「警官を呼ぶのはやめてくれ」急いで車に戻るあいだに、ミスタ・コントレーラスが懇願した。「警察ってのはこっそり近づく方法を知らんからな、あっと思ったときには、バーニーが悪党どもの手で川に投げこまれてしまう」

「車では近づけないわね」

「ヘリでもハイジャックするか」隣人は言った。「いや、冗談なんか言っとる場合ではないな」

そのとおり。時計の針がチクタク進みつづけている。わたしは猛スピードで危険運転を開始した。赤信号無視、二車線道路で無理な追越しをかけ、ほかの車のドライバーに中指を立てられたり、警笛を鳴らされたりし、八十三丁目ではなんと、銃をふりまわされた。

百三丁目に到着、カリュメット川沿いに続く湿地の北端だ。通りを渡り、ストーニー・アイランド・アヴェニューに入った。ここから、湿地、公園、ゴルフ場、ゴミ捨て場、工業地帯が続き、そのあいだに、ミシガン湖とカリュメット湖からあふれた水でできた池が点在している。悪漢どもがすでに位置についているなら、ここから三マイル南にいるわけだ。

動きなさい、さあ！　わたしは自分にきびしく命じた。ミスタ・コントレーラスは心配のあまり泣きだしそうだ。わたしはどうかというと、吐き気と恐怖に苛まれ、頭は地上十フィートのところで揺れている風船のようだ。身体だけが動いている。動いているかぎりは、そのまま動きつづけられる。一度でも止まれば、永遠に止まってしまう。

草の茂みにカヌーがちらっと見えたので、車から飛び降りると、カヌーは鎖で丸太につながれていた。まだまだ力のある老人が石で錠を叩きこわしてくれた。わたしはその下の泥に突き刺してあるパドルをとった。

カヌーを盗み、いえ、借りて、タウルスのトランクに強引に積みこむと、ガタガタの道路を走ってデッド・スティック・ポンドの北端まで行った。池の周囲にめぐらされたフェンスを突き破ってから、カヌーを水面に浮かべた。ミスタ・コントレーラスが見守る前で、銃が濡れるのを防ぐためにウェストポーチを首にかけ、腰までの深さの汚い水のなかに入った。老人は藪のなかをよたよたと車のほうへ戻っていき、一方、わたしはカヌーを漕ぎはじめた。パドルの使い方も知らず、根性を発揮して漕ぐだけで、けっしてきれいなストロークとは言えないが、命がけで漕いだ。鷺《サギ》の群れが敵意に満ちた目でわたしをにらんでいた。せっかくのランチに逃げられてしまうからだ。雁の群れが腹立たし気にわめいて大空へ飛び立った。

南端に着いたところでカヌーを降りて、ゴミで茶色く濁り、工場から流れてくる油が紫っぽい緑色のぎらつきを放っている水のなかにふたたび入った。ブーツはずぶ濡れ。ブーツをぐちょぐちょ言わせて泥のなかを進み、土手をのぼって、道路とカリュメット湖を隔てる擁壁のところに出た。壁の向こう側に、停泊中の船の煙突がいくつも見える。ここからは見えない埠頭で作業中の浚渫船《しゅんせつせん》やクレーンが、わたしの立てる物音を消してくれた。

昔は、カリュメット湖を航行する貨物船のすぐそばに飛びこむ競争をするため、ブーム＝ブームと二人で擁壁の上をよく歩いたものだった。おたがいに囃し立てたものだった。あのころは服も靴も乾いていたが、今日のわたしは一人ぼっちで、ジーンズはぐしょ濡れ、ブーツは泥だらけ。でも、きっとできる。

コンクリートが崩れて鉄骨がむきだしになっている箇所を見つけた。そこに爪先をかけてよじのぼった。楽なものだ。壁に挑戦するのはこの二十四時間でこれが三度目。シルク・ドゥ・ソレイユにだって入れそう。壁の上に立ち、横歩きで進み、道路から見える危険のある場所まで行ったところで身を伏せた。路肩に悪党どもの車が止まっていた。溝のせいで車体が傾き、茂みと丈の高い湿生植物に隠れて、通りから見えないようになっている。

カヌーで出発してから十五分。約束の刻限を五分過ぎていた。スミス&ウェッスンをとりだし、安全装置をはずして、予備のクリップを目の前に置いた。打ち合わせておいた時間ぴったりにタウルスのエンジンが轟音を上げ、ミスタ・コントレーラスがアクセルを踏みこみ、擁壁めがけて突進してきた。衝突する寸前にハンドルを切り、後輪を横すべりさせて、車のうしろを壁にぶつけた。

壁側のドアが開いて犬二匹が飛びだしてきた。

下草のなかから銃声が響いた。タウルスのフロントウィンドーが粉々になった。わたしは草むらの閃光めがけて引金をひき、クリップの半分を空《から》にした。茂みに何か動くものが見えたので、ふたたび発砲し、再装塡をおこない、壁からすべり下りて敵の車めがけて溝を飛び越え、タイヤを撃ち抜いた。背後で獰猛なうなり声。ふりむくと、うしろからわたしに忍び寄ろうとした悪漢にミッチが飛びかかったところだった。悪漢は地面に突き倒された。わたしはそいつの腕を踏みつけ、そいつが思わず放した銃を遠くへ蹴飛ばしてから、頭を思いきり蹴って気絶させ、ふたたび弾丸が飛んできたので道路に伏せた。

「伏せ」ハアハアいっているミッチに命じた。「伏せ！」ところが、ミッチは走り去り、道路を越えてデッド・スティック・ポンドのほうへ行ってしまった。

ペピーがどこにいるかわからず、ミスタ・コントレーラスがどこにいるのかもわからないまま、鬱蒼たる草むらからの銃撃に神経を集中させるしかなかった。

擁壁の向こう側で怒声が響いた。頭がいくつも現われた――ヘルメットをかぶった男たち、トランシーバーを持った男たち、電話を持った男たち。銃声がわたしの頭を満たした。彼らが何を言っているのかわからず、わたしは車と草むらに視線を据えた。二カ所で動きがあったので、低く伏せ、姿を現わした男たちの足元を狙って発砲した。そのとき、ヘルメットの連中が擁壁を乗り越えて茂みになだれこみ、悪党どもを包囲した。

何台ものパトカーがサイレンを響かせてやってきた。ピエールが〈ティントレイ警備〉のチームと一緒に到着した。その横にFBI。バーニーはすでに見つかっていた。縛られたまま放置されていた。わたしをそこへ案内してくれたのはミッチとペピーだった。悪党どもがデッド・スティック・ポンドの端の泥地にバーニーを投げ捨てていったのだ。ミスタ・コントレーラスも一緒にこようとしたが、めまいと疲労のあまり、タウルスのうしろのシートに倒れこんでしまった。カリュメット湖の艀《はしけ》で作業中だったヘルメット姿の男たちが興奮の口調で警官に声をかけ、悪党どもをパトカーに押しこむ手伝いをしていた。

バーニーは生きていたが、脈がひどく薄弱だった。わたし自身は疲労困憊で倒れそうだった。かじかんで言うことを聞かない指でバーニーの縄をほどこうとしていると、やがて、ヘルメットの男の一人がわたしのしていることに気づき、手伝いにきてくれた。わたしは灰色の水に包みこまれてしまいそうで、動くことも考えることもできなかった。ミッチとペピーがバーニーの顔と手を心配そうになめていたが、それがいいことか悪いことか、わたしには判断がつかず、腕を動かして二匹を止めることもできなかった。

ピエールが姿を見せ、二匹を押しのけてバーニーを抱きあげた。ピエールの唇が動くのが見えたが、言葉はまったく聞こえなかった。ヘリコプターが現われ、ピエールとバーニーはゆらゆらとそのなかへ消えていった。水がわたしをひきずりこんだ。草と、泥と、錆びた空き缶のなかへ。責任から解放された。水中で溺れていくのはなんという快感だろう。

53　十五日間の故障者リスト入り

わたしはほぼ二日間、意識不明だった。リグレー球場のトンネルで脳震盪を起こし、ろくに休息もとれないまま、猛烈な勢いでシカゴの街を走りまわったため、救急車でベス・イスラエル病院に運ばれたときには、とっくに意識をなくしていた。麻酔医に投与された薬のおかげでこんこんと眠りつづけ、そのあいだに、重傷を負った部分が回復に向かいはじめた。

夢も見ずに眠りつづけた。タール抗の悪夢も、ステラ・グッツォの悪夢も見ずにすんだ。恐怖がよみがえったのは、翌日の夜、手首にロティの指が触れるのを感じて目をさましたときだった。バーニー、ミスタ・コントレーラス――あのとき、彼が倒れこむのを目にした――でも、助けるどころか、わたし自身も意識をなくしてしまった。犬たち、悪党ども。

ロティが苛立ちと悲しみに満ちた顔でわたしを見た。「意識が戻ってまた飛びだしていこうとするなら、もういちど、薬で眠らせるつもりだったのよ、お嬢さん《リーブヒェン》。あなたの隣人は回復に向かってるわ。脱水と極度の疲労に陥ってたの。あの年齢の人にとっては過酷なワークアウトだったんですもの。いいえ、どの年齢のどんな人にとっても。あなたにだって無理なぐらいよ。ベルナディンヌのほうも回復しつつあるわ。わたしの担当ではないけど、ベルナディンヌの治療にあたってるシカゴ大学のドクターたちの話だと、あなたと老人を危険にさらしたことで、あの子、罪悪感に苛まれてるそうよ」

ロティはベッドの端に腰かけて、わたしの顔にかかった髪をどけてくれた。涙をこらえているため、黒い目がきらめいていた。「あなたがこんなふうに大怪我を負って運びこまれてくるたびに、わたしの心臓は止まってしまう。あなたに先に死なれるなんてぜったいいやよ。でも、あなたがその身をずたずたにしなかったら、ベルナディンヌは助からなかったでしょうね。わが身を犠牲にしてまでも人助けをしようというあなたの生き方と、まず自分を大事にしてほしいというわたしの願いのあいだでバランスをとることが、わたしにはどうしてもできないけど、あなたを非難してよけい辛い思いをさせるようなことはやめておくって約束するわね」ここでロティは言葉を切り、苦い笑みを浮かべてつけくわえた。「やめておくよう努力するわ」

わたしはロティの指を握りしめた。「犬はどうなったの？」

「警察が到着する前にあなたを救助してくれた港湾労働者の人たちが、犬の面倒もみてくれたそうよ。あなたの隣人はいくらわたしが入院させようとしても、犬の無事を確認するまではいやだと言うし。ジェイクがサウス・シカゴまで犬を連れに行ったわ。いまはあなたがいつも利用するところに預けてあるんですって」ロティは非難の表情になった。「ジェイクに聞いたけど、ワンちゃんのデイケアと呼ばれてるそうね――回復途上にあるあなたのためを思って、わたしの意見は控えることにするわ」

わたしは弱々しく笑い、ベッドの端に腰かけたロティに見守られて眠りに落ちていった。

ふたたび目をさましたときには、ロティの姿はなかった。わたしを起こしたのは看護師で、いまから警察とＦＢＩ捜査官がこの病室にくることを知らせてくれた。病院のガウン姿では立場が不利だという気がした。しかも、身体は汚れ放題、髪もぼさぼさだ。ふらつく足で洗面所へ行き、顔と髪を洗うあいだ、彼らを待たせておくことにした。ジェイクが清潔な衣類を届けてくれていた。彼のジーンズと（わたしのは三本ともだめにしてしまった）ローズピンクのコットンのトップス。これを着ると、柔らかで優美な感じになる。法執行機関の連中と話をするときは、相手を煙に巻くのにもってこいの便利なアイテムだ。

わたしが姿を見せると、コンラッドがわざとらしく腕時計に目をやった。「何分か時間を割いてもらっていいかな。好きなときに休暇と休養がとれたらさぞ楽なことだろう。こっちはいままで立ったまま寝てたっていうのに」

「象みたいね」わたしはベッドの上であぐらをかいた。

ＦＢＩのデレク・ハットフィールドが訝しげな顔をした。「象？」

「象は寝るときも立ったままなの。誘拐された子を救出するために、頭に弾丸を受けても進みつづけたら、署のほうだってあなたを休ませてくれると思うけど。少なくとも二十分ぐらいは。マロリー警部に交渉してみて。ところで、なんのお話かしら」

「ワンダー・ウーマン、ふたたび街を救う」コンラッドは冗談めかして言った。「きみは大悪人どもをとことん追い詰めて逃げ道を塞いだ。スターリージー兄弟とボリス・ナビエフ。きみとフシャールの娘を殺そうとしたのはこいつらだ。インフルエンザだったとか、現場に出ていたとかいうアリバイは、われわれが令状を見せたとたん、うちのおふくろの編物みたいにするするほどけちまった。連中は古びた手紙のことなんかどうでもよくて、ただ、お節介な女どもを排除しようとしただけなんだ」

「その謝礼を誰からもらったのか、白状した？」わたしは訊いた。

「スターリージー兄弟の供述によると、リグレー球場の設備部長に圧力をかけることが目的だったそうだ。不況で社が赤字続きだったため、兄弟はナビエフの口利きでウズベキスタン・マフィアから金を融通してもらったものの、返済を迫られていた。で、リグレー球場の建替えのさいにセメント工事を請け負いたいと望んだが、カブスが相手にしてくれないんで、フーガーを送りこみ、カブスのフロントにいるブラインラックという男に金を握らせるか、痛めつけるかしようとした。あんたが見つけたオーディオ・ファイルのなかで、フーガーと話してたのがそのブラインラックだ」

「どうしてわかったの？」

コンラッドはあくびをした。「あんたのお友達のヴィラードがエヴァンストンで銃撃されたが、手術で一命をとりとめた。そして、フーガーと話していた男の正体を警察に話してくれた。あんたがヴィラードの家であの録音を再生したあと、ヴィラードがブラインラックに電話をすると、向こうはあわてふためいてブライアン・スターリージーに相談した。スターリージーも、ナビエフも、賄賂の件が暴露されたときに自分たちの名前が出ることだけはどうしても避けたかった。ブラインラックと一緒に車でヴィラード邸まで行き、やつを囮に使って、ヴィラードを撃った。今回、カブスはもちろん、ブラインラックをその場で解雇したが、警察が殺人の共謀の疑いでやつを逮捕した。もちろん、収賄の疑いもあるが、殺人未遂のほうが陪審にはつねに受けがいい」

「セバスチャン・メザラインはどうなったの？」わたしは尋ねた。「姿を見せた？」

コンラッドは渋い顔になった。「あの野郎、ランシングにあるおじのジェリーのガレージに身を隠してた。濡れたクリネックスみたいにへなへなになって、使い込みを隠すために、おじに言われるままにローンを利用するしかなかったなどと、涙声で訴えやがった。妹のほうは、〝殉教者となるべく生まれてきた〟とかなんとか、身体のどこかにタトゥーでも彫ってあるんだろうが、兄は何も悪いことなんかしていないと言い張ってる。フシャールの娘をスチール製のバリケードの奥に閉じこめて放置し、もう少しで死なせるところだったのにな。妹は蓄えのなかから弁護費用を出すつもりでいる。あんたの弁護士を雇おうとしたが、フリーマン・カーターのほうは、利害の衝突になると答えたそうだ」

「ヴィンス・バグビーがフーガー殺しに関係している証拠は何かなかった？」

「バグビーにご執心だな――」

「失礼な言い方しないで。わたしと話すときはとくに。アニー・グッツォがリグレー球場の地下に何を隠そうが、隠すのをやめようが、スターリージー兄弟はもともとまったく興味がなかった。あの連中の弱い頭に、あるいは、ウズベキスタン・マフィアの脳みそに誰がそれを吹きこんだかを、わたしは突き止めようとしてるの。もしヴィンス・バグビーなら――」

「あんたの意見だけをもとに、バグビーの身辺を探るつもりはない」

「ベルナディンヌとわたしが襲撃された夜、バグビーも〈セイ、イエス！〉の集会にきてたし、何か重大事件が起きるたびに、あの男がひょっこり姿を見せるのよ。ただの偶然なのか、それとも、スキャンロンに頼まれてわたしを見張ってたのかはわからないけど」

「それに関しては、おれは力になれん。ひょっとすると、やつはあんたが誘導システムのついてないミサイルだってことを知ってて、社のトラックに命中するのを防ごうとしてるんじゃないか」

デレクがニッと笑いそうになり、必死にこらえた。

わたしは唇をゆがめた。「スターリージー兄弟がベルナディンヌ・フシャールを拉致してサウス・シカゴへ連れていくのを、警察が未然に防げなかったことへの罪悪感を和らげるには、わたしを嘲笑するのがいちばん手軽な方法なんでしょうね。ベルナディンヌが命を落とす前に、ミスタ・コントレーラスとわたしの手で救出できて、ほんとによかったわ」

コンラッドは椅子にすわったまま、身体をもぞもぞさせた。「すまん。言いすぎた。ただ、いくらあんたの希望でも、やはり、スキャンロンやバグビーを追うつもりはない」

わたしは息を吸い、十まで数えるあいだ呼吸を止めて、目の前の赤い色が薄れていくのを待った。「アニー・グッツォの件がある。そして、アニーがリグレー球場のトンネルに隠した品と、彼女の殺害の動機がある。そのすべてがローリー・スキャンロンを指してるのよ」

「スキャンロンは無関係だ。それから、もちろん、バグビーもなんの関係もない。アニーが殺された当時、バグビーはまだ運送会社を経営してもいなかった」

「バグビーとスキャンロンは親戚で、バグビーのほうがずっと年下。子供のころから、お兄ちゃんたちと一緒に遊びたい一心で、言うことはなんでも聞いた。きっと、それが刷りこまれてしまったのね。全員が一人前の大人になったいまでも、バグビーは仲間に入れてもらいたくて、お兄ちゃんたちの言うことを聞いている」

「はァ？　今度は家族関係のセラピーをやるつもりか。あの二人は親戚で、行動を共にすることが多く、だから、バグビーは〈セイ、イエス！〉を支援している。二日前、サウス・シカゴであんたが大きな力になってくれたことは認めるが、第四管区は現実の犯罪を山ほど抱えてて、それをすべて処理しようと思ったら、おれの孫娘たちが大学に入るまでかかるだろう。しかも、おれにはまだ子供もいないんだぞ。なんの問題も起きていない場所にわざわざ犯罪を作りだそうって気は、おれにはないからな」

「問題が起きてないっていうのは、その場所を支配してる人たちにとっては、という意味でしょ！」わたしは憤慨して叫んだ。「スキャンロンは〈セイ、イエス！〉財団を隠れ蓑にして、違法なことや、保険業者のライセンスを剝奪されかねないことにお金を注ぎこんでいる。アニー・グッツォは〈マンデル＆マクレランド〉でアルバイトをしてた当時、スキャンロンが〈セイ、イエス！〉の少年たちを使って地元の商店主を脅し、彼の代理店と強引に保険契約を結ばせてたことを示す証拠の品を手に入れた。ジョエル・プレヴィンは、財団の資金をスパイク・ハーリヘイの初めての選挙活動に注ぎこもうとして、スキャンロンとマンデルが相談しているのを、たまたま耳にした」

わたしはジョエルから聞いたこと、フランク・グッツォから聞いたこと、ミスタ・ヴィラードから聞いたこと、そして、写真そのものが語ってくれたことを、二人に話した。

コンラッドが額をさすった。わたしは怒りに駆られながらも、彼の顔に疲労のしわが刻まれているのに気づいた。

「ステラ・グッツォの味方をする気はないけど」わたしはさらにつけくわえた。「アニー・グッツォが殺された夜、ステラがビンゴに出かけた留守に、二人の人間があの家にきたのよ。最初はジョエル・プレヴィン、そして、ジョエルが立ち去ったあとで、ソル・マンデル」

コンラッドは椅子にすわりなおした。「なんだと？　二十五年もたってから、どこの水晶玉にそんな光景が浮かんだんだ？」

デレクが話に割りこみ、いったい誰のことを言っているのかと尋ねた。

「ジョエルがあの家を訪ねたことは本人から聞いたの」アニー・グッツォ殺害事件のことをコンラッドと二人でデレクに説明したあとで、わたしは言った。「なぜ〈マンデル&マクレランド〉が事件をひきうけたのか、なぜアニーに恋をしていた哀れなジョエルがステラを弁護することになったのか、わたしにはどうしてもわからなかったけど、ジョエルの話でやっと納得できた。グッツォ家の外に車を止めておいたのをマンデルに見られ、ステラの弁護を承知しなかったら警察に突きだす、と言って脅されたんですって。マンデルがアニーを殺したのかもしれないって考えは、ジョエルの頭には浮かばなかったのね」

「それはたぶん、ジョエルがアニーを殺したあとだったからだ」コンラッドはつっけんどんに言った。

「ええ、そうね、その可能性もあるわ。でも、ジョエルから長々と話を聞いたいまとなっては、とてもそうは思えない」

「死んだ弁護士仲間に罪をなすりつけるのは簡単なことだ」デレクが口をはさんだ。

「ええ。でも、アニーが探りあてた件に関わってた人物が、まだ一人生きてるのよ。その人物もマンデルの車で一緒にきたに違いない。殺しには手を貸さなかったとしても」

コンラッドはわたしを凝視した。「性懲りもなくスキャンロンを追ってるのか。いい加減にしろ、ウォーショースキー――」

わたしは歯をむきだし、獰猛な笑みを浮かべた。「わたし、うちの父宛てに送られた手書きの手紙を持ってるのよ。ウェスト・エングルウッドへ異動になった父を愚弄する内容なの。手紙を書いた人物は、トニーが仲間の警官たちを密告したという噂を自分が広めたと暗に言っている。父が勤務中に命を落としかけたことが、一度だけじゃなく、何回もあったわ。第七管区の警官たちが援護してくれなかったせいよ。父にとってはすごいストレスだったと思う。あの異動を画策した人物さえいなければ、父はいまでもわたしの人生の一部でいてくれたかもしれない」

コンラッドは言った。「で、その人物がスキャンロンだというのか。何を根拠に、ミズ・W？　何を根拠にそんなことを？」

「その手紙よ！　弁護士に送って保管を頼んである。でも――」

「うちで法医学検査をさせてもらおう」デレクが提案した。

「わたしの目の届かない場所へやって、消えてしまうようなことがあっては困るの」わたしは冷たく答えた。「でも、コンラッドなら、少なくとも手紙を書いた人物は推測できるはずよ。父を愚弄するメッセージを書いた人物のほうは無理としても。〝アニー・グッツォ殺人事件〟と題したサイトに、その手紙をスキャンしたものが出てるわ」

コンラッドの銅色の肌が濃いマホガニー色に変わった。「なんだと？　警察に断わりもなく、勝手に殺人事件のサイトを作ったというのか。そのくせ、あんたは法を無視して勝手に行動することをおれに非難されると、文句を言うわけか」

「こっちは時間と競走だったのよ。あなたへの連絡を絶やさないようにしたけど、あなたも警察という組織にいる人だから、わたしほど迅速に動くことはできなかった」

コンラッドはわたしに険悪な視線をよこしたが、すぐに彼のスマホに注意を戻し、URLを調べた。わたしはミスタ・コントレーラスと二人で考えたパスワードを彼とデレクに教えた。

コンラッドは手紙を読んだあとで顔を上げた。目に苦悩がにじんでいた。「この字なら見覚えがある。オズワルド・ブラティガンだ。おれが初めて第四管区へ異動になったとき、そこのシフト責任者だった。あんたのおやじさん宛てのメッセージを書いたのがスキャンロンなら――」コンラッドは黙りこんだ。うなだれたため、顎が胸につきそうだった。

「こんなことは信じたくないし、耐えられそうもない」しばらくしてからつぶやいた。「もし、ローリー・スキャンロンが――〈セイ、イエス!〉の少年たちを使って恐喝や脅しをやっていたのなら――くそ――仁義なき戦いが勃発することになる。やつには強力なコネがある、ヴィク。州議会議長も、地元の教会も、やつの言いなりで――」

「でも、スキャンロンとマンデルの密談を洩れ聞いたというジョエルの話が本当なら、二人は依頼人の口座と財団の資金の両方を選挙活動に注ぎこんでたってことでしょ。スパイクは違法なお金で議長の座を手に入れたことになる」

コンラッドは自分の腿を叩いた。「違法な金であることをスパイクが承知してたという意味にはならん。本当に違法なら。だが、それも大いに疑問だ。法律事務所の仕事もろくにできんアル中が、二十五年前にたまたま耳にしたやりとり？　おれは信じないね。陪審だって信じるもんか」

「イリノイ州北部担当の検事が見たがるかもしれない」デレクが言った。「文書の足跡がたどれるなら、ＦＢＩからコンチネンタル・イリノイ銀行に対し、記録の提出を命じることができる。それから、この〝ご参考までに、法と秩序を守る者より〟という走り書きの筆跡鑑定をしよう。〈セイ、イエス！〉のメンバーの誰かを刑務所行きだぞと脅して、盗聴器をつけさせてもいい」

「あのガキどもは刑務所なんか慣れっこだ」コンラッドが言った。「放りこまれても平気さ。そこでちんぴらどうしのネットワークを新たに作り、新たなスキルを身に着ける」

「わかった。では、脅す相手は法律事務所の誰か。もしくは、ハーリヘイの事務所の誰かにしよう」デレクは言った。コンラッドに同情の視線を向けた。「おれはその界隈で捜査に駆けずりまわる必要がないから、あんたのかわりに脅してやってもいいぜ」

「ねえ、アニー殺しについては？」わたしはしつこく言った。

コンラッドは考えこんだ。「法医学的な証拠がいっさいない。前にも言ったように、ブーム＝ブームに対する誹謗中傷が広まったとき、おれは事件ファイルをとりよせた。きわめて簡潔な内容で、少女が母親に頭部を殴打され、脳出血で死に至ったと書かれているだけだった。現場写真はとりよせていない。犯行現場と誰かを――例えば、プレヴィンを――結びつけるような材料は、いまはもう何もない」

反論は控えることにした。ひとつには、たしかにコンラッドの言うとおりだし、もうひとつには、わたしの疲れがひどく、それ以上議論する気力がなかったからだ。

コンラッドはデレクのためにドアをあけて支えたが、彼が出ていったあとで、わたしのベッドまで戻ってきた。「あの電話、覚えてるか？　ほら、あんたが〈ドラゴン〉に襲撃されたあと、サウス・シカゴに近づくなという警告の電話がかかってきただろ。調べてみたら、シド・ガーバーだった」

「シド？」父の古い仲間で、いまは第四管区の受付デスクにいる巡査部長。「嘘よ。シドがそんな、ありえない――」

「違う、違う、そうじゃないんだ。困ったじいさんでな、あんたのことが心配でならず、おやじさんへの恩返しに、あんたを脅して追っ払おうとしたのさ。デッド・スティック・ポンドの騒ぎを知って、同僚の一人に脅迫電話の件を打ち明け、その同僚がおれに報告にきたってわけだ。おれは何も聞かなかったふりをしようと決めた。シドはあと半年で定年だ。本人にひと言だけ言っておいた――ヴィクが雀蜂千匹に刺されるように仕向けたかったら、いちばん手っとり早い方法は、蜂の巣に近づくなと警告することだ、ってね」

コンラッドはまわれ右をすると、わたしが返事をする暇もないうちに出ていった。わたしはふたたび眠りに落ちたが、一時間後にマリ・ライアスンに起こされた。マリは脅し文句か魅力のどちらかを武器にしてナース・ステーションを突破し、わたしに特ダネを要求した。ヘルメットの男たちの一人がフェイスブックに投稿した、ミスタ・コントレーラスとわたしがデッド・スティック・ポンドで救出される写真を見つけて、コメントをとるためにやってきたのだった。

わたしは知るかぎりのほぼすべてをマリに話した。ただし、デレクがFBIを動かして〈セイ、イエス！〉財団の口座を調べるつもりでいることは伏せておいた。メディアの集中砲火でせっかくの捜査を妨げるようなことはしたくない。かわりに、ステラが実の娘を殺したのかどうかを疑う気持ちが大きくなってきたことを打ち明けた。かつて事件記者として活躍していたマリにとって、これはライオンの群れの前をうろつくガゼルのようなものだ。まだ活字にするだけの材料はそろっていないし、マンデルか、スキャンロンか、マンデルの法律事務所に勤務していた若手の誰かをアニー殺しに結びつける証拠を入手する方法もない、というわたしの意見に、マリも同意した。

「ジョエル・プレヴィンのやつ、せっかく勇気を出してリグレー球場まで書類を見つけに行ったのに、なんでまた、誰かに見咎められたとたん、ビビって逃げだしたりしたのかねえ」

マリはぼやいた。

「いまとなってはもう関係ないわ」わたしはあくびをした。「湿気がひどいし、おまけにネズミもいるから、何年ものあいだに、紙なんかボロボロになってたはずよ。信じられないのは、表紙だけが残ってて、あの大馬鹿者のセバスチャンが見つけだしたってことだわ」

昼食のあとでジェイクが迎えにきて、家に連れて帰ってくれた。午後の時間は、彼が練習するマルティンソン作曲の協奏曲に耳を傾けて過ごし、夜はロティとマックスと一緒に彼の演奏を聴きに出かけた。

室内の植物は誰にも世話してもらえずに、すべて枯れていた。翌日、仕事のほうも同じ運命をたどらずにすむよう、事務所へ出かけた。夕方になると、ミスタ・コントレーラスを迎えにふたたび病院まで行き、それから、ワンちゃんのB&Bに預けてあった犬たちを家に連れて帰った。みんなでピクニックランチのような軽い夕食をとりながら、われらが輝かしき救出ミッションをふりかえっていたとき、ピエールとベルナディンヌが訪ねてきた。

「明日の飛行機で国に帰ることにした」ピエールが言った。「しかし——この小さな怪物《プティ・モンストル》にわたしの人生を粉々にされたとき、きみにずいぶんひどい言葉を投げつけてしまった。謝罪させてほしい」

バーニーは赤くなり、爪先で床に半円を描いた。「あたしも謝らないと、ヴィク。もう少しで死ぬところだった。ひと晩に二回も。そして、二回とも、ヴィクがあたしを助けようとして命を落としそうになった」

ミッチが弾むように飛んできて、大きな鼻をバーニーとわたしのあいだに押しこみ、ぎこちない瞬間を笑いに変えてくれた。

「怖い思いをしたわね」わたしは言った。「ノースウェスタンの奨学金に背中を向ける気になってしまった？」

バーニーはしかめっ面になった。「コーネルもシラキュースもあたしをスカウトしたがってるの。そっちも見学したあとで決めるつもりだけど、でも——」

「アルレットの付き添いがなきゃだめだぞ」ピエールが言った。「この竜巻《トゥールビヨン》が四十歳になるまで、一人での外出は禁じようと思っている」

「パパ！」バーニーが文句を言った。

「わかった。これから十年間、行儀よくして、人の命を危険にさらすようなまねをしなければ、禁止期間を短縮して三十五歳までにしよう」ピエールは微笑したが、娘をひきよせて、力いっぱい抱きしめた。

54　満塁

ふだんの日常に似た日々が戻りつつあった。依頼人、ジェイクと出かけるコンサートや踊り、ミスタ・コントレーラスを手伝って猫の額ほどの庭の手入れ。テレビやネット関係の連中がバーニーの救出ドラマを取材しようと殺到したが、わたしたちを助けにきてくれた港湾労働者たちのほうへ矛先を転じるのは簡単なことだった。

寒くて雨の多い春が続いていたが、わたしは犬と一緒に湖畔を走り、土曜の午前中は友人たちとバスケットをした。ミスタ・ヴィラードと過ごすことも多く、手術後はまず、彼が転院したリハビリセンターへ面会に行き、すっかりよくなって退院したあとは、介護つきアパートメントを訪ねるようになった。アデレードがひきつづき世話をしている。ミスタ・ヴィラードの娘たちはアデレードを解雇しようとしたが、撃たれたのは自分の責任だと彼が言い張ったのだ。

「録音されてたのはギル・ブラインラックの声だってことを、ミズ・ウォーショースキーに打ち明けるべきだった。わたし一人でやつと対決しようなどとは思わずに。あの男は球界とカブスの面汚しだ。アデレードはわたしを三歳児みたいに扱わないで介護する方法を知っている。ひきつづき彼女に世話を頼みたい」

わたしはボイス・トレーニングまで再開した。以前、誕生日に母から楽曲リストをプレゼントされたことがある。勝利《ヴィクトリー》をテーマにした歌、あるいは、ヴィクトリアという名の女性たちが作った曲。ルネサンス時代の作曲家、ヴィットリア・アレオッティのマドリガルの練習にとりかかり、それに合わせてジェイクが対位法の旋律を奏でてくれた。愛の歌の練習はベッドで仕上げをすることが多く、おかげで、トンネルと湿地で経験した地獄のような二十時間は徐々に脳の奥のほうへ消えていった。

未解決の部分が多数あるにもかかわらず、ジェイクも、ロティも、サウス・シカゴのことはもう考えないようにとわたしを諭した。〈セイ、イエス!〉財団の記録や、コンチネンタル・イリノイ銀行にスキャンロンが持っている古い口座を調べるための時間もお金もないことは、わたし自身にもよくわかっていた。FBIのデレク・ハットフィールドの提案どおり、州検事が調べてくれているかもしれない。街にはまだなんの波紋も広がっていないところを見ると、FBIが極秘で捜査を進めているのか、もしくは、まったく動いていないかのどちらかだ。それを知る方法はどこにもない。

わたしを悩ませていた問題がひとつ——そのためどうにも落ち着かず、自分のベッドに戻って寝るようジェイクに言われたことが何度もあったが——それはアニーの死だった。スキャンロンとマンデルの財政面での不正行為には、とりあえず目をつぶることができる。

しかし、わたしがいくらステラ・グッツォを嫌っていても、ステラが自分の子供たちにしょっちゅう暴力をふるい、アニーの人生最後の夜もやはりそうだったことがわかっていても、ステラの無実を証明する方法はないものかと考えこむのを止めることは、どうしてもできなかった。

ステラは濡れ衣を着せられたのだと、わたしは確信するようになっていた。アニーが死んだ夜、ジョエルとソル・マンデルの両方がグッツォ家へ行っていたことが、ジョエルの話から判明しただけでなく、わたしがあちこちで質問を始めたとたん、不審なことがつぎつぎと明るみに出てきたからだ。調査の核心に近づくたびに、新しい騒動が生まれて、わたしの注意は否応なしにそれてしまった。ブーム＝ブームのアニー殺しへの関与を示す日記――あれはわたしの注意をステラからひき離すための企みだった。バーニーとわたしが襲撃されたことで、わたしの胸に疑惑が芽生えた。ただ、その疑惑はべつの方向へ向けられた。

たしかにコンラッドの言うとおりだ。アニーが死んだ夜、マンデルかスキャンロンが、さらにはスパイク・ハーリヘイがグッツォの家へ行ったかどうかを証明したくても、物的証拠がいっさいない。しかし、べつのルートがあった。厳密に言うと、ルートは二つあり、最終的には――フリーマン・カーターの助言も、ジョエルの困惑も、ロティの怒りも無視して――両方のルートを進むことにした。ミスタ・コントレーラスとマリ・ライアスンがわたしの案を支持してくれたが、それもジェイクやロティとの気まずさを和らげる役には立たなかった。

まず、フランク・グッツォから始めることにした。フランクとわたしはすでに接近禁止命令を破っている。だから、もう一度破ったところで逮捕される危険はないはずだ。

グラント公園で会う約束をした。北と南の中間地点だ。クリストファー・コロンブス像のところで。シカゴのイタリア系社会が寄付を募ってこの像を建てたという。もしかしたら、イタリア人だったフランクの父親とイタリア人だったわたしの母親のことをおたがいに思いだして、親近感が湧くかもしれない。

フランクは三十分遅れてやってきた。神経を尖らせていて、会話を録音しているかどうか正直に答えるようわたしに要求し、あたりを見まわしてビデオ撮影をしている者がいないか確認していた。彼がようやく動きを止めたので、わたしは彼の母親が濡れ衣を着せられたのだと考えるに至ったことを告げた。

フランクは喜ぶ様子もなく、疑惑の表情になった。「おれをだまして何を言わせるつもりだ？」きつい調子で訊いた。

「いまから筋の通った話をしようとしてるのよ、フランク」

アニーが死んだ夜、ジョエル・プレヴィンが家にきて、意識のはっきりしているアニーに会ったという話をすると、フランクもようやく真剣に耳を傾けてくれた。

「つまり、ジョエルがアニーを殺したってことか」

「可能性がなくはないけど、わたしにはそうは思えない。アニーがあのまま脅迫を続けていけば、失うものがもっとも多いのはソル・マンデルとローリー・スキャンロンだったし、ジョエルが立ち去ったあとで、少なくともマンデルはあの家にきている。ほかの誰かと一緒だった。それはおそらくハーリヘイ、あるいは、スキャンロン――」

「やめろ、トリ！　やめろ、わからないのか――スキャンロンを非難するなんてだめだ。やめてくれ、だめなんだ！」

「やめなかったらどうなるの？」わたしは詰め寄った。「スキャンロンがステラを刑務所へ送りかえすの？　バグビーのほうへ手をまわして、あなたを解雇させるの？」

「おれは――うう、くそっ、トリ、なんでおとなしくひっこんでないんだ？　あんたを追い払うための日記も、襲撃事件も、あんたを止めることはできなかった。連中に殺されたいのか」

「フランク、どういうこと？　いったい何があって、連中の言いなりになってるの？」

「おれじゃない」フランクはわめいた。「フランキーだ。うちの息子なんだ！」

犬の散歩にやってきた夫婦が興味津々の顔でこちらを見ていた。わたしが二人に手をふると、向こうはあわてて歩き去った。

「フランキーが何かやったの？　〈狂気のドラゴン〉の連中とつるんでるとか？」

「違う。野球だ」

「野球？」わたしはオウム返しに言った。「なるほど。スキャンロンに言われたのね――あなたがステラのことで騒ぎ立てたら、フランキーが大事なチャンスをつかめないようにしてやるって」

フランクは何も答えず、自分の手を見つめるだけだった。その顔に無力さが生々しく出ていたので、わたしは思わず目を背けた。

「フランキーのことが心配だったのなら、そもそも、どうしてわたしを訪ねてきたの？　お母さんのやってることを調べてほしいとあなたが頼んだ瞬間から、数々の偽りが破綻していく運命だったのよ」

「知らなかったんだ。あんたを訪ねた理由は、前にも言ったとおりだ。おふくろが何をしてたのか、何をするつもりなのか、おれはまったく知らなかった。おふくろが人前で馬鹿なまねを始めたら、フランキーの立場が不利になると思った。だってさ、いまの野球の世界では家族の印象も大事なんだ。頭のおかしな祖母がいて人前で騒ぎ立てるのをスカウトの人間が見たら、わが子を殴りつけることも殺すこともしない祖母を持つ、才能に恵まれた少年はほかにいくらだっていると思うだろう。おふくろがアニーを殺したことは誰にも知られないよう手を打っておく、とスキャンロンが約束してくれたが、あんたがあちこちで質問を始めたもんだから、スキャンロンは激怒した」

「あなたのところにきて、そう言ったの？」

「いや、おれは食物連鎖のはるか下のほうに棲息する人間だ。スキャンロンがバグビーに話をした。バグビーがおれを呼んで言った――あの女が昔のゴミを掘りかえすもんだから、スキャンロンが頭にきている。あの女はおれたち全員を見下してる。昔の土地でそのまま暮らしてるおまえみたいな人間のことを馬鹿だと思ってるんだぞ、と。

やがて、法律事務所のセルマって女が古いデスクのなかからアニーの日記を見つけた。バグビーはおれに、その日記を自宅のアニーのドレッサーに押しこんでおき、アニーの衣類を処分するよう女房のベティからおふくろに提案させろと言った。ブーム＝ブームに不利な証拠が出てくれれば、あんたはそれを隠蔽しようと必死になり、質問してまわるのをやめるだろう――連中はそう読んだんだ」

「あら、フランク。そういうのって予想外の結果になりがちよ。日記発見のタイミングがよすぎたから、わたしは最初の衝撃から立ち直ったあと、ぜったい偽造だって確信したの。日記のせいで、なおさら質問してまわる気になったわ」

「バグビーは本物だと言ってた。偽造品をおふくろの家に置いてこいなどとおれに頼むわけはない、と」

「でも、日記を見たとき――アニーの字じゃないことぐらい、あなたにもわかったでしょ」

フランクは腹立たしげに両手を上げた。「アニーの字なんか、おれは知らん。手紙をもらったこともないのに。同じ家で暮らしてたんだから！　宿題を見てやったこともないし、たとえあったとしても、ずいぶん昔のことだから、その日記の字がアニーだろうと、あんただろうと、はたまたローマ教皇だろうと、おれにわかるわけがない」

たしかに彼の言うとおりだ。しかも、フランクは日記の内容を信じたがっていた。日記に書いてあることが事実なら、彼の悩みは簡単に解決する。しかも、ブーム＝ブームへの執拗な嫉妬心を考えれば、わがいとこの悪評を広めて、いい気分になったことだろう。

わたしはガブリエラが亡くなったときにアニーが父に宛てて書いた悔やみ状のコピーをとりだした。「これ、アニーの字のように見える？」

フランクはそれを読み、不機嫌に肩をすくめた。「かもな。あんたがそう言うのなら」

「ええ。そう言えるわ。オリジナルは金庫に入れてあるけど、召喚状がとれたら、あなたがアニーのドレッサーの引出しに隠した日記をお母さんに強制的に提出してもらうつもりよ。そしたら、法廷で醜いバトルになるでしょうね」

「よけいなことはやめてくれ。おふくろは医者に言われて躁病の薬を呑んでる。あんたを悩ませるようなことは二度とない」

わたしはフランクをにらみつけた。「昔の〈マンデル&マクレランド〉の連中がお母さんに殺人の罪を着せて、自分たちだけのうのうと生きていくなんて許せない。誰があなたの妹を殺したのか、わたしにはわからないけど、その人物をかならず突き止めてみせる。ただし——」フランクが文句を言おうとしたので、わたしは片手を上げて沈黙を求めた。「あなたはわたしの調査にいっさい関わってないってことが、連中にきちんと伝わるようにするわ。あなたとフランキーを苦境に追いこむようなことはぜったいしないと約束する」

「ふん、あんたの約束か。なんだって約束できるよな。手当たり次第にゴミを掘り起こしたところで、あんたの人生にはなんの害も及ばない」

「どういう意味？　わたしの人生に害が及ばないって」目の前で赤い靄が揺れた。「スターリージー兄弟と手下のゴリラどものおかげで、こっちは命を落としかけたのよ。あなたのせいで何週間分もの収入をパアにしたのよ。わたしに調査を頼んでおきながら、あなたときたら、料金を払おうともしない。お母さんが理不尽な接近禁止命令をとったおかげで、わたしのほうは、それに対処するために弁護士に大金を払わなきゃならない。ブーム＝ブームは名誉を傷つけられた。それもこれもみんな、フランキーをプロ選手にするためのわずかなチャンスをあなたが守ろうとしたためだった。わたしだって、あなたと同じく、請求書の支払いをしなきゃならないのよ。あなたと同じく、食べるために働いてるのよ。わたしに訴訟を起こされなくて幸運だと思ってちょうだい」

「ああ、そうさ、カブから血を絞りとるのは無理だもんな」

「かもしれない。でも、汁を絞ってスープぐらい作れるわ」

フランクはワークブーツのかかとで地面を蹴り、芝生に穴をあけた。詫びの言葉らしきものをつぶやいたが、トラックのほうへ戻ろうとしたとき、思わずふりむいてわめきたてた。

「あんただって自分の子供がいれば、その子を守るためならどんなことでもやろうって気になるだろうよ」

「そうね、フランク、たしかに。どんなことでも」

彼がトラックで走り去るのを見送ってから、自分の車――いえ、じつはジェイクの車――に乗りこみ、ロジャーズ・パークにあるレイフ・ズーコスとケンジ・アオヤマの家を訪ねるため、北へ向かった。

55　決め球

「シカゴ発、本日のトップニュース——殺人事件の被害者アニー・グッツォさんが亡くなった夜も書いていたという日記は、いったい誰が持っているのでしょう？　V・I・ウォーショースキーさんか、それとも、ステラ・グッツォさんか。ウォーショースキーさんがシカゴで最高の探偵と呼ばれているのには、それだけの理由があります。自分の命を犠牲にしても、ブラックホークスのスター選手だったピエール・フシャール氏の娘さんを救出しようとし、そのことを知って衝撃を受けた匿名の市民が、遠い昔に亡くなったシカゴの少女、アニー・グッツォさんの日記から切りとったページを、ウォーショースキーさん宛てに郵送してきたのです」

すばらしい特ダネ。マリは思いきり派手に演出していた。彼のナレーションに合わせて、サウス・シカゴの映像、ピエールとブーム＝ブームがブラックホークスで活躍していた当時の映像、アニーが日記を隠したリグレー球場の映像が流された。

「当番組のサイト globalentertainmentnews/Annie-Guzzo-Diary で、ウォーショースキーさんが郵便で受けとった日記のコピーがご覧になれます。その筆跡と内容が、アニーさんの母親ステラさんが見つけたと主張している日記と一致するかどうかは、誰にもわかりません。なぜなら、そちらの日記は誰一人、当社の弁護士でさえ、見ることを許されていないからです」

わたしはそのサイトを開いてみた。マリに渡したアニーの日記が何ページかアップされていた。女子高生特有の丸っこい字は読みにくいので、マリがその下にタイプ原稿を添えていた。

九月十日

母さんは手に負えない。ミスタ・Mも。フランクとベティはうっとうしい。赤ちゃんとおむつのことしか頭にないし、聖エロイ教会以外の場所にも人生があるんだって考える人間のことをすべて見下してる。ジョエルは柵を突き破ってわたしをかじりたがってる羊みたいな視線をよこすけど、臆病だから何もできない。ああ、自由になる日が待ち遠しい、自由、自由。

九月十四日

フランクの話題ときたら、しょうもない野球のことばっかり。フフ、言ってやった。とりあえず、この日記のなかでね。出てくのが待ちきれない。ブリンマー・カレッジ、あたしが行きたいのはそこ。写真なんか、すっご〜〜くゴージャスだもん。母さんはフランクなら水の上でも歩けると思ってて、あの子はかならずカブスに入る、そしたら、おまえの大学進学の夢がどんなにくだらないかわかるだろうとか、そんなことばっかり言ってる。フランクを殴るのはやめたみたい。でも、あたしはきのう、母さんに歯を折られた。歯医者代がすごいことになりそう。もっと残業しないと。

入団テストに備えて、ブーム＝ブームがフランクの体力作りを指導してる。目と手の協調はバッチリだけど、練習不足なんだって。フランクはBBが大好き。フランクはBBが大嫌い。

九月十八日

フランクの入団テストで、リグレー球場へ行くことが決まった。フランクがブーム＝ブームにはきてほしくないと言った。スター選手がくれば自分の影が薄くなるからって。でも、BBは見たがってる。あたし、一緒に行きたいってBBに頼んだ。

九月二十四日

あたしが姿を消したことにブーム＝ブームがすごく腹を立てた。そのせいで、フランクがバッターボックスで失敗する場面を見てないのよね（あたしって兄さん孝行。あたしのおかげで、カーブを空振りする姿をスター選手に見られずにすんだんだから）。母さんがまたあたしをぶった。フランクのチャンスがつぶれたせいで、あたしに八つ当たり。でも、痛みなんて感じなかった。ミスタ・Mとローリー・スキャンロンが財団のお金を何に使ってるかを記した書類は全部、トンネルみたいなところに隠してきた。太いパイプに巻きつけてある絶縁テープの内側に押しこんだの。カブスのカメラマンも、メンテナンスの人たちもクールで、あたしがホッケー界のスターをからかってるんだと思いこんで、外までちゃんと案内してくれた。

十月十三日
ミスタ・ウォーショースキーに聞いたんだけど、犯罪者って自分の頭の良さをひけらかしたがるから、そのおかげで、警察は犯罪者をたくさんつかまえられるんだって。その意味があたしにもやっとわかった。誰かに言いたくてたまらない。書類のことその隠し場所を。でも、信用できそうなのは誰？

十月二十七日
ミスタ・Mがうまいこと言って、あたしから書類をとりあげようとする。クリスマスのボーナスをはずんであげようとか言うの。あたし、ユダヤ人はクリスマスのお祝いなんてしないと思ってましたって答えた。そしたら、俗世間ではそうじゃないってミスタ・Mは言った。聖エロイ教会の軌道をはずれて外の世界へ出れば、きみにもわかるだろう、って。

十二月二十日
大学の願書に記入するのをジョエルが手伝ってくれた。スパイクとほかの人たちはジョエルを嘲笑してる。ジョエルがあんなに汗っかきでなければ、キスぐらいさせてあげ

ても いいんだけど。優しいし、子犬みたいに弱虫なんだもん。
願書に添えなきゃいけない曲を作るのも手伝ってくれた。ミセス・ウォーショースキーのピアノでそれを弾かせてもらった。ヴェルディに似てるってミスタ・Wが言った。妻もきっと天国で聴いて気に入ってくれただろう、って。あたしはミセス・Wが大好きだったから、そんなこと言わないでほしかった。天国のミセス・Wに聴かれたら、あたしの作曲した部分はほとんどないことがばれてしまうもの。うまくできなくても全力を尽くしなさい――ミセス・Wからいつもそうアドバイスされた。精一杯努力して、それでも失敗したら仕方がない。人の力を借りて成功するのはやめなさい。いま――あたしはそのアドバイスに逆らっている。母さんに逆らうときより千倍も自己嫌悪。作曲のことを言ったら、また母さんにぶたれた。それでプラスマイナスゼロかもね。

一月二十一日
今夜はジョエルも残業で、あたしのことを、ミスタ・Mともブーム＝ブームともセックスしてると言って非難した。きみは貴重な人だから（信じられる？　〝貴重な人〟?）たとえ進学費用のためでも自分を安売りしちゃだめだ、ですって。あたしはとうとう、金融関係の書類を見つけたことをジョエルに打ち明けた。ミスタ・Mとミスタ・Sが依頼人の口座をどう使っているかを示す書類。リグレー球場に隠してあるから、あたしには誰も指一本触れられない。あたしは自由。

四月十三日

ブリンマー・カレッジに入学できることが今日わかった。母さんと学校のみんなに言った。奨学金はもらえるけど、必要な額の半分ぐらいにしかならない。アルバイトを続けなきゃ。だけど、それでも学費は高すぎる――ミスタ・Mの援助が必要。**八月になったらフィラデルフィアへ行く&誰もあたしのことは止められない!!**

四月十五日

ミスタ・Mに話をした――あなたとローリー・スキャンロンが何をしているか、あたし、知ってます。コンチネンタル・イリノイ銀行から〈セイ、イエス!〉財団に郵送された取引明細書を見つけたんです。来年、大学へ行くときに、学費を財団のほうから援助してもらえるといいんですけど。ミスタ・MはR・Sと相談すると言った。

書類をどうしたのかと訊かれたから、とても安全な場所に隠してあると答えておいた。ミスタ・Mはすごく怖い顔だった。

四月十八日

母さんにさんざん殴られて、殺してやりたくなった！　ベティが、お節介な偽善者のベティが、あたしがピルを呑んでることを母さんに言いつけたの。おまえは聖母さまの子宮にナイフを突き立ててるんだって、母さんに言われた。それから、あたしの持ち物を勝手に調べられた。母さんはミスタ・Mがくれたお金を見つけだし、自分のふところに入れて、ふしだらな子だ、大学進学のためにシカゴを離れるなんてぜったい許さないからね、覚悟しておき、と言った。あたしがキッチンナイフを手にして、〝子宮にナイフを突き立てられたときの感触を知りたいのなら、教えてあげる!〟って言ったら、母さん、逆上しちゃって、あたしにフライパンを叩きつけた。あたしは気を失った。気がついたときは、頭にアヒルの卵ぐらいのコブができてて、むかむかして、吐いてしまった。

大学に入る時期がくるまでヴィクの部屋で寝泊まりしていいって、ミスタ・Wがいつも言ってくれている。そうしようかな。母さん、頭にくるだろうな。ウォーショースキー家の全員を嫌ってるから。とくに、あたしの大好きなミセス・Wを。

ジョエルが訪ねてきた。あたしは洗面所で顔についたヘドを洗い流してるとこだった。ジョエルはあたしのコブを見てショックを受け、結婚してくれと言った。そうすれば、母さんからあたしを守れるからって。あたしは守ってもらわなくてもいいって答えた。シカゴから出ていければそれでいい!

ジョエルはそれから、リグレー球場まで出かけてあたしが隠した書類の束を見つけたけど、メンテナンスの人が入ってきたから、あわてて逃げだしたと言った。書類を泥のなかに落としてしまったんだって! 全部消えてしまった。残ったのはコンチネンタル・イリノイ銀行からきた紙が一枚だけ。それだけじゃなんの役にも立たない。あたしは床の真ん中にすわりこんで泣きわめいた。ジョエルがあたしに腕をまわしてキスしようとした。愛してるって言おうとした。あたしは彼に、帰って、あたしのことはほっといて、あなたのおかげで計画がめちゃめちゃだわ、と言った。どっちにしても、男に所有されるなんてまっぴら。相手がジョエルでも、ミスタ・Mやローリーやスパイクでも。全部お断わり。

ジョエルはとても惨めな顔になり、肩を落として歩道を去っていった。あたしの書類をだめにしたことを許してあげそうになったけど、あれがなくなったら、これからどうすればいいの？

通りの向かいにローリー・スキャンロンのビュイックが見えた。あたしはジョエルを見ている。R・Sはこの家を見ている。このところ、週に二回か三回やってくる。あたしを脅す材料を見つけるつもりかも。〝ジョエルはきみと寝てるんだね〟と言えば、あたしが彼とミスタ・Mに書類を返すとでも思ってるのかしら。

56　チャンスに強い打者

亡くなったティーンエイジャー、しかも美少女、断ち切られた人生、消えた書類、大物たちとのセックス。まさにテレビ向きだ。一時間のうちにネット経由で急速に拡散した。午前の半ばには、わたしのところに、はるか遠くのカザフスタンからも含めて、メディアの問い合わせが殺到していた。

〝日記はどこで、どうやって、見つかったのですか〟

郵送されてきたのです。ごくふつうの封筒に入っていて、差出人の住所氏名はなし。わたしが利用している民間の法医学研究所で調べてもらいましたが、指紋は見つかりませんでした。

〝これが本当にアニーさんの字だという確信はどれぐらいありますか〟

アニーがうちの父宛てに出してくれた悔やみ状が、わたしのところにあります。民間の研究所に依頼して、郵送されてきた日記をそれと比較してもらうつもりです。ただし、ステラ・グッツォが彼女の日記を同じ研究所に提出し、同じ検査を受けるという条件付きで。

カザフスタンのメディアはホッケーの大ファンなので、ブーム＝ブームに対する関心のほうが大きかった――あの日記によって彼の嫌疑は晴れましたか。

もちろん、別種の質問をよこした記者もいた。デッド・スティック・ポンドの銃撃戦について。スターリージー兄弟について。しかし、いちばんの関心はやはりアニーの死だった。

〝ローリー・スキャンロン氏の関与を疑っておられるのでしょうか〟

誰がアニー・グッツォを殺したのか、わたしにはわかりません。二十五年前には、ステラ・グッツォが実の娘を殺したのは明らかかと思われたため、犯行現場において法医学的証拠の採取はおこなわれませんでした。その点に関しては大いに疑問の余地があります。母親がビンゴをしに出かけた時点でアニーが生きていたことはわかっていますが、それ以外の人名が出てくるのはこのページだけです。残念ながら、わたしたちが事件の真相を知ることはけっしてないでしょう。

メディアの攻撃の最中に、警官がわたしの事務所を訪ねてきた。ボビー・マロリーの直属の部下の一人だった。警部があなたと話したいそうです。わたしの車で三十五丁目とミシガン・アヴェニューの角まできてもらえませんか。

ボビーはコンラッドと鑑識の技師一人も呼んでいた。「あの日記について聞かせてもらいたい、ヴィッキー」

ボビーもずいぶん老けた。二重顎になり、口元と目尻のしわが深くなっている。喜ばしいのは、昔のような赤ら顔ではなくなっていることだ。妻のアイリーンと主治医に説得されてようやく食生活を変え、血圧を下げる薬を呑むようになった。

「〈グローバル〉のサイトに出てること以外、わたしは何も知らないわ。ごく平凡な封筒に入って送られてきただけで、それが本物か偽物かもわからない。それに、目下、ステラ・グッツォが彼女の日記を比較検証のために提出してくれるまで、金庫に保管してあるの」

「封筒は？」ボビーは片手を差しだした。

わたしはブリーフケースから封筒をとりだした。十×十四インチの無地の茶封筒。アメリカ全土のどこの事務用品店でも買えるものだ。消印は三日前、投函時刻がスタンプで押してある。わたしの受取サインはきのうのもの。

「これがその日記なるものの入ってた封筒だという証拠がどこにある？」ボビーが訊いた。

わたしは首を横にふった。「郵便物を開封するときは、そんな証明をする必要に迫られるなんて思いもしないわよ。中身を見て、車でチェヴィオット研究所まで持っていったわ。指紋検査と糊つきラベルのDNA検査をしてもらったけど、送り主は唾液じゃなくて水道水を使い、手袋をはめてたみたい」

チェヴィオットの指紋のスペシャリストが作成した、公証人による認証済みの報告書を差しだした。ボビーはぶつぶつ言いながら、それを封筒と一緒に鑑識の技師に渡した。

「受領証を書いてちょうだい」わたしは言った。「だめなら、あなたがこれを押収するところを撮影するって手もあるけど」

わたしは電話のカメラアプリをタップしたが、ボビーはおおげさな渋面を作って秘書を呼び、受領証を持ってくるよう指示した。自分の所有物は渡そうとせず、警察によけいな手間をかけさせるわたしに、罪悪感を持たせようという魂胆だろう。

コンラッドとボビーが視線を交わした。ボビーがコンラッドにうなずいてみせた。

「ヴィク、きみが披露したアニー・グッツォの日記が本物だろうと、偽造だろうと、強力なダイナマイトにきみが火をつけたことはたしかだ」コンラッドが言った。

つまり、わたしがきわめて危険な立場にあるということだ。「偽造だと思ってるの？」

「きみのことだから、何をするかわかったもんじゃない」ボビーが言った。「きみと法律は親しい仲だが、きみはその親しさをつねに尊重する人ではないからな」

「お金があり、イリノイ州議会の議長にコネのある人々のようなわけにはいかないわ。あの人たちは非の打ちどころがない《サン・ルプローシュ》わね。いいご身分だこと」

「その点をきみと議論する気はない」ボビーは言った。「きみは法律よりイリノイ州の政治のほうに詳しいからな。ローリングズとわしが言いたいのは、いきなり公表する前に、警察に持ってきてくれればよかったのにということだ」

「はい、はい」わたしが帰ろうとして立ちあがると、ボビーがコンラッドと技師に席をはずしてほしいと頼んだ。

「ヴィッキー、ローリングズから、第四管区のかつてのシフト責任者が書いたという手紙のことを聞いた。誰かを第七管区へ飛ばしたという内容だとか。きみはそれがトニーのことだと思っているそうだが。本当か」

「本当よ」

ボビーはネクタイの結び目が窮屈になったかのように、その上に垂れている首の皮膚をいじった。「可能性がなくはない。そうだと仮定しよう。ブラティガンがきみのおやじさんを異動させ、危険な目に——そう、第七管区であいう危険な目にあわせたと仮定しよう。それを陰で画策したのがスキャンロンだったと仮定しよう。きみがとりだしてみせたあの日記は、まさかそれに対する報復ではあるまいな？」

「とりだしてみせる？　ずいぶん含みのある言葉ね。ステラがアニーの日記をいきなり公表したときは、誰もそんな言い方はしなかったのに。兄嫁が現金目当てで引出しを何度も漁ってたのに、二十五年もたったあとで、不可解にもその引出しから日記が出てきたのよ」

「タップダンスをやって、おどけているがいい。だが、きみ、誰かを雇って日記を偽造させ、ローリー・スキャンロンに報復しようとしたんじゃないのか？　トニーの人生をめちゃめちゃにされた仕返しにスキャンロンをハメるつもりなら、そいつは危険なゲームだぞ」

「タップダンスをやって、おどけて、危険なゲームをする？　鼻の骨を折られ、ほかにもたくさん傷を負った身に、とうていそんなエネルギーはないわ」わたしは身を乗りだしてボビーの頬にキスをした。「両親の思い出がわたしにとって神聖なものだってことはわかるでしょ、ボビー。それを守るためなら、わたしはどんなことでもする覚悟よ。ただ、いまのところは、教会の祭壇の上に新しいステンドグラスを寄付したおかげで殺しの罪を免れる人間がいることのほうが気になるの」

ボビーの部下がわたしの事務所まで車で送ってくれた。事務所の前で降ろしてもらった瞬間、うなじにちくちくするものを感じた。誰かに尾行されているときや、狙撃手のライフルに首を狙われているときに生じる恐怖の感覚。

極度に精神を集中して、今日一日のことを思いかえした。ダロウ・グレアムに会い、ループでその他二人の依頼人に会い、犬を湖へ連れていき、ジェイクのフィアットを借りて食料品の買物に出かけた。スバルはデッド・スティック・ポンド近くでの銃撃戦のあとで、ルーク・エドワーズにとりあげられた。レンタカーのタウルスが受けた破壊をユーチューブで見たルークが、わたしに貸したスバルをもう一日たりとも危険にさらすことはできないと考えたからだ。

敵は真夜中に襲ってきた。すばやく強引に建物の正面ドアをこじあけ、わが家の鋼鉄製の玄関ドアを水圧ラムで押しひらいた。裏から逃げようとしたが、台所のドアの外でちんぴら連中が待ち伏せしていた。ミスタ・コントレーラスのところで犬が猛然と吠え立てていたが、老人が犬を外に出す前に、連中はわたしを縛りあげ、さるぐつわをはめ、頭にフードをかぶせて小型トラックの荷台に投げこんだ。わたしは万が一の用心にと服のままで寝ていたが、敵の動きが速すぎたため、靴をはく暇がなかった。

時刻は午前三時、どちらへ向かっているのかまったくわからない。たぶん、高速道路のほうだろう。たぶん、南のほうだろう。風がフードに吹きこみ、わたしの顔を叩いた。しばらくすると、フードを透して湖の匂いが感じられ、やがて涙がにじんで、さるぐつわをされたまま咳きこんだため、息が詰まりそうになった。石油コークスの炭塵だ。ガイザー社の係船場のそばまできているのだ。

頭上の空気に変化があった。閉鎖空間。誰かの手がわたしをトラックの荷台からひっぱりあげて、乱暴に椅子にすわらせた。わたしを椅子に縛りつけた。

フードがはずされた瞬間、明かりで目がくらみかけた。まばたきをすると、壁に並んだ金属製のファイルキャビネットが視界に入った。スチールデスク。鉄格子で区切られたエリア。支払用の窓口があり、奥に金庫が置いてある。バグビー運送の事務所だ。ヴィンス・バグビーがデスクにもたれ、以前デルフィナ・バグビーがソリティアをやっていたときの椅子にローリー・スキャンロンがすわっていた。〈セイ、イエス！〉の緑色のTシャツを着たたくましい若者が三人、ドアのそばに無表情で立っていた。

「すると、花のプレゼントも、ディナーのお誘いも、わたしの美しい目のためじゃなかったのね」わたしは言った。

バグビーは身をもぞもぞさせ、肩をすくめて、無理に楽しげな笑い声を上げた。

「ウォーショースキー家の最後の一人か」スキャンロンが言った。「ルールに従う必要はないと思っている最後の一人」

「ルールによるわ」わたしは言った。「トニーの過ちは、法律には〝ゲームをしたければ金を出せ〟という以外の意味があると思っていたことね」

スキャンロンが〈セイ、イエス！〉の若者の一人に合図を送ると、若者がそばにきてわたしの顔を殴りつけた。わたしは顔を背けて衝撃から逃れたが、それでも痛みが走った。

「きみが公表したあの日記だが、どこから入手した？」スキャンロンが訊いた。

「おもしろいわね。わずか十二時間前にマロリー警部からも同じことを訊かれたわ。シカゴ市警にあなたのスパイがいるのかしら。コンラッド・ローリングズがそこに含まれてなければいいけど。でも、情報が南まで届くのに時間がかかるといけないから、警部のときと同じ返事をさせてもらうわ。誰かが郵送してきたのよ。差出人の住所氏名はなし、指紋なし、DNAなし」

「本物のはずがない」スキャンロンはきっぱり言った。

「〈グローバル・エンタテインメント〉のサイトに出てるわよ。どう見ても本物だけど」

「現物を見せてもらいたい」スキャンロンは言った。「おそらく、きみが誰かに頼んで偽造させたのだろう」

「偽造だとしたら、あなたがフランクに命じてアニーのランジェリーの引出しに入れさせたのより、はるかにいい出来だわ。アニーの字にそっくりだもの。少なくとも、わたしのところに一通だけ残ってるアニーの手紙とそっくりの字よ」

「都合のいい話だな。そんなものが残っていたとは」唇を醜くゆがめて、スキャンロンは言った。

「そうね。ステラの日記が出てきたとき、わたしも同じことを思ったわ。両方の日記を専門家に調べてもらったら楽しいでしょうね」

「その楽しみも、きみは味わうことができん」スキャンロンが吠えた。「わたしのすることによけいな首を突っこまなければ、ベッドの上で死ねただろうに。だが、きみも両親にそっくりで、一家そろって、自分たちは上等な人間だからこの界隈にはもったいないと思っている。なのに、わたしはこの地域のためにずいぶん尽くしてきた。きみの一家にも尽くしたつもりだ。一度も感謝されたことがない」

「感謝してますとも。父を第七管区へ異動させてくれてありがとう。父の悪口を広め、父がギャングの銃撃戦のなかへ援護もなしに送りこまれるように仕向けてくれてありがとう。これでご満足？」

スキャンロンが若者にふたたび合図を送ると、若者がふたたびわたしを殴りつけた。今回、わたしは前ほど機敏に動けなかった。鼻血が出た。バグビーがすくみあがった。わたしが殴られるのを見るのがいやなの？　もしかしたら、わたしの美しい目に多少は惹かれてるのかも。

「きみの大切ないとこにも」スキャンロンは息を切らしていた。「わたしがチャンスを与えてやった。ところが、トニーは、傲慢なトニー・ウォーショースキーはわたしの悪口を言いふらした」

「わたしのいとこは才能と努力であそこまでのぼりつめたのよ」わたしはピシッと言った。「ブラックホークスのフロントがきみのいとこに注目するよう、こっちでお膳立てしてやったんだ。そうでなければ、やつもフランク・グッツォと同じ落ちこぼれになって、トラックを運転していたことだろう」

「バグビーのところには落ちこぼれの従業員しかいないの？」わたしはそう訊きながら、バグビーを見た。「フランク・グッツォはまじめに働いて家族を養っている。それは落ちこぼれのすることじゃないわ。落ちこぼれっていうのはね、汚れ仕事をする手下をたくさん抱えてないと何もできない人間のことよ」

「ほう、そうか。きみのせいで、フランキー・ジュニアが野球合宿に参加するチャンスもつぶれてしまったな。きみを追い払うようグッツォに警告したのに、あのへなちょこの役立ずときたら、それすら満足にできなかった。やつに比べたら、あの母親のほうが二倍も男らしい。亭主のマテオに比べても」

「クリント・イーストウッドの映画の見すぎね。マテオもフランクと同じタイプだったわ。正直で、物静かで、働き者だった。あなたやそこにいるバグビーに比べたら、二倍も——いえ——十倍も男らしかった。もっとも、ゼロを十倍してもゼロのままだけど」

新たなパンチが飛んできた。口のなかに血があふれ、しゃべるのもひと苦労だった。「アニーが亡くなった夜の日記に、グッツォの家の外にあなたの車が止まってるのを見たって書いてあるわ。アニーを殺したのはあなたなの？　それとも、二十五年前にはすでに手下がどっさりいて、その一人がアニーに致命傷を負わせたの？」

「その日記をどこで手に入れたのか教えてもらいたい。ほかにも何か書かれていないか確認する必要がある」

「アニーが霊媒を通じてメッセージをよこし、あなたに殺されたと言ってないかどうか、たしかめたいの？」血がわたしの顎を伝い落ち、首にたまっていた。「エクトプラズムの光がわたしの事務所を通り抜ける光景は一度も見てないわ。アニーが自宅の居間の床にあなたかソル・マンデルの名前を書いていたとすれば、警察がそれを秘密にしてたってことね。もちろん、第四管区のシフト責任者だったオズワルド・ブラティガンはあなたの手先だったから、あなたが残した証拠をすべて始末し、ステラ・グッツォに罪を押しつけることもできたはずだわ」

両手の血行が悪くなってきた。本来なら心配すべきことだが、いまは死が近づいていることのほうが心配だった。指の曲げ伸ばしをくりかえした。手首とロープがこすれあった。

「マンデルはヤワなやつだった」スキャンロンは言った。「あの生意気な小娘の面倒をみるどころか、最初から金を絞りとられていた。マンデルは小娘が何を企んでいるかをわたしに打ち明け、何か手を打たなくてはということこちらの意見に同意したが、みずから実行する勇気はなかった。わたしは要求をひっこめるよう小娘を説得しろとマンデルに言って、グッツォ家の玄関まで行かせた。あとはスパイクにやらせた。やつのキャリアを築くために、われわれが力になってやったのだから」

バグビーは落ち着かない様子だった。

「何もしゃべらないほうがいいのに、とでも思ってるのか」スキャンロンはバグビーを嘲笑した。「きみまでがヤワだなどと言わないでほしいね。ウォーショースキーはどこへも行かないし、誰にも何もしゃべりはしない。マンデルも、マクレランドも、スパイクほどタフなやつならなんだってできることを知っていたし、スパイクは州議会でそれを何度も実証してきた」

「ええ、おたくの親族は全員がそうね」わたしは言った。恐怖と口のなかの痛みにも負けず、冷静な声が出せたことを誇りに思った。「あなたも、バグビーも、あの法律事務所の代表者になってるニーナ・クォールズも。ニーナに法律事務所を買いとらせたのは、マンデルの古い書類のなかにまずい証拠が残っていたら困ると思ったから？」

「われわれの行動の動機や内容は気にしなくていい。一族への、そして、一族の価値観への忠誠心など、きみに理解できるはずもない。きみが手に入れたその他の書類のオリジナルをわたしによこすチャンスを一度だけやろう」

「で、あなたに渡したら？」

「そうすれば、きみの友人たちは死なずにすみ、きみの墓で祈りを上げることができる。きみが拒んだ場合は、老人も、犬も、医者も、音楽家も、われわれの手で一人ずつ消していく。みんな、きみを恨んで死んでいくだろう」

「書類を持ってれば、いますぐ渡したいわ。でも、持ってないの」

さらなる質問、返答できず。さらなる殴打、防御できず。時間が意味を失い、声が意味を失い、身体が感覚を失っていく。

最後は全員の予想どおりの展開になった。小型トラックに戻り、ドックへ向かった。わたしの頭にはフード。トラックが斜面をのぼり、誰かがわたしをトラックの脇へ放りだし、フードの下に炭塵が入りこみ、わたしは窒息しそうになった。ここは石油コークスの山の上。ジェリー・フーガーが死んだ場所だ。

「これで終わりだ」なめらかな白人の声が言った。「ウォーショースキー家の最後の一人。みんな、自分たちは偉大すぎてこの世界にはもったいないと思っていた。ああ、いかにもそのとおり」

「あのう、こいつ、埋めなくていいんですか？」緑色のTシャツの一人が訊いた。

「必要ない」スキャンロンは言った。「じきに窒息して死ぬだろう」

「こんなことしちゃまずいよ」バグビーだった。焦った声だが、どこかに懇願の響きがあった。「ローリングズはあんたの手先にはなってない。女を殺したら、あいつが黙っちゃいないぞ」

「なんの証拠もない。少なくとも、きみが事務所を徹底的に掃除してくれればな」沈黙。

「おい、ヴィンス、ヴィンス、この女に惚れたなんて言わないでくれよ。あれは演技じゃなかったのか。パンティのなかに入りこんだのか。こいつが死ぬ前に、若い連中に荷物の搬入口まで運ばせて、少し楽しむかね？」

わたしの喉に胆汁がこみあげた。

「最低の男ね、ローリー」

「おい、わたしは寡婦や孤児や無能な親戚の面倒をみてるんだぞ」

コンクリートに足音が響き、遠ざかっていった。わたしはお尻で必死に石油コークスをかき分けて平らな棚を作った。お尻を片方ずつ上げ、縛られた手を腿のうしろまで下ろしてから、身体をボールのように丸めて、両手を脚の前に持ってきた。縛られたままの手を顔に持っていくと、指の血流がよみがえって痛いほどだった。頭のフードをはずそうとしたが、うしろに留め金がついていた。自分でははずせない。震える脚で立ちあがったものの、どさっと倒れてしまった。

誰かの手につかまれた。死ぬ前に反撃してやる。死ぬ前の反撃を見せてやる。思いきり蹴りつけた。

「おいおい、ヴィットーリア、ミオ・コーレ。落ち着いて。この指は演奏に必要だからね」

57　ホームスチール

わたしは石油コークスの山の上にすわりこみ、ジェイクがフードの留め金をはずしてくれるあいだ、彼の脚にぐったりもたれた。フードがはずれると、彼に助けられて斜面を下りた。足元がすべりやすく、足首までコークスに埋もれた。ひっきりなしに咳きこんで黒い痰のかたまりを吐きだし、下に着いたとたん、激しい痙攣《けいれん》に襲われてふたたび倒れてしまった。

ジェイクがかがみこんで、わたしを抱きあげ、汚い髪をなでてくれた。「怖かった、ミオ・コーレ、怖くてたまらなかった。間に合わないんじゃないかと思って」

犬の吠える声で建物じゅうの人が目をさましたそうだ。ジェイクは真っ先にわたしの住まいに駆けつけた。

「玄関ドアがこじあけられてるのが目に入ったが、脳がどうしても働かなかった。そのとき、連中がきみを抱えて門から出ていくのが見えた。あのおぞましいものをきみの頭にかぶせて。路地へ走ったが、すでにトラックが走り去るところだった」

ジェイクはわたしを抱き寄せた。「警察への通報に時間をとられたら、トラックを見失ってしまうと思った。どっちにしても、九一一以外の番号は知らなかったから、運転しながらそっちにかけた」バグビーのトラックを見失わないよう目を光らせ、緊急通報を受けた通信指令係に事の次第を説明しようとして、ジェイクは半狂乱だったという。「電話を切った――通話と尾行を同時に進めるのは無理だった。だが、そこでマックスのことを思いだした。マックスはじつに顔が広い。警察にいるきみの知り合いに連絡すると言ってくれた。また、フランク・グッツォにすぐ連絡をとり、バグビーやスキャンロンがきみを連れていきそうな場所を聞きだしてくれた。電話の向こうから、ぼくに道順を指示してくれた。どんなGPSより信頼できる人だ」ジェイクはヒステリーの発作を起こす寸前のような声で笑った。

わたしに手を貸して立たせ、またしても襲ってきた咳の発作が治まるまで待ってくれた。

「そうやってバグビーの事務所まできたのね。どこにいたの？」

「窓があけっぱなしだった。その下に立ち、一部始終を録音した。だけど、まるで拷問だった。あんなやりとりを聞かされて――いや、もうやめよう。ぼくには――ぼくには、きみを助けに飛びこんでいくだけの勇気がなかった。許してくれ、ヴィク、だけど、どうしてもできなかった」

今度はわたしが彼を元気づけようとして肩に手を置く番だった。「正しい選択だったわ。飛びこんでくれれば、あなたもとらえられ、二人とも死んでたでしょうね」

ちょうどそのとき、コンラッドの車がうなりを上げて到着した。彼のうしろにはライトを明滅させたパトカーが六台。

「トラックに五人」拡声器を使って大声で指示を出しながら飛んできたコンラッドに、ジェイクが言った。「二人は大物、三人は手下。ぼくがバグビーの事務所の窓の下に立って、連中のやりとりを録音した」わたしは咳きこみながらコンラッドに言い、炭塵混じりの痰を吐きだした。「スキャンロンよ」

「スキャンロンとバグビー」

コンラッドは二人を見つけるために警官隊を送りだした。その場でわたしに質問しようとした。ガイザー社の係船場で、彼がスイッチを入れたサーチライトの下で。しかし、わたしはしゃべれなかった。その気もなかった。質問されすぎた。殴打されすぎた。これ以上はもういや。

「レディを連れて帰らせてもらう、ローリングズ。さっき言った録音はぼくのスマホからメールでそちらに送ろう」

ジェイクはわたしを連れてガイザー社の係船場をあとにし、車でロティの家まで行った。わたしに治療が必要になるかもしれない、とマックスからすでに連絡が行っていた。ロティがゲストルームのベッドに寝かせてくれた。それから数日間、ドアマンとわたし専属の看護師が警官や記者連中を追い返してくれた。最前列で見物する権利ありと思っているマリまでも。

ジェイクがずっとついていてくれた。日がたち、わたしがふたたび歩けるようになり、仕事を再開してからも、わたしの姿が消えたのではと心配になって、ジェイクがそそくさと事務所まで様子を見にくることがたびたびあった。事務所の広い作業室で練習を始めた。音響がすばらしいので、彼の所属する〈ハイ・プレーンソング〉というグループまでがここでリハーサルをするようになった。

「きみが渦に吸いこまれたら、ぼくがひきもどしてあげると言ったのを覚えてるかい？」わたしを車に乗せて、ロティのところから自宅に戻った日に、ジェイクが言った。

「コントラバスの弦を使うって言ったわね」

「今後はグローブボックスに予備の弦を入れておくことにする」ジェイクは約束した。

もちろん、最終的には警察に話をした。コンラッドのオフレコの報告によると、スパイクがシカゴ市内に持つ数々のコネを駆使して起訴を阻止しようとしたが、今回ばかりは、州議会議長の力よりメディアの攻撃のほうが優勢だった。ジェリー・フーガー殺しの容疑でスキャンロンもしくはバグビーを起訴することは、州検事にもできなかったが、ジェイクの録音とわたし自身の宣誓証言にもとづいて、わたしに対する殺人未遂容疑だけでなく、ステラ・グッツォにアニー殺しの罪を押しつけた容疑については、起訴まで持っていくことができた。

マリがサイトにアップした日記の抜粋分の提出を州検事から命じられたので、わたしはおとなしく手渡した。たとえラボでの検査の結果、偽造と判定されたとしても、偽造者を突き止める方法はない。郵送されてきたのは事実だ。差出人の住所氏名なし、消印はループの郵便局のもの。膨大な量の郵便物を扱う局だから、茶封筒のことなど記憶している局員はいない。それに、日記がアニーのものだなんて、わたしは一度も言っていない。日記が送られてきたので検査に出したと言っただけだ。

フランクがスキャンロンかバグビーかスパイクに命じられてステラの家に置いてきた日記も、同じく提出を命じられた。バーニーが主張していたように、日記はステラがカルデナル神父に預けていた。ステラの秘密を守らなくてはという思いゆえに、わたしに対する神父の態度が途中で大きく変化したのだろう。

ついにそちらの日記を目にしたとき、わたしは大いに満足した。スキャンロンは古い紙を用意する努力も、アニーの字に似せる努力もしていなかった。偽造との結論が出た。

二カ所のラボが——わたしが利用している民間の研究所と、イリノイ州科学捜査研究所が——わたしのほうを本物と判定したときは、ケンジ・アオヤマは有頂天だった。わたしと二人でシャンパンのボトルをあけ、一方、レイフ・ズーコスは階下にとどまり、飛び立つ雁の群れを描いた掛け軸の前でむっつりしていた。サウス・シカゴの人間を助けるためにケンが〝彼の芸術を安売りする〟ことに猛反対したのだが、ケンはアニーの日記作りを大張り切りでひきうけてくれた。

「これはアート・プロジェクトだ、レイフ。アートを学ぶ者がやることなんだ。師の技巧を学ぶためにそれを書き写す。ほかの誰かの字を書き写してると、ぼく自身のセンセイのアトリエに戻ったような気がするよ。もっとも、ヤマモトセンセイのアトリエでは、哀れなアニーの手書き文字を書き写すことは許されなかっただろうけど」

わたしは計画に使う紙を求めてガレージセールに足を運び、ようやく、アニーの時代にふさわしい古さの、何も書かれていない日記帳にめぐりあった。ケンは日記を書くのに三日かけた。この計画のことを、わたしは誰にも言わなかった。ミスタ・コントレーラスにも、ジェイクにも。こんな話を聞けば、誰だってつい人にしゃべりたくなるものだ。法廷でこれが明るみに出たら大変だ。

好ましい成果も少しはあった。ある朝、プレヴィン夫妻がお抱え運転手の車でわたしの事務所にやってきて、ステラの裁判におけるジョエルの弁護ぶりがそう無能ではなかったことを、というか、少なくとも説明のつくものだったことを証明したわたしに、遠回しながらも感謝してくれた。

「あの事件にはずいぶん綻びがあったのに、わたしはソルやシナゴーグとの絆を重視するあまり、そこから目を背けてしまった。きみのほうがわれわれより優秀だった」これがアイラの言ったすべてだった。

「それだけじゃないわ」ユーニスが言った。「わたしたちは知らなかった──いえ、知りたくなかった。ソルはあのシナゴーグで、わたしを──わたしたち一家を──ありのままに受け入れてくれたわずかな人の一人だった。アイラを罠にかけたセクシーな黒人女という紋切り型のイメージではなく、尊敬しあう男と女という目で見てくれたの。それから、ジョエルのことだけど──一人息子で──親の期待が大きすぎたために──」

ユーニスは言葉を切り、過去の光景を消そうとするかのように目をきつく閉じた。アイラが妻の手をとろうとしたが、彼女はそれをふり払った。

「三回も流産して、ようやくジョエルが生まれたの。でも──あんな繊細な子になるなんて予想外だった。わたし──あの子の音楽を──希望どおり続けさせてやればよかった」

ユーニスは立ちあがると、頭をしゃんと上げ、背筋を伸ばしてドアへ向かった。そのあとにアイラがのろい足どりで続いた。事件が一段落したいま、わたしはジョエルがリハビリセンターに入ってくれるよう願ったが、彼にとってお酒抜きの人生はもうありえないだろうから、期待しないほうがよさそうだと思った。

ほかにもまだうれしい成果があった。このへんで本当に誰かがブーム＝ブームの伝記を書くべきだ、とマリが言いだしたのだ。〈ゴーディ・プレス〉がマリに莫大なアドバンスを差しだした。ブーム＝ブームがふたたびメディアの注目を浴びているので、出版社側は、マリが短期間で書きあげてくれればベストセラーを狙えると読んだのだ。

寒かった春が夏へと移っていくなかで、わたしはいつしか歌に逃避するようになっていた。ヴィットリア・アレオッティのマドリガルの対位旋律の部分をジェイクが録音してくれたので、それを再生し、そこに自分の声を合わせようと努力した。ときたま、うまくいくことがあった。しかし、失敗しても、音楽と筋肉と歌声のおかげで母と結びついているような気がして、石油コークスの山へ連れていかれた夜のことはただの悪夢だったと思えるようになっていた。

六月、カトリック・リーグの決勝戦まで進んだ聖エロイ高校の試合を見るため、ジェイクと一緒にリグレー球場へ出かけた。ステラも、ベティ、フランク、孫娘たちと一緒にきていて、憎々しげにこちらを見たが、躁病の薬が効いているらしく、少なくともわたしに殴りかかってくることはなかった。

ミスタ・ヴィラードが一塁側の席にすわっていた。ショートを守るフランキーの姿がよく見える席だ。アデレードが付き添い、彼が立ったりすわったりするのに手を貸していた。試合が終わったとき、ミスタ・ヴィラードはフランクとベティににこやかな笑みを送った。将来は誰にも保証できないし、少年の人生には多くの変化が訪れるし、十五歳の天才児がその後伸び悩むこともありうるが、今日のプレイがミスタ・ヴィラードの眼鏡にかなったようで、リーグの優秀選手を集めてこの夏に開かれる合宿のひとつにフランキー・ジュニアも参加できるよう、彼が手配してくれることになった。

数日後、ミスタ・ヴィラードが〈ハイ・プレーンソング〉のラストコンサートにきてくれた。〝〈ハイ・プレーンソング〉のスワン・ソング〟と銘打ったステージで、白鳥をテーマにした中世の歌と曲が第二部で次々と披露された。わたしは第一部の最後に、ジェイクの伴奏で、〈ヴィットリア・アレオッティの〈ガーランド・オブ・マドリガルズ〉を歌った。

その数日後、ミスタ・ヴィラードから手紙が届いた。

ミズ・ウォーショースキー様

わたしは昔から、ガッツと強い意志を備えた選手が好きでした。彼らは野球の世界に深く根を下ろし、派手な選手より長く活躍したものです。あなたはギル・ブラインラックの悪事を暴いたことで、球界とカブスに大いなる貢献をしてくれました。そして、わたしはあなたに命を救ってもらい、いまでは、あなたの訪問を心待ちにしています。

あなたがこの春に車を失い、多額の収入をふいにしたことを噂で聞きました。ここに同封した小切手はわたしからのプレゼントです。自由に使ってもらってかまいませんが、性能のいい小型車でも買われてはどうでしょう？　もう一枚の小切手はあなたのお友達にどうぞ。わたし自身は〈わたしを野球に連れてって〉しか歌えませんが、あなたのお友達とその音楽仲間がメジャーリーグ級であることは、わたしにもわかります。みなさんがフィールドの芝生を青々と保っていかれるよう願ってやみません。

小切手が二枚出てきた。わたしがもらった小切手で、性能のいい小型車を買うことにしよう。ミスタ・ヴィラードに礼状を書いてから、車のウェブサイトをあれこれ開き、夢見心地で過ごした。マッスルカー？　それとも、日常の足にできる車？

正面ドアの呼鈴の音でハッとわれに返った。防犯カメラのモニター画面を見た。フランクだ。知らん顔をしようかと思ったが、ひどく気詰まりな様子だったので、仕方なくドアのロックをはずした。

四月に初めて訪ねてきたときと同じく、話を切りだす方法がわからなくて困っているようだった。わたしが黙ってすわっていたら、いきなり叫んだ。「トリ、ほんとに申しわけない。あんたはおふくろを救ってくれた。フランキーを救ってくれた。おれのせいであんたが死にかけたこともわかってる。けど、おれは料金も払えない」

「いいのよ、フランク」わたしは彼の目を見ることができなかった。

「大きな間違いだった。あんたとの交際をやめるなんて」

「正解だったのよ。交際をやめて。慰めがいちばん必要だったときに、あなたのおかげでとても慰められた。でも、おたがいに合うタイプじゃなかったのよ」

「うん、けど――」フランクは黙りこんだが、口にされなかった言葉のすべてを、わたしは彼の顔に読みとることができた――あんたと別れなければ、まったく違う人生を歩んでいただろう。カーブを三振することもなく、ブーム＝ブームがトロントで殿堂入りをしたように、おれもクーパーズタウンで野球殿堂入りを実現させていただろう。

「いいえ、フランク」わたしの声は優しかった。「あなたにふられて辛かった時期もあったけど、あのままつきあってたら、あなたにもっと辛い思いをさせることになったと思う。うちの父は、お金や権力がどれだけあるかを成功の物差しにするような男たちのことをこころよく思っていなかった。父が考える成功した男というのは、公私ともに正直な人のことだった。あなたにはいい子が五人もいる。わたしにはけっして望めないことだわ。五人にとって、あなたはいいお父さんよ。家に帰ったら、それを誇りに思ってね」

「うん、わかった、うん」

わたしは表のドアまでフランクを送り、彼がトラックに乗りこむのを歩道に立って見送った。

訳者あとがき

お待たせしました。サラ・パレツキーのV・I・ウォーショースキー・シリーズ十七作目にあたる『カウンター・ポイント』をお届けします。

前作『セプテンバー・ラプソディ』が地理的にも時間的にも大きな広がりを見せた壮大な物語だったのに対して、今回はV・Iのホームグラウンドであるシカゴだけを舞台にして、二十五年前の事件を追いつつ、現在を中心に話が展開していく。初期のころの『サマータイム・ブルース』や『センチメンタル・シカゴ』を思わせる作風だ。シリーズの原点に立ち返った、どこかなつかしい雰囲気の作品と言っていいだろう。

その雰囲気にふさわしく、物語はV・Iの過去からやってきた人物の登場で幕をあける。フランク・グッツォ。V・Iが十代のころに一時期だけつきあった相手だ。プロ野球の選手になるのが夢だったが、結局は夢のままで終わってしまい、いまは運送会社でトラックの運転手をしている。その彼が突然、V・Iの事務所を訪ねてきた。

母親の力になってほしいという。母親は昔からすぐカッとなって暴力に走るタイプで、わが子にもしじゅう暴力をふるっていたが、二十五年前、ついに娘のアニーを殴り殺してしまい、本人は犯行を否認したものの、有罪判決を言い渡されて服役することになった。二ヵ月前にようやく出所。ところが、いまも「あたしが殺したんじゃない。誰かにハメられたんだ」と言いつづけているという。もしかしたら、裁判のときに表に出なかったことが何かあるのかもしれない、少し調べてくれないか。フランクはV・Iにそう頼みこんだ。

V・Iとしては、本音を言うなら、そんな頼みは断わりたかった。フランクの嫌味な母親のために調査をするなどまっぴらだった。しかし、頼まれると断われないのがV・Iのいいところであり、困ったところでもある。その点はデビュー作のときから変わっていない。

「いやなんだけど……」とぼやきながらも、重い腰をしぶしぶ上げて事件に首を突っこみ、そのうちだんだん熱くなってきて、どんな妨害を受けてもひるむことなく、いや、妨害されればされるほど燃えあがり、真相究明のために命をかけて突き進む。本書もそんな熱いV・Iの活躍が存分に楽しめる作品になっている。

シリーズの途中からなんとなくぎくしゃくしていた新聞記者マリ・ライアスンとも、今回はわだかまりが消えて、すなおに協力しあいながら事件の調査を進めている。それがなんとも言えずいい雰囲気で、こちらまでうれしくなってしまった。

本書を訳すにあたって、パレツキーが謝辞の最後で〝ブーム＝ブームが〈バーサ・クループニク〉号のスクリューに巻きこまれて命を落とした経緯について知りたい方は、『レイクサイド・ストーリー』をお読みください〟と言っているので、わたしも最初のほうを読みかえしてみた。

第一章のタイトルが〝ある英雄の死〟。ブーム＝ブームの葬儀の場面で始まっている。ブラックホークスのスター選手だった彼がハンググライダーで左足のくるぶしを負傷して引退。穀物会社へ転職し、ある日、埠頭近くで死体となって発見される。足をすべらせて水中に落ちたようだが、会社で問題を起こして自殺したという者もいて、V・Iは大好きだったいとこの潔白を証明しようと調査に乗りだす。

V・Iがブーム＝ブームをどんなに大切に思っていたか、ブーム＝ブームがどれだけ周囲の人々に愛されていたかを、この作品を読みかえしてみて、あらためて実感した。

本書に登場するバーニーの父親、ピエール・フシャールもチョイ役で顔を出している。大怪我をして入院中のV・Iの見舞いにきてくれるのだ。そして、エスキモーがせっけん石を彫って作ったアザラシをV・Iにプレゼントする。花ばかり届いてうんざりだろうから、と言ってくれる気配りの人だ。かつてここを訳したとき、「わあ、こういうお見舞いを持ってくる人っていいなあ」と思ったものだが、それが今回のバーニーのお父さんだったわけだ。もちろん、そのころ、バーニーはまだ生まれていない。

三十年も前の作品なので、いくらか違いがあって、名字のフシャールが『レイクサイド・ストーリー』ではブーシャール、奥さんの名前は、本書ではアルレットだが『レイクサイド』のほうはアンナになっている。そのあたりはご愛敬。

ところで、V・Iもパレツキーもカブスの熱烈なファンで、シリーズのどの作品でもカブスの弱さを嘆き、いつも下位に沈んでしまうことを、これまでの作品ではいつも冗談の種にしてきた。本書でもこんな冗談が出てくる。

「もちろん、老齢だし、撃たれたのは大きなダメージだが、容体が急変しないかぎり、カブスが最下位でがんばるのを少なくともあと一年は見られるだろう」とか、「引っ越せばカブスから遠く離れることができる。カブスが下降線をたどるのを見ることにはもう耐えられない」などと。

本書の原作が出版されたのは二〇一五年だが、翌年の二〇一六年に、なんと、カブスが百八年ぶり（！）にワールドシリーズで優勝してしまった。こうなると、もう冗談の種にできなくなる。さて、今後はどうするのだろう？

次作は二〇一七年に出版が予定されているようだ。今年の大統領選をきっかけに、おそらく変貌していくであろうアメリカをパレツキーが今後どのように描きだすのか、大いに興味のあるところだ。

二〇一六年十二月

訳者略歴　同志社大学文学部英文科卒，英米文学翻訳家　訳書『セプテンバー・ラプソディ』パレツキー，『オリエント急行の殺人』クリスティー，『街への鍵』レンデル，『妻の沈黙』ハリスン（以上早川書房刊）他多数

HM=Hayakawa Mystery
SF=Science Fiction
JA=Japanese Author
NV=Novel
NF=Nonfiction
FT=Fantasy

カウンター・ポイント

〈HM(104)-26〉

二〇一六年十二月　二十日　印刷
二〇一六年十二月二十五日　発行
（定価はカバーに表示してあります）

著者　サラ・パレツキー
訳者　山《やま》本《もと》やよい
発行者　早川　浩
発行所　株式会社 早川書房

郵便番号　一〇一 - 〇〇四六
東京都千代田区神田多町二ノ二
電話　〇三 - 三二五二 - 三一一一（大代表）
振替　〇〇一六〇 - 三 - 四七七九九
http://www.hayakawa-online.co.jp

乱丁・落丁本は小社制作部宛お送り下さい。
送料小社負担にてお取りかえいたします。

印刷・精文堂印刷株式会社　製本・株式会社明光社
Printed and bound in Japan
ISBN978-4-15-075376-4 C0197

本書は活字が大きく読みやすい〈トールサイズ〉です。